HEYNE <

HEATHER GRAHAM

TRIUMPH DES RITTERS

Roman

Aus dem Amerikanischen
von Beate Darius

WILHELM HEYNE VERLAG
MÜNCHEN

HEYNE ROMANE FÜR ›SIE‹
Nr. 04/401

Titel der Originalausgabe:
KNIGHT TRIUMPHANT

3. Auflage

Deutsche Erstausgabe 11/2002

Published by Arrangement with Kensington Publishing Corp.
Dieses Werk wurde vermittelt durch die Literarische Agentur
Thomas Schlück GmbH, 30827 Garbsen

Printed in France 2003
Umschlagillustration: Pino Daeni/Agentur Schlück, Garbsen
Umschlaggestaltung: Nele Schütz Design, München
Satz: Satzstudio Prechtl, Passau
Druck und Bindung: GGP Media, Pößneck

ISBN 3-453-86234-1
http://www.heyne.de

Prolog

Vor langer, langer Zeit …

… lebte ein König, der regierte sein Land voller Güte, und die Menschen lebten in Frieden und Wohlstand.

Doch der König wurde älter. Voller Sorge darauf bedacht, die Nachfolge zu sichern, heiratete er ein zweites Mal, denn nach dem Verlust der geliebten Gattin und des Sohnes war nur mehr das kleine Mädchen seiner Tochter geblieben, die Krone zu erben. Seine Braut war jung und schön, und seine Aufgabe – dem Land starke Söhne zu schenken, die nach seinem Tod regierten – hätte eine angenehme und leichte sein sollen. Gleichwohl, in seinem Übermut, baldmöglichst wieder bei der Dame seines Herzens weilen zu können, ritt er nach einer Sitzung des Kronrats in dunkler, stürmischer Nacht durch die unwegsame, zerklüftete Bergwelt seiner Heimat, sämtlichen Warnungen seiner Berater zum Trotz.

Auf seinem Ritt durch die finstere, von einem Unwetter gepeitschte Nacht strauchelte das Pferd des Königs; vielleicht verlor er auch die Gewalt über sein Ross. Er stürzte in eine tiefe Schlucht und verschied noch vor seiner Zeit und ehe er seine Aufgabe vollenden konnte. Und das Land trauerte um ihn.

Die junge Enkelin des Königs erbte den Thron. Man schöpfte wieder Hoffnung. Das Land werde neu erblühen, glaubten alle, denn die Wächter der Krone gaben alles darum, ihre junge Königin gut zu beschützen.

Sie hieß Margaret, besser bekannt als die Maid von Norwegen. Allein, die Infantin von Schottland starb, noch bevor sie die Küste des Landes erreichte, das sie regieren sollte.

Im Land herrschten Trauer und Verwirrung, denn nach ihrem Tod beanspruchten viele das Recht auf die Krone für sich. Der starke, mächtige und rechtmäßige Herrscher eines benachbarten Landes wurde um Beistand und Rat ersucht. Nach der Anhörung aller Thronanwärter half er dem Rat bei der Entscheidung, wer Regent werden sollte. Von den vielen Anspruchstellern kamen drei in die engere Wahl: John Balliol, John Hastings sowie Robert Bruce, der Rivale. Alle drei waren Nachfahren der Töchter von David, Earl of Huntington, Enkel von David I., einem weiteren gütigen König, der dem Land Stärke und Wohlstand verliehen hatte.

Doch die weisen Männer des Landes verhielten sich unschlüssig und in der Tat alles andere als weise.

Der König des Nachbarlandes liebäugelte zudem selbst mit der Regentschaft. Vor dem Tod der jungen Erbin hatte er geplant, diese mit seinem Sohn zu vermählen, um die beiden Länder zu einen.

Jetzt half er, einen Marionettenkönig zu wählen – einen Mann, der das Land regierte, sich ihm als unumschränktem Herrscher jedoch beugte. Seine Wahl fiel auf John Balliol.

Zunächst wurde König John von allen geschätzt und geachtet. Indes, der Oberherr stellte Forderungen, und sobald der Marionettenkönig nicht gehorchte, ward er in die Knie gezwungen. Der mächtige Monarch des Nachbarlandes faltete die Hände und nickte hochzufrieden. Der Sieg, so dachte er, ist mein.

Das Land wurde in einen Jahre währenden Krieg gestürzt.

Es waren Jahre eines höllischen Martyriums.

Ein vernichtendes Fegefeuer, gelinde gesagt.

Heldenhafte Krieger kämpften im Namen ihres abwesenden Königs, den der Oberherrscher überwältigt, entehrt und zur Abdankung gezwungen hatte. Sie stritten für die Freiheit von der brutalen Regentschaft dieses Herrschers, denn sie gehörten einem stolzen Volk in einem eigenständigen Land an. Der Berühmteste dieser Helden war ein Mann namens William. Er wies die Heere der Möchtegern-Eroberer in die Schranken. Doch der Hass des benachbarten Monarchen war grenzenlos, und William Wallace, ein Held des Volkes, fiel einem Verrat anheim und verlor sein Leben – Kopf, Glieder, Eingeweide und mehr – aufgrund des Zorns und der Rachsucht des englischen Königs.

Zwei Männer wetteiferten nun um den fragwürdigen Glanz der schottischen Krone: John Comyn, ein Verwandter von John Balliol und einflussreicher Baron, und Robert Bruce, Enkel von Robert Bruce dem Rivalen, der ursprünglich seinen Anspruch auf den Thron angemeldet hatte.

Die beiden schlossen einen Pakt: Der eine gab dem anderen seine Ländereien und seinen Reichtum im Austausch für dessen Unterstützung bei der Inthronisation. Der König des Nachbarlandes war inzwischen alt und gebrechlich, und, so dachten sie, nach seinem Tod würden sie ihre früheren Ländereien zurückerobern. Die Kirchenmänner wussten von diesem Plan und waren hocherfreut.

Aber wieder regierte der Verrat: Der eine hinterging den anderen, als er erkannte, dass der Regent des Nachbarlandes von dem Plan erfahren hatte. Edward, selbsternannter ›Streiter‹ der Schotten, starb nicht, wie von allen erhofft, sondern ließ stattdessen seinem Groll, seiner Rachsucht erneut freien Lauf.

John Comyn ging heimlich gegen Robert Bruce vor und berichtete dem benachbarten Herrscher von Bruces Übereinkunft mit ihm und den einflussreichen Kirchenmännern.

Der Regent des Nachbarlandes schäumte abermals vor Zorn.

Und nachdem Robert Bruce von dem Verrat erfahren hatte, machte er sich wutentbrannt auf die Suche nach dem Mann, der ihn hintergangen hatte. Sie trafen in einer Kirche zusammen, und ebenda, auf dem Altar, vergoss Bruce das Blut von Comyn. Hätte er seinen entfernten Verwandten nicht eigenhändig mit einem Schwertstreich getötet, so hätten es seine Männer getan.

Im Jahre 1306 wurde Bruce in Scone zum König der Schotten gekrönt. Der englische Monarch hatte den berühmten Stein von Scone entwendet, auf dem die schottischen Könige seit Urzeiten gekrönt worden waren, aber dennoch wurde Robert Bruce auf althergebrachte Weise feierlich inthronisiert. Er wurde nicht nur einmal, sondern gleich zweimal gekrönt, denn Isabella, eine Tochter des Hauses Mar, eilte hinzu, um die von ihrer Familie ererbten Aufgaben bei einer Krönung zu erfüllen, da ihr Bruder, der Earl, noch ein Kind und unter den Fittichen König Edwards von England war. Sie war erst neunzehn und mit dem Earl of Buchan vermählt, einem Verbündeten des englischen Königs; aber ihre Liebe zu ihrem Land machte sie blind gegenüber ihrer Ehe. Und den Konsequenzen.

Doch sie reiste mit einem Tag Verspätung zu den Krönungsfeierlichkeiten an, und um Tradition und Form zu wahren, wurden die althergebrachten Riten noch einmal am Palmsonntag durchgeführt, dem 26. März 1306. Jetzt zweifelte niemand mehr daran, dass Robert Bruce König war.

So war es seiner Linie doch noch gelungen, den Anspruch auf den Thron durchzusetzen.

Gleichwohl, der neue König hatte viele Feinde, unter ihnen auch der einflussreiche Clan des hinterhältigen John Comyn.

Und Edward I. von England, der lange und brutal regiert hatte – und, zum großen Verdruss, immer noch lebte.

Als er von Bruces Krönung erfuhr, ernannte Edward I. seinen Sohn zum Prince of Wales. Hunderte streitbarer junger Engländer wurden im Verlauf dieser Zeremonie zum Ritter geschlagen, schworen vor Gott ihre Treue und Gehorsamspflicht.

Der Zorn des englischen Königs war grenzenlos und kannte kein Erbarmen. Die Engländer machten Gefangene, denn wer Robert Bruce unterstützte, sollte wie ein Gesetzloser behandelt werden, sollte ohne Gerichtsverfahren verurteilt, gehenkt, geköpft, gestreckt und gevierteilt oder durch die Straßen geschleift werden und somit weiterer Folter, Demütigung und schließlich einem grässlichen Tod ausgesetzt werden. Die Herolde verkündeten im ganzen Land, dass es den Frauen – den Gattinnen, Schwestern, ja selbst den Töchtern der mutigen Patrioten – kaum besser ergehen werde. Die englischen Ritter durften nach Gutdünken rauben, schänden und morden. Sie waren die verfemten Vollstrecker eines gesetzlosen Königs.

Schon kurze Zeit nach seiner Thronbesteigung hatte Bruce grausame Niederlagen eingesteckt, viele seiner fähigsten Männer waren gefangen genommen und exekutiert worden, darunter auch drei seiner Brüder. Seine Gemahlin war eine Geisel des rachsüchtigen englischen Königs, gemeinsam mit zweien seiner Schwestern und seiner Tochter. Einzig sein unglaublicher Heldenmut hielt den Patriotismus und die Loyalität seiner Anhänger aufrecht. Er war kein Herrscher, der ein gewaltiges Heer hinter sich stehen hatte, sondern eher ein zerlumpter Bandit, der in den tiefen Wäldern kämpfte, die ihm Schutz boten. Die Truppen umfassten königstreue, loyale Männer, die von Freiheit und Unabhängigkeit träumten. Man ersuchte um Unterstützung aus dem Ausland. Das schottische Hochland war weit entfernt von England und die Lowlands bereits in die Knie gezwungen.

Das Grenzland indes blieb die Hölle auf Erden. In diesem Fegefeuer kämpften Männer und Frauen, die Großen wie die Kleinen ums nackte Überleben.

Robert Bruce war König von Schottland. Aber es war der Verrat, der regierte.

Vor langer, langer Zeit …

…da lebte ein Mann, der ein großer König werden sollte.

Im Jahr des Herrn 1307 hatte sein Kampf um das Land, für die Freiheit seines Volkes, jedoch gerade erst begonnen …

1

Wahrhaftig, sie mussten von Sinnen sein.

Von der Anhöhe aus beobachtete Igrainia die herannahenden Reiter.

Sie trugen die Banner von Robert the Bruce.

Sie *mussten* von Sinnen sein.

Igrainia ritt mit einer Gruppe von 20 Männern, gewissenhaft ausgewählt nach Erfahrung und Tapferkeit – und natürlich infolge der schlichten Tatsache, dass sie noch am Leben und gesund waren. Sie trugen volle Rüstung und kunstfertig geschmiedete Waffen, mit denen sie ausgezeichnet umzugehen wussten.

Die heranpreschenden Reiter waren bei weitem in der Minderzahl, eine entsetzlich zerlumpte Bande, die den Hügel erstürmte.

»Mylady …?«, hub Sir Morton Hamill an, der Führer ihrer Schutztruppe.

»Können wir sie überwältigen?«, erkundigte sie sich.

»Sie überwältigen!«, empörte sich Sir Hamill und schnaubte angewidert. »Sie sind weiter nichts als Unrat; ihr so genannter König verkriecht sich in den Wäldern, derweil seine Familie hinterhältig gemeuchelt wird. Bruce weiß genau, dass viele seiner eigenen Leute ihn für einen Gesetzlosen halten. Mylady, es besteht wirklich kein Grund zur Flucht.«

»Kein Grund«, murmelte sie und ihre Augen wurden schmal, »außer dass noch mehr Männer sterben werden. Ich habe den Tod so satt!«

Die Reiter preschten nach wie vor in halsbrecherischem Tempo auf sie zu und entfernten sich dabei von dem Burggelände; selbst sie mussten erkannt haben, dass die schwarzen Kreuze auf den Steinen keine List des Feindes, sondern eine ernsthafte Warnung waren.

Sir Morton bemühte sich um Fassung. »Mylady, ich weiß um Eure Seelenqualen. Aber dies sind die Abtrünnigen, die das Entsetzen über Euer Zuhause gebracht haben, die Euch alles … alles genommen haben.«

»Kein Mann, keine Frau will die Pest, Sir Morton. Und in der Tat, wenn Ihr Vater MacKinley fragt, wird er Euch sagen, dass der Allmächtige die Krankheit in seinem Zorn darüber gesandt hat, dass wir Frauen und Kinder brutal zu Geiseln nehmen und unsere Feinde so freimütig hinrichten. Wir waren vor der Krankheit gewarnt; wir weigerten uns, an die Warnung des Feindes zu glauben. Und deshalb schlage ich vor, dass wir vor diesen Abtrünnigen fliehen. Es war nicht meine Entscheidung, Langley zu verlassen. Ich will keine weiteren Toten verantworten müssen.«

»Nun denn … Wir können nicht mehr fliehen«, räumte Sir Morton ein. »Sie haben uns fast erreicht.«

Zornesfunkelnd maß sie ihn. »Ihr würdet eher kämpfen, als Eure Pflicht zu erfüllen und mich in Sicherheit zu bringen.«

»Mylady, Ihr seid außer Euch vor Trauer und vermögt nicht mehr klar zu denken. Ich würde gegen solche aufständischen Rebellen kämpfen, gewiss, Mylady, denn auch das ist meine Pflicht.«

»Sir Morton, ich bin im vollen Besitz meiner geistigen Kräfte und …«

»Mylady, so hört mir zu! Eure Position hier oben auf der Anhöhe ist hervorragend; Ihr könnt das Gemetzel beobachten, derweil ich Vergeltung an diesen Burschen übe!«

Wütend straffte Igrainia die Zügel, während Sir Morton seinen Männern Befehle zubrüllte. Er hatte nicht vor, auf den Feind zu warten, sondern beabsichtigte anzugreifen.

»Sir Morton!« Zornbebend und voller Seelenpein beobachtete sie die Männer, die auf sein Kommando hin die Rösser anspornten. Innerhalb von Sekunden gehorchten die Lehensmänner ihres verblichenen Lords, Afton of Langley, den Befehlen und stoben den Hügel hinab.

Ihre Rüstung glänzte im Sonnenlicht, sodass sie auf einer silbern schimmernden Woge zu segeln schienen. Die Farben ihrer Banner, das kräftige Blau und Rot des Adelshauses, vermischten sich mit dem silbernen Strom. Den Hügel hinunter, eine Zurschaustellung von Macht und Stärke …

… strebten sie zu dem jämmerlichen Haufen versprengter Reiter auf prächtigen Pferden, einige in angedunkelter Rüstung, die meisten indes nur in Lederwämsern, um ihre Leiber vor dem kommenden Gemetzel zu schützen.

Von ihrem Standort aus konnte sie deren Anführer sehen. Sie runzelte die Stirn, fragte sich, welche Tollkühnheit einen Mann dazu bewegen könnte, den sicheren Tod zu riskieren. Sie blinzelte in die Sonne, beobachtete den Mann. Ihr entwich ein leiser Seufzer.

Sie hatte ihn schon einmal gesehen. Sie erinnerte sich an ihn, da er ohne schützende Kopfbedeckung ritt; kein Helm schützte sein Haupt, und sein langes, zerzaustes Blondhaar glänzte in der Sonne wie die Stahlhauben, die ihre eigenen Leute trugen. Sie hatte ihn gesehen, in Ketten gelegt mit anderen Gefangenen. Und er hatte ausgesehen wie ein Wilder, unzivilisiert, ein Barbar in schmutzigen, verdreckten Lumpen; doch als sie ihm kurz in die Augen geschaut, als ihre Blicke sich getroffen hatten, hatte sie etwas Furchteinflößendes darin gewahrt. Und sie hatte das eigentümliche Gefühl beschlichen, dass er sich vorsätzlich hatte gefangen nehmen lassen – warum, hätte sie nicht zu sagen vermocht. Oder vielleicht doch. Burg Langley, die Heimat ihres Gemahls, hatte vorübergehend Quartiere für die Männer des englischen Königs eingerichtet, die auf der Durchreise waren und die Familien der schottischen Gesetzlosen nach London brachten, wo sie eingekerkert werden sollten, bis ihr rebellischer König kapitulierte.

Und dem Henker seinen eigenen Hals darbot.

Sir Mortons Männer hatten die Reiter fast erreicht. Im gleißenden Sonnenlicht war es ein beinahe bezauberndes Schauspiel: der Glanz des Stahls, der Prunk der Farben … Bis die Reiter mit ohrenbetäubendem Lärm aufeinander losgingen, Rösser schnaubten, Männer schrien – Stahl in tiefrotes Blut getaucht. Unvermittelt füllten sich Igrainias Augen mit Tränen; Afton hätte das alles nicht gewollt. Er war zutiefst empört gewesen über den Befehl, die Soldaten des Königs willkommen zu heißen und Abtrünnige zu beherbergen, die seinem eigenen Volk entstammten. Er hatte befohlen, die Geiseln nicht wie Tiere zu behandeln, auch wenn sie in ihrem sonderbaren Hochlanddialekt redeten und wie wilde Gestalten aus heidnischer Zeit anmuteten. Er hatte sich erhoben, eine stolze Stimme der Vernunft und Nachsicht, bis er gefallen war …

Und weder ihre Liebe noch ihr Mut oder ihre Heilkräuter hatten ihn zu retten vermocht.

Weilte er jetzt an ihrer Seite, wäre er entsetzt über dieses Blutbad.

Hätte man ihm Gehör geschenkt, wäre es nie so weit gekommen …

Seufzend presste sie die Hand auf die Lippen, als sie sah, dass ein Rebell Sir Morton zum Zweikampf herausforderte. Der Rebell war der Wilde mit dem zerzausten Blondhaar.

Sir Mortons Schwert war es nicht vergönnt, den Rebellen zu treffen.

Sein Haupt rollte zu Boden, während sein eingesunkener Körper zu Pferde verharrte, bis auch dieser stürzte, um niedergetrampelt zu werden.

Bittere Galle stieg in ihr hoch. Sie schloss die Augen, senkte den Kopf und kämpfte gegen die Übelkeit an, die sie zu überwältigen drohte. Gütiger Gott, sie hatte eben erst die Pestopfer verlassen, die Kranken gepflegt, die Stinkenden, die Faulenden und …

Die Augen geschlossen, sah sie noch immer den rollenden Kopf vor sich.

Rings um sie herum schien sich das Klirren des Stahls zu einer wahren Kakophonie zu erheben; sie vernahm weitere Schreie, Gebrüll, das entsetzte Schnauben der Streitrösser, gewöhnt an Schlachten und Fehden. Sie zwang sich aufzublicken.

Selbst die prachtvollste Rüstung hatte die Krieger von Langley nicht vor der Rache der Rebellen schützen können. Leichen, wohin ihr Auge blickte.

Rüstungen glänzten im Sonnenlicht und bildeten einen schimmernden Kontrast zu dem blutbesudelten Feld. Einige hatten überlebt. Ohne ihre Pferde bildeten die Männer einen Kreis, Befehle und Gebrüll ertönten; der blonde Recke näherte sich den acht Männern von Langley, die das Gemetzel heil überstanden hatten. Entsetzt verfolgte sie das Geschehen, sich ihrer eigenen Gefahr nicht bewusst. Satzfetzen drangen zu ihr.

»Sollen wir sie jetzt gleich hinrichten?«, erkundigte sich einer.

Der Blonde erwiderte irgendetwas und brüllte dann den Überlebenden einen Befehl zu. Schwerter rasselten zu Boden. Ein Mann fiel auf die Knie. War es aus Verzweiflung oder aus Dankbarkeit, weil man ihn am Leben ließ?

Würden sie getötet? Oder verschont?

Sie wusste es nicht. Andere redeten, aber leiser.

Einer der Rebellen deutete auf den Hügel.

Dann, plötzlich, spähte der Blonde zu ihr.

Auf diese Entfernung konnte sie seine Augen nicht ausmachen, doch sie vermochte sich sehr gut daran zu erinnern.

Er eilte zu seinem Pferd.

Erst da erkannte sie ihre eigene Situation und dass er aufsaß, um sie zu verfolgen.

Sie spornte ihr Ross an, betete, dass es diese Gegend besser kennen möge als er, dass es erholt genug sei, um sie in Windeseile davon zu tragen …

Weit, weit fort.

Sie betete …

Vor nicht allzu langer Zeit hatte sie noch sterben wollen. Der allgegenwärtige Tod und die Verzweiflung waren ihr so grenzenlos erschienen, dass sie bereitwillig Aftons Hand genommen und ihn ins Jenseits begleitet hätte. Es war der Augenblick gewesen, in dem sie begriffen hatte, dass sie ihn verloren, dass er seinen letzten Atemzug getan hatte und dass sein Lachen nie wieder erschallen würde.

Aber jetzt …

Sie wollte nicht aus diesem Leben scheiden, gemeuchelt von der Hand eines erzürnten Barbaren, der auf Rache sann. Sie dachte daran, wie Edward I. Wallace getötet hatte, an all das Entsetzen, an die Erzürnung der Engländer anlässlich der Krönung von Robert Bruce …

Und sie ritt, wie sie nie zuvor geritten war, flach an den Hals ihrer Stute gepresst, ihre Fersen in die Flanken des Tieres bohrend, es im Flüsterton anfeuernd. Das Pferd des

Rebellenführers lahmte; ihre Tiere hatten Schaum vor den Nüstern gehabt, als sie zuvor auf die Männer von Langley getroffen waren. Wenn sie doch nur einen gewissen Vorsprung gewinnen könnte ...

Sie galoppierte über die Anhöhe durch das satte Gras der Weiden nach Norden. Hinter den Hügeln erstreckte sich der Wald – ein Wald, den sie gut kannte, mit verschlungenen Pfaden und Schutz spendenden Eichen. Dort würde sie sich verbergen können. Sie sah die Bäume, die ausladenden Äste hoch am Himmel wogen, die dunklen Pfade unter dem Blätterdach. Sie roch die satte Erde und hörte das Rascheln des Laubes, genau wie das Donnern der Pferdehufe; ihre verzweifelten, unregelmäßigen Atemzüge, ihr aufgewühlter Herzschlag dröhnten in ihren Ohren. Da ... nur noch Sekundenbruchteile von ihr entfernt ...

Sie war sich nicht bewusst, dass der Hufschlag seines Pferdes in den ihrer Stute mit einstimmte; sie bemerkte ihn erst, als er seinen Arm um sie schlang und sie ungestüm vom Pferd zerrte. Sie wurde von der Stute gerissen und gewahrte nur noch, wie das Tier in den Schutz der Bäume floh. Und für Augenblicke schaute sie völlig verwirrt geradeaus, während sie über dem riesigen Streitross hing, eine Gefangene, überwältigt von einem Irrsinnigen.

Dann wand sie sich, kämpfte und biss zu – fest genug, dass er sie fluchend losließ. Sein Pferd war gewaltig; sie stürzte ziemlich tief, sank benommen zu Boden, nahm jedoch rasch ihre fünf Sinne beisammen und fing an zu laufen. Sie strebte zu dem dunklen Pfad, rannte verzweifelt, pfeilschnell wie ein gejagtes Reh.

Wieder wurde sie gepackt, diesmal hochgehoben und zu Boden geschleudert, und das Nächste, was sie gewahrte, war, dass er über ihr war und nach Erde und dem Blut des Kampfes roch. Sie schrie, kämpfte, trat, musste jedoch feststellen, dass er ihre Hände über ihrem Kopf wie mit einem Schraubstock umspannt hielt. Der Barbar saß rittlings auf ihr und maß sie mit kaltem, rachsüchtigem Blick, der keine Gnade verhieß.

»Ihr seid die Lady von Langley«, sagte er.

»Igrainia«, erwiderte sie.

»Verflucht, Euer Name kümmert mich nicht«, erklärte er. »Aber Ihr werdet mit mir kommen und veranlassen, dass die Tore geöffnet werden.«

Sie schüttelte hartnäckig den Kopf. »Das kann ich aber nicht ...«

Sie brach ab, als er die Hand zum Schlag erhob. Dieser blieb indes aus.

»Ihr werdet es tun«, meinte er nur. »Oder ich werde Euch jeden Knochen einzeln brechen.«

»In den Burgmauern wütet die Pest, Ihr Narr!«

»Meine Gemahlin ist dort – und meine Tochter«, erklärte er ihr.

»Sie sind alle tot oder werden dort sterben!«

»Und deshalb lauft Ihr aus Angst davon!«, schnaubte er verächtlich.

»Nein! Nein«, begehrte sie auf, weiterhin bestrebt, sich zu befreien. Angst? Vor der Pest? Sie hatte lediglich Angst vor einem Leben ohne Afton.

Nicht ganz richtig, erkannte sie. Sie hatte Angst vor diesem Mann, der jede seiner Drohungen wahr machen und ihr sämtliche Knochen brechen würde. Jeden einzelnen. Noch nie war ihr ein so eiskalt zu allem entschlossener Mann begegnet.

»Ich fürchte mich nicht vor der Pest!«, sagte sie schließlich erstaunlich gefasst.

»Gut. Wir werden zurückreiten, meine feine Dame, und Ihr werdet Eure Hände beschmutzen, indem Ihr die Kranken pflegt. Ihr werdet meine Gemahlin retten, falls sie sich angesteckt hat, und mir helfen, ansonsten ist Euer eigenes Leben verwirkt.«

Ihre Hände beschmutzen? Glaubte er, dass ihr davor bangte, sich die Hände schmutzig zu machen, nach all den Tagen und Nächten, die sie hinter sich hatte?

Ihr Temperament schnellte hoch wie ein Schlachtbanner, und sie keifte ihn an: »Dann tötet mich doch, Ihr törichter, brutaler Narr! Ich habe in dieser Burg gelebt. Der Tod kann mich nicht schrecken. All das kümmert mich nicht mehr. Versteht Ihr das? Gehören solche Begriffe überhaupt zu Eurem Wortschatz?«

Sie hielt den Atem an, da er sich erhob und sie auf ihre Füße zerrte.

»Wenn meine Gemahlin oder meine Tochter wegen der Grausamkeit des englischen Königs gegenüber unschuldigen Menschen sterben sollten, Mylady, dann seid Ihr diejenige, die dafür büßen wird.«

»Mein Gemahl ist tot, weil Euer Volk die Seuche über uns gebracht hat!«, schrie sie, bemüht, ihm ihren Arm zu entwinden. Es gelang ihr nicht. Sie starrte auf die Hand, die ihren Arm wie ein Schraubstock umschloss. Kräftige lange Finger, bedeckt mit Lehm und Erdreich und ...

Blut.

Seine Umklammerung schien härter als Stahl. Unbezwingbar. Sie stand ganz still, entschlossen, nicht zu zittern oder zu taumeln. Sein Gesicht war ebenso schmutzig und verdreckt wie seine Hand und der zerzauste Blondschopf. Einzig die himmelblauen, intensiv auf sie gehefteten Augen wirkten unbehelligt von den Begleiterscheinungen der Schlacht.

Er hatte sie entweder nicht verstanden oder es kümmerte ihn keinen Deut. Sein Sprachverständnis schien hervorragend zu sein, von daher tippte sie auf Letzteres.

»Hört mich an. Wenn meine Frau stirbt, Mylady, werdet Ihr den Gefolgsmännern des schottischen Regenten und ihrer Gnade ausgeliefert sein.«

»Gnade? Dort kennt man keine Gnade.«

»In einem solchen Fall? Vielleicht habt Ihr sogar Recht. Von daher tut Ihr besser alles, um meine Gattin zu retten.«

»Ich, Sir, habe keinerlei Schwierigkeiten damit, alles in meiner Macht Stehende zu tun, um die Infizierten zu retten. Dennoch kann ich Euch versichern: Ihr Leben liegt allein in Gottes Hand. Man hat mich gezwungen, Langley zu verlassen. Ich bin nicht aus freien Stücken gegangen.«

Skeptisch zog er eine Braue hoch. »Ihr wolltet den Pestkranken und den Sterbenden helfen?«

»Gewiss, ich wäre freiwillig dort geblieben. Ich hatte keinen Grund aufzubrechen.«

»Ihr seid die Lady von Langley.«

»In der Tat.«

Ihn schien nicht zu interessieren, warum sie geblieben wäre.

»Dann wird es Euch sicher nicht schwer fallen, dorthin zurückzukehren.«

»Wohin ich gehe oder was man mir antut, kümmert mich nicht im Geringsten.«

»Ihr werdet meine Frau und mein Kind retten.«

Sie reckte ihr Kinn.

»Wie bereits erwähnt, und das begreift Ihr gewiss auch, liegt ihr Leben in Gottes Hand. Was, wenn ich ihnen nicht helfen kann?«

»Dann ist es nur von Vorteil, dass Euer eigenes Leben Euch scheinbar so wenig bedeutet.«

Er schob sie vorwärts.

Igrainia blieb keine Wahl, als vor ihm herzustolpern.

Ihr Mut indes sank ins Bodenlose.

Wenn Eure Gemahlin sich angesteckt hat, so fürchte ich, dass sie bereits tot ist!, dachte Igrainia im Stillen.

Weil sie gelogen hatte. Als sie Langley verlassen hatte, hatte sie geglaubt, gegen jegliche Angst gefeit zu sein. Immun gegen weiteren Schmerz. Jetzt musste sie feststellen, dass sie den Tod fürchtete, dass sie instinktiv am Leben hing.

Sie wollte überleben.

Aber wenn sie scheiterte, so hatte er in Aussicht gestellt, dass er sie zerbrechen werde. Gewiss waren seine Anweisungen nicht weniger brutal als die von Edward, was die Frauen der Männer anbelangte, die Robert the Bruce die Treue hielten.

Brich ihr sämtliche Knochen. Jeden einzelnen.

Alles lag in Gottes Hand. Aber vielleicht verstand dieser verdreckte Halbwilde das nicht einmal.

»Ich werde Eure Frau und Euer Kind retten, wenn Ihr mir ein Versprechen gebt.«

»Ihr glaubt, mit mir verhandeln zu können?«, erwiderte er grob.

»Ich werde mit Euch verhandeln.«

»Ihr werdet tun, was ich befehle.«

»Nein. Nein, das werde ich nicht. Weil Ihr mir meinetwegen hier und jetzt den Kopf abhacken könnt, wenn Ihr nicht mit mir verhandeln wollt.«

»Glaubt Ihr, ich würde es nicht wagen?«

»Es kümmert mich aber nicht, was Ihr tut und was nicht.«

»Der Lord of Langley ist also tot!«, seufzte er bitter.

»Ganz recht. Ihr habt keine Macht über mich.«

»Glaubt mir, Mylady, wenn ich will, kann ich Euch beweisen, dass ich dennoch Macht über Euch habe. Der Tod ist so einfach, das Leben nicht. Das Leben kann eine einzige Folter sein. Eure Trauer bedeutet mir nichts. Schließlich war es der Lord of Langley, der die Frauen und Kinder gefangen nahm.«

Sie schüttelte den Kopf. »Da irrt Ihr! Da irrt Ihr ganz gewaltig! Er führte lediglich seine Befehle aus. Diejenigen, die noch leben, tun es einzig, weil seine Anweisungen entsprechend lauteten. Und er selbst ist tot, weil *Eure* Frauen und *Eure* Kinder diese verfluchte Seuche eingeschleppt haben!«

»Nichts davon zählt!«, brüllte er sie an.

Igrainia ignorierte seinen Zorn und seinen fester werdenden Klammergriff um ihren Arm.

Sie blickte auf seine Hand, dann in seine Augen, so strahlend blau und kalt in dem schmutzig-grauen Gesicht.

»Ich werde Eure Frau und Euer Kind retten, wenn Ihr mir Euer Wort gebt, die Gefangenen am Leben zu lassen.«

Wieder hob er achselzuckend eine Braue. »Ihr Schicksal kümmert mich nicht im Geringsten; macht meine Gemahlin und meine Tochter wieder gesund, und sie werden leben.«

Sie tat ein paar Schritte, dann verharrte sie abrupt. Sie hatte im Brustton der Überzeugung gesprochen. Ein Trick, eine Lüge. Und jetzt zitterten ihr die Hände. »Was, wenn ich es nicht kann? Was, wenn die Krankheit schon zu weit fortgeschritten ist? Gott entscheidet, wer lebt und wer stirbt, und der Schwarze Tod ist ein hinterlistig mordender Gesell ...«

»Ihr werdet sie retten«, murmelte er.

Sie hatten sein Pferd erreicht, ein außergewöhnlich schönes Tier. Gestohlen, dessen war sie sich sicher, von einem reichen, auf dem Schlachtfeld gefallenen Adligen. Er hob sie achtlos auf das Ross, dann starrte er sie an, als sähe er sie zum ersten Mal.

»Ihr werdet sie retten«, wiederholte er, als könnten seine Worte das Wunder bewirken.

»Hört mich an. Gewiss begreift Ihr das: ihr Leben liegt in Gottes Hand.«

»Und in Eurer.«

»Ihr seid von Sinnen, besessen! Nur ein Verrückter glaubt, dass er eine Seuche beherrschen kann. Nicht einmal König Edward hat Macht über Leben und Tod bei dieser Krankheit. Auch Könige sind nicht immun, kein Mann, keine Frau ...«

»Meine Frau und mein Kind müssen überleben.«

Er besaß keinen Verstand, keine Intelligenz, keine Logik!

»Welche der Frauen ist Eure Gattin?«, erkundigte sie sich. Sie fragte sich, ob sie seinem Pferd die Sporen geben und fliehen könnte. Sie war im Sattel, er noch am Boden.

»Und wenn ich Euch den Namen nenne, was würde Euch das nützen?«, wollte er wissen.

»Ich habe die Gefangenen besucht.«

Anscheinend bezweifelte er das. »Margot«, sagte er schließlich. »Sie ist groß, schlank und anmutig – und sehr schön.«

Margot. Gewiss, sie kannte diese Frau. Schön, in der Tat, und sanftmütig. Unermüdlich hatte sie die Kinder getröstet, die anderen gepflegt ...

Bis die Krankheit sie niedergestreckt hatte.

Sie hatte prächtige Kleidung getragen und feinsten keltischen Schmuck, wie die Gemahlin eines angesehenen Mannes, eines Adligen oder zumindest eines wohlhabenden Bürgers.

Anders als die eines verdreckten Barbaren.

Gleichwohl ging das Gerücht, dass selbst Robert Bruce, der schottische König, mittlerweile häufig wie ein Bettler daherkam. Er war ein verzweifelter Mann mit einem zerlumpten Heer, unablässig von Hunger und Härten heimgesucht.

»Wer seid Ihr?«, wollte sie wissen.

»Das tut nichts zur Sache.«

»Habt Ihr einen Namen, oder soll ich in Euch einen Verrückten oder den Sensenmann sehen?«

In seinen Augen funkelte eiskalte Wut. »Ihr braucht einen Namen, wenn es völlig einerlei ist und Euer Leben auf dem Spiel steht? Wenn Edward kundgegeben hat, dass schottische Frauen Freiwild sind – keinen Deut besser als Abtrünnige –, die man rauben, schänden und morden kann? Seid Ihr nicht diejenige, die hier von Sinnen ist, wenn Ihr Ritterlichkeit im Gegenzug für eine solche Barbarei einfordert und die Selbstbeherrschung eines Mannes auf die Probe stellt, dessen Groll mittlerweile dem Eures Königs gleichkommt? Nun denn. Ich bin Eric, aus freiem Willen Lehensmann von Robert Bruce, eingeschworen auf die unabhängige schottische Nation, durch und durch Patriot. Mein Vater war ein schottischer Ritter, mein Großvater mütterlicherseits indes ein Nordländer von den westlichen Inseln. Von daher habe ich viel von einem *Berserker* – oder auch einem *Verrückten*, Mylady. Hütet Euch vor mir. Wir sind nicht dafür bekannt, vernunftgemäß zu handeln, geschweige denn Gnade walten zu lassen. Und jetzt beantwortet mir meine Frage. Lebt meine Gattin? Ihr kennt sie, nicht wahr?«

»Gewiss, ich kenne sie. Vater MacKinley ist bei ihr«, antwortete Igrainia. »Sie lebt. Das heißt, als ich aufbrach, lebte sie noch.« Ja, sie kannte seine Frau. Sie hatten oft miteinander geredet, nachdem die Krankheit sie zusammengeführt hatte; sie hatten Nationalität und Loyalität vergessen und einzig den Tod bekämpft.

Und sie kannte seine kleine Tochter. Das bezaubernde Mädchen mit dem flachsblonden Haar und den riesigen blauen Augen, die selbst dann noch gestrahlt hatten, als es erkrankt war. Wimmernd hatte es die Fieberkrämpfe ertragen.

Die Frau hingegen war so krank gewesen, sie hatte sich im Fieber gewälzt, gestöhnt, geschrien …

Sie würde sterben. Und dann …

Unvermittelt packte Igrainia die Zügel und stemmte ihre Fersen mit aller Kraft in die Flanken des Pferdes.

Das massige graue Streitross bäumte sich auf, schlug mit seinen Hufen in die Luft. Igrainia klammerte sich verzweifelt an das Tier, umschlang dessen Nacken und stieß ihm weiterhin die Fersen in die Flanken. Der Mann musste zurückweichen, und sie schöpfte neue Hoffnung, als die Pferdehufe den Boden berührten und in Richtung Wald preschten.

Doch kurz vor dem Pfad scheute das Tier plötzlich, bäumte sich abermals auf und wirbelte herum.

Diesmal vermochte Igrainia sich nicht auf seinem Rücken zu halten. Sie plumpste so unsanft zu Boden, dass es ihr die Luft aus den Lungen presste.

Augenblicke später stand er neben ihr, packte sie und zerrte sie auf die Füße. »Versucht noch einmal mir zu entwischen, und ich werde Euch in Ketten legen.«

Sie rang nach Luft und schüttelte den Kopf. »Keiner wird Euch daran hindern, die Burg zu betreten. Denn nur ein völlig Verrückter würde das tun. Ich kann Eurer Gemahlin nicht helfen ...«

»Ich habe Euch gesagt, wer ich bin. Und ich weiß, wer Ihr seid, Igrainia of Langley, bekannt dafür, dass sie wundersame Heilkräfte besitzt. Tochter eines *englischen* Grafen, hoch geschätzt von vielen. Mein Gott, Ihr seid ein wertvolles Pfand! Man wird einen hohen Preis auf Euren Kopf aussetzen, und Ihr werdet meine Frau retten.«

Einmal mehr wurde sie aufs Pferd geworfen, welches gehorsam zu seinem Herrn getrottet war.

Diesmal saß er hinter ihr auf.

Und dann spornte er das Pferd zu einem halsbrecherischen Galopp an.

Sie spürte seine schäumende Wut im Rücken, die Kraft seines Körpers und seiner Gefühle.

Und mehr ...

Sie spürte, wie er zitterte.

Und schlagartig begriff sie.

Gewiss, er war zornig.

Und er hatte Angst.

Und lieber Gott ...

Sie nicht minder.

2

Er war ein Meister in der Kunst des Tötens. Eric wusste das nur zu gut. Gegenüber feindlichen Mächten besaßen er und seine Männer stets den Vorteil der intensiven Übung, der Erfahrung und des geradezu unerschöpflichen Kampfgeists. Aber nichts davon hatte den Engländern einen solchen Schlag versetzt wie diese grauenhafte Seuche, die seine kleine Rebellentruppe heimgesucht hatte. Eine Zeit lang waren sie der meist gefürchtete Feind des englischen Monarchen gewesen, dann wieder eine Bande von Abtrünnigen, überwältigt und gehasst von ihren Häschern. Aber selbst nach ihrer Gefangennahme durch die Engländer hatte Eric fest darauf vertraut zu fliehen. Er hatte seine eigene Festnahme gebilligt, in dem Glauben, Kerker und Ketten zu entkommen und den anderen zu Hilfe zu eilen. Er wusste zu kämpfen, vermochte selbst dem stärksten Widersacher zu entwischen. Indes hätte er sich nie vorgestellt, dass es einen unsichtbaren Feind geben könnte, gegen den jede Auflehnung vergebens wäre. Denn trotz all seiner Entschlossenheit und Kampfkraft besaß er nicht die geringste Macht über die Krankheit, die in seinen eigenen Reihen wütete. Es gab keinen Widersacher, den er mit einer solchen Hitzigkeit bekämpft hätte, und keinen, der größere Macht über ihn hatte.

Als sie sich den riesigen Toren der Burg Langley näherten, war er sich kaum der vor ihm im Sattel sitzenden Gefangenen bewusst, sondern einzig seiner eigenen Männer, die genau wie er ihr Leben für die Rückkehr ihrer Frauen, Kinder und Gefährten riskiert hätten. Gewiss, sie waren alle von der Krankheit überrascht worden. Sie hatten sie eingeschleppt, nachdem sie auf See einen Schiffbrüchigen gerettet hatten. Als sie den unseligen Überlebenden aus den Wellen gefischt hatten, hatte keiner geahnt, dass sie sich den leibhaftigen Tod an Land gezogen hatten, war sein Schiff doch allein deshalb untergegangen, weil an Bord niemand mehr gewesen war, der dem Sturm hätte trotzen können. Der Mann hatte sein Bewusstsein nie wiedererlangt. Wenige Stunden nach seiner Rettung war er der grausigen Pest erlegen.

Keiner hätte den noch Lebenden wieder in den Schlund des Meeres geworfen, auch nicht, nachdem ihnen klar geworden war, dass sie sich Gevatter Tod an Bord geholt hatten. Erst als der Fremde seinen Atem ausgehaucht hatte, hatten sie ihn auf See bestattet.

Bald darauf waren sie mit ihren kleinen Booten an Land gerudert, und die Engländer hatten ihr Lager angegriffen, nicht ahnend, dass sie dem sicheren Tod ins Auge blickten. Obwohl Eric und viele seiner Männer nicht bei der Gruppe gewesen waren, als König Edwards Soldaten ihre Leute gefangen genommen hatten, hatten auch sie sich überwältigen lassen, waren sie doch in der Minderzahl und in tiefer Sorge um Frauen und Kinder. Ihre einzige Chance hatte darin bestanden, die Engländer vor den Schrecknissen zu warnen. Gleichwohl, ihre Gegner hatten ihnen nicht geglaubt.

Jetzt taten sie es.

Als sie ihrem Ziel entgegenritten, gewahrten sie aus der Ferne bereits die schwarzen, an die Burgmauern gemalten Kreuze, eine Warnung für jeden, dass der Tod dort lauerte.

»Weist die Wachen an, die Tore zu öffnen«, befahl er seiner Gefangenen und straffte die Zügel.

Trutzig erhob sich die Burg Langley vor ihnen, eine normannische Festung mit dicken, unbezwingbaren Steinmauern und einem tiefen Burggraben. Das prachtvolle Anwesen lag auf einer Anhöhe, von fruchtbaren Tälern umgeben. Es befand sich unweit von Bruces ausgedehnten Besitzungen; indes besaß Robert, der frisch gekrönte schottische König, mittlerweile weniger als zu der Zeit, da er noch ein einflussreicher Graf seines Landes gewesen war, denn inzwischen hatte Edward von England seine beherrschende Hand mit noch größerer Rachsucht und Erzürnung auf alle Ländereien gelegt. Die Schotten hatten einen Monarchen, den sie bewundern und in dessen Reihen sie für ein unabhängiges Schottland kämpfen konnten. Aber zum König gekrönt zu werden und König zu sein war in Schottland noch lange nicht dasselbe.

»Ihr könnt nicht von mir verlangen, dass ich die Tore des Todes öffnen lasse«, murmelte sie entsetzt.

»Befiehlt es ihnen; sie sollen die Tore öffnen«, schnaubte er. »Wir sind ohnehin ein Heer todgeweihter Männer.«

»Wachen!«, rief sie. »Ich bin es, Lady Igrainia of Langley. Lasst die Brücke hinunter.«

Auf den Wehrgängen hoch über ihnen regte sich etwas, jemand antwortete.

»Mylady, wo ist Eure Schutztruppe? Ihr müsst Euch von hier fern halten; Ihr dürft nicht wieder hinein!«

»Öffnet die Tore, senkt die Zugbrücke herab.«

»Sir Robert hat erklärt, dass Ihr nicht zurückkehren …«

»Ich bin hier die Burgherrin. Macht die Tore auf!«

»Ihr reitet mit Irren, Ihr kommt mit Rebellen …«

»Meine Bewacher werden sterben, wenn Ihr die Tore nicht öffnet.«

»Oh, Mylady! Wenn Euch Euer Leben lieb ist …«

»Ich befehle es Euch. Öffnet die Tore, lasst die Brücke herunter.«

Für Augenblicke fürchtete Eric, dass die Frau nicht die nötige Befehlsgewalt besitzen könnte; trotz seiner Verzweiflung war er nicht unvorbereitet gekommen, er wusste um die Situation in Langley. Die Dame des Hauses besaß größeren Einfluss als der Lord. Obgleich ihr Gemahl eigentlich dem schottischen Adel angehörte und dennoch Edward von England den Treueid geleistet hatte, war Igrainia, seine Witwe, die Tochter eines englischen Grafen.

Der Lärm von Winden und Ketten durchschnitt die allgegenwärtige Stille. Die Zugbrücke senkte sich langsam über den Burggraben. Hier, nahe dem Meer, war er seltsam sauber, da er von einem Fluss gespeist wurde, der sich wie ein blaues Band durch die grünen Felder in Richtung der Felsküste schlängelte. Augenblicke später sprangen die Tore auf, und der Weg zur Burg war frei. Eric gab seinem Ross die Sporen und ritt in den Innenhof.

Einige jammervolle Gestalten traten zögernd näher, als sein Tross über die Brücke preschte. Obschon sie die

Rüstung und die Farben ihres verstorbenen Lords trugen, zogen sie nicht ihre Waffen, sondern scharrten sich im Halbkreis um die Pferde der Eindringlinge. Sie schienen ohne Anführer und seltsam unschlüssig.

»Lasst mich hinunter«, sagte Igrainia, »wenn Ihr dies ohne Blutvergießen regeln wollt.«

Ihr Ton gefiel ihm gar nicht – gleichermaßen verbittert wie ihre ganze Erscheinung. Aber ihre Worte machten Sinn, schließlich wollte er Margot, seine Tochter Aileen und die anderen so bald wie möglich sehen. Er musste sich beherrschen, die Frau nicht von seinem Pferd zu stoßen. Sie war ihm ein Gräuel mit ihrem rabenschwarzen Haar, suchte er doch seine Frau, deren Schopf so golden glänzte wie das Sonnenrund, deren Augen von einem seltsam dunklen Violett waren, schön wie ein strahlender Frühlingsmorgen. Vital, gesund und bei Kräften und nicht im Todeskampf ...

Mit äußerster Beherrschung hob er die Engländerin vom Pferd und setzte sie zu Boden, bevor er selbst absaß.

»Wo ist Sir Robert Neville?«, erkundigte sie sich.

Eine der Wachen trat vor.

»Mylady, er ist ... er ist ans Bett gefesselt.«

»Kümmert sich denn jemand um ihn?«, fragte sie bang.

Eric verlor die Geduld und trat vor sie. »Ich bin Eric Graham, Gesandter des rechtmäßigen Königs in diesem Land, Robert the Bruce von Schottland. Legt Eure Waffen ab, und ich verschone Euer Leben. Die Burg ist jetzt in der Hand der Schotten, die Robert the Bruce als König schätzen und anerkennen.«

Er spähte zu Peter MacDonald, der hinter ihm geritten war, und nickte knapp, dass dieser die Befehlsgewalt übernehmen solle. Alles andere ignorierend, strebte er zum Portal des Wohnturms, wohl wissend, wo die Gefangenen und selbst die Dahinsiechenden untergebracht waren. Vielleicht war es ein törichter Schritt; ein Wachposten, der ihm den Tod wünschte, hätte ihm eine Klinge in den Rücken bohren können. Hinter sich vernahm er das Klirren der zu Boden fallenden Waffen und das Absitzen seiner Männer, die diese einsammelten. Peter MacDonald, ein Gefolgsmann, der nach der Krönung des Königs seine rechte Hand geworden war, brüllte Befehle. Eric hatte vollstes Vertrauen zu Peter; die schottischen Nationalisten, mit denen er ritt, hatten bislang nur deshalb überlebt, weil sie einander den Rücken stärkten. Ihre Zahl war gering, aber sie hatten dieselbe Gesinnung.

Er hatte mit Widerstand gerechnet, als er den Rittersaal betrat, doch es war niemand da, nur ein alter Mann, zusammengesunken in einem Sessel neben dem Kaminfeuer. Der Greis versuchte aufzustehen, doch die Anstrengung schien zu groß. Er sank zurück in den Sessel und beäugte Eric, der seinen Blick erwiderte.

»Ihr habt die Seuche, Mann?«, erkundigte sich Eric. Beinahe unheimlich hallte seine Stimme von dem steinernen Mauerwerk wider.

»Ja, aber ich glaube, dass ich überlebe«, erwiderte der Greis, Eric weiterhin beobachtend. »Seid Ihr gekommen, die Burg zu bezwingen, Sir? Dann habt Ihr die Hölle eingenommen, ganz recht, das habt Ihr. Tötet mich, wenn Ihr wollt. Ich würde Euch dienen, wenn ich nur könnte.«

Eric winkte ab. »Schont Eure Kräfte. Sagt mir, wo sind die anderen, die im Dienste der Burg stehen?«

»Tot … so viele sind tot. Sir Robert Neville hat es niedergestreckt, und Lady Igrainias Zofe pflegt ihn in seiner Kammer. Die Wachen … haben sich noch nicht angesteckt, da sie sich meist im Freien aufhalten. Der Lord von Langley wurde hastig in der Krypta bestattet, in sein Grab eingemauert, um die Krankheit zu befrieden; seine Gemahlin hätte es nicht ertragen, wenn man ihn verbrannt hätte wie die anderen Opfer.«

»Und was ist mit den Gefangenen und ihren Bewachern?«

»Alle niedergestreckt in den Gewölbekerkern.«

»Und wer kümmert sich um sie?«

»Die, die noch auf ihren zwei Beinen stehen können. Zuvor …nun ja, da hat sich die Burgherrin um die Kranken gekümmert, bis man sie fortschickte, um ihr Leben zu retten.«

»Ruht Euch aus, Alter. Wenn Ihr wieder bei Kräften seid, könnt Ihr mir vielleicht zu Diensten sein.«

Eric strebte durch den Saal und fand den Gang, der von der Halle zu der Wendeltreppe nach unten führte. Der Mann hatte irgendetwas von … Hölle gefaselt. Nun, die Hölle war es bereits gewesen, als der Schwarze Tod noch nicht Einkehr gehalten hatte. Die glitschigen Stufen zu den Kellergewölben schienen endlos; die Verliese hier waren gewiss ein Krankheitsherd: modrig, verwanzt, verdreckt. Wer in diesen Teil der Festung gebracht wurde, zählte bereits zu den Toten: lange Gänge mit Krypten, in denen verblichene Lords und Ladys, Ritter, Adelige und verdiente Gefolgsleute in ewigem Schweigen zu Staub verfielen, einige nicht mehr als ein Haufen Knochen, andere hingegen in kunstvoll gemeißelten Steinmonumenten bestattet. Die Gänge mit den Toten lagen vor den Zellen mit ihren Eisenriegeln, Ketten und dem schmutzigen Reisig. Für die Toten wurde bei weitem mehr Aufwand betrieben als für die Gefangenen, deren Leben am seidenen Faden hing.

Eric passierte die Grabstätten und wusste, dass er in der Nähe der Kerker war, als er das Stöhnen vernahm. Unter einen Felsvorsprung geduckt, gewahrte er eine große, dicke Holztür mit einem gewaltigen Riegel; der Riegel war nicht vorgeschoben, die riesige Tür klaffte auf. Er schlüpfte hindurch, erspähte die Zellen und ihre Insassen.

Hier gab es keine weichen Betten oder Pritschen. Der Gestank war so überwältigend, dass er schwankte und Sekunden lang den Atem anhielt. Zu beiden Seiten des Ganges lagen die Kranken und Sterbenden wie achtlos hingeworfene Kleiderbündel. Er trat nach rechts, wo er mit Margot und seiner Tochter gefangen gehalten worden war. Er drehte eine Gestalt um, sah, dass die Pestbeulen des Mannes geschwollen und aufgeplatzt waren. Er erkannte den Verschiedenen nicht mehr, der sicher zu seinen Gefolgsleuten gezählt hatte. Der Schwarze Tod hatte ihn grässlicher entstellt, als jede Folter des Feindes es vermocht hätte.

Die Toten hätten fortgeschafft werden müssen, ihre verstümmelten Leichen gehörten verbrannt, um eine weitere Ausbreitung der Pest zu verhindern. Hier …

»Margot!«, hauchte er den Namen seiner Frau, denn der Anblick verschlug ihm die Sprache. Behutsam passierte er die Gestalten auf dem schmutzigen Stroh. Er konnte Margot nicht aufspüren, doch seine Verzweiflung verlieh ihm schier unerschöpfliche Energien; er inspizierte das Gewölbe, fand die noch Atmenden, hob sie auf und trug sie fort, trennte die Lebenden von den Toten.

»Sie ist nicht hier.«

Beim Klang der Frauenstimme schrak er zusammen.

Igrainia of Langley stand am Eingang zu den Zellen und beobachtete ihn, einen riesigen Krug in den Händen.

»Wo ist sie?«

»Einige von den Frauen wurden auf den Söller gebracht«, erklärte sie ihm.

Als hätte sie geahnt, was er hier unten machte, trat sie zu denen, die sich noch regten. Der Gestank und das Grauen ringsum schienen sie nicht zu berühren. Trotz ihrer eleganten Kleidung kniete sie sich ins Stroh zu den Lebenden. Ihre Berührung war sanft, als sie den Wasserkrug an aufgesprungene Lippen führte.

Er trat zu ihr, packte ein Büschel ihrer Haare und zog sie auf Augenhöhe zu sich hoch – diesmal nicht brutal, sondern verzweifelt. »Wo ist der Söller?«

»Oben. Nehmt die Treppe, die vom Rittersaal hinauf in den Turm führt. Dort ist es warm. Vater MacKinley glaubt, dass die Sonne heilende Kraft besitzt.«

Immer noch hielt er eine Hand voll ihrer ebenholzfarbenen Haare gepackt. Seine Finger umspannten diese fester.

»Kommt mit.«

»Aber habt Ihr denn kein Erbarmen mit diesen Euren Freunden …«

»Sie bedeuten mir mehr als mein Leben. Meine Männer werden sich um sie kümmern. Sie werden dafür sorgen, dass die Toten verbrannt und die anderen aus diesem feuchten Dreckloch geholt werden.«

Während er sprach, vernahm er Schritte auf den Steinquadern des Zellengangs. James of Menteith und Jarrett Miller waren ihm gefolgt. Die Lady of Langley erhob sich anmutig, wenn auch mit zusammengebissenen Zähnen. »Mein Haar, Sir! Ich will Euch ja gern begleiten, aber seid so gut und lasst meine Haare los.«

Das tat er, sich gar nicht bewusst, dass er ihre schwarzen Locken umklammert hielt.

Sie reichte James den Krug, erklärte ihm, wo sie das Wasser geholt hatte und welche Überlebenden es gab. Vorsichtig ging sie an den geschwächten Schotten vorüber und verließ auf leisen Sohlen das Gelass, während die schweren Schritte der Männer polternd widerhallten. Eric nickte James zu, der unmerklich den Kopf neigte, dann folgten sie der Lady of Langley.

Sie durchschritten den Rittersaal und gelangten zu dem Treppenhaus, dessen Ausmaße gewaltig waren für eine solche Festung. Wiewohl zum Schutz vor Feinden gebaut, hatte irgendein adliger Bewohner keine Mühen gescheut, das Gemäuer in einen Herrensitz zu verwandeln. Das Treppenhaus war nicht aus Stein, sondern aus kunstvoll geschnitztem Holz. Es führte zu einem zweiten Geschoss mit einem langen Gang und Türen, doch die Hausherrin verharrte nicht, sondern strebte zu einer schmaleren Stiege. Dort säumten Schießscharten den Stein, und sie passierte diese, bis sie einen großen, taghellen Raum erreichte. Feldbetten standen dort aufgereiht, und ein Lichtstreifen, der durch eine Deckenritze einfiel, schien einen Hoffnungsstrahl auf die Kranken zu werfen.

Ein Geistlicher wandelte entlang der Betten, ein junger, schlanker Mann in schwarzer Priesterrobe. Er schien überrascht, seine Herrin auf der Schwelle zu erblicken, und wandte sich ihr stirnrunzelnd zu. »Igrainia, Ihr solltet alledem fern bleiben!«, schalt er.

Sie trat ins Innere. »Das ist Sir Eric, Vater MacKinley«, sagte sie, trat ein und begab sich zu einem der Betten. Eric nickte dem Priester zu und folgte Igrainia.

Neben der Pritsche fiel er auf die Knie; endlich hatte er Margot gefunden. Sie sah aus, als ob sie schliefe. Weder Beulen noch Pocken schienen ihre makellose Haut zu verunstalten. Doch als er ihr Gesicht berührte, war es ihm, als griffe er in lodernde Flammen. Er sah, wo die Pestbeulen ihren Hals, ihr Dekolleté gezeichnet hatten, und war den Tränen nahe.

Er spähte zu Igrainia of Langley. »Rettet sie«, befahl er.

Sie fand Wasser, brachte es zu der Bettstatt und benetzte Margots Gesicht.

»Wo ist meine Tochter?«, fragte er.

»Eure Tochter?«, wiederholte der Geistliche.

»Mein Kind … Aileen. Jung, blond, helle Haut, zart wie Seide.«

Der Priester blieb stumm.

»Meine Tochter, Mann! Wir hatten nicht viele Kinder bei uns.«

Der Priester nickte. »Der kleine Engel«, murmelte er. »Sir, der Allmächtige hat sie zu sich geholt.«

Eric sprang vom Bett seiner Gemahlin auf; der Schmerz war ein bohrender Pfeil in seinem Herzen. Wie von Sinnen stürzte er sich auf den Geistlichen, versucht, ihm an die Gurgel zu gehen. Eine höhere Eingebung hielt ihn davon ab, und er verharrte vor dem Gottesmann, der keine Miene verzog. Eric stand vor ihm, die Fäuste geballt, jeder Muskel zum Zerreißen gespannt.

»Wo ist ihr Leichnam aufgebahrt?«

»Im Nebengelass«, murmelte der Priester. »Wir wollten ihr die letzte Ehre erweisen.«

»Ihr wusstet, dass ich kommen und Euch töten würde«, schnaubte Eric erbittert.

»Sie war noch ein Kind und wurde von allen geliebt. Warum sollten wir, die wir hier Dienst tun, uns vor einem gewaltsamen Tod, vor Mord, fürchten?«, entgegnete der Geistliche, und trotz seiner tiefen Verzweiflung erkannte Eric, dass ihm mit seinen Worten ernst war.

»Ihr«, sagte er und deutete auf den Priester, »Ihr werdet mich zu meinem Kind bringen. Und Ihr«, er wies auf Igrainia, »Ihr werdet Margot eine eigene Kammer einrichten, keine Sekunde lang von ihrer Seite weichen und jeden ihrer Atemzüge beobachten. Wenn sie nicht mehr atmet …«

Er brach ab.

»Was ist mit den anderen?«, erkundigte sich Igrainia.

»Wir sind jetzt bei ihnen. Und wir würden eher selber sterben wollen, als tatenlos zuzusehen, wie unsere Liebsten dahinsiechen. Bereitet eine Kammer für meine Gemahlin vor. Nein, die Gemächer des Burgherrn. Seht zu, dass sie alle nur möglichen Annehmlichkeiten genießt. Und jetzt, Priester, bringt mich zu meiner Tochter!«

Der Geistliche führte ihn unumwunden vom Söller und öffnete die Tür zu einer kleinen Nebenkammer im Gang. Dort, auf einer langen Truhe, lag der Leichnam seiner Tochter aufgebahrt.

Für Augenblicke stand Eric zu Stein erstarrt.

»Es ist tröstlich zu wissen, dass sie bei unserem Herrn im Himmel weilt …«, hub der Mann an.

»Lasst mich allein!«, sagte Eric schroff.

Sogleich fiel hinter ihm die Tür ins Schloss.

Er musste sich zwingen vorzutreten. Er blickte auf Aileens Gesicht hinunter, und die Knie versagten ihm den Dienst, Tränen traten in seine Augen. Er schluckte, tastete nach ihr. Ihr geschundener kleiner Körper war kalt. Er schmiegte sie in seine Arme, als könnte er sie wärmen, ließ seine langen, rauen Finger durch ihre unglaublich weichen Locken gleiten. *Aileen mit ihrem Lachen und ihrer Fröhlichkeit, unbehelligt von den Grausamkeiten in dieser Welt. Aileen mit ihren ausgebreiteten Ärmchen, wie sie ihn rief, wenn er fortgewesen war, und ihm mit kleinen Schritten entgegenlief. Dann bückte er sich und nahm sie in seine Arme, und sie umschloss sein Gesicht mit ihren Händchen, küsste ihn auf die Wange und wiederholte seinen Namen so kindlich vertrauensvoll, dass er genau wusste: diese Welt war es wert, errettet zu werden, der Kampf um die Freiheit lohnte …*

Unschuld, Vertrauen, Schönheit … dahingerafft. Die Sonne seines Lebens war verglüht.

Als seine Knie ein weiteres Mal unter ihm nachgaben, sank er zu Boden, ihre leblose Gestalt in seinen Armen.

Allein mit den Kranken auf dem Söller, blickte Igrainia sich verdrießlich um. Unter den noch lebenden Schotten befand sich eine ältere Frau mit langem, ergrautem Haar. Sie würde überleben, schloss Igrainia. Ihre Pestbeulen waren aufgeplatzt, und sie atmete noch. Die Pestilenz war so eigentümlich wie der Tod an sich; diese Frau war bereits betagt; sie wirkte gebrechlich und schwach. Und doch würde sie die Krankheit besiegen.

Eine andere, jüngere Frau schien ohnmächtig geworden zu sein, als Igrainia ihre Stirn kühlte. Die zwei anderen in dem Raum waren ebenfalls jung, beide von Fieberkrämpfen geschüttelt. Igrainia senkte den Kopf auf den Brustkorb der einen und vernahm deren rasselnde Atemgeräusche. Auch sie würde es schaffen. Und die andere ...

»Wasser!«, ertönte ein verzweifeltes, leises Flüstern.

»Langsam, langsam«, mahnte Igrainia, den Kopf der Frau haltend. Sie war vielleicht zwanzig, beinahe so flachsblond wie Margot. Igrainia zwang sie, in kleinen Schlucken zu trinken, dann ließ sie sacht ihren Kopf auf das Kissen zurückgleiten. Unvermittelt ließ ein Schrei das Gemäuer erzittern. Es war mehr als ein Schrei, eher ein wütendes, verzweifeltes, qualvolles Aufheulen. Wie das eines Wolfes, der seinen Kopf gen Himmel reckte. Da wusste sie, dass der Schotte seine Tochter gefunden hatte.

Ein Geräusch an der Tür ließ sie aufmerken, und sie gewahrte ihre Zofe Jennie, einen entsetzten, fassungslosen Ausdruck im Gesicht, während beide dem unheimlichen Echo lauschten.

»Mein Gott ... Wir werden von Ungeheuern heimgesucht!«, wisperte Jennie. »Mylady ...«

Sie stürmte durch die Kammer und begrüßte Igrainia mit herzlicher Umarmung. »Ihr habt es nicht geschafft zu fliehen; die Schotten sind gekommen. Sie sind hier, hier bei uns. Sie werden uns nicht abnehmen, dass wir alles nur Erdenkliche getan haben. Mary hat in den Kerkern gearbeitet, bis auch sie sich angesteckt hat; sie liegt noch dort unten. Vater MacKinley und ich sind die Einzigen, die noch auf den Beinen sind, selbst Garth wurde krank, wisst Ihr, aber er hat überlebt, die Pest konnte ihm nichts anhaben, und er denkt, dass er vielleicht schon als Kind eine ähnliche Krankheit durchlitten hat. Berlinda, die Köchin, erkrankte, als Ihr fort wart. Sir Robert Neville stand auf den Zinnen und beobachtete Eure Abreise ... und musste hernach gleich das Bett hüten. Gütiger Gott, dieser Mann wird uns umbringen, nicht wahr, wir hätten genauso gut der Pest anheimfallen können! Wir sind nur noch wenige ... »

Jennie lag weiterhin in Igrainias Armen und zitterte. Die

Burgherrin löste sich sanft von ihr. Sir Erics tiefe Trauer über den Verlust seines Kindes würde noch eine Weile anhalten, gleichwohl, irgendwann würde er zu ihnen zurückkehren.

»Jennie, wir müssen stark sein. Sag mir als Erstes, wer pflegt Sir Robert Neville?«

»Ich halte Wache bei ihm. Und Molly, Merry, John … Tom, der Küchenjunge.«

»Wo ist Sir Neville?«

»In seinen Gemächern. Wir tun, was wir können.«

»Warum wurden die übrigen Gefangenen in den Kerkern sträflich vernachlässigt?«

Jennie starrte sie aus riesigen Augen an. »Wie hätten wir uns um sie kümmern können? Wir alle werden sterben. Die Schmiede und Händler, die auf der Burg leben … sie alle kämpfen mit dem Tod. Nun ja, welchen Unterschied macht das noch? Wir sind alle verflucht.«

»Dieser Rebell weiß nicht, dass der Earl of Pembroke Sir Niles Mason befohlen hat, sämtliche Truppen des Bruce hierher zu bringen, wo über ihr Schicksal entschieden werden sollte. Und er hat keine Ahnung, dass Sir Niles bei den ersten Anzeichen der Krankheit mit seinem eigenen Regiment abgerückt ist!«, erboste sich Igrainia. »Er denkt, dass Afton dafür verantwortlich war.«

»Und er denkt, dass man ihn hingerichtet hätte«, setzte Jennie mit furchterfüllter Stimme hinzu. »An ein Pferd gebunden, über Fels und Geröll geschleift, bis er halb tot wäre, gestreckt, kastriert und erst geköpft, wenn gewiss wäre, dass er keinen Schmerz mehr empfindet!«

»Vielleicht wäre das nicht sein Schicksal gewesen.«

»Sir Niles beteuerte, das sei der ihm erteilte Befehl! Ich habe es mit eigenen Ohren gehört, Mylady. Ich habe mit angehört, wie er Eurem Gatten das weitere Vorgehen schilderte. Afton wandte ein, dass er gegen Hinrichtungen sei, aber Sir Niles war fest entschlossen. Er erklärte, dass der Rebell Eric Graham schon viel zu lange und viel zu oft gegen König Edward gekämpft habe – zuerst gemeinsam mit William Wallace und jetzt für Robert Bruce. Er ist ein berüchtigter Abtrünniger, Mylady. Er sollte als abschreckendes Beispiel dienen. Seine Gattin sollte den Truppen überlassen werden. Und seine Tochter … o Gott!« Sie bekreuzigte sich rasch. »Sir Niles fand es ausgesprochen amüsant. Das Kind sei noch zu jung, um die Männer zu unterhalten, indes, als Rebellenspross würde sie ohnehin eine Verräterin werden, und da sei es das Beste, sie umzubringen.«

»Das hätte Afton nie gebilligt.«

»Lady Igrainia, Lord Afton hatte wenig Einfluss auf Sir Niles, schließlich stammten dessen Anweisungen vom Earl of Pembroke, der dem direkten Befehl von König Edward untersteht! Und Robert Bruce mag sich ja zum König der Schotten gekrönt haben, trotzdem besitzt er keine Macht über das Land – schon gar nicht hier. König Edwards Gefolgsleute halten in den Lowlands die Stellung, von den kleinen Gutshöfen bis hin zu den riesigen Burgen. Igrainia, ich schwöre es erneut, wir haben uns um alle Kranken gekümmert, wie Afton uns anwies und wie wir es Euch versprochen haben, ehe Sir Robert auf Eurer Flucht beharrte. Viele, die noch leben, haben es unserer Fürsorge zu verdanken.«

»Der Umstand, dass so viele überlebt haben, scheint diesen rachsüchtigen Mann wenig zu beeindrucken. Vielleicht verkennt er die Tatsache, und dennoch muss er begreifen! Wir sind es unseren Leuten schuldig, die noch am Leben sind, Jennie, und die vielleicht überleben: Wir müssen alles in unserer Macht Stehende für die Gefangenen tun!« Sie merkte, wie sie leicht die Stimme erhob. Die *Gefangenen!* Inzwischen waren *sie* die Gefangenen. »Mein Gemach muss hergerichtet werden. Saubere Laken, frisches Wasser. Frische Binsen. Seine Gemahlin soll dort gepflegt werden. Wir müssen … wir müssen ihr Leben retten.«

»Er wird uns töten, so oder so.«

»Jennie!« Igrainia fasste ihre Zofe bei den Schultern und schüttelte sie sanft. »Er wird uns nicht töten, solange er uns braucht.«

»Aber … Eure Kammer. Wo …« – Ihr versagte die Stimme.

»Wo Afton starb«, murmelte Igrainia. »Es spielt keine Rolle. Er hat gesagt, dass sie dorthin gebracht werden soll. Jennie, wir müssen sie retten.«

»Sie liegt im Sterben.«

»Sie *darf* nicht sterben.«

Jennie schien begriffen zu haben. Sie straffte sich, nickte Igrainia zu und eilte hinaus. Igrainia wandte sich wieder Margot zu, kühlte deren fiebernde Wangen und zermarterte sich einmal mehr das Hirn, warum eine so sanfte und liebenswerte Frau, die unermüdlich die Kranken gepflegt hatte, niedergestreckt worden war. Aber die Pestilenz hatte mit schonungsloser Grausamkeit gewütet und kaum jemanden verschont. Vor Jahren, als sie Frankreich besucht hatte, war in ihrem Aufenthaltsort unweit von Paris eine ähnliche Epidemie ausgebrochen, und sie und Jennie wären um ein Haar gestorben. Vermutlich steckten sie sich deshalb jetzt nicht an, aber wer konnte das wissen, vielleicht traf es sie ja letztlich doch noch? Nach Aftons Tod hatte es sie nicht mehr gekümmert.

Es gab Heilkräuter, die das heftige Fieber in manchen Fällen zu senken vermochten, und nahrhafte Suppen, die man den Erkrankten einflößen musste. Dennoch konnte man nur wenig ausrichten.

»Sind die Herrschaftsgemächer für meine Gemahlin vorbereitet?«

Er stand auf der Schwelle, jetzt hart und kalt und bleich wie die Eisschollen auf dem winterlichen Nordmeer. Eigentlich sollte sie Mitleid haben mit einem Mann, der sein Kind verloren und mit einem einzigen Schrei so viel Schmerz eingestanden hatte, doch … er jagte ihr Angst ein mit seiner stählernen Beherrschung.

»Gewiss.«

Er durchquerte die Kammer. Trotz der Ansteckungsgefahr hob er seine Gattin zärtlich, mit äußerster Fürsorglichkeit, in seine Arme. »Ihr werdet mir den Weg zeigen.«

»Aber die Frauen hier …«

»Der Priester wird zu ihnen zurückkehren. Und meine Männer holen die anderen aus diesem höllischen Drecksloch, in das Ihr sie gepfercht habt.«

»Trotzdem ist immer für sie gesorgt worden. Mein Gemahl hat lediglich Befehle ausgeführt.«

Sein vernichtender Blick vermittelte ihr aber ganz deutlich, dass er sie für eine Lügnerin hielt. »Zeigt mir sofort den Weg.«

Igrainia gehorchte und ging über die Treppe voraus zu den Gemächern des Burgherrn. Sie war geradezu erschüttert über die Pracht, die sich ihr dort bot. Gewiss würde er es ihr vorhalten – Afton und die Residenz, in die man seine Männer gebracht hatte. Mit dem Bau von Burg Langley war begonnen worden, als der Eroberer nach Norden vorgerückt war, und in jenen Tagen war sie ein schmuckloses Gemäuer aus Felsquadern gewesen, mit Waffen und Kriegern bestückt, um König Williams Grenzen gegen die barbarischen schottischen Clane zu sichern. Sein Leben lang hatte der Eroberer seine Position gegen die Sachsen in England verteidigen müssen, und aus diesem Grund hatte er Festungen gebraucht und keine fürstlichen Paläste. Aber mit der Zeit, und in den Tagen von König David I. von Schottland, hatten sich die Grenzen verschoben, und gelegentlich hatte es sogar Zeiten der Freundschaft zwischen den beiden Ländern gegeben. Während der Herrschaft von Alexander war die Burg dem ersten Langley übereignet worden, und jeder nachfolgende Lord hatte eine gute Partie gemacht, bis hier, in den herrschaftlichen Gemächern, die Wände mit den prunkvollsten Gobelins geschmückt waren. Orientteppiche waren von den Kreuzzügen mitgebracht worden, um den kalten Böden etwas Wärme zu verleihen, und das kunstvoll geschnitzte Bett stammte aus Frankreich. Flämische Spitze säumte die Laken; die Kissen waren mit den feinsten Daunen gefüllt; ein Überwurf aus weichen Fellen zierte das Bett, das vor dem riesigen Kamin thronte. Der Raum war mit Truhen und einer Kommode aus Frankreich ausgestattet, Tischen aus italienischem Marmor, die riesigen Schilde mit den gekreuzten Schwertern an der Wand stammten aus Spanien, Deutschland und den besten Waffenschmieden in England.

Eric bemerkte die Pracht nicht, nur dass das Bett breit und bequem war, ein angenehmer Ruheplatz für seine Gemahlin. Als sie in den Kissen lag und er ihr die feuchten blonden Locken aus dem Gesicht gestrichen hatte, trat er zurück. »Ihr werdet sie retten.«

»Ich werde alles tun, was ich kann.«

»Ihr habt mein Kind umgebracht.«

Ein eisiger Strahl schien ihre Wirbelsäule zu durchbohren. Er sprach ohne jede Bosheit oder Erzürnung, sondern als wäre es eine schlichte Tatsache. »Sir, der Herr hat Euer Kind zu sich geholt.« Sie wollte noch hinzufügen, dass es ihr sehr, sehr Leid tat, weil seine tiefe Trauer entsetzlich drückend auf ihr lastete. Aber das wagte sie nicht.

Er starrte sie aus rot geränderten, hasserfüllten Augen an. »Ihr werdet dafür sorgen, dass er nicht auch noch meine Gattin holt«, sagte er bitter.

Sie dachte, er würde die Kammer verlassen, aber dem war nicht so. Stattdessen zog er einen der schweren Holzstühle vom Fenster zum Bett und ließ sich nieder, nahm die aschfahle Hand seiner Gemahlin in die seine und betrachtete ihr Gesicht.

»Sie glüht wie Feuer.«

»Dann müsst Ihr beiseite rücken, damit ich ihr Kühle verschaffen kann.«

Jennie hatte einen Kübel frisches kaltes Wasser auf dem Marmortisch neben dem Bett zurückgelassen. Igrainia stellte zunächst einen Kessel in den Kamin, wo ein schwaches Feuer glomm, dann tauchte sie Kleidungsstücke in den Kübel. Als sie sich wieder der Frau zuwandte, bemerkte sie, dass er sie stirnrunzelnd maß; seine blauen Augen waren wie spitze Speere, die sich in sie hineinbohrten.

»Ihr geht sogar so weit, ihr die Lumpen vom Leib zu stehlen?«

»Sie ist in Tücher gewickelt, Sir, weil das die einzige Möglichkeit ist, ihre Haut von Kopf bis Fuß zu kühlen. Überdies werde ich Kräuter mit Wein aufbrühen, denn einige besitzen eine heilende Wirkung, wie Ihr sicherlich wisst.«

»Wenn Ihr sie vergiftet, werdet Ihr einen langen, qualvollen Tod erleiden. Wie ich in den stinkenden Verliesen sehen konnte, gibt es dort einiges an erbaulichem Foltergerät.«

»Ihr könnt mir nicht drohen. Gleichwohl, da ich Euch gebeten habe, kein Blutbad anzurichten und das Leben der Männer und Frauen hier auf der Burg zu verschonen, kann ich Euch beruhigen. Ich habe nicht die Absicht, Eure Frau zu vergiften. Ihr verteufelt meinen Gemahl, der jetzt allein von Gott gerichtet wird. Wenn Ihr auch nur halb so viel Verstand wie rohe Kraft besitzen würdet, Sir, hättet Ihr das längst eingesehen.«

Dabei blickte sie ihn nicht an, sondern widmete ihr Augenmerk allein der Aufgabe, die Frau zu waschen, um das Fieber zu senken.

Im Verlauf des Tages verstand er ihre Bemühungen und versuchte zu helfen. Als er ihre Bestürzung über das allmählich verglimmende Kaminfeuer bemerkte, ging er Holz holen, und als sie die Kräuter in den siedenden Wein gab, musste sie ihm genau erklären, welche sie verwendete und warum.

Während des sich dahinziehenden Nachmittags kamen seine Männer und berichteten ihm, was sich auf der Burg ereignete, wer noch lebte und wer gestorben war. Vater MacKinley erschien und füllte den Kräuterwein in Fläschchen, um auch die anderen damit zu kräftigen. Der schottische Rebell verließ die Gemächer nur, um weiteres Holz für das Feuer zu holen, und als das Fieber seiner Gemahlin nicht sinken wollte, blieb er an ihrer Seite und hielt ihre Hand. Seine Empfindungen waren nicht auszumachen, einzig seine pochende Halsschlagader, die angespannten Muskeln und die verkrampften Hände zeugten von seiner inneren Erregung.

»Habt Ihr schon jemals selbst das Fieber gehabt?«, erkundigte Igrainia sich irgendwann.

Seine kalten Augen begegneten den ihren. »Nein.«

»Dann schwebt Ihr in großer Gefahr.«

»Wir sind es gewohnt, mit Gefahren zu leben.«

»Von woher habt Ihr die Seuche eingeschleppt?«

Er maß sie mit so finsteren Blicken, als bereitete ihm jeder Wortwechsel mit ihr tiefen Verdruss; doch schließlich gab er ihr eine Antwort. »Ich weiß nicht, woher das Fieber stammt. Auf See fanden wir einen Schiffbrüchigen – seine gesamte Mannschaft war vermutlich tot. Wir dachten, wir könnten sein Leben retten. Stattdessen nahm er die unsrigen.«

»Vielleicht«, meinte sie, während sie das Tuch auf der Stirn der Frau wechselte, »war es ein Gottesurteil.«

»Vielleicht war es auch ein Gottesurteil, dass die Engländer unsere Frauen und Kinder aufgreifen und hierher bringen sollten und dass weitaus mehr Engländer als Schotten den Tod fanden«, entgegnete er scharf. »Wie kommt Ihr darauf, dass ich Eurem Gott huldigen soll?«

»Der Gott der Engländer ist auch der Gott der Schotten«, empörte sie sich.

»Aber ich bin nicht nur Schotte, Mylady. Also denkt nicht, dass ich vor irgendetwas zurückschrecke, nur wegen des Christentums oder aus Angst vor dem Fegefeuer.«

»Ich bezweifle nicht, dass Ihr so brutal töten würdet wie jeder andere Mann auf Erden.«

»Kein Mann auf Erden ist so brutal wie Edward von England.«

Es war schwierig, dem etwas entgegen zu halten. Alle, ob Männer, Frauen oder Kinder, hatten gerüchteweise von den Grausamkeiten des Regenten erfahren, als dieser Berwick eingenommen hatte. Sein Befehl hatte gelautet, dass niemand verschont werden dürfe, und auch Frauen, Heranwachsende und kleine Kinder waren niedergemetzelt worden, als sie voller Entsetzen geflohen waren. Erst das Abschlachten einer Mutter, die soeben ein Kind gebar, hatte den König zur Vernunft gebracht, worauf das Blutbad ein Ende gefunden hatte.

»Edward ist gnadenlos gegenüber denen, die er für Verräter hält«, sagte sie.

»Auch ich kenne keine Gnade gegenüber Verrätern – oder Mördern«, erwiderte er schroff.

Als es klopfte, begab er sich umgehend zur Tür. Ein Mann, den er Patrick nannte, stand auf der Schwelle und redete im Flüsterton auf ihn ein. Augenblicke später schloss er die Tür, trat zurück in den Raum und zeigte Igrainia ein Pergament.

»Das ist die einzige Sorge Eures geliebten Königs! Eine Warnung, die am Ende eines außerhalb der Tore abgeschossenen Pfeils steckte, dass wir die Pest nicht von Langley aus verbreiten dürfen! Sonderbar. Mir scheint, dass die Truppen, die Frauen und Kinder gefangen nahmen und nicht an die Seuche glauben wollten, bei den ersten Anzeichen der

Krankheit fluchtartig die Burg Eures Gatten verlassen haben. Sie haben die Grenze überquert und den Befehl erhalten, in einer Abtei zu verweilen, bis man Gewissheit darüber hat, dass sie den Schwarzen Tod nicht in England einschleppen. Wirklich schade, dass keiner von Edwards Lakaien dem König die Krankheit auf einem Silbertablett servieren kann! Der Earl of Pembroke – im wahrsten Sinne Fehdehandschuh des Monarchen – ordnet an, dass keiner von hier aufbrechen darf, bis man mit Sicherheit weiß, dass die Ansteckungsgefahr gebannt ist. Er lässt sich lang und breit darüber aus – Ihr könnt es gern selber lesen –, gleichwohl, die Wahrheit lautet kurz und bündig, dass alle mit den gefangenen schottischen Rebellen sterben müssen, ehe sie das Wagnis eingehen, das ganze Land zu infizieren. Gewiss, der Brief ist an Euren verstorbenen Gatten gerichtet. Offenbar hat niemand Kunde von seinem Ableben erhalten. Ihr müsst mir noch dankbar sein, dass ich Euch wieder herbrachte, bevor Ihr Euch einem Befehl des verlängerten Arms Eures Monarchen widersetzen konntet.«

»Kein vernünftiger Mensch würde diese Geißel der Menschheit verbreiten wollen. Eure Leute haben sie nach Langley gebracht. Sie ist nicht nur Euer Widersacher, sondern auch meiner. Jeder gewissenhafte Herrscher würde einen solchen Befehl geben.«

»Madam, Ihr seid überaus verständnisvoll. Aber was würde Euer Vater denken, wenn er wüsste, dass sein Kind mit all den anderen geopfert werden soll?«

»Mein Vater, Sir, kann sich diesbezüglich nicht mehr grämen. Er ist vor einigen Monaten verschieden.«

»Aha! Dann kann der König also über Euer Schicksal entscheiden, ohne mit Vergeltungsschlägen seiner einflussreichsten Barone rechnen zu müssen. Und gewiss gibt es schon einen, der den Titel jetzt für sich beansprucht?«

»Mein Bruder.«

»Und nun sagt mir doch, kämpft er für Edward?«

»Vermutlich wird er bald in sein Heer eintreten. Er ist gerade siebzehn geworden.«

»Siebzehn Jahre? Wisst Ihr, wie viele junge Männer in seinem Alter bereits auf den Schlachtfeldern gefallen sind?«

»Aidan ist ein hervorragender Reiter und Schwertkämpfer. Der König hat ein berechtigtes Interesse an seiner Ausbildung und kümmert sich darum, dass er darauf vorbereitet wird, eine Einheit zu befehligen.«

»O ja, gewiss doch. Der arme Kerl. Er ist ein Graf. Er darf keine Befehle von niederen Soldaten entgegennehmen. Trotzdem frage ich mich, ob er von den Schrecknissen auf Langley weiß. Die Kunde verbreitet sich manchmal recht schleppend. Und wenn er davon wüsste ... was könnte er tun? Die Befehle sind erteilt. Also muss seine werte Schwester hier bleiben ... ausharren unter den Todeskandidaten.«

»Wenn mein Bruder von der Situation hier erfährt, wird es längst vorüber sein.«

»Und wie soll das alles enden?«, fragte er beiläufig, doch sie erkannte, dass er gar keine Antwort erwartete. Er betrachtete seine auf dem Bett ruhende Gemahlin, beugte sich über sie und wandte sich aufgebracht an Igrainia: »Ihr Fieber will nicht sinken.«

»Ich fürchte, dass sie sehr, sehr krank ist.«

»Ihr wisst, dass Ihr sie retten müsst.«

»Ich weiß nur, dass ich mein Bestes geben werde.«

»Wenn sie stirbt ...«

»Ja, ja, ich weiß, Ihr werdet uns alle umbringen. Dann müsst Ihr es eben tun, ich kann nur alles in meiner Macht Stehende versuchen, aber ich besitze keine magischen Kräfte.«

Wieder schien er ihr nicht zuzuhören. Seine Augen waren auf seine Gemahlin geheftet, und obschon Igrainia ihn verabscheute, fröstelte sie bei dem Gedanken, wie tief seine Liebe zu dieser Frau sein musste, dass er sich sogar an den Irrglauben klammerte, irgendjemand, irgendeine Kraft könnte den Tod besiegen.

Sie schrak zusammen, als er ihr nach einer Weile antwortete. »Es wird etwas anderes gesagt.«

Igrainia starrte ihn an, doch sein Blick wich nicht von seiner Frau. Er wusste weit mehr über Burg Langley und sie, als sie angenommen hatte.

Sie wog ihre Antwort sorgfältig ab. »Wenn ich eine Hexe

wäre, Sir, mit magischen Kräften statt heilenden Kräutern, dann hätte ich meinen eigenen Gatten gerettet.«

Nachdenklich wanderte sein Blick zu ihr, und er hob forschend eine Braue. »Madam, Eure Heirat wurde bei Eurer Geburt beschlossen, und Ihr wart hier weniger als ein Jahr die Burgherrin.«

Sie fühlte das heiße Brennen in ihren Augen und war außer sich vor Zorn. Es war eine Sache, dass er hergekommen war, ihr Volk bekämpfte, die Burg einforderte und um sein Kind trauerte, während er von ihr verlangte, dass sie das Leben seiner Frau rettete. Stärke und Macht, ja, brutale Grausamkeit wurden in einem Krieg nun einmal erwartet, und dies waren gefahrvolle Zeiten.

Aber dass er so viel über ihr Leben wusste und ihre Liebe zu einem so feinsinnigen Mann verspottete, erschien ihr wie eine Anmaßung, die weit über die Befugnisse eines Siegers hinausging. Sie biss die Zähne zusammen und kämpfte gegen ihre Tränen an, ehe sie antwortete. Groll spiegelte sich in ihren harschen Worten. »Wie könnt Ihr es wagen? Untersteht Euch, mir zu unterstellen, dass … Ihr habt Afton nicht gekannt. Vermutlich habt Ihr nie einen Menschen wie Afton kennen gelernt, und Ihr hättet ihn auch nicht verstanden! Eure Welt ist das Rauben und Raffen mit Eurem Schwert, mit Gewalt. Kämpfen mit solcher Brutalität, auf dass Ihr stets als Sieger hervorgeht. Aber es gibt auch Menschen, die die Nöte anderer sehen, Männer mit Verstand und Heldenmut, die keine Grausamkeit anwenden, weil das zu nichts führt. Mein Gemahl war so ein Mann, beherzt und doch sanftmütig, und selbst wenn ich nur einen Tag lang seine Gattin gewesen wäre, Sir, ich hätte ihn mit mehr Leidenschaft, *Bewunderung* und *Respekt* geliebt, als Ihr es *jemals* begreifen werdet.«

Sein Blick ruhte auf ihr, und sie erwartete – rechnete – mit einer spöttischen Reaktion. Stattdessen wandte er sich wieder seiner Frau zu. »Dann tut es mir Leid um Euren Verlust. Aber dennoch, dies ist – war – die Festung Eures Gatten. Und ganz gewiss war er es, der befahl, dass die schwer kranken Gefangenen in den modrigen Tiefen dieser Burg verrotten sollten, denn dort stirbt es sich schneller.«

»Es war nicht Afton! Die Männer des Königs kamen ...«

»Ein Lord muss sich nicht verbeugen, nicht einmal vor seinem König.«

»Ihr kämpft und beugt Euch dem Eurigen.«

»Ich habe mich für meinen König entschieden. Er überschreitet nicht die Grenzen von Recht und Unrecht – Grenzen, die *Euer* Gott gezogen hat, Mylady.«

»Wie merkwürdig – wo doch gemunkelt wird, dass er den Mann, der mit ihm um die Thronfolge stritt, ermorden ließ.«

Er drehte sich von seinem Platz aus zu ihr, maß sie frostig, stritt ihre Worte indes nicht ab. »Während dieser Auseinandersetzungen haben viele Männer sich hintergangen. Aber die Würfel sind inzwischen gefallen und Bruce ist König. König von Schottland. Das alles ist jetzt jedoch ohne Belang. Mir ist einzig meine Gemahlin wichtig.«

Sie ging zu dem Bett, trat neben ihn, bemüht, nicht zu zittern. »Ich habe alles in meiner Macht Stehende für Eure Gattin – und für Eure Leute – getan. Ich werde kämpfen, dass sie am Leben bleibt. Nicht, weil Ihr mich sonst töten werdet – oder auch die anderen –, sondern weil Ihr in Eurer Einschätzung irrt, dass mein ehrenwerter Gemahl kein Mitgefühl kannte und nicht wusste, was im Angesicht Gottes richtig oder falsch ist. Und menschlich.«

»Vielleicht solltet Ihr Eure Rede über Menschlichkeit vor Edward von England halten.«

»Ihr habt es bereits gesagt: Könige sind hier und jetzt nicht wichtig, sondern einzig diese Frau. Lasst meinen Gemahl aus dem Spiel, wenn Ihr wollt, dass ich mich um Eure Gattin kümmere – mit Euch im selben Raum.«

Er richtete sich zu seiner vollen Größe auf, worauf sie einen Schritt zurückwich.

Seine Finger gruben sich in ihre Schultern, hielten jedoch inne, bevor es schmerzte.

»Sie muss leben!« In seinen Worten schwangen Verzweiflung und tiefe Verwundbarkeit mit.

»Ich schwöre, ich werde alles versuchen.«

Er gab sie frei, setzte sich abermals, und kurz darauf wies Igrainia ihn an, seine Gemahlin so aufzurichten, dass sie ihr etwas von dem heilenden Gebräu aus Wein und Kräutern einflößen konnte.

Danach kühlte sie die Todkranke wieder mit feuchten Umschlägen.

Eine Stunde später machte es den Eindruck, dass Margots Fieber ein wenig gesunken war. Vater MacKinley gesellte sich zu ihnen und erklärte Igrainia, sie müsse sich ausruhen. Sie schüttelte entschieden den Kopf, bevor der Schotte einen Einwand erheben konnte. »Mir geht es gut, Pater.«

»Sir, ich möchte Euch einen Augenblick sprechen, wenn Ihr erlaubt«, wandte sich Vater MacKinley an Eric.

Der Schotte erhob sich und begleitete den Priester zur Tür. Igrainia hielt Wache am Bett der Kranken und betete.

Sie schrak zusammen, als Eric ihr unwirsch zurief: »Madam, der Priester braucht Euch für einen Augenblick.«

Stirnrunzelnd erhob sich Igrainia vom Bett und ging zu Vater MacKinley.

Der Mann nickte und wandte sich wieder seiner Gattin zu.

Verwirrt folgte Igrainia dem Geistlichen in die Halle. »Wohin gehen wir?«

»Sir Robert Neville windet sich im Fieberkrampf, und er hat darum ersucht, Euch zu sehen. Vielleicht ist es seine letzte Bitte, und deshalb gesteht Sir Eric Euch eine Minute zu.«

Sie eilten durch den Gang zu Roberts Kammer. Igrainia rauschte hinein; sie war entsetzt, wie die Krankheit Robert innerhalb kurzer Zeit zugesetzt hatte. Sogleich nahm sie das Wasser neben dem Bett und benetzte sein Gesicht. Robert war ein gut aussehender Mann, der zweite Cousin ihres Gemahls. Er hatte hellbraunes Haar und dunkle, faszinierende Augen. Seine Züge waren überaus gewinnend, wie die Aftons; er war schlank und hoch gewachsen, und die beiden waren gemeinsam ausgeritten und hatten mit Mut und Geschick gekämpft.

Jetzt war sein Gesicht bleich, seine Augen wie trübe Seen. Als sie sein Gesicht kühlte, ergriff er ihre Hand.

»Igrainia!«

»Robert, schone dich.«

»Du lebst, dem Himmel sei Dank ...«

»Gewiss, Robert. Ich bin wohlauf.«

»Sie haben die Burg. Die Abtrünnigen, die Barbaren ... du musst einen Weg zur Flucht finden.«

»Gewiss, Robert, gräm dich nicht.« Sie spähte zu Vater MacKinley; beide wussten, dass ihr diese Notlüge vergeben werden würde. »Sorge dich nicht. Ich werde schon fortkommen. Sie achten nicht auf mich.«

Es schien beinahe so, als hätte er ihre Anwesenheit vergessen.

»Sie sollte jetzt mir gehören. Sie hätte nicht so ... tief fallen dürfen. An sie. König Edward hätte mir die Burg anvertrauen sollen. Jetzt ... ist es der Tod, sie sind der Tod. Du darfst dich nicht grämen. Ich war Aftons Blutsverwandter, ich werde die Burg wieder einnehmen, ich werde dafür sorgen, dass du in Sicherheit bist ... bei mir in Sicherheit bist.«

»Gewiss, Robert, reg dich nicht auf. Du musst mit deinen Kräften haushalten. Ich werde Kräuter mit Wein aufbrühen, und du wirst davon trinken und schlafen und dieser Krankheit trotzen. Wir werden überleben, wir beide, und die Burg wird wieder uns gehören.«

Er hielt weiterhin ihre Hand, wenn auch völlig kraftlos. Sie löste sich aus seinem Griff, schob seinen Arm wieder unter die Laken. Als sie aufsah, gewahrte sie Eric Graham auf der Schwelle; er beobachtete sie. Sie wusste nicht, was er mit angehört hatte.

»Ihr müsst kommen«, sagte er nur.

Sie nickte. Robert Nevilles Lider waren geschlossen; er war nicht tot, stellte sie erleichtert fest, sondern schlief. Sie eilte zu dem Schotten und ging mit ihm zurück durch den Korridor.

Margot wälzte sich auf ihrer Schlafstatt, ihr Körper glühte. Igrainia legte ihr sogleich kalte Tücher auf, um das verzehrende Fieber in Schach zu halten.

Eric folgte ihrem Beispiel. Irgendwann ließ der Fieberschub nach. Margot schien friedlich zu schlummern.

Der Schotte schritt in der Kammer auf und ab, blieb

schließlich vor dem Kaminsims stehen und starrte in die Flammen.

Igrainia sank in den Sessel neben dem Bett und betrachtete Margot.

Sie hielt die ganze Nacht Wache.

Als der Morgen graute, streckte sie sich, war sie doch im Sessel eingedöst. Die Frau atmete noch.

Der Schotte stand weiterhin am Kamin. Sie bezweifelte, dass er in dieser Nacht auch nur eine Minute Schlaf gefunden hatte.

Sanft berührte Igrainia Margots Lippen, dann erhob sie sich und meinte an Eric gewandt: »Sie weilt noch unter uns. Ich brauche Holz für das Feuer. Und wir müssen ihr frisches Wasser einflößen. Wenn Ihr mir helfen könntet ... bitte.«

Er stieß sich vom Kaminsims ab, an dem er gelehnt hatte. Seine gesunde Gesichtsfarbe war kränklicher Blässe gewichen.

»Sagt mir, was ich tun soll.«

Seine Stimme klang rau und belegt. Es schien, als wollte er zu ihr treten, doch seine Beine wollten ihm nicht gehorchen.

Igrainia starrte ihn mit offenem Mund an und eilte instinktiv zu ihm.

»Ihr werdet doch nicht ...«

Noch während sie sich ihm näherte, verließen den Hünen sämtliche Kräfte, und er sackte polternd zu Boden.

Abrupt blieb sie stehen, ein Stöhnen entwich ihrer Kehle.

Wie erstarrt beobachtete sie, ob er sich regte.

Er reagierte nicht.

Sie kniete sich neben ihn. Seine Lider waren geschlossen. Er öffnete sie kurz, ein tiefblaues Aufblitzen. Dann bewegte er die Lippen, doch diesen entwich kein Laut. Er streckte die Hand aus. Die kräftigen Finger sanken schlaff herab, bevor er ihr Gesicht berührte. Seine Lider schlossen sich wieder.

Igrainia zögerte, dann legte sie ihre Finger auf seine aschgrauen Wangen.

Seine Haut brannte wie die Feuer der Hölle.

Jetzt hatte er keine Macht mehr über seine Männer.

3

Er hörte die Stimme seiner Frau.

Glockenhell und zärtlich, ein Flüstern, das um seine Ohren strich. Sie beugte sich über ihn und sagte ihm, dass er trinken müsse, frisches, kühles Wasser. Anscheinend durchlebte er wieder die Tage, in denen er gegen die Naturgewalt des Meeres hatte kämpfen müssen, der Weite des Himmels und der frischen Seebrise ausgesetzt. Dann herrschte Finsternis. Als er erwachte, glaubte er seine Frau wieder neben sich und dass ihr seidiges Haar seine Haut streifte.

Zuweilen kam ihm der Gedanke, dass sie tot sei, dass keine Frau, keine Hexe, kein Heiler es vermocht habe, sie zu ihm zurückzubringen – so wie sein Kind von ihm gegangen war. Seine Tochter, sanft und bezaubernd in einer Welt aus Stahl und Blut. Sie war ein strahlendes Bild der Unschuld gewesen und noch so jung. In seinen Träumen sah er sie vor sich: Ihre kleinen Finger waren mit denen der Mutter verschränkt, und beide traten zu ihm, flehten, er möge ihnen folgen. Er hörte das fröhliche Lachen seiner Tochter und Margots melodische Stimme, wenn sie leise schalt und zurechtwies. Es war ein solches Wunder gewesen, Aileen nach ihrer Geburt in den Armen zu halten, seine Hände riesig und rau an ihrer weichen Haut. Aufs Neue schien er die Zeit zu erleben, als er sie voller Staunen in den Armen wiegte und Margots Stimme vernahm. »Du hättest gern einen Sohn gehabt.«

»Eines Tages wird sie unendlich schön sein, sie ist … mein Kind. Mein Fleisch und Blut, so schön … so klein!«

»So kommen sie auf die Welt, Mylord. Sie ist nicht klein für ein Baby; das kommt dir nur so vor.«

»Sie wird groß werden, genau wie du.«

»Biegsam und geschmeidig, geliebter Gatte, wie wir beide.«

»Ihre Augen … sind wie der Himmel.«

»Sie wird zu einer Schönheit heranreifen«, bekräftigte

Margot etwas unwillig, denn Schönheit und Anmut bedeuteten ihr nicht allzu viel, und sie hätte niemals geduldet, dass ihr Kind stolz und hochmütig würde. »Und du wirst sie für viel zu gut halten, kein Mann wird dir recht sein, wenn sie ins heiratsfähige Alter kommt.«

»Ich werde sie alle davon scheuchen. Vor allem … na ja, Männer wie mich«, gestand er, und seine eigenen Worte führten ihm wieder vor Augen, wie viele Jahre sie ihn geliebt und ihm die Treue gehalten hatte, bevor er sie zu seiner Ehefrau gemacht hatte. Schon bald nach ihrer Vermählung hatte er indes erkannt, dass sie in einer Welt des Blutvergießens ein Quell des Lebens war. Nur wenige Männer fanden eine Lebensgefährtin, die sie so tief und leidenschaftlich liebten.

Sie stand immer noch vor ihm, ihre Finger berührten ihn, kühlten seine Schläfen. Und dann … verzerrte sich das Bild. Wieder wusste er, dass sie von ihm gegangen war. Mit ihrem Kind. Er öffnete die Lider. Finsternis lastete auf ihm. Das Haar, das seine Haut streifte, hatte nicht die Farbe von gleißendem Sonnenlicht, von Sommerweizen, flüssigem Gold.

Schwarz. Eine schwarzhaarige Hexe beugte sich über ihn. Er wollte einen Arm heben, um sie von sich zu stoßen. Es ging nicht. Er starrte sie an, schloss wieder die Augen: scheinbar stand die Welt um ihn herum in lodernden Flammen, eine Feuersbrunst verzehrte einen Wald.

Er bewegte die Lippen.

»Hexe.«

»Ihr dürft mich nicht fortstoßen. Die kalten Tücher müssen auf Eurem Gesicht bleiben.«

»Dunkelheit … Hexe.«

»Wenn Ihr Euch weiterhin wehrt, werdet Ihr sterben.«

Der Tod wäre so einfach, dachte er bei sich. Er könnte nach Margot greifen, nach ihrem verblassenden Traumbild, ihre Hand fassen. Mit ihr und ihrer kleinen Tochter verschwinden, von dieser Welt.

»Meine Gemahlin …«

»Bewegt Euch nicht.«

»Sie ist … tot … ich weiß es.«

Die schwarzhaarige Schlange antwortete ihm nicht.

Gewiss, Margot war tot.

Es gelang ihm, die Frau zu packen, seine Finger umklammerten ihr Handgelenk. »Meine Frau ist tot, genau wie mein Kind.«

Sie entzog sich ihm. Er hatte nicht die Kraft, sie festzuhalten.

»Ihr hättet ihn sterben lassen sollen!«, murmelte jemand.

»Wir dürfen *niemanden* sterben lassen. Dass wir alle irgendwann aus dieser Welt scheiden, ist gewiss, aber ob wir so schlecht sind, dass wir auf ewig in der Hölle schmoren müssen, wird noch entschieden werden«, lautete eine trockene, ironische Antwort. »Wir dürfen niemanden sterben lassen.«

»Er ist der Grund, warum wir alle sterben sollen!«

»Ich glaube nicht, dass die Schotten darum gebeten haben, gefangen genommen, gedemütigt und ohne Gerichtsverfahren hingerichtet zu werden.«

»Da, Ihr sagt es ja selbst! Er wäre *hingerichtet* worden!«

»Ihr geht das große Wagnis ein, sein Leben zu retten, auf dass der König seine Hinrichtung befiehlt!«

»Ich sage es noch einmal: Wir können nicht einfach einen Menschen sterben lassen …«

»Er ist kein Mensch, er ist ein Ungeheuer. Ein Anhänger dieses hinterhältigen Verräters, Bruce. Ihr König regiert nur, weil er seine Widersacher gnadenlos mordet! Er sollte sterben! Und er ist gefährlich – solange er lebt! Ihr verschwendet nur Zeit. Wenn er wieder genesen ist, wird er uns alle töten.«

Dann gingen sie.

Vielleicht, um ihn sterben zu lassen.

Da beschloss er, dass er leben wollte.

In der folgenden Woche lebte die kleine Gemeinschaft der Isolierten und Erkrankten – Engländer, Schotten, die König Edward treu ergeben und gegen die Krönung von Robert Bruce waren, und schottische Patrioten – in friedlicher Eintracht zusammen. Schließlich bekämpften alle einen gemeinsamen Feind – das grausame Antlitz des Todes.

Igrainia und Vater MacKinley erwogen lange, wie sie mit den Leichnamen der Gemahlin und der Tochter des Schotten verfahren sollten. Die Frau war einen Tag nach der Erkrankung ihres Gatten gestorben, und die Leiche des Kindes, von der Krankheit schwer gezeichnet, war schon bald der Verwesung anheim gefallen. Sie hätten auf einem der riesigen Scheiterhaufen verbrannt werden müssen, wie sie tagtäglich vor den Burgmauern errichtet wurden. Da der Mann sich jedoch wieder erholte, fürchteten sie seinen Zorn, sobald er genesen wäre.

Igrainia konnte Jennie nur zustimmen; der König von England hatte den Befehl gegeben, dass die loyalen Anhänger des hinterhältigen Bruce ohne Gerichtsverfahren hingerichtet werden sollten. Doch als die Seuche in Langley aufgetreten war – und das Regiment des Königs schleunigst abgezogen war –, hatte Afton befohlen, alle Gefangenen mit christlicher Nächstenliebe zu behandeln. Dennoch hatte die Krankheit Langley heimgesucht wie eine Schar Krähen im Winter, und einige waren auf den Söller gebracht worden. Aftons Tod war der schlimmste Schlag gewesen, und nachdem man seinen Leichnam in der Krypta eingemauert hatte, hatte Igrainia nicht fliehen wollen, war dies auch Aftons letzter Wunsch auf dem Sterbebett gewesen. Es war durchaus möglich, dass sie ein Kind von ihm unter dem Herzen trug, von daher durfte sie kein Risiko eingehen.

Sir Robert Neville lag noch immer darnieder, doch Igrainia bemerkte, dass sein Fieber gesunken war, und obschon er stark geschwächt war, erholte er sich langsam.

Genau wie der schottische Rebell.

Vater MacKinley blieb von der Seuche verschont, obwohl er sich Tag für Tag den Kranken, Sterbenden und Toten widmete. Er betete und predigte für die Gefangenen, auf dass ihre gemarterten Seelen in dem Rauch der Flammen gen Himmel aufstiegen. Indes, alle hatten Angst. Selbst Vater MacKinley. Und so wurde letztlich entschieden, die sterblichen Überreste von Frau und Kind des schottischen Rebellen in der Krypta einzumauern, neben Igrainias verblichenem Gatten.

Zehn Tage, nachdem der Rebell erkrankt war, stand sie

mit Vater MacKinley auf dem Wehrgang und sprach mit ihm darüber, was zu tun sei. Der Rebell würde überleben, so schien es, und Sir Robert Neville war auf dem besten Weg der Genesung. Niemand hatte sich mehr angesteckt. Die Überlebenden und die Gesunden hatten lange und gut zusammengearbeitet. Vielleicht lag dies gar nicht so fern, denn die Burg Langley war in dem Gebiet angesiedelt, was man lange Zeit als Grenzland bezeichnet hatte, eine Gegend, gebeutelt von Machtkämpfen zwischen Schotten und Engländern, schottischen Sympathisanten der englischen Krone und Anhängern von Bruce. Der Mord an John Comyn hatte die schottische Nation gespalten; so wie der Bruce-Clan die Thronbesteigung von John Balliol nicht unterstützt hatte, akzeptierten es viele nicht, dass Robert Bruce die Krone für sich beanspruchte. Manche waren abergläubisch, überzeugt davon, dass ein König, dessen Herrschaft mit einem Mord begonnen hatte, einem Land niemals Frieden und Wohlstand bescheren könne. Dann gab es schlicht und einfach diejenigen, die Ländereien in England *und* Schottland besaßen, und da ihr Besitz in England unter Edward I. weitaus mehr wert war als der in Schottland, schwankte ihre Loyalität von Tag zu Tag.

»Wir müssen uns Gedanken machen, was für uns alle hier das Beste ist«, erklärte Vater MacKinley Igrainia. »Wir befinden uns in einer heiklen Lage. Beide Seiten versuchen immer wieder, diesen Landstrich einzunehmen und zu plündern. Wir müssen vieles berücksichtigen, vor allem aber auch den Mann, den wir vor dem sicheren Tod bewahrt haben. Wir haben das einzig Richtige für unsere unsterblichen Seelen getan; was allerdings unsere Tage hier auf Erden betrifft ... nun ja. Die Nordländer regieren auf vielen benachbarten Inseln, und dieser Mann besitzt großen Einfluss, nicht zu vergessen die Wertschätzung seines Königs, Robert Bruce, dem er treu ergeben ist. Da Langley im Grenzgebiet liegt, erheben beide Könige einen Anspruch darauf. Die Lowlands haben sich Edward noch jedes Mal ergeben, und Bruce besitzt noch nicht die Truppenstärke, um das einzunehmen, was er wortreich sein Eigen nennt. Einige hier werden Bruce ergeben sein; die meisten fürchten die Engländer, denn sie sind schon zu oft geschlagen worden. Robert Bruce sieht sich gezwungen, seinen Kampf aus den Wäldern heraus zu führen, und greift Edwards Männer immer dann an, wenn seine Spione ihm deren Aufenthaltsort vermitteln, wenn er zuschlagen und flüchten kann. Es ist sehr wahrscheinlich, dass Edward informiert wurde, als Eric Graham mit Euch herritt und in die Burg eindrang. Vielleicht entsendet er einen Trupp Männer hierher, denn in seinem Bestreben, Bruce aufzuspüren, wird Edward niemanden dulden, der Langley belagern könnte. Auch wenn die Burg ein Haus des Todes ist, so ist sie dennoch eine trutzige Festung. Wegen dieser Sache habe ich Stunden im Gebet verbracht. Ihr seid ein wertvolles Pfand für Eric Graham. Ihr müsst ihm entkommen, bevor er wieder genesen ist und Euch als solches benutzen kann.«

»Ich fürchte, wenn ich aufbreche, wird er sich an den Burgbewohnern rächen«, wandte Igrainia ein.

Vater MacKinley schüttelte bedächtig den Kopf. Sie bewunderte und schätzte diesen Mann sehr. Er war groß, anmutig in seiner Bewegung, ein ernster Denker und Mahner in allen Belangen. Geboren in Irland, hatte er seinem Gott in Italien, Frankreich, England und Spanien gedient, bevor er zu ihnen nach Langley gekommen war. Er glaubte fest daran, dass die Seele des Menschen weitaus bedeutsamer sei als sein kurzes Erdenleben, und vertrat die Auffassung, dass der Adel für das Leben wie Wohlergehen seiner Untergebenen zu sorgen habe. So wie Gott der Herrscher des Himmels und alle Menschen seine Schäflein waren, regierten die Adligen auf Erden, und ihre Untertanen waren ihre Herde, die beschützt und versorgt werden musste. Mord war eine Todsünde, und er schien Edward I. und dessen Plänen, Schottland auf grausamste Weise zu unterwerfen, wenig Verständnis entgegenzubringen. Andererseits stand er Robert Bruce zwiespältig gegenüber, obgleich der Ausspruch von ihm stammte, dass dieser für sein eigenes Land kämpfte, wohingegen Edward kämpfte, um andere zu unterwerfen.

»Dieser Mann wird keine Rache an Euren Leuten nehmen«, meinte Vater MacKinley.

»Er hat gesagt, dass er jeden tötet, wenn seine Frau stirbt. Und jetzt ist sie tot, Vater, obschon uns keine Schuld trifft.«

»Das weiß er. Selbst geschwächt, krank und wirren Geistes weiß er das.«

»Wir dürfen kein Risiko eingehen.«

»Ihr seid das einzige Risiko.«

»Er würde mich töten und die anderen verschonen?«

Vater MacKinley schüttelte den Kopf. »Tot seid Ihr völlig wertlos für ihn.«

»Dann sollte ich bleiben.«

»Eben nicht, Igrainia. Ihr müsst zu Eurem Bruder zurückkehren. Ihr hattet es gut hier bei Lord Afton. Aber wie Ihr sicherlich wisst, ist eine Ehe nicht immer so erfüllend. Geht zurück zu Eurem Bruder, lasst Euch von ihm beschützen, lebt auf dem Besitz außerhalb von London, wo die Tage nicht von Krieg und Tod überschattet werden. Vielleicht werdet Ihr irgendwann erneut heiraten.«

»Nein.«

»Man erwartet von Euch, dass Ihr eine neue Bindung eingeht, und mit Eurem Bruder als Fürsprecher wird Euch das nicht schwer fallen. Ihr wollt es vielleicht nicht wahrhaben, aber auch Euch winkt eine glückliche Zukunft. Ihr dürft nicht hier bleiben. Dieser Mann ist zu allem fähig. Er kann Euch ins Elend stürzen, mit der englischen Regierung um Euer Leben zu verhandeln … Um Eurer Sicherheit, Eurer Ehre – Eures Seelenheils! – willen müsst Ihr verschwinden. Als Adlige in Gefangenschaft leben zu müssen ist schlimmer als der Tod. Bedenkt doch nur, was König Edward den Frauen der Schotten angetan hat!«

Igrainia dachte mit Schrecken daran, wie Robert Bruces Schwester Mary und die junge Countess of Buchan, die zu Robert Bruces Krönung geeilt waren, von König Edward bestraft worden waren: er hatte sie in Käfigen vor den Burgmauern von Berwick und Roxburgh zur Schau gestellt – wie wilde Tiere. Tag um Tag hatten sie in ihrem hölzernen Gefängnis darben müssen. Die gleiche Bestrafung war ursprünglich für Marjorie, die zwölfjährige Tochter Bruces, befohlen worden, aber glücklicherweise hatte eine ganze Reihe von königstreuen Männern eingewandt, dass ein solches Urteil zu brutal sei für ein Kind, worauf das Mädchen in ein Kloster verbannt worden war. Die Gemahlin von Bruce, Tochter eines englischen Grafen, wurde auf dem Herrensitz Burstwick-in-Holderness gefangen gehalten und streng bewacht.

Igrainias Vater war ein Graf gewesen; ihr Bruder hatte den Titel übernommen. Aber er war jung und besaß noch keinerlei Einfluss. Wenn die Schotten sie aufgreifen und zur wertvollen Trophäe erklären würden, drohten ihr in der Tat ernsthafte Konsequenzen.

»Was, wenn Ihr irrt?«, fragte sie leise. »Was ist, wenn ich fort bin und er in seinem Groll sogar Euch hinrichten ließe?«

»Die wenigsten Kirchenmänner haben mit der Axt Bekanntschaft geschlossen, selbst in Zeiten solcher Rachsucht und Brutalität.«

»Die anderen ...«

»Er hat die Männer aus Eurer Eskorte, die sich ihm unterwarfen, nicht getötet.«

»Seit er hier weilt, liegt er die meiste Zeit geschwächt und ohnmächtig darnieder.«

Vater MacKinley schüttelte den Kopf. »Bevor er an das Krankenbett seiner Gemahlin eilte, hat er den Befehl erteilt, dass keiner getötet werden soll, es sei denn, er verweigert ihm den Gehorsam. Der Schwarze Tod hat Langley schlimm genug zugesetzt. Im Gegensatz zu anderen findet er keinen Gefallen am Blutvergießen. Igrainia, Ihr seid es, um die ich fürchte. Ich bitte Euch, verlasst diesen Ort.«

»Aber wie? Ich habe keine Eskorte, und die meisten Frauen sind krank. Ich kann nicht einmal Jennie mitnehmen, da sie hier gebraucht wird. Und ich kann nicht mit Sir Robert Neville aufbrechen, der immer noch schwer krank ist, aber eigentlich schleunigst von hier fortgebracht werden sollte. Er ist ein Verwandter meines Mannes und angesichts der Schotten gewiss in großer Gefahr.«

Vater MacKinley maß sie für Augenblicke und lächelte unmerklich. »Nein, aus den genannten Gründen könnt Ihr nicht mit Sir Robert gehen. Indes müsst Ihr nicht um ihn fürchten: Sir Robert ist bereits auf dem Weg nach Süden. Er und sein Knappe sind heute Morgen durch den unterirdischen Gang am Ende der Krypta entwischt.«

Igrainia verschlug es den Atem. »Man hat mich nicht einmal davon in Kenntnis gesetzt!«

»Ich hielt es für das Beste, seine Flucht so rasch wie möglich in die Wege zu leiten, doch nicht, um Euch zu hintergehen. Die Gelegenheit ergab sich heute Morgen, und ich musste sie beim Schopf packen. Die abtrünnigen Schotten waren im Hof beschäftigt, ausgenommen der Mann, der Eric Graham und die Tür zu den Herrschaftsgemächern bewacht. Bislang weiß niemand, dass er fort ist. Und wir müssen Euch auf die gleiche Weise fortschaffen. Wir können die Tore nicht öffnen, die Zugbrücke nicht hinunterlassen. Bereitet Euch alsbald auf Eure Flucht vor. Ihr werdet als arme Frau getarnt gehen, Friede und Einkehr auf einer Pilgerfahrt zu den Wallfahrtsstätten im Süden suchen. Ich flehe Euch an, Igrainia. Ich habe lange und inständig gebetet. Den zurückbleibenden Burgbewohnern wird nichts geschehen. Ihr könntet wertvoll für die Schotten sein, und deshalb seid Ihr in großer Gefahr. Ich habe das im Gebet lange und ausführlich erwogen. Ich weiß, dass Ihr aufbrechen müsst. Und ich hoffe, dass Gott mich mit seiner Weisheit durchdrungen hat.«

In den ersten Tagen, als das Fieber sank, war Eric so geschwächt, dass er nur in seinem Bett liegen und lauschen konnte.

Er lauschte auf jedes Geräusch.

Seine Glieder waren wie geschunden und erschlafft, dennoch schmerzte ihn das Wissen um den erlittenen Verlust weitaus mehr. Sein Kind, seine Gattin. Es gab Zeiten, da hielt er es für sinnlos zu leben, neue Kräfte zu sammeln.

Doch mit dem Tod der Liebsten wurde eine Idee geboren, die ihn intensiv beschäftigte. Er würde genesen und vom Krankenbett aufstehen, denn vor ihm lag noch ein langer Kampf. Er wollte sich erheben, weil er siegen würde.

Noch bevor die anderen erkannten, dass er wieder zu Kräften gekommen war, würde er dies tun. Er wusste, dass viele seiner Gefolgsleute die Krankheit überlebt hatten, denn sie besuchten ihn im Krankenzimmer; einer seiner Anhänger wachte ständig in einem Sessel neben ihm. Der Priester kam und ging. Die Burgfrauen bedienten ihn, wurden indes beobachtet. Er kannte die eine Stimme, die oft mit den anderen tuschelte; die Stimme desjenigen, der gesagt hatte, man solle ihn sterben lassen. Er war froh, dass er so viele Männer um sich geschart hatte, die argwöhnisch und umsichtig waren, sodass seine Widersacher kein Gift in die Brühe mischen konnten, die sie ihm zur Stärkung brachten.

Er wusste so vieles, weil er gespannt dort lag, die Lider geschlossen.

Und lauschte.

Er hatte mehr als zwei Wochen das Bett gehütet. Margot war bald nach seinem Zusammenbruch gestorben.

Sir Robert Neville, ein Anverwandter des verblichenen Lords of Langley, war mithilfe des couragierten Priesters entkommen.

Genau wie die Lady of Langley.

Er verstand das Ansinnen des jungen Priesters, und er bewunderte ihn wegen der Tatsache, dass er selbst hier ausharrte. Er fragte sich, ob er gerettet worden war, weil der Mann Ehrfurcht vor Gott hatte oder weil seine eigenen Männer in der Burg weilten und alle gemeuchelt hätten, wenn er gestorben und sie ohne Anweisungen zurückgeblieben wären. Allerdings mutmaßte er, dass der Priester seine Leute richtig einschätzte und wusste, dass sie nicht willkürlich töteten.

Hinzu kam der Umstand, dass Langley lange Zeit eine Bastion im Grenzgebiet gewesen war und dass die Loyalität häufig schwankte. Der verstorbene Lord hatte seine Wurzeln in England und in Schottland gehabt. Seine Mutter war keltischer Abstammung gewesen, und in der Vergangenheit hatte Langley eher neutral gewirkt. Die gewaltigen Tore und die Zugbrücke waren auf Befehl derjenigen bewegt worden, die dem König dienten, aber Pembrokes Heer war nicht weit entfernt gewesen, und wenn dessen Zorn von der Verfolgung Robert Bruces auf die völlige Unterwerfung von Langley umgelenkt worden wäre, hätten die Burg und deren Bewohner vermutlich eine herbe Niederlage erlitten. So bedauerlich es auch sein mochte, aber die Bewohner der Lowlands hatten guten Grund, sich vor Edward von England zu verneigen, ehe sie vor Robert Bruce den Kniefall machten.

Er ruhte in den Herrschaftsgemächern, in dem selben Bett, in dem Margot gestorben war. Und oft genug legte sich der Schmerz über ihren Verlust und den seiner unschuldigen, liebenswerten Tochter Aileen so bleischwer um sein Herz, dass ihn nicht einmal sein Zorn, sein Leid und sein Hass aufzurütteln vermochten. Aber es gab auch Zeiten, in denen er allein im Raum war und sich seines Schwurs besann, dass er leben wollte. Und in jenen Augenblicken regten sich seine Lebensgeister. Er bewegte seine Muskeln. Der Priester kam gelegentlich zu ihm, um nach dem Rechten zu schauen, doch Eric hatte den Tod besiegt, und es gab andere, die den Zuspruch des Geistlichen nötiger hatten. Er wusste, dass seine Männer die Tür bewachten und mit den Dienstmägden hereinkamen, wenn diese ihn versorgten. Doch als die Tage verstrichen, ließ man ihn zunehmend mehr allein, und in diesen Stunden begann er, seine geschwächte Muskulatur zu stählen. Zunächst seine Hände, weil ihm in den ersten Tagen nach den schlimmsten Fieberschüben, Albträumen und Visionen nicht einmal seine Finger gehorchen wollten. Allmählich lernte er wieder zu greifen, die Arme zu heben, sich aufzusetzen, dann hinzustellen und schließlich zu gehen. Er zwang sich zu essen, denn ihm war gewärtig, dass er wieder zu Kräften kommen musste. Und er wusste auch, dass seine Männer in der Küche wachten. Er hütete das Bett, bis er sich gekräftigt fühlte, dann stand er auf und rief Peter MacDonald zu sich; er brauchte Wasser und ein ausgedehntes Bad in entspannend heißem Wasser. In all den Tagen, in denen er sich unruhig hin und her geworfen hatte, war ihm bewusst gewesen, dass er noch blutige Spuren des Kampfes trug und dazu den Schweiß der Krankheit. Er wollte sich endlich wieder sauber fühlen.

Während er badete, hörte er Peter aufmerksam zu, der allerdings keine Ahnung hatte, wie der bettlägerige Robert Neville, der sich kaum rühren konnte, und die Lady hatten fliehen können, da die Tore ständig bewacht gewesen seien.

»Keiner will reden«, erzählte Peter ihm.

Eric nickte.

»Offenbar gibt es einen Geheimgang aus der Burg hinaus. Und von daher auch einen Weg in die Burg. Ich werde herausfinden, was es damit auf sich hat.«

»Habt Ihr denn die Kraft, sie zum Reden zu bringen?«, erkundigte sich Peter. Er war noch nicht alt, doch seine Züge waren wettergegerbt und sonnenverbrannt. Genau wie Eric war er ein Seefahrer, am Meer geboren, und ein geschickter Krieger.

Ihnen blieb gar keine Wahl.

»Heute werde ich ihnen darlegen, dass die Burg im Namen von Bruce belagert ist. Und dass wir ihre Geheimnisse aufdecken werden. Aber bald, schon sehr bald …«

»Bald …?«

»Werden wir Gleiches mit Gleichem vergelten«, sagte Eric leise.

Nachdem er sein Bad genommen hatte, streifte er ein Leinenhemd und eine Hose über, die dem verblichenen Burgherrn gehört hatten, fand seine Stiefel und ging die Treppe hinunter. Er zog sich einen Stuhl ans Ende der langen Tafel im Saal, legte einen gestiefelten Fuß auf den Tisch, worauf der bedauernswerte alte Burgverwalter vor Schreck erstarrte.

»Ja, ich bin völlig genesen«, brummte Eric. »Und ich habe Appetit auf gutes Brot und Fleisch. Gibt es hier solche Delikatessen?«

Der alte Bursche nickte benommen und wollte davoneilen.

»Warte. Wie heißt du?«

»Garth, Mylord.«

»Nun, Garth, freut mich zu sehen, dass du so rührig bist und in weit besserer Verfassung als bei meiner Ankunft.«

»Und Ihr, Sir, habt die Krankheit offenbar auch überwunden.«

»Das habe ich. Sehr zu deinem Bedauern, scheint mir.«

Der Alte zuckte mit den Achseln. »Mich kümmert es nicht. Könige und Adlige führen Krieg. Männer wie ich haben lediglich zu dienen, bis sie sterben.«

»Das ist nicht wahr, Garth. Der gemeine Schotte ist der Soldat, der sein Land befreit.«

»Der gemeine Schotte ist derjenige, der stirbt, abgeschlachtet von den Heeren, ausgezehrt von beiden Seiten.«

»Langley hat dem viele Jahre lang getrotzt.«

»Langley könnte nur fallen, wenn es von innen geschieht.«

Eric legte seine Stirn in Falten und blieb ihm eine Antwort schuldig. Ganz recht, das traf zu. Ohne eine gewaltige Kriegsmaschinerie und ein riesiges Heer, das gegen sie anrückte, würde diese Burg nicht fallen.

Außer von innen. Und wenn es einen Weg gab, um Männer und Frauen hinauszuschleusen, dann vermochten auf ebendiesem Weg auch Verräter in die Burg zu schlüpfen.

»Gottes Wille«, sagte Eric nach einer Weile zu Garth. »Hätte man uns nicht gefangen genommen, um uns zu foltern und zu quälen, wäre dieser Tod nicht über Langley gekommen. Manche nennen es ein Gottesurteil.«

»Und manche«, ertönte eine Stimme von der Türschwelle, »könnten es auch den Wahnwitz einiger fehlgeleiteter Männer nennen, die sich mit Waffengewalt ihren Weg erkämpfen.«

Eric grinste dem Geistlichen zu, der im Eingang zum Rittersaal stand. »Seid gegrüßt, Vater MacKinley. Ich wollte schon nach Euch schicken.«

»Ihr wirkt völlig genesen.«

»Gewiss. Die Krankheit ist besiegt.«

»Ist sie das?«, wollte der Priester wissen. »Mir scheint, dass eine weitaus schlimmere Krankheit in Eurer Seele wütet.«

»Meine Seele kümmert mich derzeit wenig, so Ihr mir diesen Einwurf vergeben könnt, Vater.«

»Ob ich Euch vergebe oder nicht …«

»Wir wollen hier keine philosophische Diskussion über meine Seele anfangen, Vater. Andere Dinge bedürfen der Klärung. Zunächst einmal, Garth, bin ich sehr hungrig.«

»Gewiss, Sir.«

Er wandte sich zum Gehen.

»Garth.«

Der Mann verharrte und blickte sich zu ihm um. Wachsam, aber auch erschöpft.

»Ich finde wirklich keinen Gefallen an Tod und Blutvergießen. Gleichwohl – sollte man mich oder einen meiner Gefolgsleute hier vergiften, wird die Vergeltung nicht auf sich warten lassen, und wer von unserer Hand stirbt, wird es bereuen, dass er nicht von der Pest dahingerafft wurde. Du hast mich verstanden.«

»Gewiss, Mylord. Das hat Euer Gefolgsmann, MacDonald, schon zu Beginn Eurer Krankheit eindeutig zu verstehen gegeben.«

Eric grinste. Dem Himmel sei Dank für Peter MacDonald, seine rechte Hand. Wegen Peter und dieses Priesters hatte er überlebt. Obwohl er eigentlich hatte sterben sollen. Obwohl er mit Freuden gestorben wäre. Er durfte nicht zu lange darüber nachdenken. Dann trübten finstere Wolken seine Vision, der bohrende Schmerz stellte sich wieder ein, und er wollte zürnen und wüten, das Gemäuer Stein für Stein auseinanderreißen … doch nichts würde ihm Margot und seine Tochter zurückbringen.

»Gut. So trag das Essen auf. Vater MacKinley, setzt Euch.«

Garth verließ hurtig den Saal, um das Erbetene zu holen. Vater MacKinley setzte sich, sein Blick war argwöhnisch.

»Und nun, Vater, berichtet mir vom Stand der Dinge.«

»Der Stand der Dinge?«, wiederholte der Geistliche. »Krieg, wenn ich nicht irre. Solange ich mich erinnern kann, ist hier Krieg gewesen.«

»Ah ja, auch eine Art zu leben, oder? Aber Pater, Ihr wisst genau, was ich meine.«

»Ich bin sicher, dass Ihr alles wisst, was sich hier zugetragen hat, und dass Euer Gefolgsmann MacDonald Euch auf dem Laufenden hält.«

»Ja, aber ich würde gern Eure Einschätzung der derzeitigen Situation in der Burg hören.«

»Die Seuche scheint gebannt. Ein Großteil der bedauernswerten Opfer ist auf großen Scheiterhaufen verbrannt worden, vor den Burgmauern.«

»Ein Großteil der Toten.«

»Eure Gemahlin und Euer Kind sind in der Krypta bestattet, gemeinsam mit dem verstorbenen Lord Afton.«

Versunken blickte Eric auf seine Hände. »Man wird die Messe lesen müssen«, murmelte er leise.

»Das ist geschehen. Vor Gott sind alle Menschen gleich.«

Erics Lippen verzogen sich unmerklich. MacKinley war entweder ein Narr oder ein ausgesprochen mutiger Mann.

»Wo ist Eure Herrin?«

MacKinley versteifte sich ob Erics gleichmütig klingender Frage.

»Fort.«

»Das ist augenscheinlich. Fort, wohin?«

»Zurück zu ihrem Bruder.«

»Die junge Witwe ist nach England zurückgekehrt, um ein Unterpfand in einer anderen vorteilhaften Eheschließung zu werden.«

»Zurückgekehrt in den Schoß ihrer liebevollen, fürsorglichen Familie.«

»Wann ist sie abgereist?«

»Ich weiß nicht mehr genau ...«

»Wann?«

»Vor einigen Tagen.«

»Wie vielen?«

»Vielleicht fünf ... oder sechs.«

»Aha. Dann kann sie noch nicht weit gekommen sein.«

»Sie ist nun schon seit einiger Zeit fort. Es wäre töricht, ihr zu folgen.«

»Aber sie ist zu Fuß gegangen.«

Das Stirnrunzeln des Priesters bewies Eric, dass er richtig getippt hatte.

»Wie ...«

»Gewiss ist sie durch einen Geheimgang verschwunden, sonst hätten meine Männer davon erfahren. Also muss sie zu Fuß aufgebrochen sein. Ich denke, ich bin in der Lage, sie zu finden.«

»Sie war nicht verantwortlich für die Seuche. Sie hat Euch das Leben gerettet.«

»Ich habe überlebt. Sie ist nicht fähig, Leben zu retten. Meine Gemahlin ist tot.«

»Sie ist keine Zauberin.«

»Man sagt, sie sei eine Wunderheilerin.«

»Keiner kann Wunder vollbringen.«

»Ich sage es noch einmal: Meine Frau ist tot. Und meine Tochter. Ein Geschöpf, dessen Seele so rein, so unschuldig ...«

»Hier zählt einzig ...«

»Nichts anderes zählt. Meine Frau und mein Kind sind tot.«

»Aber Ihr habt überlebt.« MacKinley beugte sich zu ihm vor und sprach ungewohnt eindringlich: »Der Allmächtige hat es so gewollt, und deshalb solltet Ihr ihm auf Knien danken und die unschuldige Frau ziehen lassen, die Euch gesund gepflegt hat. Dankt Gott und umarmt das Leben, dann werdet Ihr allmählich wieder den Sinn Eures Daseins begreifen.«

»Vater, Ihr braucht nicht so auf mich einzureden, als wäre ich ein verirrtes Schäflein aus Eurer Herde«, sagte Eric spöttisch. »Es gibt nur einen Grund zu leben. Schottland.«

»Ein Mensch muss mehr haben als Kampf und Blutvergießen, wofür es sich zu leben lohnt, Sir. Ihr habt viel verloren, aber auch viel gewonnen. Ihr haltet diese Burg, und Euer Mann, Robert Bruce, ist König. Deshalb ...«

»Gewiss, er ist König. Aber er regiert Schottland nicht. Wohin ist die Lady aufgebrochen?«

MacKinley runzelte die Stirn. »Ich habe Euch ganz gewiss nicht angelogen. Ich habe es bereits gesagt: Lady Igrainia ist auf dem Weg zu ihrem Bruder, dem jungen Grafen.«

»Aber es gab niemanden, der sie hätte begleiten können; ich war zwar lange krank und ans Bett gefesselt, dennoch weiß ich sehr wohl, was hier vorgeht. Meine kleine Schar von Männern bewacht die Arbeiter auf der Burg. Einige der bedauernswerten Seelen, die im Namen Edwards von England unter Waffen stehen, haben bereitwillig die Seiten gewechselt. Vielleicht wechseln sie ebenso bereitwillig zurück, aber ... aber nicht solange wir die Befehlsgewalt innehaben. Einen Teil der überlebenden Arbeiter und Handwerker kümmert es wenig, wer die Burg hält, solange sie in Frieden leben und arbeiten können. Diejenigen, die dem König von

England die Treue halten, schmachten in den Kerkern unter uns, wo der Odem des Todes noch immer das Gestein durchdringt. Ihr hattet keine Möglichkeit, eine Eskorte für die Burgherrin zusammenzustellen. Also reist sie allein oder mit einer Zofe oder einem Lakaien, mehr nicht. Und selbst an der englischen Grenze würde sie es nicht wagen, ihre wahre Identität zu lüften. Sie wäre viel zu reiche Beute, die nicht einmal ein loyaler englischer Abtrünniger verschmähte. Nun denn … Sie wird sich einen alten wollenen Umhang umgelegt haben und als arme Pilgerin umherstreifen. Habe ich Recht?«

MacKinley brauchte nicht zu antworten. Seine Wangen waren flammend rot.

»Ihr müsst sie ziehen lassen. Sie trifft keine Schuld.«

Eric fühlte die in ihm aufkeimende Wut. »Sie war die Gemahlin von Afton of Langley. Langley spielte den Gastgeber für Edwards Männer, die schottische Nationalisten ermorden und ihre Gattinnen gefangen nehmen, demütigen und foltern sollten. Sie hat sich mitschuldig gemacht und sich versündigt, Pater.«

»Ihr irrt. Ihr dürft sie nicht verurteilen … Ihr dürft sie nicht …«

Eric maß den Priester angewidert. »Ich habe kein Interesse an Eurer Hexe, Priester. Für die Sache der Schotten ist sie indes wertvoll. Ihr wisst, was mit einigen adligen Damen Eures Landes geschehen ist, Vater. Die Kunde hat sich wie ein Lauffeuer verbreitet.«

Mit einem riesigen Tablett betrat Garth den Saal. Frisch gebratenes Wildbret, ein Laib Brot und ein Krug Bier befanden sich darauf.

Eric beobachtete Garth, als dieser das Essen auftrug. »Garth of Langley, du bist schon seit langem hier in Diensten. Setz dich zu uns.«

»Das Fleisch ist nicht vergiftet«, meinte Vater MacKinley. »Wir haben Euch nicht das Leben gerettet, um Euch dann zu vergiften.«

»Trotzdem werdet ihr beiden meine Vorkoster sein.«

Vater MacKinleys Blick war auf Eric geheftet, als er einen riesigen Bissen Fleisch abschnitt und vertilgte; mit dem Brot verfuhr er ebenso. Erics Blick wanderte zu Garth, der ebenfalls Fleisch und Brot in sich hineinstopfte.

»Das Bier«, räumte Eric ein.

Beide Männer tranken davon.

Darauf langte Eric zu, plötzlich wie ausgehungert, doch sich bewusst, dass er mit dem fetten Fleisch aufpassen musste, nachdem er so lange krank gewesen war. Als er gesättigt war, fiel ihm auf, dass beide Männer ihn schweigend beobachteten.

Er lehnte sich zurück. »Euch beiden steht es frei, die Burg zu verlassen, sofern ihr das wünscht.«

Keiner der beiden reagierte.

»Habt ihr nicht gehört? Es steht euch frei, nach Süden zu reisen, auf sichereren Boden.«

»Wohin sollte ich denn gehen?«, wollte Garth von ihm wissen. »Ich habe bereits mein ganzes Leben lang hier gearbeitet.«

»Diese Menschen sind mein … sie sind meine Herde«, räumte MacKinley ein. »Und ich möchte Frieden halten zwischen ihnen und Euch.«

»Ihr müsst den Frieden wahren zwischen ihnen – und Peter MacDonald.«

»Ihr verlasst uns?«

»Ganz recht.«

»Um Euch Bruce auf dem Schlachtfeld anzuschließen?«, erkundigte sich der Priester hoffnungsvoll.

»Ihr wisst genau, dass ich das nicht tun werde. Ja, ich breche auf, aber ich werde mich Bruce nicht anschließen – noch nicht. Ich wurde ausgesandt, um Männer für seine Schlachten anzuwerben, und war daher auf See, wo wir den Mann fanden, der uns mit dieser entsetzlichen Krankheit ansteckte. Ich wollte mit weiteren Bewaffneten zu meinem König zurückkehren. Und wir werden schon bald Unterstützung von vielen irischen Stammesführern bekommen. Aber wir selbst … nun … wir haben so viele Krieger verloren. Dennoch glaube ich, dass ich Robert Bruce eine politisch wertvolle Trophäe überbringen werde.«

»Ihr meint doch nicht …«

»Die Lady of Langley? Die überaus wohlhabende Tochter

des verstorbenen Earl of Wheaten? Doch, exakt die meine ich.«

»Ihr wollt sie … an Robert Bruce ausliefern?«

»In der Tat.«

»Aber – aber – sie ist lange fort. Ihr werdet sie niemals aufspüren.«

Eric erhob sich, trat zu dem Priester und blickte auf ihn hinab.

»O doch, das werde ich. Ihr habt mir erklärt, dass ich etwas finden werde, wofür es sich zu leben lohnt. Ich habe es gefunden, Vater. Ich lebe nur für zwei Dinge: Schottland – und Vergeltung. Glaubt mir, Vater, ich täusche Euch nichts vor. Ich beabsichtige sie zu finden. Und das werde ich auch.«

»Aber … dann …«

»Dann wird die Dame den Preis des Krieges zahlen«, sagte er schlicht.

Mit festen Schritten verließ er den großen Saal. Völlig beherrscht und erhaben wirkend, stieg er über die Treppe nach oben. Peter wartete auf der Schwelle zu den Herrschaftsgemächern und öffnete ihm schnell die Tür.

Eric gelang es noch, die Kammer zu betreten, ehe er zusammenbrach. Peter half ihm ins Bett. Energisch fasste er die Schultern seines Gefolgsmanns.

»Sie können nicht wissen, dass ich noch nicht wieder im Vollbesitz meiner Kräfte bin.«

»Gewiss nicht«, versicherte ihm Peter. »Dennoch sollte ich mich auf die Suche nach der Lady of Langley machen. Ihr habt noch nicht die Kraft …«

»Eure Kräfte werden hier gebraucht, Peter. Die Burg ist nicht sicher, und sie muss gegen die Engländer gehalten werden.«

»Ja, aber könnt Ihr denn überhaupt reiten?«

»Gewiss, Peter. In ein paar Tagen sicherlich. Mit jeder Stunde fühle ich, wie meine Kräfte zurückkehren. Ich brauche Essen und noch ein bisschen Ruhe. Dann werde ich bereit sein. Und ich werde reiten, ich werde sie finden, und ich werde sie zurückbringen.«

4

Igrainia reiste entschieden anders, als sie es gewöhnt war.

Das erste Mal, als sie die Grenze überquert hatte, war sie mit ihrem Vater, seinen Rittern, Knappen und einem Tross von Adjutanten geritten. Die Ritter hatten beeindruckend ausgesehen in ihren schimmernden Rüstungen und Harnischen und den Farben ihres Vaters – Rot, Schwarz und Gelb. Die Pferde waren genauso augenfällig gewesen. Sie war von Jennie und zwei anderen Zofen begleitet worden, und wann immer sie müde geworden waren, hatten sie sich in den mitgeführten Wagen ausruhen können. Unterwegs hatten sie in Burgen und Herrenhäusern Rast gemacht, waren mit Begeisterungsstürmen, Festen, warmem Wein und jedwedem Luxus empfangen worden. Später, auf ihren Reisen mit Afton, waren sie stets mit großer Eskorte aufgebrochen, und man hatte sie auf den prächtigsten Gütern willkommen geheißen. Sie hatte Menfreya geritten, ihre hübsche, sanfte Stute. Regen, Schnee, Hagel, Wind und Schmutz waren ihre ständigen Begleiter auf den Landstraßen gewesen. Manchmal, im Sommer, war es sehr heiß gewesen, doch sie hatte die Sonne geliebt und den leichten, feuchten Windhauch, der meist mit der Jahreszeit einherging. Sie hatte das Reisen immer geliebt, und es genossen, andere Orte und neue Menschen kennen zu lernen. Natürlich war es nicht ungefährlich gewesen, indes hatte sie sich ohne eine bewaffnete Wache nie weit fortgewagt.

Diese Reise war ganz anders.

Gemeinsam mit John Simpson und seiner Frau Merry war sie heimlich aus der Burg geflüchtet. Beide arbeiteten seit Urzeiten in der Burgküche von Langley, waren seit ewigen Zeiten verheiratet, und da sie nicht mit eigenen Kindern gesegnet waren, hatten sie Igrainia in ihr Herz geschlossen. Mittlerweile waren beide schon recht betagt. John war groß und hager, Merry dagegen klein und rund wie eine Kugel, mit gütigen, blauen Augen und silbergrauen Haaren. Selbst den schlimmsten Augenblicken konnte sie noch etwas Positives abtrotzen und beteuerte stets, alles liege in Gottes Hand und der Mensch dürfe sich nur wundern, bis der große Tag gekommen sei und sich die Tore des Himmels für ihn öffneten. Sie war eine wundervolle Begleiterin, genau wie John, der gern über sein Schottland aus den Tagen von König Alexander erzählte und die Schönheit des Landes in Friedenszeiten pries.

Es waren nicht ihre ›Pilgergefährten‹, die Schwierigkeiten mit sich brachten, sondern die Reise an sich.

Notgedrungen hatten sie die Burg auf Schusters Rappen verlassen. Vater MacKinley hatte ihnen die Richtung gewiesen, wo sie auf eine winzige Gemeindekirche stoßen würden – etwas nördlich von der allzeit befehdeten Grenze gelegen. Dort angelangt, würden sie von einem seiner alten Freunde Pferde bekommen. Auch wenn John hurtig mit seinen langen, sehnigen Beinen ausschritt, dauerte ihre Reise zu Fuß doch über zwei Wochen, denn Merry humpelte und stolperte des Öfteren, und sie mussten häufig Rast machen. Überdies trugen sie Proviant bei sich, und der wurde mit jedem Schritt in dem unwegsamen, felsigen Gelände schwerer. Nachts schliefen sie zusammengerollt unter Wolldecken auf dem Erdboden, was für Igrainia kein Ungemach war – sie liebte das Gefühl, eins mit der Dunkelheit und Millionen von Sternen zu sein –, aber Merry war der Boden zu hart und John nicht minder, und die beiden wachten jeden Morgen stöhnend auf, humpelten eine Weile umher, bis ihre Verspannungen nachließen und ihre steifen Knie und Ellbogen knackten. Sie wagten es nicht, Feuer zu machen, aus Furcht, sie könnten von marodierenden schottischen Abtrünnigen bemerkt werden, und so aßen sie Beeren, die sie am Wegesrand fanden, und teilten sich Brot und Käse gut ein. Wasser gab es im Überfluss – das Land war mit Teichen, Weihern und Seen gesegnet. Das Wetter war ausgesprochen mild, und nachts entkleidete Igrainia sich manchmal bis auf ihr Unterkleid, watete durch den eiskalten, doch einladenden Fluss und nahm ein ausgiebiges Bad, bis ihre Haut vor Kälte bläulich schimmerte.

Sie waren wachsam und hielten sich viele Tage lang an

die Waldwege, wie Vater MacKinley es ihnen beschrieben hatte. Sie wanderten, als wären sie allein auf diesem Erdenrund, und es war eine herrliche Welt: das sonnenbeschienene Land ein Meer von Sattgrün und Pastell, die Wälder ein Schatten spendender Hort. Einmal passierten sie einen riesigen gespenstischen Gutshof, der niedergebrannt war, die Felder verdorrt, die verkohlten Überreste der Ställe und Schuppen grausige hölzerne Skelette. Gleichwohl erholte sich die Natur schnell; das Gras, niedergetrampelt von Streitrössern, spross jedes Jahr aufs Neue, Wildblumen wuchsen im Überfluss. Selbst hier fing das Gras schon wieder an zu wachsen, und wilde, bunte Ranken wucherten um die Ruinen und würden die Gräueltaten der Vergangenheit irgendwann übertünchen.

Schließlich erreichten sie das Dörfchen, wo Vater MacKinleys Freund, Pater Padraic, aus seiner kleinen Kirche trat, umringt von Kindern, die den Neuankömmlingen entgegen liefen. Igrainia schwieg, als John sie als eine Familie auf Wallfahrt vorstellte und dem Geistlichen die Briefe überreichte, in denen um Pferde und freies Geleit für die Pilger ersucht wurde. In einen kratzigen, grauwollenen Kapuzenumhang gehüllt, überlegte Igrainia, wie der freundliche Mann wohl reagieren würde, wenn er die Wahrheit über sie erführe. Vater Padraic, sehr betagt, mit langem weißem Haar und wallendem Rauschebart, beäugte sie mit forschendem Blick. Sie war sich gewiss, dass er in ihr eine junge, wohlhabende Frau erkannte, die in den Süden flüchtete.

Gleichwohl ließ er sich nichts anmerken, sondern hieß sie in seinem Dorf willkommen und erklärte ihnen, dass sie in dem alten Nonnenkloster eine behagliche Unterkunft fänden. Dort machten auch andere Pilger Rast, denn es sei ein beliebtes Quartier auf der Reise zu den vielen Wallfahrts- und Gedenkstätten in England. Hier wurde zumeist das Französisch bei Hofe gesprochen, aber auch das Englisch der Sachsen und das Gälisch der Kelten.

»Vater MacKinley bittet mich, Euch mit Pferden auszustatten«, sagte Pater Padraic, nachdem er die von MacKinley verfassten Dokumente in Johns Beisein gelesen hatte.

Abermals überflog er das Pergament, dann hefteten sich seine dunklen Augen auf Igrainia. »Ich werde tun, was ich kann. In der Zwischenzeit könnt Ihr Euch in unserem Kloster erholen, gewiss ein kärglicher Ort, aber ein Refugium für gläubige Wallfahrer. Gregory!«, rief er plötzlich mit lauter Stimme. »Wo steckt der Bursche? Ah, da bist du ja, mein Junge. Bring diese braven Menschen zum Kloster und sieh zu, dass sie eine Stärkung bekommen.«

Gregory, ein Bursche von ungefähr 16 Jahren mit grünen Augen und zerzausten roten Haaren, nickte breit grinsend. »Gregory ist stumm und hört schlecht, aber er ist ein guter Junge«, bemerkte Vater Padraic. »Er wird Euch begleiten, unterdes werde ich sehen, ob ich Pferde für Euch auftreiben kann.«

»Habt Dank«, murmelte Igrainia, die bislang geschwiegen hatte.

Pater Padraic nickte, maß sie abermals durchdringend und verschwand.

Das Kloster war kaum mehr als eine große Hütte aus Holz und Lehm mit einer lang gestreckten Stube; die Wände waren von verwitterten Bänken und Tischen gesäumt. An einem Tisch saß eine Gruppe von Nonnen, die bei ihrem Eintreten nickten. Ein betagter Priester saß allein an einem anderen Tisch, und zwei weitere Tische schienen von Pilgern umlagert. Sie erhielten den Tisch neben einer Gruppe, die anscheinend aus drei Paaren bestand. Einige junge Männer saßen zusammen, vermutlich Knappen oder angehende Ritter; sie strotzten vor Gesundheit und Energie. Als Igrainia sich gegenüber John niederließ, bemerkte sie, dass der greise Priester missfällige Blicke in Richtung der jungen Männer warf, die dem Bierkrug auf ihrem Tisch durstig zusprachen.

Eine junge Frau, ihre Wange von einer tiefen, gezackten Narbe gezeichnet, brachte ihnen Bier, Brot und ein Stück zähes Fleisch.

»Die Ärmste! Was mag ihr nur zugestoßen sein?«, murmelte Merry, nachdem das Mädchen sie bedient hatte.

»Der Krieg ... Soldaten kennen keine Gnade«, erwiderte John schroff. »Starr sie nicht so an, Frau.«

Mit tiefem Mitgefühl beobachtete Igrainia das Mädchen; genau wie Merry fragte sie sich, woher die entsetzliche Verletzung stammen mochte. Die junge Frau tat ihr Leid, und als John bezahlt hatte, rief Igrainia sie leise zurück und steckte ihr eine Münze zu.

»Nehmt Euch ja in Acht, Mylady!«, mahnte John.

»Niemand hat mich gesehen, und wenn schon ... wir sind in einem christlichen Haus.«

»Meint Ihr, dass jeder, der sich zu Gott bekennt, zwangsläufig ein Heiliger ist?«, brummte John.

»Sie braucht das Geld«, erwiderte Igrainia.

John bekreuzigte sich. »Mylady, Euer Wohlergehen liegt in meinen Händen.«

Sie griff über den Tisch und drückte seine Hand. »Mein Leben liegt in meiner Hand, aber es ist lieb von euch, mich zu begleiten.«

»Es ist kein Opfer, bei Euch zu sein, Mylady«, murmelte Merry und stocherte in ihrem Essen herum. »Aber dieses Fleisch! Was in aller Welt mag das sein?«

»Vermutlich ist es besser, wir wissen es nicht«, warnte John.

»Das Brot ist sehr gut«, erklärte Igrainia Merry.

»Ah, in der Tat, frisch und locker«, sagte Merry und labte sich an dem warmen Laib mit der kleesüßen Butter.

»Hallo, seid willkommen!«, rief eine Frau vom Nebentisch.

»Hallo«, sagte Igrainia und gewahrte, dass John sie tadelnd maß. Sie beschloss, ihn zu ignorieren. »Wohin reist Ihr?«, fragte sie die Frau.

»Nach Canterbury«, antwortete diese. »Ich bin Anne, und das ist Joseph, mein Gatte. Wir kommen aus Berwick. Gannet ist unser Bruder. Und Jacob dort ist mit meiner Schwester Lizzie verheiratet, und das ist Beth ... Beth ist ein Schatz, aber wir haben noch keinen Gemahl für sie gefunden.«

»Ich habe noch nicht ernsthaft gesucht!«, schnaubte Beth, die jüngste der drei, eine attraktive Frau mit einem spitzbübischen Lächeln. »Anne denkt, dass alle Frauen heiraten müssen – oder sie haben keine Daseinsberechtigung.«

»So ist nun einmal der Lauf der Dinge!«, entgegnete Anne.

»Ich habe ein Gewerbe«, erklärte Beth.

»Ein Gewerbe?«, erkundigte sich Igrainia.

Beth grinste. »Ich bin Dichterin, und ich spiele Harfe.«

»Sie braucht einen Gatten. In Berwick gab es nicht viele, die für eine Harfe spielende, singende Frau bezahlen wollten«, murrte Anne.

»Ich werde meinen Weg machen«, beharrte Beth.

»Da bin ich mir ganz sicher«, bekräftigte Igrainia. »Hier im Grenzgebiet und in den Städten, die so häufig belagert werden, sind die Zeiten hart. In London jedoch …«

»Aber Kind! Ihr dürft sie nicht auch noch ermutigen!«, protestierte Anne. »Sie muss einen Gemahl finden, einen guten Mann, obschon es bei ihrem Alter nicht einfach werden wird. Sehr wahrscheinlich werden wir uns mit einem Witwer begnügen müssen, der eine liebevolle Frau braucht, die sich um seine Kinder kümmert.«

»Anne, wir kennen diese Leute ja kaum«, wandte Beth ein. »Und ich habe nicht das Bedürfnis, einen Mann kennen zu lernen, der nach einer Köchin und Haushälterin Ausschau hält.«

»Alle Männer suchen eine tatkräftige Frau, die kochen und haushalten kann«, sagte Anne unwirsch.

»Es gibt immer noch das Kloster«, murmelte Beth, Igrainia zuzwinkernd. Anne schien die Ironie in den Worten ihrer Schwester nicht zu bemerken.

»Ja, gewiss doch, aber …«

»Aber das passt nicht zu meinem Naturell«, kicherte Beth.

»Nein, bestimmt nicht«, bekräftigte Anne. »Sie hat ein aufbrausendes Temperament, wie Ihr seht. Und eine Art, ihr Herz auf der Zunge zu tragen …«

»Sie macht sich das Leben selber schwer«, schloss Lizzie.

»Lizzie!«, keifte Beth.

»Lizzie, Beth, also wirklich, ihr zwei könntet ruhig ein wenig zurückhaltender sein«, schmunzelte Gannet, der Bruder der Frauen.

Er schien jünger als seine Schwestern. Wenn Beth Mitte

zwanzig war, so war Gannet gewiss ein bis zwei Jahre jünger als sie; die Ähnlichkeit indes war unverkennbar: blaue Augen, schulterlanges, blond gelocktes Haar und gewinnende Züge.

»In der Tat«, meinte Jacob, der so schlank wie seine Frau Lizzie, aber von sehniger Statur war, »wir kennen diese braven Leute nicht einmal.«

»Ganz recht, und wir haben sie kaum zu Wort kommen lassen!«, wandte Joseph ein.

Darauf starrten die drei Paare gespannt auf Igrainias Tisch und harrten einer Antwort der drei.

»Ich bin …«, hub Igrainia an, doch John fiel ihr hastig ins Wort. »Ich bin John aus Annandale, und das ist meine Frau Merry. Wir nehmen unsere Nichte Isabel mit nach Süden, um in Canterbury zu beten. Wir hoffen, sie mit dem Sohn eines alten Freundes zu vermählen, unweit von London … ein guter Junge, ein Schmiedegeselle mit einer großartigen Zukunft.«

»Nun denn! Dann sind wir Pilger mit gleicher Gesinnung!«, warf Joseph ein. Er hatte ein sympathisches, wettergegerbtes Gesicht und angenehme Umgangsformen. Er hatte die Stimme gesenkt.

Es war interessant zu beobachten, wie gegensätzlich die drei Paare doch wirkten. Anne und Joseph waren rundlich und fröhlich, Lizzie und Jacob hager und ernst, Gannet und Beth wie Bruder und Schwester, anziehend, gesprächig und leicht aufsässig.

»Ich glaube, dass wir auch in London bleiben werden«, fuhr Joseph fort. »Damals, in Berwick … nun, es liegt Jahre zurück … dieses Abschlachten, als das Volk sich gegen König Edward stellte. Die meisten unserer Anverwandten sind tot und begraben, und es gibt in diesem Teil des Landes kein Auskommen mehr für einen Mann, der das Handwerk des Schmieds erlernt hat, denn die, die seine fein gearbeiteten Waren verlangt haben, sind entweder verstorben oder verarmt.«

»Wir alle sind auf der Suche nach einer neuen Daseinsgrundlage«, warf Jacob ein. »Wir hatten einen Bauernhof … ein kleines Gehöft, draußen vor der Stadt, waren Pachtbauern eines jungen Lords, der sich Robert Bruce anschloss. Zuerst enteigneten uns die Engländer. Dann ... brannten die Schotten unsere Häuser nieder, bestrebt, eine Besiedlung durch die Engländer zu verhindern. Da kamen die Engländer zurück und verwüsteten das Land, ein Vergeltungsschlag gegen die Schotten. Mir scheint, London ist weit genug weg von den Kampfhandlungen, sodass wir dort unser Dasein in Frieden fristen können. Und wir haben eine Tochter, die dort mit einem vermögenden Ritter vermählt ist. Sie hat uns geschrieben, dass wir alle kommen und bei ihnen, ihrer Familie und ihren Freunden Arbeit finden können. Es ist bedauerlich, dass ich mich zu diesem Schritt gezwungen sah, aber der Mensch muss sehen, wo er bleibt.«

»Ganz gewiss!«, bekräftigte Merry.

»Nun, Isabel, dann seid Ihr also auf der Suche nach einer guten Partie, hm?«, erkundigte sich Anne.

Igrainia hatte völlig vergessen, dass John sie mit Isabel vorgestellt hatte, bis Merry sie unter dem Tisch sanft anstupste.

»Oh! Ja. Heiraten. Eine gute Partie, gewiss«, stammelte sie.

»Das arme Mädchen! Sie hat so wenig anzubieten.« John schüttelte traurig den Kopf.

»So wenig anzubieten!«, erboste sich Anne und spähte zu ihrem Gemahl, da ihr scheinbar die richtigen Worte fehlten.

»Mein liebes Mädchen, so dürft Ihr nie denken!«, riet Joseph. »Ihr seid eine Schönheit, so rein und unschuldig. Grämt Euch nicht, Jungfer, denn es gibt viele Männer, die eine Maid wegen ihrer Seele und ihres Charakters lieben und achten. Gewiss, es gibt auch andere, die das Los ihres Lebens mit dem Reichtum ihrer Frau aufbessern wollen.«

»Allein ihr Aussehen!«, meinte Anne trocken. »Ihr werdet keine Probleme haben, mein Kind. Vielleicht solltet Ihr weiter schauen«, riet sie Merry. »Wenn Ihr sie in einem guten Haushalt unterbringen könntet, gewinnt sie vielleicht die Gunst eines jungen, vermögenden Mannes. Natürlich nicht von Adel, aber sie ist genau die Richtige für einen ehrgeizigen jungen Burschen mit einem Hang zu Waffen. Vielleicht findet sie einen, der schnell und forsch genug für das königliche Heer ist, der zum Ritter geschlagen wird und sie dann zur Gemahlin nimmt.«

»Der Sohn eines Hufschmieds ist völlig ausreichend«, sagte Merry entschieden.

»Ihr gebt Euch mit einem Schmiedegesellen zufrieden?«, meldete sich Gannet zu Wort, mehr an Igrainia als an Merry und Joseph gewandt.

Igrainia senkte den Kopf und unterdrückte ein Lächeln.

»Es ist doch nicht verwerflich, ein Schmied zu sein!«, ereiferte sich John.

»Ganz gewiss nicht!«, bekräftigte Merry.

Igrainia spähte zu ihr, weiterhin bemüht, nicht zu lächeln. Sie zwinkerte ihr zu, und Merry schmunzelte schulterzuckend. »Ganz recht, ein Schmiedegeselle. Nun, in einer Stadt wie London wird so ein Bursche nie arbeitslos werden.«

»Ihr solltet mit uns weiterreiten«, warf Lizzie ein. »Eine größere Gruppe reist sicherer.«

»Vielleicht reiten wir mit Euch weiter«, meinte John. Igrainia bemerkte, dass er den Tisch beobachtete, an dem die jungen Männer saßen. Leise sagte er zu seinen Tischnachbarn: »Sie scheinen mir ein ungebührlicher Haufen.«

»O nein, sie sind ganz charmant, wirklich!«, gab Beth zu verstehen. »Junge Männer, die bereit sind, sich vor Gott zu erniedrigen! Keine Aussichten für sie hier, im Grenzgebiet. Die meisten stammen aus den alten angelsächsischen Familien in diesem Gebiet ... sobald sie ihre Sünden vor Gott bekannt haben, wollen sie, so glaube ich, den königlichen Streitkräften beitreten. Wir leben in einer rauen Welt, und ein Mensch kann nur wenig ausrichten, um sein Los zu verbessern. Diese Männer, nun ja, sie tun, was sie können.«

»Vielleicht«, sagte Merry leise, »sollten wir gemeinsam weiterreisen. Auch wenn die meisten Menschen Gott so sehr fürchten, dass sie harmlose Pilger ihrer Wege ziehen lassen, so gibt es doch viele, die anderen ihr Hab und Gut nehmen wollen.«

»Bei uns gibt es nicht viel zu holen!«, meinte Beth.

»Es sei denn, sie wüssten ...«, hub Anne an.

»Anne!«, fiel Joseph ihr mahnend ins Wort.

»Von dieser freundlichen Familie haben wir nichts zu befürchten!«, erboste sich Anne. Schulterzuckend rutschte sie auf der Bank hin und her und richtete ihre aufgebauschten Röcke unter dem Tisch. Igrainia spähte nach unten, denn sie war sich sicher, dass Anne ihnen soeben hatte enthüllen wollen, dass sie ihre wenigen ›Besitztümer‹ in den Saum ihres langen Gewandes eingenäht hatte.

»Wir wollen gewiss niemandem schaden«, erklärte Igrainia ihr.

»John, was meinst du?«, erkundigte sich Merry.

John betrachtete Igrainia, er schien zu zögern. Sie lächelte ihn an, ein Flehen lag in ihrem Blick. *Was konnte mit diesen reizenden Leuten denn im Argen sein?*

Nach kurzer Zeit stimmte John zu. »Eine größere Gruppe reist sicherer.«

»Oh, wie schön. Dann werden wir uns alle besser kennen lernen«, lächelte Anne. »Wir sollten beizeiten aufbrechen. Früh schlafen gehen und zeitig losreiten.«

Nachdem sie geendet hatte, standen die jungen Männer am Nebentisch auf.

»Gute Reise«, wünschte einer von ihnen Anne und ihrer Gruppe und blieb an ihrem Tisch stehen. Er war schätzungsweise Anfang zwanzig, groß, kräftig und offenbar ausgesprochen muskulös. Er sprach mit Anne, doch seine Augen schweiften zu dem Tisch, an dem Igrainia, John und Merry saßen. »Auch Euch eine gute Reise«, sagte er höflich.

Statt einer Antwort nickte John.

»Seid Ihr Wallfahrer?«, erkundigte sich der junge Bursche.

»Wir reisen nach London und machen unterwegs Halt an den Pilgerstätten«, erwiderte John höflich. »Wie wir hören, wollt Ihr in die Dienste des Königs treten. Eine gute Reise Euch und Euren Freunden.«

»O ja, gewiss doch. Habt Dank. Vielleicht kreuzen sich unsere Wege wieder, und wir können Euch zu Diensten sein.«

»Ihr kommt vermutlich um einiges schneller voran«, sagte Igrainia; ein leises Lächeln umspielte ihre Mundwinkel. Wenn sie sich Annes Gruppe anschlossen, würden sie bestimmt im Schneckentempo vorankommen – aber mit John und Merry wäre sie auch nicht schneller.

Nicht dass das wirklich zählte. Mit Aftons Tod war eine Welt für sie zusammengebrochen, und sie hatte keine Eile.

»Nun, wir reisen gewiss zügig«, räumte der junge Mann ein und seine braunen Augen maßen sie eindringlich. »Dennoch machen wir unterwegs Station. Es liegt in Gottes Hand, ob wir uns wieder begegnen.«

»Viel Glück«, wünschte Merry ihm.

Die vier jungen Burschen verschwanden.

»Ob ihr es glauben wollt oder nicht, in einem Jahr sind sie alle tot!« Beth seufzte leise. »Sie sind jung und gesund, wollen die Kunst der Waffenführung erlernen und die Schlachten des Königs schlagen. Sie werden hierher zurückkehren und gegen ihre eigenen Familien kämpfen. Vielleicht erstreiten sie sich damit ein besseres Los im Leben; dennoch sind sie nichts weiter als gemeine Fußsoldaten, die marschieren müssen. Weiß Gott, es ist der brave Untertan, der für die Reichen bluten muss, so und nicht anders verhält es sich!«

»Ich meine, wir sollten schlafen gehen«, murmelte Merry und erhob sich.

»Gute Nacht allerseits«, sagte Joseph.

»Gute Nacht«, wiederholte Igrainia.

In diesem Augenblick tauchte der Bursche namens Gregory auf, als hätte er geahnt, wann sie ihre Schlafstätten aufsuchen wollten. Er grinste breit, schien sich aber dennoch irgendwie unbehaglich zu fühlen. Igrainia schenkte ihm ein freundliches Lächeln, doch er spähte sich abwesend um, als er sie über den mittlerweile im Dunkel liegenden Pfad führte, wo sie auf umherstreunende Hühner und Schweine Acht geben mussten.

Sie kamen zu einer weiteren strohbedeckten Hütte und betraten eine Halle, in der ein kleines Feuer brannte. Vater Padraic saß in einem Sessel vor dem Kamin. Er wärmte seine schwieligen Hände und erhob sich bei ihrem Eintreten. »Nun, ich hoffe, Ihr seid gesättigt, denn unser Essen ist sehr nahrhaft, wenn auch kein sonderlicher Gaumenkitzel.«

»Wir sind gut gesättigt und zufrieden«, erwiderte Igrainia.

Vater Padraic nickte. »Wir heißen hier alle willkommen und fragen nicht viel, deshalb können wir auch wenig berichten, wenn Soldaten aus beiden Lagern hereinschneien und uns auskundschaften. Mein Kind, am Ende des Ganges werdet Ihr eine ganz kleine Kammer für Euch allein finden. Bitte zieht Euch zurück, wenn Ihr schlafen wollt; wir verschwenden hier keine Kerzen oder Fackeln. Vor der Kammer ist ein winziger Vorraum. Merry, John, ich glaube, Ihr werdet ihn für ausreichend befinden. Alle unsere Kammern sind klein und karg, und oft müssen wir noch viel mehr Pilger unterbringen. Und viele sind arm, verletzt und heimatlos, ihr Land zerstört infolge der grausamen Schlachten«, fügte er leise hinzu. »Wir müssen uns um viele Gotteskinder kümmern.«

»Ich brauche keine besondere Unterbringung«, bemerkte Igrainia. »Wenn es einen Schlafsaal gibt …«

»Das schon, aber da es nicht vonnöten ist, halte ich es nicht für klug, wenn Ihr dort nächtigtet. Wäre es mir nicht möglich, so würdet Ihr keine besondere Kammer bekommen. Zufällig jedoch habe ich heute Abend genug Platz«, erklärte er ihr. »Heute ist es ruhig … es sind nicht viele Reisende unterwegs. Die Burschen teilen sich eine Kammer zur Linken der Halle; sie sind schon früh eingetroffen und erpicht darauf, am Morgen zeitig aufzubrechen. Wir haben eine große Familiengruppe, die zur Rechten logiert. Dann sind da noch ein paar Priester, die von Gemeinde zu Gemeinde pilgern … dennoch können wir Euch die kleine, abgeschiedene Stube gewähren. Frisches Wasser findet Ihr in den Krügen, und wir bitten darum, dass die Gäste sich selber um ihre … ihre gewissen Bedürfnisse kümmern.«

»Er meint den Nachttopf!«, raunte Merry Igrainia zu.

»Darauf wäre ich vermutlich noch selbst gekommen«, flüsterte Igrainia zurück.

Pater Padraic grinste. »Das glaube ich auch!«, neckte er Merry.

Igrainia hielt ihm ihre Hand hin. »Wir können Euch nicht genug danken.«

»Aber, aber, mein Kind, wartet, bis Ihr morgen früh die Pferde seht, das Beste, was ich auftreiben konnte. Gegen Mittag werdet Ihr mich verwünschen.«

»Niemals, Vater Padraic.«

Er bekreuzigte sich. »Ich wünsche eine angenehme Nachtruhe.«

Die Kammer war in der Tat winzig. Irgendwann einmal war sie eine Nonnenzelle gewesen. An der Wand stand eine schmale Pritsche mit einer dünnen Matratze auf gespannten Seilen. Gregory, der die einzige Kerze trug, führte Igrainia als Erste zu ihrer Kammer, zeigte ihr Kanne und Waschschüssel auf dem einfachen Holzgestell und ließ sie allein. In der Dunkelheit.

Sie tastete nach dem Wasser, schaffte es, sich das Gesicht zu waschen und die Zähne zu säubern, ohne die Stube zu überschwemmen, und fand ohne viel Suchen das Handtuch. Die kleine Zelle verfügte über ein Fenster, und nach einiger Zeit vermochte sie sich mithilfe des Mondlichts zurechtzufinden. Wie dem auch sein mochte, sie war sehr erschöpft und schläfrig, aber dennoch bang, dass der Schlaf sich nicht einstellen könnte. Wach zu liegen bedeutete stets die Erinnerung an einen Albtraum. Wenn sie schlief, schrak sie gelegentlich hoch und dachte, dass sie zu wenig getan habe, dass jemand sterben werde … gestorben sei, weil sie eingeschlafen war.

Lag sie wach, erinnerte sie sich unentrinnbar an die Vergangenheit, als das trutzige Mauerwerk der Burg sie vor den Widerwärtigkeiten der kriegerischen Welt rings um sie herum beschützt hatte. Sie hatte stets gewusst, was dort draußen vor sich ging – genau wie alle anderen, auch wenn die Kunde sich nur langsam verbreitet hatte. Dennoch hatte die Nachricht von dem Mord an John Comyn, der Krönung von Robert Bruce und von König Edwards grenzenlosem Hass sie erreicht; für gewöhnlich waren es berittene Männer gewesen, die vom Schlachtengetümmel berichtet hatten, bestrebt, dass alle von König Edwards Gesinnung erfuhren.

Afton, hin und her gerissen zwischen seinem Erbe und dem König, der ihm vielleicht die Macht über die Grenzen verleihen würde, hatte sich nur ein einziges Mal genötigt gesehen, Partei für eine der beiden Seiten zu ergreifen. Das war, als die Gefolgsleute des Königs mit den Gefangenen aufgetaucht waren. Und davor …

…war das Leben idyllisch gewesen.

Wenn Igrainia so wie jetzt wach lag, sah sie ganz deutlich Aftons Gesicht vor sich, sein Lächeln, sein Lachen. Sie hörte seine Stimme, seine Worte, stets sachlich, höflich, verständnisvoll. Er wusste um die Macht der Verantwortung und was es bedeutete, ein Lord zu sein, ein Baron, seinem Volk verpflichtet, so wie es ihm verpflichtet war. Er bediente sich der Gesetze, um seine Männer davor zu bewahren, in fremden Kriegen kämpfen zu müssen, überzeugte den König, dass die Ritter und Pächter von Langley dort gebraucht würden, um die strategisch bedeutsame Burg zu halten. Und nach jedem Ruf zu den Waffen wälzte er seine Bücher, fand stets ein Gesetz, das Edward für sein englisches Volk erlassen hatte, und bediente sich dieser Rechtsauffassung, um seine Politik der Neutralität und Abgrenzung aufrechtzuerhalten. Hoch aufgeschossen, schlank und geschmeidig, hatte Afton nie die stämmige Statur oder Körperkraft eines wahren Kämpfers besessen; seine Stärke beruhte auf seiner geistigen Regsamkeit …

Sie konnte ihn beinahe neben sich spüren, als gesellte er sich in ihren Träumen zu ihr. »Eine Rückkehr nach England ist der weiseste Entschluss, meine Geliebte. Dein Bruder ist jung und wird dich zu nichts zwingen. Lass dir Zeit, dann wird dein Kummer verblassen. Entscheide dich für ein Leben, wie du es führen möchtest. Alles wird gut werden …«

Es war, als wäre er wirklich da, sein sanfter Atemhauch an ihrer Wange, seine Finger in ihrem Haar. Sie spürte seine Nähe, seine Zärtlichkeit, und doch wusste sie, dass es nicht real war, und erneut flammte der Schmerz in ihr auf und füllte sie völlig aus; Tränen brannten in ihren Augen. Gleichwohl beschlich sie das ungute Gefühl, dass sie nicht allein war.

Unvermittelt schrak sie auf, nicht mehr durchdrungen von Zärtlichkeit, sondern von abgrundtiefem Entsetzen. Ein Flüstern durchschnitt die Finsternis.

»Pst … pst! Bitte, Mylady, nicht schreien!«

Sie biss die Zähne zusammen, suchte einen Aufschrei zu unterdrücken. In der Dunkelheit aufzuwachen war etwas anderes, als sich in ihr zurechtzufinden; der Mondschein fiel weiterhin ins Zimmer und sie gewahrte das junge Mädchen und Gregory, den stummen Burschen, neben ihrer Schlafstatt.

Das Mädchen mit der Narbe, die sich über ihr junges Gesicht zog.

»Was ist?«, brachte sie mühsam hervor.

»Ich musste kommen, tut mir Leid, dass ich Euch erschreckt habe.«

»Schon gut, schon gut; mit mir ist alles in Ordnung«, sagte Igrainia schnell.

Sie setzte sich auf und betrachtete die beiden im Dämmerlicht. »Aber warum musstet ihr kommen?«

»Um Euch zu warnen«, erwiderte das Mädchen.

»Mich warnen? Ist jemand … ist jemand eingetroffen?«

Das Mädchen schüttelte den Kopf. Sie zauderte. »Gregory … er kann nicht sprechen, aber sehen.«

»Er kann … sehen?«, wiederholte Igrainia verständnislos.

Das Mädchen nickte. »Euch droht Gefahr, Ihr müsst sehr wachsam sein. Beargwöhnt jeden, der in Eure Nähe kommt. Ohne Ausnahme. Ihr könntet Euer Leben verlieren. Aber wenn Ihr wachsam seid und beobachtet, stets beobachtet … Er sieht Reiter, und wenn Ihr nicht aufpasst … könnten sie Euch etwas anhaben. Er vermag nicht zu sagen, wann und wo Ihr auf diese treffen werdet, nur dass Eure Reise gefährlich ist.«

Igrainia spähte von dem Mädchen zu Gregory. Er nickte betrübt.

»Du kannst dich mit ihm verständigen?«

»Gewiss, er ist nicht dumm, Mylady. Er ist lediglich taubstumm.«

Igrainia lächelte. »Und er … sieht?«

»Er hat gewisse Visionen.«

Sie wunderte sich über seine ›Vision‹. Sie wusste, dass sie in Gefahr schwebte, allein ihre Existenz brachte Gefahren mit sich. Dennoch spürte sie ein eigentümliches Prickeln auf ihrem Rücken, als hörte sie eine Warnung, so real wie die eines Kuriers, der, vorausgesandt, den Vorstoß einer Gefechtseinheit auf eine Burg meldete.

»Warum sollte eine Pilgerin in Gefahr sein?«, argwöhnte sie.

»Warum sollte eine Pilgerin einer armen Jungfer eine Münze geben?«, konterte das Mädchen.

»Die arme Jungfer braucht das Geld mehr als die Pilgerin«, erwiderte Igrainia.

»Ja, gewiss, ich könnte nicht überleben, wenn es Vater Padraic und die hier verweilenden Reisenden nicht gäbe. Aber nur wenige sind vermögend und mildtätig genug, um so großzügig zu geben.«

»Es gibt vieles, was man für Geld nicht kaufen kann«, seufzte Igrainia. »Und nun zu Gregorys Vision: Was rät er mir? Ich darf nicht hier bleiben; ich muss weiterreiten und London erreichen.«

»Ganz recht, Ihr könnt nicht bleiben. Aber Ihr müsst auf der Hut sein. Ihr müsst Euer Leben schützen. Deshalb sind wir gekommen. Wenn Ihr wachsam seid, mögt Ihr überleben. Jemand wird Euch zu Hilfe kommen. Ihr müsst nur wachsam sein, und ... mehr können wir Euch einfach nicht sagen. Wenn Ihr Acht gebt und Euch schützt, werdet Ihr es schaffen. Wir müssen jetzt gehen. Vater Padraic ist ein wunderbarer Mensch, aber er zweifelt an Gregorys Visionen. Und es gibt Leute, die ihn gefährlicher Zauberkräfte bezichtigen würden. Er sieht viele Dinge, die er niemals wagen würde zu vermitteln ... Vater Padraic war einfach zu gut zu uns. Genau wie Ihr ... Und vergesst nicht: so wie Ihr redet, Euch bewegt, ja, Euch benehmt, verrät, dass Ihr keine Waise der Armen, der Besitzlosen, der Unglücklichen und Geknechteten seid.«

Sie wandten sich zum Gehen. Igrainia fasste das Mädchen am Arm. »Ich weiß nicht einmal deinen Namen.«

»Rowenna«, sagte das Mädchen. »Und ich muss jetzt gehen.«

»Habt Dank, ihr beiden. Ich werde es euch vergelten, sobald ich kann.«

»Ihr schuldet uns nichts. Wenn wir könnten, würden wir

Euch mehr preisgeben. Bitte, glaubt uns einfach nur. Wir müssen gehen. Vater Padraic hat einen leichten Schlaf.«

Sie glitten aus dem Zimmer, so geräuschlos wie die Dunkelheit.

Igrainia sank wieder in ihre Kissen und spähte in das Dämmerlicht. Wieder spürte sie diese eigentümliche Gänsehaut.

Er verfolgte sie, überlegte sie.

Sie hatten sie gewarnt, weil Gregory sah …

Warum?

Warum würde ein Mann, der so tief trauerte und sie dermaßen hasste, Zeit und Mühen auf sich nehmen und sie jetzt noch verfolgen?

Er hatte ihr von Anfang an zu verstehen gegeben, welches Schicksal ihr drohte, wenn sie nicht seine Frau und sein Kind rettete.

Und das arme kleine Mädchen war noch vor ihrer Rückkehr gestorben!

Und Margot in ihrer fürsorglichen Obhut.

Sie brauchte Gregorys *Visionen* gar nicht.

Ihr Schicksal war kein großes Geheimnis. Eric wollte sie aufspüren. Einerlei, wie lange sie schon fort und wie weit sie gereist war.

Und was er dann mit ihr vorhatte …

Sie hatte keine Ahnung.

Gleichwohl war sie für den Rest der Nacht um ihren Schlaf gebracht.

Und um ihre Träume.

5

Sie hatten die Mauern von Perth erreicht. Der Earl of Pembroke war auf Geheiß des englischen Königs in Windeseile nach Schottland geritten und hatte ein Heer von 6000 Soldaten angeführt, die er von den nördlich gelegenen englischen Grafschaften und den schottischen Lowlands abgezogen hatte.

Robert Bruce, sich Pembrokes Vorstoß und seiner eigenen Misere sowie seiner fehlenden Männer nur zu bewusst, hatte Truppen für sein Land nördlich von Forth und Clyde angeworben. Es war ihm geglückt, ein Heer von schätzungsweise 4500 Mann aufzustellen. Nachdem ihn die Kunde erreicht hatte, dass Pembroke vor Perth stand, waren sie dorthin geprescht, bereit zur Schlacht. Indes besaß er weder die erforderlichen Eisenrammen, um Wände oder Tore zu bestürmen, noch konnte er das Leben unzähliger Menschen riskieren, um die Mauern zu verteidigen. Bruce und seine Berater hatten ihre Taktiken erwogen; viele bezweifelten, dass der Earl of Pembroke ein Ehrenmann sei, andere wiederum waren überzeugt, dass er nicht leichtfertig sein Ehrenwort gebe. Irgendwann warf Robert Bruce ein, er wisse den Earl of Pembroke einzuschätzen, und viele gaben ihm im Stillen Recht. Schließlich kannte er einige von König Edwards Männern, denn es hatte eine Zeit gegeben, wo er dem englischen Monarchen seine Loyalität zugesichert hatte.

»Zum einen kenne ich Pembroke!«, beteuerte er in der Runde, die sich zusammengefunden hatte. »Zum anderen haben wir kaum eine Wahl. Ich werde ihn herausfordern, in ritterlicher Manier, und mir anhören, was er zu sagen hat.«

Der alte Angus spie ins Gras. »Was er sagt, hat nichts zu bedeuten.«

Eric zuckte die Schultern, als Robert Bruce in seine Richtung blickte. »Es stimmt, wir haben nicht die Mittel, die Burg zu belagern. Das ist das Einzige, was wir mit Sicherheit zu sagen wissen.«

Also ritt Bruce selbst zu den Toren und stellte seine Forderung. Und er war vollkommen überzeugt, dass der Earl of Pembroke Wort halten und mit seinen Männern am kommenden Morgen die Schlacht eröffnen würde, dass er keine zusätzlichen Posten brauchte, um in jener Nacht das Lager zu bewachen.

Und so fielen die Engländer ein.

Viele Männer waren auf Proviantsuche gewesen. Viele hatten geschlafen.

Die Engländer überraschten sie in der sommerlichen Abenddämmerung.

Es war der Auftakt zu einem grausigen Gemetzel.

Eric kämpfte neben seinem König, als dieser das Ross von Pembroke streifte, des Mannes, der sein Wort gebrochen hatte; aber nicht einmal dem zornerfüllten Bruce gelang es, sich durch das Soldatenaufgebot rings um den Earl vorzukämpfen. Bruces Pferd wurde als Nächstes attackiert, doch Christopher Seton durchbrach die Reihen und ließ Philip Mowbray, der Bruces Streitross gepackt hielt, zu Boden gehen. Darauf preschte Eric nach vorn, um Robert Bruce Deckung zu geben, worauf sie den englischen Truppen entfliehen und ihren König in Sicherheit bringen konnten.

Robert Bruce überlebte, doch sein Heer war schwer angeschlagen. Viele seiner fähigsten Gefolgsleute wurden verfolgt und später in den Burgen aufgespürt, wohin sie sich geflüchtet hatten. Sie bekamen König Edwards Wut zu spüren und mussten mit ihrem Leben bezahlen.

Die wenigen Männer, die überlebten und Robert Bruce weiterhin die Treue hielten, wussten ebenso wie er, dass dies nicht die Zeit zu kämpfen war, sondern zum Rückzug in die Ebenen und hinaus auf die Irische See, um weitere Anhänger zu finden und um ein neues Heer zu formieren.

Es war ihre einzige Chance. Wollten sie sich abermals den Engländern stellen, so benötigten sie ein gewaltiges, neu erstarktes Heer, das die Sache des schottischen Nationalismus aus vollem Herzen unterstützte.

Jeder wusste, dass die Gesetze der Ritterlichkeit in diesem Krieg nicht galten.

Niemand würde Gnade walten lassen …

Und so war Eric zu den Inseln aufgebrochen – mit Frau und Kind, denn Kuriere hatten ihn gewarnt, dass die Engländer Bruces Gattin und andere Clanfrauen gefangen genommen hätten, obwohl Bruce fest geglaubt hatte, dass sie in der Obhut seines Bruders Nigel sicher seien.

Nachdem Nigel von der Ankunft des Earl of Pembroke in Aberdeen erfahren hatte, hatte er die Frauen vorausgeschickt, sobald sie Kildrummy Castle erreicht hatten.

Die Frauen, begleitet vom Earl of Atholl, waren im Sanktuarium von St. Duthac in Tain gefangen genommen worden.

Das Sanktuarium hatte ihnen wenig genutzt. Sie waren aufgegriffen und direkt zu König Edward geschickt worden, der die Abtei von Lanercost aufgesucht hatte.

Burg Kildrummy hatte Nigel nicht den erforderlichen Schutz geboten. Nigel, ein anziehender junger Mann, ein mutiger Kämpfer und immer zum Scherzen aufgelegt, hatte dafür büßen müssen, dass er seinen Bruder unterstützt hatte. Auf brutalste Weise. Und die Frauen …

Aus diesem Grund hatte Eric entschieden, seine eigene Frau, sein Kind sowie die Familien seiner Soldaten mitzunehmen. Sie hatten die Segel gesetzt, um im rauen Norden und auf den westlichen Inseln Männer zu finden, Männer ihres eigenen Schlages, Nordländer und Iren, die Edward genauso abgrundtief hassten wie die Schotten.

Für Augenblicke spürte er wieder die Seeluft, so frisch und kühl.

Und er hörte ihre Stimme, so sanft, so voller Mitgefühl.

»Es ist ein Mensch, wir müssen ihn aufnehmen. Ein Mensch, ein Mann … er wird ertrinken …«

»Ja, aber vielleicht ist er ein Spitzel der Engländer … Überlassen wir ihn besser der wogenden See«, hatte Peter gewarnt.

»Vielleicht ist er aber auch ein loyaler Anhänger von König Robert Bruce und in dieser misslichen Lage, weil er seinem Monarchen dienen wollte«, hatte Margot erwidert.

Und so hatten sie den Mann an Bord geholt …

Und damit den Tod.

Und die Engländer, die sie überwältigt hatten, als sie

geschwächt und verzweifelt gewesen waren, hatten ihre Frauen gefangen genommen. Da Eric genau gewusst hatte, dass er nicht die Kraft besessen hätte, die Häscher zu verfolgen, die sie in den Gewahrsam finsterer Kerkerzellen bringen würden, hatte er seine eigene Festnahme gebilligt …

War geflohen und zurückgekehrt. Zu spät. Krankheit und Tod hatten ihn erwartet.

Nebelhaft sah er Gesichter vor seinem geistigen Auge vorüberziehen. Ausgezehrte, bleiche, von der Pest gezeichnete, aschfahle, fiebrig gerötete, eingefallene Gesichter … blutleere Wangen, Augen … die Augen des Todes, voller Entsetzen, flatternd, rot geädert.

Schlagartig wachte er auf.

Und lag da wie erstarrt. Seine Frau, seine Tochter waren von ihm gegangen. Blut, Schlacht, Grauen, Krankheit, Tod … dahingerafft.

Da war einzig diese Starre.

Er erhob sich, ruhelos in der Nacht.

Ganz recht: Starre. Er fühlte sich wie erstarrt. Aber als er seinen Körper schließlich wieder in der Gewalt hatte, erkannte er, dass da doch noch etwas war.

Er hatte seine Kräfte wiedererlangt.

Und seinen Kampfgeist.

Es war an der Zeit, zu reiten.

Noch vor Sonnenaufgang machten sie sich auf die Weiterreise.

Sie kamen jetzt schneller voran, denn sie hatten Pferde. Igrainia hatte nichts an der struppigen Stute auszusetzen, die Pater Padraic für sie aufgetrieben hatte. Sie hieß Skye und war gutmütig, selbst wenn man die Zügel locker ließ.

Skye war nicht mehr jung, aber gute Pferde waren schwer zu bekommen in dieser Gegend. Der beste Weg, einen Ritter zu meucheln, war, das Ross unter ihm zu töten, und wenn er dann zu Boden stürzte, wurde er vom Gewicht seines Kettenhemds und seines Brustpanzers erschlagen. Gut ausgebildete Streitrösser waren überaus kostspielig; allerdings wurden sie in Kriegszeiten nicht gehandelt, sondern zumeist gestohlen, sodass die Pferde im Grenzgebiet häufig schon für beide Könige Dienst getan hatten.

Pater Padraic hatte ihnen eine gute Weiterreise gewünscht, wie auch all den anderen Pilgern, die zur selben Zeit aufbrachen. Laibe frisch gebackenen Brotes wurden verteilt, dazu Geräuchertes und Geselchtes, was entbehrt werden konnte.

Pater Padraic hatte bei der ersten Morgenröte die Messe gelesen, jetzt brauchten sie nur noch seinen Segen, dann konnten sie weiterreiten.

Als Igrainia aufsaß, tauchten Rowenna und Gregory neben ihr auf. Rowenna reichte ihr einen Becher kühles Wasser und etwas, das aussah wie ein Brot, in ein Leinentuch gewickelt.

Es war kein Brot. Sie hatte ihr soeben einen Dolch zugesteckt.

Behutsam nahm sie das Geschenk in Empfang und spähte zu dem Mädchen hinunter.

»Ich wünschte, ihr wäret bei uns, du und Gregory«, seufzte sie.

Rowenna schenkte ihr ein Lächeln. Sie berührte die hässliche Narbe, die ihr ehedem hübsches Gesicht entstellte.

»Ich werde niemals nach London gehen«, sagte sie leise. »Das war das Geschenk eines englischen Grafen.«

»Es tut mir unendlich Leid.«

»Wir alle tragen im Leben Narben davon. Meine ist nicht so schlimm. Ich kann hier überleben. Ich habe Vater Padraic und einen lieben jungen Freund. Meinen Gemahl, Vater, Mutter, Bruder und fast alle meine Verwandten habe ich verloren. Ich habe überlebt, um unseren Nachkommen die Legenden zu berichten. Schottland ist mein Zuhause.«

»Es macht kaum einen Unterschied, ob man in den Lowlands von Schottland oder in England lebt«, wandte Igrainia ein.

»Eines Tages schon.«

Gregory stand hinter Rowenna, er schien innerlich aufgewühlt.

Igrainia meinte, dass er von ihren Lippen las. »Es wird alles gut werden«, beschwichtigte sie ihn.

»Er ist sehr in Sorge. Er wünschte, er könnte Euch mehr enthüllen. Und er beteuert, dass Ihr eine von uns seid, obgleich ich ihm erklärt habe, dass Ihr nach London reist, um dort zu heiraten. Aber vielleicht ist es gar nicht so, vielleicht verhält es sich ganz anders.«

»Ich reise nach London«, erwiderte Igrainia. »Was immer auch kommen mag, wir wissen es nicht. Ich werde für euch beide beten, für euer Leben, euer Glück, und ich hoffe, dass ich, wenn ich einmal aufgebrochen bin, nie wieder zurückkehren muss.«

»Auch wir werden für Euch beten«, murmelte Rowenna.

Pater Padraic bat mit mahnend erhobener Hand um Ruhe; alle senkten ihre Häupter, als er ihnen Gottes Segen mit auf den Weg gab.

Die vier jungen Männer ritten voraus. Sie hatten bessere Pferde als die anderen; Pferde, die sie sich selbst besorgt hatten, ehe sie hergekommen waren.

John und Merry ritten vor Igrainia neben Anne und Joseph. Der Rest von Annes Familie schloss sich hinter ihnen an.

Igrainia winkte Rowenna und Gregory zum Abschied ein letztes Mal zu. Gregorys Lippen formten Worte und er machte Rowenna Handzeichen. Rowenna spähte zu Igrainia, ihr Blick seltsam verklärt.

»Was ist denn?«

Rowenna schüttelte den Kopf. »Er glaubt, dass Euer Wille und Geist stärker sind, als Ihr es selbst ahnt. Er weiß, dass Ihr es schaffen werdet, dennoch wird er Gott bitten, Euch zu beschützen, bis wir uns wieder sehen.«

»Gott schütze dich, Gregory!« Igrainia war gerührt von dem glühenden Wunsch der beiden, sie zu beschützen. »Gott sei mit euch beiden!«

Sie spornte ihre struppige Stute an, und das Tier trottete gemächlich los. Sobald die anderen vorausritten, trabte es gutmütig hinter diesen her.

Sie verließen das Dorf.

England lag vor ihnen. Sie hatten Tod und Düsternis hinter sich gelassen.

Igrainia wagte keinen Blick zurück.

Er gab seine Befehle von den verwitterten Steinstufen aus, die vom Innenhof zum Eingang des Rittersaals der Burg Langley führten.

Peter hatte gesehen, wie sich die Leute versammelten, von der niedersten Küchenhilfe bis hin zu den Rittern und den bewaffneten Soldaten, die ehedem die Burg verteidigt hatten. Er hatte seinen eigenen Trupp hinter sich – Männer, die mit ihm zurückgekehrt waren und die Seuche überwunden hatten. Es waren kaum mehr als 50 Krieger, indes hatten auch viele Frauen und Kinder überlebt. Vermochten sie auch kein Schwert zu schwingen, so konnten sie doch die Ränke aufdecken, die den schottischen Nationaltreuen die Burg wieder entrissen hätte, und dafür sorgen, dass niemand entwischte und um Hilfe in den Reihen der Männer ersuchte, die jetzt im Dienste König Edwards standen. Gleichwohl war er sich gewiss, dass jene Männer, denen er Gnade gewährt hatte und die dem schottischen König den Treueid geleistet hatten, ihren Schwur nicht brechen würden – wussten sie doch, dass ihnen dann ein beklagenswertes Schicksal drohte.

Nachdem der Tod so viele hinweggerafft hatte, standen nun nicht mehr als 150 Menschen im Hof, und alle beobachteten ihn sorgenvoll – seine eigenen Männer wie auch die, die ihre Loyalität einem anderen Herrn zugesichert hatten.

»Ihr habt mich in den letzten Tagen näher kennen gelernt und erfahren, dass ich ein Mann bin, der zu seinem Wort steht. Es wird Zeit für eine Instandsetzung der Burg, und ich habe nicht das Bedürfnis nach weiterem Blutvergießen und Tod. Wir alle haben schon genug Tote zu beklagen. Peter MacDonald, der Euch während meiner Krankheit befehligt hat, wird dies während meiner Abwesenheit auch weiterhin tun. Jeder seiner Befehle gilt wie die Stimme Gottes. Diejenigen, die sich ihm anschließen, tun gut daran; sie werden einen Weg aus der Trauer um all die Menschen finden, die uns lieb und teuer waren. Ihr alle habt Gnade vor uns gefunden, in einer Zeit, wo der Hass so tief sitzt, dass selbst die Kinder nicht vom Schwert der Eroberer verschont werden. Eine Burg wie Langley kann nicht fallen, es sei denn von innen heraus. Und ich werde Euch eine Geschichte erzählen, die Euch eine Warnung sein soll. Auf Kildrummy hat Nigel, der Bruder des schottischen Königs Robert Bruce, seine Festung gegen die fortdauernden Angriffe der Engländer verteidigt. Er und seine Männer waren so hartnäckig, dass die Engländer beinahe aufgegeben hätten. In den Burgmauern hielt sich jedoch ein Verräter auf, ein Hufschmied mit Namen Osborne. Er wurde mit der Aussicht auf großen Reichtum bestochen, wenn er ein Feuer legen würde, das die Burg zerstörte. Also setzte er die Munitionskammern in Brand. Das Feuer breitete sich aus, und die Bewohner sahen sich gezwungen zu fliehen, denn die Burg wurde in der Tat ein Opfer der Flammen, worauf die Engländer die Festung überwältigten. Wer nun glaubt, dass er für eine solche Gräueltat mit englischem Gold entlohnt wird, der irrt gewaltig. Die Burg wurde eingenommen, Nigel Bruce hingerichtet. Doch Osborne profitierte davon nicht. Die Engländer hielten zwar Wort und entlohnten ihn mit Gold, aber vorher schmolzen sie es ein – und gossen es ihm in die Kehle. Kein englischer Lord, Ritter oder Krieger wird Euch abnehmen, dass Ihr nicht auf Seiten des Feindes steht. Und für Verrat gibt es keinen Lohn – außer den Tod. Wir haben noch jedes Versprechen eingehalten. Das hier ist Schottland, und Ihr seid das schottische Volk. Wir werden einen langen, harten Kampf führen, aber Robert Bruce ist König und wird letztlich ein eigenständiges Land regieren! Wir bitten nicht um Eure Loyalität, wir fordern sie ein. Dafür sichern wir Euch unseren Schutz zu – und koste es unser eigenes Leben.«

Seine Worte wurden schweigend aufgenommen. Er nickte zu Peter, der eine Hand hob. Darauf wurde sein Pferd herbei geführt. Die vier Männer, die mit ihm reiten sollten, erwarteten ihn bereits; hoch zu Ross flankierten sie das Eingangsportal und die Zugbrücke.

Er schritt durch die Menge, die sich vor ihm teilte. Als er aufsaß, nahm er erstaunt das Gemurmel zur Kenntnis, das sich daraufhin erhob.

»Gott schütze Euch auf Eurer Reise!«

»Habt Dank für Eure Gnade, Sir Eric!«

Er fragte sich, ob sie ihn zum Narren halten wollten.

Doch als er die Gesichter in dem Meer von Menschen maß, gewahrte er Hoffnung und keinen Spott in ihren Mienen.

Das innere Tor wurde geöffnet, die Zugbrücke herabgelassen.

Und er ritt hinaus, eskortiert von seinen Männern.

Im Verlauf der Reise ergab es sich, dass die vier jungen Männer beschlossen, gemeinsam mit den anderen weiterzureiten.

Zunächst war Igrainia froh. Sie schienen ein kampferprobtes Quartett.

Dann fürchtete sie, dass sie vielleicht die Gefahr darstellten, vor der Gregory sie gewarnt hatte.

Andererseits schienen sie aufrichtige, ehrbare Männer zu sein.

Einmal ritt Igrainia an der Spitze mit einem von ihnen, Thayer Miller. Und im Zuge ihrer Unterhaltung zerstreuten sich ihre Bedenken.

Er erzählte ihr, dass seine Mutter Engländerin sei, sein Vater verstorben. Sie hatten einen schmalen Streifen Ackerland auf dem Gut von Lord Denning bewirtschaftet, der sich Robert Bruce angeschlossen hatte. Vor kurzem, als Robert Bruce Männer angeheuert hatte, um gegen Edwards Truppen zu kämpfen, war es zu einem Gemetzel gekommen, in dem Lord Denning gefallen war. Bald darauf hatten englische Truppen das Anwesen des verstorbenen Lords besetzt. Die meisten Bewohner waren in die Wälder geflohen, doch die Engländer hatten die Schweine und sämtliches Vieh getötet, die Felder niedergetrampelt und alles in Brand gesteckt. Es gab nichts mehr zu essen, und die von Lord Denning geleisteten Versprechen, seine tapferen jungen Pächter zu Kriegern auszubilden, waren genauso dahin wie der Lord selbst und das Land, einst Lebensgrundlage vieler Menschen. Thayers Mutter, die mit seinen jüngeren Geschwistern in der armseligen Behausung irgendeiner Tante überlebt hatte, hatte ihm Empfehlungsschreiben mitgegeben.

»Aber die Engländer haben Eure Heimat zerstört und alles, woran Euer Herz hängt«, wandte Igrainia ein. »Man sollte doch meinen, dass Ihr Euch gegen sie erhebt.«

Er bedachte sie mit einem mitleidigen Lächeln. »Ihr müsst das verstehen. Ich weiß nicht, ob Robert Bruce ein Recht auf die Regentschaft hat; er war selbst lange genug ein Gefolgsmann von Edward, als es seinen Zwecken dienlich war. Viele in den Lowlands haben John Comyn unterstützt, und auch wenn Bruce dafür gebüßt hat, so scheint sich das Gerücht, dass er Comyn umgebracht haben soll, doch zu bewahrheiten. Er hat den tödlichen Schwertstreich in den geheiligten Mauern einer Kirche ausgeführt. Vielleicht zürnt der Allmächtige ja Bruce für diese Tat ... Doch das ist nicht der eigentliche Grund, weshalb ich nach England aufbreche. Ich glaube, dass dieses Land in den nächsten Jahren weiterhin vom Krieg verwüstet werden wird. Wenn ich bleibe, kann ich die Ländereien irgendeines Gutsherrn bewirtschaften, Getreide anbauen, Vieh züchten, und dann werde ich eines Morgens aufwachen, nur um zu sehen, dass ein weiterer Trupp einfällt, alles abschlachtet, plündert und brandschatzt. In England dagegen werde ich in die Dienste eines Adligen treten und mich beweisen, genau wie meine Freunde. Gewiss, ich brauche noch mehr Ertüchtigung, aber ich habe den festen Willen, zu lernen. Sobald ich meinen Platz im Leben gefunden habe, werde ich mich bis zum letzten Atemzug loyal verhalten und dafür sorgen, dass meine Mutter, meine Schwestern und Brüder sich nicht mehr in den Wäldern verbergen müssen, wo sie verzweifelt auf Nahrungssuche gehen, nur um zu überleben.«

»Wenn wir in London sind, vermag ich Euch vielleicht zu helfen«, sagte Igrainia, tief gerührt von seinem Entschluss, seine Familie zu unterstützen. »Wir haben einige Empfehlungsschreiben bei uns und Freunde dort wohnen«, fügte sie schnell hinzu. Aber er sah sie skeptisch an, grinste, und als sie ihn stirnrunzelnd maß, entschuldigte er sich sogleich.

»Verzeiht, aber ich mag einfach nicht glauben, dass Ihr ein armes Bauernmädchen seid, ein Kriegsflüchtling«, erklärte er.

»Glaubt mir, so verhält es sich«, erwiderte sie. »Und ich versuche ebenso verzweifelt wie jeder andere in den schottischen Lowlands, London zu erreichen.«

In seinen Zügen las sie, dass er sie nicht hatte bedrängen wollen.

»Wenn es Euch einzig um eine Heirat geht, braucht Ihr diese Gruppe nicht zu verlassen«, meinte er.

Abermals zog sie die Stirn in Falten.

»Ist Euch nichts aufgefallen?«

»Tut mir Leid ... was denn?«

»Der junge Mann, der mit seinen Schwestern reist, Gannet. Er lässt Euch nicht aus den Augen. Wie eine Köstlichkeit, die man mit Haut und Haaren verschlingen will.«

Seine Worte irritierten Igrainia. Sie schaute sich um. Weit hinter ihnen ritt Gannet neben einem von Thayers Freunden – Reed, so hatte er ihn genannt. John und Merry ritten zusammen, direkt hinter ihr – wie zwei Bewacher. Dahinter schlossen sich die beiden anderen Reisegefährten Thayers an und der Rest von Annes und Josephs Gruppe. Alle schienen sich angeregt zu unterhalten.

»Ich muss nach London«, erklärte sie Thayer. »Unsere neuen Freunde scheinen mir gewiss reizende Menschen, aber ... aber dennoch muss ich nach London.«

»Ich denke nicht, dass Ihr für solch einen Mann bestimmt seid.«

»Im Moment ...«

»Im Moment?«, bohrte Thayer.

Sie schüttelte den Kopf. »Ich glaube, ich wäre gern für eine Weile allein.«

Thayer betrachtete sie forschend. »Ah. Nun, hinter Eurer Geschichte verbirgt sich mehr, als Ihr preisgebt. Ich denke, ich kenne die Wahrheit. Da war ein junger Mann ... vermutlich ein Ritter. Und er ritt in die Schlacht – für die eine oder die andere Seite – und wurde getötet. Und mit seinem Tod ... hat sich vieles für Euch geändert. Und Ihr seid nicht glücklich. Es tut mir aufrichtig Leid. Ihr habt ihn geliebt.«

Sie hob eine Braue. »Ganz recht. Da war jemand. Und es trifft zu, dass er gestorben ist. Und auch, dass sich alles geändert hat.«

Während sie sprach, gewahrte Igrainia einen kleineren Aufruhr hinter ihnen. John und Merry hatten die Zügel gestrafft und blickten sich furchtsam um. Die beiden Gefährten Thayers waren bereits über den holprigen Weg zurückgeritten. Sie hörten die anderen, konnten aber aufgrund einer Biegung und der hohen Bäume, die den Weg säumten, nichts erkennen.

»Was ist denn da los?«, rief Igrainia Merry zu.

»Ich weiß nicht – hinter uns ertönte plötzlich ein Aufschrei«, erwiderte John.

»Jemand ist in Schwierigkeiten!«, rief Thayer und gab seinem Ross die Sporen, worauf das Tier in die Richtung preschte, aus der sie gekommen waren.

Igrainia wollte ihm folgen, doch John bekam ihr Zaumzeug zu fassen. »Nein, Mädchen, irgendwas liegt da im Argen!«

»Hat uns jemand verfolgt?«, erkundigte sie sich beklommen.

»Nein«, sagte Merry.

Ein Aufschrei des Entsetzens durchschnitt die Luft. Die anderen waren nicht zu ihnen aufgeschlossen, sodass sie noch immer nichts sehen konnten.

»John, ich muss wissen, was geschehen ist. Jemand ist verletzt!«, beharrte Igrainia.

Sie schüttelte seine Hand ab, und ihre kleine Stute trabte mit beachtlicher Geschwindigkeit über den Pfad zurück. Schließlich straffte sie verwirrt die Zügel, sah sie doch, dass einer der jungen Männer in Gefahr schwebte; er lag am Boden auf dem Weg. Anne und ihre Schwester Lizzie knieten neben ihm, während Joseph und die anderen um sie herumstanden und mit Anne diskutierten. Thayer hatte abgesessen.

Igrainia verlor keine Zeit, sprang von Skye, doch in diesem Augenblick vernahm sie einen weiteren Schrei. Noch einer der jungen Männer sackte zu Boden, die Hände auf seinen Magen gepresst.

»Was ist? Hat man sie vergiftet?«, kreischte Igrainia. »Lasst mich zu ihnen, vielleicht kann ich helfen.«

»Mein Gott, was ist denn mit ihnen geschehen?«, wollte

Thayer wissen, der nun inzwischen neben seinem Freund kniete.

»Kein großes Geheimnis!«, kicherte Anne ausgelassen.

»Gewiss, es ist ganz offensichtlich«, sagte eine Stimme hinter Igrainia. »Sie wurden erdolcht.«

Igrainia wirbelte herum und gewahrte, dass Gannet feixend hinter ihr stand. Abrupt drehte sie sich wieder um und sah gerade noch, wie Anne ein Messer aus den Falten ihres Rocks gleiten ließ und blitzschnell und entschlossen zustach, die Klinge auf Thayers Mitte gerichtet.

Joseph trat näher, einen riesigen Felsbrocken in der Hand. Als der letzte der jungen Männer ihn angreifen wollte, krachte der Stein brutal auf seinen Schädel.

»Nein!«, kreischte Igrainia. »Nein!«

Er stürzte neben seinen zusammengebrochenen Gefährten auf die staubige Landstraße.

Unversehens gewahrte Igrainia die Blutlache, die sich unter ihm bildete und die sich wie ein seltsames Band der Blutsbrüderschaft zu Thayer ausdehnte, der dicht neben ihm kauerte. Während sie sich noch über die hinterhältige Grausamkeit der beiden Frauen wunderte, denen es gelungen war, drei kraftstrotzende junge Männer zu Fall zu bringen, packte sie eiskaltes Grauen.

Gannet, das wusste sie, stand dicht hinter ihr.

Hatte sie noch vor kurzem geglaubt, ihr eigenes Leben sei ihr bedeutungslos, so wurde ihr jetzt schlagartig klar, dass sie diesen Leuten entfliehen wollte. Blinder Zorn keimte in ihr auf und der Wunsch nach Vergeltung, denn diese Halunkenbande hatte gewiss vor, auch sie, John und Merry umzubringen.

Sie konnte nicht zu den verletzten jungen Männern vordringen; ihnen war nicht mehr zu helfen. Diese Leute waren in der Überzahl und wollten ihren Tod. Ihre eigene Haut retten – das war alles, was sie tun konnte.

Sie spürte, wie Gannet nach ihr tastete; sie brauchte sich nicht umzudrehen. Sie wusste genau, wo jeder von ihnen Position bezogen hatte, um diese schändliche Tat zu begehen.

Sie drehte sich nicht um, zögerte keine Sekunde lang.

Blitzschnell legte sie die wenigen Schritte zu ihrem Pferd zurück und schwang sich in den Sattel.

Gannet war sogleich bei ihr und packte die Zügel. Sie befreite ihren Fuß vom Steigbügel, zielte auf sein Gesicht und trat mit aller Macht zu. Schreiend ließ er die Zügel los und tastete nach seinem Auge. Sie stieß ihre Knie in Skyes Flanken, und das kleine Pferd stampfte mit den Hufen auf und preschte los.

Auf dem Weg gewahrte Igrainia John und Merry. »Schnell!«, kreischte sie. »Spornt eure Pferde an und reitet, so schnell ihr könnt!«

John hörte den drängenden Unterton aus ihrer Stimme heraus; er sagte etwas zu Merry und die beiden gaben ihren Pferden die Sporen.

Indes waren ihre Pferde nicht sonderlich schnell.

Genauso wenig wie Skye, auch wenn sie ihr Bestes gab.

Während Igrainia ritt, hörte sie den Hufschlag eines sie verfolgenden Pferdes, das bedrohlich näher kam.

Kaum dass sie einen Blick riskierte, stellte sie fest, dass Gannet dicht hinter ihr war.

»Haltet an!«, brüllte er. »Wir wollen Euch nichts Böses. Ihr kommt mit uns ... wir machen Euch zu einer von uns. Haltet an, und Ihr werdet keinen Schmiedegesellen brauchen. Wir werden Euch viel reicher machen. Ich nehme Euch zu meiner Frau.«

Ihre entsetzte Miene offenbarte ihm, dass sie ein solches Los niemals akzeptieren könnte.

Sie schmiegte sich an Skye, bestrebt, noch schneller davon zu preschen.

Doch Gannet packte wiederum ihre Zügel, und als sie sich auf dem Pfad gefährlich nahe kamen und ineinander verkeilten, musste die Stute notgedrungen verlangsamen, worauf Gannet sich von seinem Ross auf Igrainias schwang und mitsamt ihr zu Boden ging.

Als sie im Straßenstaub miteinander kämpften, fiel ihr ein, dass Rowennas Messer in ihrem Schuh steckte.

Sie trat, kratzte und kämpfte, bis sie sich von seinem Gewicht befreit hatte, dann tastete sie unter ihrem Rocksaum nach dem Messer. Als er aufsprang, schnellte sie ebenfalls hoch. Wieder wollte er sich auf sie stürzen und sie zu Fall bringen, doch da blitzte die Waffe in ihrer Hand auf.

»Ein lächerliches Spielzeug, was?«, höhnte er. »Und Ihr meint, mich damit durchbohren zu können?«

Er umkreiste sie, offenbar belustigt.

Sie war sich im Klaren darüber, dass seine Kumpane in wenigen Augenblicken zu ihnen aufschließen würden. Sie musste ihm entkommen, noch bevor der Rest dieser Mörderbande sie erreichte.

Igrainia stürzte sich auf ihn und schrie entsetzt auf, als ihr Messer ihm die Schulter aufschlitzte.

Er tastete nach der Wunde, starrte auf das Blut, das seine Hand bedeckte, um sie dann unheilvoll anzufunkeln.

»Das … das werdet Ihr mir büßen!«, drohte er.

Noch während er sie anstarrte und Igrainia fieberhaft auf Flucht sann, hörte sie den Hufschlag auf der Landstraße hinter ihnen. Seine Kumpane – sie konnten jede Sekunde zu ihnen stoßen.

Wieder stach sie zu.

Diesmal erwischte sie die Magengegend des Mannes. Er taumelte mit solcher Wucht auf sie, dass beide zu Boden stürzten.

Es gelang ihm, sie mit seinem ganzen Gewicht in Schach zu halten, und sobald sie erneut ihr Messer hob, umschloss er ihr Handgelenk mit seinen beiden Händen und drückte fest zu, auf dass sie das Messer losließe. Sie schrie vor Schmerz auf.

Und biss die Zähne zusammen.

Sie wand sich unter ihm, stieß ihr Knie gegen seinen Schritt. Er rollte zur Seite, brüllte vor Schmerz, hielt ihr Handgelenk jedoch weiterhin in stählernem Griff. Sie trat aus, worauf er sich abermals herumrollte und sich, inzwischen blutüberströmt, halb auf sie warf.

Mit ihrer freien Hand krallte sie sich in seine Handgelenke und bohrte ihre Nägel verzweifelt in seine Haut. Er fluchte, verwünschte sie in die Tiefen der Hölle.

Der Hufschlag kam näher …

Hielt inne.

Sie konnte nichts sehen, denn ihre Augen waren voller

Staub. Verkeilt mit Gannet lag sie auf der Straße und wartete auf den Ausgang ihres Zweikampfes, ahnte sie doch, dass seine Gefährten ihm jede Sekunde zu Hilfe eilten.

Dann schlangen sich Arme um sie. Gannet wurde von ihr weggezerrt.

Und sie wurde hochgerissen.

»Nein!«, entsetzte sie sich. Mit verzweifelter Wut versuchte sie sich aus der Umklammerung zu winden.

Doch ihre Hände konnten nichts bewirken. Sie krallten sich in schwere, lederne Reithandschuhe.

Sie fuhr sich mit der Hand durchs Gesicht, strich sich Haare aus den Augen und wischte Schmutz und Tränen fort, die ihr die Sicht nahmen.

Schlagartig bemerkte sie, dass Gannet schrie. Und als sie zu ihm blickte, sah sie, dass ein Reiter mit Kettenhemd und Helm den Mann gepackt hatte und ihn mit solcher Wucht über die Landstraße schleuderte, dass er brutal an einen Baum stieß.

Sie vernahm das Knacken der Knochen.

Gannet verstummte.

Der geharnischte Krieger, der sie von Gannet befreit hatte, wandte sich nun ihr zu.

»Ihr!«, hauchte sie.

Der Mann hinter ihr ließ sie los.

Sie hatte sich mit so viel Kraft und zäher Entschlossenheit seiner Umklammerung widersetzt, dass sie taumelte.

Sie wäre vornüber gefallen. Stattdessen prallte sie an kalten, harten Stahl.

Und sie begegnete einem Blick, der noch kälter und härter war.

6

Er sagte kein einziges Wort, sondern zerrte sie auf die Füße und wandte sich dann an den Mann hinter ihr. »Allan, stellt fest, ob sie auch nicht verletzt ist.«

Dann machte er kehrt und schritt zu dem Baum, an den Gannet geprallt war. Mit seiner Stiefelspitze drehte er ihn um. »Tot«, sagte er knapp und erhob sich.

Der Mann war tot. Sie hatte kein Mitgefühl mit ihm. Er hatte versucht, sie zu töten.

Er und seine Gefährten hatten heimlich geplant, sie alle zu töten.

Als abermals Hufgetrappel zu ihnen drang, sah sie Merry und John, die vor zwei weiteren Männern in Kettenhemd und Wappenrock in den Farben von Robert Bruce ritten.

Merry rief laut nach Igrainia und ritt so schnell zu ihr, wie es ihre Körperfülle erlaubte. Hastig saß sie ab und eilte zu ihr, ohne die anderen eines Blickes zu würdigen. »Oh, Mylady!«, entsetzte sie sich, als sie das Blut auf Igrainias Kleider bemerkte. »Ihr seid verletzt!« Sie schloss die junge Frau in die Arme.

Igrainia war nicht ernsthaft verletzt, doch als Merry sie schützend umarmte, spürte sie, dass jeder Muskel ihres Körpers angespannt war. Ihre Kehle schmerzte, und bei ihrem Sturz war sie unsanft auf Knie und Hüfte geprallt. Doch das Blut auf ihrem Gewand war Gannets und nicht ihres.

Sie versuchte Merry zu beschwichtigen. »Nein, ich bin nicht ernstlich verletzt.« Sie entzog sich der fürsorglichen Umarmung und fasste stattdessen Merrys Hände.

Eric ließ Gannets Leichnam auf der Straße unter den Bäumen liegen, wo er seinen letzten Atemzug getan hatte. »Ich sehe nach den anderen«, rief er Allan zu. »Kümmert Ihr Euch um diese drei.«

Die Herablassung in seinem Ton erzürnte Igrainia.

Geschwind strebte sie zu ihm. »Sie haben Menschen getötet, eiskalt ermordet.« Entrüstet fügte sie hinzu: »Lasst Euch von den Frauen nicht irreführen, sie haben mit dem Blutbad begonnen. Die jungen Männer, falls sie noch dort liegen ...«

»Sie wissen, was ihnen droht.«

Er wollte sein Pferd wenden.

»So wartet. Vielleicht kann ich irgendetwas tun, helfen. Vielleicht sind sie noch nicht alle tot ...«

»Ihr wollt helfen?« Seine eisiger Blick maß sie verächtlich. »Man hat versucht, Euch zu töten. Es waren gemeine Diebe und Mörder.«

»Nein ... nur die Familie. Die anderen waren lediglich auf dem Weg nach England, um ein neues Leben zu beginnen. Sie haben uns nur zu unserer Sicherheit begleitet.« Als ihr das Ironische an ihrer Feststellung einleuchtete, kämpfte sie zwischen Lachen und Weinen. »Dass Ihr ... dass *ausgerechnet* Ihr hier auftauchen und ihrem Treiben Einhalt ...«

»Ah, welch unsägliche Dankbarkeit in Euren Worten liegt!«, knurrte er.

»Sie haben sie hinterrücks angegriffen, erdolcht ... vielleicht lebt noch einer von ihnen«, seufzte sie, seine Worte übergehend. »Vielleicht kann ich helfen ...«

»Vielleicht auch nicht.«

Sein Tonfall vermittelte ihr, dass er auf seine verstorbene Gemahlin anspielte.

»Ich habe Euch das Leben gerettet«, wandte sie ein.

»Vielleicht hat mein starker Lebenswille dazu beigetragen.«

»Welch unsägliche Dankbarkeit in Euren Worten liegt!«, äffte sie ihn nach.

Sie wich erschrocken zurück, als er ihren Arm packte, vielleicht, weil sie um Haaresbreite dem Tod von Gannets Hand entkommen war.

»Verflucht, was habt Ihr, Frau?«, polterte er ungeduldig. »Wir haben unsere Zeit nicht dafür verschwendet, Euer dankenswerterweise langsames Fortkommen zu verfolgen, um Euch dann mit eigener Hand zu töten.«

Sie unterdrückte ein Stöhnen, als er unsanft ihre Taille

umschloss, und es gelang ihr, nicht zu schreien, denn inzwischen wunderte sie gar nichts mehr. Er hob sie auf sein gewaltiges Streitross und saß hinter ihr auf. Schweigend spornte er sein Pferd an, und Augenblicke später ritten sie über den gewundenen Pfad, bis sie die Stelle erreichten, wo Anne und ihre Gruppe die jungen Männer überlistet hatten.

Joseph und Jacob hatten sich offenbar bekriegt; beide waren tot, lagen seltsam ineinander verkeilt am Straßenrand. Anne und ihre mörderischen Schwestern hockten zusammen unter einem Baum, von keinem beachtet, während sich zwei von Erics Männern, leicht erkennbar an den Farben Bruces, um die verletzten Männer kümmerten. Zwei lagen bäuchlings und ohne Bewusstsein auf der Straße, doch Brandon atmete offenbar noch. Timothy hielt sich den Kopf und versuchte das Vorgefallene zu schildern, doch er sprach völlig zusammenhanglos, war er doch immer noch arg mitgenommen.

»Wir hätten nie gedacht … wer hätte ahnen können …«

»Sie waren es!«, schrie Anne. »Sie haben uns angegriffen! Uns blieb keine Wahl. Sie haben meinen armen Mann getötet!«

Igrainia zischte: »Ihr seid eine hinterhältige Lügnerin!«

Eric straffte die Zügel. Bevor er absaß oder ihr hinunterhalf, glitt sie vom Pferd und wäre in ihrer Hast beinahe gestürzt. Wutschäumend ging sie auf Anne los und gewahrte, dass Thayer am Boden lag und sich nicht rührte. »Ihr seid eine Lügnerin! Ihr habt gütige Menschen ermordet, Menschen, die Euch helfen wollten, mein Gott, wie konntet Ihr nur …«

Anne schrie aus Leibeskräften: »*Sie! Sie* hat die Schuld. Sie wusste, dass wir Geld bei uns tragen, sie hat die Männer becirct, dass sie uns angreifen sollten, *sie* war es! Wir alle könnten tot sein, und jetzt hat es unsere armen Männer erwischt, nur weil sie uns verteidigen wollten …«

»Lügnerin!«, beteuerte Igrainia und schritt weiter, nicht recht wissend warum, indes so aufgebracht, dass sie die Frau hätte würgen können. Doch sobald sie zu Anne trat, ging die Frau kreischend auf sie los. Ein Messer, das sie wohl in ihrem Rock verborgen hatte, blitzte unvermittelt im

Sonnenlicht auf. Igrainia sah die Klinge gerade noch rechtzeitig, um auszuweichen. Auch Eric hatte den Dolch bemerkt. Er packte sie von hinten und zog sie aus der Gefahrenzone, worauf sie in den Schmutz sank. Sinnlos, sich Anne zuzuwenden. Diese stürmte an ihr vorbei, stolperte und fiel flach auf den Boden. Dort blieb sie reglos liegen.

»Anne!« Lizzie ließ Beth stehen und eilte zu der Stelle, wo ihre Schwester lag. Sie drehte Annes erschlaffte Gestalt um, und Igrainia erkannte, dass Anne ungewollt ihren eigenen Tod herbeigeführt hatte: sie war in die Messerklinge gestürzt. Diese steckte tief in ihrer Brust, und das pulsierend austretende Blut bezeugte, dass die Waffe ihr Herz durchbohrt hatte.

Lizzie erlitt einen Weinkrampf.

Igrainia rappelte sich stöhnend auf, jeder Muskel, jede ihrer Blessuren schmerzte.

Wieder fühlte sie nichts als eine schreckliche Kälte in ihrem Herzen statt wie früher Mitgefühl im Angesicht des Todes.

»Was machen wir mit den beiden anderen?«, erkundigte sich einer der Männer bei Eric.

»Ich weiß es noch nicht. Fesselt sie – sie scheinen überall am Körper Waffen zu tragen. Yorick, treibt die Pferde zusammen, die Ihr finden könnt«, befahl er einem weiteren Gefolgsmann. »Mir scheint, wir werden als seltsam zusammengewürfelter Trupp zurückkehren.«

Igrainia eilte zu Thayer, kniete sich neben ihn und tastete nach seinen Verletzungen – wenn er denn überhaupt noch lebte. Erleichtert seufzte sie auf; er atmete noch. Zwar kaum merklich und flach, aber sein Brustkorb hob und senkte sich in regelmäßigen Abständen. Ein Dolchstoß hatte seine Schulter getroffen, ein weiterer seine Seite durchbohrt, und man konnte nur hoffen, dass die Klinge nicht seine Eingeweide verletzt hatte. Sie hub an, den Saum ihres Leinengewandes in Streifen zu reißen, um damit die Blutung zu stoppen.

Während sie den Stoff auf seine Wunden drückte, bemerkte sie ein Paar riesiger Stiefel neben sich. Sie sah auf. Eric war zu ihr getreten.

»Er wollte einen Weg finden, um zu überleben, um seiner Familie Geld schicken zu können. Alle vier sind aufgebrochen, um ein neues Leben anzufangen ... ihr Lehnsherr wurde ermordet, ihr Land verwüstet ...«

Sie hatte Angst, dass er ihr Tun unterbinden könnte. Bestürzt fuhr sie zusammen, als er näher trat.

Zu ihrer Verblüffung nahm er einen ihrer provisorischen Verbandsstreifen und drückte diesen fachmännisch auf eine weitere Wunde.

»Er hat eine Chance, denke ich«, murmelte er.

»Aber er kann nicht reiten.«

Eric schwieg. Als Merry und John sich näherten, erhob er sich. Merry wollte wissen, ob sie helfen könne.

Eric ging davon. Sie sah, wie er sich mit dem Mann namens Allan austauschte.

»Er ist ein widerstandsfähiger junger Bursche«, meinte Merry, erstaunlich gefasst trotz der entsetzlichen Geschehnisse. »In ein paar Tagen, und wenn er kein Wundfieber bekommt ...«

Igrainia sprang erschrocken auf, da Eric mit einer Entschiedenheit zu ihnen trat, die nichts Gutes verhieß. Er beugte sich über Thayer, und Igrainia legte ihm rasch eine Hand auf die Schulter, bemüht zu vereiteln, was immer er im Schilde führen mochte. »Ich sage Euch, es sind ehrbare Männer ...«

Er beachtete sie nicht weiter, sondern schüttelte ihre Hand ab und hob Thayer erstaunlich behutsam hoch. Darauf strebte er in Richtung der Bäume, und sie lief ihm nach. »Was tut Ihr da? Wartet! Wenn Ihr ihn in den Wald bringen und dort sterben lassen wollt, so werde ich das nicht billigen. Hört Ihr mich? Eure Sache oder Schottland oder die Engländer oder ... Eure schändlichen Pläne kümmern mich nicht. Ihr dürft keinen Menschen brutal sterben lassen!«

Zornig und voller Ungeduld schnellte er zu ihr herum. »Nicht weit von hier befindet sich eine Hütte an einem sauberen Bach. Wenn dieser Mann überleben soll, müssen seine Verletzungen gesäubert werden, und wenn Ihr wollt, dass wir anderen überleben, müssen wir uns von der Straße fern halten. Glaubt Ihr, dass Eure üblen Freunde die einzigen

Halunken sind, die es auf Kriegsbeute abgesehen haben? Überdies bin ich weiß Gott nicht bereit zu sterben, nur weil ich Euch erbittert verfolgen musste und weil die Gesundheit und das Wohlergehen Eurer Reisegefährten auf dem Spiel stehen!«

Sie verfiel in brütendes Schweigen. Er schritt weiter, und während sie ihm folgte, vernahm sie leises Stimmengemurmel und das Rascheln der Zweige, als die anderen sich ihnen anschlossen.

Der Weg schien ihr endlos lang, aber vielleicht nur deshalb, weil ihr jeder Schritt eine Qual war. Ihre Schulter schmerzte, genau wie jede Faser ihres Körpers. Schließlich erreichten sie eine Lichtung in dem undurchdringlichen Waldstück. Ein Bach rauschte an ihnen vorüber, hübsch anzusehen im flirrenden Sonnenlicht, das nicht länger von dem grünen Blätterdach abgeschirmt wurde. Das Ufer war ein dichter Teppich aus Kiefernadeln, der Erdboden weich von der Feuchtigkeit.

Während sie ausschritt, vernahm sie neben ihr eine leise Stimme.

»Verzeiht, Mylady.«

Allan trat zu ihr und breitete einen wollenen Umhang unter einem Baum aus, worauf Eric den verletzten Thayer genauso behutsam wie zuvor ablegte.

Dann wandte er sich zu ihr.

»Madam, Ihr könnt Euch jetzt um Euren neuen Freund kümmern, aber einer von uns wird nicht von Eurer Seite weichen. Und sollte jemand versuchen zu fliehen, wird er auf der Stelle erschlagen. Falls Ihr meint, Ihr hättet Euer Bestes getan und müsstet erneut das Weite suchen, werden Eure Freunde dafür büßen. Sicherlich seid Ihr nicht so töricht, Igrainia, und deshalb vertraue ich darauf, dass Ihr keinen von ihnen in Gefahr bringen werdet. Ihr versteht mich genau, dessen bin ich gewiss. Dennoch will ich Euer Wort darauf, dass Ihr nicht fliehen werdet, und Euren Schwur, dass Ihr nichts tun werdet, was die englischen Truppen auf unsere Fährte hetzen könnte.«

Er starrte sie durchdringend an. Sie atmete tief ein. Er war nicht gekommen, um sie umzubringen. Gleichwohl hatte sie keine Ahnung, was er mit ihr vorhatte. Oder mit den anderen.

»Ich kann nicht ... einfach akzeptieren, was in Eurem Kopf vorgehen mag ...«

»Ihr könnt nicht? Ihr müsst. Und Ihr werdet es tun. Schwört mir, dass Ihr nicht versuchen werdet zu fliehen oder um Hilfe zu schreien.«

Sie zögerte weiterhin.

Er trat einen Schritt näher.

Sie wich einen Schritt zurück.

»Die anderen werden zuerst getötet!«, sagte er bedrohlich leise.

»Ich schwöre es«, murmelte sie.

»Lauter, bitte.«

»Ich schwöre es.«

Wieder schrak sie zurück, da er näher kam. Doch er hatte nicht die Absicht, sie zu berühren. Er ging an ihr vorbei, um den anderen zu helfen, die Pferde von der kleinen Waldhütte zu dem rauschenden Bach zu bringen.

Gegen Abend war die Hütte in den Bäumen zum Lagerplatz geworden. Man hatte ein Feuer entzündet, Wasser gekocht, Mäntel und Umhänge ausgebreitet, weitere Verbände gewickelt. Eric und Raymond Campbell hatten einen Hirsch erlegt, der ihnen für einige Tage frisches Fleisch lieferte, denn sie würden hier ausharren müssen, bis die Verletzten wieder reiten konnten – oder starben.

Eric hatte die beiden überlebenden Frauen aus der widerwärtigen Gruppe meuchelnder Pilger mit Allan MacLeod zurück nach Langley geschickt. Die verletzten Männer, die Lady, die er zurückholen wollte, und ihre beiden Fluchthelfer waren ohnehin ein Wagnis.

Bei Merry oder John rechnete er nicht mit Schwierigkeiten; beide waren froh und dankbar, dass sie lebten und in der Obhut von Soldaten weilten, auch wenn diese politische Feinde waren. Igrainia dagegen traute er nicht über den Weg.

Sie würde bei der erstbesten Gelegenheit fliehen.

Er ärgerte sich über die verschwendete Zeit, doch war

ihm keine andere Wahl geblieben, als ihr zu folgen; er durfte sie nicht gehen lassen, war sie doch überaus wertvoll als Geisel. Und es war irgendwie befriedigend für ihn, dass er auf seiner Verfolgungsjagd zufällig ein Nest von Verbrechern ausgehoben hatte, die unschuldigen Bürgern das Leben schwer gemacht hatten.

Oft hatten sie das Schlachtfeld fluchtartig verlassen müssen, sich dessen bewusst, dass sie verwundete und schwer verletzte Männer zurückließen, die der Gnade ihrer Gegner ausgeliefert waren, aber schließlich war man im Krieg – und die Soldaten mussten abrücken, wenn sie überleben und sich erneut dem Feind stellen wollten. Niemand ließ gern einen leidenden oder sterbenden Gefährten zurück – der vielleicht nicht bald genug seinen Verletzungen erlag, um vor der brutalen Rache seiner Widersacher verschont zu bleiben. Und da sie weder auf dem Schlachtfeld waren noch verfolgt oder bedroht wurden, konnte er diese verletzten jungen Burschen nicht einfach sterben lassen, selbst wenn ihr Ziel England war. Sie waren langsamer geritten, um den vermeintlich Schwächeren Schutz zu bieten. Man hatte sie überlistet, doch ihre Edelmütigkeit berührte Eric, und deshalb konnte er sie nicht ihrem Schicksal überlassen.

Aber sich im Wald die Beine in den Bauch zu stehen, war das Unsinnigste, was er mit seiner Zeit anstellen konnte, und er wünschte, er hätte einen seiner Männer auf die Suche nach der Lady von Langley geschickt, statt selbst auszureiten. Er hatte kurz erwogen, die beiden messerbewehrten Frauenzimmer persönlich nach Langley zu bringen und Allan bei den anderen zurückzulassen, aber er traute Igrainia nicht. Sie sollte ihm nicht noch einmal entwischen.

Er beobachtete sie, wie sie neben dem Mann kniete, den sie Thayer Miller genannt hatte. Miller war eine Kämpfernatur, das erkannte er auf Anhieb, und diese Eigenschaft gefiel ihm. Er hatte so viel Blut verloren, dass manch einer daran zugrunde gegangen wäre, er hingegen schien entschlossen, zu überleben. Doch er war immer noch bewusstlos. Sein Freund Brandon war stark geschwächt, öffnete aber hin und wieder kurz die Lider. Er vermochte zu flüstern und hatte den Überfall ähnlich dargestellt, wie Eric es bereits in Erfahrung gebracht hatte. Der Mann namens Timothy war wieder bei Bewusstsein und ging Igrainia zur Hand. Zuvor war er zu Eric ans Ufer getreten, wo dieser die Pferde tränkte, und hatte ihm und seinen Männern auf Knien für sein Leben und das seiner Gefährten gedankt. Nachdem er seine Version der Geschichte geschildert hatte, hatte er Eric ewige Treue geschworen, falls dieser ihn in seine Dienste aufnähme.

Eric hatte das Für und Wider erwogen. Nach anfänglicher Benommenheit – was völlig normal war nach einem Schlag auf den Schädel – hatte Timothy einen guten Eindruck gemacht, sich gewählt ausgedrückt und dabei vermittelt, wie tief bestürzt sie alle über den Verlauf ihrer Reise mit den ›Pilgern‹ gewesen seien.

»Wobei wir in Wahrheit nicht wegen der Gruppe langsam geritten sind«, hatte Timothy eingestanden. »Eigentlich fürchteten wir um die junge Frau, die mit dem älteren Paar unterwegs war. Sie beteuerte zwar, dass sie in London den Sohn eines Hufschmieds ehelichen würde, aber Thayer glaubte ihr kein Wort. Er war sich sicher, dass sie eine Erbin auf der Flucht sei, und da ihn ihre Güte und Freundlichkeit gegenüber denen, die im Dorf des Priesters leben, tief beeindruckten, dachte er, sie könnte unsere Hilfe brauchen. Wir gedachten unser Tempo so lange zu drosseln, bis sie sicher über die Grenze gelangt wäre, und dann schleunigst weiterzureiten.«

»Aber Ihr wart auf dem Weg nach Süden. Um auf Seiten der Engländer zu kämpfen.«

»Ja«, hatte er zerknirscht eingeräumt.

»Ihr seid Schotte.«

»Ich komme aus dem Grenzgebiet. Und mein Lord ist tot. Doch gestehe ich freimütig, dass wir, meine Gefährten und ich, Euch das Leben verdanken. Und wir würden selbstverständlich gern einem Schotten wie Euch dienen, unsere ganze Kraft, unseren Mut aufbieten und gegen die Engländer kämpfen. Wir gehören nirgends hin und müssen uns irgendwie durchschlagen.«

»Wir werden sehen«, hatte Eric versprochen.

Er war dafür bekannt, ein guter Menschenkenner zu sein.

Und er hielt diesen Burschen für einen aufrichtigen, ernsthaften Menschen. Indes, alles zu seiner Zeit.

Die Zeit.

Der Tag schleppte sich dahin. In Langley würde Peter MacDonald das trutzige Gemäuer sichern und nach Kräften verstärken, denn er kümmerte sich lieber um strategisch wichtige Standorte, als dass er Krieg führte. Bei ihm war Langley in besten Händen, und Eric wusste ohnehin, dass der wichtigere Part der Kriegführung für seinen König auf seinen Schultern lastete. Aber jetzt war Margot von ihm gegangen – und mit ihr die friedlichen Augenblicke, in denen er hatte rasten und mit ihr plaudern können, vielleicht auch zornig aufgebraust war, bis sie ihn besänftigt hatte, ihr von erfolgreichen und zum Scheitern verurteilten Strategien berichtet hatte und wer sich dem König angeschlossen hatte und wer nicht. Margot war tot, genau wie Aileen. Ihm war keiner geblieben, und hier festzusitzen, in dieser Waldhütte, eingekerkert mit seinen eigenen Gedanken, war schlimmer als eine Gefangenschaft hinter Eisengittern oder steinernen Mauern.

Raymond Campbell trat zu Eric, der an einer der alten Eichen lehnte, nahe dem Bach und weit weg vom Lagerfeuer.

»Sie leben noch. Alle drei Männer.«

»Der mit Namen Thayer Miller war am schlimmsten zugerichtet, dem Tode nahe. Wie geht es ihm?«

»Dank der fachmännischen Verbände sind die Blutungen gestoppt. Die Lady of Langley hat ihm sonderbare Umschläge aus Moos und Lehm vom Ufer aufgelegt. Bislang hat er kein Fieber, und er atmet tief und gleichmäßig. Immerhin müssen wir nicht befürchten, dass er heute Nacht flieht und nach einem Trupp von Engländern Ausschau hält. Genauso wenig wie sein Freund Brandon. Timothy scheint sich von dem Schlag auf den Schädel erholt zu haben, und Ihr habt die Lady und ihre Begleiter.«

»Einer von uns sollte während der Nacht Wache halten«, gab Eric zu bedenken.

»Gewiss, Eric, aber meint Ihr denn, dass wir auch die Gefangenen unter Bewachung stellen müssen?«

Eric lächelte grimmig. »Ich möchte wetten, dass die beiden Alten nicht fliehen. Auch Timothy würde seine Freunde nicht verlassen. Aber was die Herrin von Langley angeht …«

»Wohin sollte sie allein gehen?«

»Oh, ich glaube, sie würde eine weitere Landstraße finden, auf der sich Mörder- und Diebespack herumtreibt. Töricht und eigensinnig ist sie genug. Sie ist keine, die lang allein bleibt. Nie und nimmer.«

»Nun, wenn das so ist …«

»Tut mir Leid. Ich glaube, sie muss ständig bewacht werden. Und in meiner gegenwärtigen Stimmung bin ich dafür gewiss nicht der Richtige. Wir werden uns die Aufgabe teilen müssen.«

Über Raymonds Züge glitt ein Lächeln, dann wurde er wieder ernst. »Gewiss, Eric.«

Eric runzelte die Stirn. »Ihr wolltet lachen.«

»Ich hatte fast vergessen, was wir eingebüßt haben. Mir kam eben in den Sinn, dass es kein hartes Los sein kann, eine solche Schönheit zu bewachen – es gibt Mühseligeres … und dies hier … glaubt mir, wird nicht so schlimm werden.«

»Meint Ihr nicht?«, wandte Eric ein. »Ich bin neugierig, was Ihr in ein paar Tagen dazu sagen werdet. Ich werde die erste Wache übernehmen, derweil sie sich um die Verwundeten kümmert. Ruht Euch just hier unter diesem Baum aus und lasst Angus unter dem daneben schlafen. Die Dame kommt dann zwischen Euch. Ich wecke Euch um Mitternacht.«

»So sei es, Eric. Und ich versichere Euch, über diese Aufgabe werde ich mich nicht beklagen.«

»Hm … Nun, wir werden sehen.«

Igrainia war dankbar und auch ein wenig verwundert, dass die Schotten so geduldig ausharrten, bis die verletzten Männer wieder reiten könnten.

Gleichzeitig fiel ihr ein Stein vom Herzen, dass ihre Pflege bei Thayer scheinbar ein Wunder bewirkte. Seine Wunden waren ernst, ja beinahe tödlich gewesen, und doch heilten sie bereits. Die schlimmsten hatte sie sorgfältig mit Rosshaar genäht und anschließend mit Moos und Lehm bedeckt, und sie schienen sauber und glatt abzuheilen.

Bislang deutete nichts auf eine Wundinfektion hin. Obgleich er fast den ganzen Tag schlief, war er in der Lage zu sprechen, wenn er aufwachte, und Timothy hatte ihm vergnügt berichtet, dass er alsbald aufstehen könne und es zumindest hinter einen Baum schaffen werde, um seine Notdurft zu verrichten.

Unter den gegebenen Umständen konnte sie nicht mehr verlangen.

Außer dass die ihr auferlegten Zwänge sie wahnsinnig machten.

Vielleicht plante Eric, sie zu erdrosseln, ihr jeden Knochen einzeln zu brechen oder sie bis zum Sankt-Nimmerleins-Tag in einem Käfig vor den Burgtoren darben zu lassen, augenblicklich jedoch machte er einen Riesenbogen um sie. Er erlegte das Wild, sprach mit seinen Männern, verschwand von der Bildfläche – war jedoch nie wirklich fort – und redete kein einziges Wort mit ihr.

Sie dankte Gott. Vermutlich würde ihre Trauer um Afton nie versiegen, dennoch war es das beste Labsal für ihren Kummer, wenn sie sich nützlich machen konnte. Sie kannte ihre Grenzen und wusste, dass sie nur das Wenige würde anwenden können, was sie über Heilkräuter und Naturmedizin gelernt hatte, um die Menschen zu heilen. Gott allein entschied über Leben und Sterben.

Und mit jedem Tag wuchsen ihr Timothy, Brandon und Thayer mehr ans Herz. Sie war sich fast sicher, dass die falschen Pilger es auf sie abgesehen hatten und dass die Münze, die sie Rowenna geschenkt hatte, ihnen gezeigt hatte, dass sie Geld besaß. Und weil Thayer und seine Freunde zu ihrem Schutz mitgeritten waren, war Reed jetzt tot und die anderen würden die geplante Reise niemals fortsetzen können. Genau wie sie waren sie Gefangene von Eric und seiner Einheit.

Allerdings erweckten sie nicht den Anschein, dass sie fliehen wollten.

Nun, Timothy und Brandon würden ihren schwerkranken Freund niemals im Stich lassen, dachte sie bei sich. Und vielleicht wussten die Schotten darum.

Am dritten Morgen im Wald hatten Erics Gefolgsleute und die jungen Männer, die eigentlich nach Süden reiten wollten, um sich Edwards Heer anzuschließen, bereits engere Bekanntschaft geschlossen. Timothy lernte Schwertmanöver von Angus und wurde von Geoffrey korrigiert. Er war sehniger und hatte entschieden, dass Timothy, der von ähnlicher Statur war, lernen musste, sich flinker zu bewegen und mehr auf Geschicklichkeit denn auf Muskelkraft zu vertrauen.

Auch Merry und John schienen sich nicht an ihrem Los zu stören. Beide brachten die Tage damit zu, das von den Männern erlegte Wild zuzubereiten, Fleisch zu räuchern oder für die nächste Mahlzeit zu braten, Beeren zu sammeln, Kleidungsstücke auszubessern, Waffen zu schärfen und zu fetten oder sich anderweitig nützlich zu machen.

Es schien jedoch, dass die beiden Alten dazu angehalten waren, Abstand zu ihrer Herrin zu wahren. Doch trotz des Umstands, dass sie in einiger Entfernung von ihr schliefen, wegen ihrer Tagespflichten wenig Kontakt zu ihr hatten und dass auch Eric sie mied, war Igrainia nie allein.

Nie.

Und das machte sie wahnsinnig.

Sie konnte sich kaum einmal zehn Schritte von Angus oder Geoffrey entfernen, um kurz ins Gebüsch zu huschen.

Wenn sie ihr Gesicht in den Bach tauchte, waren sie da.

Wenn sie nachts aufwachte, blickte sie in eines der Gesichter. Drehte sie sich um, blickte sie in das andere. Und sie wusste genau, dass man ihr nicht im Mindesten traute.

Liebend gern hätte sie Eric angebrüllt, dass er ein Idiot, ein Dummkopf sei. Wohin, zum Teufel, sollte sie denn gehen? Hier bestand keine Aussicht auf eine Flucht. Es sei denn, sie schnappte sich blitzschnell eines der Pferde, was unter den Argusaugen von Angus, Geoffrey und Eric gewiss unmöglich wäre. Nicht zu vergessen dieser Hüne von einem Mann, Raymond Campbell, der die Fähigkeit besaß, die schnellsten, hoch in den Lüften schwebenden Vögel mit nur einem Pfeilschuss zu erlegen.

Überdies hatte sie sich Erics Drohung zu Herzen genommen, dass er – im Falle ihrer Flucht – alle anderen töten würde.

Das glaubte sie allerdings nicht. Wenn er Entscheidungen traf, dann für jeden Einzelnen, das erkannte sie mit jedem Tag deutlicher. Überdies schien ihr, dass ihre jungen Freunde gar nicht beabsichtigten aufzubrechen, obwohl sie niemand zurückhielt.

Sie war hier die einzige Gefangene.

Und eine Gefangene, die allmählich aus der Haut zu fahren drohte.

Sie sehnte sich nach einem Bad.

Sie hörte das Rauschen des Baches neben ihnen, sie konnte hineingreifen, das kostbare Nass durch ihre Hände rieseln lassen und wäre nur allzu gern eingetaucht. Ihre Kleidung war mit Gannets Blut besudelt. Lehm und Schmutz bedeckten ihren Körper.

Indes durfte sie nie ohne ihre beiden Bewacher, Angus und Geoffrey, zum Bach gehen.

Sie kannte die beiden inzwischen schon recht gut.

Angus war ein stattlicher Bursche mit langen roten Haaren und strahlend blauen Augen. Sein Bart war so lang wie sein Haar, und er erinnerte an eine wilde Gottheit aus den alten Legenden. Er war ein angenehmer, freundlicher Zeitgenosse – und breit wie ein Schrank.

Er trug ein gewaltiges Schwert und stammte aus dem schottischen Hochland, wo jeder Stammesführer als heimlicher König seines Clans galt. Aufgewachsen war er in der Nähe der nördlichen Inseln, die weiterhin von Nordländern regiert wurden, und er kannte Eric und viele seiner Männer schon seit Jahren. Ihren Gesprächen hatte Igrainia entnommen, dass Eric und die seinen oft bei Angus' Familie gewesen sein mussten, obschon ihre Heimat die Lowlands waren. Die Highlands waren ein Stück entfernt von den Schlachten und Gefahren, die jetzt seit über einem Jahrzehnt andauerten.

Geoffrey war weitaus schlanker, aber wie die meisten Krieger überaus muskulös. Einmal, als sie sich allein den schmalen Pfad zum Bach hinuntergeschlichen hatte, hatte er ihren Arm gepackt, und dieser Griff war unnachgiebig wie eine Eisenzwinge gewesen. Sein Haar war braun und struppig, gleichwohl war er beileibe nicht so verschwitzt, blutverkrustet und schmutzig, wie sie sich fühlte. Die Kettenhemden der Männer stammten vermutlich aus den Rüstkammern von Langley. Sie trugen ihre eigenen Farben, hatten ihre Umhänge gesäubert, ihre Haare gewaschen und geschnitten. Manchmal hörte sie die Männer im Bach. Sie erfreuten sich an dem kühlen Nass und konnten sich getrost unbehelligt fühlen, da sie und Merry inzwischen die einzigen Frauen in der Gruppe waren. Merry würde sich niemals dazugesellen.

Und Igrainia würde auch lieber sterben, als dass sie das täte.

Und so schien es dem Rest ihrer kleinen Welt wohl zu ergehen, während sie nachts wach lag, angeekelt von dem Blut und Schmutz auf ihrer Haut, während die anderen die Annehmlichkeiten ihrer Umgebung genossen.

Manchmal sagte sie sich, dass all dies ohne Belang für sie sei. Afton war tot.

Dann wieder wurde ihr bewusst, dass sie selbst noch lebte. Und solange sie lebte, musste sie atmen, essen, trinken – und hier und da ein Bad nehmen.

Unglaublich, aber wahr – ihr schien, als läge all der Schrecken schon unendlich lange zurück. Manchmal erwachte sie und wusste, noch ehe sie die Augen aufschlug, dass Afton von ihr gegangen war. Der Tag, an dem ihr Gemahl seinen Atem ausgehaucht hatte, erschien ihr mehr und mehr wie ein Abschnitt aus einem anderen Leben. Dabei war Afton kaum zwei Monate tot. Und doch war in dieser Zeit so vieles geschehen. Sie verabscheute sich für dieses Gefühl. Sie wollte ihn nicht vergessen. Sie hatte sich geschworen, dass sie seine Erinnerung stets in Ehren halten würde. Und schon jetzt …

Tief in ihrem Herzen wusste sie, dass er tot und nicht mehr Teil ihres Lebens war, und daran ließ sich nichts ändern.

Nichts.

Stattdessen konnte sie ihr eigenes Elend verfluchen und

sich darüber lustig machen, dass sie so entsetzlich verdreckt war.

Erics Gemahlin und sein Kind waren inzwischen auch bereits mehr als einen Monat tot. Aber er hatte kein einziges Gefühl verdrängt, soviel stand fest. Seine Liebe hatte unabänderlich Bestand.

Genau wie sein Hass und seine Bitterkeit.

Sie spürte es, wann immer sich ihre Blicke trafen.

Das heißt: wenn sie sich trafen. Er mied Igrainias Nähe, überließ sie seinen Männern.

Und sie waren wie die Fliegen. Ständig in ihrer Nähe … Sie ließen ihr nur Sekunden, um hinter einem Baum zu verschwinden, wenn es absolut dringend war.

Und das war es.

Sie wurde unterdrückt. War verzweifelt.

Am sechsten Tag im Wald konnte sie es nicht länger ertragen. Sie erwachte mit dem sonderbaren Gefühl, allmählich selbst Teil des Waldes zu werden. Für Augenblicke lag sie reglos da, dann spähte sie nach rechts und nach links.

Ihre beiden Bewacher schienen zu schlafen. Ein Blick über die Lichtung hinweg sagte ihr, dass es sich mit Thayer, Timothy und Brandon nicht anders verhielt. Weit und breit war niemand sonst zu sehen. Eric hatte das Lager mit Raymond Campbell verlassen, wie jeden Morgen, wenn er auf die Jagd ging.

Sie stahl sich so leise wie irgend möglich davon, zauderte, dann schlich sie sich auf Zehenspitzen in das Gebüsch, das den Bach säumte.

Sie trippelte zum Wasser, zögerte abermals, lauschte. Sie gemahnte sich zur Eile – flink entkleiden, ins Wasser hüpfen und wieder hinaus. Aber … sollte sie denn das schmutzige Gewand erneut überstreifen, auf dem sich immer noch Spuren von Gannets eingetrocknetem Blut befanden?

Sie hatte ein frisches Unterkleid und ein weiteres Gewand für die lange Reise nach England eingepackt, jedoch beides im Lager zurückgelassen.

Wenn sie sich ins Lager zurück schliche, weckte sie vielleicht noch jemanden auf.

Und, gestand sie sich entmutigt ein, wenn sie an ebendieser Stelle in den Bach sprang, könnten sie aufwachen und zu ihr eilen.

Von diesen Überlegungen beeinflusst, wanderte sie weiter entlang des Bachbetts.

Als sie eine Stelle erreichte, wo sie sich in Sicherheit wähnte, streifte sie ihr Übergewand von den Schultern – und vernahm unvermittelt einen Aufschrei.

»Sie ist fort!«, brüllte Geoffrey.

»Fort … sie kann doch nicht fort sein!«, schnaubte Angus als Antwort.

»Die Pferde, hol die Pferde!«

»Nee, Freund, sie ist nicht über die Straße geflohen … Wir werden das Ufer absuchen!«

Geschwind glitt sie in den Schutz der Bäume, bestrebt, ihr Gewand überzustreifen. Knackende Geräusche im Geäst warnten sie, dass die Männer nahten.

Instinktiv rannte sie tiefer in den Wald, weiter längs des Baches.

»Mylady, haltet ein!«, brüllte Geoffrey.

»Geht fort! Verflucht, lasst mich für fünf Minuten allein!«, brüllte sie zurück.

»Sie will fliehen, so wahr mir Gott helfe, sie versucht zu fliehen!«, schrie Geoffrey.

»Lauf ihr nach!«, brüllte Angus darauf. »Wir dürfen sie nicht verlieren!«

»Nein!«, kreischte sie, eine Erklärung auf den Lippen.

Irgendwie hatte sie sich in ihrer eigenen Kleidung verfangen und war weit davon entfernt, damenhaft zu wirken. Sie stolperte über die Uferböschung, bemüht, ihr Gewand zu richten.

Eine Sekunde später fühlte sie, wie das feuchte Erdreich unter den Schritten eines Verfolgers erzitterte.

»Nein!«, schrie sie noch einmal. »Wartet!«

Es war Angus. Hünenhaft, sein Rotschopf wehte, wie der Zorn Gottes.

Igrainia wusste sich keinen Rat. Sie rannte weiter.

Sie war schnell und spurtete vom Bach ins Gebüsch, fand einen Waldweg. Einen Augenblick lang durchflutete sie eine Woge der Erleichterung – sie konnte fliehen, wenn sie nur wollte. Die Aussicht auf Freiheit war berauschend und ließ ihr Herz unvermittelt höher schlagen.

Instinktiv beschleunigte sie ihre Schritte und kombinierte mit bestechender Logik. *Sie konnte weglaufen, jawohl. Fliehen, weil sie die anderen abzuhängen vermochte. Fliehen, weil Eric bluffte, wenn er mit Mord drohte. Warum sollte er wegen ihr die Leben anderer opfern? Sie bedeutete ihm nichts, sie war nur eine wertvolle Schachfigur in diesem Kriegsspiel, ein Pfand, das er seinem König aushändigen musste …*

Und was dieser König mit ihr anstellen würde, war ihr völlig schleierhaft.

Sie hatte nicht weglaufen wollen, aber jetzt schien es keinen anderen Ausweg mehr zu geben. Das Knacken im Wald schien weit hinter ihr. Sie hatte einen unglaublichen Vorsprung erzielt. Ohne Pferd würde sie zwar nicht schnell vorankommen, aber sie konnte sich im Gebüsch verstecken. Allein konnte sie nahezu unbemerkt weiterreisen. Sobald sie die Grenze passiert und Nordengland erreicht hätte, würde sie sich nach Süden durchschlagen. Von der hinterhältigen Anne und ihrer Kumpanei hatte sie gelernt, niemandem zu vertrauen.

Sie bewegte sich mit solcher Flinkheit, dass ihre Füße über den Boden zu schweben schienen. Und wieder erfüllte sie Erleichterung, weil sie mit jedem Schritt das Gefühl hatte zu fliegen. Sie war weder angespannt noch geschwächt, sondern schlicht und ergreifend auf dem Höhenflug …

Von daher war sie völlig entgeistert, als sich plötzlich ein gewaltiger Koloss vor ihr auftürmte.

Ihr blieb nichts anderes übrig, als weiterzurennen.

Und sie preschte geradewegs in den Koloss hinein.

Zähne, Nase, Kinn, Hände krachten an seinen Brustkorb.

Sie versuchte sich aufzurappeln, unterdes wurde ihr Haar gepackt. Das Knacken hinter ihr verklang. Ihr Vorsprung war so überwältigend nicht gewesen.

Angus und Geoffrey standen inzwischen hinter ihr auf dem Weg. Eric presste sie ungestüm an sich, und die Haarsträhnen, die er nicht gepackt hatte, fielen ihr in die Augen und nahmen ihr die Sicht.

»Jungs, mich dünkt, Ihr habt etwas verloren«, meinte Eric spöttisch.

Etwas.

Zornige Tränen verschleierten Igrainias Blick, und in ihrer Wut holte sie unversehens aus, um ihm einen empfindlichen Tritt zu versetzen.

Stattdessen wurde sie jedoch herumgerissen, ihr Rücken an seine Brust gepresst, das Handgelenk in seinem unerbittlichen Klammergriff, der Arm verdreht, sodass sie sich unmöglich wehren konnte.

»Ihr hattet Recht!«, räumte Geoffrey niedergeschlagen ein. »Sie ist gefährlich, diese Frauensperson.«

»Genau, sie wollte uns entwischen!«, bekräftigte Angus.

»Sie wäre nicht weit gekommen«, meinte Geoffrey entschieden.

»Nein. Sie wird nie weit kommen«, sagte Eric gefährlich ruhig. »Ich werde mich höchstpersönlich um die Dame kümmern.« Schlagartig war ihr Arm frei. Doch als sie sich davonstehlen wollte, wurde sie erneut gepackt und seine Hand landete auf ihrer Schulter. »Kommt, Mylady. Es wird Zeit für ein ernstes Gespräch.«

»Nein!«

»Doch.«

»Ich habe Euch nichts zu sagen.«

»Das ist erstaunlich, aber nicht zu ändern. Dann übernehme ich das Reden.« Und er schob sie vorwärts, tiefer in den Wald hinein.

Und fort von den anderen.

7

Jedes Mal, wenn sie stehen bleiben und sich umdrehen wollte, wurde sie weitergeschubst.

»Wartet, verflucht!« Wieder machte sie Anstalten, sich umzudrehen.

»Bewegt Euch!«

»Nein! Ihr versteht nicht. Ich habe nicht versucht, fortzulaufen …«

»Versucht? Madam, Ihr *seid* fortgelaufen.«

»Ich wollte mich nicht davonstehlen, aber ich kann Eure Männer nicht ständig um mich haben! Ich bin aufgewacht und wollte ein bisschen allein sein …«

Seine Hände gruben sich in ihre Schultern. Ein Schrei erstarb in ihrer Brust, als er sie umdrehte und über den Waldweg schob. Sie schüttelte seine Hände ab, marschierte allein weiter.

»Und was nun? Werdet Ihr mich jetzt ertränken?«, wollte sie wissen.

»Die Vorstellung ist durchaus reizvoll.«

Sie erreichte das Ufer, verharrte abermals und wirbelte geschwind herum. Sie waren ein ganzes Stück den Bach abwärts gegangen und schon weit entfernt von den anderen. Wollte er sie töten, so war hier der ideale Ort für ein Verbrechen.

Die Schultern gestrafft, funkelte sie ihn zornig an.

»Ihr …«, schnaubte sie. »Ihr werdet mir jetzt zuhören. Ich …«

Sie stockte jählings, schien er doch vor Zorn fast zu explodieren.

»Nein! Ihr hört mir zu, und achtet gut auf meine Worte! Ihr seid die größte Plage, die mir seit Urzeiten begegnet ist! Ihr wollt nicht bei meinen Gefolgsleuten bleiben? Meint Ihr, es hätte mir gefallen, Euch durch das ganze Land zu verfolgen? Dennoch habe ich es getan, und jetzt sind wir hier. Ihr befindet Euch in meinem Gewahrsam. Eine Gefangene, eine

Geisel, ein Pfand. Was Ihr wollt oder nicht wollt, ist unerheblich.«

Nach allem, was geschehen war, spielte es vermutlich ohnehin keine Rolle, was noch passierte. Der Traum von ihrer Flucht hatte sich in Windeseile zerschlagen. Während sie so vor ihm stand – er hatte sich offensichtlich in den einladenden Fluten gesäubert und dann frisch angezogen –, fühlte sie sich plötzlich noch entsetzlicher. Sie hatte nur noch das eine glühende Bedürfnis, ihren Körper von Blutspuren und Schmutzverkrustungen zu befreien. »Ich bin eine Gefangene, nicht Euer hilfloses Objekt, niemand, der Euch auch nur irgendetwas schuldet – weder Loyalität noch Höflichkeit. Bei Gott, warum begreift Ihr das nicht? Bei allen Heiligen, was habt Ihr denn erwartet? Ein Gefangener ist gewiss nicht zu blindem Gehorsam bereit! Und Ihr habt nicht einmal … Ihr billigt mir nicht einmal das Minimum dessen zu, was einer Geisel zusteht. Selbst Edward gesteht seinen Gefangenen einen Abort zu! Ich kann und werde das nicht länger hinnehmen, ich werde Eure lächerlichen Anweisungen nicht befolgen, ich werde nicht freiwillig hier bleiben; ich werde nichts von alledem tun, was Ihr von mir verlangt. Bin ich eine Plage? Ich kann mich noch steigern! Wenn es Euch stört, so lasst mich frei, und ich werde Euch nicht länger behelligen! Oder bringt es einfach hinter Euch und schlagt mir den Kopf ab oder stoßt Euer Schwert in mein Herz, aber so geht es nicht weiter! Ich …«

Ihr Wortschwall kam zum Verstummen, da sie seine plötzlich eisige Miene gewahrte.

»Tut mir aufrichtig Leid, aber den Gefallen mag ich Euch nicht tun«, erklärte er frostig. »Lebend seid Ihr mehr wert als tot, Mylady.«

»Dann werde ich ein solcher Plagegeist sein und Euch keine Minute Ruhe gönnen, bis Ihr die Notwendigkeit einseht, mir eine gewisse Privatsphäre und die Gelegenheit zu einem Bad einzuräumen!«

»Was wollt Ihr, der Bach ist in unmittelbarer Nähe.«

»Eure Männer nicht minder!«

»Wir können Euch nicht völlig unbeaufsichtigt lassen.«

»Und ich kann im Beisein Eurer Männer nicht baden.«

»Das könnt Ihr nicht?«

Seine umwölkte Stirn und die zusammengebissenen Zähne hätten sie vorwarnen müssen.

»Ich kann nicht – und will nicht!«, spie sie.

Er bewegte sich so blitzschnell, dass er sie völlig überrumpelte. Seine Hände fassten ihre Schultern; sie glaubte schon, er wolle sie schütteln, ihr in irgendeiner Weise Gewalt antun. Ehe sie jedoch zu schreien vermochte, merkte sie, dass er am Verschlussband ihres Umhangs nestelte. Starr vor Schreck wurde sie Zeuge, wie das Kleidungsstück zu Boden sank.

»Was …«

Er machte sich an dem schmutzverkrusteten Saum ihres Gewandes zu schaffen. Sie versuchte zurückzuweichen. »Hört auf! Was, in Gottes Namen, tut Ihr da …«

»Ihr wollt Euch vom Schmutz befreien – so sei es!«, knurrte er, an dem Stoff zerrend.

»Wartet, haltet ein, nein …«

Wieder versuchte sie zu flüchten; dabei stolperte sie über ihre eigenen Füße und fiel der Länge nach hin. Sämtliche Atemluft entwich ihren Lungen. Er packte ihren Arm, seine Hände verhedderten sich in den Leinenmassen. Der Stoff rutschte über ihren Kopf. Die Bänder hingen über ihrem Busen, das Gewand bedeckte ihr Gesicht. Sie konnte nichts sehen, kaum atmen, und seine Hände schienen überall, bestrebt, die Bänder zu lösen.

»Ihr hinterhältiger Halunke!«, verwünschte sie ihn, sich dessen gewiss, dass er durch die Stoffmassen hindurch kein Wort verstand. »Ratte, Abschaum, widerwärtiger … gemeiner … verachtenswerter … ekelhafter Auswurf der Menschheit!« Fluchend setzte sie sich zur Wehr, versuchte zu schlagen, zu treten, in dem Bewusstsein, dass ihr Grässliches von ihm drohte: Entführung, heimlistige Unterwerfung, ganz zu schweigen von einer Vergewaltigung. Allen Bemühungen zum Trotz vermochte sie nichts gegen ihn auszurichten, kämpfte sie doch mit Lagen von Stoff.

»Hört auf!«, schrie sie laut und war plötzlich deutlich zu verstehen, denn mit einemmal war sie sämtlicher Kleidungsstücke entledigt, die ihre Stimme gedämpft hatten.

Igrainia verschränkte die Arme vor der Brust, starrte ihn wütend und verzweifelt an, den Tränen bedrohlich nahe. »Dafür werdet Ihr mir büßen. Ich hätte Euch sterben lassen sollen, Ihr undankbares Ungeheuer! Eines Tages werde ich Euch umbringen. Vielleicht ist es nur gut, dass Ihr noch am Leben seid, denn Ihr solltet Eurem Schöpfer auf grausigste Weise entgegentreten. Und sobald mein Bruder und der König erfahren, wie Ihr mich behandelt habt, was Ihr … was Ihr mir angetan habt, werdet Ihr den Tod eines Verräters erleiden! Sie werden Euch aufschlitzen, Euch sämtliche Organe heraustrennen … Euch entmannen …«

Mit einem Aufschrei brach sie ab, da er sie erneut packte. Starr vor Entsetzen spürte sie seine rauen, geschundenen Hände auf ihrer bloßen Haut. Sein Gesicht war grimmig entschlossen, als er sie hoch hob, und dem ihren so nah. Schlagartig fürchtete sie, er wolle sie ins Lager zurückschleifen, wo alle bis auf den letzten Mann ihr Gewalt antun und sie schänden könnten.

»Dafür werdet Ihr sterben!«, drohte sie, und dann verwandelte sich ihr glühender Zorn in eiskalte Angst. Seine Umklammerung war mörderisch. Er wirkte unnahbar wie eine Festung und unbezwingbar in seinem Groll. Er war gewiss kein Mann, bei dem Flehen oder Feilschen half; gleichwohl hatte sie plötzlich solche Furcht vor seiner frevelhaften Reaktion, dass sie ihren Ausbruch schon fast bereute. »Wartet!«, hauchte sie, willens zu schwören, dass sie sich fügen würde, wenn er sie nur losließe. »Haltet ein! Hört mir zu. Lasst mich los, Ihr müsst mich loslassen. Bringt mich nicht wieder zurück in dieses Lager. Hört mir zu! Wartet …«

Er wartete nicht.

Er ließ sie einfach los.

Sie hatte nicht darauf geachtet, wo sie gingen, nicht das Gurgeln des Bachs wahrgenommen, der seine Füße umspülte.

Aber genau dort waren sie.

Im Bach.

Und sie fiel klatschend ins Wasser, das sie wie eine eisige Decke umflutete.

Sie schrie, während sie an die Oberfläche strampelte, und hustete. Die plötzliche Kälte raubte ihr den Atem, sie war wie betäubt, völlig benommen. Jedes Flehen erstarb auf ihren Lippen, da ein Schwall Wasser in ihren Mund drang. Sekunden lang war sie wie gelähmt von den eisigen Fluten.

Dann endlich besaß sie die Geistesgegenwart, den Kopf über Wasser zu halten. Wasser strömte über ihr Gesicht, perlte von ihren Haaren. Ihr Herz raste vor Angst, was nun kommen würde.

Sie musste wachsam sein, bereit, seinen nächsten Übergriff abzuwehren.

Sobald ihr Kopf aus dem Wasser auftauchte, trat er einen Schritt von ihr zurück. Er straffte sich, sein Blondhaar schimmernd in der Morgendämmerung, und sah auf sie hinab. Sie hasste diesen Blick.

Sie wollte sich nicht erheben, hatte nach wie vor Angst. Vor physischer Gewalt. Vor seinem Zorn.

Seine Augen durchbohrten sie wie eine glühende Klinge, eine Glut, die ein seltsames Prickeln auf ihrem Rücken auslöste und sie innerlich erwärmte, obgleich sie vor Kälte bibberte.

Sie war so verwirrt und verstört, dass sie vergaß, wie abgrundtief sie ihn hasste, und für Augenblicke fehlten ihr die Worte und sie war zu keinem zusammenhängenden Gedanken mehr fähig.

Ihm hingegen schien das Reden nicht schwer zu fallen.

»Ich würde nicht im Traum daran denken, Euch ein Bad zu verwehren, Madam. Allerdings dürft Ihr nicht unbewacht sein, und deshalb bin ich hier. Lieber Gott, ist es denn wahr? Seid Ihr plötzlich stumm? Erstaunlich, aber lobenswert, denn Ihr müsst mir zuhören. Ihr besitzt keine Privatsphäre, und Eure Freiheiten sind eingeschränkt. Wenn Ihr zum anderen Ufer schwimmen und nackt durch den Wald zu streifen gedenkt, kann ich Euch nur warnen: ich werde meine sämtlichen Männer auf Euch hetzen und mich nicht daran stören, was Euch dann widerfahren könnte.«

Was Euch widerfahren könnte …

Wieder kroch ihr die Angst in den Nacken, verdrängte jede Logik, machte sie unsicher, verletzlich, sodass er sie mit

Leichtigkeit zu dem würde manipulieren können, was ihm vorschwebte. Noch bevor ihr bewusst wurde, was geschah, sprudelten die Worte nur so aus ihr hervor, Worte, die ihre eigene Schwäche unterstrichen und ihm verdeutlichten, dass sie in der Tat eine Gefangene seiner Launen war.

»Ihr … Ihr … Ihr würdet nicht … seid nicht … hattet nicht vor … wolltet nicht …«

»Igrainia, habt Ihr gedacht, ich wollte Euch schänden?« In seiner Stimme schwang unglaublicher Abscheu mit. »Oh, Madam, das wäre eine viel zu intime Form der Gewalt und wahrlich nur das und völlig reizlos für mich. Badet nach Herzenslust. Befreit Euch von Schmutz und Blut – so gut Ihr könnt. Ich versichere Euch, Blut lässt sich nur schwer entfernen. Ich werde am Ufer warten. Versteht mich nicht falsch. Ihr seid eine Gefangene, die ich zu behalten trachte. Das ist alles. Euer Schicksal liegt in der Hand von Robert Bruce und nicht in meiner. Mehr Privatsphäre wird Euch nicht zuteil werden. Ihr werdet niemals allein sein, und da Ihr meinen Männern anscheinend entwischen könnt, ist Eure Bewachung eine Aufgabe, die ich selbst übernehmen muss. Ihr wolltet den Bach, da habt Ihr ihn. Genießt Euer Bad!«

Darauf drehte er sich um, ließ sie in dem eisigen Wasser zurück, und marschierte die Uferböschung hinauf.

Igrainia blieb, wo sie war, und beobachtete ihn argwöhnisch. Für Augenblicke verharrte er am Ufer, Wasser sickerte aus seinen Stiefeln, Beinkleidern und Tunika. Er hatte ihr den Rücken zugewandt. Ihr Herz ging schneller. Jetzt war der richtige Zeitpunkt gekommen, um fortzuschwimmen …

Aber wohin?

Wieder drehte er sich zu ihr um, ließ sich an den Stamm einer alten Eiche sinken und beobachtete sie.

»Ihr werdet erfrieren, wenn Ihr Euch nicht bewegt«, warnte er sie.

Wie wahr, dachte sie bei sich. Ihre Zähne klapperten, ihre Glieder waren starr vor Kälte.

»Findet Ihr es nicht grotesk, dort zu sitzen?«, schnaubte sie.

»Und wenn schon, mir macht es nichts aus.«

»Wohin könnte ich denn fliehen?«

»Nirgendwohin. Allerdings scheint es mir, dass Ihr das nicht wahrhaben wollt.«

»Ich wollte heute Morgen nicht Reißaus nehmen.«

»Ihr wolltet es vielleicht nicht, dennoch habt Ihr es versucht.«

»Ich habe nichts anzuziehen.«

»Das dürfte nicht Euer Problem sein.«

»Ihr seid abscheulich.«

»Und Ihr eine unsägliche Heimsuchung.«

»Wie gemein, ungehobelt und brutal. Aber das war zu erwarten.«

»Ganz recht, im barbarischen Norden sind uns Ritterlichkeit und gute Manieren kaum vertraut.«

»Ich ertrage das nicht!«, entfuhr es ihr. Seufzend erwog sie, wie sie ihre Taktik ändern könnte. »Bitte ... könnt Ihr nicht einfach weggehen – nur ein Stück, nur für ein paar Minuten?«

»Leider Gottes, Mylady, scheint Ihr mir eine unverbesserliche Närrin zu sein, und deshalb kann ich das nicht.«

»Sir, Eure Worte vermögen mich in keinster Weise zu kränken, dennoch bitte ich um eine Erklärung. Ansonsten bin ich in der Tat überaus gebildet«, fügte sie betont freundlich hinzu.

»Ihr seid von der Burg geflüchtet, in dem Glauben, Ihr könntet Euch mutterseelenallein bis nach England durchschlagen.«

»Ich war nicht allein.«

»Zugegeben, Ihr hattet zwei gutmütige, naive Tölpel bei Euch.«

»Viele Pilger reisen durch das Land.«

»Und viele davon erreichen nie ihr Ziel. Diese ›Freunde‹, die mit Euch gereist sind, haben ihr schändliches Gewerbe vermutlich schon eine Zeit lang in den Wäldern betrieben. Eine nette, vergleichsweise einfache Art, sein Auskommen zu finden – für die, die nicht zimperlich sind im Blutvergießen: einen Mann oder eine Frau töten, ihn oder sie ausrauben, die Leiche verscharren und mit der Beute fliehen.

Auf unseren einsamen, von Wäldern gesäumten Straßen nach Süden bleibt ein solches Verbrechen vielleicht Jahrzehnte lang unentdeckt.«

»Hätte ich den Tod gefunden, wäre ich nicht länger ein Problem für Euch.«

»Gewiss, aber ich habe Euch doch erklärt, dass Ihr lebend weitaus mehr wert seid als tot.« Unvermittelt beugte er sich vor, seine Miene war finster. »Und ich kann mir auch nicht vorstellen, dass dieser Mann Euch umzubringen trachtete, zumindest nicht direkt. Vermutlich hätte er sich über Euch hergemacht, bis er Eurer überdrüssig geworden wäre, und Euch dann getötet – sofern er sich nicht hätte überzeugen lassen, dass Ihr – obschon geschändet und entehrt – für Euren Bruder noch etwas wert seid, der schließlich ein überaus vermögender Mann sein soll.«

Sie starrte ihn an, versucht, ihm zu widersprechen, und fühlte die Kälte mehr denn je. Sie erinnerte sich an Thayers Bemerkung vor dem Übergriff – als er ihr erzählt hatte, dass Gannet sie den ganzen Weg beobachtet habe.

»Ich hätte diese Gruppe niemals solcher Missetaten verdächtigt«, verteidigte sie sich.

»Ihr mögt über die Maßen gebildet sein, Mylady«, wandte er ein. »Aber Ihr habt den Verstand eines Gauls. Das Böse kommt in weitaus mehr Spielarten daher als ein weithin sichtbares feindliches Heer – oder ein Mann, der ungeniert seine Teufelshörner trägt.«

»Das ist nicht wahr …«

Ungeduldig winkte er jedoch ab. »Ihr seid noch jung, Madam, und vermutlich ein Leckerbissen für manch einen Mann, vor allem aber für einen abtrünnigen Halunken, der in der Gesellschaft seiner Familie – weiterem Mörder- und Diebesgesindel – reist. Solch ein Mann wäre ein Wüstling.«

Solch ein Mann wäre ein Wüstling?

Sie ein Leckerbissen?

Igrainia war außer sich. Wie eine Furie schoss sie aus den Fluten hoch, fest entschlossen, ihm einen Hieb zu versetzen. Da erinnerte sie sich ihrer Nacktheit und sank zurück ins Wasser, während sie sich fragte, wie es möglich wäre, jemanden so abgrundtief zu hassen, ohne sogleich zu explodieren.

»Es gibt nichts Schlimmeres« – sie gemahnte sich zur Beherrschung –, »was mir zustoßen könnte, als Eure Gefangene zu sein.«

Er schnaubte verächtlich. »Wir wollen hoffen, dass Eure Worte Euch niemals Lügen strafen, Mylady.«

»Wenn Ihr nicht verschwindet, erledigt sich das Ganze ohnehin von selbst.«

»Das liegt bei Euch.«

»Ich kann noch sehr lange ausharren.«

»Am Ufer ist es weitaus angenehmer.«

Er lehnte sich gegen den Baum und schloss die Lider, eher gelangweilt als schläfrig.

Er war eigensinniger als ein Maultier, entschied Igrainia. Aber sie konnte genauso halsstarrig sein.

Sie harrte im Wasser aus. Er rührte sich nicht. Irgendwann fragte sie sich sogar, ob er eingeschlafen sei.

Ihr Körper schien zu Eis zu gefrieren. Während die Zeit langsam verstrich, erkannte sie allmählich, dass er zwar eigensinnig sein mochte, sie hingegen irrsinnig.

Schließlich schickte sie sich an, ein wenig durch das seichte Wasser zu schwimmen, nur um sicherzustellen, dass sie ihre Glieder noch bewegen konnte. Dabei bemerkte sie einen Felsvorsprung im Wasser, watete darauf zu und stellte erfreut fest, dass dieser von feinstem Sand umspült wurde, mit dem sie sich abrubbeln konnte. Der Sand war zwar rau auf ihrer Haut, belebte und erfrischte sie jedoch, als sie sämtliche Blut- und Schmutzspuren beseitigte. Fast vergaß sie sogar ihren heimlichen Bewacher, bis ihr siedend heiß einfiel, dass er dort im Wald saß. Als sie sich zu ihm umschaute, lehnte er noch immer an dem Baum, die Augen geschlossen.

Sie watete abermals durch das Wasser und spülte ihr Haar gründlich aus. Es war besser, viel besser, wenn sie in Bewegung blieb. Doch nach einer Weile und trotz der Sonnenstrahlen, die sich durch das Blattwerk der am Ufer stehenden Bäume stahlen, fror sie wieder.

Was ein weiteres Problem heraufbeschwor.

Wie sollte sie ans Ufer gelangen?

Sie reckte sich unmerklich, schüttelte ihr Haar zurück, versuchte es zu glätten, dass es nicht gar so zerzaust aussah. Ein weiterer Blick zum Ufer, und sie stellte erstaunt fest, dass er fort war.

Igrainia rührte sich nicht vom Fleck, sondern spähte argwöhnisch durch das Geäst, doch er schien vom Erdboden verschluckt. Verstohlen blickte sie zu dem Stapel, zu dem er ihre Kleidung aufgeschichtet hatte. Wenn sie sich beeilte …

Hastig pflügte sie durch das Wasser und rannte, sobald ihre nackten Füße festen Boden berührten. Sie stob zu ihren Kleidungsstücken und wühlte nach dem Unterkleid, welches jedoch mit der Tunika verheddert und auf links gewendet. Darauf kämpfte sie mit dem verdrehten Leinen und fluchte, als ihr die Kleidungsstücke aus den tauben Fingern glitten. Plötzlich erstarrte sie, das But gefror ihr in den Adern, ein sechster Sinn warnte sie vor Gefahr. Verstohlen spähte sie in Richtung Lager. Er war zurückgekehrt, mit frischen Sachen für sie.

Er näherte sich ihr so lässig, als wäre sie von Kopf bis Fuß verhüllt. Seine Augen glitten über ihre Gestalt, völlig unbeteiligt. Sie hätte in der Tat ein hässlicher, altersschwacher Ackergaul sein können.

»Verzeiht. Darf ich …?«, hub sie an und griff nach dem Stapel.

Er ließ die Kleidungsstücke ganz knapp vor ihr fallen, worauf sie sich mit brennenden Wangen bücken musste, um sie aufzuheben. Zu ihrem Unmut hatte sie wieder Schwierigkeiten, fand sie doch das saubere Leinenuntergewand nicht.

Ein kurzer, unterdrückter Entsetzensschrei entwich ihren Lippen, als sie spürte, wie seine Hände das Kleidungsstück fassten und ihr über den Kopf streiften. Sobald sie ihre Arme durch die Ärmel schob, wartete er bereits mit der Tunika, und als sie diese übergestreift hatte, war er an ihrer Seite und schloss die Bänder.

Sie blieb stocksteif stehen. Von fern betrachtet, wirkte er weitaus ungefährlicher. War er in ihrer Nähe, fühlte sie seine Stärke. Wenn er sie berührte, spürte sie seine Kraft. Und die Glut, die er verströmte.

Die Glut des Hasses.

Und dieser Hass galt allein ihr.

Sie wagte kaum zu atmen in seiner Nähe.

»Eure Bürste liegt am Boden. Nehmt sie und geht zurück«, wies er sie an. Sein Ton, manchmal erzürnt, manchmal auch erheitert während ihrer tagtäglichen Auseinandersetzungen, war mit einemmal barsch geworden.

Sie hob sie auf und trat den Rückweg ins Lager an, wohl wissend, dass er ihr folgte.

Als sie das Lager erreichten, hatte sie seine Gegenwart fast verdrängt. Sobald sie auf die Lichtung schritt, wurde sie Zeuge, dass Thayer gerade aufstand.

Sie stieß einen überraschten Schrei aus und eilte zu ihm für den Fall, dass sie ihn stützen müsste; doch dann blieb sie abrupt stehen.

»Ihr seid … Ihr seid aufgestanden.«

Er grinste breit. »Gewiss, Mylady. Ich bin aufgestanden. Dank Eurer hervorragenden Pflege, nehme ich an.«

»Ihr müsst noch ein wenig Acht geben. Ihr wart schwer verwundet …«

»Ihr habt die Wunden hervorragend genäht. Sie sind … sehr gut zusammengewachsen.«

»Tatsächlich?«

»Ja.«

Sie merkte, dass er zu jemandem hinter ihr spähte.

Sie drehte sich um und gewahrte Eric.

»Morgen werden wir die Rückreise nach Langley antreten«, sagte er.

Nach einem besorgten Blick zu Thayer sah sie zu Eric, doch dieser stapfte bereits über die Lichtung und durch das grüne Dickicht, das zu dem schattigen Plätzchen führte, wo ihre Pferde grasten. Sie bemerkte, dass der Schotte geradewegs auf den riesigen Hengst zuschritt, den er auch an jenem Tag geritten hatte, als er ihre erste Flucht von Langley vereitelt hatte. Sie zögerte nicht lange, sondern folgte ihm kurz entschlossen.

Er hatte das Pferd erreicht. Augenscheinlich war er zuvor

zur Jagd ausgeritten, denn zwei Fasane hingen an seinem Sattelknauf. Er löste den Strick, mit dem sie dort festgemacht waren, während er Igrainia völlig ignorierte, obgleich er um ihre Nähe wusste.

»Es ist noch zu früh«, murmelte sie sanft.

»Wofür?«

»Ich meine, er sollte noch nicht reiten.«

»Keiner hat Euch um Eure Meinung gebeten.«

»Aber ...«

»Geht weg, Lady of Langley«, sagte er, und eine leise Warnung schwang in seiner Stimme.

»Weggehen! Ich würde liebend gern weggehen ...«

»Lasst mich eines klarstellen«, sagte er scharf, hielt in seiner Beschäftigung inne und maß sie durchdringend. »Geht zurück zu Euren verletzten Freunden. Geht weg von mir.«

Das war wie ein Schlag ins Gesicht. »Ich bin gezwungen, bei Euch zu bleiben. Vergebt mir, wenn ich keine gefügigere Geisel für Euch sein kann!«

»Zwingt mich nicht, Euch zu züchtigen.«

»Zwingt Thayer nicht zum Reiten, solange er noch nicht genesen ist.«

»Igrainia, nach einer Schlacht reiten die Männer blutüberströmt und schwer verletzt weiter, und viele überleben, um von ihren Heldentaten zu berichten.«

»Und viele sterben.«

»Thayer ist in der Verfassung, zu reiten. Er hat es selbst gesagt. Und ich muss zurück.«

»Dann ... dann solltet Ihr gehen.«

Verwirrt bemerkte sie ein verstohlenes Grinsen, das seine Mundwinkel umspielte.

»Wo ich hingehe, Mylady, da werdet auch Ihr hingehen.«

»Dann ...«, sie schluckte, »dann sollten wir beide aufbrechen, und Ihr solltet den Verletzten noch ein wenig Rast hier in diesem Hain gönnen.«

»Morgen werden wir alle gemeinsam reiten. Und morgen Abend in Vater Padraics Dorf Quartier nehmen.«

Sie stutzte. »Ihr kennt das Dorf?«

»Aber ja. Wir haben jeden einzelnen Eurer Schritte verfolgt.«

Sie fühlte sich zunehmend unwohler. »Ihr habt nicht … Ihr habt aber nicht …«

»Das Dorf dem Erdboden gleichgemacht, die Vorratskammern geplündert, die Mädchen geschändet und die Männer geköpft? Nein, Mylady. Das haben wir nicht – vor allem auch deshalb, weil die meisten der Dorfbewohner den schottischen König anerkennen. Und jetzt geht, wohin Ihr gehört.«

»Ich gehöre nach London.«

Er antwortete nicht gleich, sondern machte sich an dem Federvieh zu schaffen. »Ich weigere mich, Wortklauberei mit Euch zu betreiben.«

»Ich glaube nicht, dass es sich so verhält.«

Sie schrak zurück, als er ihr die beiden Fasane zuwarf. »Rupft sie, Madam. Wir wollen doch sicherstellen, dass Eure lieben Verletzten wohl genährt ihren Ritt antreten.«

»Sie rupfen?«, wiederholte sie.

»Ganz recht, Mylady. Das bedeutet, dass Ihr die Federn herausreißen sollt, damit wir die Vögel braten und verspeisen können. Ist Euch diese Aufgabe nicht vertraut? Dann sollte sie es vielleicht werden.«

»Ich weiß nicht wie«, schnaubte sie aufgebracht. »Ich habe noch nie Geflügel gerupft, und es kümmert mich auch nicht weiter.«

»Eine so überaus gebildete, hochwohlgeborene Lady! Aber natürlich, das hatte ich vergessen. Zeit Eures Lebens wurde das Federvieh für Euch gebraten, der Wein für Euch eingeschenkt, Eure Kleidung gewaschen, ein dampfendheißes Bad für Euch bereitet, und das alles nur mithilfe der Knochenarbeit anderer! Und Ihr habt geglaubt, Ihr könntet den Barbaren entwischen, die Eure Burg zu Recht beanspruchen, und allein nach London gelangen! Nun, dies wird Euch helfen, wenn Ihr zukünftig Fluchtgedanken hegt. Rupft die Vögel. Es ist nicht schwer. Ihr werdet es schon noch lernen.«

Eigentlich hatte sie nichts dagegen, die beiden Fasane zu rupfen. Sie waren für das Essen bestimmt, und sie aß genau wie alle anderen. Eric besaß schlicht und einfach die Gabe, sie wegen jeder Kleinigkeit in Rage zu versetzen.

Er nahm die Zügel seines gewaltigen Streitrosses, zog das Tier von den Bäumen weg und saß auf. Sobald er auf sie hinunterspähte, ließ sie die Vögel fallen.

»Gefangene rupfen keine Fasane«, sagte sie schnippisch und ging davon.

Sie hörte nicht, wie er absaß.

In der Tat ahnte sie nicht einmal, dass er direkt hinter ihr war, bis seine Hände jählings ihre Schultern packten und er sie herumwirbelte.

Vor Schreck stockte ihr der Atem, aber was hatte sie anderes von ihm zu erwarten? Ärgerlich über ihre eigene Reaktion, wusste sie, dass jede Reue zu spät kam.

»Ihr *werdet* die Vögel rupfen.«

Er hob die Fasane auf und umfasste ihr Handgelenk, bevor sie es fortziehen konnte. Dann zerrte er sie zu einem umgestürzten Baumstamm und zwang sie, mit dem Rücken vor ihm zu knien. Aber damit nicht genug. Er schlang einen Arm um ihre Taille und zog sie zwischen seine Schenkel, an seine Brust.

Ein Fasan landete auf ihrem Schoß.

Seine Arme schlangen sich abermals um sie.

»Dies, Mylady, sind Federn. Und die munden beileibe nicht. Dies hier sind Finger. Legt sie so auf eine Feder. Zieht. Passt auf, dass sie nicht abbricht – Federkiele sind kein Genuss und haften überdies an den Zähnen. Nehmt Euch das ganze Tier vor, und ohne viel Nachdenken, Geschick oder Bildung habt Ihr irgendwann einen gerupften Vogel.«

Eingepfercht zwischen seinen Schenkeln, fühlte sie sich hundeelend und hätte schreien mögen.

»Ich kann die Fasane rupfen!«, presste sie hervor.

»In der Tat, das könnt Ihr.«

Dennoch blieb seine Hand auf der ihren, führte ihre Finger von Feder zu Feder.

Er schien überaus gereizt. Wie ein Tier im Käfig, bereit zum Sprung. Und Igrainia wünschte sich verzweifelt, er möge sie endlich loslassen.

»Ich schaffe es allein.«

»Dessen bin ich sicher, bei Eurem scharfen Verstand ist das ein Kinderspiel.«

»Ich habe es schon früher gemacht.«

»Gut. Dann lasst uns weitermachen. Es ist noch einiges zu rupfen.«

»Ich brauche keine Hilfe. Ihr wart auf dem Weg zu den anderen. Ich wollte Euch nicht aufhalten.«

»O doch. Warum habt Ihr sonst die Fasane in den Schmutz geworfen?«

»Sie sind mir aus der Hand geglitten.«

»Aus der Hand geglitten? Soso. Nun, ich muss Euch doch beweisen, dass wir nicht nur roh, ungeschlacht, unhöflich und so fort sind, und deshalb helfe ich Euch. Kommt, sputet Euch.«

Seine Hände waren riesig, seine Finger indes geschickt. Die ihren führend, rupften sie Feder um Feder. Sie fühlte sich gefangen zwischen seinen muskulösen Schenkeln, vernahm jeden seiner Atemzüge. Mit zusammengebissenen Zähnen flehte sie ihn an, und ihren Lippen entwich ein einziges Wort.

»Bitte …«

»Verzeihung?«

»Bitte.«

»Noch einmal. Ich höre schlecht. Der viele Schlachtenlärm, Schwerterrasseln, versteht Ihr.«

»Verflixt …«

»Verflixt? Habt Ihr das gesagt?«

»Ihr habt mich sehr wohl verstanden.«

»Ich fürchte, nein.«

»Bitte!«

Er gab ihre Hände frei und straffte sich, blieb jedoch sitzen, sodass sie weiterhin zwischen seinen Beinen verharren musste.

»Ich glaube, Ihr werdet Eure Sache gut machen. Wenn Ihr wollt, könnt Ihr eine Aufgabe wahrhaft geschickt bewältigen. Der junge Thayer ist erstaunlich rasch genesen.«

»Ja.«

»Ihr macht bemerkenswerte Stiche.«

»Das Vernähen von Wunden ist nicht sonderlich schwer.«

»Ihr seid viel zu bescheiden. Man könnte ohne weiteres sagen, Ihr habt dem Burschen das Leben gerettet.«

Er verhöhnte sie, worauf sie viel zu impulsiv reagierte. »Man könnte ohne weiteres sagen, dass ich *Euch* das Leben gerettet habe.«

»Aber Aileen ist tot. Und auch Margot. Trotz Eurer Fürsorge.«

Ihre Schultern versteiften sich, und trotz seiner Nähe drehte sie sich um und fixierte ihn. »Ihr seid ein verblendeter Narr! Meint Ihr nicht, ich hätte die beiden zehnmal lieber gerettet als Euch, wenn es in meiner Macht gestanden hätte?«

Er starrte sie an. Sie hörte das Mahlen seiner Kiefer, gewahrte das zornige Aufblitzen in seinem Blick und fürchtete sekundenlang, er könnte handgreiflich werden.

»In der Tat, Madam, das hättet Ihr gewiss vorgezogen.«

Schnell drehte sie sich um, senkte den Kopf und wandte sich wieder dem Fasan zu. Um ein Haar hätte sie aufgeschrien, denn sie spürte seine Hände auf ihrer Taille. Er stand auf, zog sie hoch und schob sie ein Stück von sich.

Er maß sie für einen langen Augenblick. Igrainia verharrte schweigend, bemüht, nicht zu zittern.

Dann drehte er sich abrupt um und ging zu den Pferden.

Er saß auf, wandte sein Streitross und galoppierte über die Lichtung.

Und sie blieb allein zurück.

Mit den Fasanen, den Federn …

Und einer seltsam verwirrenden Erinnerung an seine glutheiße Berührung.

8

Diese Frau brachte Eric dermaßen auf, dass er versucht war, sie gehen zu lassen. Sollte sie doch ruhig in ihrer Torheit in eine weitere Bande von Halsabschneidern und Diebesgesindel hineinrennen. Hätte er seine Verfolgung einen Tag länger aufgeschoben oder Pater Padraics abgelegenes Dorf nur um wenige Minuten später verlassen, wäre sie jetzt tot. Oder in übelster Verfassung, aber das würde sie niemals einsehen.

Und dass sie ihm wie ein bohrender Stachel im Fleisch saß, erzürnte ihn umso mehr.

Ein einzelner Reiter auf einem guten Pferd konnte Pater Padraics Dorf in wenigen Stunden erreichen. Und er musste lediglich zu den Ausläufern gelangen, wo er Allan MacLeod treffen sollte, um Nachricht von Langley zu erhalten und gegebenenfalls auch von Robert Bruce.

Eric traf zeitig ein, denn sein Ross war ungewöhnlich schnell. Das Tier gehörte ihm seit einem Geplänkel mit einem kleinen schottischen Trupp – Anhänger von John Comyn. Er hatte jenes Gefecht nicht gewollt, wusste er doch, dass diese Männer ihre eigenen Toten ehrten und dass es ihnen schwer fiel, die Tatsache zu akzeptieren, dass Bruce den Thron für sich beanspruchte.

Mochten die Beweggründe für eine Schlacht auch vielfältig sein, ein Mann kämpfte stets um sein Leben und für seine Ideale. Und Comyns Gefolgsleute waren von den Engländern ausstaffiert worden, was auch die guten Pferde erklärte.

Er hatte sich für den gewaltigen Hengst entschieden, obwohl das Tier bei seinem neuen Herrn zunächst gescheut und ausgekeilt hatte. Indes, ein treu ergebenes Streitross war von unschätzbarem Wert, und Eric war sich sicher gewesen, dass er das Ross würde bändigen können. Es war ihm auch gelungen, und er hatte es Loki genannt, nach dem Dämonengott seiner nordischen Vorfahren. Es galoppierte mit der geschmeidigen Anmut eines reinrassigen Arabers, war jedoch kräftig genug gebaut, um schwere Rüstungen zu tragen und unglaubliche Strecken zu überwinden.

Es war eine unschätzbare Kriegstrophäe.

Genau wie die andere.

Die Lady of Langley.

Sie verstand von all dem nichts. Die Vorstellung, eine Gefangene zu sein, war ihr fern. Ebenso wie die Unterwerfung. Oder schlichte Dankbarkeit.

Dass sie wertvolle Zeit verschwendet hatten. Dass er dies gebilligt hatte, weil fähige Männer überleben und sich als wertvolle Krieger in seinem erbärmlich kleinen Heer beweisen könnten. Sie hätten noch heute aufbrechen können; Thayer Miller war ein Mann, der um die Bedeutung von Truppeneinsatz und -bewegung wusste.

Und doch hatte Eric gewartet. Hatte den Versehrten noch etwas Zeit gelassen. Und diese Untätigkeit zehrte an ihm, genau wie die Stunden, in denen er nichts anderes hatte tun können, als seinen Gedanken nachzuhängen. Selbst hier, weit entfernt von seinem Lager, zermürbte es ihn. Er fixierte den Himmel, wohl wissend, dass er zu früh eingetroffen war. Dennoch war es besser, hier zu warten. Besser, verfrüht einzutreffen – weitaus besser, als seine Gefangene zu packen und zu schütteln, bis ihre Knochen knirschten.

Er hörte den Ruf eines Vogels, lauschte auf einen zweiten, dann kehrte er zurück und führte sein Pferd aus dem Schutz der Bäume, wo es gewartet hatte.

Allan trabte ihm bereits entgegen.

»Eric, ich dachte, ich käme zu zeitig.«

»Ich bin zügig geritten. Mich hat nicht viel aufgehalten, was sollte ich auch untätig im Gebüsch herumhocken!«

»Auf Langley gibt es viel für Euch zu tun.«

Eric runzelte die Stirn. »Gibt es Schwierigkeiten?«

»Nicht ein einziger Reisender wagt sich in die Nähe der Burg. Und ich bezweifle stark, dass es in nächster Zeit anders wird, solange immer noch die Gefahr besteht, dass sich die Seuche ausbreiten könnte. Wie von Euch erbeten, bin ich in die nächste Stadt geritten, einst in Bruces Besitz, jetzt unter einem von Edwards Rittern, einem gewissen Sir Ramsey. Aber Menschen sind Menschen, und die Kunde wird sich verbreiten. Ich habe Unmengen von Bier mitgenommen – dank der Vorräte des verblichenen Burgherrn von Langley. Die Leute dort beten, dass der Krieg sie verschonen möge und dass sie im Herbst ihre Ernte einfahren können. Im Grunde genommen verehren sie Robert Bruce noch immer. In ihren Herzen schwelt ein tiefer Patriotismus, und vielleicht wird sich die durch Comyns Tod entstandene Spaltung in zwei Lager abschwächen, ist Bruce doch der Einzige, der das Land jetzt von der Herrschaft der Engländer befreien kann. Während das Bier in Strömen floss, erfuhr ich, dass der Earl of Pembroke inzwischen weiß, dass Ihr Langley im Namen von Bruce eingenommen habt. Er ist außer sich vor Zorn, denn ihm ist einiges an Interessantem zu Ohren gekommen. Es scheint, dass Sir Robert Neville, der Gefolgsmann des verstorbenen Lords, den Grafen aufgesucht und ihm berichtet hat, wie die zerlumpte Halunkenbande von abtrünnigen Gaunern und Gefangenen die Burg mit einer Krankheit zu Fall gebracht hat, um sie dann zu erstürmen.«

Eric zuckte die Schultern. »Was man über uns sagt, ist unerheblich. Jedem von uns droht ohnehin die Todesstrafe.«

»Pembroke hat den Befehl, Bruce zu ergreifen – mit allen Mitteln. Sein Heer ist nicht groß genug, um die Belagerung der Burg zu vereiteln, aber dieser Verwandte von Lord Afton, Sir Robert Neville, hat die Krankheit überlebt. Und er steht nicht unter Edwards Befehl wie der Earl of Pembroke, der Anweisung hat, Robert Bruce zu finden und zu stellen.«

»Naturgemäß wird er versuchen, Truppen aufzustellen, nach Langley zurückzukehren und die Burg wieder einzunehmen«, räumte Eric ein. »Nach dem Tod von Afton plante er, dessen Nachfolge anzutreten. Wenn er die Burg zurückerobert, wird er zwangsläufig mit dem Titel und der Lehnsherrschaft über das Land belohnt ... Aber wir haben noch Zeit. Auch wenn die Menschen ihren König verehren mögen, so wissen sie dennoch alle, dass Edward sie nicht vor der Pest beschützen kann. Und um eine Festung wie

Langley einzunehmen, bedarf es eines riesigen Heeres, entsprechender Nachschublinien und einer gut bemessenen Portion Geduld. Wir werden Augen und Ohren offen halten – wenn ein solches Heer marschiert, wird das keinem verborgen bleiben. Und mein Ansinnen war nie, eine so positionierte Burg einzunehmen und zu halten, nur um unsere Familien zu befreien.«

»Gewiss«, räumte Allan ein. »Außer …«

»Nun?«

»Die Belagerung der Burg erweist sich als erstaunlich angenehme Aufgabe. Die Bewohner sind uns dankbar, dass wir uns um die Kranken kümmern und das Chaos beseitigen, das infolge der Seuche eingetreten ist. Viele meinen, dass sie sich angesteckt haben, weil sie die Grausamkeit begingen, Frauen und Kinder einzukerkern. Darauf hat Gott sie mit der Krankheit gestraft … glauben zumindest einige. Es sind sehr gläubige Menschen, sie befolgen die Worte ihres Priesters, der mir ein überaus ehrenwerter Mann zu sein scheint. Sie sind bei weitem nicht so entsetzt, wie man meinen könnte, dass sie unter der Herrschaft einer Bande ›wilder Highlander‹ stehen.«

»Nun, dies ist immer noch Schottland, einerlei, wie viele Flamen und Engländer in den Lowlands leben. Und die meisten Menschen sind naturgemäß stolz auf das, was sie sind.«

»Darüber wollte ich mit Euch reden. Es wird schwierig werden, diese Menschen zu verlassen, wenn wir uns gezwungen sehen, gen Norden abzurücken, oder von englischen Truppen besetzt werden, sodass wir zurück in die Highlands fliehen müssen.«

»Wir können nichts anderes tun als abwarten und beobachten.«

»Es geht ein weiteres Gerücht«, fuhr Allan fort. »Dass der König über Gebühr erzürnt ist und von daher willens, sein eigenes Heer anzuführen.«

»Der König, der mächtige Longshanks, wird allmählich alt und gebrechlich, munkelt man.«

»Sein Hass und sein Groll gegen schottische Rebellen geben ihm Kraft.«

»Wie wir mit eigenen Augen gesehen haben, macht der Tod vor niemandem Halt.«

»Er muss bald sterben«, seufzte Allan.

»Wahrlich, das wäre das Beste«, bekräftigte Eric.

»Soll ich nach Langley zurückreiten?«, erkundigte sich Allan.

»Ja. Berichtet Peter, dass auch ich schleunigst aufbrechen werde. Überdies haben wir möglicherweise drei gute Kämpfer auf unsere Seite gezogen – die Burschen waren nicht sonderlich erpicht darauf, für Edward zu kämpfen, um sich ihren Lebensunterhalt zu sichern. Also schließen sie sich uns an.«

»Wie wollt Ihr denn zügig reisen, mit Verletzten, einem greisen Paar und der Lady of Langley?«, fragte Allan.

»Der Lady of Langley fehlt nichts«, sagte Eric schroff. »Einmal abgesehen davon, dass sie als Einzige in der Gruppe ständig meutert. Die anderen können ihr eigenes Tempo bestimmen, aber sie wird mit mir reiten. Also, ich muss wissen, wo Robert Bruce sich aufhält und mit welcher Truppenstärke – ich beabsichtige nämlich, Mylady alsbald an ihn auszuliefern. Vielleicht kann er sie als Pfand benutzen, im Austausch für seine Gemahlin, Schwestern oder Tochter.«

»Gewiss, Eric, ich werde sehen, was ich bis zu Eurer Rückkehr in Erfahrung bringen kann.«

Auf seinem Rückritt begegnete Eric nicht ein einziger Reisender, so trist war es in jenen Tagen in den Lowlands.

Als er sich dem Dickicht näherte, das den Pfad zu ihrem am Bach gelegenen Lager verbarg, verlangsamte er und untersuchte Boden und Bäume nach Anzeichen auf Reiter. Nichts. Trotzdem galt dieses Gebiet als sicherer für die Engländer denn für die Schotten, und er wollte sich Gewissheit verschaffen, dass ihre bedrohlich kleine Gruppe nicht von einem englischen Trupp aufgespürt worden war. Den Informationen über den Aufenthaltsort des schottischen Königs zufolge wähnten die Engländer ihn auf Kurs nach Norden, in Landstriche, wo man ihrer Sache positiver gegenüberstand; von daher war es sehr wahrscheinlich, dass jede große Truppeneinheit ihn weit weg von hier jagte. Aber genau wie Robert Bruce gelernt hatte, dass kleine Heere die Intelligenz und die Kunst des Überraschungsangriffs einsetzen müssen, so ließen seine Feinde vermutlich auch kleine Trupps ausschwärmen, um die getreuen Männer von Robert Bruce nacheinander dingfest zu machen.

Letztlich überzeugt, dass das Terrain rings um das Lager sicher sei, ritt er über den schmalen, gewundenen Pfad zum Bach.

Als er näher kam, gewahrte er den köstlichen Duft von gesottenem Fleisch. Der Geruch machte ihn hungrig, und er spornte Loki zu schnellerem Trab an. Dann, nahe dem Lager, verlangsamte er und ahmte den Vogelruf nach, der seine Männer informierte, dass er es war und nicht etwa eine feindliche Invasion oder auch ein Fremder.

Als er die Lichtung erreichte, stieß er auf Raymond, der das Lager bewachte; das Schwert gezückt, blockierte er den Weg. Sobald er Eric erkannte, grinste er und steckte sein Schwert zurück. »In diesen Tagen bin ich ein vorsichtiger Mensch geworden«, erklärte er.

Eric saß ab. »Vorsicht kann nie schaden.«

»Ihr kommt pünktlich für einen frisch gebratenen Fasan«, grinste Raymond, Lokis Zaumzeug packend. »Ich kümmere mich um das Pferd. Die alte Frau hatte Gewürze und dergleichen in ihrem Reisegepäck. Von daher sollten uns die zähen Fasane, die wir gefangen haben, zum Nachtmahl munden, auch wenn sie nach wie vor eine Herausforderung an die Zähne sind.«

Eric dankte Raymond mit einem Nicken und schlenderte über den Pfad. Als er durch die Bäume schlüpfte, sah er, wie das Feuer inmitten des Lagers sich hell vor der einbrechenden Dunkelheit abzeichnete. Die anderen hatten sich darum versammelt; selbst Thayer saß inmitten seiner Freunde. Die Fasane wurden von den Lanzenspitzen genommen, auf denen sie über dem Feuer gedreht worden waren, und zerteilt. Merry, die diese Aufgabe übernahm, grinste und schwatzte. Rings um das Lagerfeuer schien eine eigentümliche Kameradschaft zu existieren.

»Eric!«, rief Angus. »Ihr seid zeitig zurückgekehrt!

Autsch!« Er löste seinen Finger von der Fasanenbrust und pustete. »Dieses Federvieh ist heiß und würzig. Wir haben eine neue Köchin, die weit besser ist als Raymond oder Allan.«

»Wie sollte es auch anders sein!«, platzte Merry heraus. »Männer wollen ihre Bäuche füllen, wohingegen Frauen die Kunst des Gaumenkitzels beherrschen.«

»Auch in den Reihen der Männer gibt es viele hervorragende Köche«, wies John seine Frau zurecht. »Weißt du noch, in den Tagen Alexanders, als wir noch jung waren, Merry, da hat der alte Lord diesen Burschen aus Stirling mitgebracht, der das zäheste Hammelfleisch in einen butterweichen Braten verwandeln konnte.«

»Gewiss, aber er ist heute Abend nicht hier, doch ich bin es, also iss dein Fleisch und sei still!«, entgegnete Merry.

Eric ließ sich in dem Kreis nieder, sein Blick flog über die Anwesenden, auf der Suche nach der Lady of Langley, die augenscheinlich durch Abwesenheit glänzte.

Sie war bei den Bäumen, wo sie jede Nacht schlief. Ihr langes graues Cape lag am Boden ausgebreitet wie eine Decke. Den Rücken der Gruppe zugewandt, stützte sie sich auf einen Ellbogen und las in einem schmalen Bändchen. Insgeheim fragte er sich, ob sie das kleine Buch mitgebracht oder ob einer der Männer es ihr gegeben hatte.

War es ein Gebetbuch oder etwas anderes?

»Sir, ein schönes Stück!«, sagte Merry und reichte ihm eine heiße, fettig glänzende Portion Fasan.

»Habt Dank, Madam«, erwiderte er. Den Fasanenschenkel in der Hand, deutete er auf die Frau unter den Bäumen. »Eure Herrin gesellt sich nicht zu uns?«

»Sie beteuert, dass ihr dieses Geflügel nicht mundet«, klärte Thayer ihn auf.

Nicht mundet? Das also war der Lohn für seine Plackerei – sie rümpfte die Nase über seine Bemühungen, sie alle zu sättigen.

Soll sie doch verhungern, dachte Eric bei sich.

Dennoch ärgerte ihn ihre Abwesenheit von der Gruppe am Feuer nicht minder als alles andere an ihr.

Er biss in sein Fleischstück. Nun ja, es waren zähe Vögel,

aber von Merry hervorragend zubereitet. Das Mahl war nicht nur Sättigung, es mundete ihm wie schon lange nichts mehr.

Seit …

Seit er nach Langley gekommen war.

Nach einem weiteren, herzhaften Bissen ertappte er sich dabei, dass er die Frau hinter dem Baum beobachtete. Ihr Haar floss ihr über den Rücken wie ein mondbeschienener, onyxfarbener Strom. Es war prachtvoll.

Zuvor hatte er gar nicht bemerkt, wie dicht und lang es war. Ihr langes Verweilen im Bach hatte den Schmutz fortgewaschen, der ihren Schopf über Tage hinweg an ihrem Kopf festgebacken hatte. Es schien so lang, dass es den Waldboden wie ein Teppich bedeckte, beinahe mit ihm verschmolz.

Sie rührte sich weder, noch gab sie zu erkennen, dass sie beobachtet wurde, sondern beschäftigte sich ausschließlich mit ihrem Buch.

»Donnerwetter! Ich habe noch nie vorher einen so sorgsam gerupften Fasan gegessen«, stellte er lautstark fest.

»Nun, die Lady Igrainia hat das Geflügel eigenhändig gerupft, ja, das hat sie«, sagte Merry erfreut. »Und, wie Ihr wisst, habe ich es zubereitet und über dem Feuer gegart.«

»Und Ihr habt ein wahrhaft schmackhaftes Mahl gezaubert, tief in der Wildnis«, sagte Eric höflich.

Die Lady of Langley blieb stumm.

Indes hatte sie alles mitangehört. Und das wusste er.

»In der Tat, Merry, ich versinke in Ehrfurcht vor Euren Kochkünsten. Und ich muss sagen – ich habe auf keinen einzigen Federkiel gebissen! Vielleicht wird die Lady of Langley nach unserer Rückkehr dafür sorgen, dass jedes Geflügel, das zur Burg gebracht wird, genauso hervorragend für das Feuer präpariert wird.«

»Aber Sir!«, widersprach Merry unbedarft. »Die Burgherrin von Langley braucht doch kein Geflügel zu rupfen. Die Burg ist voller Gesinde, Küchenjungen und -mägde. Nun, so war es jedenfalls vor … vor der Krankheit. Jetzt …« Sie brach ab.

»Nun, sie hat Geschick«, murmelte Eric. »Aber vielleicht

wird sie nicht lange genug auf Langley verweilen, um ihr Wissen zu teilen.«

Er hatte sein Fleischstück vertilgt. Ihre morgendliche Jagd war nicht besonders ergiebig gewesen, und er hatte nicht vor, noch einmal zuzulangen. Er erhob sich. »Mistress Merry, Euer Mahl war hervorragend. Wenn Ihr uns doch in all unseren Feldlagern bekochen könntet. Wir brechen zeitig auf. Thayer, könnt Ihr reiten?«

»Jawohl, Sir!« Thayer erhob sich ebenfalls, vielleicht um zu demonstrieren, dass ihm das ein Leichtes war.

Eric nickte.

»Noch vor Sonnenaufgang will ich auf der Straße sein.«

Er entfernte sich vom Lagerfeuer, marschierte über die Lichtung. Dann setzte er sich ebenfalls unter einen der Bäume, ließ Igrainia jedoch nicht aus den Augen.

Die Dunkelheit war hereingebrochen.

Sie heuchelte weiterhin ein Rieseninteresse an ihrem Buch. Dabei konnte sie die Hand nicht mehr vor Augen sehen.

Er öffnete die Spange, die seinen Umhang zusammenhielt, und rollte das Kleidungsstück zusammen wie ein Kissen; dann legte er sich zurück und blickte in die nächtliche Finsternis. Er dachte an die zurückliegenden Jahre, und sie erschienen ihm unendlich und sinnlos; die Nacht erschien ihm wie ein bedrückendes Leichentuch, das sich über ihn senkte. Er schloss die Augen, sehnte sich plötzlich wieder nach dem Seefahrerleben, doch auf See hatten sie den Ertrinkenden gesichtet, der den Tod über sie gebracht hatte. Könnte er das Rad der Zeit zurückdrehen, ließe er den Fremden ertrinken. Der nicht enden wollende Unabhängigkeitskampf war ihm zu Margots Lebzeiten nie unsinnig vorgekommen. Er war ein schöner Traum gewesen, ein erstrebenswertes Ziel für seine Kinder und Kindeskinder … für Aileen, strahlend, lachend … ihr goldenes Haar wehte im Sonnenlicht, wenn sie zu ihm rannte, seinen Namen rief, während er den zermürbenden Kampf für eine lebenswerte Zukunft auf sich nahm.

Der Schlaf wollte sich nicht einstellen. Er hörte, wie sich die anderen unter den Bäumen zur Ruhe begaben, außer

Geoffrey, der die erste Wache übernahm und auf dem Pfad blieb. Das Feuer glomm nur noch schwach.

Unvermittelt erstarrte er, denn es bewegte sich etwas im Lager. Er verharrte reglos, wachsam, und erkannte dann, dass Igrainia aufgestanden war und zu den schwelenden Holzscheiten glitt. Kerzengerade setzte sie sich vor die Flammen. Ihr ebenholzfarbenes Haar schimmerte in der verlöschenden Glut wie eine blauschwarze Kaskade.

Sie verharrte so unbeweglich wie er. Um ein Haar hätte er sich erhoben, argwöhnisch, dass sie zu einem ganz bestimmten Zweck aufgestanden sei und beobachtete, ob seine Gefolgsmänner aufwachen und sie aufhalten würden, bevor sie den Versuch wagte, durch die Wälder davonzuhuschen.

Dann gewahrte er, dass ihre Schultern zuckten.

Sie weinte stumme Tränen in die Nacht hinein.

Er ließ sie gewähren.

Tags darauf hieß Vater Padraic sie herzlich willkommen. Er war völlig außer sich, dass er eine so widerwärtige Bande wie Anne und ihre Familie gastfreundlich aufgenommen hatte, verwies jedoch darauf, dass die Geschicke des Herrn zuweilen seltsame Wege gingen und dass er Eric und seine Männer zu ihrer Rettung gesandt habe, als sie in der Gewalt dieser Taugenichtse hätten sterben können.

Igrainia war gerührt über Rowennas Wiedersehensfreude und amüsierte sich über Gregorys spaßige Verrenkungen und Verbeugungen, als sie von Skye absaß.

Rege Betriebsamkeit setzte ein. Vater Padraic bestand darauf, dass Thayer unverzüglich das Bett hüten solle. Man werde ihm sein Essen bringen, da seine Verletzungen langwieriger Natur seien, und er habe tags darauf noch einen langen Ritt zur Burg vor sich. Nachdem das erledigt war, führte man Igrainia in den Saal, wo die Wallfahrer speisten – und wo sie Anne und ihre Familienbande kennen gelernt hatte und auch Thayer und seine Gefährten. Fröhlich schwatzend servierte Rowenna Lammbraten und Gemüse und beteuerte immer wieder, wie froh es sie mache, dass Igrainia wohlauf sei.

»Seht Ihr, Gregory hatte Recht«, erklärte Rowenna ihr. »Ihr müsst seinen Prophezeiungen stets Glauben schenken.«

Sie war sich nicht sicher, ob Gregory so unbedingt Recht hatte – sie lebte zwar, aber in der Gewalt ihres Feindes. Fragend hob sie eine Braue.

»Nun, Ihr wurdet doch angegriffen, oder?« Rowenna erschauerte. »Ich hätte wissen müssen, dass sich dieser Mann, Gannet, als ein Halunke entpuppen würde. Er beobachtete Euch beim Essen, im Gespräch. Und dieser Blick ... Vater Padraic würde ihn folgendermaßen beschreiben: Er begehrte etwas, was nicht seins war. Gott sei Lob und Dank, dass Sir Eric und sein Tross rechtzeitig zur Stelle waren.«

»Ihr habt erfahren, was geschehen ist?«

»Ganz gewiss. Sie ritten durch unser Dorf, auf der Suche nach Euch, müsst Ihr wissen. Und bald darauf kehrte Allan MacLeod zurück und erklärte uns, dass wir besser Acht geben müssten und eine Familie von Ungeheuern beherbergt hätten. Könnt Ihr Euch das vorstellen? Es gibt andere Dörfer, Kirchen, in denen Pilger Station machen. Ich frage mich, wie viele Menschen sie wohl schon ausgeraubt und getötet ...« Ihr versagte die Stimme, so sehr zitterte sie. »Aber genau das ist es, begreift Ihr nicht? Gregory wusste es. Ihr habt mit Gannet um Euer Leben gekämpft, lange und hart genug ... und Ihr wurdet gerettet!«

»Hm – gerettet.«

»Der Eintopf ist gut, nicht wahr?«, meinte Rowenna.

»Wie bitte?« Igrainia spähte in ihren Tiegel. Sie hatte zugelangt, als wäre sie halb verhungert, dabei hatte sie doch nur das gestrige Nachtmahl verschmäht.

Der Duft des gebratenen Geflügels hatte ihr am Vorabend den Mund wässrig gemacht, und nur ihr immenser Zorn und ihr Stolz hatten sie zurückgehalten. Während des langen Ritts an diesem Morgen war der Hunger ihr Begleiter gewesen.

»Der Eintopf. Ihr habt alles aufgegessen. Nun, Sir Eric wird sich freuen.«

»Er wird sich freuen, dass ich einen guten Appetit habe?«, forschte Igrainia.

»Er wird sich freuen, dass Ihr so rasch gegessen habt. Er will eilig weiterreiten.«

»Aber wir bleiben doch über Nacht.«

»Die anderen. Ihr nicht.«

»O nein, wir bleiben alle, schlafen die Nacht hier und reiten morgen früh weiter.«

Während sie noch sprach und skeptisch die Tür beäugte, tauchte er auf. Er betrat den Saal, verharrte für Augenblicke auf der Schwelle und sperrte die Sonne aus, worauf er von einem goldenen Strahlenkranz umflort schien. Es war sein Haar. So kräftig blond. Er wirkte wie eine gigantische Gottheit, als er hünenhaft mit seinen breiten Schultern den Türrahmen ausfüllte.

Sie erinnerte sich noch, wie er von den Bergen gekommen war, ein Wilder mit filzig verwobenem Schopf, das Gesicht schmutzverkrustet, zerlumpte Kleidung. Doch das war vorbei. Er schien eifrig auf Sauberkeit bedacht. Sein langes, volles Haar war frisch gewaschen und frisiert, seine Haut glatt rasiert. Er trug eine Tunika über Hemd und Reithose und um seine Schultern einen Überwurf in den Farben seines Clans. Die Tunika, das wusste sie, war in Bruces Farben gehalten, denn seine Kleidung stand für seine Sache – er war gewiss nicht der Mann, der seine wahre Identität und sein Ziel verschleierte.

Sein Blick fiel auf sie, die Augen von einem kalten arktischen Blau, das so unnahbar schien, dann wieder eisig funkelnd vor Zorn – oder Leidenschaft, sinnierte sie. Sie selbst war Zeugin gewesen, dass er es mit einem Trupp aufnehmen konnte, der dem seinen an Zahl und Waffen weit überlegen war. Er hatte gegen die Seuche gekämpft und diese siegreich bezwungen.

Gottes Wille, dachte sie.

Gewiss hatte der Allmächtige einen Sinn für Ironie.

»Nun, wie ich sehe, habt Ihr bereits gegessen. Dann solltet wir jetzt aufbrechen.«

Sie blieb sitzen. »Ich gestehe, ich bin verwirrt, Sir. Ich war der festen Überzeugung, dass wir alle bleiben würden, dass Thayer hier in einem richtigen Bett ruhen könnte.«

»Thayer wird hier bleiben.«

»Ich habe mich um seine Verletzungen gekümmert und sollte daher mit ihm reiten.«

»Meine Männer haben Burschen gepflegt, die viel schlimmer verwundet und von einer Genesung weit entfernt waren.«

»Aber ...«

»Darf ich Euch erinnern, dass Ihr selbst den Vorschlag gemacht habt, dass Thayer bleiben und ich gehen solle, und da ich Eure hochwohlgeborene Gestalt keinem weiteren Wagnis aussetzen mag, werdet Ihr mit mir kommen.«

Sie starrte ihn fassungslos an. Der Vorschlag stammte in der Tat von ihr.

»Ich will so schnell wie irgend möglich zurück nach Langley. Und Ihr seid eine hervorragende Reiterin. Wir sollten zusammen reiten.«

»Aber ...«

Er schritt zu der Tafel und maß sie ungehalten. »*Aber* scheint Euer Lieblingswort zu sein, Mylady. Und nun kommt, es wird Zeit zum Aufbruch.«

Ihr kam der törichte Gedanke, sich hinter Rowenna zu verbergen.

Er sprach jedoch gerade mit der jungen Frau, deren nahezu vollkommene Schönheit von der Stichwunde auf ihrer Wange verunstaltet wurde.

»Ich danke Euch«, sagte er leise.

»Mylord!« Errötend deutete sie einen kleinen Knicks an.

Igrainia betrachtete die beiden, die sie nicht zu beachten schienen. Eine leichte Röte flog über ihre Wangen, da sie sich bei der Überlegung ertappte, ob Eric sich vielleicht in Rowennas Armen über den Tod seiner Frau hinweggetröstet hatte.

Er fasste die Hand des Mädchens, schob etwas hinein. Geld, sicherlich.

Der Lohn für Rowennas Liebesdienste?

Igrainia schnellte herum und blickte herab auf ihren leeren Tiegel.

Sie schrak zusammen, als sich seine Hände auf ihre Schultern legten und sein Atem ihr Ohr streifte, als er ihr etwas zuraunte.

»Seid Ihr bereit?«

Ihre Kehle war wie zugeschnürt, und sie wusste nicht, warum. Es gab keinen Grund, ihn jetzt mehr zu fürchten als vorher. Im Gegenteil. Er hatte ihr deutlich genug zu verstehen gegeben, dass sie eine Kriegstrophäe war, die er lebend haben wollte.

Sie erhob sich flink, in der Hoffnung, mit ihrer Schulter sein Kinn zu treffen. Doch er wich instinktiv zurück. »Rowenna, Gott schütze und behüte dich und Gregory«, murmelte sie.

Rowenna nickte lächelnd. »Gott schütze auch Euch, Mylady.«

Darauf drehte Igrainia sich um und ging hinaus. Vor dem Kloster sah sie Erics riesiges Streitross, ihre kleine Stute indes war fort. Stattdessen stand ein weitaus prachtvolleres Pferd neben dem seinen, ein Grauschimmel mit arabischem Einschlag.

»Ihr Name ist Iona, und sie hat mich einiges gekostet. Aber sie wird sich geschwind bewegen«, hörte sie ihn hinter ihr sagen.

»Sie war teuer? Ihr meint, Ihr musstet Euch ihretwegen von einem Teil des Geldes trennen, das Ihr Euch auf Langley genommen habt? Ich war vollauf zufrieden mit der anderen Stute. Nun, und wenn Ihr diesem Pferd den Vorzug gebt, warum habt Ihr es dann nicht gestohlen – wie auch alles andere?«

»Darf ich darum ersuchen, dass Ihr jetzt aufsitzt?«, entgegnete er unerbittlich und maß sie aus schmalen, kühl blitzenden Augen.

Igrainia schritt zu dem Pferd. Aus unerfindlichem Grund zitterte sie, obgleich sie schon seit frühester Kindheit ritt, selbst die schnellsten Pferde im Stall.

Gleichwohl verfehlte sie den Steigbügel, als sie aufsitzen wollte.

Natürlich stand er direkt hinter ihr, und seine widerwärtigen Hände hoben sie schwungvoll in den Sattel.

Dies hier war nicht sein Pferd. Sie konnte ihm die Sporen geben und in den Nachmittag hinausgaloppieren, in die Dämmerung, die Dunkelheit preschen …

»Tut es nicht.«

»W … was?«

»Denkt nicht einmal daran, wie Ihr mir entwischen könntet.«

»Wie kommt Ihr denn darauf? Ich freue mich, nach Hause zu reiten.«

»Wahrhaftig?« Er saß neben ihr auf. »Selbst wenn Ihr dort nicht lange bleiben werdet?«

Sie maß ihn mit unverhohlener Verblüffung. »Wohin werde ich denn gebracht?«

»Ich weiß es nicht – noch nicht.«

»Oh – Ihr wollt schlicht die Tore öffnen und mich fliehen lassen?«

»Sehr unwahrscheinlich, *Mylady*«, erwiderte er, ihren Titel betonend. Er beachtete sie nicht weiter, sondern spähte zu der kleinen Kirche. Pater Padraic kam auf sie zu, einen zerschlissenen Lederbeutel in den Händen.

»Fleisch, Käse, Brot und etwas Wein für die Reise. Und ein Brief an meinen guten Freund und früheren Schüler, Pater MacKinley«, führte der Geistliche aus.

»Habt Dank, Vater.« Erich nahm den Beutel und befestigte diesen an seinem Sattel. »Wir wissen Eure Gabe zu schätzen.«

»Wie wir die Eurige. Gute Reise. Gott schütze Euch, Lady Igrainia.«

Den Kopf gesenkt, presste sie ein leise gehauchtes »Danke, Vater« hervor. Am liebsten hätte sie ihm erklärt, dass Sir Eric Graham vermutlich gar kein Christ war, sondern ein Heide, der seinen alten nordischen Gottheiten huldigte.

Und dass seine Geschenke Diebesgut waren.

Dennoch hielt sie ihre Zunge im Zaum.

Vater Padraic trat neben sie und schlug das Kreuz. »Manchmal, mein Kind, weist Gott uns den rechten Weg.«

»Und manchmal holt er brave Menschen und unschuldige Kinder weit vor ihrer Zeit zu sich«, erwiderte sie, unfähig, sich zu beherrschen.

»Sein Wille wird geschehen«, murmelte der Geistliche, unerschütterlich trotz ihrer Worte. Er lächelte. »Unter uns waren Mörder. Gott hat uns Rettung gesandt.«

»Trotzdem ist ein rechtschaffener Mann gestorben. Reed.«

»Aber Ihr und die anderen wurden gerettet.«

»Die Geschicke der Welt sind stets Ansichtssache, nicht wahr, Vater?«, hub Eric an. Er fasste die Zügel. »Ihr wisst, wo wir zu finden sind, Vater.«

»Und Ihr kennt den Weg zu uns.«

Vater Padraic trat zurück. Eric lenkte sein Streitross auf den Pfad.

Diesmal war Igrainia versucht, zurückzubleiben.

Doch obschon der Grauschimmel nicht Erics Pferd war, schien er bereitwillig seinen Anweisungen zu folgen. Ehe Igrainia noch die Zügel greifen konnte, trabte die Stute hinter ihm her in Richtung Landstraße.

Am Spätnachmittag erkannte sie verwundert, welche Strecke sie bereits zurückgelegt und wie lange es mit John und Merry zu Fuß gedauert hatte.

Eric ritt schnell, aber nie zu schnell. Er spürte genau, wann die Pferde eine Rast oder Wasser brauchten und wann sie im fliehenden Galopp über die weiten Ebenen preschen konnten. Oft glaubte sie, eine günstige Gelegenheit zu wittern, ihm gezielt zu entwischen.

Doch sie ergriff ihre Chance nicht. Auch wenn er ihr offenbar wenig Beachtung beimaß und beharrlich schwieg, solange sie nicht langsam ritten oder die Tiere tränken mussten, war sie sich sicher, dass er jede ihrer Bewegungen beobachtete.

Und sie wollte nicht, dass er sie verfolgte, aufspürte, an ihre Stute band oder – noch schlimmer – sie zwang, mit ihm auf seinem Pferd zu reiten.

Überdies war ihr bewusst, dass er irgendwann auf ihrer Reise würde schlafen müssen. Und das wäre die beste Gelegenheit für sie.

Sie ritten durch die Dunkelheit, derweil der Mond hoch oben am Firmament den Pfad beschien. Allerdings hatte sie das Gefühl, dass er diese Strecke schon so oft passiert hatte, dass er kein Licht brauchte. Sie hielten sich an die Waldwege, da er das Gewühl auf den Straßen meiden wollte. Und so trafen sie keine Menschenseele, ausgenommen eine alte

Frau, die ihrer Wege ging. Eric versteckte sich nicht, sondern straffte die Zügel und redete kurz mit ihr. Igrainia war sich gewiss, dass er ihr eine Münze zusteckte. Und sie wusste, dass dies seine Art war, den Bewohnern des Landes guten Willen zu zeigen – für Robert Bruce, den König, dem er diente.

Irgendwann sagte er zu ihr, es sei an der Zeit, das Nachtlager aufzuschlagen. Sie befanden sich mitten auf der Landstraße. Sie war müde und durstig und sah nichts, was auch nur annähernd zum Schlafen eingeladen hätte, doch er saß ab und wollte ihr zu Hilfe eilen.

»Ich kann allein absitzen.«

»Wie Ihr wollt.«

Zu ihrer größten Verärgerung verfing sich ihr Fuß im Steigbügel.

Und natürlich beschloss die Stute in diesem Augenblick, auf Wanderschaft zu gehen.

Igrainia hopste neben der Stute hin und her, bemüht, sich zu befreien, und verwünschte sich für die Torheit, dass sie so überstürzt hatte abspringen wollen.

Er fasste das Zaumzeug, und noch ehe sie ihren Fuß befreien konnte, hatte er sie aus dem Steigbügel gehoben.

»Fasst mich nicht an – ich bitte Euch!«, schnaubte sie.

Er tat, wie ihm geheißen.

Worauf sie das Gleichgewicht verlor und rücklings zu Boden stürzte. Den Kopf gesenkt, kämpfte sie mit ihrer Wut und Demütigung. Sie sah seinen gestiefelten Fuß vor sich.

»Darf ich annehmen, dass Ihr keine Hilfe beim Aufstehen braucht, oder soll ich Euch meine Hand reichen?«

»Nein, ich will Eure Hilfe nicht, in keinster Weise«, zischte sie, während sie sich aufrappelte und den Schmutz von ihren Händen rieb.

»Dann versucht zu laufen, ohne über irgendwas zu stolpern«, riet er ihr spöttisch zu und stapfte voraus.

Er kannte den Weg wie seine Westentasche. Sie hatte keinerlei Hinweis auf irgendwelche Pfade bemerkt, kein Anzeichen auf den nahen Fluss oder eine schattige Lichtung. Gleichwohl lagen die Tannennadeln hier dick und weich, und die Zweige darüber waren so dicht, dass kaum ein Streifen Mondlicht hindurchfiel. Dennoch glitzerte es auf dem dunklen Wasser juwelengleich. Hinter dem Flussufer stieg die Böschung zu einer sanften Anhöhe an, was der Lichtung etwas noch Trauteres verlieh, mehr Abgeschiedenheit als Igrainia lieb war. Und weil sie durstig war, ließ sie die Zügel der Stute fallen und kniete sich, kühlte ihr Antlitz in dem munteren Quell und trank in tiefen Zügen.

Eric führte die Pferde zum Wasser und band sie auf der Lichtung an, ehe er selbst seinen Durst löschte. Igrainia beachtete ihn nicht weiter, sondern schlenderte zu einem der Bäume und sank davor nieder. Sie hätte es nur ungern zugegeben, aber sie fühlte sich müde und geschunden. Sie ritt gut und hatte des Öfteren weite Strecken zurückgelegt.

Aber niemals so.

Er löste den von Vater Padraic mitgegebenen Proviantbeutel vom Sattel und hielt Ausschau nach einem Plätzchen. Er brach das Brot und aß hungrig ein Stück, aber seine Augen ließ er nicht von ihr.

»Habt Ihr keinen Hunger?«

Sie erwiderte seinen Blick. »Ich bin nicht in der Stimmung, Brot mit einem Feind zu brechen.«

»Verstehe.«

Er setzte sein Mahl fort. An den Stamm gelehnt, schloss sie die Lider. Die Nachtluft war kühl. Sie zog den grauen Umhang um sich – der schäbige, wollene Überwurf, mit dem sie sich als arme Pilgerin auf dem Weg nach London ausgegeben hatte.

Sie war hungrig und verzehrte sich nach einem Happen Proviant. Auch war sie müde. Eher müde als hungrig, denn sie musste eingedöst sein. Sie schrak zusammen, spürte sie doch, dass seine Finger ihr Handgelenk umschlossen.

»Nicht so schnell, Mylady. Mein Baum ist besser als Eurer.«

»Dann erfreut Euch an Eurem Baum und lasst mir meinen!«, protestierte sie, als er sie auf die Füße zerrte.

»Es wird nur einen Baum geben«, erklärte er. Da erkannte sie, dass er ein Stück Seil mitgebracht und um ihr Handgelenk geschlungen hatte.

»Wartet!«

Noch ehe der Protest über ihre Lippen gekommen war, umschloss die Schlinge ihren Arm. Das andere Ende band er um sein eigenes Handgelenk und zog mithilfe seiner Zähne den Knoten fest.

»Das ist *nicht* erforderlich!«, begehrte sie auf.

»Ich glaube doch. Ich habe Euch den ganzen Tag beobachtet. Ihr habt Euch mehr als einmal überlegt, davon zu preschen und mir zu entwischen. Mir ist klar, dass Ihr auf Zeit spielt, Ihr denkt, dass ich irgendwann aufgebe. Indes habe ich genug Zeit damit vertan, Euch im ganzen Land zu verfolgen. Ihr werdet mich nicht noch einmal narren.«

Wütend kniff sie die Augen zusammen. »Ich kann ein weitaus größerer Plagegeist sein, als Ihr Euch überhaupt vorzustellen vermögt. Ich kann Euch Zeit und Schlaf und Nerven rauben. Ich kann ...«

Mit einem verblüfften Aufschrei hielt sie inne, denn er hatte sich gesetzt, worauf sich das Seil straffte und sie zu Boden zog.

»Ich könnte Euch mitten in der Nacht töten, und das wisst Ihr«, gab sie ihm trotzig zu verstehen.

»Das bezweifle ich doch sehr.«

»Nein, Ihr wisst genau, dass ich dazu fähig wäre.«

»Ihr hättet mich schon früher töten können.«

»Da wusste ich noch nicht, was für ein wahrhaft widerwärtiger Mensch Ihr seid.«

»Seinerzeit hätte ich doch widerwärtig genug wirken müssen – denn Ihr konntet keineswegs ahnen, dass ich Euer Volk nicht abschlachten würde, falls ... falls Margot sterben sollte.«

»Vielleicht bin ich inzwischen am Rande der Verzweiflung.«

»Warum solltet Ihr verzweifelt sein?«

»Woher will ich wissen, dass Euer erhabener Robert the Bruce nicht doch beschließt, mich hinzurichten?«

»Weil er keine Frauen hinrichtet, nur weil sie die Töchter englischer Grafen sind.«

»Er benutzt sie nur«, sagte sie bitter.

»Er will seine Frau zurückhaben, sein Kind, seine Schwestern. Kopf hoch, Mylady. Ihr könnt alsbald wieder im Schoß Eurer Familie weilen, sofern Ihr einer anderen, bedauernswerten Maid zur Freiheit verhelft.«

Mit der freien Hand streifte er seinen Umhang von den Schultern und legte ihn auf den Boden. »Das ist Euer Platz.«

»Ich ziehe die Tannennadeln vor.«

»Nun gut. Sind sie doch so spitz wie Eure Zunge.«

Er bettete sein Haupt auf den Stoff, streckte sich aus und schloss die Augen.

Zornig und fassungslos starrte sie ihn an. Dann rutschte sie so weit weg, wie es der Strick erlaubte, und legte sich auf die Tannennadeln.

Er hatte Recht. Unter einem Umhang oder einer Decke waren sie ein weiches Bett in der freien Natur, aber so stachen sie wie Nadelspitzen.

Sie versuchte, ihren eigenen Umhang zu einem Kissen zusammenzulegen. Es funktionierte. Triumphierend legte sie den Kopf darauf. Gewiss würde er sie niemals losbinden. Dennoch brauchte sie ihren Schlaf.

Sie lag wach, und die Nacht schien ausgesprochen finster, einerlei, ob ihre Augen offen waren oder geschlossen. Sie verharrte bewegungslos. Dann schwante ihr, dass er womöglich im Dunkel sehen konnte und sie beobachtete.

»Warum habt Ihr gestern Nacht geweint?«, erkundigte er sich.

Sie erstarrte. »Was kümmert Euch das?«

»Mir war nie bewusst, dass Ihr Eurem Kummer nachgebt, das ist alles.«

Sie zögerte. »Weil … weil Afton tot ist. Und nach seinem Tod hatte ich gehofft …«

»Was gehofft?«

»Es ist unerheblich. Er ist tot.«

»Ihr hattet gehofft, sein Kind unter dem Herzen zu tragen, und jetzt wisst Ihr, dass es sich nicht so verhält.«

»Ich weiß es schon … seit einiger Zeit«, murmelte sie.

»Es tut mir Leid.«

»Ich wüsste wahrlich nicht, warum Euch das Leid tun sollte«, murmelte sie bitter.

Für Augenblicke schwieg er. »Wenn Ihr meint, ich hätte kein Mitgefühl mit jemandem, der den Verlust seines Gatten und vielleicht auch eines Kindes verschmerzen muss, dann habt Ihr noch weniger Verstand, Mylady, als ich dachte.« Sein Ton war ruhig, wenn auch ein wenig scharf. Sie biss sich auf die Lippe und schwieg. Wieder schloss sie die Augen. Ihr Körper schmerzte vom Reiten. Ihr Hirn war wie leergefegt. Die Nacht war kalt, ihr Umhang diente ihr als Kissen, und sie wagte sich nicht zu rühren. Also lag sie da, steif und kalt, bis sie irgendwann einschlummerte.

Düstere Wolken schienen sich über ihr zusammenzuballen. Eine dampfende Kälte legte sich über die Erde, und sie träumte, dass eine Eiszeit das Land heimsuchte und langsam über sie hinwegkroch. Igrainia sehnte sich nach der Sonne. Sie war da, irgendwo in der Nähe, und so rannte sie, bemüht, sich durch Eis und Wind zu kämpfen, auf dem Weg in das wärmende Sonnenlicht.

Und es war da. Sie konnte es spüren. Sie musste lediglich weiterlaufen. Mit jedem Schritt wurde es wärmer. Es umfing sie wie eine Decke. Dann erstarb der Wind, die Kälte wich, und trotz der herrlich wärmenden Sonne glitt sie in immer tiefere Finsternis …

Sie schlug die Augen auf und gewahrte das fahle Licht der Morgenröte.

Und spürte den Mann hinter ihr.

Spürte ihn, denn sie berührten sich.

Und sie stellte entsetzt fest, dass er die Sonne in der Nacht, die Wärme gewesen war, die sie so verzweifelt gesucht hatte.

Er hatte seinen Umhang, der ihm als Kissen diente, über sie gebreitet und sie dicht an sich gezogen. Sein Arm lag auf ihren Schultern. Sein Körper schmiegte sich an ihren Rücken.

Sie blinzelte in den neuen Tag, bemüht, nicht zu schreien, sondern reglos und stumm zu beten, um einen Weg zu finden, von ihm abzurücken …

»Ihr seid wach. Steht auf. Zeit zum Weiterreiten.«

Sie brauchte nicht von ihm abzurücken. Er wich zurück, als hätte er seine Körperwärme nächtens einer Kröte gespendet. Gleichwohl wurde sie unsanft an ihn gerissen, als er an dem Strick zerrte, doch er beachtete sie gar nicht, sondern konzentrierte sich darauf, das Seil zu lösen, das sie an ihn fesselte. Darauf erhob er sich flink und geschmeidig.

»Auf!«, wiederholte er und funkelte sie an. Offensichtlich reagierte sie nicht schnell genug, denn er packte ihre Hand und zog sie hoch.

»Wir können Langley noch heute Abend erreichen.«

»Heute Abend?«, meinte sie fassungslos. »Aber das ist unmöglich. Es hat über zwei Wochen gedauert, von Langley zu Vater Padraics Kirche zu gelangen.«

»Ihr wart mit zwei alten Leutchen unterwegs, Mylady. Wir haben gute Pferde, und selbst mit Euch vermag ich Langley irgendwann heute Nacht zu erreichen.« Er wandte sich ab und schritt zu den Pferden.

Selbst mit ihr …

Während sie den Blick auf seinen breiten Rücken heftete, kochte einmal mehr das Blut in ihren Adern. Es war der schwelende Hass.

»Wahrlich, wir sollten uns sputen. Ich persönlich würde selbst eine Nacht in den Kerkern der soeben verbrachten vorziehen.«

Sie erfreute sich an dem Schauspiel, wie sich sein Rücken versteifte, ehe sie sich dem Wasser zuwandte, sich Gesicht und Hände wusch, obwohl sie liebend gern mit Kleidern und Schuhen in die Fluten gesprungen wäre.

Aber sie wollte nicht wieder so frieren. Nie wieder.

In seinem Beisein.

9

Eric konnte sich nicht erinnern, dass er schon jemals so beharrlich auf eine Weiterreise gedrängt hätte, außer seinerzeit vielleicht, als er das letzte Mal hier gewesen war: entschlossen, die Burg zu stürmen, wo er ein Gefangener gewesen war, und seine Frau, sein Kind und sein Volk zu befreien.

Aber damals hatte er vorher keine große Entfernung zurückgelegt, und er war mit Männern geritten, harten Kriegern, die an die Nächte in freier Natur, an Hunger, Schlafmangel und Stunden im Sattel gewöhnt waren.

Um die Pferde nicht zuschanden zu reiten, hatte er diesmal auf das Tempo geachtet, Rast eingelegt, um zu trinken, und der Lady of Langley sogar seine Essensreste angeboten. Sie hatte abgelehnt. Erst hatte er darauf beharren wollen, aus Furcht, sie könne unterwegs ohnmächtig werden und ihre Chance vereiteln, in Bälde auf Langley einzutreffen, doch dann hatte er sich gesagt, es sei nur gut, wenn sie weiterhin feindselig Distanz zu ihm wahrte. Hatten sie die Burg erst einmal erreicht, würde sie in deren Mauern sicher sein, und er wäre erlöst von der Strapaze, ständig ein wachsames Auge auf sie zu haben.

Sie hatte das Essen von sich gewiesen, mit ihm Schritt gehalten und war nicht in Ohnmacht gefallen.

Beide waren gleichermaßen erpicht darauf, den anderen loszuwerden.

Und so erreichten sie Langley bei Sonnenuntergang.

Lange, bevor sie sich den Toren näherten, hatte man sie bereits erspäht.

Die gewaltige Zugbrücke wurde heruntergelassen, als sie noch in einiger Entfernung waren. Das Abendrot eines zur Neige gehenden Tages hüllte die Erde in zartes Pastell. Es war ein herrlicher Tag gewesen, und die Schatten der hereinbrechenden Nacht verliehen der Festung eine beeindruckende Aura; das Wasser im Burggraben glitzerte wie dunkler Kristall, die Mauern erstrahlten in einem eigentümlichen Glanz – und die Banner von Robert Bruce, dem König von Schottland, blähten sich auf den Zinnen.

Etliche Reiter nahten, um sie zu begrüßen – Peter MacDonald, Allan MacLeod, Raymond Campbell und Vater MacKinley.

»Wahrlich, Ihr habt hastig den Rückzug angetreten!«, grinste Peter und straffte die Zügel, sobald sie sich am Wiesensaum vor den Burgmauern trafen. »Es ist gut, dass Ihr zurückgekehrt seid!« Er spähte zu Igrainia, die an Erics Seite ritt. »Willkommen daheim, Mylady.«

Igrainia nickte knapp. Eric betrachtete seine widerspenstige Gefährtin. Sie wirkte blass und mitgenommen, ihr Gesicht sehr weiß gegen die ebenholzfarbene Haarpracht, ihre Augen tiefblau im Zwielicht. Er löste den Blick von ihr. Letzte Nacht hatte er von Spinnweben geträumt – er hatte sich aus einem schwarzen Spinnennetz zu befreien versucht. Er war aufgewacht, da ihr Haar seine Nase gekitzelt hatte, und hatte bemerkt, dass seine Geisel in der nächtlichen Kälte gezittert hatte.

Er wollte gewiss nicht, dass sie erfror, also hatte er sie mit seinem Umhang und seinem Körper gewärmt, und als er wieder eingeschlafen war, hatte ihn abermals der Traum heimgesucht, dass er in einem gewaltigen, blauschwarz schimmernden Spinnennetz gefangen wäre. Träume waren Schäume. Dieser Albtraum hatte ihn für Augenblicke verfolgt, doch dann hatte er die Wärme des an ihn geschmiegten Körpers genossen, den betörenden Duft einer Frau, das seidenweiche Haar, welches ihn nicht länger wie ein bedrohliches Spinnennetz umfangen hatte, sondern wie ein seidener Umhang, in einem Goldton, der mit der Sonne wetteiferte, und wenn er die Lider öffnen würde, dann würde er vollkommene Schönheit umarmen, denn sie wäre da – Margot – und sie würde lächeln, und das Leben wäre wieder das kostbarste Geschenk ...

Er hatte die Augen geöffnet, in einem Meer von Schwärze. Und die Wärme war ein Vorwand für das schlichte Überleben gewesen, die von ihm umarmte Schönheit ein erbitterter Feind, nichts weiter als ein Pfand in dem von ihnen gespielten Spiel, so finster und verwerflich und frevelhaft wie die Farbe ihrer Haare.

»Igrainia, Ihr müsst sehr müde sein«, meinte Vater MacKinley. »Kommt, ich werde dafür sorgen, dass man Euch umgehend in Eure Gemächer bringt …« Er stockte, sich schlagartig bewusst, wo der neue Burgherr schlief. »Ich werde dafür Sorge tragen, dass Euch eine angenehme Nachtruhe vergönnt ist«, fügte er hinzu.

Sie warf ihr Haar zurück. Ihre tiefblauen Augen trafen für Sekundenbruchteile auf Erics. »Vater MacKinley, wie Ihr wisst, bin ich eine Gefangene hier. Und Gefangene nächtigen in den Kerkern.«

Beklommen spähte MacKinley zu Eric. »Ich bin sicher, sie haben nicht vor …«

»Wenn sie den Kerker anderen Räumlichkeiten vorzieht, Vater, so sei es«, erwiderte Eric. »Peter, Ihr kümmert Euch um die Lady, ja?«

Er spornte sein Ross an, ließ Loki im vollen Galopp über die Zugbrücke preschen und verlangsamte erst im inneren Torhof. Ein junger Stallbursche begrüßte Eric ehrerbietig, als dieser absaß und ihn anwies: »Sorge dafür, dass er gefüttert und getränkt wird. Er hat einen harten Tag hinter sich.«

»Gewiss, Sir Eric.«

Darauf strebte Eric zum Wohnturm, nahm die Eingangsstufen und betrat den Saal. Der alte Garth stand dort, ein fein gearbeitetes Silbertablett mit passenden Kelchen in den Händen. »Bier, Mylord«, sagte der Alte, und sein faltiges Gesicht verzog sich zu einem Grinsen. »Unser bestes. Aber ich koste gern zuerst, wenn Ihr Zweifel habt.«

Hatte er noch Zweifel? Gewiss, nur ein Narr hätte das nicht. Aber Vater MacKinley war der eigentliche Herrscher hier, und er war ein intelligenter Kopf, der sehr wohl wusste, dass seine Männer schreckliche Rache nehmen würden, sollten diese Leute ihn vergiften.

Er streifte seine Reithandschuhe ab, nahm einen Pokal Bier und trank durstig. Garth hatte Recht, es war vorzüglich.

»Das Bier ist hervorragend, und das sind außergewöhnliche Kelche«, erklärte er Garth.

Verschwörerisch grinsend zuckte Garth die Schultern. »Das sollten sie auch sein, Sir Eric. Sie waren das Hochzeitsgeschenk von König Edward höchstpersönlich an die Lady und den Lord von Langley.«

Mit hochgezogenen Brauen maß Eric den Alten. Dann brach er in schallendes Gelächter aus. Dann war er jetzt also Lord über König Edwards Geschenk. Das fand er im höchsten Maße belustigend.

»Ich glaube, wenn es noch andere gibt, werde ich sie weiterverschenken. An einen anderen König. Robert Bruce wird sie gewiss als feine Trinkpokale schätzen. Aber vielleicht lässt er sie auch einschmelzen, weil er das Silber braucht.«

»Es sind *meine* Pokale. Euch steht es nicht zu, sie wegzugeben.«

Igrainia und die anderen hatten den Rittersaal betreten. Er drehte sich langsam um, beäugte die Lady von Kopf bis Fuß und fragte sich, warum ihr Anblick ihn mit schöner Regelmäßigkeit erzürnte.

»Mylady, habt Ihr schon vergessen, wie versessen Ihr auf die Kerker seid?«

Allan verzog unwillkürlich das Gesicht, aber weder er noch Peter hätten Erics Autorität vor anderen infrage gestellt. Schließlich meldete sich Vater MacKinley zu Wort.

»Sir, es kann nicht Euer Ernst sein, Mylady in den Kerker zu sperren.«

»Er war gut genug für unsere Leute«, sagte er sanft, Igrainia beobachtend.

Sie zuckte mit keiner ihrer langen schwarzen Wimpern, sondern erwiderte frostig seinen Blick. »Gefangene gehören in Kerker, oder etwa nicht?«

»Aber, muss man nicht Gnade walten …«, hub Vater MacKinley an.

»Ihr habt Recht«, fiel Eric ihm ins Wort, willens einzulenken, da er nicht beabsichtigte, sie in eines dieser üblen Verliese zu stecken.

Indes kam er nicht weit.

Igrainia ergriff das Wort.

»Ich freue mich auf den Kerker.« Sie glitt an ihm vorüber

in Richtung Stiegenhaus. Als sich niemand regte, verharrte sie. »Soll ich mich selbst hinter Schloss und Riegel bringen?«

»Igrainia, Ihr habt oben eine Kammer ...«, wandte MacKinley zaghaft ein.

»Ich *hatte* oben eine Kammer«, erwiderte sie, Eric böse anfunkelnd. »Aber inzwischen ziehe ich die Kerkerzellen vor.«

Allan blickte zu Eric. Dieser zuckte die Schultern. »Bei allen Heiligen, wenn die Lady die Kerker bevorzugt, dann begleitet sie meinethalben dorthin.«

Igrainia wirbelte herum und setzte ihren Weg fort. Für Augenblicke wirkte Allan völlig hilflos, dann folgte er ihr.

Vater MacKinley trat aufgebracht zu Eric. »Ihr, Sir, seid verblendet von Eurer Bitterkeit. Igrainia gehörte nicht zu denen, die Eure Familie, Eure Männer und ihre Angehörigen eingekerkert haben. Und sie war unermüdlich damit beschäftigt, Leben zu retten. Dass so viele gestorben sind, lag an der Grausamkeit der Seuche und nicht an Vernachlässigung oder bösem Willen ihrerseits.«

Kopfschüttelnd stützte Eric sich auf die Tafel. »Ihr habt sie gehört, Vater. Sie zieht die Kerker vor.«

Das nahm MacKinley für den Augenblick allen Wind aus den Segeln. Während der Priester noch nach weiteren Argumenten suchte, sprach Eric mit Garth. »Vielleicht sind Lady Igrainia die Herrschaftsgemächer mit zu vielen Erinnerungen an den Tod ihres Gatten behaftet. Das kann ich nachvollziehen.«

»Lord Aftons Verwandter, Sir Robert Neville, hatte eine schöne Kammer über dem Saal.«

»Sie wird für meine Zwecke ausreichen, solange ich hier weile«, gab Eric zu verstehen. »Ich bin erschöpft, und morgen liegt ein langer Tag vor uns. Garth, sieh bitte zu, dass man mir das Essen hinaufträgt. Allan, Peter, wir werden uns zeitig hier einfinden, um unser weiteres Vorgehen zu besprechen.«

Er verließ den Saal, strebte nach oben. Sein Kopf dröhnte. Er war erschöpft und über die Maßen verärgert.

Es behagte ihm beileibe nicht, dass die Lady im Kerker

hockte – und wie seine eigenen Männer ihn angestarrt hatten.

Sie forderte ihn heraus. Und das passte ihm schon gar nicht.

Bevor die Nacht überhaupt hereingebrochen war, bereute Igrainia bereits ihren Stolz und ihr aufbrausendes Temperament.

Nun, hier gab es keine Spinnweben; im Gegenteil, es war überraschend sauber. Die Kranken waren genesen oder gestorben, und Erics Soldaten hatten die Kerkerzellen blitzblank gefegt und gesäubert. Auf dem Boden lagen frische Binsen, ein Sack sauberes Stroh bot ihr einen annehmbaren Schlafplatz, aber dennoch war sie allein. Die Krypta schien entsetzlich nahe, und in deren Mauern ruhten ihr Gemahl und Lady Margot und das Kind, und wenn das Wasser des Burggrabens draußen vor das Gestein schwappte und der Wind um die finsteren Ecken pfiff, hätte sie fast schwören mögen, dass Geister in der Dunkelheit heulten.

Zu allem Überfluss huschte eine Ratte durch die Zelle.

Vater MacKinley brachte ihr das Nachtmahl, wies sie darauf hin, dass, wenn sie nur ein Wort sagte, man ihr eine andere Unterkunft geben würde.

»Ich bin jetzt eine Gefangene. Deshalb kann ich ebenso gut auf Gitterstäbe blicken, auf dass ich mich meiner Situation besinne.«

»Ihr macht Euch der Sünde des Hochmuts schuldig.«

»Vermutlich habe ich noch ganz andere Sünden begangen«, seufzte sie. Dann lächelte sie. »Ihr verschwendet Euren Atem. Ich werde ihn um nichts bitten. Dennoch danke ich Euch, dass Ihr mich aufgesucht habt. Und habt Dank für das Nachtmahl. Ich war sehr hungrig.«

MacKinley nickte zerstreut. »Igrainia, wenn Ihr eine Gefangene seid, dann sind wir alle Gefangene, aber um ehrlich zu sein, geht es den Burgbewohnern sehr gut. Die Krankheit hat die Leute zusammengeschweißt. Sie waren die Abtrünnigen, dann die Eroberer. Es war unsere Burg, jetzt ist es die ihre, doch der Unterschied kann so groß nicht sein, denn jene Bauern und Handwerker, die ihre Toten begraben mussten, haben ihr Tagwerk wieder aufgenommen. Die Mägde singen im Küchentrakt, viele der Männer, die früher Afton dienten, haben sich bereitwillig damit abgefunden, dass ein neuer Lord das Kommando übernommen hat, dass das Leben weitergeht und dass jeder arbeiten muss für sein Auskommen. Sie sind sich durchaus bewusst, dass Sir Eric den Befehl gegeben hat, ihr Leben zu verschonen. Viele Leute kommen und gehen und denken gar nicht darüber nach, dass die Burg unter Belagerung steht. Ihr braucht nicht hier unten zu bleiben!«

»Ich will es aber.«

»Igrainia …«

»Was wisst Ihr von Robert Neville, Vater?«, erkundigte sie sich. »Er hat doch überlebt, oder? Schließlich war er soweit genesen, dass er flüchten konnte. Man hat ihn nicht aufgegriffen, oder?«

Vater MacKinley zuckte zusammen und seufzte tief. »Nein, Igrainia. Es geht die Kunde, dass er das Lager des Earls of Pembroke erreicht hat. Und dass er mit aller Macht zurückkehren will. Aber Pembroke hat seine Hände im Spiel. In nächster Zeit wird sich hier nichts ändern. Wenn Ihr denkt, Ihr könntet in diesem Kerker darben, bis die Engländer kommen und Euch befreien … dann richtet Euch auf eine lange Wartezeit ein.«

»Ich weiß nicht, was ich denken soll, Vater«, gestand sie.

»Ich muss gehen. Ich will nicht, dass sie denken, wir würden ein Komplott schmieden, irgendetwas aushecken.«

»Aber das haben wir doch schon einmal getan!«, entfuhr es ihr.

»Früher«, murmelte er. »Ich wollte Euch von hier fortschaffen. Ich fürchtete um Euch. Und es hätte Vergeltungsmaßnahmen geben können … doch sie blieben aus. Igrainia, das Leben geht weiter. Der Krieg schlägt empfindliche Wunden, doch diese vernarben mit der Zeit. So ist es schon immer gewesen. Selbst hier. Heute wurde hier ein Kind geboren. Catherine, die Bäckerstochter, und Thomas, der Schmied, haben ein Baby bekommen. Trotz der Seuche, und obwohl Catherines Mutter daran gestorben ist. Das Mädchen hat heute Nachmittag einen kräftigen, gesunden Jungen zur Welt gebracht. Es zieht wieder Leben ein auf der Burg. Ich haben den beiden versprochen, heute Abend ihre Hütte aufzusuchen und das Kind zu taufen.«

Igrainia hätte nicht zu sagen gewusst, warum ihr plötzlich kalt war und so sonderbar zumute. »Dann müsst Ihr jetzt gehen.«

Er nickte.

»Und Ihr müsst den beiden ausrichten, wie sehr ich mich für sie freue.«

»Gewiss.« Er zögerte. »Ich kann Euch nicht hier lassen. Völlig allein.«

»Ihr habt Verpflichtungen, Vater. All die Seelen in der Burg und ringsum. Ich komme schon zurecht.«

»Bitte, Igrainia ...« Er stockte, musterte sie forschend. Als er erneut anhub, sprach er mit tiefer, überzeugter Stimme – er war Gottes Soldat auf Erden, bereit, weiterzukämpfen. »Er hat Euch doch nicht etwa verletzt ... in irgendeiner Weise? Fürchtet Ihr Euch aus irgendeinem Grund vor ihm?«

»Hat er mich belästigt, Vater? Nein. Er findet mich so widerwärtig wie eine Kröte, das könnt Ihr mir glauben.«

»Dann ...«

»Gute Nacht, Vater MacKinley«, sagte sie sehr leise.

»Igrainia, Ihr benehmt Euch wie ein ... ein ...«

»Wie eine Gefangene.«

Er rang die Hände und war fort.

Und die Nacht schleppte sich dahin.

Am Morgen, als sie Schritte in der Krypta vernahm, sprang sie auf und huschte behände zu den Gitterstäben.

»Vater MacKinley?«

»Nein, Mylady, ich bin es, Eric.«

Sie wich von dem Eisengitter zurück. Sie war eben erst aufgewacht. Gewiss hatte sie Binsen im zerzausten Haar und sah vermutlich grauenvoll aus.

»Was wollt Ihr?«, fragte sie schroff.

Er trat in ihr Gesichtsfeld. Er schien gebadet, frisch rasiert, duftete nach guter Seife, eine anziehende Erscheinung mit goldblondem Schopf. Sein Hemd war blütenrein und sein wollener Kilt in den Farben seines Clans gehalten. Zuvor war ihr gar nicht aufgefallen, wie markant und ausdrucksvoll sein Gesicht war. Und seine Augen schimmerten bei Tag beinahe kobaltblau.

»Ich bin gekommen, um nach Eurem Befinden zu sehen. Vergesst nicht, lebend seid Ihr eine Menge wert, aber leider gar nichts, wenn Eure Gesundheit zu Schaden kommt. Wie war Eure Nachtruhe?«

»Ich habe selig und süß geschlummert, danke der Nachfrage.«

»Ich nehme an, man hat Euch ein Nachtessen gebracht?«

»Es war köstlich.«

Er nickte. »Nun, ich bin sicher, dass alsbald jemand kommen wird, mit frischem Wasser und Eurem Frühstück.« Er maß sie von oben bis unten. »Das Heu in Euren Haaren ist ein recht wirkungsvoller Kontrast zu dem dunklen Schopf.«

Unwillkürlich fasste sie mit ihrer Hand in ihr Haar.

»Ja, ja, ich denke, Ihr habt es.« Er trat dichter an die Eisenstäbe. »Meine Güte, Eure Wangen sind ja voller Lehm.«

»Ihr habt bei Eurem Eintreffen schlimmer ausgesehen«, erwiderte sie.

Er runzelte die Stirn. »Ich dachte, Ihr hättet nichts zu schaffen gehabt mit unserer Festnahme.«

»Ihr kennt den Mann, der Eure Familie eingekreist hat, Sir Niles Mason. Afton wurde gezwungen, die Tore zu öffnen. Er hat aufs Heftigste mit Sir Niles debattiert. Gleichwohl, was hätte er anderes tun können, als sie in Verliese zu sperren? Er wusste, dass seine Gefangenen nicht ungefährlich waren. Ihr selbst habt den Beweis geliefert. Gefangenschaft und Tod sind der Preis für Euren Krieg.«

»Der Preis der Freiheit«, sagte er ruhig.

»Seid Ihr bloß heruntergekommen, um mich zu verhöhnen?«, wollte sie wissen.

»Wie ich Euch bereits andeutete, bin ich gekommen, um mich nach Eurem Befinden zu erkundigen. Ich hatte eine ungewöhnlich ruhige Nacht. Habe tief und fest geschlafen, in einem richtigen Bett. Als ich aufwachte, hat man mir ein köstliches Mahl aus frischem Fisch und warmem Brot serviert, darauf bin ich in ein dampfend heißes Bad gestiegen. Ich habe mich mit meinen Männern getroffen, den gegenwärtigen Stand der Dinge besprochen und bin angenehm überrascht, wie reibungslos das Leben in den Mauern dieser Burg funktioniert, wie gut die Leute miteinander zurechtkommen. Ich habe sogar der Taufe eines Neugeborenen beigewohnt. Unsere Feinde sind im Augenblick weit, weit weg, aus Furcht, dass die Pest noch weitere Opfer fordern könnte. Der Morgen war einfach großartig. Es gab so viele Kleinigkeiten, die man einfach genießen musste, allerdings … nichts war so herrlich wie dieses ausgedehnte heiße Bad.«

»Meint Ihr, Sir, ich würde meine Haltung für ein Bad aufgeben?«

»Ich denke schon.«

»Nun, da irrt Ihr aber ganz gewaltig. Und ich erfreue mich bester Gesundheit, sodass Ihr mich zu Austauschzwecken an Euren König ausliefern könnt. Und nun mögt Ihr gehen und Euch mit Euren Triumphgefühlen anderswo brüsten.«

»Wahrlich, es ist doch ein Triumph, oder? Wenn man bedenkt, welche Wahl ich sonst im Leben hätte. Wisst Ihr denn um alles, was in den Kellergewölben der Burg zu finden ist?«

»Die Gefängniszellen und die Grabmonumente sind hier.«

»Ich nehme nicht an, dass Ihr viel Zeit hier unten verbracht habt.«

Sie zögerte. Der Geheimgang befand sich am Ende des tiefen Gewölbes.

Er grinste. »Ich meinte nicht den Tunnel.«

Sie zwang sich, keine Miene zu verziehen, auch wenn ihr Herz ins Bodenlose sank. Aber natürlich, er musste von dem Gang erfahren haben. Vermutlich hatte er darauf gedrungen zu erfahren, wie sie hatte verschwinden können – trotz geschlossener Tore und hochgezogener Zugbrücke.

»Was meint Ihr denn dann?«

»Auf der gegenüberliegenden Seite dieser Zelle ist eine Tür. Eine ausgesprochen massive Tür. Dahinter befindet sich ein Raum, gefüllt mit aufschlussreichen Dingen. Alles Folterwerkzeuge für die armen Seelen in Gefangenschaft. Ihr wart noch nie dort?«

»Doch, das war ich wohl. Aber die Kammer wird nicht mehr benutzt seit ...«

»Seit Afton über die Geschicke der Burg regierte! Das wolltet Ihr doch sagen, oder?«

Sie blieb ihm die Antwort schuldig.

»Von der Kammer sollte Gebrauch gemacht werden, Igrainia. Dort finden sich alle Arten von interessanten und grauenvollen Folterinstrumenten.«

Ihr Magen verkrampfte sich. »Das Gesetz ... es ist das Los der Verräter.«

»Wie kann ein Mann, der nie einem fremden König die Treue geschworen hat, ein Verräter sein?«

Sie wich von den Gitterstäben zurück. »Ich kann Euch nur sagen, dass Ihr gewaltig irrt, wenn Ihr nicht begreifen wollt, dass dieser König, dem Ihr den Gehorsam verweigert, Euch jagen wird, bis er Euch gestellt hat, und dass er jeden Verräter zum Tode verurteilt. So will es das Gesetz.«

»Dann werde ich weiterhin die Gesetzgebung Eures Königs ignorieren«, sagte er schroff. »Zieht Ihr es immer noch vor, hier zu bleiben?«

»Ja, das tue ich.«

»Wie Ihr wünscht.«

Er drehte sich um und ging. Seine Schritte hallten auf dem Steinboden. Er verharrte. Sie dachte, dass er zurückkommen würde, dann dämmerte ihr, dass er in der Krypta stehen geblieben war, vor dem steinernen Grabmal, der letzten Ruhestätte von Afton – und später auch von Erics Frau und Kind.

Reglos lauschte sie in die sich dahinziehende Stille, die nun folgte – bis das Echo seiner Schritte abermals zu ihr drang.

Dann war er verschwunden.

Am Nachmittag fand Vater MacKinley Eric am Schreibtisch in seiner Kammer vor, wo er Briefe schrieb. Vor ihm lag eine Landkarte ausgebreitet. Er, Peter und Allan hatten die Entfernungen zu den letzten, ihnen bekannten Verschanzungen von Pembrokes Leuten eingeschätzt – Abmessungen, Strecken, geografische Vorteile und die Zeitspanne, die sie benötigen würden, um von einem Standort zum nächsten zu gelangen.

MacKinley schien ein überaus ehrenwerter Mann, indes vertrat er – zumindest vordergründig – keine politische Position. Nachdem der Geistliche angeklopft hatte und eingetreten war, legte Eric deshalb sorgfältig die Landkarte zusammen, lehnte sich in seinem Sessel zurück und harrte seiner Worte.

»Ihr könnt sie nicht dort unten lassen. Sie könnte den Verstand verlieren, keine dreißig Meter weit entfernt von dem Grabmal ihres verstorbenen Gatten, wo die Wandfackeln unheimliche Schatten auf die Gewölbe werfen«, gab MacKinley zu bedenken.

»Ich habe die Lady of Langley aufgesucht. Sie zieht den Kerker vor.«

MacKinley schüttelte den Kopf. »Das kann nicht sein. Sie schadet sich nur selbst, weil sie die Probe aufs Exempel machen will.«

»Und die wäre?«

»Dass sie eine Gefangene ist.«

»Und?«

»Jeder hier kann sich frei bewegen …«

»Sie nicht.«

MacKinley seufzte tief. »Und wenn sie sich innerhalb der Burgmauern frei bewegen dürfte …«

»Dann würde sie schnurstracks die Flucht antreten.« Er beugte sich vor. »Vater, wenn Ihr sie dazu bewegen könnt, den Kerker zu verlassen, dann tut es. Ich überlasse es Euch. Das Gemach der Burgherrin ist frei und harrt ihrer. Allerdings … ist es etwas verändert.«

Er hatte den Befehl erteilt, dass alle heraldischen Wappen und Farben entfernt und durch die seinen und Bruces ersetzt werden sollten.

Er hatte den Anblick des Raums nicht ertragen können, schon gar nicht nach Margots Tod. Überdies hatte er nicht nur die Herrschaftsgemächer in dieser Art umgestalten lassen. Die Flaggen auf den Zinnen waren umgehend ausgetauscht worden; rings um den Saal hatte es länger gedauert.

»Also …«, meinte MacKinley gedehnt. »Dann habe ich Eure Anweisung, sie hoch zu holen?«

»Ihr habt meine Erlaubnis.«

MacKinley verschwand. Erics Blick folgte ihm, bis er sich irgendwann wieder seinen Briefen widmete.

Im Verlauf des Tages verwünschte Igrainia sich für ihre eigene Torheit. Die Stunden kamen ihr vor wie Ewigkeiten. Da sie keine Beschäftigung hatte, schleppte sich die Zeit endlos dahin, und ihre Erinnerungen quälten sie.

Sie hatte keine Ahnung, wie spät es sein mochte, denn rings um sie herum herrschte ständig Dämmerlicht. Die Fackeln in den hoch angebrachten Wandhaltern brannten nieder, und sie dachte, dass es spät wäre, aber vielleicht war es auch erst früher Nachmittag. Sie hätte es nicht zu sagen vermocht.

Als sie ein weiteres Mal Schritte vernahm, sprang sie auf, hoffend und bangend, dass Eric zurückgekehrt wäre. Aber diesmal war es Vater MacKinley.

Er verharrte vor den Gitterstäben, umklammerte diese und fixierte die junge Frau. »Igrainia, Gott vergebe mir, aber Ihr seid dermaßen trotzig und uneinsichtig, dass Ihr Unheil über mich und andere bringen werdet. Wisst Ihr eigentlich, was Ihr da tut? Die Leute auf Langley leben in friedlichem Miteinander, sie bewältigen ihr tägliches Leben. Aber wenn sie glauben, dass Ihr hier unten brutal festgehalten werdet, könnten sie Gott weiß was anstellen. Kämpfen – und für ihren Einsatz gefoltert werden. Unschuldige könnten leiden und sterben, nur wegen Eurer Halsstarrigkeit. Ich liege nachts wach, weil ich an all die grässlichen Vergeltungsmaßnahmen denken muss. So wahr mir Gott helfe, Igrainia, Ihr müsst dieses Höllenloch verlassen und Euer eigenes Gemach aufsuchen. Dort gibt es Licht, Igrainia. Dort habt Ihr Bücher, frische Sachen, ein Fenster zur Welt.«

»Meine Bücher sind in meiner Kammer, ganz recht, und meine Sachen auch.«

»Gott will nicht, dass Ihr hier unten seid, ich weiß es. Es ist der Gesundheit nicht förderlich, in einer Zelle zu hocken wie in einem Grab, und die Toten sind so nah!«

»Vater …«, hub sie an, beinahe willens, ihn zu begleiten, obgleich sie bezweifelte, dass ihre Bücher verfügbar waren, da Eric sehr wahrscheinlich die Gemächer des Burgherrn bewohnte.

Doch dann stockte sie, lauschte abermals den herannahenden Schritten.

Die Fackeln warfen lange Schatten auf den Boden, als Eric näher trat.

»Sie weigert sich nach wie vor herauszukommen«, murmelte Vater MacKinley verdrießlich.

Sie öffnete den Mund zu einer Äußerung, war sich indes nicht sicher, ob sie protestieren sollte oder nicht, aber das spielte auch keine Rolle, weil sie nie die Gelegenheit bekam.

»Tut mir Leid, aber ihr bleibt keine Wahl mehr«, entgegnete Eric.

»Wieso?«, wollte Igrainia wissen.

»Wir haben einige umherstreifende englische Soldaten erspäht. Wir brauchen die Folterkammer wie auch sämtliche Zellen. Vermutlich wolltet Ihr die Schreie der Gefolterten nicht mit anhören … aber das ist auch unerheblich. Wir dürfen Euch nicht hier lassen, wo Ihr mit den Engländern Ränke schmieden könntet.«

»Umherstreifende englische Soldaten?«, wiederholte sie entsetzt. Wie viel Zeit war seit ihrer Ankunft vergangen? Ihr Bruder war ein junger Mann, und was sie über ihn gesagt hatte, traf zu: Er war hervorragend ausgebildet und hatte einen ausgeprägten Sinn für seine Familienehre. Von frühester Kindheit an, seit er auf den Gütern anderer Ritter ertüchtigt wurde, wusste er, dass er ein Graf werden sollte und sich somit verantwortlich, beherzt und ehrenhaft verhalten musste – und dass er in allen Belangen Rücksicht auf seine Familie zu nehmen hatte.

War er auf dem Weg zu ihr?

»Ihr habt englische Soldaten aufgegriffen?«, erkundigte sich Vater MacKinley sorgenvoll.

Sie fragte sich, ob Eric bluffte. Sie fürchtete, nein.

»Es wird Zeit, dass Ihr die Zelle verlasst«, sagte er.

»Und wohin soll ich gehen? Doch wohl kaum in meine

eigenen Gemächer. Sie sind bereits belegt. Von dem neuen Burgherrn«, fügte sie spitz hinzu.

»Im Gegenteil«, konterte Eric. »Ich bin nicht erpicht auf Eure Gemächer. Es steht Euch frei, sie wieder zu beanspruchen.«

»Es steht mir *frei?*«

Er grinste, ein kaltes, ungeduldiges Grinsen. »Wisst Ihr eigentlich, dass Ihr die streitsüchtigste Frau auf Gottes weiter Erde seid? Schön. Ihr werdet in Eure Gemächer zurückkehren.«

Sie bedachte ihn mit einem boshaften Lächeln, kehrte ihm den Rücken zu und stapfte zum hinteren Ende der Zelle.

»Igrainia«, murmelte Vater MacKinley sanft. »Eric hat Sir Robert Nevilles Räumlichkeiten übernommen. Ihr könnt völlig über Eure früheren Gemächer verfügen.«

»Ruft die Wache«, wies Eric den Geistlichen an. »Er hat die Schlüssel.«

»Ich freue mich schon auf die Gesellschaft englischer Soldaten«, höhnte Igrainia.

»Dessen bin ich mir sicher«, knurrte Eric.

Kurz darauf wurde der riesige Schlüssel im Schloss gedreht. Sie wollte sich schon seufzend umdrehen und freiwillig mitgehen – bereitwilliger, als sie je geahnt hätten –, doch man ließ ihr keine Chance. Hände, die sie mittlerweile zur Genüge kannte, sanken auf ihre Schultern, und sie wurde herumgewirbelt, musste sich in ihr Schicksal fügen.

»Ich … ich werde mich nicht zur Wehr setzen!«, versicherte sie ihm.

Er hörte ihr nicht einmal zu. Irgendwann verharrte er. Sie standen vor dem gewaltigen Steinmonument, das Afton, Margot und Aileen als Gruft diente.

Sie hielt ihre Zunge im Zaum.

Augenblicke später setzte er sich abermals in Bewegung.

Und als sie den Rittersaal erreichten, verstummten unvermittelt die Schritte hinter ihr. Vater MacKinley und ein weiterer Mann waren ihnen aus den Kellergewölben gefolgt.

Der stämmige, mit einem Kilt bekleidete Schotte schien

ihr derjenige mit dem riesigen Schlüssel zu sein – ihr Bewacher, der die ganze Zeit in der Nähe der Kerker Wache gehalten, sich aber nie zu erkennen gegeben hatte.

»Begleitet die Lady zu ihrer Kammer, Jarrett«, sagte Eric und strebte an ihr vorbei zur Treppe, die er geschwind nahm.

»Kommt, Mylady!«, meinte der Mann namens Jarrett lächelnd.

Er war von außergewöhnlich reckenhafter Statur, vermutlich größer als Eric, und muskulös wie die meisten dieser Männer, indes waren seine Züge erstaunlich anziehend und freundlich. »Dem Himmel sei Dank, Mylady, dass Ihr es Euch noch anders überlegt habt!«, erklärte er ihr. »Der Kerker ist kein Aufenthaltsort für eine Frau.« Er zog eine Grimasse. »Und auch die Wachstube zwischen Krypta und Verliesen ist beileibe kein angenehmer Schlafplatz!«

»Die tiefen Burggewölbe sind stets feucht«, murmelte sie.

»Ah, und in den Zellen ist es am schlimmsten.«

»Ihr wart ... einer der Gefangenen in den Kerkern.« Sie musterte sein Gesicht. Diese Männer schienen völlig verändert. Auch wenn viele von ihnen Bärte bevorzugten, waren sie gewiss nicht mehr der erbärmliche, zerlumpte Haufen wie bei ihrer Festnahme.

»Für lange Zeit, so schien es«, bekräftigte er mit einem beklommenen Lächeln. »Aber immerhin hatte ich Gesellschaft. Ich musste nicht Stunden lang allein dort hocken ... sicher, es gab Zeiten, da mussten die Lebenden mit den Toten ausharren, wegen der Pest ... und ich kenne keinen Menschen, der sie nicht fürchtet und Gott dankt, wenn er sie überlebt.«

»Vielleicht sollten wir jetzt die Kammer aufsuchen«, riet Vater MacKinley nach einem skeptischen Blick zum Treppenabsatz, als fürchtete er Erics erneutes Auftauchen.

»Gewiss, kommt mit, Mylady, zu Eurem feinen Gemach über der Treppe!«

Igrainia wusste sogleich, dass man eine Wache vor ihre Schlafkammertür postieren würde, dennoch nickte sie. Dieser Mann war höflich. Und er hegte keinen Groll gegen sie.

Wenigstens hatte Eric sich aus dem Raum zurückgezogen, den sie mit Afton geteilt hatte.

Als sie die Halle passierten, war diese leer. Sie erschauerte bei der Erinnerung an Eric mit dem Silberpokal in der Hand, ihrem Vermählungsgeschenk – hohnlachend, dass die Pokale ein Geschenk von einem König an den anderen sein sollten.

Es war beileibe nicht so, dass sie sich aus Besitztümern viel gemacht hätte. Gleichwohl hatten sie und Afton aus diesen Kelchen in ihrer Hochzeitsnacht getrunken.

Sie ging die Treppe hinauf, gefolgt von MacKinley und dem Rebellen. Als sie die Tür erreichte, nahm der Wachposten in der Halle Haltung an.

»Jarrett, Ihr seid ein feiner Mensch. Ich wünschte, ich hätte in der Nacht gewusst, dass Ihr in der Nähe wart.«

»Ich bin da, wenn Ihr mich braucht«, sagte er.

Sie lächelte. Sie sollte nicht wissen, dass er in der Nähe weilte. Sollte in den finsteren Tiefen der Burg von den Gedanken an den Tod und das Grauen heimgesucht werden.

Sie drückte ihre Tür auf, verharrte und redete leise auf Vater MacKinley ein.

»Meint Ihr, Ihr könntet veranlassen, dass ein Bad für mich vorbereitet wird?«, fragte sie ihn.

»Ich … ich glaube schon.«

»Mögt Ihr es jetzt gleich für mich versuchen?«

Er nickte, froh, ihr zu Diensten zu sein. Er wirkte erleichtert. Sie war nicht mehr im Kerker.

Igrainia betrat ihre Kammer und schloss die Tür hinter sich. In diesem Augenblick gewahrte sie, wie verändert der Raum war.

Jede Erinnerung an Afton war getilgt.

Der riesige Schild über dem Bett war durch einen anderen ersetzt worden. Mit einem gewaltigen Greifvogel, der, so schien es, einen anderen bezwang. Eine lateinische Inschrift umkränzte das Ganze.

Die gekreuzten Schwerter, die Afton einmal während eines Turniers gewonnen hatte, waren ebenfalls fort. Man hatte die Wandbehänge gegen andere ausgetauscht, auf denen die Schlacht von Stirling Bridge dargestellt war; William Wallace hatte sie siegreich bestritten. Eine weitere Holzschnitzerei mit Aftons Titeln und Wappenschild hatte den Kaminsims geschmückt.

Auch sie war fort, ersetzt durch diesen entsetzlichen Greifvogel.

Blind vor Zorn schnellte sie herum und stürmte impulsiv aus dem Gemach. Sie wusste nicht, wo sie Eric finden könnte, um ihrer Wut Ausdruck zu verleihen, gleichwohl hätte sie sogar einen Hünen wie Jarrett brutal über den Haufen gerannt, um zu ihm zu gelangen.

Es bedurfte nicht einmal solcher Mühen. Die Tür zu den früheren Gemächern von Sir Robert Neville lehnte einen Spalt offen. Und in ebendieser Kammer stand der Anlass für ihre Erzürnung, über den breiten Eichensekretär gebeugt.

»Mylady!«, hörte sie Jarrett rufen – indes zu spät.

Sie hatte den Raum bereits betreten und fixierte Eric. Er hatte sie gehört und sich umgedreht. Seine Miene spiegelte einzig Verärgerung.

Das sollte sich ändern.

»Verräter!«, schnaubte sie. Dicht hinter der Tür blieb sie stehen, funkelte ihn an, bebend, brennend vor Zorn, und ihr Atem ging stoßweise.

»Missgeburt! Hohlkopf!«

»Eric!« Betreten stand Jarrett in der Tür. »Sie ist mir entwischt.«

»Ist schon in Ordnung.« Eric passierte Igrainia, sein Blick war eisig. »Mir scheint, die Lady wünscht mich unter vier Augen zu sprechen.«

Mit einem Nicken zog Jarrett sich zurück.

Eric schloss die Tür, wandte sich um und fixierte sie, die Arme vor der Brust verschränkt.

»Was habt Ihr gesagt?«

Sie zitterte so sehr, dass sie kaum mehr sprechen konnte. Schließlich jedoch sprudelten die Worte nur so aus ihrem Mund, und sie trat unwillkürlich auf ihn zu. »Ich habe Euch eine Missgeburt, einen Hohlkopf und Verräter genannt. Wie könnt Ihr es wagen, seine Sachen anzurühren … Ihr seid eine heimtückische, kriecherische Schlange! Ihr könnt ihm nicht das Wasser reichen und besitzt dennoch die Dreistigkeit, seinen Besitz an Euch zu reißen, sein Eigentum zu schänden!«

Sie steigerte sich in Rage. Er mochte hünenhaft und imposant sein, wie er dort an der Tür lehnte, aber in diesem Augenblick war seine Statur keine Warnung, sondern lediglich Anlass für weitere Entrüstung.

Und er starrte sie nur teilnahmslos an.

Blitzgeschwind holte sie mit der Hand aus und schlug so fest zu, wie sie konnte. Und selbst da gewahrte sie nicht das bedrohliche Flackern in seinen Augen, sondern ballte auch noch die Fäuste und trommelte wie von Sinnen auf seinen Brustkorb ein.

Sie war so erzürnt, dass sie jede Gegenwehr außer Acht ließ. Verblüfft schnappte sie nach Luft, als seine Finger ihre Handgelenke umschlossen – so unvermittelt und schmerzhaft wie das Zuschnappen eines Wolfes – und ihrer Raserei Einhalt geboten. Sie sah ihm in die Augen, bemerkte das rote Mal auf seiner Wange und fühlte die Glut des Zorns, die sie bei ihm entfacht haben musste. Sie biss die Kiefer aufeinander und schwieg voller Trotz. Sie wurde geschüttelt, durch die Kammer gezerrt. Ihre Knie knickten ein, da sie an etwas stieß … das Bett. Dass sie nach hinten sank, reichte wohl nicht. Er hob sie hoch, warf sie der Länge nach auf die Schlafstatt, um Sekunden später über ihr zu kauern, seine sehnigen Finger unerbittlich um ihre Handgelenke gespannt, die Knie so fest an ihren Rippen, dass sie kaum atmen konnte.

Spontan glaubte sie, er werde ihre Handgelenke freigeben und stattdessen ihre Kehle würgen.

Er schien zu allem fähig.

Bereit, ihr auf grausamste Weise Gewalt anzutun.

Er sagte keinen Ton.

Und sie fand keine Worte.

Schließlich knurrte er: »Erhebt nie, nie wieder die Hand gegen mich!«

Ihr Zorn war dahin wie ein kleiner Vogel, der wegen seiner gestutzten Flügel vom Himmel fällt.

Und dann stellte sie verblüfft fest, dass sie zu ihrer Stimme zurückfand.

»Ich habe ihn geliebt!«, sagte sie leise.

Und er erwiderte: »Ich weiß.«

»Es war seine Kammer.«

»Aber er ist tot. Und wir leben. Und solange wir die Burg halten, gehört sie mir.«

Sie schloss die Augen, nicht gewillt, ihn anzusehen.

Er erhob sich, nahm ihre Hand und zog sie auf ihre Füße. »Geht. Geht zurück in Eure Kammer.«

»Sie gehört mir nicht mehr.«

»Ihr werdet dort leben müssen.«

»Ich ziehe die Kerker vor.«

»Geht jetzt, Mylady, denn ich versuche mir angestrengt vor Augen zu halten, dass Ihr Euren Gatten geliebt habt, und zu verdrängen, was Ihr mit meinem Gesicht angestellt habt.«

Sie schüttelte den Kopf, kämpfte ihre Tränen nieder. »Es kümmert mich nicht. Einerlei, was Ihr mit mir anstellt.«

Als er einen Schritt auf sie zutrat, straffte sie die Schultern und wandte sich zur Tür. Mit fahrigen Fingern suchte sie diese zu öffnen.

Er beachtete sie nicht weiter. Sie würdigte ihn keines weiteren Blickes, sondern hastete aufgelöst durch den Gang.

Bar jeder Anmut und Würde.

10

In den darauffolgenden Tagen blieb sie in ihrer Kammer; einzig Jarrett kam zu ihr, brachte ihr die Mahlzeiten, versuchte sie aufzuheitern, verschwand jedoch bald wieder. Einmal am Tag wurde die Eintönigkeit aufgehoben, denn eine Gruppe von Küchenjungen – fremde schottische Rebellen – brachte den schweren Badezuber mit heißem Wasser und schleppte ihn wieder hinaus.

Am vierten Tag starrte sie so lange auf den neuen Waffenschild an der Wand, bis sie es nicht mehr ertragen konnte. Trotz der gewaltigen Anstrengung, die vonnöten war, um den schweren Schild zu bewegen, entfernte sie diesen.

In jener Nacht schlief sie besser, doch als sie aufwachte, hing er wieder an seinem früheren Platz. Mit Entsetzen schwante ihr, wie tief sie geschlummert haben musste, dass jemand unterdessen ihre Kammer betreten hatte.

Sie nahm den Schild wieder ab.

Am folgenden Tag schreckte sie hoch, da sie ein leises Klopfen an der Tür vernahm, worauf Jennie hereinkam. Freudig sprang sie auf und huschte durch die Stube, um ihre Zofe zu umarmen.

»Jennie, Jennie! Wie geht es dir? Erzähl mir, was hier vor sich geht … Ich habe Vater MacKinley seit Tagen nicht mehr gesehen. Sind Merry und John zurückgekehrt? Was ist mit den Burschen, die ich unterwegs kennen gelernt habe? Geht es den Burgbewohnern gut, kämpfen sie, meutern sie oder harren sie beklommen aus?«

Jennie, die ihre Umarmung herzlich erwidert hatte, löste sich schniefend von ihrer Herrin. »Die Burgbewohner! Sie beteuern alle, dass dies hier Schottland ist und es immer war und dass es Gottes Wille ist, dass wir Robert Bruce akzeptieren. Allesamt Narren. Die Truppen des Königs werden herkommen und uns für einen solchen Verrat niedermetzeln!«

»Gewiss, das könnte geschehen«, murmelte Igrainia. »Was ist mit John und Merry?«

»Sie sind wohlbehalten hier eingetroffen und arbeiten wieder. Die Männer, die mit ihnen gekommen sind, sehe ich kaum. Sie trainieren tagsüber im Hof – mit den Rebellen!«

»Was ist mit dir, fehlt es dir auch an nichts?«

»Mir geht es gut, danke. Doch hat es Vater MacKinley viel Zeit und Überzeugungskraft gekostet, bis er unseren neuen Burgherrn dazu bewegen konnte, mich zu Euch zu lassen. Man sollte fast meinen, wir beide könnten ein ganzes Heer zu Fall bringen.«

»Nun, jetzt bist du ja bei mir.«

»Man billigt mir nur wenige Minuten zu. Um mich nach Euren vorrangigen Bedürfnissen zu erkundigen.«

Igrainia zögerte. »Ich habe einen Brief geschrieben. An meinen Bruder. Ich frage mich, ob es eine Möglichkeit gibt, diesen an ihn zu übermitteln.«

»Ich kann es versuchen«, sagte Jennie schnell. »Ich muss sehr vorsichtig sein.«

Igrainia nickte, huschte zu ihrem Schreibtisch und hob das Schriftstück auf, das mit Wachs und dem Siegel ihres Familienrings versehen war. Jennie ließ es in die Falten ihres Gewands gleiten, spähte zu der geschlossenen Tür, als rechnete sie damit, dass jemand hereinstürmen und sie überwältigen könnte.

»Hast du Nachricht von draußen bekommen?«

»Gewiss, ich habe einiges gehört«, murmelte Jennie. Sie fasste Igrainias Hände. »Briefe machen die Runde. Offenbar hält sich Robert Bruce im Norden auf, Kuriere werden hin- und hergeschickt, und überdies … man versucht Euch für niemand Geringeren als Bruces Gemahlin auszutauschen!«

Igrainias Herz sank ins Bodenlose. Sie mochte die Tochter eines ehedem mächtigen Grafen sein, aber ihr Vater war tot, und ihr Bruder musste sich erst noch beweisen, ehe er Druck auf den Monarchen ausüben konnte. Edward würde sie niemals im Austausch für die Gattin eines Mannes akzeptieren, der jetzt sein größter Feind war.

»Ich bin verloren«, seufzte sie.

»Vielleicht nicht!«

»Was weißt du noch?«

»Sir Robert Neville hat uns weder vergessen noch aufgegeben! Er hat den Earl of Pembroke aufgesucht, der alle Hände voll zu tun hat, und von dort ist er nach Cheffington Castle aufgebrochen, wo Lord Danby, der geschätzte Freund Eures verblichenen Vaters, ein riesiges Anwesen besitzt. Und mit Danbys Unterstützung stellt er ein eigenes Heer zusammen. Pembroke will einige Truppen beisteuern, sobald Neville beweist, dass er Gefolgsleute hinter sich hat.«

Für eine Weile schwieg Igrainia. Es würde nicht einfach werden, die Belagerung von Langley zu zerschlagen. Sie fürchtete, dass der Cousin ihres Gatten sich nur selbst umbringen würde.

»Ich glaube, dass er Euren Bruder benachrichtigt hat, der ebenfalls Truppen aufstellen kann.«

»Seine Männer unterstehen dem König und haben den Befehl, Pembroke zu folgen. Unter meinem Bruder, leider Gottes.«

»Allein, die Hoffnung zählt. Und der Umstand, dass dieser schottische Ritter trotz seiner Belagerung von Langley in den Lowlands von Feinden umzingelt ist.« Nervös blinzelte Jennie zur Tür und blickte dann wieder mitfühlend zu Igrainia. »Sie haben doch nicht etwa Hand an Euch gelegt, oder? Nach allem, was geschehen ist … was der König für die Frauen, für Bruces Familie angeordnet hat … es ist entsetzlich, so entsetzlich!«

»Niemand hat mir etwas zuleide getan.«

»Ich muss gehen«, murmelte Jennie. »Dieser hünenhafte Wachhund ist in der Halle. Und ich möchte nicht, dass man mir weitere Besuche bei Euch verbietet.«

»Da sei Gott vor«, sagte Igrainia schnell.

Sie umarmte Jennie fest, dann huschte ihre Vertraute davon.

Erbost starrte Igrainia auf den Schild, den sie von der Wand genommen hatte.

Da klopfte es an ihre Tür. Besorgt, dass diese auch ohne ihre Zustimmung geöffnet würde, hechtete sie zu dem riesigen Schild und zerrte ihn hinter die Truhe am Fuße ihres Bettes.

Wieder klopfte es. Sie öffnete die Tür. Es war Jarrett. »Mylady, es wird Zeit für Euer Bad. Ich habe es gerade heraufbringen lassen.«

Er grinste selbstzufrieden, dass er an alles gedacht hatte. »Sehr aufmerksam von Euch. Habt Dank.«

Er strahlte.

Sie schlenderte zum Kaminsims und spähte ins Feuer, während ein Heer von Bediensteten eintrat, den schweren Holzzuber und kübelweise heißes Wasser hereinschleppte. Ihnen folgte eine hübsche junge Frau mit Seife und einem Leinenbadetuch; sie legte beides ans Bettende und verschwand mit einem kleinen Knicks.

»Braucht Ihr noch etwas, Mylady?«, erkundigte sich Jarrett bei ihr.

Sie schüttelte den Kopf. »Nein, danke. Was für ein reizendes Mädchen. Ich habe sie noch nie zuvor gesehen.«

»Ah, nun, das Mädchen ist meine Tochter. Und Ihr kennt sie bereits. Sie erzählte mir, dass Ihr sie gepflegt habt, als ihre Mutter, als sie beide … krank waren. Sie glaubt, dass Ihr ihr das Leben gerettet habt, und freut sich, Euch ein wenig zur Hand gehen zu dürfen.«

Igrainia senkte den Blick. »Sie ist ganz reizend, und ich bin froh, dass sie überlebt hat. Habt Dank, Jarrett, und dankt auch Eurer Tochter von mir. Und Eure Gemahlin …?«

»Sie ist gestorben.«

»Das tut mir aufrichtig Leid.«

»Ja, sie war eine gute Seele und hübsch wie die kleine Amy. Wenn Ihr etwas braucht …«

»Ihr seid unten in der Halle. Ich weiß.«

Er wandte sich zum Gehen.

»Jarrett«, rief sie ihn zurück. »Ihr seid ein wahrhaft braver Mann.«

Er schien verblüfft. Dann grinste er. »Habt Dank, Mylady.«

Die Tür fiel ins Schloss. Eine Weile blinzelte sie in das Kaminfeuer, dann fiel ihr ein, wie rasch das Badewasser kalt werden würde. Sie entkleidete sich und sank mit dem Gedanken in die Wanne, dass dies wahrlich ihr einziges Vergnügen im Leben sei.

Sie lehnte sich zurück, umspült von dem entspannenden Nass.

Kurz darauf vernahm sie unten im Hof einen Höllenlärm. Sie schrak zusammen, überlegte, ob es Engländer sein könnten, zurückgekehrt, um Vergeltung an den Schotten zu üben. Hastig sprang sie auf, wickelte das Leinentuch um ihren Körper und eilte zum Fenster. Sie hörte das laute Klirren von Stahl, als wäre eine heftige Auseinandersetzung im Gange. Indes gewahrte sie blitzschnell, dass es kein Kampf, sondern lediglich eine Gefechtsübung war. Die Männer kämpften paarweise miteinander, um sich ihr Geschick mit dem Schwert zu beweisen.

Links von den Kämpfenden stand eine weitere Gruppe Männer. Eric schritt durch die Reihen, brüllte Anweisungen. Die Männer trugen lange Wurfspeere. Seine dröhnende Stimme drang zu ihr. Die Männer bewegten sich mit großer Präzision, verharrten unvermittelt und formierten einen menschlichen Pfeil mit den gefährlichen Spießen, eine Verteidigungsmaßnahme, die die Schotten gegen feindliche Kavallerietruppen einsetzten und für die sie gefürchtet waren.

Nicht zu Unrecht.

Igrainia dachte an den Schild, der ihr Kopfzerbrechen bereitete, und ließ hektisch den Blick durch die Kammer schweifen – auf der Suche nach einer Waffe, mit der sie den gegnerischen Schild in Stücke schlagen könnte.

Aber nichts in der Kammer ähnelte auch nur annähernd einer Waffe. Der Raum war nicht nur neu gestaltet worden, man hatte auch alles entfernt, was in irgendeiner Form gefährlich werden könnte.

Geräusche drangen vom Fenster her. Sie begab sich abermals dorthin und kam zu dem Schluss, dass sie den Schild zwar nicht zerstören – denn er schien seinen eigenen Willen zu haben und ließ sich auch nicht mehr an der Wand anbringen –, aber doch immerhin loswerden könnte. Sie musste ihn lediglich aus dem Fenster werfen.

Aber nicht jetzt.

Nicht solange die Männer im Hof trainierten.

Während sie die Kammer nach einer Waffe durchsucht

hatte, waren die Übungen offenbar beendet worden. Als sie hinausblickte, bemerkte sie die heraufziehende Abenddämmerung. Sie erspähte einen einsamen Reiter, der einer Strohpuppe entgegenpreschte, deren Haupt wohl aus einem riesigen Kohlkopf bestand. Der Reiter schwang sein Schwert – und schlug den Kohl zu Boden.

Er trabte davon, wandte sich um und begutachtete die Früchte seiner Arbeit. Dann sah er auf, als ahnte er, dass man ihn beobachtete.

Es war Thayer. Sein Gesicht verzog sich zu einem breiten Grinsen, und er winkte ihr zu. Dann rief er nach jemandem in seiner Nähe, und Sekunden später gesellten sich zwei weitere Reiter zu ihm.

Timothy und Brandon.

Alle drei winkten.

Sie winkte zurück.

Thayer betrachtete sie noch einen Augenblick, neigte sich dann zu Timothy und flüsterte ihm etwas zu, worauf dieser es Brandon zuraunte. Alle drei ritten plötzlich in unterschiedliche Richtungen und stürmten dann in kämpferischer Haltung aufeinander zu. Sie hielt den Atem an, in Sorge um ihr Leben.

Dann begriff sie, dass sie sich lediglich zum Spaß bekriegten. Als die drei aufeinander trafen, fielen sie von ihren Pferden, mühten sich, wieder aufzusteigen, stürzten erneut, versuchten tollpatschig, im Sattel aufrecht zu sitzen und glitten auf der anderen Seite wieder hinunter – so ging es in einem fort. Igrainia prustete vor Lachen, klatschte über ihre Possen.

Schließlich strafften sich die drei auf ihren Streitrössern, bildeten eine einheitliche Linie, hoben grüßend eine Hand und ritten geschmeidig davon. Stirnrunzelnd schweifte ihr Blick über den jetzt menschenleeren Hof, und sie spürte plötzlich ein eisiges Prickeln auf ihrem Rücken. Sie wirbelte herum. Eric, in Kettenhemd und Tunika, sein Schwert im Gürtel steckend, war so dicht hinter ihr, dass es sie verwunderte, wieso sie sein Kommen nicht bemerkt hatte.

Mit angehaltenem Atem umklammerte sie das Leinentuch fester. Augenscheinlich galt sein Interesse jedoch nicht ihr; er war nur neugierig gewesen, was sie so erheitert hatte, und hatte sich ebenso über das Possenspiel der Männer amüsiert.

Doch dann bohrten sich seine Augen in die ihren. Blau und forschend.

»Wo ist er?« Sein Ton war schroff.

»Wer?«, wisperte sie.

»Der Waffenschild.«

»Ich habe ihn heruntergenommen.«

»Und ich werde ihn wieder anbringen lassen.«

»Dann werde ich ihn abermals herunternehmen. Dies hier ist mein Gefängnis. Wo ich in pflichtschuldigem Gehorsam ausharre. Ich habe Euch keine Unannehmlichkeiten gemacht, und deshalb habt Ihr nicht das Recht, ohne Ankündigung, ohne ein Klopfen einzutreten. Ich habe nicht gemeutert, habe Abstand gewahrt und …«

»Und Ihr seid in Sorge, was die Männer denken mögen, weil ich hinter Euch am Fenster stehe, während Ihr splitterfasernackt seid?«

»Ich bin nicht splitterfasernackt.«

»O doch, Mylady, das seid Ihr. Darf ich Euch wärmstens anraten, Euch in unbekleidetem Zustand von den Fenstern fern zu halten?«

»Darf ich Euch den guten Rat geben, hier nicht einfach so hereinzuplatzen? Vor allem ohne vorheriges Anklopfen!«

»Ehrlich gesagt, habe ich geklopft. Ihr wart nur zu versunken in das Possenspiel dort unten.«

»Wenn auf ein Klopfen keine Antwort erfolgt, so bedeutet das, dass man sich entfernen soll!«

»Wenn Ihr nicht antwortet, muss ich eintreten, um sicherzustellen, dass Ihr nicht ertrunken seid.«

»Ich versichere Euch, ich werde nicht ertrinken.«

»Einige vom Küchengesinde fürchten, dass Ihr Eure Haut abrubbeln und sterben werdet, da Ihr so oft badet. Es kann gewiss nicht gesund sein, ständig in Seifenwasser zu hocken.«

»Bitte berichtet ihnen, dass ich wohlauf bin, nicht ertrinken werde und auch nicht glaube, dass man vom Baden Schaden nimmt.«

»Ich werde es ausrichten. Wo ist der Schild?«

»Keine Ahnung. Er ist einfach verschwunden. Vielleicht solltet Ihr die Güte besitzen, es ihm nachzutun.«

Er drehte sich um, und einen Augenblick lang glaubte sie, er habe tatsächlich vor zu gehen. Doch er schnallte lediglich seinen Schwertgürtel ab, warf diesen an das Fußende ihres Bettes und setzte sich in den Sessel vor dem Kamin.

Sie funkelte ihn an.

»Der Schild, Igrainia.«

»Das Kaminfeuer wird dieses Kettenhemd stark erwärmen, wie Ihr wisst. Irgendwann wird Eure Haut glühen und brennen, einerlei, was Ihr darunter tragt.«

»Das wird noch eine ganze Weile dauern. Her mit dem Wappenschild, Igrainia. Ich bin nicht in der Stimmung, diese Kammer zu durchwühlen.«

»Ich bin nicht in der Stimmung, Euch um mich zu haben.«

»Holt mir den Schild, und ich lasse Euch allein.«

»Habt Ihr keine bedeutsameren Schlachten zu schlagen?«

»Im Augenblick nicht. Ach übrigens, Ihr verliert Euer Badetuch, Mylady.«

Sie errötete, als sie feststellen musste, dass das Laken sich gelockert hatte.

»Herr im Himmel, lasst Euch von mir helfen. Ich will nicht barbarisch und ungeschlacht sein und meine guten Manieren vergessen.«

Völlig entgeistert gewahrte sie, dass er unversehens vor ihr stand und unter dem Vorwand der Hilfsbereitschaft nach dem Laken griff. Seine Hilfeleistung bestand darin, das Leinentuch zu fassen. Er hielt es fest und blieb dicht vor ihr stehen. Voller Entsetzen spürte sie das Zittern in ihren Gliedern, ein glutheißes Prickeln, das ihre Wirbelsäule hinablief. Der Wunsch zuzuschlagen wurde beinahe überwältigend, gleichzeitig hatte sie Angst, eine Riesenangst, nicht vor der Heftigkeit seiner Reaktion, sondern dass er sie im Gegenzug berühren könnte. Also blieb sie stocksteif stehen, über Sekunden hinweg, sein Gesicht dicht vor ihr: jede Linie, jedes Fältchen, seine markanten Wangenknochen, das

Kinn, die ausdrucksstarken, stechenden Augen. Aber das schien sie ihm noch näher zu bringen, wenn sie sich nur nicht berührten ...

Die Glut in seinen Augen war trügerisch, denn er war so kalt wie die Kettenglieder unter seiner Tunika.

»Lasst mich nachdenken«, meinte er gedehnt. Seine tiefe Stimme klang ruhig, rau. »Ihr seid diejenige, die gern verhandelt, Igrainia. Ein Badetuch für ... einen Schild.«

Sogleich nahm sie wieder Vernunft an.

Ihre Augen, schmal und bohrend, begegneten den seinen, und sie hielt seinem Blick stand, sich dessen bewusst, wie tief er sie verachtete.

»Ich werde ihn nur wieder von der Wand nehmen.«

»Und ich werde ihn wieder aufhängen – jedes Mal.«

»Gut, dann sucht ihn selbst.«

Sie schnellte herum und versuchte würdevoll zurück zum Badezuber zu schreiten. Dort angelangt, konnte sie nicht eilig genug in das Wasser eintauchen; sie ließ sich bis zum Hals hineinsinken.

Die Sache hatte nur einen Haken – das Wasser war inzwischen kalt geworden. Dennoch blieb sie bei ihrer Entscheidung, wollte sie doch nicht klein beigeben.

Er setzte sich wieder in den Kaminsessel.

Sie senkte den Blick, bestürzt, dass sie ständig Scharmützel ausfocht, die sie nicht gewinnen konnte.

»Ich werde ihn abhängen, sobald Ihr den Raum verlassen habt!«, sagte sie mit dem Mut der Verzweiflung.

»Ihr seid ihn mir immer noch schuldig.«

»Mitnichten.«

Er hob beschwörend seine Hand. »Da fällt mir ein, ich sollte vielleicht nicht so bald gehen. Vermutlich wäre es besser für meine Männer zu glauben, dass ich in den Armen der Witwe des verblichenen Lords Trost finde.«

Ihre Finger umklammerten den Rand des Zubers. »Bei einer Furie wie mir?«

»Wenigstens seid Ihr jung.«

Sie hörte, wie ihre Nägel über das Holz kratzten.

»Aber Engländerin.«

»Die meisten Männer sehen über die Nationalität einer

Frau hinweg, und viele finden sogar schwarzhaarige Xanthippen anziehend.« Er seufzte angewidert. »Was macht es schließlich aus, in der Dunkelheit?« Seine Stimme klang gelangweilt, finster. Sie senkte den Kopf, zitternd, zerknirscht, fühlte sich elend für beide, sich darüber im Klaren, welch tiefe Schneise der Krieg zwischen ihnen geschlagen hatte. Er jedoch blieb der triumphierende Sieger, der allen Widrigkeiten zum Trotz nie kapituliert hatte.

Er erhob sich so unvermittelt, dass sie, in ihren Grübeleien gestört, alarmiert den Kopf hochriss. Er trat neben den Zuber, achtete nicht auf das Wasser, sondern steckte die Arme hinein, um sie herauszuziehen. Einen Herzschlag lang war sie an seinen Körper geschmiegt, durchnässte seine Tunika, und sein Kettenhemd stach in ihre Haut. Wahrhaft entsetzt erwiderte sie seinen Blick, sprachlos angesichts seines Vorhabens. Gleichwohl tat er nicht mehr, als sie mit aller Entschlossenheit auf den weichen Orientteppich vor dem Kamin zu stellen und sie in das Handtuch zu wickeln. »Nun, Ihr habt also beschlossen, zu erfrieren und Eure Haut abzurubbeln«, knurrte er. Er war hinter ihr, seine Hände auf ihrem Körper, derweil er das große Leinenlaken um sie legte. Dann stand sie allein da, immer noch stumm und starr.

Schlagartig schwante ihr, dass er den Schild hinter der Truhe bemerkt haben musste.

Sie schloss die Lider, lauschte, wie Eric den Waffenschild aufs Neue an der Wand befestigte, mit seinem Dolchknauf die Nägel wieder in den Mörtel des Mauerwerks schlug.

Sie schrak zusammen, als er plötzlich wieder hinter ihr stand, seine Hände auf ihren Schultern.

»Ich sollte Euch warnen. Letztlich gewinne ich alle meine Schlachten«, raunte er ihr zu, sein Gesicht dicht an dem ihren. Sie spürte seinen Atemhauch auf ihrer noch feuchten Haut.

Sie hielt die Augen geschlossen, bemüht um eine gleichgültige und nicht etwa boshaft tönende Antwort.

»Dennoch könnte der Tag kommen, da Euch der Schädel abgeschlagen wird.«

»Bis zu diesem Tag werde ich alle meine Schlachten

gewinnen, ob bedeutsam ob unbedeutend. Aber seid beruhigt. Morgen breche ich auf. Und wenn ich zurückkehre, dann, um für Euch eine Eskorte nach Süden zusammenzustellen.«

Im Handumdrehen fiel die Tür ins Schloss.

Er war fort.

Und doch schien es, als wäre er noch immer präsent im Raum. Vielleicht war es sein Duft nach Seife und Leder, gemischt mit einem Hauch von Stahl. Oder der Gedanke an seine Finger auf der entblößten Haut ihrer Schultern.

Vielleicht war es aber auch nur der Schild an der Wand.

Peter MacDonald war einer der zuverlässigsten Gefolgsmänner, die Eric kannte; dennoch war er am Morgen erleichtert, als der kleine Trupp in Richtung Burg geritten kam. Wenn Allan oder andere Kuriere seine Schriftstücke nicht dem Adressaten persönlich übergaben und ohne Antwort zurückkehrten, konnte er nie sicher sein, ob seine Mitteilungen den Richtigen erreicht hatten. Er hatte nach seinem jungen Cousin geschickt, indes nicht gewusst, ob sein Brief in den Highlands, unweit von Stirling, eingetroffen war.

Doch als er jetzt bei Sonnenaufgang auf den Zinnen stand und den gewundenen Pfad zur Burg beobachtete, sah er die Reiter, sein eigenes Familienwappen, seine Farben und dass Allan MacLeod an der Seite von Jamie Graham ritt.

Er befahl, die Zugbrücke herunterzulassen, und ritt mit Patrick und Geoffrey hinaus, um den Tross schon vor der Brücke willkommen zu heißen.

»He, Cousin!«, rief Jamie grinsend. »Also das – das ist mir mal eine Burg!«

»Ein Prachtexemplar von einer Festung, wahrhaftig«, schmunzelte Eric.

Patrick streckte Jamie seine Hand entgegen. »Freut mich, Euch zu sehen. Es heißt, Ihr könnt mit einer Hand voll Männern ein ganzes Heer unschädlich machen. Und ich möchte nicht den Kopf hinhalten, wenn wir Erics Burg während seiner Abwesenheit verlieren.«

»Irgendwann werden wir sie vermutlich ohnehin verlieren.« Eric maß die trutzige Festung. »Wenn Edward sein volles Augenmerk auf Langley richtet, sind wir sie los. Aber so weit ist es noch nicht. Dougal!« Er begrüßte ein weiteres Clanmitglied, dann führte er sein Ross entlang der Reihen, froh, die Highlander willkommen zu heißen, die nach Süden geritten waren, um Langleys Streitkräfte zu stärken.

Gemeinsam ritten sie in den Innenhof, wo Stallburschen herbeieilten, die Männer absaßen und Haus und Hof mit unverhohlener Bewunderung maßen.

»Und du hast dir diese Burg genommen?«, fragte Jamie, fassungslos den Kopf schüttelnd.

»Willst du die Wahrheit wissen? Nein. Die Pest hat sich die Burg genommen und noch vieles andere.«

Jamie legte eine Hand auf Erics Arm und erwiderte bekümmert: »Es tut mir Leid, Eric. Mein aufrichtiges Beileid. Margot wurde von allen geliebt, und ebenso dein Kind, und all die anderen …«

Eric nickte, den Blick auf das Gemäuer geheftet. »Ganz recht«, murmelte er. »Hab Dank. Alle, die bei uns waren … einige haben sogar ihre gesamte Familie verloren. Auch die Burgbewohner, die Bauern, die Maurer, die Schmiede, Mägde, Zimmerleute … sie alle haben schreckliche Verluste erlitten. Aber irgendwie hat ebendieses Grauen die Menschen zusammengeschweißt. Ich habe immer mit dem Rücken zur Wand geschlafen, aber im Grunde genommen interessieren sich diese Menschen herzlich wenig für Könige oder Königinnen oder Politik. Sie haben dem Tod ins Auge gesehen und sind erpicht auf das Leben!«

»Dennoch werde ich ein wachsames Auge auf alles werfen.«

»Tu das. Fortwährend.«

»Mein Gott!«, japste Jamie nach einem spontanen Blick zum Wohnturm. Erics Augen folgten ihm.

Wieder einmal stand Igrainia am Fenster.

»Also … also das ist die Tochter des Earls?«

»Ganz recht.«

»Kein Wunder, dass Robert Bruce meint, er kann sie gegen eine Königin eintauschen.«

Eric betrachtete sie. Die Stirn leicht gekraust, beobachtete sie die Neuankömmlinge. Er konnte ihre Gedanken fast erahnen. Noch mehr Highlander, Clanmitglieder, ungehobelte Bergburschen, barbarisch, unzivilisiert und ganz gewiss ungebildet.

»Die Lady ist von seltener Schönheit«, murmelte Jamie.

»Tatsächlich?«, knurrte Eric. In ebendiesem Augenblick spähte sie zu ihnen. Ihre Blicke trafen sich. Er gewahrte die Röte, die in ihre Wangen schoss, dennoch trat sie nicht vom Fenster zurück oder wandte den Blick von ihnen. Ihre Züge waren ebenmäßig und fein, ihre riesigen Augen von einem seltsam tiefen Blau, beinahe so violett wie blühende Sommerheide, betont von hohen, sanft geschwungenen Brauen. Ihre Haut schimmerte seidig wie eine kostbare Perle, und auch wenn er die dicken schwarzen Locken verabscheute, die ihre Schultern umschmeichelten, so musste er doch zugeben, dass sie im Sonnenlicht wie das herrliche Gefieder eines Raben schimmerten. Überdies war ihr Körper vollkommen, wie er bereits mit eigenen Augen gesehen hatte, mit schlanker Taille und rundem, hübschem Busen. Ihre Haut war wie Seide. Während Jamie sprach, fragte er sich insgeheim, ob er vorsätzlich einen Makel an ihr gesucht hatte. Weil sie einen Tumult der Gefühle in ihm entfachte, ganz natürliche, körperliche Reaktionen in ihm hervorrief, die er mit stählerner Entschlossenheit niederkämpfte. Als er sie berührt hatte, hätte er sie am liebsten in die Arme geschlossen und verführt.

Weil sie so seidenweich war. Indes war sie keine namenlose Unbekannte, an der man seine niederen Gelüste stillte. Sie war eine Kriegstrophäe, ein kostbares Pfand.

Und sie war nicht Margot.

Er biss die Kiefer zusammen.

Jamie sah ihn scharf an. »Hast du das denn nicht bemerkt?«, fragte er und fügte mit gesenktem Blick hinzu: »Nun, vielleicht fällt dir ihr Äußeres nicht auf, nicht jetzt, nicht nach … allem, was geschehen ist … in der letzten Zeit. Und … hm, ich dachte mir schon, dass Robert Bruce sie gegen ein Mitglied aus seiner königlichen Familie austauschen will, und da ist es gut möglich, dass eine ganze Reihe von englischen Adligen nur darauf wartet, sie zum Traualtar führen zu dürfen. Wie ich gehört habe, hat ihr Bruder den väterlichen Titel und den Löwenanteil der Besitztümer geerbt, gleichwohl besitzt die Lady einiges von der Familie ihrer Mutter. Wertvolle Ländereien, wenn ich meinen Informationen trauen kann. Aber … der Weg zum König ist inzwischen sehr gefährlich. Und meine Quellen haben mir berichtet, dass er jeden Zug umsichtig planen muss.«

»Er ist in der Tat vorsichtig«, bekräftigte Eric. »Und er kann die Abtei nicht selbst aufsuchen, also wird er einen Kurier schicken, und dann werde ich erfahren, welche Vorbereitungen getroffen werden müssen.«

Jamie nickte. »Was ist mit deiner Gefangenen? Darf sie ihre Kammer nicht verlassen?«

»Cousin, sie mag dir wie eine verlockende Blüte erscheinen, aber ich verrate dir eins: Wenn dem so ist, dann ist sie eine Rose mit langen, stechenden Dornen. Wir haben den Geheimgang verbarrikadiert, und daran wird sich nichts ändern, bis wir ihn selbst benötigen. Einen anderen Fluchtweg gibt es nicht, es sei denn über die Zugbrücke. Es steht dir frei, sie nach Herzenslust zu unterhalten – wenn du sie herunterlocken kannst, auf dass sie ihre Zeit mit dem Feind verbringt.«

Jamie zuckte die Schultern. »Wir werden sehen«, meinte er leichthin. Dann wurde er ernst. »Eric, du hast viel erlitten, indes hat der Zufall es so gewollt, dass dir reiche Beute zugefallen ist. Und wir werden halten, was dein ist, koste es unser Leben!«

»Die Burg ist nicht mehr als ein Steinhaufen, Jamie.« Mit einem Kopfnicken deutete er zum Turmfenster. »Wenn es sein muss, dann gebt sie auf. Sorgt lediglich dafür, dass ihr unsere Geisel wohlbehalten mitbringt.«

»Nun, dann werde ich sie unter Einsatz meines Lebens beschützen!«

»Damit erweist du mir und dem König einen großen Dienst. Peter wird dich herumführen; er kennt die Burg und ihre Bewohner am allerbesten. Allan reitet flink wie der Wind und weiß selbst in der Dunkelheit um jeden Stein, jedes Gesträuch – er schwärmt aus und hält Augen und Ohren offen. Geoffrey, Angus und Raymond reiten mit mir.«

»Dann eine gute Reise.«

»Wir werden sobald wie möglich zurückkehren. Aber ich möchte diese Sache geklärt wissen – da ich nicht glaube, dass sie tatenlos herumsitzen werden und uns diese Festung überlassen, auf der sie so lange geherrscht haben. Und, oh!« Der taubstumme Gregory verharrte neben ihnen, Lokis Zügel in der Hand. Eric legte eine Hand auf seine Schultern. »Das ist Gregory. Was auch immer geschehen mag, er ist einer von uns. Er kann weder hören noch sprechen, aber von deinen Lippen ablesen, und er vermag dir Dinge zu enthüllen, die du dir nie hättest träumen lassen. Wenn er mit dir reden möchte, dann höre ihm gut zu.«

Jamie starrte ihn verwirrt an. »Hast du nicht eben gesagt, dass er nicht sprechen kann?«

»Er hat eine Freundin, die wir ebenfalls von einer Reise mitgebracht haben, Rowenna. Sie spricht für ihn. Du wirst sie in der Burg finden, wenn du sie brauchst.« Er übernahm Lokis Zügel von Gregory, nickte dem Jungen zu und rief Raymond, Angus und Geoffrey.

Sie ritten hinaus, dann wurden die Tore geschlossen und die Zugbrücke hochgezogen.

Als sie ein Klopfen an der Tür vernahm, schrak Igrainia unwillkürlich zusammen, da sie mit dem Neuankömmling rechnete, doch es war Vater MacKinley.

»Vater, tretet ein. Ich bin froh, Euch zu sehen.«

Er umschloss ihr Gesicht mit seinen Händen. »Igrainia«, sagte er leise und küsste ihre Stirn. »Ich bin gekommen, um Euch aus Eurer Einsamkeit zu holen.«

»Was sagt Ihr da?«

»Ihr seid nicht gezwungen, in dieser Kammer zu verweilen.«

»Ich glaube Euch nicht.«

»Man lädt Euch ein, herunterzukommen und mit Sir Jamie Graham, Peter MacDonald und mir zu speisen.«

»Besser nicht. Ich bin auf der Hut vor diesen Fremden, Vater.«

Er schüttelte den Kopf. »Ich war so erpicht darauf, Euch von der Burg fortzuschaffen, als ich mir selbst unsicher war.

Aber Ihr seid ein wertvolles Pfand, Mylady, das man nach London zurückbringen will. Keiner will Euch Böses, da Ihr es vielleicht vermögt, die Lieben der Rebellen auszulösen.«

»Habt Dank, Vater, aber hier fühle ich mich sicherer.«

Unverrichteter Dinge verließ er sie wieder. In jener Nacht indes schritt sie ruhelos durch die Kammer, fand sie ihr Gefängnis doch erdrückender als je zuvor.

Sie hatte die Wahl.

Und doch lehnte sie im Verlauf der nächsten Tage jede Einladung ab, obschon er viele Male darauf drängte.

Vielleicht war sie deshalb so froh, dass Jennie sie häufiger besuchte. Sie spielten Karten und Schach und lasen, und Jennie berichtete ihr, dass es ihr gelungen sei, den Brief heimlich aus der Burg zu schmuggeln. Und so wog die Zeit nicht gar so schwer.

Wenn Jennie nicht auftauchte, hatte sie einen neuen Besucher – Rowenna. Rowenna freute sich über ihr Wiedersehen und erzählte ihr, dass sie und Gregory gemeinsam mit Thayer und den anderen nachgekommen seien. Sie arbeitete in der Küche und Gregory in den Stallungen. Er war geschickt im Umgang mit Tieren, die er liebte und gut versorgte.

Igrainia war glücklich, das Mädchen wieder zu sehen, wenn ihre Freude auch von der Erinnerung an Rowennas Verhalten gegenüber Eric getrübt wurde. Trotz seiner Verbitterung und Verzweiflung über den Tod seiner Gemahlin hatte der Ritter offenbar nichts gegen eine kleine Liebschaft einzuwenden.

Auch Rowenna schien froh und zufrieden. Es war offensichtlich, dass sie vor der verunstaltenden Narbe auf ihrer Wange wunderschön gewesen sein musste. Und aufgrund ihrer liebenswerten Art war sie das auch jetzt noch.

Gleichwohl wusste Igrainia, dass sie dem Mann treu ergeben war, der sie hergebracht hatte, und auch loyal gegenüber Robert Bruce und seinem Traum von einem unabhängigen Schottland.

Tag für Tag kam Vater MacKinley zu ihr und drängte sie, an dem gemeinsamen Nachtmahl beizuwohnen.

Am Sonntag verließ sie ihre Kammer, um die Messe in

MacKinleys kleiner Kapelle innerhalb der Burgmauern zu besuchen.

Und am Abend desselben Tages nahm sie an, dass es MacKinley sei, als sie ein Klopfen an ihrer Tür vernahm.

Aber es war der Neuankömmling, der am Tag von Erics Aufbruch eingetroffen war.

Der Fremde stand auf der Schwelle, Eric beinahe zum Verwechseln ähnlich, obschon dieser Mann dunkleres, kupferfarbenes Haar hatte und seine Augen eher grau denn strahlend blau waren.

Und er lächelte ein anziehendes Lächeln. In seinen Augen blitzte der Schalk.

»Igrainia of Langley!« Er verbeugte sich tief. »Ich bin Jamie Graham«, stellte er sich mit einem scherzhaften Schulterzucken vor. »Man kennt mich als einen hervorragenden Taktiker in der Kunst der Verteidigung, aber das ist unwesentlich. Überdies bin ich beredt, überaus gebildet und kann Laute spielen. Wie ich erfahren habe, habt Ihr heute Morgen die Messe aufgesucht. Es besteht kein Grund, warum Ihr hier eingesperrt sein solltet, fernab von allem Weltlichen! Ich würde es wirklich sehr schätzen, wenn Ihr die Fesseln Eurer Gefangenschaft ablegen und heute Abend gemeinsam mit uns das Nachtessen einnehmen würdet.«

Sie starrte ihn nur an.

»Sir, ich bin eine Gefangene auf dieser Burg.«

»Das, Mylady, sollte Euch nicht veranlassen, ein angenehmes Mahl mit Männern abzulehnen, die des Kämpfens müde sind und sich Eurer Gesellschaft erfreuen würden. Und bitte«, fügte er hastig hinzu, »Ihr müsst in keinster Weise um Euer Wohlergehen fürchten. Ihr seid eine Geisel der Krone, wie Ihr wisst. Und keiner würde es wagen, einer … einer Schutzbefohlenen von König Robert etwas anderes als Ritterlichkeit entgegenzubringen.«

»In der Tat? Ich fürchte, in Euren Reihen sind Männer, die ich nicht unbedingt als … ritterlich beschreiben würde.«

»Heute Abend weilen diese gewiss nicht an der Tafel.«

Sie betrachtete ihn mit einer Mischung aus Belustigung und Interesse. »Vielleicht.«

Er verneigte sich vor ihr. »Die Entscheidung liegt bei Euch.«

Darauf drehte er sich um und begab sich in den Rittersaal.

Einige Zeit später klopfte es erneut. Diesmal war es Vater MacKinley, in der Hoffnung, sie an die abendliche Tafel begleiten zu dürfen. Er versprach Igrainia, während des Nachtessens nicht von ihrer Seite zu weichen.

So beschloss sie, sich zu den anderen zu gesellen. Jarrett begrüßte sie freundlich in der Halle, und unten, an der riesigen Tafel, warteten bereits Jamie und Peter MacDonald. Jamie Graham begrüßte sie überschwänglich und rückte ihr einen Stuhl zurecht. Wie Vater MacKinley beteuert hatte, war sein Platz an ihrer Seite, und Jamie setzte sich neben ihn. Ein weiterer Mann namens Dougal gesellte sich zu ihnen. Er war zwar weitaus ruhiger als der lebhafte Jamie, aber höflich und angenehm, und er hieß sie freundlich willkommen.

Berlinda und Garth servierten das Mahl – Wildbret, Aal, Fasan und Platten mit Sommergemüse, frisches Brot und dampfende Soßen.

»Also, Ihr seid Erics Cousin«, murmelte Igrainia, nachdem das Essen aufgetragen worden war.

»Ich bin ein Cousin ersten Grades, väterlicherseits, natürlich, und Dougal ist unser gemeinsamer Cousin zweiten Grades. Wir gehören zu einem riesigen Clan, wie Ihr seht. In den letzten hundert … vielleicht auch zweihundert Jahren haben wir uns über ganz Schottland verteilt. Einige von uns besiedeln die Lowlands, andere die Highlands, aber der wesentliche Zweig unseres Familienstammbaums lebt in der Nähe von Stirling. Und Ihr, Mylady, stammt von einem prachtvollen Besitz unweit von London. Wie es heißt, war Euer Vater ein berühmter Offizier, der die königlichen Truppen gegen die Franzosen anführte. Offen gestanden stimmt mich das froh.«

Ihre Finger umklammerten den vor ihr stehenden Pokal.

»Hätte es einen Unterschied gemacht, wenn er an der Spitze der königlichen Truppen in Schottland gekämpft hätte? Robert Bruce war oft genug mit Edwards Soldaten in Schottland.«

Betretenes Schweigen trat ein, lediglich Vater MacKinleys Seufzen durchschnitt die Stille.

Dann lachte Jamie. »Nun, Ihr nehmt kein Blatt vor den Mund, Lady Igrainia. Viele Schotten sind Edwards Ruf zahllose Male gefolgt. Unseligerweise ist unser Adel tief in irgendwelche Machenschaften mit Edward verstrickt, da englisches Ackerland um ein Vielfaches fruchtbarer ist als schottisches, und viele haben Grund und Boden in beiden Ländern besessen. Aber jetzt ist die Zeit reif, und man muss sich entscheiden.«

»Glaubt Ihr ernsthaft, dass Robert Bruce eine Chance hat?«, erkundigte sie sich. »Die Engländer verfügen über grenzenlose Macht.«

»Nun ja, aber der schottische Kampfgeist ist unbezwingbar«, schmunzelte Jamie. Er zuckte mit den Achseln, legte den Kopf schief und maß bekümmert lächelnd ihr Gesicht. »Wie Ihr wisst, Mylady, haben wir unsere Wälder, in denen wir uns verbergen. Und dann sind da die Highlands, die schon viele Soldaten abgeschreckt haben. Und dort, in dem fraglichen Land, dem Land, wo die frühen Herrscher begraben liegen und über die Clans wachen, gibt es kein anderes Gesetz als das des Stammesführers, dem man bedingungslos folgt, für das man lebt und stirbt. Gewiss, es wird ein harter Kampf werden. Aber Robert Bruce wird siegen!«

Sie nippte an ihrem Wein. »Ich hoffe inständig, noch ehe Edwards Gefolgsleute Langley überwältigen und all diese braven Menschen töten, weil sie in ihren Augen Verräter sind.«

Wieder senkte sich Schweigen über die Tafel. Schließlich räumte Vater MacKinley ein: »Es gibt nichts Stärkeres als den Willen des Menschen – und die Allmacht Gottes. Seht Euch Langley an! Noch vor wenigen Monaten war die Burg zerstört, eine Stätte von Krankheit und Tod. Aber die Lebenden haben ihre Lieben und die Vergangenheit begraben, und wenn Ihr Euch umseht, werdet Ihr einen prächtigen Saal erblicken, sauber und mit Blumen geschmückt, und die Tafel ist gefüllt mit den Köstlichkeiten der Jahreszeit.«

»Ja, seht Euch nur Langley an«, murmelte sie.

»Ich glaube, ich nehme noch etwas Fleisch«, meinte Jamie.

Selbst er schien ein wenig betreten. Gleichwohl, als er sein Mahl beendet hatte, fragte er sie, ob sie Dudelsackmusik kenne.

»Wir mögen in den Lowlands sein«, hörte sie sich selbst sagen, »aber dennoch ist dies hier Schottland.«

Jamie grinste unmerklich. »Dougal spielt so fantastisch, Ihr werdet es nicht glauben.«

»Pah, Jamie! Ich bekomme kaum einen Ton heraus.«

»Aber die Lady würde gern etwas hören.«

»Ja, Dougal, spiel uns auf!«, ermutigte Jarrett ihn.

»Weil unser Jarrett zu den Melodien tanzen kann, wisst Ihr. Tanzt Ihr, Lady Igrainia?«

»Nein, nein, ich fürchte, ich kenne nicht einen einzigen Tanz.«

»Das liegt daran, dass Ihr eine Dame seid, die das unschuldige Vergnügen eines Jahrmarkts versäumt hat, Mylady! Aber das können wir ändern. Dougal, hol den Dudelsack!«

Das ließ Dougal sich nicht zweimal sagen, und da Igrainia sich sträubte, forderte Jamie Jarrett als Tanzpartner auf. Dougal konnte wahrhaft gut spielen, und allen Widrigkeiten zum Trotz ertappte Igrainia sich dabei, dass sie über ihr ausgelassenes Herumgehopse lachte, bis Vater MacKinley sie zu später Stunde auf ihr Zimmer geleitete.

Am Abend darauf gesellte sie sich abermals zu ihnen, worauf Dougal ihr aufgeräumt erzählte, wie froh er sei, heil angekommen zu sein und seine alten Freunde wieder zu sehen, die die Seuche überlebt hatten. Familienwappen und -farben auf der Burg prangen zu sehen und das sprühende Leben, obwohl die Pest so viele dahingerafft hatte.

»Wahrlich, ich bin ganz erstaunt. Ich habe die Leute gesehen, als sie mit Sir Niles Mason ankamen und ... es war über die Maßen entsetzlich und jammervoll. Alle waren ausgezehrt und zerlumpt und schmutzig, viele litten an der Krankheit. Ein jämmerlicher Haufen, und dann, wie auf magische Weise, hatten die Männer plötzlich saubere

Tuniken und Hosen und Tartans, und überall wehten Flaggen.«

»Meine geschätzte Lady!« Peter MacDonald schüttelte den Kopf. »Wir waren weit geritten und hatten unser Lager aufgeschlagen, als die Engländer uns überraschten. Natürlich reisten wir mit unserer Habe, unseren Farben, Tartans, Flaggen, ja selbst ein Großteil unserer Rüstung befand sich in unseren Truhen. Als die Engländer uns angriffen, Mylady, stahlen sie uns unseren Besitz. Eine bittere Geschichte zu jenem Zeitpunkt, doch als wir nach Langley zurückkehrten, um unsere Familien zu befreien, haben wir uns vieles von unserem Hab und Gut zurückgeholt.«

»Aha«, murmelte sie.

»Wir haben nur zurückgestohlen, was man uns gestohlen hatte!«, meinte Jarrett schulterzuckend.

»Ach, es wird mir hier zu trübsinnig!«, warf Jamie ein. »Es wird Zeit für ein bisschen Dudelsackmusik.«

Wieder spielte Dougal auf dem Dudelsack, und Jamie gelang es, Igrainia zum Tanzen zu bewegen. Lachend wirbelte sie herum, bestrebt, seine Bewegungen nachzuahmen. Jarrett entpuppte sich schließlich als Fachmann, der sie alsbald die richtigen Drehungen lehrte.

Sie war dermaßen versunken in ihr Tun, dass sie gar nicht bemerkte, wie jemand in den Saal trat und sich leise mit Peter und Jamie unterhielt.

Sie sah nicht, wie die beiden den Saal verließen, und ihr war schwindlig und sie lachte, als sie zurückkehrten.

In Begleitung.

Sie wirbelte herum, wie Jarrett es ihr gezeigt hatte, blieb schwankend stehen und strich sich die Haare aus dem Gesicht. Da fiel es ihr wie Schuppen von den Augen.

Die Dudelsackmusik war verstummt.

Eric hatte den Saal betreten.

»Ah, Eric, Ihr seid wahrlich rasch zurückgekehrt«, meinte Dougal erfreut. »Und der König, unser König, lebt und ist wohlauf?«

»Ja, Robert Bruce lebt und sammelt größere Truppenverbände«, antwortete Eric. »Es heißt, dass Edward sich vom Krankenbett erhoben hat und seine Truppen selbst anführen will, da er verstimmt ist über den misslungenen Versuch des Earl of Pembroke, Robert Bruce zu überwältigen.«

»König Edward ist sich der Truppenstärke der Schotten wohl immer noch nicht bewusst«, murmelte Dougal. »Und er begreift nicht, dass er die Schlacht in den Wäldern der Highlands und hoch im Norden nicht gewinnen kann!«

Eric stand unweit von Igrainia, stattlich in schimmernder Rüstung, mit Tunika und wollenem Tartan. Er begrüßte Jarrett mit einem Schulterklopfen und ließ sich über seinen tänzerischen Eifer aus, dann wandte er sich zu Igrainia.

»Guten Abend, Mylady«, sagte er. Er strebte zu der verlassenen Tafel, warf seine Handschuhe auf den Tisch und nahm dankend einen Becher Bier von Garth entgegen, der wie aus dem Nichts aufgetaucht war. Seine Augen ruhten abermals auf Igrainia. »Wie reizend, Mylady, Euch so ausgelassen vorzufinden«, sagte er. »Hätten wir nur früher gewusst, dass wir Euren Groll mit Musik und Tanz tilgen können!«

»Ich denke, es wird Zeit, dass ich mich für die Nacht zurückziehe«, erwiderte sie.

»Ich bin untröstlich, dass meine Ankunft Euch den Abend vergällt hat«, erklärte er, derweil sie sah, dass der Saal sich mit weiteren Gefolgsleuten füllte. Peter und Jamie begrüßten die Kuriere sowie Angus, Raymond und Geoffrey – Erics Begleittross. Ein weiterer Mann begleitete sie, ein hoch aufgeschossener, weißhaariger und ernst dreinblickender Geistlicher. Sie diskutierten angeregt, die Reiter schienen erschöpft und müde, die anderen niedergeschlagen.

Eine eigentümliche Furcht durchschoss Igrainia wie ein Blitzstrahl. Alle schauten so grimmig drein, mit Ausnahme des Priesters. Irgendetwas an ihrer Mission schien fehlgeschlagen zu sein. Sie kämpfte die aufkeimende Panik nieder. Ihr plötzliches Auftauchen … noch dazu mit einem Geistlichen … beabsichtigten sie etwa, *sie* hinzurichten, ein Akt der Vergeltung für irgendeine Untat der Engländer?

Sie maß Eric, entschlossen, ihre Bedenken zu überspielen. Ihr schwante bereits, was geschehen sein mochte: König

Edward hatte sich geweigert, Bruces Gemahlin oder seine weiblichen Clanmitglieder für sie auszuliefern.

Und der König der Schotten war außer sich vor Zorn. Auch Robert Bruce hatte ein aufbrausendes Naturell. Man konnte ihn vielleicht nicht derselben Grausamkeit bezichtigen, mit der Edward in Schottland gewütet hatte, dennoch wusste er, wie man tötete, wie man kämpfte, und der Krieg forderte viele unschuldige Opfer.

Die Männer, die sie inzwischen kennen gelernt hatte und die sie mochten, spähten betreten zu ihr. Geoffrey, Allan ... Peter.

Geoffrey hob grüßend eine Hand und bedachte sie mit einem schwachen Grinsen. Jamie, der neben ihm stand, stellte ihm eine Frage, die seine Aufmerksamkeit erforderte, dennoch ließ er den Blick nicht von ihr.

»Es wäre besser, wenn Ihr nach oben gingt«, sagte Eric sanft. Obwohl sie einige Meter trennten, redete er leise und ausschließlich für ihre Ohren bestimmt. »Ich werde Euch in Bälde aufsuchen und alles mit Euch besprechen. Einige Maßnahmen zwingen mich, bei den anderen zu bleiben und Vorbereitungen zu treffen; gleichwohl werde ich Euch schon bald nähere Aufschlüsse geben.«

Wieder schweifte ihr Blick durch den riesigen Saal. Die Männer hatten sich in Gruppen zusammengesetzt. Berlinda servierte gemeinsam mit Garth das Bier für die soeben Heimgekehrten, geschunden von ihrem anstrengenden Ritt.

Sie gewahrte Jamie, der sich mit Geoffrey und Raymond austauschte. Vater MacKinley stand bei ihnen; seine Miene war von tiefer Betroffenheit gezeichnet.

Alle schienen ihr Blicke zuzuwerfen. Bestürzte, sorgenvolle Blicke.

Eric war offenbar mit Neuigkeiten zurückgekehrt, die sie betrafen, und die Männer diskutierten darüber.

Während Igrainia sie beobachtete, richtete Jamie eine weitere Frage an seine Gefährten, die ausgeritten waren.

Sie vernahm Geoffreys gemurmelte Antwort. Obwohl er leise sprach, hallten seine Worte in dem steinernen Gemäuer wider und drangen durch den Saal.

Igrainia schnappte einige Wortfetzen auf.

Sie soll gemeuchelt werden.

O Gott, genau das waren seine Worte!

Gemeuchelt. Die Knie wurden weich. Gemeuchelt. Ihr Tod war eine der ›Maßnahmen‹, die heute Nacht hier auf Langley getroffen werden sollten! Wahrlich, eine drastische Maßnahme. Nicht einmal König Edward hatte seine weiblichen Geiseln hinrichten lassen. Und jetzt wollte Eric, dass sie hinaufging, um unter vier Augen mit ihr zu reden, auf dass sie mit einiger Würde und Beherrschung ihrem Tod ins Auge sähe und ihr Geschrei nicht für Aufruhr in der Burg sorgte.

»Igrainia«, wiederholte Eric, »Jarrett wird Euch nach oben geleiten.«

Sie schüttelte den Kopf, fixierte ihn. »Nein. Findet den Mut, mir hier und jetzt reinen Wein einzuschenken.«

»Den Mut?« Fragend hob er eine Braue.

»Gewiss liegt einiges im Argen, und es wird keine angenehme Aufgabe für Euch.«

»Aber mitnichten«, erwiderte er mit Grabesstimme.

»Sagt es mir«, forderte sie, und eine eisige Klammer legte sich um ihr Herz. »Soll ich gemeuchelt werden?«

»Gemeuchelt?«, wiederholte Eric stirnrunzelnd. Er schüttelte den Kopf, und ein ironisches Grinsen umspielte seine Lippen. »Nein, Mylady, ich bin beileibe nicht mit dem Ansinnen zurückgekehrt zu morden, ob im Auftrag des Gesetzes, der Krone oder aus irgendeinem anderen Beweggrund.«

»Ich habe Jamies Worte gegenüber Dougal und Jarrett mit angehört. Ihr braucht nicht zu verschleiern, was mir droht. Wenn ich hingerichtet – gemeuchelt – werden soll, so gebt es offen zu.«

Sein Grinsen wurde breiter, abermals schüttelte er den Kopf. »Ihr habt ihr Gespräch mit angehört, dennoch fürchte ich, Ihr habt da etwas missverstanden. Ihr sollt nicht gemeuchelt, sondern *vermählt* werden.«

»Vermählt?«, wiederholte sie ungläubig. »Vermählt?« Sie war fassungslos, das Ganze war so absurd, dass sie für Augenblicke nicht mehr klar denken konnte. Dann spähte sie von Eric zu dem ernst dreinblickenden Geistlichen, der mit den anderen eingetreten war, und wieder zu Eric. Seine eisblauen Augen maßen sie ungerührt. »Vermählt?«, murmelte sie ein drittes Mal.

»Vermählt, Mylady. In den heiligen Stand der Ehe treten. Ich weiß, dieser Vertrag ist Euch vertraut, da Ihr ihn schon einmal geschlossen habt.«

Seine Ironie brachte das Fass zum Überlaufen.

»In der Tat ist mir das nicht neu. Dennoch ist es unmöglich. Vielleicht besitzt Ihr die Güte, mir zu erklären, wieso Ihr *denkt*, dass ich vermählt werde und mit wem.«

Schulterzuckend setzte er seinen Becher ab. »Es ist nicht unmöglich, und es wird geschehen – auf Geheiß des Königs.«

»Euer König hat keine Macht über mich.«

»Ich fürchte doch. Schließlich befinden wir uns auf schottischem Boden.«

»Er ist ein Abtrünniger auf der Flucht. Er kann mich zu nichts zwingen.«

»Aber ich kann es«, erwiderte Eric gleichmütig. »Und ich bin der Mann, mit dem Ihr vermählt werdet.«

11

Sie wollte und konnte es nicht glauben. In ihrer Verzweiflung sehnte sie sich danach, von ihm loszukommen, aus dem Saal zu stürmen, in dem seine Gefolgsleute weilten. Sie fürchtete, dass sie laut lachen oder schreien oder im Beisein aller den Verstand verlieren könnte.

Dies musste ein übler Scherz sein. Auf ihre Kosten, verstand sich.

Benommen drehte sie sich um. Jarrett und Dougal hatten sich zu ihr gesellt. Es gelang ihr, die Schultern zu straffen, das Zittern in den Knien zu verbergen und ihnen erhaben zuzunicken. »Habt Dank für die abendliche Zerstreuung, aber ich muss jetzt gehen. Der Saal hat sich mit ... Lügnern und Verrückten gefüllt«, fuhr sie fort und strebte zur Treppe.

Da gewahrte sie, dass es im Saal still geworden war. Sämtliche Blicke waren auf sie geheftet.

Hinter ihr setzte sich Jarrett in Bewegung, befleißigt, ihr zu folgen.

»Nein«, erklärte Eric ihm. »Ich habe damit angefangen, ich muss es auch beenden.«

Sie floh die Stufen hinauf und in ihre Kammer. Und als sie diese erreichte, reute sie ihre Flucht bereits – es war irrsinnig. Eric beabsichtigte, ihr zu folgen. Und dann wäre sie mit ihm allein, in ihrem Gefängnis. Wäre sie im Saal geblieben, hätte Vater MacKinley ihr zur Seite gestanden und allen Anwesenden die Absurdität dieses Vorhabens verdeutlicht. Und doch, dachte sie bei sich, es musste ein Scherz sein, weil Eric sich niemals auf eine solche Farce einließe.

Hastig schloss sie die Tür hinter sich und warf sich dagegen.

Als wenn ihn das am Eindringen hindern würde.

Wenig später klopfte es.

»Nein!«, rief sie. »Nein, Ihr könnt hier nicht hinein, also geht!«

Als seine Schulter gegen die Tür donnerte, wich sie erschrocken zurück. Er trat ein, schloss die Tür und lehnte sich davor.

Sie beobachtete ihn aus argwöhnisch zusammengekniffenen Augen. »Warum tut Ihr das? Was für ein grausames Spiel treibt Ihr jetzt wieder? Ihr habt gewiss nicht vor, mich zu heiraten, Ihr könnt meinen Anblick ja kaum ertragen!«

»Es ist eine Frage der Zweckdienlichkeit. Eine Eheschließung innerhalb Eurer Gesellschaftsschicht, Mylady, ist ein gelungener Schachzug, wenn nicht mehr.«

Sie schüttelte den Kopf. »Ich bin erst seit kurzem Witwe! Und Ihr ... um Gottes willen, warum sollte jemand zu einem dermaßen grotesken *Scherz* greifen?«

»Ihr sollt vermählt werden, weil König Edward wohl im Verlauf der kommenden Woche eine Hochzeit für Euch vorsieht. Natürlich in Eurer Abwesenheit, da er am Verhandlungstisch sitzt und sich weigern wird, seine Gefangenen für Euch herauszugeben.«

»Das ergibt doch alles keinen Sinn«, schnaubte sie.

»Sir Robert Neville hat eine Reihe von einflussreichen Männern überzeugt, dass er ein Heer aufstellen und die Burg in Edwards Namen zurückerobern kann. Während der König Bruce weiterhin verfolgt, wird dieser mit einem erstaunlichen militärischen Sieg aufwarten können. Darauf wird Edward verkünden müssen, dass Ihr Sir Robert innerhalb einer Woche ehelichen werdet – wie ich schon sagte, in Abwesenheit. Ich glaube, es soll eine Art Warnung an uns sein – der König glaubt allen Ernstes, dass wir Euch anlässlich Eurer Vermählung ausliefern werden. Selbstverständlich werden wir das nicht tun. Wir werden es zu verhindern wissen. Wie Ihr Euch sicher vorstellen könnt, ist Robert Bruce tief enttäuscht und erbost, dass kein Austausch stattfinden wird. Und deshalb hat er diese Vorgehensweise befohlen.«

»Er hat sie befohlen!« Verachtung schwang in ihrer Stimme. »Und Ihr gedenkt, einen solchen Befehl zu befolgen?«

»Für mich macht es nicht den geringsten Unterschied.«

Gewiss nicht, das war ihr klar. Er hatte die Frau verloren,

die er liebte. Ein Ehevertrag mit ihr bedeutete ihm überhaupt nichts.

»Gewiss haltet Ihr Euch für einen intelligenten Menschen. Und als solcher müsstet Ihr doch erkennen, dass es ganz unmöglich ist. Ich bin Engländerin. Der englische König hat Macht über mich und meinen Besitz. Und auch wenn mein Vater tot ist, so habe ich noch einen Bruder. Er muss seine Einwilligung geben.«

»Ich kann nur wiederholen, dass Ihr Euch auf schottischem Boden befindet. Ihr seid die Witwe eines Mannes, der den englischen Monarchen gefürchtet und geschätzt haben mag, aber sein Besitz gehört inzwischen zu Schottland – auch wenn dieser bitter erkämpft ist.«

»Edward wird das nicht billigen. Die Trauungszeremonie wird wider das Gesetz sein.«

»Sie wird Euch zu meiner rechtmäßigen Gemahlin machen, von keinem Eurer Erben jemals in Zweifel gezogen.«

»Der Papst wird eine solche Schändlichkeit annullieren! Euer König ist bereits exkommuniziert für seine Missetaten!«

»Vergesst nicht, die schottische Kirche ist stark, Mylady, und sie wird uns rechtmäßig zu Mann und Frau erklären, und jede Auseinandersetzung würde Jahre währen. Bis dahin ... können wir nur hoffen, dass es niemanden mehr kümmern wird.«

Er schien sich seiner Sache sicher, und sie ahnte bereits, welche Genugtuung dies für Robert Bruce bedeutete, bitter und zornig über den Verlust seiner Lieben.

»Ich werde niemanden heiraten«, schnaubte sie. »Und das muss man akzeptieren. Ich bleibe in Trauer.«

»Gegen Ende der Woche werdet Ihr vermählt sein, so oder so. Ach, Igrainia! Ihr schadet Euch nur selbst mit Eurem Stolz. Sowohl für die Schotten als auch für die Engländer seid Ihr ein kostbares Pfand, und Euer König sieht vor, Euch mit einem verdienten Kriegsstrategen zu vermählen. Für Sir Robert Neville seid Ihr eine Menge wert. Mit Euren Besitzungen und Ländereien in England und mit der Burg hier könnt Ihr ihn zu einem reichen Mann machen. Überdies ist er ein Verwandter Eures verstorbenen Gatten.

Und eine solche Verbindung würdet Ihr gewiss vorziehen. Ich fürchte indes, es soll nicht sein.«

»Ihr versteht mich nicht. Ich werde in keine Hochzeit einwilligen. Ich bin in Trauer. Aber mein Bruder wird mich verstehen. Er wird nicht einwilligen.«

Darauf brach er in schallendes Gelächter aus, und es ärgerte sie maßlos, dass er ihre Einwände so erheiternd fand. Er tat, als unterhielte er sich mit einem ahnungslosen Kind. »Mylady, Ihr werdet entschuldigen, aber Euer Bruder ist ein junger Bursche, der sich noch beweisen muss. Glaubt Ihr ernsthaft, er kann sich gegen Edward erheben und ihm darlegen, dass er seine Einwilligung zu einer solchen Eheschließung verweigert?«

»Ihr kennt meinen Bruder nicht. Er ist zwar noch jung, aber durchaus ein Mann der Ehre. Was heutzutage selten ist.«

»Er mag so ehrenwert sein, wie er will, dennoch wird er sich nicht gegen Edward erheben können!«

»Er weiß um meine Einstellung«, murmelte sie und senkte die Lider.

»Da habt Ihr Recht. Ihr habt ihm schließlich einen so anrührenden Brief geschrieben.«

Ihr Blick flog abermals zu ihm. »Ihr … Ihr habt den Brief an Euch genommen?«

»Nein, das nicht. Ich habe ihn passieren lassen. Nachdem ich sichergestellt hatte, dass Ihr den jungen Hitzkopf nicht dazu ermutigen würdet, Hals über Kopf hierher zu reiten, um Euch aus den Burgmauern zu befreien.«

Mit hochroten Wangen überlegte sie, ob sie jemals einen Menschen so tief gehasst hatte. Ihre Worte, die Aidan beschworen, nicht zu ihrer Rettung zu eilen, sondern im Vertrauen auf Gott auszuharren, waren voller Zärtlichkeit gewesen und versicherten, dass sie seinerzeit den von ihrem Vater auserwählten Mann genommen habe und dass sie nie wieder heiraten wolle. Sie hatte ihm geschrieben, dass sie wohlauf sei und nicht in so grässlicher Verfassung wie viele der feindlichen Geiseln – und dass man keine Rache an ihr genommen habe.

Ihre Nägel krallten sich in ihre Handballen. Sie wünschte

sich verzweifelt, sie könne den Brief zurückholen – und neu schreiben.

»Niemand kann mich gegen meinen Willen vermählen.«

»Igrainia, Ihr seid verblendet. Wenn Edward in Abwesenheit eine Trauung in Eurer Kapelle anordnet, seid Ihr vermählt. Es sei denn, Ihr seid bereits unter der Haube.«

Sie konnte es immer noch nicht fassen. »Ich denke, ich ziehe den Tod vor, Sir, statt mit Euch vermählt zu werden.«

Ihre Worte erzürnten ihn nicht einmal, ja, sein Gleichmut war erschütternd.

»Ihr habt keine Wahl.«

»Nein? Fein, dann bringt es hinter Euch. Ich werde bei jedem zu leistenden Schwur beharrlich schweigen. Überdies wird Vater MacKinley Euch eine so unmoralische und ungesetzliche Zeremonie verweigern!« Sie sprach mit aller Entschiedenheit und besann sich dann seufzend auf den grimmig dreinblickenden Geistlichen, der mit Eric und seinen Leuten eingetroffen war.

»Vater Theobald kommt aus Annandale, Mylady, er ist ein alter, hoch geschätzter Freund von Robert Bruce und ein wichtiger Mann für die schottische Kirche. Er ist zu ebendiesem Zweck hier.«

»Ich ... ich werde es nicht tun.«

»Ihr werdet müssen.«

»Und wie wollt Ihr das anstellen? Wollt Ihr mich vom Turm zur Kapelle schleifen? Ich kann hier einen Aufruhr anzetteln, der Euren Glauben tief erschüttern wird, dass Ihr all jene Menschen von einem englischen zu einem schottischen König bekehrt habt. Versucht es nur morgen früh, und Ihr werdet sehen.«

»Mylady, da habt Ihr wohl Recht«, räumte er ein. »Wir könnten die Zeremonie natürlich auch hier stattfinden lassen ... gleichwohl sollte es in der Kapelle sein, unter dem wohlgefälligen Auge des Herrn.« Er wandte sich abrupt ab, öffnete die Tür und rief nach Jarrett. »Verzeiht, Mylady«, sagte er höflich, und für Augenblicke wurde die Tür geschlossen.

Verzweifelt sah sich Igrainia in der Kammer um. Es gab keinen Fluchtweg, es sei denn ...

Sie trat zum Fenster und spähte in den Innenhof.

Sogleich war ihr klar, dass sie den Sprung in die Tiefe nicht wagen würde.

Eric kehrte zurück, gewahrte sie am Fenster.

»Ich werde springen!«, drohte sie.

An die Tür gelehnt, verschränkte er die Arme vor der Brust. »Tut Euch keinen Zwang an.«

»Ich schwöre, wenn Ihr auch nur einen Schritt näher tretet, werde ich es tun!«

Er stieß sich von der Tür ab und schlenderte gemächlich durch den Raum.

»Keinen Schritt näher!«, wisperte sie.

Unvermittelt war er an ihrer Seite. Und er ließ ihr keine Zeit für weitere Einwände oder Drohungen, sondern umschlang entschlossen ihre Taille und warf sie sich über die Schulter. Sie wand und wehrte sich und schrie. Zu ihrer Verblüffung fand sie sich Augenblicke später auf ihrem Bett wieder. Er würde von ihr ablassen. Vorübergehend sonnte sie sich in ihrem Triumphgefühl.

Doch dann beugte er sich grimmig über sie. Sie versuchte Reißaus zu nehmen, als sie merkte, dass er sie in die Wolldecke packen wollte, die auf ihrem Bett lag. Je heftiger sie sich wehrte, umso fester wickelte er sie darin ein. Innerhalb von Minuten war sie zusammengeschnürt wie ein Sack Getreide, den er sich über den Rücken warf.

Sie konnte sich nicht genügend bewegen, um sich zur Wehr zu setzen. Und als sie zu schreien versuchte, sog sie Wollflusen von ihrer Bettdecke ein.

Er bewegte sich flink. Mit jedem seiner energischen Schritte prallte sie heftig gegen seine Schultern. Sie war nicht einmal sicher, wann sie den Saal durchquerten, in die Nacht hinaustraten und über den Hof zu der burgeigenen Kapelle strebten.

Kurz darauf wurde sie auf die Füße gestellt. Sie versuchte sich von dem wollenen Ungetüm zu befreien, wurde jedoch von starken Armen umfangen. Kerzenlicht erhellte die kleine Kapelle, und sie hörte Stimmen. Wieder fing sie an zu protestieren, ihre Worte aufgebracht, aber gedämpft unter dem schweren Tuch.

Über dem Stoff legte sich eine Hand auf ihren Mund.

»Fahrt fort, Vater«, vernahm sie Erics Stimme. Dann wurde sie auf die Knie gezwungen.

Und der Geistliche predigte, verlas das Ehegelübde. Mit Grabesstimme leistete Eric seinen Schwur. Igrainia vermochte sich kaum zu rühren, gemartert von der schweren Wolldecke und seiner unerbittlichen Umklammerung. Sie gemahnte sich zur Ruhe, wollte auf Zeit spielen. Sie hörte, wie der Geistliche sie um ihr Jawort ersuchte. Sie öffnete den Mund, um zu protestieren und dem Spuk ein Ende zu machen. Aber sie konnte nichts sagen. Seine Hand ruhte auf ihren Lippen, seine Finger bewegten ihren Kopf zu einem zwanghaften Nicken. Dann, plötzlich, vernahm sie alles wie von weit her. Sie rang nach Atem. Wenn er sie nicht so energisch festgehalten hätte, wäre sie zusammengebrochen.

Sie wurde auf die Füße gezerrt. Dann riss man ihr unvermittelt die Decke weg. Für Augenblicke war sie sich der verdrießlichen Miene des Priesters gewärtig, der neben ihr stand. Sie sah die um sie versammelte Menschenschar. Geoffrey, Angus, Dougal, Allan, Peter, Raymond, Jarrett, Vater MacKinley, kreidebleich und entsetzt, ja selbst den alten Garth …

Die Gesichter begannen sich vor ihren Augen zu drehen. Sie taumelte.

Und wurde aufgefangen. Hochgehoben.

»Sie braucht frische Luft.«

Erics Stimme.

»Sie muss die Dokumente unterzeichnen«, sagte jemand hinter ihnen. Der Geistliche.

»Nein«, hauchte sie.

Schon hatte sie einen Federkiel in der Hand. Und sie wurde zwischen die Männer geschoben, konnte kaum atmen. Sie würde nicht freiwillig unterzeichnen … niemals. Starke Finger umfassten die ihren. Und ihre Finger bewegten sich. Verschwommen gewahrte sie ihren mit Tinte hingeschriebenen Namen. Am liebsten hätte sie den Federkiel genommen und damit das Dokument zerfetzt. Indes, er wurde ihr weggenommen.

Sie befand sich weiterhin in Erics Klammergriff, als er mit

ihr die Kapelle verließ. Der Duft der Kerzen wurde schwächer, Sterne leuchteten am Himmel. Die kalte Nachtluft füllte ihre Lungen. Sie sah zu ihm auf. »Ich hätte Euch sterben lassen sollen.«

»Dafür ist es jetzt zu spät.«

Wieder gelangten sie in den Saal. Er passierte diesen mit ihr, strebte die Treppe hinauf. »Ich … ich habe Euch das Leben gerettet, als ich Euch in den Fluss hätte stoßen können!«

»Meine Männer hätten Euch die Kehle aufgeschlitzt.«

»Ich hätte Euch sterben lassen können!«, beteuerte sie.

»Dann wäret Ihr jetzt ebenfalls tot, gemeuchelt von Gannets Hand.«

»Ihr hattet kein Recht, mir … mir das anzutun. Und ich … ich werde Euch umbringen!«, drohte sie ihm, als sie sich ihrer Kammer näherten. »In der Nacht … irgendwann, irgendwie werde ich Euch töten.«

Seine stahlblauen Augen trafen auf die ihren, und seine Miene wirkte so entschlossen, dass sie vor Schreck ihre Finger in seine Schultern grub.

»Igrainia, Ihr werdet mir nächtens nie nahe genug sein, als dass Ihr Eure Drohung wahr machen könntet.« Sie wusste nicht, ob er ihre Verblüffung bemerkte, doch seine nächsten Worte waren erschütternd und zugleich erleichternd. »Ihr nehmt Euch viel zu wichtig, Mylady. Und vergesst dabei jedes Mal, dass ich, wenn ich Euch anschaue, nur an all das erinnert werde, was ich verloren habe.«

Sie erreichten ihre Kammer. Eric trat die Tür mit solcher Wucht auf, dass sie hätte zerbersten können. Am Fußende ihres Bettes gab er sie frei.

Sie war zu geschwächt, um zu stehen.

Doch das entging ihm, da er bereits fluchtartig den Raum verlassen hatte. Die Tür erbebte in ihren Angeln.

Sie krümmte sich auf dem Bett zusammen, zitternd wie Espenlaub und verzweifelt nach Atem ringend. Gleichwohl fragte sie sich, warum sein Verschwinden ein eigentümliches Gefühl der Leere bei ihr hinterließ.

Die Zeit schleppte sich dahin.

Igrainia lebte in einem selbst auferlegten Exil, da sie

lediglich zum Nachtessen eingeladen wurde, und das wollte sie weiß Gott nicht mit den Eindringlingen teilen, die ihr Zuhause belagerten.

Auf der Burg herrschte geschäftiges Treiben. Von ihrem hohen Turmfenster aus gewahrte sie das ständige Kommen und Gehen der Kuriere. Steinmetzen verstärkten das Mauerwerk, an den Ständen der Kaufleute, die während der Seuche menschenleer gewesen waren, wurde wieder rege gefeilscht. Vieh wurde über den Hof in den Küchentrakt getrieben, die besten Tiere für die Mahlzeiten ausgewählt. Nachts wurden die Schafe im Innern der Burgmauern angepflockt und bei Tag wieder draußen gehütet.

Während der Tagesstunden hörte sie das ständige Geklirr von Stahl im Hof. Oft schaute sie zu, wenn die Männer mit den Waffen übten – mit Schwertern, Piken, Streitäxten und -kolben. Die Schmiede wurde vergrößert, denn Waffen und Rüstungen mussten hergestellt, ausgebessert und erneuert werden. Es wurde gewebt und gefärbt; immer häufiger suchten fahrende Händler die Burg auf, boten Nadeln, Garn, Scheren, Messer und jedes erdenkliche Haushaltsgerät feil.

Sie verbrachte viel Zeit am Fenster und verfolgte nachdenklich, wie das Leben weiterging. Jeden Morgen wurden die Tore geöffnet und die Zugbrücke heruntergelassen. Während sie das Treiben um sich herum beobachtete, erkannte sie den alltäglichen Rhythmus. Fixierte sie den sich zur Burg schlängelnden Pfad, so wusste sie sogleich, dass wenigstens drei der Männer, die jeden Morgen ausritten, die Straßen nach Langley bewachten – von Norden, Osten und Süden. Sie war sich sicher, dass jemand an dem breiten, rauschenden Fluss im Westen postiert war und nach Männern Ausschau hielt, die vielleicht mit Schiffen landeten, um die Burg im Zuge eines nächtlichen Überraschungsmanövers zu überwältigen.

Sie sah auch, dass die Verteidigungsanlagen verstärkt wurden. Oft erspähte sie Peter MacDonald, der im Innenhof mit einigen Männern sägte und hämmerte. Irgendwann stellte sie fest, dass er eine Reihe von kleinen Katapulten gezimmert hatte, die sich auf den Wehrgängen einsetzen ließen. Seine Katapulte hatten offenbar eine gewaltige Reichweite und konnten auf jedweden Angreifer abgefeuert werden, der gegen die Burg anrückte. Wurden diese mit den tödlichen Brandkugeln gefüllt, zerstörten sie viel Kriegsgerät und richteten heillose Verwirrung unter den Soldaten an.

Eric sah sie jeden Tag.

Er kam weder zu ihr, noch sprach er mit ihr oder nahm ihre Gegenwart überhaupt zur Kenntnis.

Sie sah ihn, weil er unablässig im Hof arbeitete. Gemeinsam mit Peter erörterte er jeden Aspekt der Kriegsmaschinerie. Er übte mit seinen Männern mit den Waffen, und sie waren gut gerüstet, denn Langley, eine alte Festung, war hervorragend bestückt. Die Rüstkammer hatte seit der Errichtung der Burg stets den gesamten linken Flügel im ersten Geschoss des Turms eingenommen. Und obwohl die Engländer für gewöhnlich vortrefflich ausgestattet waren und Bruces Truppen so gut wie gar nicht, war das hier nicht der Fall.

Sie las jedes Buch in ihrer Kammer, und davon gab es viele – hübsche Folianten, handgeschrieben von Mönchen; viele religiöse Texte und Unterhaltsames – über die Mythologie, das Leben der Könige, das Leben von Karl dem Großen und anderes. Sie erkannte, dass sie eine Menge über Waffen und Belagerungen lernen konnte – Afton hatte viele solcher Werke erworben –, und es interessierte sie zunehmend mehr.

Jennie schaute regelmäßig nach ihr, brachte reine Laken, Wein, Wasser und den neuesten Klatsch. Doch obwohl sie ihre Zofe und Vertraute immer sehr gemocht hatte, waren diese Besuche für Igrainia nicht sonderlich erquickend. Jennie war über die Maßen verbittert, und wann immer sie zu ihr kam, sprach tiefer Groll aus ihren Worten. Argyle, der Schmied, sei gestorben, jetzt arbeite ein Highlander an seiner Statt. Im Küchentrakt wimmele es von Fremden. Sie kenne keine einzige Waschmagd mehr. Und dann sei da noch Rowenna, das Mädchen mit der hässlichen Narbe. Sie schalte und walte auf der Burg, sei überall zugleich und sehe nach dem Rechten. Die Invasoren würden sie überaus schätzen, und nicht einmal der alte Garth stelle ihre Arbeit infrage.

Das Schlimmste aber sei, dass er hier weile, Nacht für Nacht halte er im Rittersaal Hof. Und der Saal sei immer gut gefüllt. Irgendjemand habe ihm drei neue Jagdhunde gebracht, und es seien zunehmend mehr von diesen riesigen Hunden im Saal. Die Männer würden auf ihren grässlichen Dudelsäcken spielen, sich gelegentlich aber auch anderen Vergnügungen hingeben. Jennie hasste sie alle, Eric jedoch am meisten. Sie war entsetzt, dass man Igrainia zu einer Scheinehe gezwungen hatte, und obschon sie ihre Herrin aufheitern wollte, machte sie für gewöhnlich alles nur schlimmer.

»Das kann doch nichts werden – die ganze Geschichte sollte doch nur König Edward aufbringen, und wisst Ihr auch, warum? Er hatte nicht die Absicht, eine Grafentochter gegen die andere auszutauschen, insbesondere, da die von ihm gefasste Tochter Bruces Gattin ist.« Während sie sprach, schlenderte Jennie zum Fenster. »Wenigstens könnt Ihr Euch glücklich schätzen, dass er Euch dermaßen verabscheut. Dass Ihr wie ein hübscher Vogel in einem Käfig seid. Jeder Mann wird irgendwann einmal schwach, aber der gewiss nicht … schließlich hat er das narbengesichtige Mädchen.«

»Rowenna ist kein schlechter Mensch, Jennie. Sie hat mich gewarnt, als mir Gefahren drohten.«

»Aber nicht genug«, bemerkte Jennie, »sonst wäret Ihr nicht hier.«

»Meine Situation ist wahrlich nicht ihr Verschulden«, murmelte Igrainia.

»Ich tue mein Bestes, halte Augen und Ohren offen, und sie ist überall. ›Möchtet Ihr noch etwas Bier, Sir, ist das Fleisch schmackhaft, Mylord, kann ich Euch noch etwas … irgendetwas bringen?‹«

»Jennie, du brauchst nicht jedes einzelne Wort zu belauschen.«

»Wenn ich das nicht täte, könnte ich Euch nicht berichten, dass Kuriere ausgeritten sind, damit Robert Bruce von der Vermählung erfährt und weiß, dass seine Befehle befolgt werden – so wie die Kunde auch zu König Edward dringen wird.«

»Meine Sorge gilt meinem Bruder, Aidan.«

Jennie seufzte. »Es tut mir Leid, aber über ihn konnte ich nichts erfahren. Doch wie ich schon sagte, befindet sich Robert Neville in der Gesellschaft eines alten schottischen Barons, Lord Danby, und dieser besitzt Cheffington Castle. Gemeinsam wollen sie ein riesiges Heer anwerben. Sir Robert wird Euch retten, und dann könnt Ihr ihn heiraten, und er wird diese Burg halten, und alles wird wieder so sein, wie es früher war.«

»Jennie, ich habe nicht den Wunsch, Robert zu heiraten, und nichts wird wieder wie zuvor.«

»Ihr habt aufgegeben. Doch das dürft Ihr aber niemals tun!«

»Ich habe nicht aufgegeben, Jennie. Aber Afton ist tot, und ich mag nicht wieder heiraten, denn mein Leben wird nie wieder dasselbe sein.« Sie verschwieg, was geschehen würde, wenn ein blutiges Gemetzel nahte oder der damit einhergehende Tod, falls sie erneut belagert würden.

»O doch, das wird es. Ihr werdet sehen. Nicht ohne Grund wird Edward ›der Bezwinger der Schotten‹ genannt!«

Nachdem sie Igrainia wie jedes Mal versichert hatte, dass englische Truppen kommen und die Invasoren überrennen würden, verschwand sie wieder.

Sie blieb nie lange, da beide Frauen fürchteten, man könne ihnen diese Zusammenkünfte untersagen, falls es den Anschein erweckte, dass sie irgendwelche Pläne schmiedeten.

Igrainia jedenfalls tat das, aber allein, in den langen, einsamen Stunden in ihrer Kammer. Durch den Tunnel würde sie nicht entfliehen können, denn dieser war verbarrikadiert worden. Einen anderen Fluchtweg gab es nicht, es sei denn, sie könnte einen Gang durch das Mauerwerk treiben oder heimlich, bei herabgelassener Zugbrücke, entwischen. Gewiss, wenn sie die Zinnen auf der Außenmauer erreichte, könnte sie einen waghalsigen Sprung in den Burggraben riskieren. Aber das stand völlig außer Frage. Gefangen in ihrer Kammer, vermochte sie nicht einmal bis zu den Burgzinnen zu gelangen.

Auch Rowenna kam oft, brachte ihr Blumen und war lieb und nett. Igrainia stellte an sich selbst fest, dass sie gegenüber der jungen Frau, die sie so gern gemocht hatte, eine gewisse Skepsis entwickelte, und trotz ihrer liebenswerten, freundlichen Art verhielt sich Igrainia unterkühlt, was Rowenna nicht verborgen blieb. Dennoch kam sie, brachte kleine Schätze mit, um die Kammer und damit Igrainias Welt zu schmücken.

Am Sonntag verließ sie ihre Kammer, um die Messe zu besuchen, begleitet von Jarrett und Jamie. Beide waren charmant und höflich und sagten zu ihr, dass sie sich wünschten, sie würde sich abends zu ihnen in den Rittersaal gesellen.

Als sie die Kapelle betraten, war Eric bereits dort. Hoch gewachsen, schlank, seinen Tartan um die Schultern gelegt, das goldene Haar glänzend in dem Lichtstreifen, der durch eines der bleiverglasten Fenster einfiel, bot er das Bild eines stolzen Burgherrn.

Verdrossen gewahrte Igrainia, dass sie zur ersten Kirchenbank geleitet wurde, um neben ihm Platz zu nehmen. Sie verlangsamte ihre Schritte, flüchtete sich hinter Jamie, doch neben der Bank trat Jamie zurück, verbeugte sich vor ihr und ließ ihr den Vortritt. Darauf saß sie zwischen ihm und Eric, während die anderen hereinströmten.

Eric schien ihre Anwesenheit kaum zu bemerken, bis sie knieten, die Köpfe zum Gebet gesenkt. Während die Messe gelesen wurde, öffnete sie die Lider und gewahrte, dass er sie betrachtete, ein eigenartiger Ausdruck in seinen Augen.

Sie schloss die ihren erneut und neigte ihren Kopf über ihre gefalteten Hände.

»Betet Ihr für mein rasches Ableben?«, raunte er ihr zu.

»Ganz recht. Unterbrecht mich nicht.«

Das tat er auch nicht. Doch als der Gottesdienst vorüber war und sie dem Kirchengestühl zu entfliehen suchte, merkte sie, wie er ihren Arm fasste.

»Wie wäre es mit einem Ausritt, Mylady?«

»Ein Ausritt?«

»Ein Ausritt. Auf einem Pferd.«

»Wohin?«, erkundigte sie sich argwöhnisch.

»Über die Felder. Und zurück. Nichts Besonderes.«

»Warum?«

»Weil ich annehme, dass Ihr sonst alsbald verrückt werdet.«

Sie zögerte, nach wie vor skeptisch. »Ihr lasst mich ausreiten?«

»Bedauere, aber ich werde Euch begleiten müssen.«

»Und wer noch?«

»Nur wir beide«, erwiderte er ungeduldig. »Ich habe ein bisschen Zeit. Wenn Ihr Lust habt, einige Stunden im Sonnenschein zu verbringen, werde ich mit Euch kommen.«

Bedachtsam schüttelte sie den Kopf. »Tut mir Leid, aber Ihr werdet meine Gesellschaft nicht so lange ertragen können.«

»Wie Ihr wollt.«

Er wandte sich zum Gehen. Sie dachte an das herrliche Gefühl, den Wind auf den Wangen zu spüren, an ein kraftvolles Pferd, das mit ihr davon preschte.

»Wartet!«

Er drehte sich um.

»Und wenn ich Euch davon reite?«

»Ihr würdet mir nie entkommen. Und ich glaube, das wisst Ihr.«

»Ich könnte es dennoch versuchen.«

»Ihr würdet das Ergebnis nicht mögen. Ganz gewiss nicht.«

In seinen Worten schwang keine Drohung. Nicht einmal eine Warnung. Es war eine schlichte Tatsache.

»Ich … ja.«

Im Innenhof wartete Gregory bereits auf sie. Er hatte Loki und die Schimmelstute gesattelt und hielt sie am Zaumzeug gepackt.

Igrainia begrüßte Gregory hoch erfreut und strich ihm über die Wange. Er bedachte sie mit seinem warmherzigen, stummen Lächeln.

Die Tore standen bereits offen, die Zugbrücke überspannte den Burggraben. Sie wartete nicht, bis Eric aufgesessen hatte, sondern trabte munter durch den Torhof und lauschte auf das Klappern der Hufe, als sie über die Brücke setzte. Sie wusste, dass er hinter ihr war.

Auf den Bergen in der Ferne erspähte sie die Männer, die sämtliche Zugänge zur Burg bewachten.

Sie neigte sich über ihre Stute, wünschte sich, fliegen zu können.

Sie ritten und ritten. Ihr war klar, dass er ständig an ihrer Seite weilen würde, aber das kümmerte sie nicht, denn es war herrlich, wieder einmal im Freien zu sein. Der Wind war sanfter als in ihrer Erinnerung, die Sonne strahlender, das Sommergras grüner.

Sie vergaß die Zeit, bis sie seine Stimme hörte, die ihr zurief: »Haltet an, da vorn ist eine Quelle im Gebüsch. Die Pferde brauchen Wasser.«

Sie straffte die Zügel. Wenn sie nicht gehorchte, würde er sein gewaltiges Streitross heftiger antreiben, zu ihr aufschließen, sie zu Boden werfen, ihre Kleidung ruinieren und ihre Würde.

Sie saß ab, führte das Pferd zum Wasser. Er trat neben sie, sein eigenes Ross am Zaumzeug fassend.

»Sagt mir doch, Eric, wenn Ihr in der Kirche seid, betet Ihr dann?«

»Was für eine sonderbare Frage.« Er beäugte sie forschend.

»Keineswegs. Ihr nennt Euer Pferd Loki, zu Ehren der alten nordischen Gottheiten. Ihr habt mir selbst gesagt, dass Ihr zur Hälfte ein Berserker seid. Also, wenn Ihr kniet, dann im stillen Gebet? Oder ist das alles nur eine Farce?«

»Natürlich bete ich.«

»Für was?«

»Ich flehe zu Gott, Eure Gebete im Hinblick auf meinen schnellen und schmerzhaften Tod nicht zu erhören.«

Es verblüffte sie, dass sie lächeln musste, und sie senkte rasch den Kopf.

»Sicherlich freut es Euch, wenn ich dennoch meine, dass er Euch den Vorzug gibt.«

Sie sah ihn scharf an. »Wie das?«

»Ich werde morgen früh hinausreiten. Es wird ein Scharmützel geben, vielleicht sogar eine Schlacht. Überall im Land finden sich Männer zusammen, denn es geht die Kunde, dass der König sein Krankenbett verlassen hat, um sein Heer zu befehligen. Er wird gewiss noch einige Zeit brauchen, aber jeder neue Ruf zu den Waffen schart weitere Gefolgsleute um ihn. Selbst ein Monarch wie Edward hat lediglich ein kleines, fest im Sold stehendes Heer. Der Vasallendienst ist per Gesetz geregelt, von daher sind es einzig die mächtigen Adligen, erpicht auf den Dienst mit der Waffe und auf die Gunst des Königs, die ihre Besitztümer in die Hand anderer geben, um ständig zu kämpfen. Oder Männer wie Thayer, die nur das haben, was sie sich in einer Schlacht aneignen. Und deshalb wird Robert Bruce letztlich seine Unabhängigkeitsbestrebungen durchsetzen, selbst wenn es noch Jahre währen wird.«

»Was meint Ihr damit?«

»Dort, wo das Clanmitglied seine Schafe züchtet, der Bauer sein Getreide sät, werden alle kämpfen, weil es ihre Schafe und ihr Getreide sind, für das sie kämpfen, wohingegen viele, die in Edwards Diensten stehen, kämpfen, um andere Völker zu unterwerfen. Wir sind bereit, alles zu riskieren, weil für uns alles auf dem Spiel steht. Würdet Ihr nach London zurückkehren, Mylady, würde dieser Krieg Euch nicht einmal berühren.«

»Ich wünschte, ich hätte nie etwas davon gesehen.«

Er maß sie forschend. »Ihr scheint wahrlich keine gefestigte Meinung von dem zu haben, was hier vorgeht. Ihr verweist nur zu gern auf König Edwards Position und auf die wechselnden Loyalitäten von Robert Bruce über die Jahre hinweg. Aber ich habe Euch noch nie sagen hören, dass Edward in den Augen Gottes Recht hat und dass diese wilden, barbarischen Schotten in tiefer Dankbarkeit vor ihm niederknien und ihm gehorchen sollten.«

»Meine Meinung zum Thema Krieg ist, dass er grausam und entsetzlich ist, sowohl unschuldige Opfer fordert als auch das Leben wehrhafter Soldaten.«

»Nun, das ist die allgemeine Auffassung vom Krieg. Aber was meint Ihr im Hinblick auf diesen hier im Besonderen?«

Sie zögerte. »Ich bin Engländerin. Welche Meinung sollte ich da haben?«

»Jedenfalls eine eigene.«

»Seit Eurem ersten Eintreffen hier auf der Burg scheint Ihr eine Menge über mein Leben in Erfahrung gebracht zu haben. Ich war nicht ganz ein Jahr in Schottland, bevor Eure Truppen hier einmarschierten. Ich bin in London aufgewachsen, wo Edward als starker und mächtiger König bewundert wird. Wegen seiner Macht wird das Land von anderen respektiert. Er interessiert sich für die Gesetzgebung, er ist ein brillanter Kopf, und er ist ein guter Herrscher gewesen.«

»Die Tugenden und Fehler eines Menschen gewichtet gewiss ein jeder anders. Niemand leugnet ab, dass er ein mächtiger Regent ist. Gleichwohl, gibt ihm dies das Recht, über diejenigen zu herrschen, die nicht zu seinem Volk zählen?«

»Wir hier auf Langley haben mit aller Macht versucht, neutral zu bleiben und nicht zu kämpfen ...«

»Das war die Entscheidung Eures Gemahls. Ihr habt mir immer noch nicht Eure eigene Einschätzung enthüllt.«

»Was kümmert Euch meine Einschätzung?«

»Vielleicht ist sie maßgeblich, wenn ich über Eure Zukunft entscheide.«

»Ich hasse Blutvergießen und Tod«, schnaubte sie.

Verblüfft gewahrte sie, dass er über ihre Reaktion schmunzelte.

»Lacht Ihr schon wieder über mich? Bin ich wirklich so belustigend und gleichzeitig abstoßend?«

»Ich entsinne mich nicht, gesagt zu haben, dass Ihr abstoßend seid – sondern nur, dass Ihr die Erinnerung an erlittenes Leid in mir weckt. Und ich lache nicht über Euch. Ich bin erstaunt über Euer Talent, Euch selbst etwas vorzumachen. Ihr werdet nichts Negatives über Edward äußern. Andererseits glaube ich, dass auch Ihr davon überzeugt seid, die Schotten sollten frei sein und von ihrem eigenen König regiert werden. Nun denn, Ihr irrt, wenn Ihr denkt, Euer Gemahl wäre sich nicht bewusst gewesen, dass er sich nicht dauerhaft den Kampfhandlungen entziehen konnte.

Er wusste um seine Loyalitäten, und ich glaube, er war gewiss kein Narr.«

»Wovon redet Ihr jetzt wieder?«

»Afton hätte Edward die Treue gehalten, aus demselben Grund wie viele schottische Barone. Ihr wart seine Gemahlin. Der Landbesitz, den er infolge seiner Heirat mit Euch in England erwarb, hat sich als weitaus Gewinn bringender erwiesen als sein Gut hier, mag Langley auch die Burg seiner Ahnherren sein. Deshalb öffnete er Sir Niles Mason die Tore, und hätte die Seuche nicht viele dahingerafft oder in die Flucht geschlagen, wäre von ihm jede Hinrichtung gebilligt worden, die Sir Niles vollstrecken ließ.«

Igrainia fasste die Zügel, zog die Stute ein Stück vom Wasser weg und saß auf. Sie wusste, dass er ihr Tun verfolgte; unterdes schwang er sich neben ihr in den Sattel. Sie blickte zu ihm.

»Ihr wollt damit sagen, dass der Reichtum meinem Gatten mehr bedeutet hat als die Ehre.«

»Ich will damit zum Ausdruck bringen, dass Euer Gatte kein einfältiger Mann war. Er war auch kein Hitzkopf, der unüberlegt gehandelt hätte, und beim Allmächtigen, es ist genug Unheil angerichtet worden, was Verrat und Betrug und andere menschliche Reaktionen auf Ehrverletzungen angeht. Robert Bruce hat John Comyn im Zorn getötet, vielleicht auch nur niedergeschlagen und seine Männer haben die Tat ausgeführt, wie auch immer, ich weiß es nicht, ich war nicht dabei. Dies hat dazu geführt, dass er einen langwierigeren Krieg führen muss als den gegen die Engländer, will er seinen Thronanspruch durchsetzen. Aber vielleicht wäre er ohne Comyns Tod gar nicht in der Lage gewesen, sich selbst zum König zu krönen. Der Krieg ist grausam und entsetzlich, wie Ihr schon sagtet. Und vieles, was in der aufgeheizten Stimmung der Gefechtswirren geschieht, reut die Soldaten später. Ich klage Euren verstorbenen Gemahl nicht an. Ich versuche einzig, Euch begreiflich zu machen, dass der Krieg noch hässlicher ist als Ihr vermutet. Und vielleicht bringe ich es noch in Euren eigensinnigen Schädel, dass Ihr hier derzeit besser geschützt seid als in der von Euch so verzweifelt angestrebten Freiheit!«

»Was kümmern Euch meine Gefühle, Gedanken, Vorstellungen? Ihr habt hervorragende Arbeit geleistet in Langley. Die Burgmauern sind trutziger denn je. Eure Männer sind Euch so treu ergeben wie eine Meute Hunde ihrem Herrn. Ich verbringe meine Zeit, verbannt in eine Kammer, und lasse das Leben an mir vorüberziehen. Euren kraftstrotzenden Highland-Wachen kann man nicht entrinnen. Der Geheimtunnel ist verschlossen. Ihr brecht auf, und ich könnte ebenso gut an Händen und Füßen angekettet dahinvegetieren.«

»Wahrlich, ich glaube nicht, dass Ihr tatenlos in Eurer Kammer herumsitzt – ich bin sicher, Ihr nutzt Eure Zeit, indem Ihr jeden nur erdenklichen Plan zur Flucht abwägt. Überdies ersuche ich Euch, einen Brief zu schreiben.«

»Was? Einen Brief? An wen?«

»Euer Bruder ist in Schottland, Madam. Mein Vorschlag ist, dass Ihr ihm schreibt und ihn wissen lasst, dass Eure Vermählung mit mir tatsächlich stattgefunden hat, dass die Ehe rechtmäßig ist und vollzogen wurde und Ihr nicht den Wunsch habt, befreit zu werden.«

Sie starrte ihn ungläubig an. »Ihr müsst von Sinnen sein! Ihr mögt mich halb ohnmächtig zu einer Trauung schleifen und meine Hand zu einer Unterschrift über ein Stück Papier führen, aber Ihr könnt mich nicht zwingen, meinem Bruder solche Lügen aufzutischen! Ich wusste doch gleich, es gibt einen Grund für den Ritt, um diese Stunde. Haltet Ihr mich für so dämlich, dass ich mich darauf einließe?«

Loki tänzelte herum, worauf er sie fixierte. »Ich will Euch zu gar nichts zwingen. Wenn Ihr diesen Brief schreibt, dann nicht für mich.«

»Ach, etwa für mich?«, erkundigte sie sich hämisch.

»Ihr habt mir erzählt, dass Euer Bruder ein junger und ehrenwerter Mann sei. Er wird versuchen, Langleys Mauern zu bezwingen und Euch zu befreien. Wenn dem so ist, bin ich genötigt, ihn zu töten.«

»Vielleicht irrt Ihr und er wird die Mauern bezwingen.«

»Glaubt Ihr wirklich, dass das machbar ist, ohne die Streitkraft eines riesigen Heeres im Rücken? Und ich habe auch nicht gesagt, dass Ihr diesen Brief schreiben müsst, es war lediglich ein *Vorschlag*. Denn ich sehe durchaus ein, dass ich womöglich gestorben wäre, hättet Ihr und Euer Priester nicht ein gewisses Ehrverständnis und Mitgefühl besessen. Ich glaube, Ihr liebt Euren Bruder. Aus diesem Grund versuche ich sein Leben zu schützen, zu Eurem eigenen Besten.«

Sie hielt den Atem an, fasziniert von seinem Selbstvertrauen, seiner Kühnheit und sich doch gewärtig, dass er die Wahrheit sprach. Und im Zuge dessen beiläufig eingestand, dass sie ihm vielleicht sogar das Leben gerettet habe.

»Wenn Ihr Langley für so uneinnehmbar haltet, warum residiert Euer König dann nicht hier?«, erkundigte sie sich.

»Weil er in eine Falle geraten könnte. Robert Bruce ist ständig in Bewegung und nimmt den Engländern damit den Vorteil eines gezielt vorbereiteten Angriffs. Und von Langley aus, Mylady, kann ich ihn mit dem versorgen, was er dringend braucht: mit mehr Männern für seinen Kampf.«

Der Wind spielte mit seinem goldblonden Haar. Sein Blick war auf sie geheftet, fest und ernst. Unvermittelt wurde sie sich seiner strengen und doch anziehenden Gesichtszüge bewusst. Er war mit Leinenhemd, Stiefeln und Reithose bekleidet und hatte den allgegenwärtigen Tartan um seine Schultern gelegt. Hätten die Dinge anders gelegen, wäre er gewiss ein Mann gewesen, dem sie Bewunderung gezollt hätte.

Doch dann musste sie wieder daran denken, dass er der Häscher war, der ihr das Leben zur Hölle machte und der ihr alles genommen hatte, woran ihr Herz hing.

»Ich werde den Brief schreiben«, sagte sie, ihre Knie an den Pferdeleib gepresst.

Als sie nach Langley zurückkehrten, stellte sie fest, dass die Zugbrücke die ganze Zeit heruntergelassen gewesen war. Während sie über die Brücke und durchs Tor ritt, bemerkte sie die riesigen Fässer auf dem Holzdach des Torhauses. Sollten Eindringlinge die Wachen meucheln und die Brücke erreichen, würden die Ersten eines grässlichen Todes sterben: man würde sie mit glutheißem Öl übergießen.

Im Innenhof saß sie rasch ab, ihren Begleiter beachtete sie

nicht weiter. Eric folgte ihr nicht. Das war auch nicht vonnöten. Jamie stand im Hof und sprach mit einem der Stallburschen. Er beendete sein Gespräch und schlenderte wie zufällig in ihre Richtung. Als Igrainia ihre Kammer erreichte und sich umdrehte, gewahrte sie, dass er ihr gefolgt war. Lässig an das Mauerwerk gelehnt, beobachtete er sie.

Er winkte und grinste.

Sie mochte Jamie, dennoch reagierte sie nicht.

Sie betrat ihre Kammer und schloss die Tür, und nach einem langen Augenblick tiefer Beklommenheit begab sie sich an ihren Schreibtisch, um an Aidan zu schreiben. Zögernd begann sie, dann flossen die Worte immer hastiger aus ihrer Feder. Sie liebte ihren jüngeren Bruder.

Nach einer halben Seite hielt sie inne. Er war hier, um dem Heer des Königs beizutreten. Was immer sie ihm anriet, er konnte mit Leichtigkeit einer Schlacht zum Opfer fallen.

Gleichwohl, wenn er sich irgendwelchen Tollköpfen anschloss, die die Mauern von Langley erstürmten, wäre es so gut wie sicher, dass er sterben würde.

Abermals tauchte sie ihre Feder ins Tintenfass. Und schrieb mit neuer Entschlossenheit.

Eric bewahrte Kartenmaterial und Korrespondenz in den von ihm gewählten Gemächern auf, sich sehr wohl bewusst, dass, obschon in der Burg friedliche Eintracht herrschte, es gewiss auch solche gab, die insgeheim mit der englischen Sache sympathisierten.

Er studierte soeben die Karte von Galloway, als es an seine Tür klopfte. Er öffnete und stieß auf Allan, der von seinem Erkundungsritt zurückgekehrt war.

»Eric, ich habe Euch vieles zu berichten«, sagte er.

»Tretet ein und schließt die Tür. Manchmal glaube ich, dass die Wände Ohren haben.«

Allan nickte und betrat die Kammer. »Edward lärmt und tobt, er hat es aber noch nicht geschafft, sein Krankenbett zu verlassen. Der Earl of Pembroke hat sich erneut in Bewegung gesetzt. Er weiß, dass Bruce bei Galston Quartier gesucht hat, wo Ihr eigentlich zu ihm stoßen wolltet.«

»Ja, wir wussten, dass ein neuer Angriff drohte.«

»Da ist noch etwas. König Edward bleibt in Lanercost. Er ist außer sich – gleichwohl geht er davon aus, dass Pembroke Robert Bruce dieses Mal überwältigen wird, da sein Heer dem der Schotten zahlenmäßig weit überlegen ist. Es scheint, dass er die Nachricht von der Heirat der Lady of Langley mit Ironie begrüßt. Doch obwohl er die Hochzeit in Abwesenheit erst einmal vom Tisch gewischt hat, plant er dennoch weiterhin, dass sie stattfinden wird – wie üblich hält er sich für das Gesetz. Allerdings räumt er seinen kirchlichen Beratern eine Bedenkzeit ein, um eine Beurteilung für ihn vorzunehmen und zukünftige Fragen zu klären. Es geht das Gerücht, dass ihn die Nachricht von einer stattgefundenen Eheschließung mit Hohn erfüllt. Jede übereilte Heirat sei nicht rechtsgültig und existiere lediglich auf dem Papier. Und wir seien nichts weiter als unfähige Wilde, die mit dem Wind heulen. Wenn er die Lady wieder in seiner Gewalt hat, wird sie ihm dies nur bestätigen. Sir Robert Neville soll die Ländereien und die Burg Langley bekommen und die Dame noch dazu, sobald er das Gemäuer von dem Abschaum gesäubert hat, der jetzt dort haust.«

König Edwards Reaktion war keineswegs überraschend.

Die Eheschließung bedeutete nicht mehr als ein paar Worte auf Papier und ließ sich mit Leichtigkeit annullieren. Nun, das war bitter – genau wie die vernichtende Kritik, dass sie nichts als unfähige Wilde seien.

Indes gab es noch andere, wichtigere Fragen.

»Wir werden Peter erneut die Verantwortung für Langley übertragen. Jarrett und Angus werden ebenfalls bleiben. Jeder Gefolgsmann, den wir angeworben und ausgebildet haben, wird mit uns reiten; wir können einen Verräter im Kampf ausschalten, gleichwohl könnte ganz Langley fallen, sollte ein Mann die Verteidigung zerstören. Der Ritt wird hart werden; die Stadt und die Burg Ayr sind in englischer Hand, und wir wollen unbemerkt nach Galston reiten, um uns dort unserem König anzuschließen.«

»Ganz recht«, murmelte Jamie. Darauf diskutierten sie die Route, die sie nehmen wollten, und mögliche Alternativen für den Fall, dass englische Spähtrupps sie aufspüren würden.

Dann ging Jamie. Eric saß vor dem Kamin, starrte in die Flammen und sinnierte, warum es ihn dermaßen erzürnte, dass Edward über seine Heirat mit Lady Igrainia hohnlachte. Sie bedeutete ihm nichts. Seine Gemahlin und sein Kind ruhten in diesen Burgmauern, in den Tiefen der Krypta.

Nun, vielleicht, so schwante ihm, bedeutete sie ihm doch etwas. Er schätzte seine Streitgespräche mit ihr; sie war eine Herausforderung. Sie war nicht davor zurückgeschreckt, die Kranken zu pflegen. Er hatte ihr Mitgefühl mit den Verletzten gespürt, ihre Fürsorglichkeit gegenüber denen, die ihr helfen wollten. Er hatte ihren hitzigen Kampf mit den Straßenräubern erlebt und wusste um ihren Überlebenswillen, ihren Mut und ihren Hass.

Aber da war noch etwas. Er hatte Langley eingenommen. Sie befanden sich in einem größeren Krieg, und er wusste nicht, ob er den eroberten Besitz würde halten können. Und sie war Teil dieser Eroberung – sie gehörte ihm.

Nicht zu vergessen: die Sache mit Sir Robert Neville.

Sie hatte beteuert, dass sie nicht wieder zu heiraten gedenke, war sie indes in der Gewalt von König Edward, würde dieser sie Neville zur Frau geben, und die Sache wäre entschieden. Igrainia zog den Ritter Eric vor, denn er war ein Verwandter von Afton und loyal gegenüber Edward.

Aber Eric hasste Neville, genau wie Sir Niles Mason, den Engländer, der seine Familie und Freunde eingekreist und in Langley eingekerkert hatte, auf dass sie dort den Tod fänden. Der wichtigtuerische Ritter, der mühelos Frauen und Kinder hatte ergreifen können – und der bei den ersten Anzeichen der Krankheit geflohen war.

Da Afton of Langley bereits tot gewesen war, als er zur Befreiung der Gefangenen zurückgekehrt war, hatte Neville gewiss die Befehle erteilt. Befehle, die viele der Toten und Sterbenden in die widerwärtigen Zellen der Burgverliese verdammt hatten.

Seine Finger gruben sich in die Lehnen des kunstvoll geschnitzten Holzstuhls.

Eher würde er sterben, als dass Neville ihm noch irgendetwas entreißen könnte.

Unter anderem auch die Frau, die Neville begehrte.

Die Trophäe. Die schöne, schwarzhaarige Teufelin.

Nun, seine …

Seine Gemahlin.

12

Das englische Heer hatte eine Truppenstärke von 3000 Mann. Ein unglaublicher Anblick.

Von der Spitze des Loudon Hill, einer felsigen Anhöhe, die das Gelände überblickte, beobachtete Eric auf Loki gemeinsam mit Robert Bruce, James Douglas und einigen engen Vertrauten des Königs das herannahende Heer.

Ihre Rüstungen glänzten im Sonnenlicht – Hauben, Kettenhemden und Brustpanzer. Schilde spiegelten das Strahlen eines azurblauen Himmels. Banner wehten, Bauern winkten, und die Streitrösser waren ebenso herausgeputzt wie die Männer, mit farbenfrohen Schabracken und Federschmuck auf ihrem Harnisch.

Sie schienen über das Land hinweg zu wogen.

Die Männer von Robert Bruce gingen in die hunderte.

Aber sie kannten das Gebiet und Loudon Hill. Tief unter ihnen erstreckte sich die Landstraße. Rechts und links dieser Straße erstreckten sich heimtückische, tiefe Sümpfe, welche die Streitrösser nicht passieren konnten. Sie hatten Gräben ausgehoben, drei an der Zahl, die parallel zur Straße verliefen und die Fläche eingrenzten, die es zu verteidigen galt.

Näher, näher, immer näher …

»Es sind so viele«, murmelte Robert Bruce. »Von makabrer Schönheit, nicht wahr?«

James Douglas, neben ihm, spie in den Schmutz. »Verflucht, das kann man wohl sagen.«

»So viele«, wiederholte Bruce leise murmelnd. In seinen Mittdreißigern, war er nicht nur ein mächtiger Mann, sondern auch erfahren und beherzt, ein hervorragender Stratege und Diplomat.

»Wir brauchen sämtliche Waffen und Rüstungen, die sie zurücklassen, wenn sie kapitulieren«, meinte Eric.

Robert Bruce grinste schwach und bedachte ihn mit einem spöttischen Blick. »Ganz recht. Sie sind uns zahlenmäßig überlegen, dennoch wird unser Schlachtruf sie in die Knie zwingen. Also los!« Er hob sein Schwert und galoppierte los, dabei gellte er lauthals: »Für Schottland und für die Freiheit!«

Eric und die anderen folgten ihm im fliehenden Galopp, stießen zu den Gefolgsleuten, um den ersten Angriff abzuwehren. Der König brüllte Befehle, und jeder seiner Kommandeure wiederholte diese für seine Einheit.

Darauf erschallte das Horn des Earl of Pembroke. Die Engländer bliesen zum Angriff.

Sie preschten heran, die ersten Bataillone englischer Reiter, atemberaubend schnell. Ihre herrlichen Farben wogten im Sonnenlicht. Ihre Rüstungen funkelten …

Sie trafen auf die erste Verteidigungslinie, auf Männer mit langen Piken, die einen Wall aus Stahl formten. Und noch vor diesem Hindernis versanken die Ersten im Morast. Einige Männer fielen vom Pferd, und die hinter ihnen stürzten auf die Gefallenen. Wer den Sumpf umgangen hatte, raste in halsbrecherischem Tempo auf den Wall von Männern und Pfählen und Stahlspitzen zu. Innerhalb weniger Minuten war der erste Angriff entschieden.

Pferd krachte auf Pferd. Reiter und Rösser schrien gleichermaßen. Die Reihen der englischen Truppen sahen sich Tod, Verwirrung, Chaos und weiteren Toten ausgesetzt. In den ersten wenigen Minuten fanden mehr als hundert Engländer den Tod. Dann trampelte die zweite Einheit der Engländer, die viel zu schnell auf die erste folgte, alles nieder, was ihr im Weg war, doch inzwischen hatten die Schotten bereits ihre Stellungen verlassen und überrollten mit Pfählen, Schwertern, Äxten, Keulen und Stangen den Feind, plünderten die Waffen der Gefallenen und holten zum nächsten Schlag aus.

Eric erkämpfte sich den Weg durch die am Boden liegenden Männer. Er besiegte Reiter um Reiter, und die Verwundeten stürzten in ein Meer von Blut und Schmutz und Gliedern, das den Boden besudelte. Die schwankenden, taumelnden Ritter wurden vom Gewicht ihrer herrlich glänzenden Rüstung hinabgezogen, als die schottischen Fußsoldaten auf sie zustürmten. Die Verwirrung war entsetzlich, die Zahl der Gegner blieb gewaltig, und inmitten dieses Wirrwarrs kämpfte Mann gegen Mann, im Vertrauen auf die Rückendeckung durch seine eigenen Leute. Schwerter wurden geschwungen, das Klirren von Stahl auf Stahl war ohrenbetäubend.

Und dann war es vorüber. Das Chaos in den Reihen der Engländer hatte Überhand genommen. Es wurde zum Rückzug geblasen.

Hörner erklangen, Banner wehten.

Ein Farbenmeer wogte am Horizont, und die englischen Rüstungen glänzten und glitzerten ...

Auf dem Rückzug.

Furcht erregendes Gebrüll erhob sich unter den Männern. Sie verfolgten die Engländer, von denen etliche auf der Flucht fielen. Im Tumult der Verfolgung stieß Eric auf einen Highlander, der barfuß und mit Kilt kämpfte, ein Schwert in der Hand, aber keinen Schild, der ihn vor den Hieben seines Gegners hätte schützen können. Als ein zweiter gesichtsloser Mann mit Helm hinter ihm auftauchte, griff Eric den Feind an und fand sich unversehens zwischen zwei ebenbürtigen Gegnern. Er wurde mit rasselnden Lanzenhieben angegriffen, fand kaum Zeit, nach beiden Seiten zu parieren und zum Gegenangriff überzugehen. Seine Chance nahte, als seine Gegner zeitgleich ihre Schwerter hoben. Flink zurückweichend, sorgte er dafür, dass die beiden sich gegenseitig niedermetzelten.

Als sie stürzten, spürte er einen Luftzug im Rücken. Wütend schnellte Eric herum und traf die Mitte seines Widersachers, doch er brachte diesem keine tödliche Wunde bei, da er eine schwere Rüstung trug. Das Schwert seines Gegners krachte hinunter, traf seinen Arm und prallte von seiner Armschiene ab, dennoch war der Schmerz unerträglich. In seiner Not ließ er sein Schwert rasch von einer Hand in die andere gleiten, hieb seinem Gegner in Schenkel und Schritt. Der Mann stürzte. Bereit für einen weiteren Angriff wirbelte Eric herum, gewahrte er doch einen herannahenden Reiter.

Es war Robert Bruce. Er saß geschwind ab, klopfte Eric auf die Schulter. »Es ist vorbei, wenigstens für heute. Wir haben einen Sieg errungen, der unsere Reihen mit Stolz erfüllen und weitere Männer für die Sache der Schotten begeistern wird.«

Rings um Eric hatte das Schlachtengetümmel ein Ende gefunden.

Ein Johlen ging durch die Reihen der Männer. Wilder, unbändiger Jubel erhob sich, hallte über den Berg und die Straße, selbst über die Sümpfe.

»Auf Schottland!«

»Auf die Freiheit!«

»Auf Robert Bruce, König der unabhängigen schottischen Nation!«

Bruce kehrte zu seinem Ross zurück, saß auf, um den Sieg laut zu verkünden, dann dankte er allen Männern, dass sie ihre Liebe zu Schottland über ihr Leben gestellt hatten, und bat sie, ihre Verwundeten einzusammeln und sich um diese zu kümmern. »Die Schlacht für Schottland«, redete er ihnen ins Gewissen, »hat gerade erst begonnen.«

Später an jenem Abend, nachdem die Toten begraben, die Verwundeten behandelt und eine Strategie beschlossen war, sprach Robert Bruce mit den Baronen und Rittern, die in seine Dienste getreten waren und Männer und Waffen mitgebracht hatten.

Von William Wallace wusste er, dass man jeden Mitstreiter schätzen sollte, und er war ein sensibler Mensch mit einem angeborenen Charme. Nach dem Tod von Comyn hatte er bitter erfahren müssen, dass man andere nicht unterschätzen durfte, und bevor er seinen Siegeszug auf den schottischen Thron unternahm, hatte er um Vergebung für seine Tat ersucht, obwohl es hieß, dass er Comyn nur einen Dolchstoß versetzt habe und dass seine Gefährten ihm den Garaus gemacht hätten.

Eric hatte sich mit Jamie beraten, als Bruce zu ihm trat und ihm und allen Männern für ihre Tatkraft dankte, die letztlich zu ihrem Sieg geführt hatte. Er bat Eric, ihn ein Stück zu begleiten, und fragte ihn im Schutze einer Baumgruppe: »Langley macht sich gut unter Eurer Führung?«

»Als ich aufbrach, war alles in bester Ordnung.«

»Nachdem das Heer des Earls hier gewesen ist«, murmelte er trocken, »bleibt das vermutlich so.« Er zögerte, um dann fortzufahren: »Meine Kundschafter berichten mir allerdings, dass Robert Neville und Niles Mason in Cheffington Truppen sammeln. Und, wie Ihr wisst, hat der junge Lord Aidan England verlassen. Jetzt haben diese beiden Männer einen Adligen in ihrer Vorhut – sie werden das Gerücht verbreiten, dass man ihn getäuscht hat, dass seine Schwester nicht Eure Gemahlin, sondern Eure Gefangene ist, und sie werden Igrainia benutzen, um die Gemüter meiner Widersacher zu erhitzen – und wer bislang neutral geblieben ist, wartet indes nur darauf, woher der Wind weht, aus Schottland oder aus England.«

»Dennoch wären sie hirnlose Narren, wenn sie Langley angreifen würden.«

Robert Bruce nickte. »Das stimmt, und deshalb habe ich Euch um diese Eheschließung gebeten, die die Engländer im höchsten Maße aufbringen wird. Die Lady ist eine kostbare Trophäe für jeden Engländer, wie für jeden Mann überhaupt. Ich kenne sie. Wusstet Ihr das? Sie war oft am englischen Königshof, denn ihr Vater war ein mit Titeln geschmückter Mann, berühmt für seine Heldentaten, die er für Edward in den vielen Schlachten mit den Franzosen vollbrachte.«

»Nein, das wusste ich nicht. Sie hat es nie erwähnt.«

Der König zuckte die Schultern. »In ihren Augen bin ich vermutlich ein hinterhältiger Verräter – wir haben nie mehr als Höflichkeiten ausgetauscht, aber ... auch wenn Edward sich hartnäckig weigert, die Dame als Pfand zu akzeptieren, bin ich sicher, dass er jedweden Plan unterstützen würde, sie zurückzubekommen. Er beschäftigt sich mit der Rechtmäßigkeit ihrer Eheschließung, die er beharrlich ableugnet. Ich bin mir gewiss, dass er Pläne für ihre Rückkehr schmiedet. Schon damals ist mir aufgefallen, wie er sie betrachtete. Er hat einen Blick für eine solche Schönheit, und ich konnte ihm ansehen, dass er insgeheim ihren Wert taxierte. Er hat sich die Loyalität von Langley erkauft, indem er ihrer Heirat mit Afton den Segen gab, was natürlich schon Jahre vorher beschlossene Sache war.« Unvermittelt verfiel er in einen drängenden Tonfall. »Sorgt dafür, dass er sie nicht wieder in seine Gewalt bekommt! Mein Gott, der Mann hält mein Kind gefangen! Ihr könnt Euch nicht vorstellen, welchen Dienst Ihr mir mit diesem kleinen Vergeltungsakt erwiesen habt. Ich weiß, Euch hat es wenig bedeutet, nachdem Margot ... von uns gegangen ist. Aber ich bin Euch zu tiefem Dank verpflichtet.«

»Mylord, auch ich hatte meine Gründe für diesen Racheakt«, versicherte Eric dem König. »Ich hasse diese Männer, die Igrainia manipulieren.«

»Tut, was immer Ihr tun müsst«, meinte Robert, und seine Stimme klang wieder schroff und ernst. »In meinem Namen. Und für Schottland.« Der König zauderte, knirschte mit den Zähnen. »Edward denkt, dass er eine Ehe, die ich gebilligt habe, für null und nichtig erklären kann! Dass er mich zermalmen kann wie alle anderen, die geschworen haben, Schottland von seiner Tyrannei zu befreien. Er darf sie nicht zurückbekommen. Wenn er sie jemals ergreifen sollte, so muss verhindert werden, dass er sie in seine Machtspiele, seine Allianzen mit einbezieht oder sie als Auszeichnung für verdiente Kriegsstrategen missbraucht. Die Bischöfe haben nach Rom geschrieben, aber in der Zwischenzeit ...« Wieder stockte er. Dann schmunzelte er. »Wenn es einen Gott gibt und Er uns alle liebt ... so wird sie ein Kind empfangen. Das würde ihren Wert empfindlich schmälern, wenn Edward seine dynastischen Spielchen mit Heirat, Reichtum und sonstigen Schachereien treibt. Er würde sich genötigt sehen, die Macht der Schotten anzuerkennen, und schlichtweg überrannt werden. Für Schottlands Ehre.«

Robert Bruce legte eine Hand auf Erics Schulter, dann schlenderte er in die Nacht hinaus.

Ein kühler Luftzug wehte über seinen Kopf hinweg.

Gott, wie er seine Gemahlin geliebt hatte. Wie Margots unerschütterliche, aufopfernde Liebe zu ihm seine Seele nach und nach durchdrungen hatte, bis sie ein Teil von ihm geworden war.

Er war ein Mensch. Und Soldatenlager wurden des Öfteren von Frauen besucht.

Der König hatte ihm indes eher einen Befehl denn einen

Vorschlag mit auf den Weg gegeben ... etwas zu tun, was er vermutlich seit dem Augenblick zu tun versucht war, als er Igrainia das erste Mal an jenem Bach betrachtet hatte.

Auch sie trauerte, und das konnte er durchaus nachvollziehen. Genau wie die beiderseitige Seelenpein, die ihn zeitweise mit Groll ihr gegenüber erfüllte ... aber auch ein starkes physisches Verlangen bei ihm hervorrief.

Wieder zauste ein Windstoß sein Haar, und er lachte laut auf, ein gespenstischer Laut in der Finsternis.

Immerhin war sie jetzt seine Angetraute.

Und darin lag die Versuchung für seine Seele.

Seine Gemahlin. Eine schöne, schwarzhaarige Hexe, ein Preis, ein Pfand. Und so betörend wie eine Sirene.

Eine weitere Schlacht war zu schlagen ... mit ihr. Mit seinem Ego.

Wieder lachte er. Eine weitere Schlacht ...

Für Schottlands Ehre.

Igrainia stand auf dem Wehrgang, spähte über Wiesen und Weiden. Man hatte die Kunde überbracht, dass eine Schlacht stattgefunden habe. Dass eine Minderzahl von Schotten das riesige Heer des Earl of Pembroke besiegt habe. Edward schäumte vor Zorn, wütete, dass er wohl der Einzige sei, der sein Heer zum Sieg führen könne.

Sie hatte gewisse Freiräume gefunden – innerhalb der Burgmauern von Langley. Und sie hatte festgestellt, dass sie, mithilfe sorgfältiger Planung, würde fliehen können.

Andererseits war sie gar nicht sicher, ob sie das wollte. Eine Flucht barg Gefahren. Hier, auf Langley, waren die ›Abtrünnigen‹ höflich und ehrerbietig. Eric war fort. Sie hatte den von ihm vorgeschlagenen Brief geschrieben, und seine Männer waren offenbar mit der Anweisung zurückgeblieben, dass sie innerhalb der Burg schalten und walten dürfe – natürlich stets mit einem Bewacher im Schlepptau, dessen war sie sicher, aber in den letzten Tagen schienen alle etwas nachlässig geworden. Womöglich boten sich sogar mannigfaltige Gelegenheiten zur Flucht. Kaufleute trafen mit ihren Waren ein, mit Karren, die bei Einbruch der Dunkelheit wieder durch die Tore hinausrumpelten. Bauern, Milchmägde, Gesinde und andere, sie kamen und gingen.

Es gab einen Weg.

Jennie beschwor sie tagtäglich.

Rowenna dagegen wies sie auf die Artigkeiten hin, mit denen man sie bedachte, und wie die Burgbewohner sie vergötterten, wenn sie durch den Hof schlenderte, wie sie sich nach einem Lob von ihr verzehrten, lächelten, wenn sie lächelte, ihr stets zu Diensten waren.

Sie hatte Langley ins Herz geschlossen.

Dennoch wäre sie geflohen … um frei zu sein. Nur dass eine solche Flucht im Grunde genommen unmöglich schien, denn letztendlich würde sie doch Unterstützung von den Engländern benötigen. Und zum König gehen müssen. Edward hatte bereits entschieden, dass sie mit Robert Neville vermählt werden würde, und …

Er war Aftons Verwandter. Gleichwohl irritierte es sie, dass er so erpicht auf Langley war – und auf eine baldige Heirat. Er war nicht wie Afton. Ihr verblichener Gemahl hatte Bücher geliebt, die Wissenschaft und die schönen Künste. In allen Diskussionen hinsichtlich der Gefangenen war Robert aufbrausend gewesen, gleichgültig gegenüber dem Los von Frauen und Kindern, ebenso überzeugt wie Sir Niles Mason, dass die Männer hingerichtet werden sollten. Gewiss, die meisten hätten den königlichen Erlass akzeptiert, dass sie als Verräter der Tod erwartete, aber die Art, mit der Robert Neville dieses Urteil unterstützt hatte, verwirrte Igrainia. Genau wie sein Bestreben, den Besitz eines Familienmitglieds an sich zu reißen. Und dessen Gemahlin. Vor allem, da ihr Vermögen in England nicht unerheblich war …

Es war beileibe nicht so, dass sie Robert Neville nicht gemocht hätte. Aber es behagte ihr nicht, wie er sie so manches Mal berührt hatte – eine Hand auf ihrer Schulter, ein etwas zu stürmischer Begrüßungskuss, ein zufälliges Tätscheln, wenn sie den Saal passierten. Sie hatte es Afton nie gesagt. Und als Krankheit und Tod auf der Burg gewütet hatten, hatte sie an nichts anderes gedacht als an die Ödnis und den Schmerz.

Und jetzt …

Sie war sich gewiss, dass sie eine Fluchtmöglichkeit entdeckt hatte. Sie hatte die geschickteste Taktik gegen ihren Feind eingesetzt – den Gehorsam. Und sie hatten sich einlullen lassen.

Gleichwohl würde ihre Flucht in einem noch größeren, vielleicht noch bedrohlicheren Gefängnis enden. Wenn nicht bedrohlicher, so doch noch einengender. Es gab gewisse Dinge im Leben, die sie einfach akzeptieren musste. Afton war tot. Das idyllische Leben, das sie geführt hatten, war vorbei. Sie lebte in einer Welt, in der Herkunft, Besitz und gesellschaftliche Stellung maßgeblich waren, und es hatte an ein kleines Wunder gegrenzt, dass sie und Afton schon als Kinder Freunde gewesen waren und ein glückliches Paar hatten werden dürfen. Vielleicht war er ein viel zu gutherziger Mensch für die Stellung gewesen, in die er hineingeboren worden war; er hatte all die Dinge gelernt, die der Erbe eines Besitzes wie Langley wissen musste, dennoch hatte er der Kriegsführung Bücher und Kunst vorgezogen, Ausritte in den Feldern und ausgelassene Jahrmärkte. Er war ein guter Zuhörer gewesen; ihre Gedanken und Gefühle hatten ihm ebenso viel bedeutet wie andere Dinge. In vielen Lebensbereichen hatten Männer Rechte, Frauen indes nicht, doch das hatte Igrainia nie Kopfzerbrechen bereitet, hatte sie doch Afton an ihrer Seite gewusst.

Nachdem Eric aufgebrochen war und Peter und Jarrett die Geschicke der Burg lenkten, fand sie, dass es besser sei, eine geachtete Gefangene zu sein, als unter der Knute von König Edward und dem Mann zu stehen, der ein Auge auf sie geworfen hatte – und auf Langley. Nachdem sie die Enge ihrer Kammer verlassen durfte, lebte sie wieder auf, und in gewisser Weise war ihr Dasein wieder wie früher. Sie verbrachte lange Nachmittage im Saal, mit Vater MacKinley und anderen, und ihre Diskussionen drehten sich häufig um die Situation in Schottland. Philipp der Schöne von Frankreich hatte mit seiner Verfolgung des Templerordens begonnen, was Peter entsetzte, da er seit den Kreuzzügen viele Freunde in deren Reihen hatte. Vater MacKinley fand die Verfolgung ebenfalls verachtenswert, musste jedoch eingestehen, dass dieser Geheimorden reich und mächtig geworden war seit seiner Gründung, als man sich Keuschheit und Armut verschrieben hatte. Ein weiteres Gesprächsthema bot der gegenwärtige Papst, den Philipp umtriebig in das heilige Amt befördert hatte und den er inzwischen für seine Zwecke zu missbrauchen schien. Die Truhen des französischen Monarchen waren leer, und es traf zu, dass die Templer überall in der bekannten Welt Reichtümer angehäuft hatten.

All das und vieles mehr wurde erörtert, und wenn Igrainia ihre Meinung kundtat, hörte man ihr zu. Als Peters Lieblingshund sich während einer Kaninchenjagd verletzte, bat er sie um Heiltinkturen für dessen Wunden. Sie fing wieder an, gemeinsam mit Vater MacKinley die Pächter zu besuchen, kümmerte sich um deren Gebrechen und lauschte ihren Nöten.

Sie las viel und entdeckte eine Faszination für den Einsatz und die Herkunftsgeschichte von Rüstung, Waffen und anderem Kriegsgerät.

Einmal mehr nahm sie Erics unsäglichen Wappenschild von der Wand. Sie hatten alles aus ihrer Kammer entfernt, was an Aftons Familie erinnerte.

Ihre Näh- und Stickarbeiten hatte indes niemand angerührt. Sie fand alles, was sie brauchte – und sie hatte Zeit im Überfluss, um ein eigenes Wappen zu entwerfen. Sie fertigte einen Wandbehang mit Lilien und Löwen, das Wappen des Hauses Abelard. Es gefiel ihr, wie er die Wand schmückte, und sie betrachtete ihn jede Nacht wohlgefällig und frohgemut. Sie brauchte dieses Gefühl. Obwohl er fort war, schien es, als wäre er nie aufgebrochen. Er hatte Langley geprägt. Seine Urteile waren Teil des täglichen Lebens geworden. Langley befand sich auf schottischem Boden, und Robert Bruce war der König dieses Landes. Und das Leben war heilig, und die Burgbewohner wurden nicht grausam behandelt, Pächter und Gesinde nicht geschlagen. Die Ritter plünderten weder die Häuser derjenigen, die die Krankheit überlebt hatten, noch die der Verstorbenen. Männer wurden nicht misshandelt, Frauen nicht geschändet, Saatgut, Felder und Vieh nicht zerstört. Das barg freilich eine gewisse Logik. Erics vorrangige Entscheidung war, weitere Streitkräfte für seinen König anzuwerben und auszubilden. Und kämpfende Männer brauchten Nahrung und Vorräte.

Wer ihn gut kannte, war ihm treu ergeben. Alle harrten Tag für Tag auf Nachricht von ihrem König, von den Kampfhandlungen, von Edwards Truppenbewegungen, und vor allem auf ein Lebenszeichen von ihrem Herrn. Keiner hätte seinen Tod gewünscht oder sein Führungsgeschick infrage gestellt. Vater MacKinley berichtete ihr, dass er des Öfteren die Gespräche der Männer mit anhörte und dass Eric so viel Sympathie genoss, weil er seine Gefolgsleute niemals zu gefährlichen Missionen nötigte, die er selbst nicht auch riskiert hätte, weil er seine Mitstreiter bedingungslos verteidigte und sein eigenes Wohlergehen keinesfalls über das anderer gestellt hätte. Er war ein begnadeter Stratege und sich durchaus bewusst, dass Entschlossenheit und nicht Truppenstärke zum Sieg führen konnte. Er hatte seinen Männern zugesichert, dass sie Langley erobern würden, obwohl sie kaum Waffen und keine Rüstung trugen, aber für diejenigen kämpften, die sie liebten.

Während die Tage verstrichen, wurde sie immer zuversichtlicher, dass ihr die Tür zur Freiheit offen stand; indes fragte sie sich häufiger, was Freiheit bedeutete. Sie hätte den Allmächtigen anflehen können, dass Eric im Kampf fallen möge. Stattdessen gewahrte sie erschüttert, dass sie seiner Rückkehr harrte. Sie musste einfach an eine Fluchtmöglichkeit glauben, selbst wenn diese nicht ratsam für sie war.

Sie blieb auch, weil sie sich Sorgen um ihren Bruder machte, der beunruhigender Weise nicht reagiert hatte. Sollte er ihren Brief beantwortet und Peter MacDonald, seines Zeichens Burgverwalter während Erics Abwesenheit, ausgehändigt haben, so hatte Peter ihr nichts davon gesagt. Und sie wagte nicht zu fragen, für den Fall, dass Aidan ihr heimlich eine Depesche zu übermitteln versuchte.

Kuriere kamen und gingen. Eines Abends, während des Nachtmahls im Rittersaal, verkündete Peter ihr stolz, dass Bruces Soldaten am Loudon Hill einen englischen Großangriff niedergeschlagen und im Anschluss an diesen Sieg ein vom Earl of Gloucester kommandiertes Heer attackiert hätten, das Pembroke hatte befreien wollen. Gloucesters Leute hatten empfindlich Widerstand geleistet, aber dennoch das Schlachtfeld räumen und sich in den Schutz der Burg Ayr zurückziehen müssen.

Sie war überrascht, als ihr Herz unvermittelt höher schlug. Wären es schlechte Nachrichten von dem Mann gewesen, dem er so treu ergeben war, hätte Peter gewiss nicht so euphorisch geklungen. Dennoch ertappte sie sich bei den Worten: »Und was ist mit den Männern von Langley?« Obwohl sie sich Erics Tod gewünscht hatte, musste sie feststellen, dass sie jetzt um ihn bangte, eine Empfindung, die sie weder vor ihm noch vor seinen Leuten preisgeben würde. Darauf beruhigte Peter sie geschwind, dass die Männer von Langley in beiden Auseinandersetzungen ihr Geschick und ihre Tapferkeit unter Beweis gestellt hätten. Sie hatten keinen einzigen Mann verloren, die einzige Verletzung war ein gebrochener Arm eines jungen Soldaten gewesen.

Das Blatt schien sich zu wenden.

Robert Bruce war überlegen, doch König Edward hatte eine Aufforderung an alle einflussreichen englischen Adligen gesandt, die ihm Feudaldienste schuldeten. Sie sollten sich am 8. Juli in Carlisle einfinden und den walisischen Truppen des Königs beitreten. Diesmal wollte der König sein eigenes Heer gegen Bruce richten.

Sie fragte sich, ob die Strategie des schottischen Regenten – Verschlagenheit und reine Willenskraft – ihm zum Sieg verhelfen könnte, wenn König Edward selbst ins Feld zog, blinden Gehorsam und Courage von all den Männern einfordernd, die er hinter sich zu bringen vermochte. Sie kannte Edward. Wegen seiner imposanten Statur wurde er Longshanks genannt, und man achtete ihn nicht ohne Grund als einen kriegerischen König. Sein Heldenmut war legendär. Er war intelligent, und vor dem Tod seiner ersten Gemahlin, seiner geliebten Eleonore, hatte er sich gelegentlich sogar als Menschenfreund erwiesen. Auch wenn er gegenüber Schottland eine grausame und brutale Politik betrieb, legte er zeitweise eine ungeahnte Beherrschtheit an den Tag – für gewöhnlich dann, wenn ihm Diplomatie mehr einbrachte als Brutalität …

Während sie auf dem Wehrgang stand und die sanfte Liebkosung der Sonne und die zärtliche Umarmung einer angenehmen Brise genoss, bemerkte sie eine Bewegung hinter sich. Als sie sich umdrehte, trat Peter zu ihr, sein Blick auf die weiten, sanft ansteigenden Felder geheftet.

»Horcht!«, sagte er leise.

Sie runzelte die Stirn und hörte zunächst gar nichts. Doch Augenblicke später vernahm sie es – ein Raunen, noch in der Ferne. Erst spürte sie, wie die Erde erbebte, dann vernahm sie deutlich den gedämpften Hufschlag der geschwind dahinpreschenden Rösser, gepaart mit dem Rauschen des Windes.

»Gregory meinte, sie würden heute zurückkehren. Ein bemerkenswerter Junge.«

Gregory war in der Tat bemerkenswert. Inzwischen lernte sie, von seinen Lippen zu lesen. Er konnte ihr exakt sagen, wann ein Kalb geboren, wann es regnen würde und wann mit Sonnenschein zu rechnen war, selbst wenn der Tag düster und verhangen begonnen hatte.

Der Klang eines Horns und Geschrei drangen zu ihnen, der Wachposten auf dem östlichen Hügel schwang sein Banner, worauf Peter erfreut verkündete: »Sie kehren zurück.«

Igrainia erfüllte eine seltsame Mischung aus Furcht und Wiedersehensfreude. Sie hatte Erics Abwesenheit genossen und die Zeit dazu genutzt, ihre eigene Situation einzuschätzen. Seine Männer waren so höflich zu ihr gewesen, als wäre sie eine der ihren.

Aber jetzt …

»Nun«, sagte sie leichthin. »Es freut mich für Euch, dass Eure Leute die Knüppel und Klingen in diesem Krieg überlebt haben. Ihr entschuldigt mich.«

Sie floh von dem Wehrgang, schlagartig auf ihr Entrinnen bedacht.

Peter war zu beschäftigt mit den heimkehrenden Truppen, um ihr zu folgen, und sie sah weder Jarrett noch einen der anderen, die sie gewöhnlich begleiteten.

Sie wollte in ihre Kammer zurückkehren, ihren Rückzugsort, ihr heimliches Reich. Doch als sie den Wohnturm betrat, merkte sie, dass der Saal leer war, und sie fühlte sich magisch angezogen von den Stufen, die zu den Kerkern führten. Fackeln erhellten die Kellergewölbe, indes, der lang gestreckte Gang mit seinen Grüften und Zellen lag im Dunkel. Sie wunderte sich, dass es ihr überhaupt nichts ausmachte, die Grabstätten zu passieren; früher war es anders gewesen. Jetzt ruhte Afton im Gestein dieser Krypta, und sollte sein Geist umherschweifen, würde er ihr nur mehr Trost und Schutz bieten. Sie verharrte, berührte den Stein und fühlte einen süßen Schmerz der Erinnerung, der die Trauer über den Verlust überlagerte. Schließlich drehte sie sich um, bestrebt zu erfahren, auf welche Weise der Geheimtunnel verbarrikadiert worden war.

Für Augenblicke verharrte sie, verwünschte sich, warum sie ausgerechnet jetzt die Tiefen der Burg erforschte. Nun, vermutlich deshalb, weil die siegreichen Helden soeben zurückgekehrt waren. Sie würden sich voll Stolz mit ihrem Triumph brüsten, einander zuprosten, auf Robert Bruce und Schottland anstoßen.

Keiner würde sie vermissen.

Sie strebte durch den langen Gang, vorbei an den leeren Kerkerzellen, die Holztüren mit den Eisengittern offen. Sie verharrte nicht vor der Folterkammer, spürte aber ein unangenehmes Prickeln im Nacken. Sie hastete weiter – war es eine Sackgasse? –, doch dann glitt sie um eine Säule, die wie ein Teil der Mauer wirkte, und erreichte die Stelle, wo der Tunnel früher einmal als niedriger, kaum erkennbarer Bogengang begonnen hatte. Ein düster gähnender Spalt und dahinter ein weiterer Stollen, der steil in die Tiefe und, unter dem Burggraben hindurch, zum Südufer des Flusses führte.

Sie betastete den in Stein gehauenen Bogen und erkannte, dass das, was früher einmal Mauerwerk vorgaukeln sollte, nun tatsächlich eine Wand war. Mörtel umkleidete die eingesetzten Steine. Dennoch, so dachte sie bei sich, hatte Eric den Geheimgang gewiss nicht so fest versiegelt, dass er diesen im Ernstfall nicht auch für seine eigenen Zwecke benutzen könnte. Sie war sich sicher, dass die Mauer nicht sonderlich massiv sei und dass sie mithilfe einer Axt oder einer Stange nachgeben werde.

Natürlich dämmerte ihr sogleich, dass sie kein entsprechendes Werkzeug zur Hand hatte.

Froh, dass sie sich sachkundig gemacht hatte, verließ sie das finstere Ende des langen Korridors und trat den Rückweg an, vorbei an den Zellen, Grüften und über die Treppe zum Saal. Tief in Gedanken, den Blick gesenkt, ging sie einige Schritte, als es sie schauderte, denn das plötzliche Dunkel in dem ohnehin nur schwach erhellten Gang warnte sie, dass sie nicht allein war.

Abrupt blieb sie stehen und gewahrte im flackernden Schein der Wandfackeln zunächst nur etwas, das wie ein gewaltiges Hindernis anmutete. Dann erkannte sie die Umrisse breiter Schultern, einen weiten Umhang, einen goldblonden Männerschopf. Ihr Herz setzte beinahe aus, und sie blieb reglos stehen. Es war sinnlos umzukehren. Und unmöglich, an ihm vorbeizuhuschen. Mochten seine tiefblauen Augen auch von der Finsternis überschattet werden, sie wusste, dass sie unbehaglich auf ihr ruhten.

»Ah«, murmelte sie, bemüht, das Zittern ihrer Glieder zu verbergen und so beiläufig zu reden wie mit Peter, Jarrett oder Vater MacKinley. »Ich nehme an, daher rühren der Jubel und das Gebrüll. Die siegreichen Krieger sind zurückgekehrt. Und Ihr habt überlebt. Wie … schön für Euch.«

Sie hatte nicht bemerkt, dass er seine Hände hinter dem Rücken verbarg, bis er sie unvermittelt hervorholte. Er hielt eine Brechstange umfasst.

»Sucht Ihr danach?«

Nach einem flüchtigen Blick auf die Stange begegnete sie seinen dunklen Augen.

»Ich bin gekommen, um die Gräber zu besuchen.«

»Sie sind am anderen Ende des Ganges.«

»Ich habe erfahren, dass der Gang zugemauert wurde.«

»Und musstet Euch selbst davon überzeugen?«

»Wahrlich. Es schien mir eine törichte Idee. Ihr könnt nie wissen, ob Ihr einen solchen Fluchtweg nicht irgendwann einmal dringend braucht.«

»Ob ich ihn brauche? Oder Ihr?«

»Ihr wart eine ganze Weile fort. Und ich war eine mustergültige Gefangene. Ihr könnt Eure Männer fragen.«

»Aber meine Männer sind nicht hier. Vielleicht war Euer Leben sogar ganz angenehm. Aber jetzt bin ich zurück.«

»Wie wahr«, murmelte sie und sagte sich im Stillen, dass eine weitere Unterhaltung zu nichts führen würde. Entsetzt über ihr Herzrasen und ihren flatternden Atem entschied sie, ihm mit damenhafter Würde zu entwischen. »Ich werde pflichtschuldigst in meinen Käfig zurückkehren, Sir, wenn Ihr so gut sein wollt, mich vorbeizulassen.«

Doch so einfach wollte er es ihr nicht machen.

Als sie an ihm vorbeischlüpfen wollte, fasste er ihren Arm. Sie wurde genötigt, dicht neben ihm auszuharren, eingeklemmt zwischen steinernem Mauerwerk und seiner stählernen Rüstung. Trotzig erwiderte sie seinen Blick. Spähte zu den sehnigen Fingern, die ihren Arm umfassten.

»Ich bin hergekommen«, murmelte sie, besorgt, dass sie vielleicht zu aufgewühlt klingen könnte, »weil ich beten wollte ... und ein bisschen umherstreifen. Aus reiner Neugier, sonst nichts.«

»Aha, dann ist das also nicht Eure Brechstange?«

»Natürlich nicht. Denkt Ihr denn, dass Eure Männer mich mit einem solchen Werkzeug ausstatten würden?«

»Ich denke, dass Ihr schon einige Zeit hier lebt und sicherlich wisst, wo Gerätschaften wie diese zu finden sind.«

Er ist der geborene Kriegsheld, dachte sie insgeheim. Stattlich, kraftstrotzend und wie immer voller Selbstvertrauen. Ihr fiel wieder ein, wie zerlumpt er gewesen war, als sie ihn das erste Mal gesehen hatte – heruntergekommen und verdreckt wie ein Wilder. Jetzt war seine Kleidung sauber, das volle Haar frisiert, das Gesicht glatt rasiert, markant und durchaus anziehend. Gleichwohl waren seine Züge angespannt, vielleicht vor Müdigkeit und nicht versiegen wollendem Schmerz.

Er war ohne Harnisch zurückgeritten, sich offensichtlich gewiss, dass keinerlei Gefahren lauerten. Sein Schwert war locker um die Taille gegürtet, das Messer, das er stets trug, steckte in einer Kniescheide.

»Gefangene forschen nun einmal nach einem Fluchtweg«, sagte sie trotzig. Er schien so nah und schlagartig viel zu wirklich. Ein Mann. Aus Fleisch und Blut, mit einem klopfenden Herzen, Augen, denen nichts entging, energiegeladen, kraftvoll. »Ich bin hier!«, ereiferte sie sich. »Meint Ihr wirklich, statt Eurem triumphalen Siegeszug beizuwohnen, hätte ich einen Fluchtweg ersonnen, um dem angenehmen Leben zu entfliehen, das ich als Eure Gefangene führe?«

»O nein. Ich wusste, dass Ihr hier seid. In dem Augenblick, als ich auf Peter traf. Er hätte sein Leben riskiert, um zu bewahren, was wir erobert haben.«

»Steinerne Gemäuer, Waffen, Rüstungen und eine Frau, alles ein und dasselbe.«

»Alles Kriegstrophäen«, bekräftigte er stolz.

»Außer dass einige an Ort und Stelle verharren.«

»Aha … Dem entnehme ich, dass Ihr weiterhin auf eine Flucht versessen seid. Direkt in die Arme und an die Brust und in das Ehebett eines Mannes, der nur davon träumt, Ländereien, Titel, Besitz und die Witwe des verstorbenen Burgherrn an sich zu reißen – kaum dass er erkaltet in seiner Gruft!«

»Hört Ihr? Ich glaube, man ruft nach Euch. Wahrlich, Eure Männer brauchen Euch nach Eurer langen Abwesenheit.«

»Ich glaube nicht, dass Ihr eine mustergültige Gefangene wart, Igrainia. Ich denke, Ihr seid eine recht kluge Frau, die weiß, dass sie sich nicht gegen Edward aufzulehnen vermag, sollte er sie zu fassen bekommen.«

»Welchen Unterschied macht das schon?«, herrschte sie ihn an. Sie konnte es keine Sekunde länger ertragen, ihn in ihrer Nähe zu wissen. Sie würde noch schreiend und rasend wie eine Irre das Weite suchen. »Meine einzige Erlösung wäre Euer aller Tod! Lasst Ihr mich jetzt passieren? Wahrhaftig, Sir, man braucht Euch oben, auf dass Eure Gefährten Euch bewundern und lobpreisen können.«

»Es ist gut, dass Ihr nicht versucht habt zu fliehen.«

»Tatsächlich? Was wäre dann geschehen? Hatten Eure Männer den Befehl, mich auszupeitschen? Oder mich zu enthaupten?«

»Nein«, erwiderte er gleichmütig. »Sie hätten Euch bis zu meiner Rückkehr wieder in eine dieser Kerkerzellen sperren müssen.«

»Wenn sie mich aufgegriffen hätten.«

»Ich versichere Euch, das hätten sie.«

Es schien, als wollte er sie nicht freigeben. Während er sprach, maß er sie, suchte etwas in ihren Augen, ihren Worten.

»Ist ja auch einerlei, oder? Ihr seid zurückgekehrt – ich bin hier. Immer noch der gefangene Vogel, auch wenn sein Käfig größer geworden ist.«

»Dieser Krieg wird lange währen. Und ich werde erneut aufbrechen müssen. Und welche Motive Eure undankbare Seele auch leiten mögen, ich warne Euch. Im Augenblick habt Ihr das Gefühl, in Eurem Käfig zu herrschen, und werdet der Sache allmählich überdrüssig. Das kann sich ändern. Die Tatsache, dass Ihr eine Kriegstrophäe seid, jedoch nicht.«

»Ich habe nicht die geringste Ahnung, was Ihr damit sagen wollt!«, empörte sie sich. Nicht mehr lange, und sie würde die Beherrschung verlieren, sich wie eine Irre gegen das Gestein werfen, um ihm zu entkommen. Ihr Herz hämmerte; sie hatte das Gefühl, keine Luft zu bekommen, obwohl ihr Atem viel zu rasch ging. »Ich hatte nicht vor zu fliehen. Ich habe lediglich die Enge meines Käfigs satt und die Einschränkungen, wenn Ihr hier residiert.«

»Vielleicht müsst Ihr Euch sogar mit weiteren Einschränkungen abfinden«, wandte er ein.

»Ich finde mich mit allem ab, wenn Ihr mich jetzt bitte passieren lasst! Ihr werdet im Rittersaal erwartet.«

»Ganz recht. Und heute Abend wird selbstverständlich gegessen und getrunken und gefeiert. Ihr seid herzlich willkommen. Wie ich höre, ist Euer Platz an der Tafel nicht oft leer gewesen. Ich möchte nicht, dass Ihr Euch durch meine Rückkehr in Euren Gepflogenheiten gestört fühlt.«

Er hielt weiterhin ihren Arm umspannt. Sie atmete tief ein und antwortete schnippisch: »Ich sehe keine Veranlassung, Tod und Zerstörung auch noch zu feiern.«

»Zumindest nicht im Hinblick auf Eure Landsleute. Ich

muss mich für meine barbarischen Manieren entschuldigen – dass ich zurückgekehrt bin und meinen Kopf immer noch auf den Schultern trage.«

Sie versuchte sich ihm zu entwinden, doch sein Griff war wie eine Schraubzwinge. Also erwiderte sie in aller Ehrlichkeit, froh, dass ihre Antwort seine seltsam hartnäckige Haltung nicht in Erzürnung verwandeln würde: »Ihr irrt. Das habe ich Euch beileibe nicht gewünscht.«

»Ihr hättet es lieber gehabt, wenn man mir das Herz herausgerissen hätte?«

»Ich habe nicht im Geringsten an Euren Tod gedacht.«

»Gebt Acht auf Eure Worte, sonst glaube ich noch, dass Ihr froh um meine Rückkehr seid.«

Sie zögerte, überlegte jedoch genau, wie sie fortfahren sollte. Doch er lachte unvermittelt auf. »Aha, verstehe. Ihr wart weder auf meinen Tod bedacht noch auf meine Rückkehr. Ihr habt die Zeitspanne meiner Abwesenheit genossen, in dem Glauben, dass meine Existenz Eure Sicherheit auf Langley gewährleistet. Was hier, in diesem Tunnel, seine Bestätigung findet – Ihr habt nichts anderes getan, als Euch zu vergewissern, dass Ihr irgendwann in der Zukunft einen Fluchtweg finden werdet. Wenn es Euch angeraten scheint. Ihr habt entschieden, dass ich das kleinere von zwei Übeln bin, vor allem, wenn ich weit weg von Langley bin.«

»Herrgott, bitte, darf ich vorbei?«

»Ob ich hier bin oder nicht, Ihr werdet auf Langley bleiben müssen.«

»Ihr mögt vieles befehligen können, Sir, aber niemals meine Gedanken und Gefühle.«

»Die kümmern mich nicht – solange Ihr nicht so töricht seid, danach zu handeln.«

»Ich fühle mich gewarnt und in die Schranken verwiesen. *Darf ich jetzt passieren?*«

»Werdet Ihr uns heute Abend beehren?«

»Nein, das werde ich nicht.«

»Ihr wollt keine Musik hören, nicht die Legenden von Kühnheit und Ehre teilen?«

»Tut mir Leid, aber ein Mahl mit einer Bande von Prahlhanseln würde mir Magendrücken bereiten. Ich bitte Euch nochmals, darf ich vorbei?«

Zu ihrer Verblüffung verneigte er sich tief, und seine Hand löste sich von ihrem Arm. Sie floh, und obschon sie sich bemühte, damenhaft zu schreiten, wurden ihre Schritte schneller und schneller. Er folgte ihr nicht.

Sein Blick mit Sicherheit schon.

Als sie die Stiege erreichte, rannte sie fast. Sein Blick lastete auf ihr, bis sie die Stufen zum Saal hinaufgeeilt war. Sie hastete durch die dort versammelten Männerhorden und nahm die Treppe zum zweiten Geschoss und zu ihrer Kammer beinahe im Fluge.

Ihre Kammer – ihr Käfig. Was ein Gefängnis gewesen war, schien ihr nun ein rettender Hafen. Sie presste die Handflächen auf ihre brennenden Wangen.

Sie lauschte, überlegte, ob er auf Zeit spielte, um ihr dann zu folgen und sie abermals herauszufordern.

Aber mitnichten. Da fiel ihr ein, dass er ja soeben erst eingetroffen war – und es gab andere Dinge, die ihm wichtig waren.

Sie gehörte nicht dazu. Sie war eine Kriegstrophäe, wie Waffen, Rüstungen und die Mauern der Burg.

Die Zeit verstrich, und niemand kam. Als sie die Tür zum Gang öffnete, drang von unten Stimmengewirr zu ihr, und sie wusste, dass die Männer über die Geschicke der Burg diskutierten, über das Schlachtfeld und vielleicht auch darüber, welche Wendung der Krieg nehmen würde, wenn Edward seinen Marsch auf Robert Bruce fortsetzte.

Sie schrak zusammen, ertappte man sie doch just dabei, wie sie ihren Kopf neugierig aus der Kammertür herausstreckte.

»Igrainia, kommt Ihr nach unten? Braucht Ihr irgendetwas?«

Jamie hatte einen Hocker in den Gang getragen und schnitzte an einem Stück Holz.

»Ja … ich möchte, dass nach den Küchenjungen geschickt wird. Sie sollen mein Bad heraufbringen.«

»Gewiss doch.« Er ging zur Treppe. Unauffällig versuchte sie zu belauschen, was unten gesagt wurde. War Jamie erst einmal verschwunden, könnte sie sich auf Zehenspitzen zum Treppengeländer stehlen und horchen.

Doch diesen Gefallen tat Jamie ihr nicht. Vom Treppenabsatz rief er einem Burschen ihr Begehr zu. Sie kehrte in ihre Kammer zurück.

Der Badezuber wurde hereingebracht, dazu eine Vielzahl von dampfenden Wasserkübeln; darauf verließen die Diener einer nach dem anderen die Kammer, und Igrainia war wieder allein. Während sie badete, ließ sie die Tür nicht aus den Augen, immer auf der Hut vor einem unhöflichen Besucher, der vielleicht nicht anklopfte. Sie ließ sich Zeit, unterdes fragte sie sich, warum sie so viel riskierte. Sie wusch ihr Haar, spülte es sorgsam aus. Und aalte sich in dem wohlig warmen Wasser, jedoch stets mit Blick auf die Tür.

Aber Eric tauchte nicht auf. Als das Wasser kalt wurde, stieg sie aus der Wanne, fest entschlossen, ihre Kammer nicht zu verlassen und der Siegesfeier der Schotten in keinem Fall beizuwohnen. Sie wählte ein weißes, mit Spitzen verziertes Leinengewand für die Nacht. Dann setzte sie sich vor das Kaminfeuer und bürstete ihr Haar trocken.

Schließlich griff sie zu einem Buch. Heute Abend würden die Götter der griechischen Sagenwelt ihr Gesellschaft leisten.

Niemand kam, um sie zu bedrängen, sich doch zu den anderen zu gesellen. Nicht einmal Vater MacKinley. Jennie tauchte nicht auf und Rowenna auch nicht.

Die Sonne ging unter, es dämmerte, dann senkte sich nächtliche Dunkelheit über das Land.

Jarrett brachte ihr ein Tablett mit ihrem Nachtessen. Er war fröhlich und gutmütig wie immer, indes erpicht darauf, sie rasch wieder zu verlassen. Es gelang ihr nicht, ihn in ein Gespräch zu verwickeln.

Nicht lange darauf drang lärmender Jubel zu ihr hinauf.

In ihrem wachsenden Zorn dachte sie bei sich, dass die heldenhaften Eroberer wahrlich zurückgekehrt seien. Unmöglich, die aus dem Saal heraufschallende Musik, das Gelächter und Geschrei zu ignorieren. Für eine lange Weile starrte sie auf die Buchseite, bis ihr schlagartig dämmerte, dass sie kein einziges Wort verstanden hatte.

Sie ertappte sich bei der Überlegung, worüber sie wohl redeten, was sie dort unten trieben. Sie hatte ein berechtigtes Interesse, es zu erfahren.

Als ihre Neugier unerträglich wurde, öffnete sie die Tür. Sie spähte in den Gang, sah aber keine der Wachen. Lautlos schlich sie sich durch den Korridor bis zum Stiegenhaus und beobachtete heimlich das fröhliche Treiben.

Mehrere Männer hatten Dudelsäcke umgehängt, und Jamie, der sich mit seinem Lautenspiel gebrüstet hatte, stellte sein Können unter Beweis. Er und Dougal standen mit anderen Männern am Kamin. Auch einige Frauen waren im Saal, Gattinnen der vielen Krieger, die dem Festmahl und der Zerstreuung beiwohnten. Sie hatte einige von ihnen im Hof getroffen und das eine oder andere Wort mit ihnen gewechselt.

Eine Frau kannte sie noch aus der schlimmen Zeit der Pestepidemie. Sie hatte die Krankheit überlebt.

Und da war Jennie, wie sie es erwartet hatte; stumm und schmollend tischte sie mit Berlinda, Garth, Gregory und Rowenna die Speisen auf.

Am Kopf der Tafel saß selbstverständlich Eric.

Er hatte einen Kelch und einen leeren Teller vor sich. Während viele im Saal lachten, schwatzten, einander über die Tische zubrüllten oder die Musikanten anfeuerten, schien Eric in ein ernstes Gespräch mit Peter MacDonald vertieft, der zu seiner Rechten saß. Rowenna trat mit einem Krug hinter die beiden und schenkte ihnen Bier nach. Während sie eingoss, dankte Peter ihr abwesend. Erics Augenmerk indes schien auf das Mädchen gerichtet. Lächelnd sprach er mit ihr. Sie plauderten angeregt miteinander und beide lachten. Er wirkte ausgelassen. Auch er hatte gebadet, stellte sie fest, den Straßenstaub weggewaschen. Er trug Hemd und Beinkleider, den allgegenwärtigen Umhang, seinen Tartan – mit den Farben seines Clans, der ihm so viel bedeutete wie der Kampf für eine unabhängige Nation.

Rowenna lachte und errötete bei seinen Worten. Andere Frauen fanden ihn offensichtlich attraktiv, charmant, männlich ... umwerfend.

Als spürte er ihre Gegenwart, blickte Eric Sekunden später auf.

Sie erstarrte hinter dem hölzernen Treppengeländer. Es war zu spät für einen Rückzug, obschon sie einen inneren Kampf ausfocht. Er hatte sie gesehen.

Er maß sie für einen langen Augenblick. Sie konnte ihre Augen nicht von ihm reißen.

Sein Blick war anders als sonst. Eine seltsame Glut schwelte in seinen blauen Tiefen, ließ Igrainia dahinschmelzen.

Sein Blick rüttelte sie innerlich auf.

Statt ihren Fluchtinstinkten nachzugeben, erhob sie sich voll mädchenhafter Anmut. Sie hielt seinem Blick stand. Seine Augen schienen sie zu durchbohren.

Dann drehte sie sich abrupt um, als wollte sie ihn aus ihrem Blickfeld und ihren Gedanken tilgen.

Sie strebte zurück zu ihrer Kammer.

Während sie ging, spürte sie wieder dieses Herzrasen.

Denn diesmal folgte er ihr.

13

Als sie ihn auf der Treppe hörte, wollte sie ihre Schritte beschleunigen. Doch er erreichte den Treppenabsatz und rief ihren Namen. »Igrainia!«

Seine Stimme klang angenehm, barg aber einen ironischen Unterton. Sie erstarrte auf der Stelle, drehte sich indes nicht um.

»Das Geschehen im Saal fasziniert Euch, nicht wahr? Von daher seid Ihr töricht, das Ganze von der Treppe her zu beobachten. Gesellt Euch doch einfach zu uns.«

»Ich bin nicht fasziniert. Ich frage mich nur, wann der Lärm endlich verstummt.«

»Erst sehr spät. Oder sehr früh.« Er trat hinter sie. Bevor er sie zu sich umdrehen konnte und sie ihn anschauen musste, wirbelte sie herum, den Rücken an die Tür zu ihrer Kammer gepresst.

»Kommt herunter.«

»Dazu habe ich wahrlich keine Lust.«

»Ihr lügt. Ihr langweilt Euch in Eurem kleinen Käfig und sterbt beinahe vor Neugier. Kommt herunter.«

»Nein.«

»Doch.«

Er fasste ihren Arm und hakte sie entschlossen unter. Sie vermochte sich nicht zu wehren.

Und er setzte sich bereits in Bewegung. Sie musste sich beeilen, um mit ihm Schritt zu halten.

»Ich bin nicht angezogen!«, protestierte sie, worauf sein Blick über das Leinengewand mit der feinen Spitzenhandarbeit schweifte. Das Gewebe war hauchzart, aber bauschig und reich bemessen. Im Dämmerschein wirkte es wie eine züchtige, elegante Abendrobe.

»Ihr seid zu bescheiden. Dies ist ein reizendes Gewand.«

»Es ist ein Nachtkleid. Meine Füße sind bloß.«

»Umso besser, Eure nackten Füße werden Euch daran hindern wegzulaufen«, scherzte er.

»Ich bin nicht weggelaufen.«

»Bis jetzt nicht. Wir haben diese Tatsache zur Kenntnis genommen, nicht wahr? Ihr seid keine übliche Gefangene. Ich glaube, meine Männer wetteifern bereits um die Gunst, wer Euch dienen darf.«

Sie beachtete ihn nicht weiter, denn sie hatten den Saal betreten.

Die Musik verklang. Alle verstummten, sämtliche Blicke waren auf sie gerichtet.

Dann ergriff Jamie das Wort. »Igrainia! Seid uns willkommen. Jarrett, Männer, wir haben doch gewiss eine Ballade, um die Lady zu begrüßen?«

Wieder spielten sie auf, eine wunderschöne, mitreißende Dudelsackmelodie, über eine Maid in einem Turm und einen jungen Mann, der sie Nacht für Nacht beobachtete.

Eric hielt ihren Arm weiterhin umspannt. Er schob sie durch den Saal zum Kopf der Tafel. Peter hatte seinen Platz geräumt.

»Setzt Euch«, sagte Eric.

»Es ist Peters Platz.«

»Peter braucht ihn nicht mehr.«

Igrainia hatte keine Chance gegen ihn. Sie wurde auf den Stuhl gedrückt. »Gregory! Bier für die Dame!«, rief Eric. Er hob seinen Becher. »Meiner Treu, auch für mich.« Grimmig starrte er in sein Trinkgefäß. Einen Moment lang mutete sein Ton bitter an, aber nicht wegen Igrainia, sondern seinetwegen. Gregory schenkte ein.

»Lasst uns anstoßen, Mylady. Hebt Euer Glas.«

»Ich trinke nicht auf Eure Siege«, entgegnete sie schnippisch.

»Auch gut. Dann auf das Leben, Mylady, und dass es uns heilig ist! Zum Teufel, trinkt von mir aus auf den greisen König Edward, auf dass sein Leib unter ihm verfaule!«

Sie zögerte, legte ihre Finger um den Kelch.

»Dann trinkt auf die Erinnerung an Euren Gemahl, Igrainia, aber hebt Euren Becher und trinkt endlich!«

Unvermittelt schwebte ihr ein entsetzliches Bild vor Augen – wie er ihr Kinn umspannte und ihr das Bier brutal in den Rachen goss. So etwas würde er nicht tun. Oder etwa doch? Sie hob den Becher, freute sich auf einen tiefen, tiefen Schluck von dem köstlichen Gerstensaft.

Er leerte seinen Becher, donnerte ihn auf den Tisch und maß sie mit seinen tiefblauen Augen. Sie nahm einen Schluck ... dann noch einen und noch einen, bis sie ihr eigenes Bier ausgetrunken hatte und ihren Becher ebenso lautstark wie er auf den Tisch knallte. »Reicht das?«, fragte sie frostig.

Grinsend lehnte er sich zurück, ließ sie jedoch nicht aus den Augen. »Keine Ahnung. Vielleicht. Ihr wart offenbar bestrebt, das Geschehen mitzuverfolgen. Sonst wäret Ihr nicht so erpicht auf das Bier. Oder Wein – ich glaube, es gibt welchen, wenn Ihr das vorzieht.«

»Ich ziehe es vor, nicht mit Euch zu trinken.«

»Warum nicht? Trinkt genug Bier, und wir werden weitaus erträglicher für Euch werden.«

»So viel Bier gibt es auf der ganzen Welt nicht«, murmelte sie.

»Ihr würdet überrascht sein, was eine entsprechende Menge Bier alles anrichten kann.«

Sie wurden voneinander abgelenkt, da sich fröhlicher Jubel unter den Anwesenden erhob, der das Gemurmel vertraulicher Unterredungen überlagerte.

»Jamie, wie wär's mit dem neuen Lied auf unseren braven König Robert?«, rief Allan. Er saß am anderen Ende ihrer Tafel, einen Arm um eine junge Frau gelegt. Igrainia hätte nicht zu sagen vermocht, ob sie die Frau schon einmal gesehen hatte, aber sie war hübsch und jung und schien glücklich in Jamies Armen. Ihre Robe war bezaubernd: sie trug einen Tartan in den Farben Blau, Grün und Rot.

»Aber gewiss doch!«, brüllte Jamie und hub an.

Mit wohlklingender Stimme erzählte er eine Ballade, derweil er an seinem Instrument zupfte. Seine Geschichte handelte von dem schottischen König, von finsteren, trübsinnigen Tagen, von den Toten, die er geliebt hatte, und von einer Nacht, in der er alles hätte aufgeben mögen; doch dann sah er eine Spinne, die unaufhörlich an ihrem Netz werkelte, immer wieder neu begann, sobald der Regen zerstörte, was sie mühsam geschaffen hatte. Die Sonne erhob sich, und das neu gewebte Netz war so schön, dass der König begriff: er durfte nicht weniger um Schottland geben, denn die Sonne würde immer wieder aufgehen.

Seinem Gesang folgte donnernder Applaus, und er errötete und lachte und dankte allen. Igrainia war außer sich, als er sich in ihre Richtung verneigte und rief: »Igrainia! Bitte kommt. Eric, du hast sie noch nicht gehört, oder? Ich auch nicht. Aber Peter meint, sie hat die Stimme eines Engels, einer Lerche, und dass sie während unserer Abwesenheit im Saal gespielt und gesungen hat. Igrainia! Ihr müsst die Ehre von Langley verteidigen. Kommt!«

Sie erstarrte auf ihrem Stuhl, spürte einmal mehr Erics stechenden Blick.

Er beugte sich vor. »Also ... habt Ihr während unseres Fortseins nicht nur mit dem Feind gespeist, sondern ihn auch unterhalten?«

Nervös befeuchtete sie ihre Lippen. »Ich glaube nicht, dass Ihr eine der Balladen hören wollt, die ich zum Besten geben kann.«

»Oh, aber gewiss doch.«

»Nein.«

»Doch. Ich befehle es.«

»Ich werde singen, was mir gefällt«, drohte sie.

»Na, macht schon.«

Abrupt erhob sie sich. »Wie Ihr wünscht. Wer bin ich denn, dass ich einem siegreichen Helden etwas abschlagen könnte?«

Sie strebte zu Jamie und nahm dessen Laute in Empfang. Er lächelte freundlich und reichte sie ihr mit einer tiefen Verbeugung.

Ihr Lied handelte von einer verlorenen Liebe, von einem überaus weisen Ritter, der sich der Macht des geschriebenen Wortes bewusst war, der Schönheit einer Sommerwiese, dem Wunder eines Kindes. Ein Ritter, viel zu sanftmütig für das Schwert, aber geboren, um damit zu leben und zu sterben. Sie war sich sicher, dass viele begriffen, dass der sanftmütige Ritter in ihren Versen Afton war – auch wenn er an der Seuche und nicht an einem Schwerthieb gestorben war.

Wahrlich, dass er ›gemeuchelt von einem Feind, wild und brutal‹, hätte einige von ihnen aufrütteln müssen. Vor allem deshalb, weil der Feind brutal, barbarisch und aus dem Norden war, mit einer mächtigen Streitmacht, aber ohne Weisheit, Erfahrung, Ritterlichkeit.

Als sie die letzten Töne sang, verhinderte einzig ihre Willenskraft, dass ihr die Stimme versagte. Sie war eine Närrin, dass sie sich über die anderen lustig machte! Im Grunde genommen wollte sie lediglich Eric erzürnen. Sein Blut in Wallung bringen, eine gewisse Genugtuung in ihrer eigenen Stärke finden.

Und doch, als sie geendet hatte und Jamie die Laute zurückbrachte, wurde sie von lautem Applaus überrascht, der durch den Saal hallte. Sie fühlte sich erhitzt, nahe am Kaminfeuer stehend, und als jemand ihr einen Kelch reichte, nahm sie dankend an und trank durstig, doch als Allan und seine Herzdame und einige andere Ritter auf eine weitere Darbietung drängten, lehnte sie ab.

»Nein, wirklich nicht ...«

Jamie indes trat lachend an ihre Seite und erkundigte sich, ob sie nicht vielleicht ein leichtes, fröhliches Stück wisse, und er spielte erneut auf, und sie sangen zusammen. Wieder schien der Saal aufzuleben, man applaudierte, und Igrainia war verwundert, wie viele Menschen ihr dankten. Allans Begleiterin kam ebenfalls zu ihr und dankte ihr, dass sie sie während der Pestepidemie gepflegt habe. Seltsamerweise genoss Igrainia den Abend, und sie tanzte zu Jarretts Dudelsackmusik, wirbelte mit den anderen Frauen, Töchtern und Geliebten im Kreis, und lachte sogar, als sie über Angus' Füße stolperte, der sich zu ihr gesellte.

Sie amüsierte sich. Die Frauen schienen sie als eine der ihren zu akzeptieren, die Männer bewunderten sie und machten ihr Komplimente. Sie war so ausgelassen wie schon lange nicht mehr, und sie fühlte sich großartig angesichts ihrer freundlichen Worte.

Sie vergaß, dass sie unter Feinden war. Sie strahlte und lachte mit Jamie, Jarrett, Dougal, Allan und seiner Tischdame. Ab und an gewahrte sie Eric, der mit seinen Männern diskutierte oder mit einer der Gemahlinnen, Schwestern,

Mütter oder Geliebten scherzte. Sie bemerkte die Artigkeit, mit der er andere behandelte. Sie sah, wie er abermals Rowennas Hand berührte, sein Gesicht zu ihr neigte, damit er ihre Worte über den Lärm, das Lachen und Plaudern hinweg verstand. Wahrlich, er konnte überaus charmant sein.

Sie drehte sich von ihm weg. Kurzzeitig wusste sie nicht, ob sie wütend oder froh sein, lachen oder weinen sollte, sie, ein bunt schimmernder Vogel, auf der Flucht vor den Käfigstangen.

Sie trank noch mehr Bier.

Sie diskutierte über die besten Medizinen für Fleischwunden.

Sie tanzte wieder und wieder und lauschte der Musik, strahlte Jamie an und sonnte sich in seinen Komplimenten.

Fast hätte sie Eric vergessen …

Bis sie mitten in einer munteren Weise geradewegs in seine Arme und an seine muskulöse Brust wirbelte.

Da wusste sie es.

Nein, sie hatte ihn keineswegs vergessen. Sie hatte Vergeltung üben wollen, wohl wissend, dass er sie beobachtete, hatte ausgelassen getanzt, herzerfrischend gelacht, hatte gescherzt, getändelt und …

»Es wird Zeit, dass Ihr in Euren Käfig zurückkehrt«, meinte er.

Fest an seinen Körper geschmiegt, spürte sie die Glut, die er verströmte. Sie suchte seinen Blick und sah ihn trotzig an.

»Warum? Ihr habt darauf beharrt, dass ich herunterkomme.«

»Und jetzt bestehe ich darauf, dass Ihr hinaufgeht.«

»Warum? Weil Eure Männer mich gar nicht so abscheulich finden? Keine schreckliche Gefahr in mir sehen? Weil hier Leute zugegen sind, die glauben, dass ich ihr Leben gerettet habe?«

»Weil sie Euch vertrauen wollen, und dann werdet Ihr zu einer wahrhaft großen Gefahr. Es wird Zeit zum Aufbruch. Es wäre mir eine Ehre, Euch hinaufgeleiten zu dürfen.«

Unmerklich senkte sie den Kopf. »Das kann ich mir vorstellen«, murmelte sie nicht ohne Häme. »Aber ich möchte hier bleiben.«

»Ihr geht nach oben.«

»Nötigt mich nur weiterhin so brutal, und ich werde schreien.«

»Und Ihr denkt, meine Männer werden dann ihr Schwert gegen mich erheben?«, spottete er.

»Vielleicht werden sie das sogar tun.«

»Vielleicht überschätzt Ihr Euch.«

»Vielleicht auch nicht.«

»Es wäre mir ein Vergnügen, mit Euch zu wetten.«

Sie verharrte stumm, trotzig und auch ein wenig skeptisch, dass er ihr diese Drohung nicht abnahm. Andererseits kümmerte es ihn vermutlich gar nicht, ob sie schrie oder nicht, ob sie würdig einher schritt oder ob er sie über seine Schulter werfen und in ihrer Kammer absetzen müsste, den in seinen Käfig zurückgekehrten Vogel.

»Kommt schon. Wir müssen eine interessante Sache erörtern. Das duldet keinen Aufschub.«

Ihr war zunehmend unwohl zumute. Sie wollte nicht in diese Kammer zurückkehren, eingesperrt werden. Sie hatte ihn heute Abend irritiert, und zwar vorsätzlich. Selbstbewusst genoss sie ihren Triumph. Sie wurde bewundert im Saal, sie kam sehr gut allein mit den Männern zurecht, und sie wollte, dass er das wusste.

Sie hatte ein Feuer geschürt und wurde nun selbst von dessen Glut verzehrt. Sie war sich unangenehm bewusst, dass sie nicht mehr tanzten, sondern an einer Wand zu stehen gekommen war und sich immer noch in seiner Umklammerung befand. Sie spürte den Druck seines Brustkorbs und dass es kein Entrinnen gab, als er den Kopf senkte und leise mit ihr redete – dem Geplänkel zweier Liebender nicht unähnlich. Sie erinnerte sich an den Nachmittag im Kerker. Wie verzweifelt sie gewesen war, als er sie umfangen hatte. Eine weitere Woge des Unwohlseins spülte über sie hinweg, drohte in eiskaltes Entsetzen umzuschlagen. Und doch …

»Mylady?« Er neigte sich noch näher zu ihr. Seine Worte ein Flüstern, sein Gesicht dicht an dem ihren.

Unvorstellbare Panik keimte in ihr auf.

Sie wollte diese … Nähe nicht.

Sie wollte nicht fühlen, was sie fühlte, nicht diese unterschwellige Seelenpein spüren. Sie wähnte sich einer Ohnmacht nahe, ihr schwindelte, und obwohl sie zu rasch und vielleicht auch zu viel getrunken hatte, lag es nicht am Bier. Es war keineswegs so, dass sie am liebsten mit den Fäusten auf ihn eingetrommelt hätte oder dass sie ihn hasste und fürchtete, er werde sie zu lange berühren.

Es war etwas viel Schlimmeres.

Sie zitterte und war sich gewiss, dass ihm das nicht entging. Gleichwohl schien es eine Ewigkeit zurückzuliegen, dass Aftons Finger ihr Haar gestreichelt, dass er ihr sanft etwas ins Ohr geraunt hatte. Eric war grässlich, ungehobelt, brutal, ein Feind, der in ihr Leben getreten war und alles verändert hatte, und doch wollte sie nicht an seine Herkunft oder seine politischen Beweggründe denken. An ihn geschmiegt, schwante ihr, wovor sie sich so entsetzlich fürchtete: Sie fühlte sich magisch zu ihm hingezogen, genoss die breiten Schultern, die pulsierende Wärme seiner Brust, die sehnigen Finger auf ihrem Arm. Sie liebte sein verwegenes Gesicht, den Klang seiner Stimme, seine eigentümliche Prinzipientreue. Und vor allem – und obwohl sie es innerlich leugnete – genoss sie den Umstand, dass er jetzt vor ihr stand, sie berührte, und …

Sie mochte seine Berührung. Sog seinen Duft ein. Und sie sehnte sich nach seiner Zärtlichkeit. Nein, nicht einmal nach Zärtlichkeit. Nach Leidenschaft.

Die Erkenntnis, was sie wirklich für ihn empfand, brandete wie eine glutheiße, verzehrende Woge über sie hinweg. Er war … faszinierend. Er war maskulin, sinnlich. Und der Wunsch, ihn zu provozieren, ihm zu widersprechen, ihn zu verspotten und zu verärgern war nur deshalb ständig da, weil …

Sie wehrte sich dagegen, aber es war da. Und sie war wütend und entsetzt und von einer plötzlichen Furcht überwältigt. Igrainia konnte es nicht leugnen: sie hatte es wissentlich darauf angelegt, mit seinen Männern zu lachen und zu scherzen, bei Musik und Tanz zu glänzen und allen zu beweisen, dass sie nicht einfach nur eine Kriegstrophäe war. Und jetzt …

Sie wollte nur seiner Nähe entfliehen und mit sich selbst ins Reine kommen.

»Ich … ja!«, hauchte sie, und in ihrer Stimme schwang Verzweiflung. »Ich meine nein, ich werde gehen, aber ich brauche keinen Begleiter. Wenn Ihr etwas Interessantes mit mir erörtern wollt, dann bitte morgen. Ihr dürft Euer Fest nicht verlassen, nicht nachdem Ihr Euch als ein solcher Held erwiesen habt und die Früchte Eurer Kampfeslust genießen könnt«, stammelte sie. Sie sah ihm an, dass ihre Worte seinen Zorn schürten. Obwohl es dieses eine Mal wahrlich nicht beabsichtigt war. »So habe ich es nicht gemeint, wahrhaftig nicht. Ihr solltet bleiben. Ihr müsst bleiben. Ich komme sehr gut allein zurecht. Ich gehe jetzt.«

Sie riss sich von ihm los, schickte sich an, zur Treppe und schnurstracks hinauf zu eilen – und betete im Stillen, sie möge ihre Empfindungen verdrängen, die ihr Herz und ihre Seele in Schwingungen versetzt hatten.

Doch als sie blindlings herumschnellte und den Tisch passierte, hatte Angus sich just dort niedergelassen, die langen Beine von sich gestreckt. Und zum zweiten Mal an diesem Abend stolperte sie über seine Füße.

Sie stolperte und wäre um ein Haar hingefallen. Doch es fing sie jemand auf. Verstört klammerte sie sich an die Arme, die sie aufrichteten, hob ihren Blick und begegnete dem Erics. Ehe sie einen Ton sagen konnte, wurde sie hoch gehoben. Angus hatte sich erhoben, bekümmert, besorgt, ein Bild der Betroffenheit.

»Die Lady ist müde, denke ich. Vielleicht hat ihr aber auch das Fest so gut gefallen, dass sie ein wenig zu tief in den Bierkrug geschaut hat. Ihr fehlt nichts, Angus, keine Sorge – ich stütze sie.«

Er strebte zur Treppe.

Eric ahnte ja gar nicht, wie tief sie verletzt war, nicht körperlich, sondern seelisch. Und sie konnte nicht vor ihm fliehen.

Weder vor ihm …

… noch vor sich selbst.

14

Er fragte sich, was, zum Teufel, er sich dabei gedacht hatte, sie nach unten zu zitieren.

Sie hatte ihm erklärt, sie sei nicht angemessen gekleidet.

Und dass sie barfüßig sei.

Nun, er wusste, dass viele Männer ohne Schuhwerk kämpften, also hatte er darin kein größeres Problem gesehen. Ganz gewiss nicht.

Aber das Nachtgewand. Reines Leinen. Hauchzart. Durchschimmernd im Feuerschein. Nicht solange sie an seiner Seite gesessen hatte … Aber als sie aufgestanden war, zur Laute gegriffen, alle betört hatte und man ihr stürmischen Beifall gespendet hatte. Als sie errötet war und gelacht und so jung und erfreut gewirkt hatte, und als sie dann mit Jamie getanzt hatte …

Am liebsten wäre er seinem eigenen Cousin an die Gurgel gegangen. Es gab einige Dinge, die er mit seinem Clan teilte, andere wiederum nicht. Aber Logik half da auch nicht weiter. Sie hatten getanzt, nichts weiter. Die Lady lernte die Tanzschritte der Highlander, lachte, erfreute sich an der Art seiner Landsleute. Er vertraute Jamie. Jamie tat nichts Böses.

Indes glaubte er kein einziges Wort, das über ihre Lippen ging.

Sie war seine Gefangene. Gefangenen durfte man nicht trauen. Sie war ihm angetraut, war dazu genötigt worden, indem man sie in einer Wolldecke zusammengeschnürt und ihr den Mund verboten hatte. Er hatte keine neue Ehefrau gewollt.

Gleichwohl hatte er die Frau in ihr schon immer gewollt.

Und auch bekommen.

Er hatte sie geheiratet. Und was vermochte eine Ehefrau besser, als die Leidenschaft zu stillen, die in jedem triebhaften Mann wütete? Sie wähnte sich hier so sicher. Keine Brutalität in ihrem Gefängnis. Einzig Schutz vor anderen Männern, als er, so verstrickt in seine Seelenqualen, alles zurückgewiesen hatte, was jeder vernunftgeprägte Mann umgarnen würde, begehren, verführen …

Eric versuchte sich einzureden, dass sein Zorn völlig widernatürlich sei. Er war kurz angebunden gewesen, schroff und abweisend. Er hatte Befehle gebrüllt und sie noch jedes Mal abgewiesen. Er hatte sie für Dinge verantwortlich gemacht, an denen sie keine Schuld trug.

Er war immer noch wütend. Und angespannt.

Er öffnete die Tür zu ihrer Kammer mit einem energischen Fußtritt, der gewiss durch den Gang hallte.

Sie zitterte in seinen Armen. Doch als er sie ansah, waren ihre Augen auf ihn gerichtet, violett, dunkel, beinahe so dunkel wie ihre Haarpracht. Herausfordernd, vernichtend und auch …

Da war noch etwas anderes in ihrem Blick.

»Wir sind da. Mein Käfig«, sagte sie spröde und atemlos zugleich. »Ihr könnt mich absetzen, einschließen und verschwinden.«

Eric ließ sie auf den Teppich vor dem Kamin gleiten. Für einen Moment wandte sie ihm den Rücken zu, hielt den Kopf gesenkt. Er stützte sich am Kaminsims ab, betrachtete die glänzenden schwarzen Flechten vor dem hellen Leinenstoff und spürte wieder diesen schwelenden Ärger, der ihn zu verzehren drohte.

»Was habt Ihr Euch eigentlich dabei gedacht?« Seine Stimme klang tief und harsch in seinen Ohren, beinahe wie ein Schlachtruf.

Sie wirbelte herum, maß ihn aus weit aufgerissenen Augen, violett funkelnd im Feuerschein. »Was ich mir dabei gedacht habe? Ich habe jeden Befehl dieses großen, siegreichen Feldherrn befolgt! Ihr habt mich zu Eurem Fest geschleift, und ich bin mitgekommen. Ihr habt gesagt, ich müsse trinken, also habe ich getrunken. Ihr habt mir befohlen zu singen, und deshalb habe ich gesungen.«

»Von zerlumpten, wilden Barbaren.«

»Wenn Ihr Euch solche Balladen zu Herzen nehmt, war das nicht meine Absicht, auch wenn Sie Euch aus der Seele sprechen … Sir.«

Sie war stets spitzfindig, ihre Worte waren die schärfsten Geschosse, die er kannte.

»Ihr habt Euch in dieser Robe vor das Kaminfeuer gestellt. Was habt Ihr Euch davon erhofft? Dass die Männer die Vollkommenheit Eures Körpers lobpreisen?«

»Niemals!«, stritt sie hitzig ab, ihre Fäuste in die Hüften gestemmt. »Ihr habt darauf beharrt, dass ich mich erheben sollte!«

»Aber Ihr wusstet, Mylady, Ihr wusstet genau, was Ihr tatet. Jeder Mann konnte jede Rundung Eures Körpers sehen, jedes noch so kleine Detail.« Darauf verließ er den Kaminsims, zerrte an der Nadel, die seinen Tartan zusammenhielt, und warf beides zu Boden. Er setzte sich auf ihren Schreibtischstuhl, streckte seine bestiefelten Füße aus. »Und die Art, wie Ihr getanzt habt, Madam!«

»Es waren Eure Tänze.«

»Euer Strahlen, Euer Lachen, Eure Tändeleien!«

»Mir hat keiner gesagt, ich solle unfreundlich sein«, herrschte sie ihn an; unterdes beobachtete sie, wie er sich seiner Stiefel und Gamaschen entledigte. Er riss sich beinahe das Hemd über den Kopf und warf es aufgebracht auf die anderen Kleidungsstücke.

»Wie eine kleine Dirne habt Ihr gescherzt und geflirtet.«

»Ihr selbst habt mich genötigt, Euer heldenhaftes Blutvergießen zu feiern!«, entgegnete sie aufbrausend, doch dann stammelte sie: »Was sucht Ihr noch hier? Warum geht Ihr nicht einfach?«

Er blieb sitzen, spürte den Feuerschein auf Gesicht, Brust und Schultern. »Ganz offensichtlich werde ich heute Abend nicht gehen«, murmelte er tonlos.

Wie erstarrt blieb sie stehen, zeigte keinerlei Gefühlsregung.

Er war auf zorniges Gezeter, Zurückweisung, einen Wutausbruch gefasst gewesen. Damit wäre er fertig geworden.

Aber sie stand einfach da, anmutig, das vollkommene Gesichtsoval blass im Dämmerschein, ihr Blick ungerührt, ihre Haarpracht glänzend wie das Gefieder eines Raben um die Schultern drapiert.

»Was denn?«, fragte er. »Wollt Ihr einfach so dastehen?«

Es währte eine Weile, bis sie antwortete, wobei sie verzweifelt die Hände rang. »Ist hier in der Kammer irgendwo eine Waffe, die Eure Männer vergessen haben? Ein spitzer Dolch, den ich Euch ins Herz stoßen könnte? Soll ich mich aus dem Fenster stürzen?«

»Nein«, sagte er schlicht.

Und er ließ sie nicht aus den Augen. Und das Feuer prasselte im Kamin. Und es war, wie er gesagt hatte: Die zuckenden Flammen hüllten ihr Gewand in Licht und Schatten. Die feine Spitze betonte ihr Dekolleté, hob ihre zarten Schultern hervor. Ihre Brüste waren fest und prall, und wenn der Feuerschein auch nicht alles preisgab, so erahnte er doch deren rosige Knospen, die schmale Taille, die wohlgeformten Hüften. Selbst das ebenholzfarbene Dreieck zwischen ihren Schenkeln stellte er sich insgeheim vor.

»Nun?«, murmelte er, während er die Frau vor dem Kamin weiterhin betrachtete. Sie war gar nicht so ruhig, bemerkte er. Sie zitterte wie ein Blatt im Wind. Das Feuer, der diffuse Lichtschein oder vielleicht auch sein Blick vermittelten ihm weitere Eindrücke. Die Spitzen ihrer Brüste zeichneten sich wie zwei harte Perlen unter dem feinen Gewebe ab. Sie hatte die Nägel in die Handflächen gegraben und stach sich in ihr eigenes Fleisch.

»Was?«, begehrte sie auf. »Soll ich am Ende zu Euch kommen? Meint Ihr nicht, Mylord, das wäre ... zu viel verlangt?«

Aller Ärger wich von ihm.

»Ganz recht«, sagte er leise. »Das wäre es wohl.«

Er erhob sich und trat zu ihr. Sie stand da, den Kopf geneigt und den Blick gesenkt; ihre rabenschwarzen Wimpern überschatteten ihre Wangen. Er zwang sie nicht, das Gesicht zu heben, sondern strich die dunkle Haarpracht von ihren Schultern und presste seine Lippen auf die seidige Haut. Dann glitt sein Mund zu ihrem Nacken, spürte den aufgewühlten Pulsschlag, und zu ihrem Kinn, das er leicht anhob. Für Sekundenbruchteile streifte er ihre geschürzten Lippen, kühl und zusammengepresst, worauf diese nachgaben, sich ihm öffneten. Eric schmeckte ihre Süße, tauchte fordernd in sie ein, und eine Woge der Leidenschaft brauste über seinen ganzen Körper hinweg. Begehrlich zausten seine Finger ihr Haar, streichelnd, kosend. Sie gab seinen Lippen nach, fiel aber nicht in sein feuchtes, verlockendes Zungenspiel ein. Dennoch fühlte er das rasende Hämmern ihres Herzens. Ihre Hände umschlangen seine Schultern, zunächst zögernd, dann verzweifelt, als verlöre sie den Halt. Im Sinnesrausch seiner Lust erahnte er, dass sie erregt war, dass sie ihn wollte. Aber er kannte sie und wusste, dass sie mit stählerner Willenskraft Zurückhaltung üben würde.

Er fuhr mit den Fingerknöcheln sanft über ihre Wange, ließ seine Hand behutsam kosend tiefer gleiten, bis seine Finger die Spitzenbänder ihres Halsausschnitts lösten. Der dünne Stoff glitt kaskadenartig von ihren Schultern, und er gewahrte Igrainias vollkommene Schönheit. Wenn er damit ihren letzten Widerstand gebrochen hatte, so schien sie dies nicht einmal zu ahnen. Sie erbebte, umspannte seine Schultern wie eine Ertrinkende, grub ihre Nägel in seine Haut.

Er löste seine Lippen von ihr. Ihre Lider waren geschlossen, ihr Mund feucht und leicht geöffnet. Seine Hand umschloss ihre Brust, dunkel gegen die blasse Haut. Er senkte den Kopf, seine Zungenspitze ertastete den Hügel, worauf sein Mund die üppige Rundung umschloss. Ein Seufzer entwich ihren Lippen, und er kämpfte gegen die Erregung an, die seinen Schritt zu sprengen drohte. Er schmeckte die Süße ihrer Brüste, dann glitt er tiefer und tiefer, und sein blonder Schopf streifte die feuchte Spur, die seine Zunge hinterließ.

»Nicht ... nicht ... ich werde fallen«, gelang ihr ein gepresstes Flüstern.

»Nein, das werdet Ihr nicht«, murmelte er.

Aber am Ende tat sie es doch. Indes erst, nachdem er jeden Widerstand gebrochen hatte. Seine Hand umspannte ihre schlanke Taille, glitt zu ihren Hüften, sein Kopf weiterhin gesenkt. Er hielt sie fest, lauschte den aufgewühlten Atemzügen, die ihren Lippen entwichen, spürte, wie sie noch heftiger erbebte. Er umschloss die Rundungen ihrer

Kehrseite, zog sie fest an sich, zog mit seinen Fingern sanfte Kreise von ihren Waden bis zu ihren Oberschenkeln und dazwischen. Ihr Duft war umwerfend, und sie schmeckte so betörend, dass es seine Sinne berauschte und ihn verrückt machte. Weiterhin gegen die eigene brennende Lust ankämpfend, streichelten seine Finger und seine Zunge den Blütenkelch ihrer Scham, verborgen in einem Dickicht von ebenholzfarbenen Locken, gefüllt mit süßem, feucht-warmem Nektar.

Ihre Knie gaben unter ihr nach, und sie sank gegen ihn, während ein unterdrückter Aufschrei über ihre Lippen kam. Als er sie in seine Arme hob und zu ihrem Bett trug, hielt sie ihre Lider geschlossen. Für Augenblicke verharrte er über ihr, obschon es ihn inzwischen mit jeder Faser seines Körpers nach ihr verlangte. Schweigend löste er seine Beinkleider, gewahrte, wie ihre Lider mit den dichten, langen Wimpern zuckten. Sobald er zwischen ihre Schenkel glitt, umschlang sie seinen Nacken. Ein Stöhnen entwich ihr, und sie riss unvermittelt die Augen auf, da er lustvoll in sie eindrang. Sie schloss sie wieder, doch ihre Hände blieben an seinen Rücken geklammert, ihre Arme um seine Schultern, und als er sich bewegte, stimmte sie in seinen Rhythmus mit ein, bog und wand sich unter seinen lustvollen Stößen. Plötzlich bäumte sie sich auf, zuckte unter ihm zusammen, dann lag sie still. Er hörte den Atem, der ihren Lungen entwich, dann ein leises Schluchzen, das ihr ungewollt entschlüpft war. Und als sie ein weiteres Mal unter ihm erbebte, fühlte er abermals ihre feuchten, elfenbeingleichen inneren Muskeln. Nun stand es ihm frei, seiner Lust freien Lauf zu lassen. Er war erregt, jeder Muskel angespannt. Ein Donnergrollen ließ seine Sinne, seine Mannhaftigkeit, seinen ganzen Körpers erbeben, dann fuhr es ihm wie ein Blitzstrahl durch sämtliche Glieder, und sein Höhepunkt rauschte mit der Kraft eines Unwetters über ihn hinweg.

Er löste sich von ihr und legte sich neben sie. Sie drehte sich von ihm weg, und er spürte ihren Rücken, ihr zerzaustes Haar, wie ein dunkler Umhang über seine Brust gebreitet.

»Igrainia.«

Er hätte nicht zu sagen vermocht, warum seine Stimme so harsch klang.

»Wenn Ihr auch nur einen Funken Barmherzigkeit in Euch tragt, dann zwingt mich nicht, jetzt zu reden!«, wisperte sie.

»Dann dreht Euch nicht von mir fort.«

Sie versteifte sich, dann drehte sie sich abermals um. Er zog sie in seine Arme, an seine Brust.

Und sie wehrte sich nicht.

In dieser Nacht hatte sie einen Traum. Glutvoll, verführerisch, sinnlich und dermaßen erotisch, dass sie glaubte, den Verstand zu verlieren. Es war gleichsam ein Wunder: reine Ekstase und Erfüllung. Sie fühlte Küsse auf ihrer Haut, ihren Schultern, dem Rücken, Gesäß, den Hüften und auf ihrem Mund ... und sie erwiderte diese, stürmisch, bekam nie genug von den Lippen, die die ihren besiegelten, schmeckte, tauchte ein ... neckte eine Zunge, wie diese die ihre neckte.

Bei all dem wusste sie, dass der Traum Wirklichkeit war, und obwohl das Feuer niedergebrannt war und tiefe Dunkelheit sie umfing, war sie sich des Mannes gewärtig, seines goldblonden Schopfes, der trainierten Brust mit dem rauen, blonden Lockenhaar. Sie kannte das Wispern an ihren Lippen, ihren Wangen, ihrer Haut, den Hauch seiner Worte. Und auf jede seiner Berührungen reagierte sie mit fiebernder Sinnlichkeit. Sie wollte ... brauchte ihn, sehnte ... verzehrte sich nach ihm.

Und sie hatte ihn bekommen.

Und doch ...

Sie war froh um die Dunkelheit.

Und um den bleiernen Schlaf, der sie schließlich von ihrem schuldbewussten Traum erlöste.

Er war wach, als sie die Augen aufschlug, geweckt von morgendlichem Sonnenlicht. Er lag auf dem Rücken, den Kopf auf einen Arm gestützt, und blickte sich im Raum um.

»Was ist das?«, wollte er wissen, sich durchaus bewusst,

dass sie aufgewacht war. Sein Blick ruhte auf dem Wappen, dass sie in ihrer Not entworfen hatte. Schwungvoll sprang er aus dem Bett und trat zur Wand.

Energisch streckte er eine Hand aus, als wollte er ihre Handarbeit herunterreißen und ins Feuer werfen.

»Es ist meins!«, kreischte sie, und als er sich umdrehte, sagte sie leise: »Meins ... Das Haus Abelard. Mein Familienwappen«, und rang sich zu den Worten durch: »Bitte ... es ist ... meins.«

»Also gut«, sagte er schroff. »Es bleibt ... genau wie meins.«

Unmerklich biss sie sich auf die Unterlippe. Das war beileibe nicht die Unterhaltung, die sie an diesem Morgen erwartet hatte.

Er stapfte durch den Raum, fand seine Beinkleider, zog sie an und band sie zu. Igrainia sank wieder zurück, zog die Decke bis zur Nasenspitze hoch, drehte sich um und tat, als wollte sie wieder einschlafen. Sie spürte sein Gewicht, als er sich auf den Bettrand setzte. Er fasste ihre Schulter und zog sie zu sich herum.

»Ich habe Euch erklärt, dass wir etwas besprechen müssen.«

Sie fühlte ihre brennenden Wangen. »Da gibt es nichts zu besprechen.«

Er zog die Brauen hoch, ein leichtes Grinsen umspielte seine Lippen. »Ich meinte damit nicht die Ereignisse der letzten Nacht.«

»Oh.« Womöglich brannten ihre Wangen jetzt noch ärger.

»Obwohl diese vielleicht erwähnenswert sind.«

Erwähnenswert?

»Seit wir hier sind, habe ich Euch nie etwas Böses gewollt. Ich weiß, was Ihr durchlitten habt, und ehrlich gesagt, hätte weder ich noch irgendjemand sonst etwas Schlimmeres tun können als das, was die Pest uns angetan hat.«

Sie senkte den Blick. »Ihr habt mir wirklich nicht wehgetan.«

»Ich weiß.« Wieder dieses unerschütterliche Selbstvertrauen.

Ihre langen Wimpern hoben sich unvermittelt, doch als sie seinen nachdenklichen Blick gewahrte, schwieg sie. Dann sprühte er schlagartig vor Erheiterung.

»Ihr hättet schon viel früher erwähnen können, dass Ihr mir durchaus nicht so viel Feindseligkeit entgegenbringt, wie Ihr oft vorgegeben habt.«

»Aber das tue ich«, versicherte sie ihm.

Sie versuchte seinem Blick standzuhalten, wohl wissend, dass er in ihrer gemeinsamen Nacht alles über sie erfahren hatte, so als läse er in einem offenen Buch.

»Auch gut, Mylady. Mein eigener Stolz ist groß; ich lasse Euch mit dem Eurigen allein. Indes, nichts von alledem lässt sich ungeschehen machen. Euer Wappen mag bleiben, genau wie das meine. Euer ›Käfig‹ ist unser gemeinsames Domizil geworden.«

Sie antwortete nicht.

»Versteht Ihr?«

»Ja.«

»Ihr scheint nicht sonderlich erschrocken. Aber das wart Ihr letzte Nacht auch nicht.«

»Hätte es einen Unterschied gemacht?«

»Wir werden es nie erfahren, nicht wahr?«

»Ich hätte nichts tun können. Es gibt hier keine Waffen …«

»Nun, Ihr hättet eine Eurer Handarbeitsnadeln in mein Herz bohren können.«

»Habt Dank, ich werde in Zukunft daran denken.«

»Denkt und tut, was Ihr wollt. Lebt die Träume, die Euch beglücken. Schließt die Augen und stellt Euch in der Dunkelheit vor, Afton wäre zurückgekehrt. Aber versucht nicht, irgendetwas zu ändern.«

Er stand auf, griff nach Hemd, Gamaschen und Stiefeln. Das Hemd zerrte er über den Kopf, dann setzte er sich und schnürte Gamaschen und Stiefel, als sie ihm antwortete.

»Verfahrt Ihr so?«, fragte sie leise. »In der Dunkelheit … stellt Ihr Euch vor, Ihr wäret woanders, mit jemand anderem?«

Sein rechter Stiefel saß an Ort und Stelle; er zog den linken an, erhob sich und schlenderte zurück zum Bett. »Tut mir Leid, aber ich lebe voll und ganz in der Wirklichkeit. Ich stelle mir nie etwas vor, Igrainia. Allerdings grolle ich keinem, der sich in Fantasien und Träume flüchtet. Und nun zu dem, was ich mit Euch erörtern muss ... »

»Was?«, meinte sie gedehnt.

»Ich habe Nachricht von Eurem Bruder.«

15

In ihrer Verblüffung wäre sie beinahe vom Bett aufgesprungen, doch sie beherrschte sich und presste die Laken an ihre Brust.

»Was ist mit Aidan?«

»Wisst Ihr, dass er in Schottland ist? Er weilt in Cheffington, auf dem Anwesen von Lord Ewan Danby. Ein feiner Mensch – eine Seltenheit unter den Günstlingen, die Edward nach Schottland entsandt hat. Allerdings hat er jedes Wort geglaubt, das er über Eure Misshandlungen und Torturen von Seiten des Highland-Pöbels erfahren hat, der Langley so siegreich erobert hat. Unter den dort versammelten Rittern sind auch Sir Niles Mason und Euer Robert Neville. Soweit wir wissen, planen sie in wenigen Wochen den Vormarsch auf die Burg – ehe sie Edwards Ruf zu den Waffen folgen – mit fast 300 Mann.«

Sie senkte die Lider. »Das ist wahrlich ein großes Heer. Wo Ihr kaum 100 Männer hier bei Euch habt, wenn überhaupt.« Sie sah auf und begegnete seinem Blick. »Ich nehme an, dass Ihr eine Reihe bewaffneter, erprobter Männer in Robert Bruces Diensten zurückgelassen habt.«

Sie hatte Recht, das war ihr klar. Und doch verblüffte es sie, dass er scheinbar keine Bedenken angesichts einer solchen Überzahl hatte.

»Ein großes Heer – aber nicht groß genug, um Langley einzunehmen.«

»Sie werden mit Belagerungsgerät anrücken.«

»Gewiss, das werden sie.«

»Vielleicht solltet Ihr die Burg räumen.«

»Vielleicht werde ich das tun müssen – eines Tages. Aber nicht jetzt.«

Fassungslos schüttelte sie den Kopf. »Ich weiß nicht, welche Reaktion Ihr von mir erwartet. Natürlich werden die Engländer versuchen, Langley von Eurer Belagerung zu befreien. Und bei solch einer großen Gruppe bewaffneter

Männer, bei dem Geld und den Vorräten, die sie haben … ist es sehr wahrscheinlich, dass Ihr geschlagen werdet.«

»Nein, gewiss nicht.«

»Ich … ich weiß nicht, was Ihr von mir wollt.«

»Ich will, dass Ihr noch einmal an Aidan schreibt.«

»Meint Ihr, er könnte Niles und Robert aufhalten?«

»Nein, gewiss nicht.«

»Dann … »

»Ich warne Euch.«

»Warnen … mich?«

»Dass Ihr Aidan ans Herz legt, nicht mit ihnen zu reiten. Es ist gut möglich, dass er sonst den Tod findet.«

Sie starrte ihn an, die Augen ungläubig geweitet. »Ihr könntet getötet werden. Die Mauern könnten bezwungen werden, und wenn eine Flut von Männern einbricht … könnte die Burg fallen.«

»Das wird sie nicht«, sagte er knapp.

Sie schüttelte den Kopf. »Ich kann an Aidan schreiben. Ich kann ihm darlegen, dass es sich um eine törichte Mission handelt. Aber … es ist unwahrscheinlich, dass er mir Glauben schenkt. Er befindet sich in der Gesellschaft kampferprobter Krieger. Er denkt gewiss, dass seine eigene Ehre für alle Zeit infrage gestellt sein wird, wenn er sich nicht aufmacht, um seine eigene Schwester zu befreien.«

»Schreibt ihm. Ich bin sicher, Ihr vermögt etwas zu Papier zu bringen, was ihn warnen wird oder ihm zumindest vermittelt, dass er ein großes Wagnis eingeht. Euch fällt gewiss etwas ein, wie Ihr die Wahrheit schriftlich darlegen könnt – dass Eure Heirat von einem Geistlichen vorgenommen wurde und … dass Eure Ehe in allen Punkten rechtskräftig ist.«

»Aber Ihr habt zuvor selbst gesagt, dass der König entschlossen ist, meine Zukunft in die Hand zu nehmen.«

»König Edward wird sich nicht vom Krankenbett erheben, um gegen Langley zu reiten – er hat viel zu große Bedenken, mit Robert Bruce aneinander zu geraten. Euer Bruder ist derjenige, den Ihr überzeugen müsst, dass Ihr kein Verlangen nach einer Rettung habt.«

»Ihr habt doch bloß Skrupel vor den vielen Rittern und

Soldaten, die in Langley einfallen könnten!«, beschuldigte sie ihn.

»Im Gegenteil, mir gefällt die Vorstellung, Sir Niles Mason von Angesicht zu Angesicht gegenüberzustehen«, erklärte er ihr, und sein schroffer Ton jagte ihr eine Gänsehaut über den Rücken, wusste sie doch, dass ihm ernst war mit seinen Worten. »Ihr könnt es mir glauben, diese Warnung ist ein Akt der Höflichkeit, den ich Euch schuldig bin. Verfahrt damit, wie es Euch beliebt. Einen guten Tag, Mylady.«

Mit diesen Worten verschwand er.

Igrainia streckte sich abermals auf dem Bett aus, erschöpfter als zuvor und in tiefer Sorge um Aidan. Er würde an vorderster Front reiten. Sie wusste, dass die Burg starken Widerstand leisten würde, andererseits konnte jede Festung fallen.

Gleichwohl strahlte Eric ein solches Selbstvertrauen aus, dass er gewiss auf den Angriff vorbereitet war, und nach seiner Warnung schwante ihr, dass Aidan in Gefahr sein würde. Sie würde schreiben; sie würde alles zu Papier bringen, was ihr einfiele, ob Lüge oder Wahrheit, wenn sie nur sein Kommen verhindern könnte!

Aber ihre Aussichten auf Erfolg erschienen ihr gering.

Und wenn er nun käme …

Und ihr Angriff wäre erfolgreich?

Viele Männer, die sie kennen und schätzen gelernt hatte, würden sterben. Und wenn Robert und Niles die Burg eroberten, so würden sie zudem eines qualvollen Todes sterben; die Todesstrafe, die für Verräter galt, würde bis zum letzten Mann ausgeführt werden.

Tränen traten in ihre Augen, und plötzlich hasste sie beide Könige – Edward Plantagenet und Robert Bruce. Männer schwankten in diesem Krieg zwischen den Fronten, und ihr Hass war für gewöhnlich ausschlaggebend für ihre Loyalität. Es gab viele wie Aidan, die einem Herrscher treu ergeben waren, die Macht des anderen jedoch anerkannten. Beide hatten viel zu viele brave Männer in brutale Schlächter verwandelt.

Und sie hatten ihr Leben zerstört.

Sie lag mit geöffneten Augen da, bis ihre Tränen versiegten; dann übermannte sie eine Woge der Schuld. Sie könnte in der Tat schreiben, dass ihre Ehe in allen Punkten rechtskräftig sei. Sie könnte ihrem Bruder darlegen, dass sie aufgegeben hatte. Sie könnte ihm erklären, dass …

Sie trauerte um Afton, sie würde niemals wieder einen anderen Mann lieben. Doch während Robert Neville ihr ein tiefes Unbehagen einflößte, fühlte sie sich andererseits auf verwerfliche Weise zu dem Feind hingezogen, der die Burg erobert und sie zu seiner Gemahlin gemacht hatte.

Sie betete, sie möge einschlafen, die Nacht vergessen. Die Welt ringsum vergessen. Vergessen, dass sie den Feind willentlich erzürnt und erregt hatte, und das mit durchschlagendem Erfolg.

Für eine lange Weile wollte sich der rettende Schlaf nicht einstellen, und sie spähte in das verglühende Feuerholz, dachte wieder daran, dass die Schotten verrückt sein mussten, wie gegen den Wind anheulende Wölfe, die die Macht der Engländer niemals durchbrechen könnten. Sie gewannen vielleicht irgendwelche Scharmützel … eroberten Burgen … aber letztlich würden sie aufgeben müssen.

Sie hatte Afton betrogen. Hier, in diesem Gemach, in dem sie gelacht und gelesen und wie die Kinder geträumt hatten.

Wo er gestorben war.

Und jetzt konnte Aidan sterben.

Und wenn er siegte, dann würden andere gefoltert werden, gestreckt, aufgeschlitzt, entmannt … und am Ende barmherzig geköpft.

Selbst das Feuerholz im Kamin erstarb. Fröstelnd zog sie die Decken fester um sich. Im Geiste bereitete sie sich auf ihren Brief an Aidan vor. Sie fragte sich zudem, ob es nicht besser sei, wenn sie fliehen, nach Cheffington reiten und sich Lord Danbys Gnade ausliefern würde. Falls sie damit den Tod vieler anderer verhindern könnte …

Aber niemand wollte einzig sie, dachte sie bitter.

Alle wollten Langley.

Sie schloss die Augen. Für eine Weile plagte sie die Flut ihrer Gedanken. Dann schlief sie endlich ein.

Eric verbrachte die meiste Zeit des Tages mit Jamie und Allan, indem sie gemeinsam das Gebiet rings um Langley ausspähten. Eine ganze Weile folgten sie der Straße, die nach Cheffington führte, dann umkreisten sie die Burg und ritten in die nahe gelegenen Wälder, um sich die natürlichen Gegebenheiten jeder Verteidigungslinie zu erschließen.

Als er am Spätnachmittag in den Rittersaal stürmte, fand er Angus völlig aufgelöst vor. »Igrainia ist nicht aufgestanden«, sagte dieser. »Einer von uns hat den ganzen Morgen vor ihrer Tür Wache gehalten. Man hat ihr das Frühstück gebracht, aber sie hat die Tür nicht geöffnet ... und sie hat nicht um ihr Bad gebeten.«

Das schien das schlimmste Omen für Angus, der sich zwar hin und wieder wusch, aber dennoch glaubte, dass die Lady of Langley sich noch mit Seife und Wasser zu Tode schrubben würde. »Ich war versucht, gewaltsam bei ihr einzudringen, aber im Bad ertrunken sein kann sie nicht, da sie keins verlangt hat, und ... ich habe sogar im Burggraben nachgeschaut, von daher weiß ich, dass sie ... dass sie nicht ins Wasser gegangen ist.«

Eric war versucht zu lachen, doch Angus wirkte so ernsthaft besorgt, dass er ihm beschwichtigend eine Hand auf die Schulter legte. »Ich werde sogleich nach ihr sehen.«

Während er die Stufen nahm, fragte er sich, ob er in der letzten Nacht zu weit gegangen war. Eigentlich glaubte er es nicht. Die Zeit, das Leben, die Instinkte arbeiteten auf rätselhafte Weise, und er war sich sicher, dass er nicht zu hart zu ihr gewesen war. Es schien fast, als hätte sie nur auf ihn gewartet.

Sie war eine Gefangene auf Langley, die man zur Heirat genötigt hatte, doch letzte Nacht war sie zu nichts gezwungen worden, und mit der eigenen Lust zu leben war gewiss schwieriger für sie als alles, was er ihr abverlangt hatte.

Und so ertappte er sich dabei, dass er immer zwei Stufen auf einmal nahm, flugs an Jamie vorbeilief und die Tür zu den Herrschaftsgemächern mit einer Wucht öffnete, die diese beinahe aus den Angeln gerissen hätte.

Er sah sich in der Kammer um und gewahrte das zusammengekauerte Etwas unter den Leinendecken und Fellen auf dem Bett. Seine Kehle zog sich zusammen, jeder Muskel war angespannt, als er zu der Schlafstatt eilte, sich dort niederließ, die Decken zurückschlug und die zerzausten schwarzen Haarmassen ertastete.

Ihr entfuhr ein spitzer Schrei, sie suchte Laken und Haare zu entwirren und sich seiner Berührung zu entziehen. Während sie sich die ungebändigten Locken aus der Stirn strich, maß sie ihn voller Entsetzen.

»Was ist denn?«

Die Erleichterung, die ihn darauf erfüllte, reizte ihn zum Lachen. An den Bettpfosten gelehnt, meinte er trocken: »Nichts. Tut mir Leid, dass ich Euch geweckt habe.«

Eric erhob sich und verließ die Kammer. Es schien ihm wenig sinnvoll, ihr darzulegen, dass sie sich Sorgen gemacht hatten, sie könnte sich aus lauter Verzweiflung das Leben genommen haben.

Er war versucht zu bleiben, denn ihre schläfrige Schönheit ließ jede Pflicht weit zurücktreten, gleichwohl, er brauchte die Tagesstunden für seine Missionen.

Eine weitere Nacht würde kommen ...

Sacht schloss er die Tür hinter sich.

Das bohrende Gefühl des Hungers weckte Igrainia auf. Sie war erstaunt, Angus direkt vor ihrer Tür postiert vorzufinden. Bei ihrem Anblick sprang er auf, dienstbeflissen, wie ihre Wünsche auch immer aussehen mochten, und bereit, ihr überallhin zu folgen.

In diesem Augenblick war sie freilich nur hungrig und lechzte nach einem Bad. Sie bemerkte, dass er in seiner sonderbar anrührenden Hektik, ihr zu Diensten zu sein, den Auftrag nicht weitergab, sondern selbst die Stufen hinabstürmte, erstaunlich flink für einen Mann von seiner Statur.

Als sie gegessen und gebadet hatte, setzte sie sich an ihren Schreibtisch und verfasste den Brief an Aidan, in dem sie ihm berichtete, sie werde gut und respektvoll behandelt, und er solle sich keine Sorgen machen, dass sie in Gefahr sei. Wohl wissend, dass ihre Worte einen jungen Recken wie ihren Bruder nicht davon abhalten konnten, sich und anderen seine Tapferkeit zu beweisen, hub sie an, die Gesamtsituation zu schildern, und schrieb von den Verlusten in Schottland und dass es das Beste sei, wenn er den Befehlen König Edwards Folge leistete und sich in dessen Heer auszeichnete.

Nachdem sie den Brief geschrieben hatte – sie bemüßigte sich nicht einmal, diesen zu versiegeln, da man ihn gewiss lesen und prüfen würde –, lehnte sie sich zurück und beschloss, die Krypta aufzusuchen. Diesmal harrte Jarrett vor ihrer Tür; wie ihre Wachhunde es sich während Erics Abwesenheit angewöhnt hatten, begrüßte er sie knapp, um ihr dann auf dem Fuß zu folgen.

Der Rittersaal war leer, bis auf einige Bedienstete, die dort fegten, und eine Horde Jagdhunde vor dem Kamin.

Jarrett folgte Igrainia in die Krypta und blieb diskret zurück, als sie vor Aftons letzter Ruhestätte niederkniete. Inbrünstig suchte sie nach entschuldigenden Worten. Dass sie ihn von ganzem Herzen liebte, ging ihr leicht über die Lippen, indes nicht, dass das Leben auch ohne ihn weiterging. Sie hatte ihren Gemahl geliebt, denn er hatte die wundervolle Gabe gehabt, das Leben und die Menschen zu verstehen, und obschon sie sich innerlich zerrissen fühlte, war es seltsam friedlich hier unten. Sie hatte nicht geglaubt, die nagenden Schuldgefühle besiegen zu können. Und während sie mit andächtig gesenktem Kopf betete, fragte sie sich, ob er es auch so sähe, dass sie ihre gemeinsame Zeit wie sorglose Kinder verbracht hatten, in Wohlstand und in einer Freundschaft, wie sie nur wenigen in ihrer Stellung vergönnt war. Ihre arrangierte Ehe war ein wahrer Glücksfall gewesen. Vielleicht hatte so viel Glück einfach nicht von Dauer sein dürfen.

Bevor sie sich erhob, bat sie ihn ein weiteres Mal um Vergebung, flehte, er möge in Frieden ruhen, und schwor sich, ihn stets in ihrem Herzen zu tragen.

Bei ihrer Rückkehr in den Saal stellte sie fest, dass es bereits dämmerte; die Halle war zwar noch nicht gefüllt, Erics engste Berater hatten sich indes schon eingefunden. Jamie und die anderen begrüßten sie wie eine der ihren und mit einer Höflichkeit, die sie gewiss auch der ersten, hoch geschätzten Gemahlin ihres Befehlshabers gezollt hatten. Einzig Eric fehlte. Sie war sich noch nicht schlüssig, ob sie dem Nachtmahl beiwohnen sollte. Nachdem sie die Stufen hinaufgeeilt war, während Jarrett unten Wache hielt, bemerkte sie, dass aus ihrer Kammer Geräusche drangen. Eric war dort.

Auf leisen Sohlen schlich sie an ihrer Tür vorbei, innerlich aufgewühlt. Sie wäre eine Lügnerin, wenn sie sich die Wahrheit nicht selber eingestünde: sie hatte sich die ganze Zeit gewünscht, er möge zurückkehren, denn sie begehrte ihn. Und sie verzehrte sich nach den Nächten, die da kommen sollten, auch wenn sie das niemals preisgegeben hätte.

Indes wollte sie nicht, dass er gemeinsam mit ihr diese Kammer bewohnte. Dieses Eindringen in ihre Privatsphäre bereitete ihr Kopfzerbrechen.

Nun, er war dort, und deshalb kehrte sie in den Saal zurück, akzeptierte einen Becher Bier von Jamie und nahm ihren Platz an der Tafel ein. Mit Erstaunen gewahrte sie, wie viele der schottischen Männer sie inzwischen kennen und schätzen gelernt hatte. Angus natürlich und Peter, Allan, Jarrett ... und Jamie, der sich rührend um sie kümmerte und sie stets in die Gespräche mit einbezog. Wie er neben ihr saß, ertappte sie sich dabei, dass sie lächeln musste, als er sich vor Allan brüstete, er habe das zarteste Wild für ihr leibliches Wohl besorgt. Jamies Augen waren von einem lebhaften Grau, seine Züge, genau wie die Erics, markant und anziehend. Er richtete das Wort an sie und erkundigte sich, ob es den Schotten denn nicht wenigstens gelungen sei, besseres Essen auf den Tisch zu bringen.

Sie stimmte ihm zu und fragte dann: »Aber werdet Ihr Eures Aufenthalts hier denn nicht überdrüssig? Habt Ihr kein Zuhause, keine Gemahlin, Kinder?«

Verblüfft gewahrte sie, dass sie seinen wunden Punkt getroffen hatte. Für Augenblicke schwieg er und betrachtete eingehend seinen Bierbecher. Dann erwiderte er: »Ein Zuhause, gewiss, nicht weit von Stirling, und viel zu nah an England, um gemütlich zu sein. Eine Gemahlin, das war einmal. Sie ist von uns gegangen.«

»Das tut mir aufrichtig Leid.«

»Langley gefällt mir«, gestand er. »Wahrlich, hier fühlen wir uns kaum noch wie Ausgestoßene. Da waren die finsteren Tage nach der Niederlage bei Falkirk ... Viele von uns mussten in die Highlands fliehen. Wisst Ihr, dort herrscht weniger das Gesetz als der Befehl der Stammesfürsten, und diese bevorzugen die Clans mit den verdienten Anführern. Sehr oft sind sie überaus unabhängig und folgen deshalb bereitwillig dem Ruf nach Freiheit. Unser eigener Clan gehört auch dazu, er ist groß und weit verbreitet. Nach der Krönung von Robert Bruce ... ist für viele von uns der Kampf neu erwacht, und wir werden unserem König bereitwillig folgen und sind bereit zu sterben. Wir streben eine unabhängige Nation an, die die Engländer nicht mehr zerstören und ausplündern, deren Volk sie nicht mehr abschlachten können. Ich bin ein Vagabund, Madam. Freilich habe ich Besitz und Land, aber dieses liegt brach. Eines Tages wird es wieder meine Heimat sein.«

Sie hatte gar nicht gemerkt, wie andächtig sie ihm gelauscht und wie leise er gesprochen hatte, bis er schließlich den Kopf hob und an ihr vorbeispähte. »Eric, wir werden heute Abend hier eine große Debatte führen, also entscheide dich schnell, welches Fleisch du zarter findest. Ich finde, dass ich junges und zartes Wild erlege, wohingegen Allan alte Böcke schießt, die kaum noch durch den Wald krauchen können!«

»Und ich soll in diesem Wettbewerb urteilen?«, fragte Eric. »Cousin, dazu habe ich nicht den Mut!«

Gelächter erhob sich an der Tafel. Das Mahl wurde fortgesetzt. Igrainia mied Erics Blick, widmete sich stattdessen ihrem Teller und den Speisen, obschon sie kaum Appetit hatte. Es erschütterte sie, dass seine Gegenwart sie so sehr verunsicherte.

Und dass sie sich ständig seiner Berührungen erinnerte.

Und sich erneut danach sehnte.

Schließlich richtete er das Wort an sie. »Euer Brief ist ein hervorragendes Beispiel für Diplomatie, Igrainia. Ihr könntet Depeschen für Könige formulieren und damit vielleicht sogar eine Menge Blutvergießen verhindern.«

»Wie ich sehe, habt Ihr ihn bereits gelesen.«

»Das musste Euch doch klar sein.«

»Ich glaube nur nicht, dass er irgendetwas verhindern wird.«

»Mag sein.«

Sie fühlte, wie er sie betrachtete. Dennoch weigerte sie sich, in seine Richtung zu blicken, und spähte stattdessen zu den Jagdhunden vor dem Kaminfeuer.

»Seltsam, dass Ihr auf einmal so still seid«, reizte er sie.

»Vielleicht weiß ich nichts zu sagen.«

»Das glaube ich nicht, Madam, für gewöhnlich seid Ihr überaus wortgewandt. Als ich eintrat, wart Ihr in ein Gespräch vertieft. Ihr schient mir fasziniert von dem, was Jamie Euch anvertraute.«

»Er ist ein kluger Mann.«

»Wie wahr.«

Garth trat hinter Igrainia und räumte ihren Teller ab. Darauf füllte Rowenna erneut die Bierbecher. Igrainia murmelte ein leises Danke und empfand einen eigenartigen Groll, als Eric der jungen Frau überaus freundlich dankte.

Am Ende der Tafel schlug jemand die Laute, eine sanfte, getragene Melodie. Am liebsten hätte Igrainia Reißaus genommen.

Als sie sich erheben wollte, fühlte sie seine Hand auf der ihren.

»Ihr wollt uns schon verlassen?«, erkundigte er sich.

»Ja, sofern es gestattet ist.«

»Was, wenn ich sage, dass Ihr bleiben sollt?«

»Dann würde ich mich genötigt sehen, auf meinem Platz zu verweilen.«

»Ich würde viel darum geben, Eure Gedanken zu erfahren.«

Schließlich wandte sie sich ihm zu, selber verwirrt über ihren drängenden Wunsch, die Tafel zu verlassen. »Ihr könnt mich zu vielem zwingen, Eric. Aber wie schon gesagt, meine Gedanken und meine Gefühle sind nur für mich allein bestimmt. Und auch …« Sie stockte. »Und auch wenn ich vieles dulden muss, einschließlich Euch, heißt das nicht, dass mir dies gefällt. Ich bin mir zudem durchaus der Gefühle bewusst, die Ihr mir entgegenbringt.«

»Interessant, dass Ihr mich so verabscheut«, bemerkte er in völlig gleichgültigem Ton.

»Warum? Ich finde es unglaublich, dass Ihr mich berühren könnt, ohne auch nur das Geringste für mich zu empfinden.«

Er zuckte die Schultern. »Ihr irrt. Ich verachte Euch nicht.«

Sie hatte keine Ahnung, warum sie diese Äußerung empfindlicher traf als ein offenes Eingeständnis seines Hasses. Vielleicht deshalb, weil das wenigstens eine echte Empfindung gespiegelt hätte.

»Würdet Ihr dann so gütig sein und gestatten, dass ich den Saal verlassen darf?«

Er ließ ihre Hand los. »Dann geht.«

Sie erhob sich und rauschte davon. Sie wünschte Jamie eine gute Nacht und lächelte den anderen zu, während sie hoch erhobenen Hauptes den Saal verließ.

Sie glaubte nicht, dass einer ihrer Bewacher ihr folgen würde; stattdessen fühlte sie Erics stechenden Blick im Rücken.

Es war schon spät, als er die Kammer betrat. Das Feuer war heruntergebrannt. Sie hörte, wie er sich entkleidete, dann schlüpfte er zu ihr ins Bett. Die Laken wurden gehoben. Für Augenblicke verharrte er in seiner Bewegung, vielleicht, so überlegte sie, war er erstaunt, dass sie ebenso nackt wie er in die Federn gegangen war.

Dann spürte sie das Streicheln seiner Finger. Eine so leichte Berührung und doch elektrisierend wie ein Blitzstrahl. Seine Liebkosungen waren beinahe wie ein Hauch, unendlich sacht umfingen sie ihren Körper. Sie fühlte den Druck seiner heißen, feuchten Lippen auf ihrem Nacken, die seinen tastenden Fingern folgten. Sein Arm legte sich um ihre Taille, seine Hand umschloss ihre Brust, und sein Daumen berührte deren Spitze, beinahe quälend sanft, ehe er über Rippenbogen und Bauch zwischen ihre Schenkel glitt. Dort streichelten seine Finger sie rhythmisch, erfahren und so geschickt, dass ihr lustvolle Schauer über den Körper jagten, und als er sie zu sich drehte, war sie froh um die

Dunkelheit, die sich wie ein schützender Umhang über ihre ungebändigte Lust legte. Leidenschaftlich erwiderte sie seinen Kuss und umschlang ihn. Ihre Finger tauchten in sein dichtes Brusthaar ein, streichelten seine Schultern, seinen Rücken, spürten seine trainierte Gesäßmuskulatur. Ihre Hand glitt über seinen Bauch und tastete sich – überwältigt von dem Verführungsgeschick seiner Lippen auf ihrem Mund – behutsam dorthin vor, wo sie sein pulsierendes Geschlecht vermutete. Ihre Finger umschlossen Erics Mannhaftigkeit, und seine gewaltige Erektion stimulierte noch ihr eigenes Verlangen; als er in sie eindrang, verzehrte sie sich nach ihm und der Erfüllung durch seine Lust. Verzückt näherte sie sich ihrem Höhepunkt, und dann, auf einmal, schien das Feuer im Kamin lichterloh zu brennen, Sterne die Dunkelheit zu erfüllen, wo lediglich Deckenbalken waren und …

Sie hatte sich noch nie so gefühlt … niemals.

Der Schlaf, entschied Eric, war das beste Heilmittel, das der Allmächtige den Menschen geschenkt hatte. Der Schlaf brachte Träume, wischte die Mühen des Tages fort, verdrängte Gedanken und Gefühle. Als er am anderen Morgen aufwachte, lag sie an ihn geschmiegt, ihren Kopf an seine Schulter gebettet, geschmeidige Finger spreizten sich über seiner Brust, ein langes, schlankes Bein lag über seinem Schenkel.

Die Versuchung zu bleiben war überwältigend. Aber die Zeit drängte. Er brauchte die Tagesstunden, um Langley und seine Streitkräfte auf einen Angriff vorzubereiten.

Also löste er sich sanft von der Frau an seiner Seite und erhob sich.

Die Tage verstrichen nicht anders als zuvor, gleichwohl lag eine gewisse Spannung in der Luft. Jeden Nachmittag vernahm Igrainia über Stunden hinweg das Rasseln der Schwerter auf dem Übungsplatz. Wann immer sie aus dem Fenster sah, bemerkte sie, wie Kriegsgerät auf die Zinnen und Wehrgänge geschafft wurde.

Igrainias Tag verlief nach einem immer gleichen Muster.

Sie wachte nie vor Eric auf, und das war nur gut so. Sie wollte nicht schon morgens früh mit ihm diskutieren. Manchmal war sie sich vage bewusst, wann er die Kammer verließ. Und wie sie schlief – an ihn geschmiegt. Sie war froh um die nächtliche Finsternis. Irgendetwas an der Glut seines Körpers, seiner trainierten Brust bot ihr auf eigentümliche Weise Zuflucht und Schutz. Dass sie leidenschaftlich und erregt war, war eine Sache. Dass sie Trost und Sicherheit fand, indem sie schlicht neben ihm schlief, war eine andere.

Sie badete zeitig und verbrachte wenigstens eine Stunde am Tag im stillen Gebet in der Krypta. Manchmal ritt sie aus, auch wenn Eric in jenen Tagen nie ihr Begleiter war. Er brauchte das Licht der Tagesstunden zur Ertüchtigung seiner Männer und zur Aufrüstung der Burg.

Abend für Abend nahm sie nun das Nachtessen gemeinsam mit den anderen ein. Und weil sie genau wusste, dass es Eric verärgerte, plauderte sie angeregt mit Jamie, lachte glockenhell, lauschte aufmerksam ihren Tischnachbarn. Irgendwann begriff sie, dass dies ihre Form der unterschwelligen Vergeltung war.

Eines Abends versuchte sie gemeinsam mit Jamie, Angus im Lautenspiel zu unterweisen. Es war entsetzlich, denn seine riesigen Finger waren unfähig, die Saiten zu zupfen. Sie wusste, dass Eric, währenddessen in ein Gespräch mit Peter vertieft, sie heimlich beobachtete. Darauf diskutierte sie ausgelassen mit Jamie über Musik und stimmte mit ein, als er neue Lieder aufspielte.

Der nächste Morgen zog wie ein Unwetter über ihr herauf. Was eigenartig war, denn sie hatte ausnehmend gut geschlafen. Sicher, abends im Saal bedachte sie Erics Gefolgsleute mit ihren Artigkeiten, dennoch suchte sie lange vor ihrem Gemahl die Gemächer auf. Und sie wartete stets auf ihn. Selbst wenn sie einschlummerte, harrte sie seiner. Und erwachte von seiner leichtesten Berührung.

An jenem Tag weckte sie ein Klopfen an ihrer Tür. Es war Jennie, die die Wäsche holen und die Kammer säubern wollte. Sie begrüßte Igrainia ziemlich frostig und huschte im Zimmer umher.

»Jennie, fehlt dir irgendetwas?«, erkundigte sich Igrainia besorgt.

Jennie ließ einen Stapel Kleidungsstücke fallen und blitzte Igrainia zornig an. »Ob mir etwas fehlt? Was sollte Euch das kümmern, Mylady? Ihr nehmt den Feind mit offenen Armen auf. Ihr habt die Männer willkommen geheißen, die Afton gemeuchelt haben. Nacht für Nacht gebärdet Ihr Euch wie eine willige Dirne, und das bei dem Barbaren, der hier gewaltsam eingedrungen ist! Ihr verdrängt die Erinnerung an einen guten, rechtschaffenen Mann und treibt es schamlos in seinem eigenen Bett, das Ihr mit ihm geteilt habt ... in dem er gestorben ist!«

Igrainia war empört. Sie war versucht, Jennie zu schlagen, und das wäre ihr gutes Recht gewesen, dennoch mäßigte sie sich. »Was schlägst du vor, Jennie?«, entgegnete sie kühl. »Sie sind hier, sie herrschen über die Burg. Gegen meinen Willen hat man mich mit ihm vermählt. Und solltest du es noch nicht gemerkt haben, er ist weitaus mächtiger als ich!«

Tränen traten in Jennies Augen. »Ihr könntet ihn hassen!«, flüsterte sie. »Ihr könntet ihn wenigstens hassen!«

»Das ... das tue ich«, meinte Igrainia stockend. Es war eine Lüge.

Jennie wandte sich angewidert ab. Igrainia fühlte sich schlagartig hundsmiserabel.

Dann wirbelte ihre Zofe herum. »Ihr seid so überzeugt, dass sie alle Macht haben! Nun, Mylady, das trifft nicht zu. Damit Vieh und Felder gedeihen, kommen und gehen tagtäglich viele Männer und Frauen durch diese Burgtore. Und es geht heimlich die Kunde – für den, der sie hören will. Wenn Ihr Euch jemals besinnt, wer und was Ihr seid – wenn Ihr Euresgleichen je wieder braucht und dafür einstehen wollt ... dann sagt es mir!«

Mit diesen Worten verschwand Jennie.

Stundenlang schritt Igrainia daraufhin in ihrer Kammer auf und ab, überlegte, was Jennie gemeint haben könnte, entschlossen, die junge Frau zur Rede zu stellen, was sie wusste und mit wem sie in Kontakt getreten war. Sie fragte sich, ob es Jennie gelungen war, Briefe ungelesen herauszuschmuggeln, und wenn ja, ob sie gar mit Aidan korrespondiert hatte.

Jennies Beschuldigungen rüttelten Igrainia auf, und längst verdrängt geglaubte Schuldgefühle traten ihr schmerzhaft wieder ins Bewusstsein.

Irgendwie musste sie mehr Zeit finden, um sich mit Jennie auszutauschen. Mittlerweile waren sie wie zwei Fremde, ein vertrauliches Gespräch zwingend erforderlich.

Von tiefer Schuld und Gewissensbissen geplagt, badete Igrainia, aß etwas und machte sich auf zu den Grüften. Sie betete weniger zu Gott, als dass sie Afton im Stillen darlegte, was geschehen war.

Aber er vermochte ihr keine Antwort zu geben.

Trotzdem brachte sie an jenem Tag mehr als eine Stunde im Gebet zu, doch weder Zeit noch schmerzende Knie schienen den inneren Tumult zu beheben, den Jennies Worte angerichtet hatten. Schließlich kehrte sie in ihre Kammer zurück.

Wie stets drang das Klirren der Waffen zu ihr herauf, denn die Männer stählten sich tagtäglich für den Einsatz an der Waffe. Verdrossen über den Lärm strebte sie zum Fenster und spähte mit der Erwartung hinaus, Männer zu sehen, die paarweise Schwerttechniken einübten.

Doch was sie stattdessen sah, erfüllte sie mit Schrecken.

Die Männer schienen ihre militärischen Übungen beendet zu haben. Eine große Gruppe weilte noch im Hof, bewaffnet und geharnischt.

Zwei von ihnen hantierten indes weiterhin mit ihren Klingen.

Sie gehörten nicht zu den neu angeworbenen Männern – junge Rekruten, die auf den Feldern gearbeitet oder ein Handwerk verrichtet hatten und für die Sache gewonnen werden konnten.

Die beiden Gegner, die, umringt von den anderen, in einem abgesteckten Kreis kämpften, waren erfahrene Krieger.

Sie erkannte sie an den Farben, die sie trugen. An ihren auffällig konisch geformten Helmen und ihren Visieren.

An dem Familienwappen, das ihre Tuniken schmückte.

Eric und Jamie.

Beide hatten ihre volle Rüstung angelegt. Beide kämpften mit dem Schwert und trugen Schilde mit dem gleichen Wappen, in den gleichen Farben.

Und beide waren geschickt und heimtückisch im Umgang mit ihren tödlichen Waffen, ihr Kampf schnell und heftig, so gefährlich und endgültig wie in einem Schlachtengetümmel.

Für Augenblicke schlug Igrainia das Herz bis zum Halse, ihr Verstand raste. Sie würden einander umbringen.

Dann sank ihr Herz ins Bodenlose, schlagartig meldete sich ihr Gewissen.

Sie war dafür verantwortlich. Es war ihre Schuld. Sie wusste, dass sie Eric aufgebracht hatte, indem sie vorsätzlich mit seinem Cousin gelacht und gescherzt hatte. Und sie hatte gedacht, er hätte es nicht einmal gemerkt oder sich zumindest nicht darum geschert. Sie war die Trophäe, die er auf Geheiß eines Königs geheiratet hatte, mit der er nachts das Bett teilte. Eine Frau, die er zwar nicht verabscheute, für die er aber auch nicht wirklich etwas empfand.

Unvermittelt wich Jamie zurück, da Eric einen Hieb nach dem anderen austeilte, und es schien Igrainia, dass sein Cousin sich kaum noch zu verteidigen wusste.

Eric bewegte sich blitzschnell und griff so heftig an, dass Jamie in die Knie ging; die Wucht von Erics Schwertstreich entriss ihm den Schild.

Jamie wird sterben!, dachte sie nur noch.

Und sein Blut würde an ihren Händen kleben.

16

Igrainia stieß sich vom Fenstersims ab und stürmte durch die Kammer. Sie sah nicht, wer und ob überhaupt jemand im Gang war. Sie hastete durch den Korridor, die Treppe hinunter, durch Rittersaal und Portal hinaus in den Innenhof. Eine Gruppe von Männern hatte sich um die Kämpfenden geschart; sie musste sie beiseite drängen. Als sie sich durch die Menge schob, hatte Jamie gerade seinen Schild aufgehoben, rechtzeitig genug, um Erics Schwert abzuwehren, das surrend die Luft zerteilte. Beide Männer wichen voreinander zurück. Darauf eilte sie schnurstracks zu Eric und warf sich an seine Brust, noch ehe er die gewaltige Waffe abermals heben konnte.

»Hört sofort auf!«, gellte sie. »Bitte, so hört doch endlich auf!«

Sie vermochte sein Gesicht unter dem Visier nicht zu erkennen. Unter Kettenhemd und Brustharnisch spürte sie seine angespannte Muskulatur, und einen entsetzlichen Augenblick lang fürchtete sie, er werde sie beiseite schleudern und seinen Angriff fortsetzen.

»Hört auf, Ihr Narr! Er ist Euer Verwandter, Ihr werdet ihn töten!«

Erics Schwert und Schild fielen zu Boden. Er hob sein Visier. Sie sah seine Augen und wäre zurückgewichen, doch seine behandschuhten Finger fassten in ihr Nackenhaar. »Ihr seid ein törichtes, kleines Ding! Ihr hättet getötet werden können!«

Auch Jamie hatte Schwert und Schild fallen lassen und sein Visier geöffnet. Er trat zu den beiden, ein Grinsen auf den Lippen. »Igrainia, was ist denn?«

»Ganz offensichtlich, Jamie«, sagte Eric, und die Finger in ihren Haaren packten fester zu, »hat sie um dein Leben gefürchtet. Igrainia, so glaube ich, war der Meinung, du und ich versuchten, einander den Garaus zu machen.«

Sie war sich bewusst, dass sie Publikum hatten, Erics

gesamte Gefolgsschar umringte sie, alle, die an den Waffen übten. Und sie hatte einen schlimmen Fehler gemacht.

Eric gab sie nicht frei, sondern wandte sich an seine Männer. »Da habt Ihr es, Burschen. Man muss die Taktik des Gegners erkennen, mit dem Schild den Schwertstreich abwehren und gleichzeitig den nächsten Hieb planen. Gewiss, es ist jammerschade, dass es auf dem Schlachtfeld meist keine aufopfernde Lady gibt, die sich zwischen Euch und den bevorstehenden Tod wirft – sofern Ihr nicht gewillt seid, Euch mit Angriffs- und Verteidigungsstrategien zu beschäftigen. Eine Schlacht gründet sich teilweise auf Erfahrung und Einsatz, zu einem entscheidenden Teil aber auch auf Logik und Intuition. Für heute machen wir Schluss.«

Darauf erhob sich ausgelassenes Jubelgeschrei, als hätten sie die Menge bestens unterhalten. Jamie verbeugte sich betont übertrieben. Endlich zerstreuten sich die Männer.

Erics Umklammerung ließ kein bisschen nach.

»Verzeiht mir mein Eindringen in Eure Unterweisung, wie man Männer lehrt, einander in Stücke zu zerhacken«, murmelte sie und wünschte sich nichts sehnlicher, als auf der Stelle im Erdboden zu versinken. Sie stöhnte leise, da sein Griff noch fester wurde. »Ich habe Euch von oben gesehen. Mir schien …«

»Als gingen wir einander an die Gurgel?«, fragte Jamie. »Gewiss begreift Ihr jetzt, dass wir Verteidigungstechniken geübt haben«, sagte er sanft. Er fasste ihre Hand und führte sie zum Kuss an seine Lippen. »Dennoch danke ich Euch, dass Ihr zu meiner Rettung herbeieilen wolltet.«

Empört und fahrig entzog sie ihm die Hand.

»Erstaunlich, sie hat kein Wort darüber verloren, dass sie auch um *mein* Leben fürchtete«, raunte Eric Jamie zu.

»In der Tat«, frotzelte Jamie. »Offenbar hat sie mir nicht zugetraut, dass ich als Sieger aus diesem Geplänkel hervorgehen könnte.«

»Und genauso wenig begreift sie, dass Verwandte wie wir nie die Waffe gegen den anderen erheben würden«, schloss Eric beiläufig. Im Stillen sinnierte Igrainia, dass diese Äußerung jedoch weit mehr besagte. *Wir erheben nie die Waffen gegeneinander ... und schon gar nicht wegen einer wie Euch.*

»Niemals! Wir kämpfen einzig gegen den Feind«, erklärte Jamie mit Grabesstimme.

»Gewiss«, sagte sie mit unterschwelligem Sarkasmus in der Stimme. »Nun, ich bitte Euch nochmals um Verzeihung für meine Störung. Ich werde Euch jetzt allein lassen, auf dass Ihr wieder Eurem Schwerterspiel, Eurer Streiterfarce, frönen könnt.«

»Es ist niemals Spiel, Igrainia. Lernen bedeutet Leben oder Tod«, wandte Jamie ein.

»Dann bitte ich, mein Versehen zu entschuldigen«, entgegnete Igrainia spitz. Großer Gott, wann würde Eric sie endlich loslassen! Sie wollte sich nur noch verkriechen. Allein sein. Irgendwo. Weit fort von dem Spott, den Eric gewiss für sie empfand, und seinem Groll, dass sie gemutmaßt hatte, sie hätten wegen ihr gekämpft.

»Es dämmert bereits, die Übung ist beendet«, meinte Eric knapp. »Wir können nichts mehr tun.« Nur *wegen Euch.*

Als er sich bückte, um Schwert und Schild aufzuheben, gab er sie endlich frei. Sie spähte zu Jamie, der gleichermaßen gerührt, belustigt und mitfühlend schien, dann nutzte sie geschwind ihre neu gewonnene Freiheit. »Ich bitte nochmals um Verzeihung.«

Sie wandte sich ab und schickte sich an, flink zum Saal zu laufen.

»Igrainia«, rief Eric, und sie verharrte, drehte sich langsam um.

»Ihr sprecht so abfällig von diesen Übungen. Wenn Ihr jedoch die Angriffe auf dem Schlachtfeld mit ansehen müsstet, so würdet Ihr vermutlich nicht so verächtlich reagieren. Die Zeit wird kommen, da alle diese Techniken benötigen werden, gegen Männer, die sich nicht lange zieren, ehe sie einen Menschen in Stücke hacken.«

»Ich bitte Euch nochmals um Vergebung«, meinte sie gedehnt, darauf drehte sie sich um und schritt hastig aus, mit soviel damenhafter Würde, wie ihr eben gelang. Einige Männer lungerten noch im Hof herum, entledigten sich Teilen ihrer Rüstung, standen am Brunnen, um Wasser zu schöpfen, oder steckten kurzerhand ihren Kopf in den Trog, denn der Tag war heiß gewesen und sie waren staubig und verschwitzt von ihren Mühen.

Thayer winkte ihr; sie hatte ihn schon eine ganze Weile nicht mehr gesehen, und als er freundlich grinsend auf sie zukam, sah sie sich genötigt stehen zu bleiben und ihn zu begrüßen.

»Thayer! Genesen und kampfgestählt, wie ich sehe. Wie geht es Euch?«

»Bestens, Mylady. Wahrlich, ich kann Euch gar nicht sagen, wie dankbar ich Euch bin.«

Igrainia war verwirrt. »Dankbar?«

»Zum Einen bin ich nicht sicher, ob ich mich je bedankt habe, dass Ihr mir nach jenem heimtückischen Überfall auf der Landstraße das Leben gerettet habt. So habt Dank für die Pflege, die Ihr mir habt angedeihen lassen. Und zum Zweiten dafür, dass Ihr für mich, Timothy und Brandon ein gutes Wort eingelegt habt. Ihr habt dafür Sorge getragen, dass wir nach Langley gebracht wurden. Diese großartigen Burschen hier hätten uns ohne weiteres auf der Straße niedermetzeln können – schließlich waren wir auf dem Weg nach England. Noch nie war ich glücklicher als jetzt. Dass ich so vieles lerne. Und hier bin. Und glaube, dass wir für Schottland kämpfen und unserem rechtmäßigen König dienen können.«

»Ich habe wahrlich nichts getan; Ihr habt Euch selbst bewiesen.« Sie hatte die Stimme gesenkt, wohl wissend, dass Eric in der Nähe war.

»Ihr habt uns dreien das Leben geschenkt – und eine Chance für die Zukunft«, beharrte er.

»Freut mich, wenn ich das für Euch tun konnte«, murmelte sie und wünschte sich, sie wäre weit fort.

»Und Ihr wart geradezu fantastisch, wisst Ihr, mitten in einen Kampf hineinzurauschen.«

»Es war geradezu töricht von ihr«, knurrte Eric, der hinter ihnen auftauchte. »Sie hätte den Tod finden können. Hätte einer von uns beiden in diesem Augenblick das Schwert geschwungen, wäre es unmöglich gewesen, die Wucht der Klinge noch zu bremsen. Thayer, ruht Euch für heute Abend aus, alsbald werdet Ihr anwenden müssen, was Ihr gelernt habt. Mylady, kommt, Ihr könnt mir bei den Harnischschnallen helfen und meinen Wappenrock entgegen nehmen.«

Er rührte sie nicht an, sondern strebte zum Eingangsportal.

»Gott sei mit Euch, Mylady.« Thayer verbeugte sich vor ihr und wandte sich ab, in der Erwartung, dass sie Eric nur allzu gern folgte. »Wir würden alle für Euch sterben, wisst Ihr.«

»Das ist löblich, Thayer. Dennoch bete ich, dass Ihr ein solches Opfer niemals bringen müsst«, murmelte sie in der Hoffnung, dass Eric Letzteres nicht mitbekommen habe.

Doch das hatte er. Ungeduldig wandte er sich um. »Igrainia!«

Nur widerwillig gehorchte sie ihm.

Sie glaubte nicht, dass er ihre Hilfe wirklich brauchte; Helm und Visier hatte er bereits abgelegt, als sie Sekunden nach ihm die Kammer erreichte. Dann ließ er sich vor dem Kamin nieder und winkte sie zu sich. »Kommt. Ihr könnt gewiss mit Schwert und Rüstung umgehen. Helft mir bei den Schulterstücken.«

»Wahrlich, ich glaube nicht, dass Ihr meine Hilfe braucht.«

»Dennoch sähe ich es gern, wenn Ihr mir zur Hand gehen würdet.«

Sie schlenderte durch die Kammer, entschlossen, dies alles mit Fassung zu tragen. Die Schulterstücke waren mit dicken Lederbändern und Metallschnallen über seinem Kettenhemd befestigt. Sie öffnete die erste Schließe und war verblüfft von dem Gewicht, das plötzlich in ihrer Hand lag. Sie schaffte es, das Schulterstück nicht fallen zu lassen, und legte es auf den Boden. Beide schwiegen, doch war sie sich seines forschenden Blicks bewusst.

Das zweite Teil folgte dem ersten. Sie versuchte, den Brustpanzer zu lösen. Seine Hand fasste die ihre, und seine Stimme klang betont sanft. »Ihr könnt Gott danken, Igrainia, dass die Männer nicht gehört haben, was Ihr dort draußen zu mir gesagt habt.«

»Was denn? Dass Ihr Eure Verwandten nicht töten sollt?«

»Nein, Madam. Dass Ihr mich einen Narren geschimpft habt.«

»Und wenn sie es gehört hätten? Was dann?«

»Dann hätte ich Euch gezüchtigt, was sonst?«, meinte er ernst. »Es ist vonnöten, dass ich vor meinen Männern meine Würde bewahre. Ich darf ihren Respekt niemals verlieren.«

Ihre Finger erstarrten auf seinem Brustpanzer. Er hatte ihr eine sachliche Erklärung geliefert. Trotzdem war sie nicht sicher, ob sie ihm glauben sollte. Im Umgang mit Frauen hatte sie ihn stets höflich erlebt. Außer natürlich mit ihr. Bewundernswert, musste sie Zähne knirschend eingestehen. Er war sich seiner Macht voll bewusst und deshalb bereit, Gnade walten zu lassen. Eine Tugend, die ihr schon häufiger aufgefallen war.

»Ich habe so gehandelt, weil ich das zu dem fraglichen Zeitpunkt für angeraten hielt«, erwiderte sie. Dann tat sie, als berührten sie seine Worte nicht weiter, und widmete sich wieder ihrer Aufgabe, bemüht, das Zittern in ihren Fingern zu unterdrücken.

»Gebt Acht, was Ihr sagt und wem Ihr vertraut«, mahnte er sie.

»Ich weiß nicht, was Ihr meint.«

»Ganz sicher wisst Ihr das. Es scheint einige zu geben, die bereitwillig ihr Leben für Euch riskierten.«

»Ich hatte seit langem nicht mehr mit Thayer gesprochen.«

»Thayer hat Grund, Euch dankbar zu sein, und er ist jung und idealistisch. Außerdem meinte ich nicht Thayer.«

»Wen … dann?«

»Zum Einen, Mylady, sollte Euch klar sein, dass Jamie und ich Cousins sind. Wir besitzen eine gemeinsame Familienehre und haben in den vielen Jahren von Elend und Kriegen eine tiefe Freundschaft aufgebaut. Er würde mich niemals hintergehen, in keinster Weise, und wäre das Ganze nicht so ernst, fände ich es belustigend, dass Ihr glaubt, wir würden uns wegen Euch schlagen. Zum Zweiten bin ich mir sehr wohl bewusst, dass Ihr jeden meiner Männer becircen wollt – besonders Jamie. Ich bin weder blind noch taub, und ich habe Eure Tändeleien im Saal verfolgt. Die Männer wissen indes nicht, dass Ihr keineswegs so charmant seid, wenn wir zwei allein sind. Ich habe Euch gewähren lassen, da Euer Possenspiel keinen Schaden anrichtet und Euch offenbar Freude bereitet. Gleichwohl solltet Ihr Euch stets vor Augen führen: Keiner der hier weilenden Männer wird mir wegen Euch die Stirn bieten, einerlei, wie viele für Euch sterben wollen und was immer Ihr im Schilde führt.«

Ihr Kopf schnellte in Richtung Kamin, eine heiße Röte schoss in ihre Wangen. »Ich führe überhaupt nichts im Schilde. Thayer und seine Freunde sind brave, ehrbare Männer, wie Ihr selbst eingesehen habt. Er wollte mich beschützen, und ich stand tief in seiner Schuld, also tat ich mein Bestes, seine Wunde vor einer Infektion zu bewahren. Und was Euren Cousin angeht … ich unterhalte mich mit Jamie, weil ich ihn mag.«

»Das war heute Nachmittag ganz offensichtlich. Aber Ihr müsst nicht um ihn fürchten – er ist einer der besten Schwertkämpfer, die ich kenne.«

»Also hätte er Euch niedermetzeln können?«, erkundigte sie sich höflich, sich erneut zu ihm umdrehend.

»Erhofft Ihr Euch das?«, forschte er.

»Ich bin nur neugierig, weiter nichts.«

Er entfernte sich von ihr, legte den schweren Brustpanzer und das Kettenhemd ab, als wären es Fliegengewichte. Als er den sperrigen Harnisch abstreifte, wich sie zurück, aus Angst, dass er zorniger sein könnte, als sein Mienenspiel und seine Worte verrieten.

»Ich lasse Euch jetzt allein und kehre wieder in den Saal zurück«, murmelte sie.

»Nein. Ich bin schmutzig und verschwitzt. Ruft mir Jarrett und lasst das Bad heraufbringen.«

Sie verharrte an der Tür, mit dem Rücken zu ihm. »Nun gut, ich werde ihm auf meinem Weg nach unten Bescheid sagen.«

»Nein.«

Beklommen drehte sie sich um und maß ihn.

Er streifte das dicke Wams ab, das er unter der Rüstung trug. Das Leinenhemd darunter klebte beinahe an seiner

Brust. »Nein«, wiederholte er. »Ihr werdet nicht nach unten gehen, noch nicht.«

Er stand weiterhin am Kamin, ein Stück von ihr entfernt. Vielleicht war es ihr Trotz, vielleicht aber auch sein Tonfall, der sie zum Widerspruch herausforderte.

»Und warum nicht? Vor den Augen Eurer getreuen Männer werde ich bestimmt nicht davonlaufen. Und da ich niemanden zu beeinflussen vermag, braucht Ihr nicht zu befürchten, dass mein Verhalten irgendwelche Nachteile für Euch haben könnte oder gar Fehden heraufbeschwört.«

»Ihr werdet noch nicht nach unten gehen ... schlicht und einfach, weil ich möchte, dass Ihr hier bleibt.«

»Ihr *möchtet*, dass ich bleibe? Oder ist es ein *Befehl?* Wenn ich diesen Raum jetzt verlasse, wird mich dann jemand auf Euer Geheiß hin zurückschleifen?«

»Wenn Ihr es wissen wollt, versucht es doch!«

Er schlenderte zur Tür, wo sie stand, die Hände auf den Hüften; ein eher freudloses Grinsen grub sich in seine Mundwinkel.

»Nun?«, fragte er leise.

»Wenn ich jetzt durch diese Tür gehe, wird mich jemand zurückholen«, murmelte sie.

»Möglich, vermutlich sogar ich. Also?«

Unmerklich glitt ihr Blick von seinem verschwitzten Haar zu seinen Füßen, gezeichnet vom Schmutz der Kampfübungen.

»Nun?«, wiederholte er sanft.

»Ihr würdet lediglich meine Kleidung ruinieren«, seufzte sie. Sie trat von der Tür weg und schlenderte zurück zum Feuer, nahm den Stuhl zwischen Kamin und Bett.

»Ihr habt Jamie noch nicht gerufen und darum ersucht, dass der Badezuber heraufgetragen wird«, erinnerte er sie.

»Ihr steht bei der Tür.«

»Das tue ich, genau wie Ihr es tatet. Und ich habe Euch gebeten, höflich gebeten, glaube ich, ihn zu rufen.«

»Ich kann nur wiederholen, was ich bereits mehrfach gesagt habe. Hier bin ich nur eine Gefangene. Von Gefangenen erwartet man nicht, dass sie sich wie dienstbeflissene

Lakaien verhalten, die den Befehlen eines Gebieters Folge leisten.«

Sein Grinsen wurde breiter. Kein gutes Zeichen, dachte sie bei sich. Und sie besann sich darauf, dass sie die Kammer eigentlich hatte verlassen wollen, auf dem schnellsten Wege, wusste sie doch nicht, wie aufgebracht er wirklich war.

Er trat einen Schritt auf sie zu.

Sie erhob sich. »Ich kümmere mich darum, dass das Bad vorbereitet wird.«

Sie schlüpfte an ihm vorbei, öffnete die Tür und gewahrte Jarrett im Gang. Sie rief ihn zu sich, erklärte ihm, das Eric heißes Wasser und den Badezuber wolle.

Am liebsten wäre sie ihm gefolgt.

Eine Hand auf ihrer Schulter hinderte sie daran.

»Habt Dank, Mylady, für die Freundlichkeit.«

Sie starrte auf die Hand, die ihren Oberarm gefasst hielt. »Muss das sein?«

»Wahrlich, ich glaube, es muss sein, denn ich wage mir nicht auszumalen, was geschehen könnte, wenn Ihr der Versuchung nachgeben und in den Saal laufen würdet. Sehr wahrscheinlich würdet Ihr Euch in der misslichen Lage wiederfinden, über meine Schulter geworfen und zurückbefördert zu werden.«

»Wie überaus mitfühlend von Euch, die Demütigung in Betracht zu ziehen, die eine solche Reaktion hervorrufen könnte. Es ist wirklich jammerschade, dass Ihr nicht daran gedacht habt, als wir seinerzeit diese Farce einer Ehe eingingen.«

»Eine rechtsgültige Zeremonie, einerlei, wie Ihr dahergekommen seid!«

»Ich durfte nicht einmal meinen Mund auftun!«, begehrte sie auf.

Er zuckte die Schultern. »Kommt wieder in Euren Käfig, kleiner Vogel.«

Ihre Augen wurden schmal. Vermutlich konnte er jeden ihrer Gedanken lesen. Allein sein Blick nötigte sie zurück in die Kammer.

Wieder strebte sie zum Kamin, war sich der Enge einer

Kammer gewärtig, die eigentlich mehr als großzügig bemessen war.

»Schön«, murmelte sie. »Ich werde hier bleiben, und wir werden uns üble Beschimpfungen an den Kopf werfen, derweil Ihr badet.«

»Ich wüsste nur zu gern, warum Ihr unbedingt den Fehdehandschuh werfen müsst, Igrainia. Ihr seid eine Gefangene, die in feine, kostbare Gewänder gehüllt ist. Euer Gefängnis sind die Gemächer, die Euer Zuhause waren. Ihr scherzt, plaudert, lacht und singt im Saal. Ihr bekommt gut zu essen. Ihr räumt sogar ein, dass Ihr einige von Euren barbarischen Häschern mögt.«

»Gleichwohl sind es meine Häscher. Und ich bin eine Gefangene. Indessen bildet Ihr Eure Gefolgsleute aus, um gegen die zu kämpfen, denen meine Loyalität gilt. Die ich liebe.«

»Den guten König Edward!«, feixte er.

Sie zögerte. »Ich bin in England aufgewachsen. Und dort hält man ihn für einen glorreichen Monarchen. Groß und goldblond, ein Plantagenet mit den Insignien der Macht – ein überzeugender Herrscher, ein guter Regent.« Ihre Stimme bebte leicht. »Ich habe ihn bei Hofe erlebt, und er war freundlich und großzügig, wie es einem König gebührt.«

»Ah ja. Die Grafentochter kennt Glanz und Gloria am Fürstenhof. Nun, Ihr habt ihn erlebt und kennt ihn. Und Ihr kennt Robert Bruce. Und Edward findet Euch sicherlich genauso großartig und faszinierend als Geisel wie Robert Bruce. Nur dass er Euch nicht befreien wollte. Das ist Euer freundlicher und großzügiger König. *Er* hat Euch verraten. Und Ihr wisst sehr wohl, dass er schon oft genug ein Heidengemetzel angezettelt hat.«

»Ich weiß, dass die Soldaten auf beiden Seiten heimtückisch und brutal reagieren, wenn sie in das Land des jeweils anderen eindringen«, erwiderte sie.

»Wir hatten keine Fehde mit England. Edward führt diesen Krieg aus schlichter Kampfeslust. Wir verteidigen uns nach Kräften. Und das werden wir auch weiterhin tun. Ich bilde Männer aus, die für die Unabhängigkeit ihres Landes und gegen die Rachsucht eines Tyrannen streiten.«

»Eure Fehde gegen mich geschieht aus schlichter Kampfeslust! Habe ich nicht das Recht, mich gegen einen Tyrannen zu wehren?«, fragte sie ihn scharf.

»Ihr habt den Kampf längst verloren, die Schlacht ist vorbei, Ihr seid besetztes Gebiet. Und ich bin alles andere als ein Tyrann.«

»Natürlich seid Ihr ein Tyrann!«, erboste sie sich. »Und genau wie Schottland werde auch ich weiterkämpfen.«

Ein Klopfen ertönte an der Tür. Igrainia biss sich auf die Unterlippe und gemahnte sich zum Schweigen. Sie mochte nicht vor der Dienerschaft mit ihm streiten.

Schon gar nicht, da sie ohnehin verloren hatte.

Selbst die Kämpfe mit ihrem Gewissen.

Eric öffnete die Tür. Garth stand davor, er führte eine Reihe von Bediensteten an, die Kübel voller heißem Wasser hereintrugen. Nach langem Hin und Her waren sie endlich fertig.

Die Tür schloss sich hinter dem letzten dienstbaren Geist. Eric streifte sein schmutziges Hemd, Stiefel, Gamaschen und Hose ab und ließ sich in dem Badezuber nieder, als wäre sie gar nicht anwesend.

Sie blieb sitzen, grub ihre Fingernägel in die Holzlehnen. Sein Kopf verschwand unter der Wasseroberfläche, um seine Haare einzutauchen.

Augenblicke später kam er wieder zum Vorschein, entspannt in dem wohligen Nass, während sie sich zunehmend unwohl fühlte. Sie zuckte zusammen, als er sich bewegte, Seife und Waschlappen nahm, das Tuch auf sein Gesicht legte und in das Wasser zurücksank.

Schließlich konnte sie es nicht mehr ertragen. Sie erhob sich und schlenderte zu dem Zuber. Sein Misstrauen war offensichtlich, denn er riss sich sogleich den Lappen vom Gesicht und beobachtete sie aus schmalen Lidern.

»Was ist? Wollt Ihr mir den Rücken waschen?«, erkundigte er sich.

»Seid nicht töricht, ich bin nicht Margot«, erwiderte sie und erstarrte, als sie seinen frostigen Blick bemerkte.

Sie konnte es kaum glauben, was ihr da entschlüpft war.

»Nein, das seid Ihr nicht.« Er lehnte sich zurück. »Ihr seid ganz gewiss nicht Margot.« Sein Ton bewies ihr, dass sie diesen Vergleich glatt verloren hatte.

Sie sollte es dabei belassen, das Weite suchen. Sie hätte schweigen sollen.

»Aber«, meinte er unvermittelt, »Ihr seid das, was ich jetzt habe.«

Sie sollte gehen!, gemahnte sie sich.

Sie hatte einen empfindlichen Punkt berührt, aber seine letzten Worte waren Salz auf ihrer Wunde, und sie war nicht willig, es dabei zu belassen.

»Ich bin, was Ihr jetzt habt … und nicht die vollkommene Gemahlin, die Euch schon als Braut tief bewundert hat, die willens war, ihre eigenen Treuevorstellungen, Gedanken und Gefühle für Euch aufzugeben. Nein, ich bin nicht diese Frau!«

Er erhob sich, Wasser troff von seinem Körper, der vor Seife und Dampf glänzte. Sie wich zurück, wirbelte herum und flüchtete zur Tür, sich dessen gewiss, dass er ihr nicht nackt und tropfnass folgen würde.

Gleichwohl packte er sie, noch ehe sie die Tür erreichte. Triefend nass umklammerte er ihre Schultern und zog sie an sich. »Interessiert es Euch? Dann lasst mich Euch von ihr erzählen. Margot war keine schüchterne Braut, als ich sie geheiratet habe. Sie war schon Jahre vor unserer Vermählung meine Gefährtin. Ich habe meinem Vater und meiner Familie getrotzt, als ich mich für sie entschied, denn ich sollte eine wohlhabende Frau ehelichen. Margot verfügte weder über Landbesitz noch Vermögen. Stattdessen brachte sie mir unerschütterliche Treue entgegen. Sie ignorierte den Unmut anderer und folgte mir, wohin ich auch ging. Und ich denke, ich weiß nicht einmal, was sie durchlitten und aus freien Stücken in Kauf genommen hat, bis wir endlich heiraten konnten. Sie war gebildet, klug und schön, und sie schlug eine viel versprechende Zukunft aus, als sie sich für mich entschied.«

Igrainia wusste nicht, warum sie plötzlich zitterte. Er würde ihr nicht wehtun. Gleichwohl schmerzte sie aber der Druck seiner Hände auf ihren Schultern. Das Feuer in seinen blauen Augen schien sie zu verbrennen, und sein nasser, allzu naher Körper war entsetzlicher als ein Schlag ins Gesicht.

»Ich kann nicht Margot sein!«, wisperte sie.

»Und ich nicht Euer geliebter, idealistischer Afton, der in den Wolken lebte.«

»Wenn sie etwas gesagt hat, habt Ihr vermutlich zugehört!«, murmelte Igrainia.

»Da Ihr nie versucht habt, vernünftig mit mir zu reden, sondern stets Häme aus Euren Worten sprechen lasst, fällt mir das Zuhören schwer. Ihr seid, was ich jetzt habe. Und ich, Igrainia, bin das, was Ihr jetzt habt. Ihr werdet nicht in Ketten gehalten, geschlagen oder gefoltert. Vielleicht solltet Ihr ab und zu auch einmal ein wenig nachgeben.«

Sie senkte den Kopf. »Ich bin bereits eine Ausgestoßene unter meinen Leuten, weil ich Euch nachgegeben habe.«

Er hob ihr Kinn an. »Welche Leute, Igrainia? Wer? Diejenigen, die auf Langley leben und die Pest überstanden haben, sind nicht anders behandelt worden als meine Leute. Dies hier ist Schottland. Die Menschen haben sich Edward aus Furcht gebeugt. Sie sind über die Maßen willens, einen König zu akzeptieren, der ihnen wirklich Freiheit schenkt. Seht Ihr hier irgendeinen, der in Ketten gelegt ist? Die Tore stehen tagtäglich offen. Männer und Frauen sind frei zu gehen.«

»Außer mir«, murmelte sie.

»Und wohin würdet Ihr gehen?«

Schweigend sann sie nach. Er schüttelte den Kopf und maß sie mit ernstem Blick. »Ihr wisst genau wie ich, dass Niles Mason und Robert Neville Schlächter sind. Und solange es Euch nicht gelingt, in ein Kloster auf dem Kontinent zu fliehen, weit weg von Edwards Einflussnahme, werdet Ihr eine Trophäe für Neville sein, ein Geschenk aus Ländereien und Reichtümern.«

Sie wusste, dass sie in ihre eigene Falle getappt war. Er erwartete eine Antwort. »Wenigstens seid Ihr kein Schlächter«, murmelte sie. »Indes bin ich mir nicht sicher, worauf Ihr es abgesehen habt. Was bedeutet Euch mein Besitz in England?«

»Nichts. Absolut nichts.«

»Ihr habt Langley.«

»Gewiss.«

»Also, was bin ich Euch wert?«, bohrte sie.

»Interessante Frage«, murmelte er, ohne darauf zu antworten. »Zumindest bin ich Euch dankbar, dass Ihr mich nicht für einen Schlächter haltet. Ich werte das als großes Zugeständnis Eurerseits.« Trotz seines ernsten Tons grinste er schwach. »Was seid Ihr mir wert? Die Sache ist die, dass ich Euch besitze, und das finde ich nicht einmal unangenehm.«

»Ihr findet es nicht einmal *unangenehm?*«

»Ihr wisst um Euer Äußeres und um Eure Ausstrahlung, Igrainia«, sagte er trocken. »Ihr habt das Antlitz eines Engels und den Körper einer Göttin.«

Ein solches Kompliment aus seinem Mund verwirrte sie. Selbst wenn er es eher unwirsch geäußert hatte.

Sie befeuchtete ihre Lippen, beobachtete ihn, weiterhin auf eine Flucht bedacht.

»Und Ihr habt den Elan eines Feuer speienden Drachen«, schloss er.

»Ihr denkt, ich bin stahlhart«, begehrte sie auf.

Er zuckte die Schultern. »Vielleicht. Und vielleicht ist das eine Illusion, die mich am Leben hält.«

Seine Schultern waren von Narben übersät. Gedankenlos berührte sie eine, folgte der gezackten Linie mit ihrem Finger. »Gleichwohl seid Ihr aus Fleisch und Blut. Ihr habt Verletzungen einstecken müssen.«

»Und ich habe immer überlebt. Meine Gegner nicht.«

Sie wollte ihre Hand von seiner Haut wegziehen. Er fasste diese, zog ihre Handfläche erneut auf seinen erhitzten Brustkorb und verflocht seine Finger mit den ihren. »Was wollt Ihr von mir, Igrainia? Eure Freiheit? Die kann ich Euch nicht geben. Einen Kompromiss? Ihr seid in der Tat umwerfend. Jung, vollkommen, intelligent, leidenschaftlich. Ich bin in tiefer Trauer um Margot, und das wird auch noch eine ganze Weile so sein, genau wie Ihr, die Ihr um jemanden trauert, der belesen und edelmütig war, ein feiner Mensch, der Euch vergötterte. Und Ihr könnt Euch nicht vorstellen, wie es ist, ein Kind zu verlieren. Aber sie sind beide fort, und ich vermag daran nichts zu ändern. Und wir leben, und es tut mir Leid um die Bitterkeit, die ich empfinde und die ich Euch so häufig habe spüren lassen. Ich bin froh, dass Ihr Jamie und viele meiner Männer mögt. Versucht nur nicht, es gegen mich zu verwenden. Ich schwöre Euch, dass ich Euch nichts anhaben werde; wir sind im Krieg, und ich kann kaum etwas tun, um Euch Euer Los zu erleichtern. Nach den Gesetzen Schottlands und unserer Kirche seid Ihr meine Angetraute. Und das Schicksal einer Ehefrau ist bei weitem dem einer Gefangenen vorzuziehen. Eine schwarzhaarige Hexe oder eine veilchenäugige Zauberin, ich bin mir nicht sicher, doch ich muss zugeben, dass ich diese Gefangene, Gemahlin, Hexe, Verführerin gern als die meine weiß.«

Sie verharrte stocksteif, atmete flach, sich qualvoll seiner Nacktheit bewusst.

»Tut mir Leid, dass ich Margot erwähnt habe«, flüsterte sie.

Er verstummte und nickte dann. Ein leises Lächeln trat in seine Mundwinkel. »Ich glaube, es wird Zeit für eine kleine Wiedergutmachung.«

»Ihr seid bekümmert, weil …?«

»Weil ich soeben Euer Gewand ruiniere«, schmunzelte er.

»Mein Gewand?«, hauchte sie.

Da begriff sie. Sie schloss die Augen, als das Gewicht seines Körpers sie fester gegen die Tür presste. Sie spürte das Spiel seiner Muskeln, seine wachsende Erektion. Faszinierend und gleichzeitig verwerflich. Sinnlich, erotisch wie sein Kuss, so sanft zunächst … und dann verlangend … Ihre Leidenschaft war entfacht.

Seine Lippen lösten sich von den ihren. Er murmelte an ihrer Schläfe: »Ich glaube, ich weiß sehr wohl um Eure Vollkommenheit.«

»Von Narben gezeichnet, aber wohlgeformt«, erwiderte sie, und ihre Finger streichelten seine Schultern. Sie lehnte den Kopf an seine immer noch feuchte Brust, presste ihre Lippen auf seine Haut, ertastete mit ihrer Zungenspitze die Wassertropfen und gewahrte das Zucken, das seinen gesamten Körper durchfuhr. Sie glitt tiefer, denn das Wasser war überall, bedeckte ihn von Kopf bis Fuß … und dazwischen. Körperlich faszinierte er sie. Ein Prachtexemplar aus Muskeln und Sehnen, vollkommen geformt, von einer maskulinen Sinnlichkeit, die Igrainia nicht leugnen konnte. Seine hünenhafte Statur, seine breiten Schultern übten eine gefährliche Anziehungskraft auf sie aus.

Und die Sexualität, die von ihm ausging … Sie verlor sich darin.

Worte der Lust, leidenschaftliche Zärtlichkeiten entschlüpften seinen Lippen, und doch hatte sie keine Ahnung, was er sagte. Allein der Klang seiner Stimme erregte sie, enthemmte sie. Sein Atem ging in kurzen Stößen, sein Körper spannte sich an. Seine Finger krallten sich in ihr Haar. Er stöhnte leise, weckte in ihr ein solches Begehren, dass sie, seinem animalischen Zauber verfallen, seinem Drängen nachgab.

Er riss sie an sich, fand abermals ihre Lippen, seine Küsse heiß, feucht, stürmisch, bedrängend, schamlos, gierig. Sie vermochte nur noch zu stehen, weil die Tür im Rücken ihr Halt gab. Es war auch einerlei. Er hob sie in seine Arme und auf das Bett. Sie hatte ein Gewand getragen … Sie spürte seine Lippen, seine Fingerspitzen auf ihrer bloßen Haut, verzehrte sich nach seinen Liebkosungen, schwebte im siebten Himmel. Doch trotz ihrer Entrücktheit war sie sich einer Sache gewiss.

Sie hatte Afton tief geliebt …

Gleichwohl hatte er ihr nie, niemals diese Sinneslust beschert. Als würde die Welt aus den Angeln gehoben, als müsste sie sterben, weil der Himmel ein einziges Flammenmeer war. Sie war noch nie so schwach, niemals vorher so stark gewesen.

Später gewahrte sie leicht betreten, dass ihr Gewand tatsächlich ruiniert war.

Zerrissen, um genau zu sein.

Dennoch war sie nicht traurig um den Verlust.

17

Jeden Tag ritten die Kundschafter aus.

Man wartete. Wohl wissend, dass die Streitkräfte nahen würden. Nicht sicher, wann oder wie.

Einmal abgesehen von der Anspannung war es eine denkwürdige Zeit für Igrainia. Sie stellte fest, dass die Wachen sie nicht mehr ständig begleiteten.

Es war immer jemand im Saal oder im Gang über der Treppe. Wenn sie etwas brauchte, war sogleich jemand zur Stelle.

Sie verhielt sich sittsamer im Rittersaal, genoss Jamies Unterhaltung, seine freundliche, liebenswürdige Art und seine Musikdarbietungen. Aber sie sprach auch mit anderen … und lernte, dass man mit Eric reden konnte, ohne gleich eine Auseinandersetzung vom Zaun zu brechen.

Zwei Wochen waren verstrichen, seit Eric und seine Männer zurückgekehrt waren.

Die feindlichen Heere tauchten nicht auf, obschon die Festung schwer bewacht wurde und in Bereitschaft stand.

Eines Morgens hatte Igrainia verschlafen, und als sie aufwachte, stand Jennie über sie gebeugt. Sie umklammerte ihre Laken, setzte sich auf und maß ihre Zofe.

»Sie werden kommen, seid Euch dessen gewiss!«, erklärte das Mädchen Igrainia, über die Schulter spähend, ob die Kammertür auch wirklich geschlossen war. Dann setzte sie sich aufgebracht auf den Bettrand. »Ich habe heimlich Nachrichten hinausschmuggeln können, Igrainia. Da ist diese Marketenderin, die den Soldaten Waren verkauft … sie nimmt meine Briefe mit. Ich habe Euren Bruder, Lord Aidan, davon in Kenntnis gesetzt, dass Ihr hier keinen Ausweg seht, dass sie alles und jeden bewachen. Habt keine Angst, sie werden alsbald hier sein, und ich habe sie gewarnt, wie die Soldaten im Hof ausgebildet wurden und dass sie Ränke geschmiedet haben. Ich wünschte, ich wüsste mehr über ihr Tun … Das hier bekam ich gestern.«

Aus ihrem Mieder zog sie triumphierend ein Briefchen, verschlossen mit einem silberblauen Band.

»Für mich? Von Aidan?« Igrainias Finger zitterten, als sie danach griff.

Jennie reichte ihr den Brief. Sie wusste sogleich, dass er von Aidan stammte, das erkannte sie an seinen kühn geschwungenen Buchstaben.

Geliebte Schwester,

ich habe dich weder vergessen noch verlassen. Deine Briefe habe ich erhalten und lese zwischen den Zeilen, dass du großen Härten ausgesetzt bist. Ich weiß um deine Ängste und wie du leiden musst. Bitte, hab keine Furcht. Du wirst befreit werden. Warte auf mich. Bei der Liebe meiner Mutter und meines Vaters, ich werde dich nicht im Stich lassen.

Aidan

Kopfschüttelnd spähte Igrainia zu Jennie. »Jennie, du weißt nicht, wie stark befestigt die Burg ist! Ich wollte nicht, dass Aidan herkommt, ich habe solche Angst, dass man ihn töten wird!«

»Sie wissen alles über die Schotten, dafür habe ich Sorge getragen. Sie werden nicht getötet werden, sondern siegreich einreiten. Igrainia, ich weiß nicht, was diese Leute mit Euch angestellt haben, aber ich liebe Euch, und ich werde dafür sorgen, dass Aidan kommt und dass Ihr befreit werdet!«

»Jennie, Jennie! Ich liebe dich auch, aber du darfst kein solches Wagnis eingehen. Überdies irrst du gewaltig. Der König wird mich an Robert Neville verschachern, und vor ihm habe ich mehr Angst als vor diesen Männern.«

»Sie haben Euer Denken vergiftet«, sagte Jennie betrübt, griff nach dem Brief und drückte ihn wie ein Geschenk ihres Liebsten an die Brust. »Aber Euer Bruder liebt Euch, wie Ihr sehen könnt. Ich kann Gott nicht genug danken! Ich habe Mitteilungen hinausgeschmuggelt, und Aidan hat geantwortet!«

»Jennie, jetzt muss ich auch noch um dich fürchten. Versprich mir, dass du keinen weiteren Verrat üben wirst, nichts mehr heimlich hinausbeförderst!«

Jennie erhob sich, ihr Blick abermals auf die Tür geheftet. »Ich werde mich um Euch kümmern«, versprach sie Igrainia. »Ich fühle mich für Eure Sicherheit verantwortlich, auch wenn Ihr vielleicht von Sinnen seid.«

»Jennie, lass den Brief hier. Ich werde ihn verbrennen!«, forderte Igrainia. Doch Jennie strebte bereits zur Tür, das Briefchen weiterhin an ihren Busen geschmiegt. Igrainia machte einen Satz aus dem Bett, um ihr zu folgen, schnappte sich ein Laken und riss die Tür zum Gang auf.

Jennie war fort. Stattdessen stand Jarrett vor ihr.

»Guten Morgen, Mylady. Was darf ich Euch servieren?«

»Äh … Frühstück, Jarrett. Und habt Dank.«

Sie schlüpfte zurück in ihre Kammer, kleidete sich rasch an, fest entschlossen, Jennie aufzuspüren.

Sie fand sie nicht in der Burg, weder in den oberen Gemächern noch im Rittersaal oder in der Krypta. Sie strebte zur Kapelle, wollte Vater MacKinley von dem Vorfall berichten, ihn um Stillschweigen ersuchen und darum, dass er Jennie ins Gewissen redete.

Aber der Geistliche war mit Eric ausgeritten, erfuhr sie. Von dieser Seite konnte sie also keine Hilfe erwarten, jedenfalls nicht gleich.

Sie schlenderte zu den Stallungen, vielleicht war Jennie aus unerfindlichen Gründen dorthin gelaufen. Aber nein, Gregory war dort und grinste breit, als er sie sah. Igrainia ging zu ihm, legte ihm sanft eine Hand auf die Schulter.

»Wie geht es? Gut, so hoffe ich?«

Er nickte heftig.

Als er zu ihr aufsah, formten seine Lippen stumme Worte. Sie beobachtete die Bewegungen seines Mundes; von Mal zu Mal vermochte sie ihn besser von den Lippen abzulesen.

Er deutete etwas von einem Baby an und spähte auf ihren Bauch.

Sie schüttelte den Kopf. »Nein, Gregory. Mir geht es blendend, ich bin nicht guter Hoffnung.«

»Er sagt, dass es so sein wird, und es wird ein Junge.«

Igrainia wirbelte herum und sah, dass Rowenna die Stallungen betrat. Sie trug einen Korb Mohrrüben, Gregorys Leckerbissen für die Tiere, die er liebevoll umsorgte.

Sie mochte Rowenna längst nicht mehr so wie damals, und im Grunde ihres Herzens wusste sie, dass sie eifersüchtig war. Sie war sich sicher, dass Rowenna mit Eric geschlafen hatte, und in den letzten Tagen hatte sie nicht einmal gewagt zu überlegen, ob es immer noch so wäre.

Dass Eric mit dem zufrieden war, was er hatte, musste noch lange nicht bedeuten, dass er ihr Zuneigung oder Treue entgegenbrachte. Und Igrainia zu mögen hieß nicht, dass er nicht auch andere mochte.

Sie hatte so viele Demütigungen erlitten. Sie war sich nicht sicher, ob sie noch weitere würde hinnehmen können.

Wieder schüttelte sie den Kopf. »Ich bekomme kein Kind.«

Rowenna trat lächelnd auf sie zu. »Nun, es ist keineswegs ungewöhnlich, wenn Ihr es noch nicht wisst … aber Gregory weiß es schon seit einigen Tagen. Er sagt, dass Ihr einen hübschen Jungen haben werdet, mit pechschwarzem Haar und strahlend blauen Augen. Ein hübscher Bursche, kräftig und gesund.«

Nach einem weiteren Blick auf Rowenna spürte Igrainia eine unerklärliche Wut in sich aufsteigen, und sie entschied, dass Gregory zwar vieles ›sah‹, aber dies ganz gewiss nicht.

»Ich bekomme kein Kind«, sagte sie fest. Dann fiel ihr ein, warum sie die Stallungen aufgesucht hatte. »Habt ihr meine Zofe Jennie gesehen?«

Rowenna schüttelte stirnrunzelnd den Kopf. Sie blickte von Igrainia zu Gregory und nickte dann. »Er ist sehr besorgt um sie. Sie tut so, als würde sie arbeiten, stattdessen lungert sie dort herum, wo die Männer sich aufhalten. Sie belauscht zu viele Gespräche.«

»Weiß er noch mehr?«, erkundigte sich Igrainia vorsichtig.

»Leider nein«, erwiderte Rowenna.

»Nun, trotzdem danke«, sagte Igrainia und wandte sich zum Gehen.

»Gregory, es spielt keine Rolle«, hörte sie Rowenna hinter ihr murmeln.

Sie drehte sich um. »Was spielt keine Rolle?«

Gregory grinste von einem Ohr zum anderen.

»Was?«, drängte Igrainia.

Seufzend klärte Rowenna sie auf. »Er ist sehr aufgeregt wegen Euch. Er sagt, dass Sir Eric und König Robert the Bruce beide sehr erfreut sein werden.«

»König Robert?«, bohrte sie.

»Dem schottischen König ist freilich daran gelegen, dass Ihr ein Kind bekommt – als eindeutiger Beweis Eurer vollzogenen Ehe«, erklärte Rowenna. Sie zuckte die Schultern. »Tut mir Leid, dass ich neulich auf dem Wehrgang mit angehört habe, was Jamie und Peter diskutierten. König Robert war anscheinend außer sich, dass Edward von England seine Macht und die der katholischen Kirche missbrauchen und diese Ehe für ungültig erklären könnte. Nun, natürlich kenne ich Euren Gemahl, und ich weiß, er wird sich freuen. Er wird einen Sohn haben, einen rechtmäßigen Erben. Jeder Mann wäre hoch erfreut!«

Igrainia kochte innerlich, als hätte man ihr glühende Kohlen unter die Füße geschoben. Für Augenblicke blieb ihr vor Wut die Luft weg. Dann sagte sie: »Tut mir Leid, Gregory, aber ich bin nicht guter Hoffnung. Diesmal irrst du dich.«

Sie drehte sich um, bemüht um Fassung, und verließ die Stallungen.

Peter rief nach ihr, als sie durch den Flur in Richtung Treppe strebte. Sie reagierte nicht.

Jarrett war im Gang.

Ihn ignorierte sie ebenfalls. In ihrer Kammer stapfte sie empört vor dem Kamin auf und ab, ihre Wangen brannten. Sie war sich nicht einmal sicher, warum sie so aufgebracht war. Doch sie war es.

Sie war mit einem Mann vermählt worden, weil sein König es so befohlen hatte. Nur um sie einem anderen vor der Nase wegzuschnappen, um einen anderen König zu erzürnen. Das war schon schlimm genug.

Dass sie mit Eric geschlafen hatte, war vermutlich unvermeidbar, einerlei, wie viel Widerwillen ihr das bereitete. Männer waren dafür bekannt, dass sie widerstrebende Ehefrauen dazu zwangen, schließlich vergewaltigten die Invasoren auf beiden Seiten des tödlichen Spiels jede Frau, derer sie habhaft werden konnten, wenn sie ein feindliches Dorf zerstört hatten, mochte sie nun blutjung oder steinalt sein.

Indes hatte er sie nicht gezwungen. Sie war freiwillig zu ihm gekommen … sogar mehr als das. Sie hatte ihn begehrt. Und – Gott vergebe ihr diesen Hochmut, diese Selbstüberschätzung – sie hatte zumindest angenommen, dass er sie ebenfalls begehrte.

Ihm hingegen war *befohlen* worden, mit ihr zu schlafen. Sie wurde begattet wie ein Stück Vieh.

Sie marterte sich bis zur Erschöpfung und wurde zunehmend wütender. Die Stunden verstrichen. Sie hörte Geräusche im Hof, die nicht enden wollenden Übungen mit Schwertern und anderem Waffengerät. Als die Sonne sank und der Himmel in ein zartes Abendrot getaucht war, stand ihre Entscheidung fest.

Sie würde das Nachtmahl nicht im Saal mit den anderen einnehmen. Sie bat Garth, ihr das Essen und das tägliche Bad in die Kammer zu bringen.

An diesem Tag wartete sie zielstrebig darauf, dass das Wasser abkühlte, in der Hoffnung, es würde ihr Mütchen kühlen. Nichts dergleichen, es machte sie lediglich frösteln.

Als Eric spät in der Nacht zurückkehrte, saß sie in dem Sessel vor dem Kamin, in ihr dickstes, schmucklosestes Leinennachthemd gehüllt, mit sittsamem Kragen und bodenlang. Sie drehte sich nicht um, als sie seine Schritte vernahm. Sie wusste, dass seine Augen auf sie geheftet waren und dass er ihre Abwesenheit bei Tisch bemerkt hatte. Gut möglich, dass ihm jemand von ihrem seltsamen Gebaren berichtet hatte.

Er schritt an ihr vorbei, lehnte sich an den Kaminsims.

»Warum so grüblerisch heute Abend, Igrainia? Ihr habt nach einem Nachtessen geschickt, den Rittersaal und die Gesellschaft Eures Feindes gemieden. Und jetzt finde ich Euch … so.«

Sie erhob sich, denn er war viel zu nah, und ihre unerklärliche Wut war an einem Punkt angelangt, dass sie sich kaum mehr zu beherrschen wusste. Sie machte ein paar Schritte und drehte sich zu ihm um. Sie grub ihre Finger in ihre Handballen. Noch nie war sie sich seiner Anziehungskraft so bewusst gewesen, der Vollkommenheit seines trainierten Körpers, und das erzürnte sie noch mehr. Sie verabscheute sich dafür, dass sie sich nicht einmal mehr erinnern konnte, wann sie in ihm einzig den barbarischen Heiden gesehen hatte, der ihre Welt zerstörte. Und sie hasste den unterkühlten Blick, mit dem er sie maß. Er *verabscheute* sie nicht. Völlig gleichgültig, wie er es umschrieben hatte, diese beiläufige, gedankenlose Äußerung schmerzte sie tief.

»Ihr habt mit mir geschlafen«, sagte sie leise, aber dennoch giftig, »weil der König es so befohlen hat?«

Unmerklich hoben sich seine Brauen, er maß sie, gewahrte ihren Groll, der ihn nicht im Mindesten zu kümmern schien. »Welchen Unterschied macht das schon für Euch?«, wollte er wissen.

Sie antwortete nicht direkt auf seine Frage. »Ich werde nie, niemals Euer Kind zur Welt bringen!«, schwor sie ihm. »Ich werde mich von Euch und Eurem König nicht für ein kleines, aber ärgerliches Machtspiel in diesem verfluchten Krieg missbrauchen lassen!«

»Das ist ja lächerlich«, schnaubte er.

»Lächerlich!«

»Zunächst einmal, Igrainia, hätte mir der König nichts befehlen können, was ich nicht auch aus freien Stücken getan hätte.«

»Für Schottlands Ruhm und Ehre!«

»Und«, fuhr er fort, als hätte sie ihn soeben nicht aufs Ärgste verhöhnt, »Ihr schient mir keineswegs abgeneigt.«

»Ich schien Euch keineswegs abgeneigt!«, flüsterte sie, und Tränen der Wut schossen in ihre Augen. »Ich schien keineswegs abgeneigt! Sicher wisst Ihr, dass ich jede einzelne Nacht nur ertragen habe, indem ich die Augen schloss und einen anderen Mann vor mir sah. Ich habe mir von ganzem Herzen gewünscht, Ihr wäret nie hergekommen, dass ich neben Afton liegen und mit ihm schlafen würde …

und ich … ich wiederhole es noch einmal, ich werde niemals Euer Kind gebären.«

»Ich glaube, Ihr tragt bereits einen Sohn unter dem Herzen.«

Also hatte Rowenna mit ihm gesprochen. Natürlich hatte sie das.

Ja, Rowenna hatte ihn inzwischen kennen und schätzen gelernt.

Aufgebracht schüttelte sie den Kopf. »Weil ein bedauernswerter, taubstummer Junge dies beteuert? Ich sage Euch, es ist nicht wahr, und es wird sich auch nie bewahrheiten!«

»Bislang hat sich noch alles als zutreffend erwiesen, was Gregory prophezeit hat«, wies er sie schulterzuckend zurecht.

»Selbst wenn es wahr ist, wird es nie geschehen!«, versicherte sie ihm.

Für Augenblicke glaubte sie, er werde sich vom Kaminsims lösen und ihr in irgendeiner Form Gewalt antun. Dennoch antwortete er mit kühler und betont sanfter Stimme: »Ich glaube nicht, dass Ihr vorsätzlich ungeborenes Leben zerstören würdet. Genauso wenig, wie Ihr so dumm wäret, Euch aus dem Fenster zu stürzen«, setzte er tonlos hinzu.

»Er irrt!«, begehrte sie auf. »Und das könnt Ihr Rowenna ruhig erzählen. Er täuscht sich ganz gewaltig! Sagt ihr das.«

»Ich soll Rowenna sagen, dass er irrt?«

»Mir scheint, dass Ihr andauernd mit ihr plaudert. Sie ist Eure liebste Freundin und Vertraute, und sie ist seine Stimme, schon allein deshalb.«

»Ihr seid darüber verstimmt, dass Rowenna meine … meine Freundin ist?«

»Nein. Ach, vergesst es«, sagte sie unwirsch. »Sagt, was Ihr wollt und wem Ihr wollt. Vielleicht hat Gregory Recht, bestimmt hat er Recht, er ›sieht‹ ja schließlich. Nun, Ihr habt hier Eure Pflicht getan. Ihr habt die Befehle Eures Königs befolgt!«

Er trat zu ihr, und sie wich einen Schritt zurück, maß ihn wie eine fauchende Katze, sich dessen bewusst, dass sie keine Rückzugsmöglichkeit hatte.

Er fasste sie, zog sie an sich. »Ihr seid eine kleine Närrin, Igrainia. Wenn ich Euch nicht begehrt hätte, hätte nicht einmal der Allmächtige mir *befehlen* können, Euch anzurühren.«

»Wahrhaftig? Da ich mir keineswegs sicher bin, ob Ihr überhaupt an Gott glaubt, hat das vermutlich nicht allzu viel zu bedeuten.«

»Das ist doch ein absolut lächerliches Argument!«, brüllte er.

»Lasst mich in Frieden«, erwiderte sie eigensinnig. »Ihr habt König und Vaterland gedient.«

»Ihr seid meine Gemahlin.«

»Nein. Eure Gemahlin liegt dort unten in der Krypta. Ich bin nur Teil des großen Kampfes für die Freiheit, und dieser Sache bin ich offen gestanden überdrüssig.«

»Ihr seid Teil davon, ob es Euch nun passt oder nicht.«

»Wollt Ihr mich zwingen, bei Euch zu bleiben?«

»Madam, mein ganzes Leben lang habe ich Zwänge weder gebraucht noch gemocht.«

»Dann lasst mich gehen.«

Ehe er reagieren konnte, klopfte es energisch. Sein missmutiger Blick verhieß Igrainia, dass die Sache noch nicht ausgestanden war. Er gab sie frei und strebte zur Tür.

Jamie stand davor. Als er mit gedämpfter Stimme anhub zu reden, trat Eric in den Gang und schloss die Tür. Igrainia verharrte nervös.

Augenblicke später kehrte Eric zurück, seine Hände hinter dem Rücken.

»Eine überaus merkwürdige Korrespondenz ist soeben ans Licht gekommen«, meinte er.

»So?«

Ihr Herzschlag schien auszusetzen. Rowennas Worte hatten sie derart aufgewühlt, dass sie völlig vergaß, Jennie aufzuspüren.

Und dafür zu sorgen, dass Aidans Brief an sie den Flammen zum Opfer fiele.

Als er aufgebracht durch den Raum schritt, wusste sie, dass ihr Groll ihr übel mitgespielt hatte. Der Brief war nicht verbrannt worden. Nein, man hatte ihn gefunden.

Er nahm seine Hände vom Rücken und hielt ihr den Brief hin.

»Wie ist er in die Burg gelangt?«, fragte er barsch.

»Worum handelt es sich überhaupt?«, meinte sie betont beiläufig.

Aber er kannte sie zu gut. Wusste, dass sie ihm auswich.

»Ihr habt nicht einmal einen Blick riskiert, Igrainia. Ihr wisst genau, worum es sich handelt.«

»Ich … nein, gewiss nicht.«

»Wie habt Ihr heimlich Briefe an Euren Bruder hinausschmuggeln können?«

»Ich war es nicht. Mein Ehrenwort darauf!«

»Aber er ist an Euch gerichtet. Und jemand berichtet dem Feind von unseren Truppenbewegungen und unserer Verteidigung.«

»Nun, dies hier mag Schottland sein und die Leute zufrieden, wie Ihr beteuert, dennoch dürft Ihr nicht vergessen, dass Langley vor Eurer Ankunft von einem Mann gehalten wurde, der Edward treu ergeben war.«

Er maß sie für eine lange Weile, dann drehte er sich um und strebte zur Tür. Im Gang rief er Jarrett zu: »Lasst sie nicht aus den Augen – sie darf die Kammer nicht verlassen!«

Sie hörte Schritte im Gang und auf der Treppe.

Weitere Schritte …

Stimmengewirr drang zu ihr. Er hatte seine Männer um sich versammelt; sie würden den Brief erörtern, eine neue Strategie entwickeln …

Den Übeltäter suchen.

Wieder schritt sie nachdenklich im Zimmer auf und ab. Er glaubte ihr nicht, dachte sie bei sich. Glaubte nicht, dass sie nicht diejenige war, die Aidan geschrieben hatte. Und er wusste, dass noch jemand daran beteiligt war, dass ein Verräter unter ihnen weilte.

Jennies Tun musste augenblicklich Einhalt geboten werden.

Aber Igrainia wagte es nicht, ihre Zofe zu verraten.

Was würde Eric tun? Es war zwingend erforderlich, dass sie dem Informationsfluss Einhalt geboten. Ihr wurde heiß und kalt. Seit Anbeginn der Zeit waren Männer – und Frauen – gefoltert worden, um ihnen Informationen abzupressen.

Sie musste Jennie warnen, dass man von ihrem Tun erfahren hatte. Dann könnte ihre Zofe zumindest sofort fliehen.

Und wenn man Igrainia daraufhin zur Rede stellte, konnte sie die Wahrheit berichten, dass sie geglaubt habe, Jennie hätte aus Trotz herumgebummelt, aber dass sie nun verschwunden sei. Sie sei diejenige gewesen, die sämtliche Informationen, derer sie hatte habhaft werden können, aus der Burg geschmuggelt hatte.

Sie lief zur Tür, riss sie auf und stieß auf Jarrett, der an der Wand lehnte, die Arme vor der Brust verschränkt. Sein Blick war finster und misstrauisch. Und er sprach nicht mit ihr. Er starrte sie nur an wie einen tollwütigen Hund.

Sie wich zurück in ihr Gemach und schloss die Tür.

Stunden später war sie erschöpft von dem ziellosen Auf und Ab in ihrer Kammer. Sie legte sich hin, völlig erschlagen.

Doch der Schlaf wollte sich nicht einstellen. Die Stunden schleppten sich dahin. Irgendwann fielen ihr die Augen zu.

Stunden später schreckte sie aus dem Schlaf hoch.

Der Morgen war angebrochen. Helles Tageslicht strömte in die Kammer. Sie blinzelte, suchte nach Anhaltspunkten, dass Eric das Bett mit ihr geteilt hatte.

Hatte er nicht.

Als sie nach dem Aufstehen in den Gang trat, hatte Angus den Platz von Jarrett eingenommen. Er musterte sie zwar nicht verärgert, aber bekümmert.

»Ihr dürft die Kammer nicht verlassen, Mylady«, erklärte er ihr, und sein Ton schwankte zwischen Bedauern und leisem Vorwurf.

»Kann ich Vater MacKinley sehen?«, erkundigte sie sich.

»Der Priester ist nicht hier.«

»Wo ist er denn?«

»Fort.«

Sie atmete tief ein, betete, dass Vater MacKinley nicht die Buße für die Sünden anderer auf sich genommen hatte.

»Würdet Ihr Eric bitte ausrichten, dass ich mit ihm reden muss?«, bat sie.

»Das kann ich nicht, Mylady. Er ist ebenfalls aufgebrochen.«

»Wohin?«

»Das darf ich nicht sagen.«

»Angus, bitte, ich muss mit ihm sprechen.«

»Das ist jetzt unmöglich.«

»Wann wird er zurückerwartet?«

»Ich weiß es nicht.«

Aufgebracht schlug sie die Tür zu. Dann öffnete sie sie erneut. »Zu Eurer Kenntnis, ich habe weder Briefe geschrieben noch diese aus der Burg geschmuggelt. Und wenn ich es getan hätte, wäre es nichts Unrechtes gewesen! Schließlich ist dies meine Burg, die Ihr eingenommen habt!«

Er starrte sie nur an.

Wieder schlug sie die Tür zu.

»Da ... da!«, rief Allan.

»Wo?«, wollte Eric wissen.

»Ost, Nordost, dort in dem Wäldchen ... könnt Ihr sie sehen.«

Vom Wipfel einer knorrigen, alten Eiche spähte Eric in die von Allan gewiesene Richtung. Und er sah sie, hunderte von ihnen. Zelte, so weit das Auge reichte, Waffen und Rüstungen, Männer, die gegen Abend ihr Lager aufsuchten. Als es dämmerte, loderten ihre Kochfeuer auf, Rauch schwängerte die Luft.

Eric blieb auf seinem Baum, er vergegenwärtigte sich die Anordnung des Lagers und jeden Pfad, der dorthin führte. Ein kleiner Bach schlängelte sich durch das Gebiet und machte es zu einem guten Rastplatz für Truppen vor dem Einsatz.

Eric nickte Allan zu, worauf beide vom Baum kletterten, die letzten Meter hinuntersprangen und auf dem weichen Waldboden auftrafen. Jamie wartete mit ihren Pferden, die anderen Männer im nahen Unterholz.

»Sie bereiten sich auf die Nacht vor. Gegen Mitternacht greifen wir an, Jamie, du, Allan, Raymond und ich sind die

Ersten«, sagte Eric, am Boden kniend, wo er eine Skizze des Lagers und der Pfade in den Schmutz zeichnete. »Allan, Ihr übernehmt den Bach, Jamie, du bist hier, Raymond da … und ich an diesem Punkt. Sie haben Wachen aufgestellt. Die werden wir als Erstes überwältigen müssen. Wir lassen die Pferde hier … schleichen uns bis dorthin an, und wenn wir die Wachen ausgeschaltet haben, treffen wir uns hier … so … dann geben wir unseren Männern das Signal. Alles muss schnell und überraschend geschehen. Ich bin sicher, sie rechnen nicht mit einem Angriff auf ihr Lager, da sie davon ausgehen, dass sie Langley zuerst attackieren werden. Und noch eins ist wichtig – treibt ihre Pferde auseinander. Wenn wir überstürzt fliehen müssen, sollen sie uns nicht verfolgen können.«

Grimmiges Nicken versicherte ihn ihrer Zustimmung. Er und Allan sprangen auf die Pferde und ritten zu den anderen zurück, einem lautlos verharrenden Trupp, bis auf das gelegentliche Trappeln der Pferdehufe und das Knarren des Zaumzeugs. Er legte seinen Plan dar. Die 50 Mann, die er gegen hunderte von der Gegenseite mitgebracht hatte, waren sich ihrer heiklen Mission durchaus bewusst.

»Vater MacKinley«, wandte Eric sich an den Geistlichen. »Sprecht Ihr ein Gebet für uns?«, fragte er nach einem langen Blick auf den Mann. Er glaubte nicht, dass MacKinley der Verräter war. So hoffte er jedenfalls, denn inzwischen mochte und bewunderte er den Priester.

»Selbstverständlich werde ich ein Gebet für die Seelen aller Männer sprechen«, erwiderte dieser.

Die Reiter saßen ab und fielen auf die Knie. MacKinley rief den Schöpfer an, betete für die Seelen aller Menschen und schließlich für diejenigen unter ihnen, die vor ihm knieten.

MacKinley hatte sich entweder voll und ganz auf ihre Seite des Kampfes geschlagen, oder er war ein überaus wankelmütiger Priester, der sein Fähnchen nach dem Wind hielt.

Eric hoffte, dass es Ersteres sei.

Sie ritten so nah wie möglich an das Lager heran, saßen ab, ließen Vater MacKinley und zwei weitere Männer bei den Pferden zurück und schlichen sich durch hohes Sommergras und Gebüsch in Richtung Lager. Sie warteten, ins Gras gekauert, beobachteten jede Bewegung, die sie durch Bäume und Gesträuch gewahrten. Gegen Mitternacht waren alle Pferde angebunden. Die Männer schliefen draußen auf dem Boden oder in den Zelten.

Eric gab das Signal, und er, Raymond, Allan und Jamie stürmten los, trennten sich in der Dunkelheit. Jeder folgte der ihm zugewiesenen Route, achtete auf jeden Schritt, wohl wissend, dass Wachen ausschwärmten, egal, ob der Feind mit einem Angriff rechnete oder nicht.

Sein eigener Pfad führte ihn mitten ins Geschehen.

Er sah den Wachposten und duckte sich. Der Mann lehnte sich vor einen Baum und gähnte, gelangweilt von seiner Aufgabe. Lautlos legte Eric die wenigen Schritte zu dem Stamm zurück und griff rasch und zielstrebig von hinten an. Der Wachposten sank in sich zusammen. Es sah aus, als schliefe er – bis auf das Blut, das aus seiner Kehle sprudelte.

Eric lauschte gespannt, vernahm den Ruf der Nachteule und wusste, dass Jamie ebenfalls einen Wachposten aufgespürt hatte. Allan strich in geduckter Haltung um das Lager. Jamie nahte von links, Allan von rechts.

Er richtete sich auf und winkte durch die Nacht.

Augenblicklich herrschte geschäftiges Treiben.

Doch das merkten die Männer, die friedlich in ihrem Lager ruhten, erst, als es zu spät war.

Viele von ihnen fanden noch im Schlaf den Tod.

Andere wurden von den Pferden niedergetrampelt, die Erics Männer mit brennenden Fackeln angespornt und auseinander getrieben hatten.

Einige überlebten.

Obschon der Übergriff ein voller Erfolg war und mehr Chaos anrichtete, als Eric sich vorzustellen gewagt hatte, sah er davon ab, das Lager in ein Schlachtfeld zu verwandeln. Als zu viele seiner Widersacher zu den Waffen griffen, brüllte er den Befehl zum Rückzug. Seine Männer nahmen mit, was sie an Waffen tragen konnten, und traten zu Fuß den Rückweg an.

MacKinley, seine Männer und die Pferde warteten. Sie saßen in aller Eile auf und galoppierten in die Dunkelheit, schwach erhellt von bleichem Mondlicht.

Eilig entfernten sie sich von dem Lager. Als sie schließlich Halt machten, zählten er und Jamie die Männer durch, fragten nach Verletzungen und Verlusten. Keine Toten.

Vier Verwundete.

»Sie werden uns nicht vor Tagesanbruch verfolgen!«, verkündete er, als sie sich im Wald versammelten. »Erst dann werden sie genug Pferde zusammengetrieben haben. Wir können noch ein paar Stunden ausruhen, aber seid auf der Hut. Peter, Ihr und ich übernehmen die erste Wache, Jamie, du und Allan die nächste.«

Er dachte, es werde ihm nicht schwer fallen, wach zu bleiben. Sein Verstand arbeitete auf Hochtouren. Andererseits hatte er seit Stunden nicht mehr geschlafen, und hin und wieder schreckte er aus dem Halbschlaf auf.

Schließlich war Wachablösung.

Eric legte sich unter die Bäume, schloss die Augen, bestrebt, eine weitere Strategie zu ersinnen, als er plötzlich jemanden im Gebüsch wahrnahm. Es schien so lange zurückzuliegen … Er war jünger. Er war vom Meer zurückgekehrt, seiner heimlichen Liebe. Die Erde schien zu schaukeln, wie sie es immer tat, nach so vielen Tagen auf See. Das Schaukeln spendete süßen Trost. Haar so golden wie das Sonnenlicht strömte über den Rücken der Frau. Er kannte ihr Gesicht. So blass, die Augen so blau. Ein strahlendes Lächeln. Sie kam geradewegs auf ihn zu, raffte ihr blütenweißes Gewand und setzte sich auf ihn. Sie flüsterte ihm etwas zu, beugte sich über ihn, um seine Lippen zu berühren.

Der Kuss war betörend. Sie löste sich von seinem Mund. Er öffnete träge die Lider, zu jedwedem sinnlichem Vergnügen bereit.

Entsetzt gewahrte er, dass es nicht Margot war. Die Zeit hatte sich gewandelt, und riesige, vor Wut blitzende Veilchenaugen funkelten ihn an. Mit beiden Händen hielt sie ein Messer umklammert, das sie ihm jählings ins Herz zu stoßen drohte.

Er rollte herum ...

... und prallte mit dem Kopf an einen Baum. Stöhnend vor Schmerz erwachte er. Er rieb sich die Stirn und sprang auf. Von der anderen Seite der Lichtung beobachtete Jamie ihn, hellwach und nachdenklich.

Er blickte auf und sah, dass Allan den höchsten Baum erklettert hatte.

»Sind sie in Sichtweite?«, erkundigte er sich.

»Ja, aber nur ein kleiner Trupp auf Spurensuche.«

»Wo?«

»Nördlich von uns.«

»Wie viele?«

»Fünfunddreißig, höchstens vierzig.«

»Na, dann kommt runter.« Er schritt über die Lichtung, rüttelte mit seiner Stiefelspitze Männer wach, die sich noch nicht erhoben hatten. »Auf mit Euch – oder wollt Ihr, dass sie uns in dieser Verfassung aufspüren?«, fragte er. Er trat zu Jamie, der ihn schon erwartete.

»Wir trennen uns. Ich bleibe mit fünfundzwanzig Männern zurück, du reitest voraus. Wir werden zu euch stoßen. Wir sind immer noch eine beachtliche Streitkraft, aber wenn wir zurückbleiben und ihnen ordentliche Verluste bescheren, können wir ihren Kampfgeist auf die Probe stellen. Sobald wir zurückkehren, lasst die Zugbrücke herunter. Dann warten wir, bis sie uns voll im Visier haben, und schlagen zurück. Das ist das Letzte, womit sie rechnen.«

»Und vermutlich das Tollkühnste, was wir tun können«, wandte Jamie ein.

»Die Idee stammt teilweise von dir.«

Jamie zuckte die Schultern. »Wir waren immer schon tollkühn, warum jetzt etwas ändern?«

Eric nannte die Namen der Männer, die ihn begleiten sollten. Sie saßen auf, und er erklärte ihnen sein Vorhaben. Alle waren mit von der Partie.

Jamie winkte, als er nach Norden ritt, und rief den anderen zu aufzusitzen.

Eric und seine Truppe ritten, bis es Zeit für eine Rast wurde. Nachdem er die Entfernung zwischen ihnen und den feindlichen Reitern eingeschätzt hatte, kletterte die

Hälfte seiner Leute auf Bäume. Dort verharrten sie geräuschlos.

Allan, den er vorausgeschickt hatte, warnte sie mit einem leisen Pfiff.

Augenblicke später preschte der berittene Feind heran.

Sie stürmten aus dem Gebüsch, sprangen von den Bäumen. Die Engländer hatten indes den Vorteil ihrer Rüstungen. Die Schotten trugen lediglich ein verstärktes Brustwams, der einzige bei einer solchen Taktik anwendbare Schutz. Und doch griffen sie so überraschend an, dass ihre verdutzten Feinde schwerfällig von ihren Streitrössern stürzten, niedergemetzelt, ehe sie ihre Kampfpositionen einnehmen konnten.

Es war ein Nahkampf – Mann gegen Mann. Einer unter den Engländern befahl brüllend Aufstellung und Ordnung, doch er wurde ignoriert. Soldaten stürzten sich in Gesträuch und Gebüsch, viele versuchten zu fliehen.

Eric fand sich auf einem Pfad wieder, nicht in Verfolgung, sondern im Zweikampf mit einem Mann in voller, aufwändig geschmiedeter Rüstung. Er hatte noch keine Gelegenheit gehabt, seinen Gegner zur Strecke zu bringen, wohingegen dieser ihn mit einem Schwertstreich um ein Haar vernichtet hätte. Der Mann war geschickt und verwegen, aber von vergleichsweise schmächtiger Gestalt, und Eric setzte ihm nun hartnäckig zu; wieder und wieder surrte die Klinge durch die Luft, bis er endlich einen solchen Treffer landete, dass das Schwert seines Widersachers zerbarst. Der Hieb ließ diesen gegen einen Baum taumeln, wo er in sich zusammensackte. Eric fasste das Schwert mit beiden Händen, um seinem Gegner die Kehle aufzuschlitzen.

Jählings hielt er inne. Irgendetwas an der Tunika des Mannes stimmte ihn nachdenklich. Das Wappen.

Ein vertrautes Wappen. Er hatte es schon einmal gesehen. Es hatte vor ihm an der Wand geprangt; er wachte jeden Morgen darunter auf.

Das Wappen des Hauses Abelard.

Von der Straße drang Gebrüll zu ihm. Allan stürmte auf die Lichtung. »Ein Großteil der Männer ist auf dem Vormarsch. Es wird Zeit zum Rückzug auf die Burg.«

Abermals wandte Eric sich seinem entwaffneten Gegner zu.

»Bei Gott, bringt es doch endlich hinter Euch! So tötet mich doch!«, brüllte der Mann am Baum.

Erics Finger umspannten den Knauf seines Schwertes fester.

18

In ihrer Kammer vernahm Igrainia dröhnenden Hufschlag und das Geschrei der Männer. Das Burgtor konnte sie indes nicht sehen.

Sobald sie den Lärm der zurückkehrenden Männer hörte, sprang sie auf, rannte zur Tür und riss diese auf. Jarrett war dort und döste in seinem Sessel.

»Wie könnt Ihr bloß so dasitzen? Was ist geschehen?«, erkundigte sie sich.

»Lediglich der erste Tross kehrt zurück«, klärte er sie auf.

»Woher wisst Ihr das?«

»Die Späher haben ihre Ankunft angekündigt.«

Er sah sie immer noch an, als wäre sie die größte Verräterin aller Zeiten. Sie zog sich in ihre Kammer zurück. Kurz darauf gewahrte sie vom Fenster aus, wie die Reiter sich im Burghof sammelten. Sie sah Jamie und andere, die sie kannte, von Eric keine Spur. Irgendetwas geschah dort unten, ganz gewiss. Die Soldaten auf dem Wehrturm nahmen Haltung an. Dort oben standen immer Wachen, aber jetzt waren es wesentlich mehr als sonst.

Sie verharrte am Fenster, bemerkte die Köcher voller Pfeile, die die Männer über die steilen Stufen nach oben trugen. Sie sah, wie die Langbogen und Peters Katapulte an Ort und Stelle gehievt wurden. Es klopfte an ihre Tür. Sie öffnete.

Rowenna stand vor ihr, Leinenlaken und einen Besen in der Hand. »Ich nehme das an mich«, sagte sie frostig.

Doch Rowenna blickte über ihre Schulter zu Jarrett. »Ich habe in der Kammer zu tun.«

Igrainia kehrte dem Mädchen den Rücken und trat wieder ans Fenster. Augenblicke später bemerkte sie, dass Rowenna ihr gefolgt war.

»Sie ist fort«, sagte Rowenna leise. »Ihr habt nichts zu befürchten. Jennie ist fortgegangen.«

»Und wohin?«

Rowenna schüttelte den Kopf. »Ich weiß es nicht. Sie haben jeden gefragt, doch sie wurde nicht gefunden. Auch Gregory sagt, dass sie fort ist.« Rowenna schnaubte ungehalten. »Ihr könnt ihnen jetzt reinen Wein einschenken, ohne um Eure Freundin fürchten zu müssen.«

»Wie kann Gregory so sicher sein? Es gibt Verstecke in der Burg, Stellen, wo man sie Tage lang nicht aufspüren wird.«

»Gregory besitzt eine außergewöhnliche Gabe.«

»Warum hat er dann nicht eher gesehen, dass es Jennie war und nicht ich?«, fragte sie bitter.

»Er hat eine Gabe, aber er ist nicht allwissend.«

Rowenna war sich sicher, absolut sicher, stellte Igrainia fest. Sie schlenderte zurück zum Fenster. »Hab Dank«, murmelte sie knapp.

Sie schwieg, während Rowenna ihrer Arbeit nachging. Sie brachte es nicht über sich, das Mädchen in ein Gespräch zu verwickeln. Schließlich hörte sie, wie die Tür ins Schloss fiel.

Tief unter ihr brüllte Jamie Befehle, die Hektik nahm zu. Tiere, die auf den Feldern geweidet hatten, füllten allmählich den Hof, Hirten trieben sie in die Ställe und in die Verschläge in den inneren Burgmauern. Von Eric war weit und breit nichts zu sehen.

Sie stürzte zur Tür, riss sie auf.

Jarrett saß immer noch dort.

»Jarrett …«

Er sah auf, beäugte sie misstrauisch.

»Jamie ist dort unten, Eric aber nicht.«

Jarrett starrte die junge Frau an. »Nein, er ist noch nicht zurückgekehrt.«

Sie hielt seinem Blick stand. Sie wollte schreien, dass sie nichts getan hatte, doch dann vernahm sie Lärm und huschte wieder zum Fenster. Sie lehnte sich hinaus und reckte ihren Hals, bemüht, in Richtung der riesigen Burgtore zu spähen. Wieder strömten Männer in den Hof.

Sie hing halb aus dem Fenster, als Hände ihre Taille umspannten. Instinktiv schrie sie auf, nicht sicher, ob sie in den Hof gestoßen oder zurück in die Kammer gezerrt werden sollte. Sekundenbruchteile später hatte sie indes wieder festen Boden unter den Füßen, und Eric stand vor ihr.

In diesem Augenblick wurde ihr schlagartig bewusst, wie sehr sie um sein Leben gebangt hatte. Er trug weder Rüstung noch Brustpanzer, nur das verstärkte Wams, das seine Schultern und Brust betonte. Blutspritzer besudelten seine Kleidung. Sein Gesicht starrte vor Schmutz.

Am liebsten hätte sie sich in seine Arme gestürzt und hysterisch geweint und gelacht. Er lebte. Mehr schlecht als recht, aber er lebte.

Doch irgendwie gelang es ihr, reglos dazustehen und der Dinge zu harren, die da kommen sollten.

»Noch ein kleines Stück, und Ihr wäret nur mehr ein Haufen Haut und Knochen«, erklärte er ihr.

»Ich weiß, wie weit ich mich hinauslehnen kann«, erwiderte sie. »Ihr seid über und über mit Blut bedeckt.« Die Versuchung, ihn zu berühren, war geradezu überwältigend.

»Das meiste davon ist nicht von mir. Es wird Zeit, dass Ihr geht.«

»Gehen, ich?«, stammelte sie fassungslos, bemüht, ihr Missfallen nicht zu zeigen. Was war geschehen? Hatte man letztlich doch noch ein Abkommen getroffen, und sie sollte gegen einen schottischen Gefangenen ausgetauscht werden?

Er streckte seine Hand nach ihr aus.

Wie alles an ihm war sie schmutzig und voller Blutspritzer. Er bemerkte es, bevor er sie berührte. Starrte darauf, drehte seine Handfläche nach oben. Dann sagte er: »Kommt mit.«

Sie ging nicht darauf ein. Ein Engegefühl schnürte ihr die Kehle zusammen. »Ich habe nicht heimlich an meinen Bruder geschrieben«, begehrte sie auf.

»Das spielt jetzt keine Rolle.«

Vielleicht wollte er sie gar nicht berühren, so blutbesudelt wie er war. Dennoch ließ er nicht locker.

Sie wich einen Schritt zurück. »Wohin bringt Ihr mich?«

»Nach unten.«

»In den Kerker?«

»In den Tunnel«, erwiderte er ungehalten. »Wenn die

Sache brenzlig wird ... wird Euch jemand ins Freie und nach Norden bringen. In die Highlands.«

Sie glaubte zu taumeln, so erleichtert war sie. Sie stolperte nach vorn, und er musste sie mit beiden Händen auffangen; schließlich presste er sie an seine Brust.

»Was ist denn?«, wollte er wissen.

»Nichts. Ich bin nur ... gestolpert.«

Es kümmerte Igrainia nicht, dass seine Kleidung von der Schlacht gezeichnet war. Sie war froh, ihm nahe zu sein.

Sanft umschloss er ihr Kinn, hob ihr Gesicht an.

»Ihr habt mir bitter Unrecht getan, wisst Ihr«, murmelte sie.

»Vielleicht ... vielleicht sogar in vieler Hinsicht«, sagte er leise, und sein Daumen streichelte ihre Wange, während sich ihre Blicke trafen.

»Ich bin froh, dass Ihr noch lebt«, beteuerte sie.

»Ich auch. Und ich werde mein Bestes tun, dass es so bleibt, da ich Euch keinen weiteren Kummer machen will.« In seinen Augen blitzte der Schalk. Lächelnd schmiegte sie ihren Kopf an seine Brust. Sie spürte seine Finger, die zärtlich ihr Haar zausten. »Wir müssen uns sputen«, sagte er sanft und mit einem Seufzer des Bedauerns, wie sie feststellte. Er umschloss mit seinen Händen ihr Gesicht und trat zurück. »Ich sperre Euch nicht ein. Ihr müsst das verstehen. Wenn dies hier schief geht ... Jarrett wird bei Euch sein. Er wird für Eure Flucht sorgen und Euch so tief ins Gebirge führen, dass die Engländer Euch niemals finden werden ... es sei denn, Ihr wollt, dass man Euch irgendwann aufspürt.«

»Aber ...«, hub sie an.

»Lasst uns gehen.«

Darauf fasste er ihre Hand, führte sie aus der Kammer und die Treppe hinunter. Jarrett saß am Tisch, emsig beschäftigt mit Garth. Er stopfte Vorräte in einen Sack, für den Ernstfall. Igrainias Herz machte einen ängstlichen Satz, als sie sah, dass sie an alles gedacht hatten.

Ehe Eric sich an Jarrett wenden konnte, sprang das riesige Portal zum Innenhof auf, und Jamie trat ein.

»Die Männer konnten gerade noch rechtzeitig ihre Stellungen einnehmen. Die Engländer greifen an. Aufs Heftigste.«

»Geht mit Jarrett, Igrainia«, sagte Eric und trat langen, energischen Schrittes ins Freie, Jamie an seiner Seite.

Igrainia blickte zurück. Jarrett war weiterhin in seine Aufgabe vertieft. Sie huschte lautlos über die Bodendielen, erreichte die Tür und schlüpfte hinaus.

Sie hatte keine Ahnung von dem strategischen Plan. Im Hof waren berittene Männer, was wenig Sinn machte. Die Zugbrücke war oben, die Tore indes nicht geschlossen. Männer preschten in alle Richtungen, einige in schwerer Rüstung, andere schlicht in Alltagskleidung. Sie sah, wie Männer die Frauen und Kinder in die vergleichsweise sicheren Stallungen, Vorratsräume und Waffenkammern winkten.

Eine der steilen steinernen Stiegen zum Wehrgang lag unmittelbar vor ihr. Sie rannte die Stufen hinauf. Vermutlich würden die Männer sie in ihrer Hektik gar nicht bemerken.

Und vielleicht hatte Eric mit Ausnahme seines engsten Vertrautenkreises niemanden wissen lassen, dass er sie der heimlichen Korrespondenz mit ihrem Bruder verdächtigt hatte.

Sie erreichte das Ende der Treppe, ohne aufgehalten zu werden. Sie verharrte dort und beobachtete, wie die englischen Truppen herannahten. Sie kannte Ewan Danby, Lord of Cheffington, wusste um seine Farben und sein Wappen und dass er an der Heeresspitze ritt. Sie sah auch Robert Nevilles Farben und die protzige Rüstung von Sir Niles Mason.

Fanfaren ertönten, als sie vorpreschten, Kriegsgerät und ein riesiges Katapult am Ende ihrer Reihen. Sie verfolgte, wie sie den Weg nach Norden überquerten und mit dem Abstieg begannen, der sie zu der Wasserburg am Fuße des Hügels bringen sollte.

»Igrainia! Großer Gott! Was tut Ihr denn hier?«

Es war Peter, Peter mit dem winzigen Katapult, das so ausgerichtet wurde, dass die brennenden Pfeile genau unterhalb der Brücke auftrafen. Weitere Männer eilten zu ihm.

Durch den engen Wehrgang rollten sie gewaltige Fässer mit erhitztem Pech.

»Ich musste es einfach sehen!«, rief sie, ihre Augen schreckgeweitet. »Peter … Ihr müsst mir glauben …«

»Geht nach unten!«, befahl er. »Sie bringen ihre Bogenschützen in Stellung!«

Darauf duckte sie sich, aber nicht so tief, dass sie nichts mehr sehen konnte. Sie gewahrte, dass Eric nicht weit entfernt war – oberhalb des Mechanismus der Zugbrücke. Während sie ihn beobachtete, ließ er einen Arm sinken, ein Zeichen für jemanden, der ihren Augen verborgen blieb.

Als die Engländer weiter vorrückten, ihr Kriegsgerät hinter sich herziehend, drang plötzlich ein wildes, barbarisches Geheul aus dem Wald. Da begriff sie die Kampftaktik ein wenig besser.

Die Schotten strömten aus dem Wald, um die englischen Eindringlinge zwischen dem dichten Baumbestand und den steinernen Mauern der Burg einzukesseln. Zur gleichen Zeit begannen die Männer auf der Brustwehr zu feuern, und Peters Katapulte traten in Aktion. Riesige Steingeschosse, Eisen und Pech wurden auf die englischen Streitkräfte geschleudert.

Die Engländer wehrten sich tapfer. Ihr großes Katapult wurde in Stellung gebracht. Von den Mauern aus sah sie, dass die Bogenschützen mit brennenden Pfeilen auf das Kriegsgerät zielten.

Hektisch blickte sie sich um. Eric hatte seinen Standort verlassen.

Unter ihr strömten Männer in den Burggraben, in aller Eile wurden Leitern an das Mauerwerk gehievt.

Ein Pfeil surrte vorbei. Sie vernahm einen Schrei von dem Mann neben Peter. Sie wollte helfen, sah indes, dass der Pfeil das Herz des Recken durchbohrt hatte. Mausetot sank er zu Boden.

Igrainia war bewusst, dass seine Aufgabe darin bestanden hatte, die Geschosse in den Katapulten zu entzünden. Sie stolperte über seine zusammengesunkene Gestalt und packte die von ihm benutzte Fackel. Peter starrte sie nur an.

Sie entzündete das Geschoss in der Schleuder. Peter

wandte seine gesamten Kräfte auf, um es in die Luft zu jagen. Dann wandte er sich der nächsten rot glühenden Kugel zu.

Sie erhob sich unmerklich und sah, dass einige Engländer eine Leiter hochkletterten, die an der Burgmauer lehnte. Peter stand über sein Katapult gebeugt. Sie schnellte hoch, packte die Enden der Leiter und drückte mit aller Kraft dagegen. Einer der Engländer hatte den Wehrgang fast erreicht.

»Peter!«, schrie sie.

Er erhob sich sogleich und half ihr. Der Mann bemühte sich verzweifelt, die Brustwehr zu erreichen. Igrainia sah, wie seine Hand den Stein umklammerte, sah das Messer zwischen seinen Zähnen. Er hatte es fast geschafft, unterdes rüttelte Peter weiterhin an den Enden der Holzleiter.

Vor der steinernen Brüstung lag Peters Schwert. Sie stürzte sich darauf, biss die Zähne zusammen, als sie die schwere Waffe aufhob. Gerade noch rechtzeitig ... Fieberhaft überlegte sie, was sie in Aftons Büchern über Waffen und Kriegführung gelesen hatte. Gewicht, Gegengewicht, Gleichgewicht ... das konnte alles bedeuten. Sie beobachtete, wie sich der Mann auf die Brüstung hangelte, bereit, sein Bein über den Stein zu schwingen. Sie schwang ihre Waffe, erwischte seinen Helm. Einige grässliche Sekunden schwebte er zwischen Himmel und Erde, hatte die Zinne fast gepackt, aber noch nicht ganz.

Er verlor das Gleichgewicht. Entsetzt verfolgte sie, wie er nach unten stürzte, auf einem Steinfirst auftraf und dann in den Burggraben fiel.

Endlich hatte Peter die Leiter umgeworfen. Auch diese krachte in den Burggraben. Sie hörte die Schreie der Männer, die in den Abgrund gerissen wurden. Beide blickten auf das Wasser. Dann sah Peter verwundert zu Igrainia.

»Wenn er die Zinne überwunden hätte, hätte er mich getötet«, stellte Peter fest.

Sie schaute ihn nur an, kreidebleich, sich überaus klar darüber, dass sie den Krieg mehr denn je verabscheute, jetzt, da sie einen Mann auf dem Gewissen hatte.

Ein weiterer Pfeil surrte über ihre Köpfe hinweg. Peter

fasste ihre Schultern und drückte sie zu Boden. Beide erhoben sich, als sie weiteres Schlachtengeheul vernahmen.

Den Bogenschützen war es gelungen, das riesige, vor den Außenmauern aufgestellte Katapult in Flammen zu setzen; es brannte wie Zunder. Die Zugbrücke wurde herabgelassen, worauf bewaffnete Männer von der Burg ritten und sich in den Kampf einmischten, den die Schotten aus ihrem Hinterhalt im Wald angezettelt hatten. Eric führte die Reiter an. Sogleich war er mitten im Schlachtengetümmel, sein Langschwert vom Rücken des massigen Loki schwingend.

»Peter!«

Diesmal hatten sie eine Leiter an ihre Seite der Brustwehr geschoben. Ein Soldat wollte soeben auf den Steinfirst springen.

Sie packte eine der Torfkugeln und warf sie mit aller Kraft. Der verblüffte Widersacher, ungelenk ob seiner schweren Rüstung, stürzte jählings in die Tiefe. Peter stieß die Leiter vom Mauerwerk. Igrainia rannte den Wehrgang hinunter und beobachtete den weiteren Verlauf der Auseinandersetzung. Diese hatte sich in kleinere Trupps aufgeteilt, erkennbar an den Farben und den Wappen auf ihren Sturmhauben. Eric saß weiterhin zu Pferd und kämpfte in der Nähe der Zugbrücke. In der Ferne gewahrte sie Lord Danby, der tapfer kämpfte. Sie sah weder Niles Mason noch Robert Neville, indes war das Kampfgewühl teilweise so heftig, dass sie womöglich inmitten einer dieser Gruppen steckten.

Eric, umgeben von weiteren Gefolgsleuten, trieb den Feind zurück, fort von den Burgtoren. Unvermittelt wurde ihr Blick von einem Aufblitzen im Sonnenlicht abgelenkt. Sie spähte über das Portal hinaus, und dort stand er, Aidan, ihr eigenes Familienwappen eingraviert in seinen Brustpanzer, gehüllt in seinen Umhang mit den ihr vertrauten Farben. Tapfer kämpfte er sich voran.

Entsetzt fuhr ihre Hand an ihre Kehle. Er war von so vielen Schotten eingekreist!

Ein Schwerthieb streifte seine Brust. Sie war sich gewiss, dass das Klirren bis zum Wehrgang hallte, den ohrenbetäubenden Schlachtenlärm übertönte.

»Aidan!«, hauchte sie.

Die Schotten rückten vor. Sie zwangen die Engländer zurück nach Norden.

Sie wirbelte herum. Peter war emsig damit beschäftigt, das Katapult zu bedienen. Es gab keine weiteren Leitern an den Mauern; die Engländer hatten diese Taktik des Eindringens aufgegeben.

Sie stürmte vom Wehrgang nach unten. Einige Pferde, die ihre Reiter vor den Burgtoren verloren hatten, waren wieder in den Hof getrabt und standen dort herum. Männer stürzten an ihr vorbei. Die Schreie, die Igrainia vernahm, verkündeten den Sieg. Die Taktik der Verteidiger, gepaart mit Geschick, List und Heldenmut, erwies sich als wirkungsvoll.

Sie indes empfand wenig Anlass zum Jubel. Aidan lag dort draußen im Schmutz, vielleicht schon mausetot oder verblutet.

»Igrainia!« Jemand brüllte ihren Namen. Nahe den gewaltigen Portalen gewahrte sie Jarrett, dem mittlerweile schwante, dass sie nicht in der Burg weilte. Er hielt die vorüberziehenden Männer an, wollte wissen, ob jemand sie gesehen habe.

Ihr Bruder lag im Schmutz.

Fest entschlossen, dass sie die Erste sein müsste, die Aidan erreichte, packte sie die Zügel eines herrenlosen Pferdes und schwang sich in den Sattel.

In diesem Augenblick schoss Jarrett auf sie zu und griff in die Zügel. »Igrainia, seid Ihr des Wahnsinns?«

»Mein Bruder ist dort draußen, lasst mich los.«

»Man wird sich um Euren Bruder kümmern.«

»Man wird ihm eine Lanze ins Herz bohren!«, ereiferte sie sich.

Jarrett schickte sich nicht an, sie loszulassen. Er stand so dicht neben ihr, dass sie ihn mit einem gezielten Tritt zu Fall bringen konnte.

Der Steigbügel streifte seine Schläfe. Taumelnd sank er zu Boden.

Innerlich stöhnte sie auf, betete zu Gott, dass sie ihn nicht ernsthaft verletzt haben möge. Gleichwohl rang Aidan womöglich mit dem Tod. Ihr Bruder, ihr Fleisch und Blut lag im Schmutz, weil er sie hatte befreien wollen.

Wie eine Besessene spornte sie das Tier an, dicht an den Pferdehals geschmiegt, während sie über die Brücke preschte, ihr Herz im Gleichklang mit seinem donnernden Hufschlag. Nach wenigen Minuten hatte sie die Stelle erreicht, wo Aidan lag, flach hingestreckt, seine Rüstung schimmernd im Sonnenlicht.

Sie schwang sich von ihrem Ross. Er lag kopfüber. Sie fasste seinen Arm, bemüht, ihn umzudrehen, ihn nach blutenden Wunden und Verletzungen abzutasten. Sobald sie ihn auf den Rücken gerollt hatte, gewahrte sie die riesige Delle in seinem Brustpanzer.

Sie kämpfte mit seinem Helm, zog ihm diesen vom Kopf und widmete sich dann der Halsberge.

»Aidan! Aidan, lebst du noch?«, flüsterte sie, ungeachtet der Reiter rings um sie herum, der Schreie, der Befehle, der laut klirrenden Schwerter. »Aidan!« Sie beugte sich dicht über das Gesicht ihres Bruders, spürte seinen Atemhauch an ihrer Wange. Er lebte! Sie würde ihn aufrichten, auf ein Pferd hieven und in den Burghof bringen, wo sie sich um ihn kümmern könnte. Das schwarze Haar klebte auf seiner Stirn. Sie strich darüber, flehte, es möge vom Schweiß und nicht vom Blut sein. »Aidan …«

Er stöhnte. Seine Lider schlossen sich. »Aidan!«, rief sie zunehmend verzweifelter, während sie sich an den Schnallen und Schließen seines Brustpanzers zu schaffen machte. Abermals schlug er die Augen auf. »Igrainia … nicht … verletzt. Nur … eine Prellung … das Atmen …«

Er versuchte sich aufzusetzen und wäre beinahe wieder zusammengebrochen. Sie fing ihn auf, und er schüttelte grinsend den Kopf. »Schwarze … Sterne …« Darauf blinzelte er und schien wieder Herr seiner Sinne. Und plötzlich brüllte er sie an. »Was machst du überhaupt auf dem Schlachtfeld?! Törichtes Mädchen!«

Trotzig warf sie den Kopf zurück. »Du magst ein Graf sein, aber ich bin immer noch deine ältere Schwester, und ich versuche soeben, dir das Leben zu retten!«

Unversehens schrie sie auf – jemand war hinter sie getreten. Arme packten sie, Hände auf ihrer Taille zogen sie hoch.

»Habe ich dich endlich!«

Sie schnellte herum, gewahrte das Visier von Robert Neville.

»Lass mich los!«, forderte sie. »Aidan ist verletzt. Ich muss mich um ihn kümmern; eure Schlacht ist verloren, ihr müsst den Rückzug antreten.«

Robert Neville blieb unbeeindruckt. »Gewiss, die Schlacht ist verloren, die Beute indes sicher gestellt. Du bist gerettet, Igrainia!«

»Nein, Aidan liegt am Boden, und ich weiß nicht, ob er Knochenbrüche davongetragen hat! Lass mich …«

Doch er ignorierte ihren Einwand. Er packte sie mit roher Gewalt, schnellte herum und warf sie auf sein Streitross. Dann saß er hinter ihr auf. Sie wand und wehrte sich, wütend bemüht, ihn vom Pferd zu stoßen, seine Umklammerung abzuschütteln, ihm ihren Standpunkt begreiflich zu machen. In diesem Augenblick war sie sich nicht einmal ihrer unsäglichen Furcht bewusst; sie wusste nur, dass ihr Bruder Hilfe brauchte.

»Aidan ist verletzt!«, schrie sie. Sie holte mit der Faust nach ihm aus. Traf auf Kettenhemd und Panzer. Ein brennender Schmerz durchfuhr ihre Hand. »Robert! Aidan liegt am Boden, lass mich zu ihm!«

»Niles kümmert sich um Aidan«, meinte er knapp. »Wir befinden uns alle auf dem Rückzug.«

Sein Ross scheute unvermittelt, da er es wie von Sinnen anspornte. Sie packte in die Mähne, doch das war unnötig. Robert Neville hielt sie mit seinem linken Arm umspannt, sodass sie niemals vom Pferd gestürzt wäre. Das Tier trat in die Luft, um dann in halsbrecherischem Galopp loszuspurten.

Ihr Haar wehte ihr in die Augen.

Igrainia konnte nichts mehr sehen.

Indes hörte sie die Fanfaren, die zum Rückzug bliesen.

Der Jubel der Schotten war ohrenbetäubend.

Erics Männer zerrten ihren Befehlshaber von Loki und

hoben ihn hoch, lautstarke Begeisterungsrufe erfüllten die Luft. Er schüttelte die Hände seiner Gefolgsleute, während er im Siegeszug davongetragen wurde. Jamie, maßgeblich beteiligt an der Strategie seines Cousins, wurde ebenfalls hoch gehoben und beinahe in die Luft geschleudert. Und, als müssten sie sich einen scherzhaften Schaukampf liefern, wurden beide in die Mitte des Turnierfeldes getragen. Eric schüttelte seinem Cousin zum Dank fest die Hand; die siegreiche Vertreibung der Engländer erfüllte sein Herz.

Dann brüllte er: »Männer, ihr habt es geschafft! Bei Gott, heute haben wir endlich bewiesen, dass Schottland eine unabhängige Nation ist und dass wir unserem König, Robert the Bruce, alle Ehre machen!« Beifallsstürme erhoben sich, ein lautes Salut an den König. »Er weiß, dass er sein Land befreien wird, nicht nur mithilfe der Adligen, sondern mit der Tatkraft des gesamten Volkes. Wir sind ein freies Volk. Und das werden wir den Engländern immerfort beweisen!«

Wieder erhob sich lauter Jubel, indes wusste Eric, dass sie es sich nicht leisten konnten, ihrem Ruhm noch länger zu frönen. »Wir haben Verwundete am Boden, Leute. Unsere Freunde, die wie wir gekämpft haben!«

Er saß ab, worauf die Männer sich in Bewegung setzten und das Schlachtfeld inspizierten.

Es würde gewiss bis zum Abend dauern, und sie würden nicht nur ihre eigenen Toten und Verletzten finden, sondern auch die der Engländer.

Eric wies Allan und Raymond die Aufgabe zu, den Wald zu durchstreifen und den Engländern wie stumme Schatten zu folgen. Angus übertrug er die Verantwortung, dafür zu sorgen, dass man die Verwundeten in den Saal trug und die Toten in die kleine Kapelle, damit ihnen die letzte Ehre erwiesen würde.

Erst nachdem er sämtliche Befehle erteilt hatte, sprang Eric abermals auf Loki und ritt zurück über die Zugbrücke.

Peter stürmte ihm entgegen, kreidebleich und starr vor Schreck.

»Igrainia ist fort.«

»Fort?« Zunächst traute er seinen Ohren nicht. »Sie kann

nicht fort sein. Ich habe Jarrett befohlen, sie in die Kerker zu führen und den Geheimgang zu öffnen, für den Fall, dass sie fliehen müssen.«

»Sie ist fort«, beharrte Peter. »Kommt mit in den Saal. Jarrett wird Euch berichten, was geschehen ist.«

Über die Maßen angespannt, glitt Eric von Loki und strebte aufgebracht in den Rittersaal. Er war entschlossen, Jarrett an die Gurgel zu gehen, bis er seinen Gefolgsmann und dessen riesige Prellung auf der Stirn gewahrte.

»Was ist passiert?«, herrschte Eric ihn an.

»Sie hat ihren Bruder gesehen ...«

»Wie konnte sie von den Kerkern aus ihren Bruder sehen?«

»Wir waren nicht in den Kellergewölben«, gestand Jarrett kopfschüttelnd. »Ich war dabei, einige Vorräte zusammenzupacken, wie Ihr mich angewiesen hattet. Ihr wart aus dem Saal und sie im Hof, noch ehe ich wusste, wie mir geschah.«

Verdruss und Wut übermannten ihn derart, dass er sich am liebsten auf Jarrett gestürzt und ihn in Grund und Boden geprügelt hätte, wenn auch nur, um sich abzureagieren. Er fühlte eine Hand auf seiner Schulter. Jamie. Er bemühte sich um Fassung.

»Und dann?«

»Ich stellte fest, dass sie nicht in ihrer Kammer war. Also suchte ich nach ihr; Garth meinte, er habe sie im Saal gesehen, zusammen mit Euch. Dann war ich im Hof.«

»Ich habe sie auf dem Wehrgang entdeckt«, räumte Peter ein, »konnte sie indes nicht überzeugen, nach unten zu gehen, da der Kampf gerade begonnen hatte. Dann war sie auf einmal fort ...«

»Und ich habe sie erspäht. Auf einem Pferd.«

»Und Ihr habt sie nicht aufgehalten?«

»O doch! Ich habe es versucht. Aber sie schrie irgendwas von ihrem Bruder und trat mir vor den Kopf. Einen solchen Schlag hat mir kaum je ein Gegner versetzt!«, meinte Jarrett kopfschüttelnd. »Sie hat mich getreten!«, wiederholte er, und seine Miene war ebenso verdrossen wie die Erics. »Ich ging zu Boden, wurde ohnmächtig, kam wieder zu mir ...

und sah, dass der Kampf vorüber und die Lady verschwunden war.«

Eric verharrte stocksteif, seine Nerven zum Zerreißen gespannt. Seine Finger krampften sich in den Handballen, der Schädel drohte ihm zu platzen.

»Dann hat sie uns also bereitwillig verraten«, murmelte er.

»Eric«, mahnte Peter. »Nicht so vorschnell.«

Mit eisigem Blick maß Ersterer seinen alten Weggefährten.

»Hört mich an!«, fuhr Peter fort. »Auf der Brustwehr ... hat sie mein Schwert genommen und damit einen Burschen in die Tiefe befördert. Sie hat mich vor seinem Dolch bewahrt und mir geholfen, eine ganze Reihe von Leitern umzustoßen. Sie hat für *uns* gekämpft, Eric.«

»Und Ihr habt sie kämpfen lassen?«, wollte er wissen.

»Nun, ich habe ihr gewiss nicht befohlen, Kopf und Kragen zu riskieren, ihr aber auch keineswegs verboten, das Schwert gegen einen Mann zu erheben, der es auf mich abgesehen hatte. Jonas MacFadden, der an meiner Seite kämpfte, wurde von einem der ersten Pfeile getroffen. Die Lady nahm seinen Platz ein und war eine hervorragende Kriegerin.«

»Aber dann hat sie sich ein Pferd geschnappt und die Burg verlassen«, wandte Eric ein.

»Es könnte durchaus sein, dass ihr Bruder in Lebensgefahr schwebte.«

Eric drehte sich um und strebte zur Tür. »Peter, kommt mit. Wir müssen die toten und verletzten Engländer inspizieren. Ich muss wissen, ob Aidan unter ihnen ist ... und Niles Mason und Robert Neville. Danach, Peter, beginnt Ihr mit den Instandsetzungsarbeiten. Jamie, stell eine Gruppe mit deinen flinksten Männern zusammen – sie sollen sich lautlos anpirschen und mit stählerner Härte kämpfen können. Wir müssen Packtiere mit Waffen und Rüstungen beladen ... auf dem Schlachtfeld stehen zurückgelassene Karren, die werden wir brauchen.«

»Eric«, unterbrach Jamie ihn. »Sie werden sie nach Cheffington bringen. Das ist ihr Stützpunkt, und Ewan Danby ist ein besonnener Mensch, ein Ehrenmann. Noch nie ist er in eine Stadt oder ein Dorf eingefallen und hat unschuldige Opfer abgeschlachtet.«

Eric nickte. »Das weiß ich wohl.«

»Cheffington ist eine starke Festung, genau wie Langley. Diese mit einem kleinen Trupp anzugreifen wäre glatter Selbstmord.«

»Es gibt immer einen Weg, um in eine Festung vorzudringen«, sagte Eric. »Immer.«

Und er schritt aus, betete, er möge die Leichen von Robert Neville und Niles Mason auf dem Schlachtfeld aufspüren.

Bei Anbruch der Dunkelheit wurde offensichtlich, dass die gesuchten Männer nicht unter den Toten waren. Auch nicht Aidan – weder tot noch verletzt. Doch einige aus Erics Reihen hatten den Rückzug der Engländer beobachtet, und ein Mann wollte gesehen haben, wie Lady Igrainia auf das Schlachtfeld geritten und an die Seite eines englischen Adligen geeilt war.

Und er hatte auch gesehen, dass einer der Ritter sie auf sein Streitross gezerrt hatte, ehe er dem gewaltigen Truppenrückzug der Engländer Folge geleistet hatte.

»Habt Ihr die Farben des Mannes erkannt?«

»Freilich, Sir.« Darauf spie der Mann in den Schmutz. »Er steckte in Kettenhemd und Rüstung, doch ich kenne sein Wappen gut. Sie wurde von Sir Robert Neville aufgegriffen, während ihr Bruder von diesem Schlächter vom Feld gebracht wurde – Sir Niles Mason, mit dem alles seinen Lauf genommen hat.«

Jamie war bei ihm, als Erics Verdacht sich auf grässliche Weise bewahrheitete.

»Wie sieht dein Plan jetzt aus?«, erkundigte sich sein Cousin.

»Ich werde sie zurückholen.«

»Und wie?«

»Das entscheiden wir auf unserem Ritt«, meinte Eric unwirsch.

»Gegen diese Riesenmeute!«, murmelte Jamie schulterzuckend. »Nun ja, das Schicksal kann es nicht immer gut mit uns meinen! Ich habe stets gesagt, wenn wir schon fallen müssen, dann mit Ruhm bekleckert!«

»Mein Ansinnen ist nicht, in Glanz und Gloria zu sterben, sondern zu leben«, wies Eric ihn zurecht. »Die Zeit ist jetzt alles, Jamie. Wir müssen aufbrechen.«

»Ja, wir müssen reiten.«

»Peter wird zurückbleiben und Langley halten«, befahl Eric. »Wir brauchen jeden Streiter und können nur eine kleine Mannschaft zurücklassen.« Er zögerte kurz. »Der Priester kommt wieder mit uns. Und Gregory.«

»Gregory?«

»Ganz recht, ich will den Jungen bei uns haben. Und Rowenna ebenfalls.«

Während des langen Ritts nach Cheffington schwebte Igrainia in größter Sorge und Bedrängnis.

Lord Danby hatte erkannt, dass sie mit vielen Verletzten reisten. Er war der eigentliche Befehlshaber der Streitkräfte, inzwischen jedoch ein Mann von über 60 Jahren; er hatte einen großen Teil der Verantwortung auf die beiden jungen Ritter übertragen, welche die Männer unter ihm befehligten.

Er war ein anziehender älterer Herr mit nachdenklichen Augen von einem klaren Grün, schneeweißem Haar und Bart. Er duldete nicht, dass Igrainia sich um Aidan und die anderen Verletzten kümmerte und somit ihr Weiterkommen behinderte, doch er ritt neben ihr, und gemeinsam begleiteten sie die Tragen mit denen, die nicht mehr laufen konnten.

Sie hielten nicht an und hatten das schwerste Kriegsgerät zurückgelassen. Das riesige Katapult war irgendwo unterwegs aufgerichtet worden, eine Barriere für die Schotten, sollten sie die Engländer verfolgen.

Obwohl Robert Neville Lord Danby bedrängt hatte, Igrainia kein eigenes Pferd zu geben und sie stattdessen mit ihm reiten zu lassen, hatte dieser die Ängste seines Gefolgsmannes belächelt und ihm versichert, dass die Lady ihren Bruder gewiss nicht verlassen werde, nachdem sie Schwerter, Pfeile und auskeilende Schlachtrösser auf sich genommen habe, um zu ihm zu gelangen.

Und so war sie zunächst mit Danby geritten, um Aidan nahe zu sein. Am zweiten Tag ihrer langen Route hatte Niles Mason Danby überzeugt, dass sie in einen Hinterhalt geraten könnten. Darauf hatte Lord Danby persönlich den Befehl gegeben, dass Robert Neville und eine kleine Gruppe von Männern vorausreiten und Igrainia so schnell wie möglich in den Schutz der Burg Cheffington bringen sollten. Igrainia begehrte auf, dass sie ihren Bruder nicht verlassen werde, doch schließlich hatte Aidan sich von seiner Trage erhoben und darauf beharrt, dass er wieder reiten könne. Er wolle seine Schwester nicht länger den Gefahren der Straße aussetzen. Sie sei monatelang eine Gefangene der Schotten gewesen, und er werde sie nicht wieder aus den Augen lassen.

Und so erreichte sie unter der Bewachung von Robert Neville und ihrem Bruder den Herrensitz Cheffington.

Bei ihrer Ankunft gab sie Müdigkeit vor, und man wies ihr eine schöne Kammer in Lord Danbys prachtvoll befestigtem Schloss zu. Diener brachten ihr Wasser, Essen, ein Bad, frische Kleidung, alles, was sie sich nur wünschen konnte. Was sie sich indes sehnlichst wünschte, waren Muße und Abgeschiedenheit. Sie wollte nicht in Robert Nevilles Nähe weilen, solange Danby noch nicht eingetroffen war. Sie glaubte, dass Aidan ihr Begehr unterstützen würde, sicher war sie sich allerdings nicht. Danby, ein streng gläubiger Christ, würde tief betroffen sein, dass sie bereits den Eheschwur geleistet hatte. Gleichwohl würde er sie verteidigen und sich zwischen sie und Robert Neville stellen und …

Eric hatte sie verdächtigt, heimlich Briefe an Aidan zu schreiben. Rowenna würde ihm die Wahrheit erzählen, ganz gewiss … und Rowenna war seine geschätzte Freundin, aber …

Sie hatte die Burg verlassen und war Hals über Kopf auf das Schlachtfeld geritten. Sie fragte sich, ob er begreifen würde, dass sie ihren Bruder niemals im Morast liegen lassen könnte, hilflos dem Tod ausgeliefert.

Die Schotten hatten nicht die Streitmacht, um einen so prächtigen und trutzigen Herrensitz wie Cheffington einzunehmen, selbst wenn sie es gewollt hätten, selbst wenn eine Kriegstrophäe wie Igrainia das Wagnis gelohnt hätte. Und vor allem, wenn Eric glaubte, dass sie freiwillig gegangen wäre.

Sie befand sich in einer überaus misslichen Lage und war vermutlich völlig auf sich allein gestellt. Von daher wollte sie es so lange wie möglich hinausschieben, Robert Neville darzulegen, dass sie seinen Heiratsantrag ablehnen und unter gar keinen Umständen seine Frau werden wollte. Allerdings hätte sie sich nie vorzustellen vermocht, dass sie tatsächlich einmal Angst vor ihm haben würde.

Aber damals hatte Afton auch noch gelebt.

Endlich allein in ihrer Kammer, aß sie, badete und kleidete sich frisch an, wohl wissend, dass sie alle Sinne beisammenhalten musste. Sie saß am Feuer und überlegte sorgsam jedes Wort, das sie mit Aidan wechseln würde, dann erhob sie sich und schritt zur Tür, bereit, dies alles mit ihm zu erörtern.

Doch als sie öffnen wollte, musste sie feststellen, dass die Tür nicht nachgab. Sie versuchte es energischer, zerrte daran, doch nichts geschah.

Die Tür war von außen verriegelt.

Wahrlich, sie hatte ein Gefängnis für das andere eingetauscht.

Morgen würde Lord Danby eintreffen. Und dann würde sie rasend vor Zorn erfahren wollen, wie Robert Neville es wagte, sie einzuschließen und sie von dem jungen Earl, ihrem Bruder, fern zu halten.

Igrainia versuchte ihre wachsende Beklommenheit mit dem Gedanken zu beschwichtigen, dass Danby sie beschützen könnte und würde.

Bis zu dem Zeitpunkt, da sie möglicherweise an den König von England ausgeliefert würde.

Aber vorher würde sich ein Ausweg zeigen, beruhigte sie sich. Edward war derzeit sehr beschäftigt; es nahte der Tag, an dem sich all diejenigen Männer einfinden sollten, die er zu Feudaldiensten herangezogen hatte. Und dann würde der große Vernichtungsfeldzug gegen Robert Bruce beginnen.

Völlig erschöpft legte sie sich schließlich nieder und versuchte zu schlafen. Irgendwann döste sie ein.

Sie wusste nicht, was sie aufgeweckt hatte. Unvermittelt riss sie die Augen auf.

»Igrainia.«

Sie schoss hoch. Robert Neville war in ihrer Kammer. Sauber und frisch rasiert, in einer elegant bestickten Tunika. Er war ein anziehender Mann mit vollem, aschblondem Haar und wohlgeformten Zügen, und er hatte offenbar beschlossen, besonders gut auszusehen. Er setzte sich auf den Bettrand, wollte eine Hand auf die ihre legen.

Sie schrak zurück, funkelte ihn an.

»Was machst du in meiner Kammer?«, fragte sie scharf.

»Igrainia, ich bin gekommen, um mich nach deinem Wohlbefinden zu erkundigen. Wie du weißt, werden wir heiraten. Du musst dich unwohl, beklommen und sehr einsam fühlen. Ich bin nur gekommen … um bei dir zu sein.«

»Ich habe geschlafen und fühle mich also keineswegs unwohl, beklommen oder einsam.«

»Du warst viel zu lange in der Hand des barbarischen Feindes. Verzeih mir, wenn ich dich in meine Arme schließen und trösten will.«

»Robert, du musst das verstehen – man hat mir nichts getan. Und ich kann dich nicht heiraten – ich kann niemanden heiraten, denn ich bin bereits vermählt.«

»Nicht rechtmäßig!«

»Vor der Kirche und der Gesetzgebung von Schottland.«

»Es gibt keine unabhängige schottische Gesetzgebung.«

Sie befand sich auf gefährlichem Terrain. Wahrlich, wenn es einen Gott gab, so wusste er genau Bescheid über die Abgründe der menschlichen Seele. Er würde gewiss verstehen, dass sie aus lauter Verzweiflung nach einer Ausflucht suchte, um den Mann abzuweisen, den sie inzwischen für so frevelhaft hielt wie alle anderen. »Gott allein ist das Gesetz, und ich habe nicht vor, die Unsterblichkeit meiner Seele zu gefährden.« Ihre Stimme klang ernst und hitzig.

Und anfangs glaubte sie auch, dass er sich ihre Worte zu Herzen genommen habe.

Er erhob sich, schlenderte versunken zum Kamin und

wandte sich dann zu ihr. »Du Luder!«, sagte er sehr leise. »Kaum dass du meinen Cousin beerdigt hast, vergnügst du dich mit dem heimtückischsten Halunken in dem Bett, in dem er sein Leben ausgehaucht hat.«

Seine sanfte, mitfühlende Art war wie weggewischt, kalter Zorn sprach aus seiner Stimme.

Sie kämpfte mit ihrer Beherrschung. »Verlass meine Kammer, Robert.«

Wieder trat er zu ihr an das Bett und fasste ihre Hand. »Es tut mir Leid. Sie haben dich eingeschüchtert und missbraucht. Du warst ein Opfer von Nötigung und Gewalt. Ich will versuchen, dies zu vergessen, indes wird es mir gewiss manches Mal schwer fallen zu verdrängen, dass dieser brutale Wilde Hand an dich gelegt hat.«

Sie stieß ihn weg. »Robert, begreif es doch endlich. Ich bin weder missbraucht noch in irgendeiner Weise geschändet worden. Ich will und kann niemanden heiraten, solange mein Fall von den Kirchengelehrten nicht sorgfältig erwogen worden ist.«

Sie gewahrte, wie seine Fingerknöchel auf dem Laken weiß hervortraten. »Was denkst du eigentlich, mit wem du hier sprichst?«, wollte er unvermittelt wissen. »Und für wen hältst du dich überhaupt? Der König hat gesagt, dass ich dich und Langley bekomme, und so wird es auch sein.«

»Nach dem heutigen Tag habe ich nicht mehr den Eindruck, dass du Langley bekommen wirst.« Die Bemerkung konnte sie sich nicht verkneifen.

Es war ein Fehler. Er stürzte sich auf sie und packte ihre Schultern so geschwind, dass sie ihm weder ausweichen noch sich zur Wehr setzen konnte.

»Ich werde mir zurückholen, was mir von Rechts wegen zusteht!«

»Von Rechts wegen! Langley gehörte Afton, genau wie ich als seine Gemahlin zu ihm gehörte. Afton ist tot, und nichts von ihm steht dir rechtmäßig zu! Und ich schon gar nicht!«

»Du würdest mir einen Korb geben und an meiner Statt einen Barbaren aus den Highlands erhören!« Igrainia rührte sich nicht, biss die Zähne zusammen und funkelte ihn an.

»Vielleicht bin ich dir nicht verwegen genug. Ich habe noch gar nicht begutachtet, was mein wird, und es verführt.«

Seine Finger glitten über den Spitzenkragen ihres geborgten Nachtgewandes.

Sie schrie so laut sie konnte und schob mit aller Kraft seine Hand fort. Zu ihrer Verblüffung gelang es ihr sogar, ihn zu Boden zu stoßen. Er traf mit einem dumpfen Geräusch dort auf, blieb für Augenblicke wie benommen liegen und rappelte sich dann auf. Er starrte sie an, immer noch fassungslos über ihren Kraftakt, sein Gesicht verzerrt vor Wut.

Sie hatte ihn von ihrem Bett gestoßen. Indes bedeutete das noch lange nicht, dass sie gegen ihn anzukommen vermochte, wenn er Gewalt anwendete.

Flüchten und Hilfe finden schienen ihre einzige Rettung.

Robert Neville erhob sich soeben.

Sie wirbelte herum, stob zur Tür und schrie erneut – rief den Namen ihres Bruders.

Sie erreichte die Tür.

Da griffen Robert Nevilles Finger in ihr Haar und zerrten sie mit dermaßen brutaler Gewalt zurück, dass er ihr einzelne Strähnen ausriss …

Und er hielt sie unerbittlich fest.

Wieder rief sie nach ihrem Bruder. Schrie.

Nevilles Hand legte sich so fest auf ihren Mund, dass es nur noch eine Sache von Minuten war …

… bis ihr schwarz vor Augen wurde.

19

Erst am späten Abend trafen die Verteidiger von Langley auf die Hinterlassenschaften der englischen Eindringlinge.

Eric war erschüttert. Er hatte angenommen, dass die Truppe zusammenbleiben würde, dass ihre Streitkräfte mit einem Angriff aus dem Hinterhalt rechneten.

Aber nein, die Engländer hatten die beste Taktik gewählt, um einer Gefangennahme zu entgehen: Sie hatten alles Schwere zurückgelassen, darunter auch ihre sperrigen Karren.

Sie hatten sogar ihre eigenen Leute zurückgelassen, all diejenigen, die das Marschtempo nicht mehr zu halten vermochten.

Eric und seine Männer trafen auf die Verwundeten am Straßenrand, mit Ausnahme von drei Frauen und zwei Geistlichen. Die Priester weigerten sich, Auskünfte zu geben, fest entschlossen, Märtyrer in eigener Sache werden. Sinnlos, ihnen Informationen abzupressen – indes, eine der Frauen stand ihnen bereitwillig Rede und Antwort. Sie grollte dem einflussreichen Adligen und den mächtigen Rittern, dass sie die Verletzten und Sterbenden gnadenlos auf der Straße zurückgelassen hatten.

Sie hatten diejenigen geopfert, die nicht mehr reiten, gehen oder stehen konnten, die Knochenbrüche und hohen Blutverlust erlitten hatten. Und das alles auf Geheiß des griesgrämigen, verbissenen Sir Niles Mason, im Namen ihres Königs, Edward von England, dem Herrscher über jenes Gebiet. Die Frau bezeichnete sich selbst als Wäscherin und war offensichtlich eine Marketenderin, doch in ihrem Zorn über die Soldaten, die ihre Gefährten dem Tod auslieferten, bewies sie ihren ganzen Edelmut.

Eric hätte es schwerlich verantworten können, seine eigenen Gefolgsleute bei den verwundeten Feinden zurückzulassen. Gleichwohl hatte er entdeckt, dass in ihrer Loyalität gekränkte Männer schon aus Bitterkeit dazu neigten, getreue Anhänger der Gegenseite zu werden. Also beschloss man, dass Jarrett mit fünf weiteren Bewaffneten die anstrengende und langwierige Aufgabe übernehmen sollte, die Verwundeten nach Langley zurückzubringen.

»Sie haben sie zurückgelassen, um unser Fortkommen zu erschweren«, erklärte Jamie Eric hoch zu Ross, als sie sich trennten.

»Teilweise«, räumte Eric ein. »Und teilweise, um einen Vorsprung zu gewinnen. Die Tragen waren nur hinderlich für sie, und sie wussten, dass wir ohne irgendwelchen Ballast reiten würden.«

»Sie werden Cheffington lange vor uns erreicht haben«, warf Angus ein. Mitfühlend blickte er zu Eric. »Und wenn sie sich erst einmal hinter den Burgmauern verschanzt haben …«

»Dann sind wir mehr denn je gefordert, unseren scharfen Verstand einzusetzen«, entgegnete Eric.

»Cheffington ist aus Stein erbaut, und die Wände sind bis zu zehn Meter dick«, gab Angus zu bedenken.

»Angus, wir können ohnehin nicht durch Gestein reiten, einerlei, wie dick das Mauerwerk ist«, erwiderte Eric. »Es gibt nur einen Weg, eine Festung wie Cheffington zu Fall zu bringen, und diese Taktik sollte uns allen vertraut sein.«

»Und die wäre?«, erkundigte sich Jamie und erwiderte nach einem Blick zu Eric leise: »Als Nigel Bruce Kildrummy Castle besetzte, hatte er genügend Streitkräfte und Vorräte, um eine lange Belagerung durchzuhalten. Aber einer der Schmiede im Burginnern überlistete sie: er setzte die Munitionslager in Brand und richtete ein Inferno an, was den Eindringlingen Zugang verschaffte und zur Kapitulation führte.«

»Ganz recht«, bekräftigte Eric.

»Wir werden sie von innen zu Fall bringen.«

Angus blickte von einem zum anderen. »Nun … dann müssen wir in ihren eigenen Reihen einen Verräter finden«, sinnierte er. Dann grinste er. »Einen Verräter oder einen Trupp loyaler Schotten, denen vor Edwards Macht graut, die aber dennoch bereit sind, das Blatt mit einer siegreichen Kriegslist zum Guten zu wenden.«

»Ganz recht, Angus«, murmelte Eric. »Wie wahr.«

Jamie hatte die beiden beobachtet. »Das ist ein ehrgeiziges Unterfangen«, warf er ein. »Viele Männer könnten es als vergeblich betrachten. Andere als ihren unvermeidlichen Tod.«

»Niemand muss mit mir reiten, wenn er meint, ich verlange zu viel«, erwiderte Eric.

Jamie zuckte die Schultern. »Was bleibt mir anderes? Dennoch bin ich froh, dass du niemanden zu einem solchen Wagnis zwingen willst. Vor allem, da Edwards Truppen sich alsbald formieren sollen und es unsere rechtmäßige Pflicht sein wird, Robert Bruce zu bestärken und ihn bis zum letzten Blutstropfen zu verteidigen.«

»Ich weiß, dass die Zeit drängt«, räumte Eric ein. »In vieler Hinsicht.«

»Sicher, dennoch wirst du den Männern unterwegs eine Rast zubilligen müssen«, stellte Jamie fest. »Auch wenn du so schnell wie möglich zu Igrainia vordringen willst, können wir nicht durch Wände gehen. Wir müssen uns die Zeit nehmen, unsere Vorgehensweise zu erörtern, wie wir die Burg von innen heraus zu Fall bringen können.«

Er las den Widerspruch in Erics Augen.

»Du darfst nicht vergessen, dass Igrainia bei ihrem Bruder ist. Er ist zwar jung und unerfahren – aber immerhin ein Graf«, fuhr Jamie unbeirrt fort.

»Er ist verletzt.«

»Aber nicht ernsthaft – er war nicht bei den Verwundeten. Also kann er reiten. Was auch bedeutet, dass er bei vollem Bewusstsein ist und für seine Schwester sprechen kann. Er ist ein englischer Adliger, Eric, er kann sie auch schützen.«

»Es ist nur so, dass ich ein Gefangener von Sir Niles Mason war; von daher weiß ich, wie er Menschen behandelt, die er verachtet – die er für Verräter hält. Und ich habe Robert Neville gegenüber gestanden, diesem Schlächter, schnell bei der Hand mit Hinrichtungen. Noch selten habe ich einen Mann gesehen, der so versessen auf Macht und Ruhm ist.«

»Dennoch bleibt die Tatsache, dass Igrainia die Tochter

eines angesehenen Grafen ist, mag er auch tot sein. Und noch einmal: Sie befindet sich in der Obhut ihres Bruders.«

Eric nickte und wendete Loki, Angus und Jamie folgten seinem Beispiel. Gemeinsam ritten sie zurück zu den Männern, die ihrem nächsten Befehl harrten.

Eric verkündete, dass keiner seiner Männer genötigt sei, seinen Anweisungen Folge zu leisten, dann wartete er. Keiner verließ die Reihen. Dann sagte er: »Wir werden noch eine Stunde weiterreiten, dann das Lager aufschlagen und morgen früh aufbrechen.«

»Wenn uns einer nach Cheffington bringen kann, dann Ihr, Eric!«, brüllte Timothy. »Ich würde Euch durch die Hölle und zurück folgen, wenn Ihr dies von mir verlangt.«

Allgemeine Zustimmung erhob sich.

»Wir wollen hoffen, dass es nicht so weit kommen wird«, sagte Eric trocken.

Er sah, dass Gregory ihn nachdenklich maß. Als er den ernsten Blick des Jungen erwiderte, hob Gregory die Hand und deutete nach Norden.

Eric wendete sein Streitross und führte seinen Tross durch die Dunkelheit.

Geräuschvoll sprang die Tür auf. Trotz seiner Jugend war Aidan eine beeindruckende Erscheinung. Hoch gewachsen, schlank, aber durchaus muskulös. Seine Augen waren von einem tiefen Blau, beinahe violett, und als er unvermittelt in ihre Kammer stürmte, schienen sie fast schwarz vor Unmut.

Robert Neville gab Igrainia in dem Augenblick frei, als er das Knarren der Tür vernahm.

»Sie ist tief verzweifelt!«, sagte er, als verzehrte er sich vor Besorgnis.

»Verzweifelt! Robert Neville ist in diese Kammer eingedrungen, während ich schlief, und wollte mich schänden!«, erwiderte sie außer sich vor Zorn.

»Igrainia! Nie würde ich die Hand gegen dich erheben oder dir Gewalt antun!«, begehrte Robert auf. Als er Aidan gewahrte, änderte sich sein Ton kaum merklich. »Obschon sie meine Gemahlin werden soll, und das nach dem Willen und mit der Allmacht von König Edward, war sie viel zu lange in der Gewalt jener Highland-Barbaren. Ich fürchte, sie leidet … seelisch darunter.«

Sie hatte nicht gewusst, ja, nicht einmal geahnt, dass Robert Neville ein so hervorragender Schauspieler sein konnte. Er stand hinter ihr, gestrafft und würdevoll, und redete, als wäre er der fürsorglichste Mensch auf Erden.

Igrainia gewahrte das Flackern in Aidans Blick, als zweifelte er an ihren Worten und schenkte Robert in diesem Fall Glauben.

»Vielleicht bedarf sie ständiger Betreuung und … Beobachtung«, fuhr Robert fort.

»Ich brauche nichts außer meinen Nachtschlaf!«, zischte sie. Sie funkelte Aidan an. »Ich bin von einem Geistlichen getraut worden, Aidan. Und ich schwöre dir, dieser Mann riskiert die Unsterblichkeit seiner und auch meiner Seele. Ich bitte dich als meinen Bruder und als Oberhaupt meiner Familie, beschütze mich!«

»Es gibt nichts, wovor sie Schutz brauchte!«, schnaubte Neville, als wäre er tief gekränkt, dass sie ihm irgendwelche Missetaten unterstellte.

Aidan wählte seine Worte mit Bedacht. »Robert, ich glaube, meine Schwester ist heute Abend sehr erregt; es war ein langer, anstrengender Ritt. Habt Geduld. Es gibt Dinge, die müssen König Edward und der Kirche vorgebracht werden. Und da sie so aufgewühlt scheint, werde ich heute Nacht über meine Schwester wachen.«

»Gewiss, ganz wie Ihr meint, Lord Abelard.«

Er tat, als billigte er Aidans Entscheidung, und ging an ihm vorbei; indes entging Igrainia sein Mienenspiel nicht. Sie folgte ihm, bestrebt, sobald wie möglich die Tür hinter ihm zu schließen.

Er packte die Tür, bevor sie sie ins Schloss werfen konnte, und sagte leise, allein für ihre Ohren bestimmt: »Pass gut auf, Igrainia. Du wirst meine Frau werden, und dann kannst du schreien, bis dir die Kehle schmerzt, aber niemand wird dir mehr helfen. Ich werde dir deinen Verrat an Afton und an mir niemals vergessen.«

Gewaltsam schloss sie die Tür, warf sich dagegen und erwiderte den besorgten Blick ihres Bruders.

»Sir Robert ist sicherlich gekommen, um mit dir zu reden und dich zu trösten, nach allem, was geschehen ist«, mutmaßte er. »Igrainia, du weißt, dass der König dich ihm versprochen hat. Du wirst seine Gemahlin werden.«

»Aidan, ich habe nach dir gerufen, weil er mich tätlich angegriffen hat!«

»Bist du sicher, dass er dich nicht trös …«

»Ja, ganz sicher!«

Er drehte sich um, strebte zum Kamin. »Ich hatte angenommen, es wäre ganz natürlich für dich … Er ist Aftons Verwandter. Er würde Langley für den König und für dich verwalten. Die Heimat, die dir inzwischen vertraut ist, würde weiterhin deine bleiben.«

»Ganz recht, er ist Aftons Verwandter, und als solchen habe ich ihn geschätzt. Gleichwohl habe ich erst jetzt erkannt, wie neidisch er auf Afton war und auf alles, was ihm gehörte.«

»Du bist gegen diese Eheschließung?«

»Aidan, ich bin vermählt!«, beharrte sie kleinlaut.

»Aber König Edward will und kann eine solche Heirat für nichtig erklären.«

Sie war nicht sicher, ob sie ihrem Bruder anvertrauen sollte, dass sie eine Aufhebung ihrer Ehe gar nicht wollte.

»Aidan, ich möchte Robert Neville nicht heiraten.«

Fahrig gestikulierte er mit den Händen. »Igrainia, du weißt sehr wohl um die Geschicke dieser Welt. Deine Heirat mit Afton wurde damals arrangiert.«

»Ich wiederhole es noch einmal: Ich bin bereits verheiratet.«

»Du wurdest zu dieser unseligen Verbindung gezwungen.«

»Aidan, wir mögen unterschiedliche Sichtweisen vertreten, dennoch irrst du, wenn du glaubst, dass ich in irgendeiner Weise schändlich missbraucht worden bin. Eric ist kein Heide, kein Wilder, kein Barbar. Er ist weitaus gerechter als alle englischen Invasoren in Schottland.«

Aidan wandte sich von ihr ab und betrachtete die Flammen. Sie trat hinter ihn, legte ihm eine Hand auf die Schulter. »Aidan …«

Er drehte sich um und forschte bekümmert in ihren Augen. »Ich wünschte, Vater würde noch leben.«

»Aber er lebt nicht mehr, Aidan. Und darum bist du jetzt der Earl.«

»Ein Earl … und doch denken diese Männer nur allzu oft, dass sie mich wie einen kleinen Jungen behandeln können. Und der König meint, dass er mich nach seinem Gutdünken formen kann. Igrainia, ich weiß nicht, was ich glauben oder was ich dir raten soll. König Edward sieht dich als seine Schutzbefohlene an, mit der er nach bestem Wissen und Gewissen verfahren mag. Er beteuert, dass er wie ein Vater für dich sorgen wird, da dein eigener geliebter Papa verschieden ist. Ich bin überzeugt, Edward ahnt nicht einmal, dass du Robert Neville ablehnen könntest; genau wie ich nimmt er vermutlich an, dass ihr bereits Freunde seid und dass er dir als neuer Lord of Langley und Gatte mehr zusagt als jeder andere. Überdies glaube ich offen gestanden nicht, dass ihn deine Gefühle sonderlich kümmern. Vielleicht solltest du dich mit dem Gedanken an eine Verbindung mit Neville anfreunden.«

»Also gut, Aidan … Bis die Sache geklärt ist, bitte ich dich nur um eines – und das kann ich von dir als meinem Bruder verlangen: Halte ihn von meinen Gemächern fern.«

Darauf schenkte er seiner Schwester ein verschmitztes Grinsen, das seine Jugend und zugleich seinen wachsenden Erfahrungsschatz spiegelte. »Ich bin hier in deiner Kammer, oder? Und Neville ist draußen.«

»Ja. Danke, Aidan.«

Er war um einiges größer als Igrainia, und sie blickte respektvoll zu ihm auf. Er legte seine Hände sacht auf ihre Schultern und küsste sie auf die Stirn. »Schlaf ein wenig. Ich lasse dich nicht allein. Ich werde in dem Sessel dort nächtigen.«

»Gott segne dich, Bruderherz!«, seufzte sie erleichtert. Er setzte sich in den Sessel vor dem Kamin und starrte in die Flammen. Igrainia krabbelte zurück in ihr Bett, froh um seinen Beschützergeist.

Noch ehe sie in den Schlaf glitt, murmelte sie: »Aidan, ich schwöre dir, Eric ist ein überaus ehrenwerter Mann. Er hat mich nie zu Schaden kommen lassen und würde das auch nie tun.«

Sie dachte, dass Aidan sie nicht gehört hätte oder dass er schlichtweg nicht reagieren wollte, doch kurz darauf wandte er sich zu ihr. »Vermutlich muss ich das sogar bestätigen.«

»Wieso?« Sein Ton bewog sie, den Kopf vom Kissen zu heben.

»Wir sind aufeinander getroffen, in den Wäldern.«

»Was?«

»Wir hatten einen Erfolg versprechenden Anschlag geplant. Wir hatten sogar Kunde erhalten, dass man uns aus dem Hinterhalt angreifen würde und wo sie uns auflauerten. Die Information war eine List, und sie überwältigten uns, noch ehe wir Langley erreichten. Wir haben gekämpft … und ich fand mich im Zweikampf mit ihm wieder. Mein Schwert zerbarst. Er hätte mich an Ort und Stelle enthaupten können. Doch er erkannte das Wappen von Abelard und wusste, dass ich dein Bruder bin. Er ist einfach fortgegangen.«

Igrainia bettete ihren Kopf zurück auf das Kissen. Hier war sie in großer Gefahr, und vermutlich durfte sie wenig Hilfe erwarten. Selbst wenn Aidan sie verstand und ihr Mitgefühl entgegenbrachte, selbst wenn Eric ihn auf dem Schlachtfeld verschont hatte, so hatte ihr Bruder doch eben zugegeben, dass er nicht die Macht besaß, die Pläne des Königs für ihr angebliches Wohl zu durchkreuzen.

Und dennoch duldete Igrainia nicht, dass Angst und Verzweiflung ihr Herz ergriffen. Eric hatte Aidan in einem Zweikampf gestellt. Er hätte ihn töten können.

Er hatte es nicht getan. Er war einfach gegangen.

Sie schloss die Augen. Sie sehnte sich nach Ruhe und sie würde schlafen. Schließlich gab es immer einen Ausweg.

Und sie würde den Weg aus diesem Gefängnis finden.

Schon in den Tagen römischer Herrschaft und Eroberungen war Cheffington eine Festung gewesen. Dort gab es kaum mehr als unwirtliches Land, zerklüftete Berge und Wilde. Also hatten die Römer entschieden, dass diese Barbaren nicht der Mühe wert seien, worauf sie auf ihrem Zug nach Norden Schutzwälle gegen die bedrohlichen Horden errichtet hatten und hölzerne Festungen auf Anhöhen, die ihren Soldaten Schutz bieten sollten. Sobald die Normannen England eroberten, bauten sie ihre steinernen Festungen, und als König David seine Machtansprüche auf Schottland ausweitete, kannte er solche Verteidigungsanlagen und ließ gewaltige, steinerne Kastelle bauen.

Im Gegensatz zu Langley hatte Cheffington indes keinen schützenden Burggraben. Der innere Torhof, das Terrain zwischen Wehranlage und Wohnturm, war bedeutend größer, und die Burg selbst glich mehr einem Handelszentrum. Ständig rollten Karren ein und aus. Die Außenmauern waren jedoch nicht so trutzig, dass sie dauerhaft Widerstand leisten konnten, sofern sie unter heftigem Beschuss standen.

Gleichwohl standen Eric weder ein großes Heer noch Belagerungsgerät zur Verfügung.

Sie kampierten in den umliegenden Wäldern, beobachteten einen Tag lang das Kommen und Gehen und die Aktivitäten innerhalb der Burganlage. Sie spähten die Stellungen und Rundgänge der Wachposten aus, die Männer und Frauen, die auf den Feldern außerhalb der Burg arbeiteten, Vorräte hineinkarrten und ihrem Tagwerk nachgingen. Zimmerleute setzten das Mauerwerk instand, wo der Zahn der Zeit seinen Tribut gefordert hatte.

Von einem Bauern kauften sie einen Karren, und Jamie und Jarrett, die Niles Masons Gefolgsleuten völlig unbekannt waren, fuhren durch die geöffneten Burgtore, unter dem Vorwand, Heu harken zu wollen. Stattdessen brachten sie den Tag damit zu, die Innenanlagen von Cheffington auszuspionieren. Nach ihrer Rückkehr berichteten sie, was sie gesehen hatten. Viele Menschen arbeiteten im Innern der Burgmauern: Schmiede, Weber, Wäscherinnen, Färber. Eric interessierte sich brennend für Jamies Bericht, dass eine Truppe von Gauklern eingetroffen sei, die im Hof eine Bühne für ihr Puppentheater errichteten. Soweit Jamie wusste, durften sie nach Gutdünken kommen und gehen. Sie scherzten mit den Wachen und führten ihre akrobatischen Kunststücke vor, in der Hoffnung, ein paar Münzen zu ergattern.

Am Tag darauf machte Thayer sich mit Timothy und Brandon auf den Weg. In grobe Wollumhänge gehüllt, harkten auch sie den ganzen Nachmittag das Heu.

Die Wachen waren auf Posten, hielten jedoch einzig Ausschau nach bewaffneten Abtrünnigen, um sich auf diese zu stürzen. Keiner achtete auf die armen Bauern, die sich mit ihrem Heu verdingten.

In jener Nacht diskutierten sie lange und zeichneten Pläne von den Innenanlagen der Festung in den Schmutz. Jamie berichtete von den Gesprächen, die er mit den Burgbewohnern geführt hatte. Er war überzeugt, dass viele von ihnen, entsetzt über die englische Gewaltherrschaft, keinen Widerstand leisten würden, wenn die ›Abtrünnigen‹ einfielen.

Gregory und Rowenna nahmen an den Diskussionen teil. Später, in der Nacht, als Eric wach lag und nachdenklich auf eine Strategie sann, kam Rowenna zu ihm und setzte sich an seine Seite.

Er spähte zu ihr.

»Was ›sieht‹ Gregory?«, wollte er von ihr wissen.

»Die Bilder kommen ihm nicht willkürlich in den Sinn; Gott allein kennt die Zukunft, obschon einige das infrage stellen, hat er dem Menschen doch einen freien Willen gegeben«, erwiderte Rowenna.

»Ah.«

»Gleichwohl glaubt er an Lady Igrainia«, fuhr sie fort. »Er möchte, dass Ihr wisst, dass sie stark und klug ist und sehr wohl in der Lage, ihre eigenen Schlachten zu schlagen.«

»Hm. Nun, das will ich gern glauben«, murmelte er. Dann erkundigte er sich: »Und was ist mit dem Umstand, dass sie bei den Engländern ist? Schließlich ist sie eine von ihnen.«

Rowenna nickte. »Ja, sie ist Engländerin. Aber Gregory glaubt nicht, dass sie von Langley geflohen ist, auch wenn sie ihren Bruder liebt.«

»Auch das versuche ich zu glauben«, erklärte er Rowenna.

Für Augenblicke verharrte sie schweigend. Dann schlich sie sich geräuschlos davon.

Am Morgen entschied Eric, dass es an der Zeit sei, sich selbst in die Burg einzuschleusen, versteckt im Heu auf dem Karren. Er musste auf der Hut sein, denn Niles Mason und Robert Neville kannten sein Gesicht. Die Mönchskutte stand ihm gut, und er wandelte selbstbewusst durch die Burgmauern.

Er sah den Gauklern zu, sprach mit den Akrobaten und den Näherinnen.

Den ganzen Tag lang beobachtete er die Wachen – wo sie sich trafen, wo sie ihre Waffen lagerten, wo sie schliefen, wie viele es waren.

Dann sah er Igrainia.

Sie stand in einiger Entfernung von ihm, am Arm eines betagten, grauhaarigen Ritters. Der Bursche musste Lord Danby sein, denn alle Leute verneigten sich vor ihm. Igrainia trug elegante Garderobe, plauderte angeregt mit ihm, lächelte häufig und schien zufrieden und gelöst.

Schwankend zwischen Erleichterung und Erzürnung beobachtete er sie. Hatte man sie zur Flucht gezwungen? Oder meinte sie, letztlich frei zu sein, hier unter ihrem Volk, den Engländern?

Am liebsten wäre er über den Hof gespurtet, hätte sie gepackt und geschüttelt. Er kämpfte dieses Verlangen nieder.

Eine plötzliche Hektik hinter dem aufgebauten Baldachin der Gaukler ließ ihn aufmerken. Er eilte dorthin, zog den Vorhang auseinander, und stellte fest, dass einer der Wachposten Jamie aufgegriffen hatte und von ihm wissen wollte, was er in der Burg zu schaffen habe.

Er hielt Jamie am Kragen gepackt. An der blau pulsierenden Halsvene seines Cousins blitzte ein Messer auf. Indes wusste Eric, dass Jamie sich selbst verteidigen konnte.

Dass er es in dieser misslichen Lage vermochte, ohne für Aufruhr zu sorgen – dessen war Eric sich nicht so ganz sicher.

Eilig trat er hinter den Mann und umschloss mit beiden Händen dessen Hals. Der Bursche strauchelte; er verstärkte seine Umklammerung, worauf er lautlos in sich zusammensackte.

Jamie blickte zu Eric und atmete erleichtert aus. »Gerade noch rechtzeitig, Eric«, seufzte er. »Aber wir können ihn hier nicht liegen lassen.«

»Nein, gewiss nicht.«

»Er hat ein feines Schwert.«

»In der Tat. Das können wir gut gebrauchen.«

»Eric, ich habe mich mit einer der Näherinnen angefreundet. Das Mädchen kam zu mir, redete, vermutlich hat sie sogar mehr ausgeplaudert, als sie sollte. Sie hat mich ihrem Vater vorgestellt, dem großen, stämmigen Burschen dort drüben. Er ist der Anführer der Gauklertruppe. Wir können den Leichnam vorübergehend hier liegen lassen und ihn in den Karren schaffen, sobald sie ihre Zelte abbrechen.«

»Woher weißt du, dass wir ihm vertrauen können?«

»Er war in Berwick und ist mit letzter Not entkommen.«

»Glaubst du ihm?«

»Ich habe seine Narben gesehen.«

»Was tun sie dann hier?«

»Die Engländer um jede nur mögliche Münze erleichtern. Und natürlich beobachten. Unablässig beobachten.«

An jenem Abend rumpelten Eric, Jamie und die anderen mit einem schweren Karren durch die Burgtore. Als sie den Wald erreichten, hatten sie die Leichen einer ganzen Reihe von Wachleuten im Gepäck.

Und den großen, stämmigen Mann, der die Artistengruppe anführte.

Igrainia dankte Gott, dass sie die Tochter eines Earls war. Auch wenn ihr Vater verstorben war, so hatte ihr Bruder doch den Titel geerbt. Sie wusste, dass Robert Neville außer sich vor Zorn war. Gleichwohl wagte er keine weiteren Vorstöße, war er doch lediglich *Sir* Neville, Aidan hingegen *Lord* Abelard.

Lord Danby ließ alle erdenklichen Sicherheitsvorkehrungen für sie treffen. Er war kurz nach ihr eingetroffen, am Morgen des nachfolgenden Tages. Sie sollte an jenem Nachmittag mit ihm und den anderen in seinem großen Saal speisen. Er war tief besorgt um sie und versicherte ihr, dass sie nun bei ihrem Volk sei und in Sicherheit.

»Es betrübt mich indes zu hören, dass Ihr tatsächlich meint, mit jenem Abtrünnigen vermählt zu sein«, sagte er, während er im Rittersaal auf und ab lief.

»Ich bin in der Tat mit ihm vermählt«, erwiderte sie.

»In dieser Angelegenheit wird der König das letzte Wort haben«, meinte er missfällig. »Robert Neville ist ein glorreicher Kämpfer für die Sache des Königs, und er ist tief betroffen, dass Ihr es ablehnt, seine Gemahlin zu werden. Igrainia … der König hat es so befohlen, und deshalb müsst Ihr Euch fügen.« Er trat zu ihr an die Tafel, fasste ihre beiden Hände und sah sie ernst an. »Verbringt etwas Zeit mit ihm und Ihr werdet Euch darauf besinnen, dass er der Verwandte Eures Gatten war und Euch stets ein guter Freund.«

»Ich bin untröstlich, Lord Danby, aber seine Gesellschaft macht mir umso deutlicher, wie heftig er die Tatsache zurückwies, dass Afton der Lord von Langley war.«

Danby seufzte verärgert. In diesem Augenblick betrat Robert Neville gemeinsam mit Sir Niles Mason die Halle.

Mason, dachte sie bei sich, sieht aus wie ein schlauer Fuchs. Seine Züge waren gut geschnitten, er wirkte feinsinnig, war aber alles andere als das …

Er war in der Blüte seiner Jahre, ein kampferprobter Ritter, berühmt für seine Siege gegen die schottischen Banden, die so manches Mal wie aus dem Nichts auftauchten. Niles gehörte zu den Männern, die ein unterworfenes Volk schnell in seine Schranken zu weisen wussten. Wer wenig galt, so hatte Afton ihr erzählt, starb gewöhnlich auf dem Schlachtfeld; gleichwohl genoss Niles die ›Vergnügungen‹ einer gelungenen Hinrichtung. Er liebte es, die Menschen abzuschlachten, die dem König verhasst waren, und da er das Gesetz auf seiner Seite wusste, gönnte er sich gelegentlich das Schauspiel eines Blutbades.

»Ah, Lord Danby, der unsere undankbare Schönheit mit sanften Worten zur Vernunft bringen will.«

»Die Lady ist tief erschüttert über ihre Situation und natürlich besorgt um ihr Seelenheil«, erklärte Danby.

»Meint Ihr?«, erkundigte sich Robert Neville und folgte Mason an die Tafel, wo er sich an Lord Danbys Bier gütlich tat. »Ich denke, dass man ihr den Kopf verdreht hat, dass sie vielleicht sogar eine Widersacherin des Königs ist.«

»Den Kopf verdreht?«, wiederholte Niles Mason. »Ich denke, dass die Lady den nächtlichen Umgarnungskünsten dieses Abtrünnigen verfallen ist. Vergesst nicht, ich kenne den Mann, Lord Danby. Er ist wie ein Wolf in den Wäldern, hungrig, struppig, schmutzig und vermutlich feige. Beileibe kein solcher Recke, wie er uns glauben machen will. Er hat Langley durch Krankheit besiegt und nicht durch Heldenmut.«

Robert sah Niles scharf an. »Und er hat eine Gruppe erfahrener Ritter angegriffen und niedergemetzelt, um wieder in die Burg zu gelangen, nachdem er daraus entkommen war«, erinnerte er ihn. »Er ist gefährlich.«

Niles Mason trat vor Igrainia und lächelte auf sie herab. »Als er in die Burg kam, schmutzig und krank, hatte die Burgherrin vielleicht schon entschieden, ihren Gemahl loszuwerden, um sich auf diesen Barbaren einlassen zu können.«

Sie wollte wütend aufspringen, doch das wagte sie nicht, da Aidan soeben den Saal betrat. »Sir, Ihr sprecht von meiner Schwester!«, erkühnte er sich.

»Aidan, er redet, weil Dummköpfe nicht schweigen können. Und du solltest über jeden Streit mit einem solchen Mann erhaben sein.«

»Hört sofort auf!«, brüllte Lord Danby. »Sir Niles! Igrainia hat vieles durchlitten, und Ihr werdet sie nicht mit solcher Unhöflichkeit quälen. Und Ihr schuldet ihrem Bruder wahrlich eine Erklärung. Wo ist denn Eure Ritterlichkeit geblieben? Das alles hat doch keinen Sinn. Der König wird alsbald erfahren, dass sie in unserer Obhut weilt, seine Kirchenmänner erörtern bereits die rechtlichen Fragen. Dies wird noch früh genug geklärt werden, und dann werdet Ihr, Robert, und die Dame die kritische Situation beilegen.«

Igrainia war versucht, Robert anzufunkeln und ihm zu vermitteln, dass sie eher sterben würde. Sie beherrschte sich jedoch. Auf Lord Danbys Herrensitz war sie lieber Gast als Gefangene.

»Eine Sache möchte ich noch richtig stellen«, wandte Niles ein. Seine dunklen Augen, eindrucksvoll wie sein Gesicht, wanderten zu ihr. »Er war mein Gefangener. Und sollte sterben. Nur wegen der Pest, die er über meine braven Männer und Frauen brachte, konnte er entkommen.«

»Entkommen! Ihr seid bei den ersten Anzeichen der Krankheit geflohen!«, beschuldigte Igrainia ihn.

»Mein Leben ist wertvoll für den König. Wenn ich sterbe, dann unter Waffen und im Kampf für die Gerechtigkeit«, entgegnete er. »Aber dieser Abtrünnige war mein Gefangener, und ich schwöre, ich werde ihn erneut stellen, und sind sein Kopf und seine Extremitäten erst einmal vom Körper abgetrennt, wird die Rechtmäßigkeit Eurer Eheschließung keine Rolle mehr spielen, Igrainia, denn dann ist er tot. Verzeiht mir, Lord Danby. Mich dünkt, dass ich die schöne und schuldlose Igrainia verwirre, von daher werde ich heute mit meinen Männern speisen.«

Robert Neville war ebenfalls zu Igrainia getreten.

»Willst du deinem Waffengefährten und Menschenschlächter nicht folgen?«, erkundigte sie sich spitz.

»Nein, meine geschätzte Verlobte, ich werde deinen Hass erdulden, mit Nachsicht natürlich, bis die Zeit gekommen ist ... da du vor dem Gesetz meine Gemahlin bist, verpflichtet zu Liebe und Gehorsam.«

Igrainia spähte durch den Saal und gewahrte, dass Aidan Robert beobachtete. »Sir Robert!«, sagte er unvermittelt. »Ich habe in anderer, wichtiger Sache mit dem obersten Wachmann gesprochen. Er ist vollkommen ratlos. Einige Männer sind verschwunden. Kann es sein, dass sie zum Feind übergelaufen sind?«

Roberts Miene verfinsterte sich zusehends.

»Lord Danby, wusstet Ihr, dass Männer verschwunden sind?«, erkundigte Aidan sich höflich.

»Was soll das?«, fragte Danby scharf.

»Wir stellen Nachforschungen über das Verschwinden mehrerer Soldaten an.«

»Warum hat mich keiner in Kenntnis gesetzt?«

»Weil wir hofften, alsbald etwas über ihren Verbleib zu erfahren«, gestand Robert.

»Dann kümmert Euch auf der Stelle darum!«, befahl Lord Danby.

»Gewiss, Mylord Danby«, antwortete Robert.

Igrainia fragte sich, ob er Aidan ebenso hasserfüllt maß wie sie. Sie war heilfroh, dass sie ihren Bruder hatte.

Und sie war tief beunruhigt.

Jamie tat, als wäre er betrunken. Schwankend passierte er die Gasse zwischen Schmiede und Getreidespeicher.

Am Ende des engen Ganges bewachten zwei Soldaten den inneren Torhof. Sie plauderten miteinander und beachteten den betrunkenen Bauern nicht weiter.

»Ja, ja, ich war als junger Mann in Berwick. Das waren damals noch Schlachten! Manch einer meint, es wäre eine Schmach für König Edward, aber ich sage, dass man eine Nation von Aufsässigen in ihre Schranken weisen muss. Wir haben sie alle niedergemetzelt – Männer, Frauen, Kinder. Man hat sich mächtig aufgeregt wegen der Kinder. Aber ich sage, töte einen Schotten schon als Knirps, dann kann er kein Abtrünniger mehr werden, der das Blut seiner Feinde säuft!«

»Reitet doch mit Neville und Mason«, brüstete sich der andere, »dann werdet Ihr Männer erleben, die wissen, wie man mit Abtrünnigen umspringt. Sie schlachten jeden ab. Und haben ein Händchen dafür. Neville gefällt es, wenn ein Mann, an ein Pferdegeschirr gebunden, kilometerweit geschleift wird, dann am Galgen aufgeknüpft, heruntergelassen, wieder hochgezogen … und wenn er dann immer noch nicht tot ist, lässt Neville Wasser über ihn gießen, bis er merkt, dass man ihm bei lebendigem Leibe die Eingeweide heraustrennen wird.«

Ein Blick durch die Gasse und Jamie gewahrte Angus, der – ebenfalls schwankend – aus der anderen Richtung auf ihn zusteuerte. Angus rief ihn beim Namen. Jamie torkelte voran und schimpfte Angus einen verfluchten Hurensohn.

»He, ho, was ist los?«, wollte einer der Wachposten wissen und kam auf sie zu.

»Nun, das ist los«, sagte Jamie und winkte den Mann näher, als wollte er ihm etwas zuflüstern.

Darauf legte er blitzschnell seinen Arm um den Hals des Mannes.

Und schlitzte ihm die Kehle auf.

»He, was ist da los?«, schnaubte der Zweite. Er trat auf Jamie zu, der soeben sein regloses Opfer schulterte.

Noch ehe er einen Warnschrei ausstoßen konnte, schnellte Angus vor. Er trug zwar kein Messer, hatte aber Bärenkräfte.

Das Genick des Mannes brach mit einem lauten Knacken.

»Bring sie in die Kornkammer«, riet Jamie rasch. »Sie werden zwar bald anfangen zu stinken, aber … uns bleibt keine Zeit.«

Für Igrainia verstrichen die Tage endlos langsam und voller Anspannung. Sie wollte fest daran glauben, dass die Männer, die einst ihre Häscher gewesen waren, kommen und sie aus ihrem neuen Gefängnis befreien würden.

Dann wieder schalt sie sich für diese törichte Vorstellung. Selbst wenn Eric daran gelegen war, so würde er seinen kleinen Tross von Männern nicht gegen eine Befestigungsanlage wie Cheffington anrücken lassen. Überdies würden sie alsbald Robert Bruce unterstützen müssen, denn ihre englischen Häscher wollten alles daran setzen, den schottischen König auszuschalten.

Wenn sie fliehen wollte, so musste sie es auf eigene Faust tun. Und sie würde umsichtig vorgehen müssen, war es doch unwahrscheinlich, dass sie eine zweite Chance bekam. Sie musste die Gewohnheiten der Burgbewohner beobachten und verinnerlichen. Sie würde zu einem Zeitpunkt flüchten müssen, wenn niemand sie über Stunden hinweg vermisste, wie es bei ihren abendlichen Gelagen im Rittersaal gewiss der Fall wäre. Und sie würde einen Weg finden müssen, um weit weg zu gelangen, bevor ihre Abwesenheit auffiel.

Igrainia wusste, dass sie eine gute Schauspielerin abgab. Sie verbrachte ihre Zeit mit Lord Danby, plauderte mit ihm über Freunde, die sie, seit sie nach Schottland gekommen war, nicht mehr gesehen hatte. Sie erörterten den labilen Gesundheitszustand des Königs, und sie äußerte ihre Besorgnis. Er spazierte mit ihr durch Cheffington, und sie bewunderte die Arbeit seiner Schmiede und ergötzte sich an den Possen einer Gauklertruppe, die im Hof ihre Zelte aufgeschlagen hatte. Sie jonglierten, vollführten akrobatische Kunststücke und gaben lustige kleine Episoden aus dem Alltag zum Besten. Auch eine Anzahl Frauen war bei ihnen, sie nähten Kleidung und sammelten Münzen von den Zuschauern ein, die Entspannung suchten von den Mühen des Tages. Sie nahmen nicht an den Vorstellungen teil – mit Ausnahme einer jungen Frau, die gelegentlich sang, während die Darsteller ihre Kulissen aufbauten. Sie konnten überaus spaßig sein, denn auch die Rollen der Ehefrauen, Töchter, Geliebten, ja selbst bedrängter Prinzessinnen wurden von den Männern übernommen, einige von ihnen klein und schmächtig, andere wiederum riesige Kerle mit Wanst und breitem Kreuz. Igrainia genoss ihre wohlmeinenden, aus dem Leben gegriffenen Scherze und die herrlichen Schelmenstücke.

Weniger gut gefiel ihr das Puppenspiel, in dem Abtrünnige gestellt wurden und ein Schwertkampf folgte. Ein englischer Lord kämpfte gegen einen schottischen Edelmann, und Letzterem wurden Arme und Beine abgeschlagen. Zu allem Überfluss wurde er in einer besonders unflätigen Szene kastriert, und dennoch kämpfte sein blutüberströmter Torso weiterhin gegen den Engländer.

Lord Danby sorgte dafür, dass sie jedweden Luxus bekam, er ließ sogar die Gemächer der Gäste neu verteilen – sie erhielt eine Kammer mit einer Verbindungstür zu der Aidans. Sie erfuhr, dass Danby ihren Bruder überaus schätzte; er hielt ihn nicht nur für einen außergewöhnlichen jungen Offizier, sondern glaubte auch, dass er sich zu einem hervorragenden Staatsmann entwickeln könnte. Seine Gemahlin und sein einziger Sohn waren vor vielen Jahren an einem schlimmen Fieber gestorben, und Igrainia stellte fest, dass Aidan für Danby der Sohn war, den er verloren hatte.

Sie war ihm ausgesprochen dankbar, dass er ihrer Familie eng verbunden war, obwohl er ständig mit ihr stritt und darauf beharrte, dass sie letztlich begreifen werde, dass man sie gefangen genommen und ihr so übel mitgespielt habe, dass sie nicht mehr bei Verstand gewesen sei, als sie dem Abtrünnigen das Jawort gegeben habe. Sie würde nach England zurückkehren, sobald Edward sein riesiges Heer gegen die Schotten angeführt und die Abtrünnigen unterworfen habe. Und dort würde sie endlich wieder ein besseres Leben führen.

Sie war sorgsam darauf bedacht, nicht zu angeregt mit Lord Danby zu diskutieren. Sie wusste um die Kuriere, die den König in Kenntnis setzen sollten, dass sie sich inzwischen in der Obhut des Lords befand, und ihn um seinen Standpunkt in jener heiklen Angelegenheit ersuchen sollten. Indes würde es einige Zeit dauern, bis seine Nachricht einträfe, da der König momentan einzig seine Strategie verfolgte, wie er seine Männer höchstpersönlich anführen und Robert Bruce ein für allemal den Garaus machen könnte. Danby war untröstlich, denn eigentlich hatte er Robert Bruce gemocht und bewundert.

Sie verbrachte Zeit mit Aidan und versuchte ihm zu erklären, dass sie sich nicht etwa aus Ungehorsam gegenüber Edward wie eine Verräterin gebärdete, sondern darin eher eine Gelegenheit sah, die Moralvorstellungen des Einzelnen einzuschätzen.

Sie weilte nun seit mehreren Tagen in der Burg. Sie, Niles Mason und Robert Neville gingen sich nach Möglichkeit aus dem Weg, da Danby Streitereien ein Gräuel waren. Ihre Fehden schwelten im Verborgenen.

Nachts blieb ihre Tür weiterhin von außen verriegelt. Als sie das erwähnte, versicherte Lord Danby ihr, dass es ihrer eigenen Sicherheit diene. Er verstieg sich nicht in Erklärungen, warum sie hinter verschlossenen Türen geschützter sei, sondern vermittelte ihr überaus liebenswürdig, er teile Robert Nevilles Entscheidung, dass sie den ›Schutz‹ von Cheffington nicht verlassen dürfe.

Wenn sie einen Fluchtversuch wagen wollte, dann bei Tageslicht. Und vermutlich bald.

Sarah, die Tochter von Thomas Quinn, dem Oberhaupt der Gauklertruppe, trug den letzten Hauch Asche unter Erics Augen auf und zog ihm die Kapuze tiefer ins Gesicht. Eric spähte zu Jamie. »Und?«

»Du bist die hässlichste Frau, die ich je gesehen habe.«

»Ich habe mein Bestes getan«, schmunzelte Sarah. Sie war ein hübsches Mädchen mit goldbraunem Haar, ernst und zurückhaltend, obwohl sie mit lauten, lärmenden Gauklern reiste, die mit ihrem Possenspiel jeden zum Lachen bringen wollten. Gelegentlich sang sie, zog damit das Publikum in ihren Bann, und sie war eine begnadete Maskenbildnerin.

»Sarah!«, entfuhr es Jamie. »Ihr habt hervorragende Arbeit geleistet. Natürlich konntet Ihr nicht mehr tun.«

»Lässt man mich passieren? Was werden die Wachen denken?«, warf Eric ein.

»Dass du die hässlichste Frau bist, die sie je gesehen haben.«

»Wahrlich, sehr witzig.« Er erhob sich von seinem Schemel. »Mal sehen, wie es dir ergeht. Sarah, wenn Ihr Jamie ebenfalls verändern könntet ...«

»Mich? Ich war doch hervorragend als Bauer!«, protestierte Jamie.

»Macht ihn nicht zu hübsch, Sarah. Stellt sicher, dass er zumindest der zweithässlichste Mann ist, den die Wachen je zu Gesicht bekommen haben.«

Als sie fertig war, begutachtete Eric seinen Verwandten. »Meiner Treu, Jamie, du wirkst ja direkt hübsch.«

»Ich habe immer gesagt, dass ich der Attraktivere bin«, erwiderte Jamie mit vernichtendem Spott.

Rowenna, die Sarahs Arbeit an den Männergesichtern verfolgt hatte, klatschte verzückt in die Hände. »Jamie, Ihr seid eine Schönheit!«

Jamie stöhnte auf.

»Tut mir Leid, wenn ich das sagen muss, Jamie Graham, aber Ihr gebt wirklich ein hübsches Mädchen ab!«, kicherte Angus.

»Nun, er ist ein anziehender Mann!«, beteuerte Rowenna. »Na, na, aber Angus, nicht halb so beeindruckend wie Ihr!«

Angus zuckte die Schultern. »An mir ist so einiges beeindruckend«, scherzte er. »Ach, aber ich werde niemals diese grauen Augen wie Jamie haben. Und mit Eurer Haarpracht, mein Junge – Ihr hütet Euch besser vor den englischen Kriegern!«

Rings um sie herum brüllten und bogen sich die Männer vor Lachen.

»Ich warne Euch, ich werde mein Schwert sprechen lassen!« Gleichwohl klang Jamies Stimme heiter, bis er Eric beiseite nahm und ein ernstes Wort mit ihm redete.

»Dies hier ist bei weitem das Irrwitzigste, das du je angezettelt hast.«

»Bislang hat es doch erstaunlich gut geklappt«, konterte Eric.

»Gewiss, deine Strategie hat sich ausgezahlt. Teilen und erobern – und den Feind ausmerzen, indem man jedem Einzelnen zu Leibe rückt ... Können wir es dennoch wagen, uns heute Nacht so weit heranzupirschen?«

»Du hast Recht behalten, Jamie. Die meisten von ihnen werden sich geflissentlich abwenden, selbst wenn sie genau wissen, was geschieht. Unser Einsatz ist hoch.«

»Ganz recht, aber reicht das?«

»Ich muss wissen, was im Innern der Burg vorgeht. Ich muss wissen, was mit ihr geschehen ist ... und wem ihre Treue wirklich gilt.«

»Du brichst dir noch selbst das Genick – und andere Körperteile.«

»Es war noch nie anders, wenn wir gegen Edward ritten.«

»Gewiss, aber Eric, diesmal ist es für eine Frau. Ist eine Frau das wert?«

»Ich will sie nicht an die Engländer verlieren, Jamie. Ich will nicht noch einmal gegen sie verlieren.«

»Was sagt Gregory zu diesem Wagnis?«

»Offenbar hat er keinerlei Vision.«

»Hmm. In letzter Zeit hat er nicht sonderlich viel gesehen«, bekräftigte Jamie.

»Ich glaube weiterhin, dass der Junge eine magische Kraft besitzt. Ich bin froh, ihn bei uns zu wissen.«

»Im Falle einer drohenden Katastrophe würde er es sicher ahnen.«

»Gewiss, gewiss. Wie hoch das Risiko auch immer sein mag, Jamie, ich muss es auf mich nehmen. Ich spüre, dass die Stunde naht, in der wir erfahren werden, wie gut unsere Vorbereitungen greifen. Nun, ich bin sicher, dass die Engländer die von uns verbreiteten Gerüchte zugetragen bekommen. Und … ich schwöre dir, Neville und Mason werden diesmal nicht auftrumpfen. Wenn wir einen Pakt mit dem Teufel eingehen müssten, ich würde es mit Freuden tun!«

»Gemach, gemach, Vater MacKinley könnte dich hören.«

»Und wenn schon. Wir lassen ihn ein Gebet für uns sprechen. Für einen Pakt mit dem Teufel höre ich mir gern die glühenden Worte eines Streiters von Gottes Gnaden an. Bist du bereit?«

»Ja.« Kopfschüttelnd spähte Jamie zu Eric. »Meinst du, er könnte beten, ohne sich vor Lachen zu schütteln?«

»Jamie, du wirst keine liebreizende Maid mehr sein, wenn meine Faust in deinem Gesicht landet.«

Wieder lachte Jamie, dann wurde er ernst.

Sie gesellten sich zu den anderen.

MacKinley betete.

Als Igrainia sich an jenem Abend an der Tafel im Rittersaal niederlassen wollte, platzte Niles Mason herein, streifte seine Handschuhe ab und warf sie betont selbstgefällig auf seinen Stuhl. »Lord Danby, ich glaube, wir haben unsere Kost und Logis verdient!«, prahlte er. »Es geht die Kunde, dass Horden abtrünniger Schotten in den nahe gelegenen Wäldern hausen. Keine großen Heere, nur Männerbanden, die von der Hand in den Mund leben. Einige behaupten, dass Eric Graham unter ihnen weilt. Wir haben natürlich Spähtrupps ausgesandt. Ich erwarte eine ausführliche Beschreibung ihres Lagers. Sobald ich diese habe …« Grinsend wandte er sich an Igrainia. »Nun, sobald ich diese habe, werden wir zusehen, dass Igrainias moralisches Dilemma schleunigst mit Hilfe der Gesetze geklärt wird.«

Igrainia erwiderte sein Lächeln, unterdes krampfte sich

ihr Herz zusammen. »Seid Ihr Euch so sicher, dass Ihr ihn stellen werdet?«

In der Zwischenzeit hatte Robert Neville den Saal betreten. Er strebte zu der langen Tafel und antwortete ihr ohne zu zögern: »Wir sind uns so sicher, dass die Zimmerleute bereits den Galgen errichten.« Daraufhin nahm er seinen Platz bei Tisch ein und griff nach einem Fasanenschenkel auf einer riesigen Platte, die eine der Küchenmägde hereingetragen hatte. »Wir werden dafür sorgen, dass du einen Platz in der ersten Reihe bekommst, Igrainia, damit du mit eigenen Augen siehst, dass du wieder frei bist … um erneut zu heiraten.« Während er sprach, geriet die Servierplatte, die eine stämmige Bedienstete in weiten Gewändern ihm hinhielt, ins Schwanken. Bratensaft ergoss sich auf seinen Ärmel. »Unfähige alte Kröte!«, schrie er. Für Augenblicke schien es, als wollte er die Magd für den Fleck auf seinem Hemd züchtigen. Dann fiel ihm offenbar ein, dass er Lord Danbys Gast war, und dieser erhob niemals seine Hand gegen die Dienerschaft. »Ab in die Küche mit dir, wo du heben und schleppen kannst und sonst nichts.«

Mit gesenktem Kopf eilte die linkische Frau in Richtung Küche.

»Vielleicht bleibt euer Galgen leer«, sagte Igrainia gleichmütig.

»Mag sein, aber das glaube ich nicht.« Stirnrunzelnd maß er seinen beschmutzten Ärmel.

»Während des Mahls würde ich ein erbaulicheres Thema vorziehen«, sagte Lord Danby fest.

Kurz darauf gesellte sich Aidan zu ihnen. Igrainia spürte, wie sein Blick auf ihr lastete, und bangte aufs Neue. Eric war irgendwo dort draußen in den Wäldern, und diese Männer wussten davon.

Sobald sie konnte, floh sie aus dem großen Saal. In ihrer Kammer angelangt, setzte sie sich vor den wärmenden Kamin, betrachtete die züngelnden Flammen und überlegte angestrengt. Sie musste die Schotten finden, musste sie warnen.

Ein leises Klopfen drang von der Zwischentür. Sie riss diese auf, sich dessen gewiss, dass Aidan gekommen war, um mit ihr zu reden. Stattdessen stand Robert Neville vor ihr.

»Was liegt an?«, fragte sie scharf und tief empört.

»Ich will nur mit dir reden – mit Einwilligung von Lord Danby und Aidan natürlich«, erklärte er.

»Reden, worüber?«, erkundigte sie sich.

Er seufzte. »Igrainia! Es enttäuscht mich, dass du auf einmal so abweisend bist! Was habe ich dir denn getan? Ich war Aftons rechte Hand auf Langley, bin es immer gewesen. Wir standen uns sehr nahe. Unsere Großväter waren Cousins, wusstest du das? Wäre mein Großvater vor seinem geboren, wäre ich der Mann gewesen, dem man dich von Kindheit an versprochen hätte.«

»Aber dein Großvater wurde nicht vor Aftons geboren, und ich war seine Gemahlin, und jetzt ist er tot.«

Sie war auf der Schwelle stehen geblieben, um ihn am Eintreten zu hindern. Er stemmte sich gegen den Holzrahmen, sodass sie unwillkürlich zurückwich.

»Was kann ich tun, um dich versöhnlich zu stimmen? Meine Worte waren falsch gewählt, mag sein ... nun, es drängte mich eben, bei dir zu sein. Würdest du besser von mir denken, wenn ich dir verspreche, dich nicht Zeugin des Schauspiels werden zu lassen, in dem dein Abtrünniger den Tod finden wird?«

»Kühne Worte, wo du ihn noch nicht einmal gefasst hast.«

»Igrainia, das ist lediglich eine Frage der Zeit. Und ob er tot ist oder nicht, der König wird alsbald den Befehl zu unserer Vermählung geben. Und diese wird bindend sein vor der Heiligen Römischen Kirche, da die verworfenen schottischen Könige vom Papst exkommuniziert wurden.«

»Robert, du bist ein Narr, dass du mich zur Frau nehmen willst. Was, wenn ich das Kind dieses Mannes unter dem Herzen trage? Willst du, dass dein erstgeborener Sohn der eines anderen Mannes ist?«

Jählings war sein Gesicht von unbändiger Wut gezeichnet. Seine Miene bewies ihr, dass er eine solche Möglichkeit nie in Betracht gezogen hatte. »Solche Dinge lassen sich regeln, Igrainia. Das Geburtsdatum des Kindes gibt Aufschlüsse über den Vater. Und es ist traurig, aber wahr, dass leider viel zu oft Säuglinge bald nach der Geburt sterben.«

»Du würdest ein Kind umbringen?«, bohrte sie nach.

»Kleine Kinder sterben«, wiederholte er.

Mit angehaltenem Atem starrte sie ihn an. »Lass mich allein«, sagte sie schließlich matt. »Verschwinde aus dieser Kammer.«

»Igrainia ...«

»Mein Bruder ist inzwischen bestimmt nebenan. Wir sind auf Lord Danbys Herrensitz, und der König hat noch nicht reagiert. Verschwinde.«

Seine Miene verfinsterte sich zusehends. »Eines Tages, Mylady, wirst du dein unflätiges Benehmen bereuen. Die Zeit wird kommen, da wirst du mich auf Knien um Gnade anflehen ... und ich werde mich jedes Augenblicks erinnern, in dem du mich wie Abschaum behandelt hast.«

»Verschwinde«, wiederholte sie angewidert.

Er stürmte aus den Gemächern. Igrainia sank bebend auf ihr Bett. Im nächsten Augenblick klopfte es an der Außentür. Sie spähte durch den Raum. Was war nun schon wieder? Niles Mason, der ihr darlegen wollte, wie er seinen Gefangenen zu foltern gedachte – sobald dieser das Schafott betreten hatte?

»Ja?«, rief sie.

»Das Bad, Mylady«, erwiderte eine sanfte Stimme.

»Tretet ein«, sagte sie abwesend. Die Tür sprang auf, und sie gewahrte die Dienerschaft mit Zuber, Kübeln und dampfenden Kesseln. Sie dankte ihnen, dann erhob sie sich und ging langsam zu der Verbindungstür. Sie klopfte, harrte der Aufforderung ihres Bruders, dann schlüpfte sie hinein. Aidan saß an einem Sekretär nahe dem Feuer, einen Federkiel in der Hand.

Zitternd sank sie neben ihm auf die Knie, bedeckte mit beiden Händen ihr Gesicht. »Aidan, ich kann ihn nicht ertragen!«, wisperte sie.

Sogleich legte er die Feder beiseite, fasste ihre beiden Hände und zog sie hoch. Dann setzte er sich neben sie auf das Bett. »Igrainia, bitte, sei nicht so verzweifelt. Ich habe Robert Neville viele Tage lang beobachtet ... ihn und Niles.

Sie gehören zu dem Menschenschlag, der den Hass der anderen bitterlich schürt. Freilich ... König Edwards Groll mündete in ein erstes Abschlachten, bei Berwick, und in diesem Krieg scheinen mir die Männer zu jeder Brutalität fähig. Und hinter ihnen steht das Gesetz, das überaus grausame Hinrichtungen für die Schotten vorsieht. In Schottland haben die Menschen geweint. In England indes hat die Menge gejubelt, als William Wallace auf das Schafott geführt und gehängt wurde, bis er mehr tot als lebendig war, und dann ... Einerlei, du weißt, was ich damit sagen will. Ich kann Niles und Robert nicht hineinreden, wenn sie auf Befehl des Königs handeln. Gleichwohl habe ich eifrig in Gesetzbüchern und kirchlicher Literatur nachgelesen und auch selbst einen Brief an König Edward geschrieben. Ich habe die Möglichkeit einer Eheschließung infrage gestellt, da Robert doch sehr eng mit Afton verwandt war ... und habe ihm geschildert, dass mir deine Angelegenheiten sehr am Herzen liegen, denn wenn ich ohne Erben sterbe, fällt mein Vermögen an deine Söhne, solltest du welche gebären.«

Unmerklich lächelnd maß sie ihn, dann schlang sie die Arme um seinen Hals. »Oh, Aidan, du bist einfach großartig. Ein wirklich wundervoller Bruder.«

Er erwiderte ihr Lächeln. »Nun ja, ich gebe mir alle Mühe. Besonders, nachdem du mich in unserer Jugend öfters als deinen *jüngeren* Bruder bezeichnen musstest. Das hast du offen gestanden ziemlich häufig getan!«

»Das war, bevor ... als wir noch daheim lebten. Und ich fühlte mich sehr erwachsen, ich war eine Braut, und du solltest fortgeschickt werden, um die Fertigkeiten eines Ritters zu erlernen.«

»Wir hatten eine schöne Jugend. Damals waren die Ritter, die ich kennen lernte, gestandene Männer, die in den Turnieren ritten. Ich hatte keine Ahnung vom Krieg. Ich entsinne mich, dass König Edward eine Respekt einflößende, stattliche Erscheinung zu Pferd war, ein strahlender Recke, wahrhaft majestätisch und ein fürsorglicher Gatte ... nun, all das fand ein Ende, als seine erste Gemahlin starb. Jetzt ... jetzt ist er ein König, der seine Machtansprüche durchsetzen will, und von daher scheint es mir das Beste, ihn zu überzeugen, dass diese Eheschließung warten muss.«

»Gott sei mit dir, Aidan.« Sie küsste ihn auf die Stirn. »Ich danke dir.« Sie erhob sich. »Aidan, ich liebe dich wirklich und danke dir für alles, was du getan hast und … »

»Und?«

»Und ich bete, dass du mir vergibst.«

»Man hat dich als Geisel genommen, Igrainia. Da gibt es nichts zu vergeben.«

Betreten senkte sie den Kopf, wünschte ihm eine gute Nacht. Vielleicht musste er ihr noch nichts vergeben, aber gewiss schon bald. Sie war ihm dankbar, dass er seinen Verstand, das Gesetz, die Kirche bemühte und versuchte, ihr mit seinen Briefen zu helfen.

Das gab ihr neuen Mut.

Und doch wagte sie nicht zu hoffen, dass es ausreichen würde.

Wieder in ihrer Kammer entkleidete sie sich für ihr Bad und sann unterdessen fieberhaft auf Mittel und Wege, wie sie entkommen könnte. Sie vernahm ein Geräusch und hielt es für ein Gespinst ihrer Fantasie. Ein Blick zur Flurtür bestätigte ihr, dass diese fest verschlossen war. Noch …

Sie spähte zu den Waffen und Schilden, die Lord Danbys Wände säumten. Ehe sie in den Zuber glitt, beschloss sie, sich zu bewaffnen.

Das Wasser war noch heiß. Wohltuend. Ihre Muskeln entkrampften, die Anspannungen des Tages fielen von ihr ab. Dann … hörte sie abermals ein Geräusch.

Sie versteifte sich, und ihre Finger legten sich fester um den Knauf des Dolches.

20

Er wartete, bis er sich sicher war, dass sie die Verbindungstür zur Kammer ihres Bruders fest zugesperrt hatte. Dann verharrte er abermals, totenstill hinter dem Wandbehang, reglos lauschend, bis er entschied, dass sie allein war. Er hörte das sanfte Plätschern, als sie in die Wanne glitt, und schließlich wagte er, hinter dem Gobelin hervorzuschlüpfen und auf leisen Sohlen durch den Raum zu huschen. Er musste schnell sein.

Und sie zum Schweigen bringen.

Dafür sorgen, dass sie nicht schrie.

Doch gerade als er das hintere Ende des Zubers erreichte, erhob sie sich und wirbelte herum. Wasser perlte von ihrem schlanken, nackten Körper. In ihrem rechten Arm blitzte die Tod bringende Waffe auf. Instinktiv schnellte seine Hand vor, packte blitzartig ihren Unterarm.

Sie starrte ihn an, ihr Mund zu einem stummen Schrei geöffnet. Er schoss vor, presste ihren nassen Körper an den seinen, drückte seine freie Hand auf ihren Mund.

Die Waffe fiel klatschend ins Wasser zurück. Sie setzte sich heftig kämpfend zur Wehr.

»Igrainia … Haltet ein! Ich bin es, Eric.«

Sie erstarrte in seinen Armen. Tiefblaue Augen weiteten sich zu schimmernden Monden. Er nahm seine Hand von ihrem Mund, hielt ihre nasse, bebende Gestalt jedoch weiterhin an sich gepresst.

»Eric?«, wiederholte sie und starrte ihn ungläubig an. Was sie sah, ließ sie indes an seinen Worten zweifeln. Er zog die Kapuze vom Kopf mit der Perücke, hastig gefertigt aus dunklem Rosshaar. Sein Gesicht, das wusste er, war entstellt von der gipsartigen Masse, die Sarah aufgetragen hatte, und er hatte keine Muskeln, sondern Brüste, geformt aus einem zusammengelegten Schulterschutz.

»Eric!« Sie blinzelte, maß ihn erneut. Schließlich erkannte sie, dass er es tatsächlich war. Sie stöhnte entsetzt auf und versuchte sich abermals seinem Griff zu entwinden. »Bist du von Sinnen?«, schalt sie ihn in vertraulichem Ton. »Was tust du hier? Sie wollen dich in Stücke hacken und ergötzen sich schon jetzt an der Vorstellung, wie sie dich besonders qualvoll foltern können. Du musst so schnell wie möglich von hier verschwinden …«

»Pscht, Igrainia!«, mahnte er und forschte in ihrem Gesicht nach irgendwelchen Verletzungen. »Ich weiß genau, was sie vorhaben. Wahrlich, ich habe sogar mit angesehen, wie sie den Galgen errichtet haben.«

Wieder seufzte sie. Dann flüsterte sie hektisch: »Du bist ein Narr! Eric, bitte! Sie sind so gefährlich wie ein Schlangennest. Du befindest dich in einer englischen Festung. Eric, diese Tür ist nicht von innen, sondern von außen verriegelt. Und mein Bruder ist im Nebenzimmer.«

»Gräm dich nicht, ich werde wieder gehen! Aber noch nicht. Ich hatte nicht erwartet, dir so nahe zu kommen, mit dir reden zu können …«, beschwichtigte er sie. Auch er war unversehens zum Du übergegangen. »Es war ein Leichtes, in Mylords Küche Arbeit zu finden – sie brauchen dralle Mägde wie mich«, bemerkte er trocken. »Aber dann habe ich mich zu ungeschickt angestellt als Serviermädchen …«

»O mein Gott, Eric! Man sollte dich wegschließen – du warst heute Abend im Rittersaal? Zu deinem eigenen Besten sollte man dich in einen Kerker sperren!«.

»Aber die ordentliche Schelte in der Küche brachte mich hierher. Denn eine stämmige Landpomeranze wie ich kann zumindest schwere Wasserkübel tragen.«

»Eric, du bist verrückt!«

»Ich musste mir Klarheit verschaffen … über dich.«

»Über mich?«, hauchte sie, ihn nicht aus den Augen lassend. Ihre eigenen wurden schmal. »Du dachtest, ich wäre aus freien Stücken hier? Du …«

»Ich habe dich mit Lord Danby über sein Anwesen flanieren sehen.«

»Lord Danby ist einer der feinsten Menschen, die ich kenne. Er hält König Edward die Treue, weil er dazu als englischer Adliger verpflichtet ist. Du bist mitten in der Nacht hergekommen, um mich zu überrumpeln und zu beschuldigen … Ich sollte schreien, sollte sämtliche Palastwachen zusammentrommeln, auf dass sie dir ein Quäntchen Vernunft einprügeln. Ich sollte …«

»Igrainia!«, Wieder presste er seine Hand auf ihren Mund. »Ich habe noch mehr gesehen«, sagte er leise. »Und ich kenne Niles Mason und Robert Neville. Ich musste die Gewissheit haben, dass du in Sicherheit bist.« Er musterte sie für einen langen Augenblick, dann ließ er seine Hand von ihren Lippen sinken.

»Sicherer jedenfalls, als du es derzeit bist!«, zischte sie ärgerlich.

»Und ich danke Gott dafür«, murmelte er.

Sie erbebte. Er hob sie aus dem Zuber, und selbst das lächerliche Brustpolster vermochte nicht zu verhindern, dass er ihre berauschende Nähe spürte. Seufzend schmiegte er sie an sich, hob ihr Kinn an, fand ihre Lippen, vergaß, dass Sekunden über sein Leben entscheiden konnten, als er die süßen Tiefen ihres Mundes ergründete. Er fühlte ihren Herzschlag, ihren üppigen Busen, und ehe er sich versah, hatte er sie auf den Bettrand nahe dem wärmenden Kaminfeuer gelegt. Seine Finger liebkosten ihren Körper, vergewisserten sich, dass ihre samtweiche Haut keinen Makel davongetragen hatte.

Sie entzog sich ihm, sah ihn aus riesigen, violettblauen Tiefen an. »Eric, *bitte*, ich flehe dich an, du musst von hier verschwinden! Deine Nase wackelt bereits. Warte … ich werde sie wieder befestigen.« Sie machte sich an seinem Gesicht zu schaffen. »Eric, du kannst es mir ruhig glauben, augenblicklich bin ich nicht in Gefahr. Lord Danby ist ein guter, feiner Mensch. Aber du bist in größter Bedrängnis.«

»Ich kann noch nicht gehen. Nicht jetzt … jetzt, da ich einmal hier bin.«

»Du musst.«

»Igrainia, so kannst du eine *Frau* doch nicht fortschicken!«, protestierte er. Er fasste ihre schlanke Hand, um ihr das Ausmaß des Problems zu verdeutlichen. Schnell zog sie ihre Hand fort, konnte ein leises Lachen jedoch nicht unterdrücken.

»Eric, du bist die *hässlichste* Frau, die ich kenne. Allein dafür könnten dich Männer wie Niles Mason oder Robert an den Strang bringen und köpfen! Bitte, hör mir jetzt zu. Sie wissen, dass du hier bist und dass deine Leute in den Wäldern …«

»Ich weiß, ich weiß, Igrainia. Ich habe ihre Gespräche im Rittersaal belauscht. Und ich habe noch mehr erfahren«, fügte er grollend hinzu.

»Eric, sie versuchen von ihren Spionen zu erfahren, wo sie dich und deine Männer in den Wäldern finden können, begreifst du das nicht? Irgendwann werden sie euch aufspüren.«

»Ich weiß um ihre Vorgehensweise.«

»Sobald sie genauere Kenntnis haben, werden sie dich einkreisen. Und sie haben ihre Männer und Waffen hier – also eine enorme Streitkraft. Hörst du mich, du musst verschwinden!«

»Das werde ich«, murmelte er rau. »Bald schon. Aber ich habe viel riskiert, um über deine Schwelle zu treten.«

»Du hast eine Menge riskiert«, beschuldigte sie ihn, »um zu sehen, ob Robert Neville sie vielleicht schon vor dir überwunden hat.«

»Dann wäre er jetzt bereits tot«, sagte Eric knapp.

»Bist du gekommen, um aus deinem Stolz heraus einen Mann zu morden?«

»Es ist nicht Stolz, weshalb ich Mason und Neville eines Tages töten werde. Es wird für all das Leid sein, dass sie über uns gebracht haben.«

Sie maß ihn forschend, dann senkte sie die Lider, und er wusste genau, dass sie im Stillen die wahren Beweggründe für sein Kommen erwog.

»Igrainia«, raunte er.

Abermals hob sie den Blick, vielleicht wollte sie gar nicht erfahren, ob er aus Hass und Rachsucht oder aus Sorge und Betroffenheit gekommen war.

In diesem Augenblick wusste er nur, dass er sich weit vorgewagt hatte. Und dass sie lebte und liebreizend war, nass und nackt in seinen Armen. Seine Gemahlin, eine Frau voller Lebensfreude und Leidenschaft, mit einem aufbrausenden Temperament, das dem seinen so sehr glich.

»Eric«, drängte sie flüsternd. »Mein Bruder ist direkt nebenan! Bitte, du musst jetzt gehen.«

»Ich kann nicht. Noch nicht.«

»Du musst.«

»Hat dein Bruder die Angewohnheit, urplötzlich bei dir hereinzuplatzen?«

»Natürlich nicht.«

»Dann …«

Jählings begriff sie sein Ansinnen. Er spürte es an ihrem Körper, der an dem seinen erbebte. Ihre innere Glut schien die Luft zum Erzittern zu bringen.

»Du musst verschwinden, Eric! Ich werde schreien«, protestierte sie, obschon ihr das Herz bis zum Halse schlug.

»Nicht heute Nacht«, hauchte er in ihr Ohr. »Heute Nacht musst du die schweigsame Geliebte sein.«

»Eric, du solltest diese Gemächer verlassen.«

»Das werde ich. Aber wie schon gesagt, so kann ich nicht gehen. Du hast mich fast in den Wahnsinn getrieben. Wenn du willst, dass ich in aller Eile aufbreche … dann musst du dich mit mir beeilen.«

»Du Dummkopf, wenn du bleibst, könnte es dein Tod sein.«

»Ich denke, ich werde sterben, wenn ich jetzt gehe.«

Unwillig seufzend schlang sie die Arme um ihn. Der Kuss, mit dem sie seine Lippen besiegelte, gab seiner Nase eindeutig eine neue Form. Er wälzte sich mit ihr auf dem Bett, sich dessen bewusst, dass ihr Begehren einer Mischung aus Furcht und Lust entsprang. Sie war nass und duftend von dem Bad, heiß und erregt und sinnlicher, als er es je erlebt hatte. Er wollte jeden Zentimeter ihrer Haut erkunden, die Rundung ihres Busens, ihren flachen Bauch, das feuchte, ebenholzfarbige Dreieck zwischen ihren Schenkeln. Seine imitierten ›Brüste‹ waren schnell entfernt, doch war er froh um die Frauenkleidung, welche sich rasch über Schenkel, Hüften und Schritt streifen ließ und ihm das Liebesspiel erleichterte. Sie presste ihren Mund an seine Schulter, unterdrückte jeden Laut, als sie sich fanden und sie fiebernd vor Erregung ihre Schenkel um ihn schlang. Noch nie war er so für jemanden entbrannt, so glutvoll, rasend vor

Lust gewesen. Und wie sie sich wand und wälzte ... sich an ihm rieb. Es war Angst, es war Lüsternheit, es war das Wunder des verstohlenen Augenblicks ... Leben oder Tod ... und es gab Momente, da wäre er mit Freuden gestorben, statt solch einem vergänglichen, stürmischen Sinnenrausch zu entsagen.

Sein Höhepunkt war so intensiv, dass er nur mit Mühe ein Stöhnen unterdrücken konnte. Er spürte ihre Zähne, die sich durch den Stoff in seine Schulter gruben, derweil sie sich ekstatisch zuckend an ihn schmiegte. Noch im selben Augenblick stieß sie ihn unter Tränen fort. »Bitte!«, flüsterte sie. »Bitte! Du musst jetzt gehen.«

Sein Blick auf die Schönheit ihres Gesichts geheftet, fragte er sich, warum er diese nicht gleich bei ihrer ersten Begegnung erkannt hatte. Er lächelte. Sie konnte ja gar nicht ahnen, dass er in Gefahr schwebte.

Aber anders als sie dachte.

Indes war jetzt nicht der richtige Zeitpunkt, ihr das einzugestehen.

»Eric, bitte, ich habe solche Angst ...«

»Igrainia!«, rief Aidan soeben aus dem Nebenzimmer und klopfte an die Verbindungstür. »Igrainia, ist alles in Ordnung?«

Ihre Blicke verschmolzen. »Es ist nur die Magd mit dem Badezuber, die soeben gehen will!«, rief sie.

»Sie will soeben gehen«, flüsterte sie Eric hektisch zu. »Du musst von hier verschwinden, und mach dir keine Sorgen um mich, ich bin hier bei Lord Danby in Sicherheit. Hörst du? Du musst meine Warnung beherzigen; sie wollen dich in den Wäldern stellen und dich dann töten. Sie müssen in ein paar Tagen aufbrechen, um sich Edwards riesigem Heer anzuschließen. Nun ... ich bin sicher, du musst zurück zu Robert Bruce.«

»Pass den rechten Augenblick ab. Wir werden dich holen kommen.«

»Nein! Du musst verschwinden und mich mir selbst überlassen. Gib Acht, dass sie dich nicht umzingeln. Und, gute Güte, Eric, bitte geh jetzt. Ich könnte es nicht ertragen, wenn ihr – du und Aidan – hier aufeinander treffen und in ein Duell verwickelt werden würdet, wo einer den anderen töten müsste. *Bitte!*«

In ihren Augen schimmerten Tränen.

»Ich werde gehen«, murmelte er sanft. »Sobald ich meine Nase befestigt habe.«

Kurz darauf hielt er sie sekundenlang umschlungen, dann strebte er zur Tür.

»Warte!« Sie hastete zu ihm. »Wie willst du denn ungesehen entkommen? In den Fluren sind Wachsoldaten.«

Er zog sich die Rosshaarperücke tief in die Stirn. »Keine Sorge. Die Wachen lassen mich passieren. Ich bin die hässlichste Frau, die sie je gesehen haben.«

Wieder hauchte er einen Kuss auf ihre Lippen. Dann packte er zwei Wasserkessel und klopfte an die Tür zum Flur. Sogleich wurde diese entriegelt. Der Wachsoldat musterte ihn und schauderte. »In Schottland gibt es hübsche Mädchen, aber auch einige verdammt hässliche!«, stellte er ungerührt fest. »Geh zurück in die Küche, Weib, und beim Allmächtigen – bleib dort!«

Eric strebte durch den Korridor, spürte den Blick des Wachsoldaten auf sich lasten. Er hörte Schritte, der Bursche war ihm gefolgt.

»Warte! Du da!«

Er verharrte wie geheißen. Drehte sich langsam um.

Der Mann hatte sein langes Schwert gezückt. Eric verharrte reglos. Der Wachsoldat musste noch näher kommen. Eric wollte tunlichst vermeiden, dass er um Hilfe rief.

Er wartete, wartete …

Der Wachsoldat trat nahe genug an ihn heran. Eric packte einen der schweren Kessel und riss diesen ruckartig hoch. Das Scheppern von Metall gegen den Schädel des Mannes drang unnatürlich laut durch den dämmrigen Gang.

Der Wachposten ging zu Boden, sämtliche Luft entwich seinen Lungen. Eric beugte sich rasch über ihn, um seinen Leichnam zu schultern und zu verstecken. Er war versucht, zu Igrainia zurückzukehren.

Gleichwohl wäre das Risiko in dieser Nacht zu groß.

Bald. Neville und Mason brauchten ›Aufschlüsse‹, um ihn zu stellen?

Am Morgen, entschied er, würden sie Aufschlüsse gewinnen.

Am nächsten Morgen herrschte rege Betriebsamkeit in der Burg. Igrainia kam zeitig hinunter, bangend, dass sie letztlich würde entdecken müssen, dass Eric doch noch mitten in der Nacht aufgegriffen worden war.

Über die Maßen erleichtert stellte sie fest, dass es sich nicht so verhielt.

Und sie atmete auf, als sie erfuhr, dass Robert und Niles mit einer berittenen Gruppe aufgebrochen waren.

Doch dann brachte Lord Danby ihr mit schonenden Worten bei, dass sie das Versteck der rebellischen Schotten aufgespürt hätten und aufgebrochen seien, um sie in dem Waldstück einzukreisen.

Furcht ergriff ihr Herz, und sie wusste, dass sie nicht länger warten durfte.

Den Kopf gesenkt, flehte sie, dass Lord Danby ihr vergeben möge, gleichwohl musste sie allein sein und wollte den Tag in ihrer Kammer verbringen.

Dorthin zog sie sich zurück. Aber nur, um den schäbigsten grauwollenen Umhang umzulegen, den sie zwischen den Gewändern der verstorbenen Lady Danby finden konnte, welche man ihr großzügig überlassen hatte. Sie nahm das Messer von der Wand, mit dem sie sich im Badezuber gegen Robert Neville hatte verteidigen wollen – und das sie stattdessen gegen Eric erhoben hatte.

Bei ihren täglichen Beobachtungen hatte sie in Erfahrung gebracht, dass die Gauklertruppe ein und aus ging, die Mauern von Cheffington indes erst nach Einbruch der Dunkelheit verließ, und so lange konnte Igrainia nicht warten.

Jedoch gab es einen Karren, der am Vormittag von der Burg rumpelte, gefüllt mit den Binsen aus dem Rittersaal, die jeden Tag erneuert wurden. Für gewöhnlich waren sie schmutzig, voller Hundekot und Stiefeldreck von den dort weilenden Männern.

Ein einzelner Mann lenkte diesen Karren auf die Felder, wo das alte Stroh abgeladen wurde, und Igrainia glaubte nicht, dass jemand schmutziges Reisig auf der Suche nach einer Frau durchwühlte, die man nicht einmal für fähig hielt zu fliehen.

Geschwind verließ sie ihre Kammer, sich dessen bewusst, dass sie die Wachen würde meiden müssen; sollte man sie aufhalten, würde sie schlicht sagen, dass sie auf der Suche nach Lord Danby sei. Indes, die Gänge waren verwaist, und es war ihr ein Leichtes, den Wohnturm unbemerkt zu verlassen und schnellen Schrittes durch die eingefriedete Burganlage zu streben.

Während sie weiterlief, fiel ihr ein, dass sie gar nicht wusste, ob Aidan Robert und Niles mitsamt ihrem Tross in die Wälder begleitet hatte. Ihr Magen krampfte sich vor Sorge zusammen. Sie konnte weder zurück noch ihren Plan ändern.

Schnell ging sie zu den Stallungen, zauderte jedoch vor der Hütte eines Silberschmiedes, da sie den Karrenlenker mit den Reisigsäcken bemerkte. Während er in den Ställen immerzu aus- und einging, glitt sie heimlich hinein, und als er unvermittelt zurückkam, versteckte sie sich hinter einem frischen Ballen Heu, der an der Wand lehnte. Sie wartete. Als der Mann abermals verschwand, kroch sie behände zu dem Karren.

Noch ehe sie sich schlüssig war, wie sie hinaufklettern und unter die schmutzigen Binsen kriechen sollte, spürte sie eine Hand auf ihrer Schulter. Entsetzt wirbelte sie herum.

»Aidan!«, entfuhr es ihr, als sie ihren Bruder gewahrte, sein vorwurfsvoller Blick auf sie geheftet.

»Was hast du vor?«, fragte er betont ruhig.

»Ich …«

»Du willst die Schotten warnen.«

»Aidan, ich muss von hier verschwinden!«, begehrte sie verzweifelt auf. »Der König wird zugunsten Robert Nevilles entscheiden … bitte, Herrgott, Aidan! Du musst einfach billigen, dass ich einem Leben mit einem solchen Mann entfliehe.«

»Igrainia, du vertraust mir nicht.«

»Du hast eingeräumt, dass du nichts gegen König Edward unternehmen kannst!«

»Ich bin ein englischer Adliger. Ich kann nicht dulden, dass du den König von England hintergehst.«

»Ich will den König von England nicht hintergehen, ich will lediglich meine eigene Haut retten!«

Ihr Bruder maß sie aus Augen, die den ihren so ähnlich waren. »Dein Leben war nie in Gefahr, Igrainia.«

»Aidan! Du hast selbst gesagt, dass du sie beobachtet hast, sie kennst ... mein Leben wäre verwirkt, wäre ich einem Mann wie Robert Neville ausgeliefert.«

»Wirst du diesen gestohlenen Dolch gegen mich richten, wenn ich dich nicht gehen lasse?«, wollte er wissen.

»Aidan! Mein Gott, du bist mein Bruder, und ich liebe dich, aber ich muss verschwinden!«

Unvermittelt begriff sie, dass er ihr nicht mehr zuhörte. Vom Hof ertönten Geräusche.

Rauch erfüllte die Luft.

»Mein Gott, was ist geschehen?«, schrie er plötzlich. Er wandte sich von ihr ab, eilte zu den Stalltoren. Igrainia folgte ihm rechtzeitig genug, um zu sehen, dass überall bewaffnete Reiter und Fußsoldaten mit gezückten Schwertern ausschwärmten. Gebäude standen in Flammen; Menschen stürzten schreiend aus ihren Hütten.

»Beim Allmächtigen!«, hauchte Aidan und trat mit gezücktem Schwert in den Hof.

»Nein!«, gellte sie.

Er stürzte sich auf einen Mann, der mit einem von Lord Danbys Wachsoldaten kämpfte. Als der Bursche sich ihm zuwandte, parierte Aidan seinen Angriff mit großem Geschick.

Ein weiterer Mann in Kettenhemd und Harnisch stieß zu dem Kampf hinzu. Dann noch einer. Aidan wurde das Schwert aus der Hand geschlagen.

»Nein!«, kreischte Igrainia und schoss vor. Sie hob das Schwert auf, stellte sich flugs zwischen die Männer und ihren Bruder und schwang die Waffe vor den beiden Angreifern.

»Igrainia, gib mir die Waffe zurück. Ich verstecke mich nicht hinter deinem Rockzipfel!«, schrie Aidan. Seine Hand schoss vor, packte das Schwert, dann schob er sie beiseite und setzte zum Sprung an. Sein Schwert prallte vor das eines seiner beiden Gegner. Für Augenblicke verharrte sie in stummer Faszination; inzwischen war der Rauchgeruch stärker geworden. Einige Hütten innerhalb der Burgmauern standen lichterloh in Flammen.

Aidan focht um sein Leben. Er kämpfte wie besessen, indes entglitt ihm abermals sein Schwert. Und wieder sprang Igrainia zwischen die Kampfhähne, um es aufzuheben.

»Bitte …!«, flehte sie.

»Igrainia!«, donnerte Aidan. »Gib mir mein Schwert!«

Darauf senkte der angreifende Schwertstreiter seine Waffe und hob sein Visier.

»Jamie!«, hauchte sie.

»Verlasst sofort das Schlachtfeld, Igrainia!«, erzürnte sich Jamie.

»Nein, nein, das kann ich nicht …«

Sie brach ab. Ein berittener Hüne in voller Rüstung tauchte vor den Stalltoren auf. Das Sonnenlicht, diffus in der rauchgeschwängerten Luft, hüllte sein Gesicht in Schatten. Für Augenblicke tänzelte sein Ross nervös, dann zog er den Kopf ein und preschte in die Stallungen.

21

Der schimmernde Ritter auf dem gewaltigen Streitross nahm Helm und Visier vom Kopf und warf sie einem der Fußsoldaten zu, die dicht hinter ihm liefen.

Eric. Überwältigend zu Pferd. Der triumphierende Ritter.

Er spähte zu ihr hinab.

»Mylady, du bist voller Heu. Und was ist das schon wieder? Dich vor Schwerterklingen zu werfen, dich in ein Gefecht zu stürzen, um einen Mann zu schützen. Er scheint mir ebenfalls ziemlich mit Heu bedeckt. Was macht dieser Mann da, versteckt er sich hinter deinen Röcken, Mylady?«

Erbost trat Aidan vor. »Ich verstecke mich nicht hinter den Röcken meiner Schwester, nein, ich bin über die Maßen willens, für das Wohl des Königs zu kämpfen und zu sterben!«

»Ist das Euer Bruder?«, wollte Jamie wissen.

»Der Graf?«, erkundigte sich Eric.

»Ich dachte, ihr würdet euch bereits kennen«, murmelte Igrainia.

Eric maß Aidan. »Rüstung gegen Rüstung, aber nicht von Angesicht zu Angesicht«, gab er zu verstehen.

»Ich werde weiter kämpfen und sterben, Sir, für Englands Ruhm und Ehre!«, sagte Aidan überaus würdevoll.

Erics Ross stampfte wieder auf, scheuend vor dem Rauch. Eric straffte die Zügel und wandte sich an Aidan. »Englands Ehre stand nie auf dem Spiel, Lord Abelard. Sondern einzig die Unabhängigkeit Schottlands. Jamie, kümmere dich darum, dass der Graf und seine Schwester zurück in den Rittersaal gebracht werden. Ich werde in Bälde bei euch sein, sobald das Feuer gelöscht, die Tore gesichert und die Gefangenen hinter Schloss und Riegel gebracht sind.«

Er wollte sein Pferd wenden, das sie durch die Rauchschwaden als Loki erkannte. Igrainia eilte zu ihm, worauf er in seinem Tun innehielt.

»Die Tore sichern …?«

»Cheffington ist gefallen«, klärte er sie auf.

Fassungslos starrte sie ihn an. »Jede Macht kann von innen heraus zerstört werden«, bemerkte er sanft.

»Und … Lord Danby?«, fragte sie.

»Oh, er erfreut sich bester Gesundheit. Man hat ihn in der Burg überwältigt, ihm blieb weder Gelegenheit, eine Waffe zu ziehen, noch hat man ihn damit bedroht.« Er gab Loki die Sporen und preschte davon.

Tote säumten die Burggassen, in denen zuvor reger Handel getrieben worden war. Igrainia konnte nicht nach unten sehen, schaudernd stieg sie auf ihrem Rückweg in den Wohnturm über die Leichen hinweg. Sie wollte mit Jamie reden, wollte wissen, wie es den Schotten gelungen war, einzudringen und Cheffington im Handumdrehen zu erobern. Sie spürte die Spannung zwischen ihrem Bruder und dem Abtrünnigen, und auch, dass Jamie sich ihr gegenüber genauso skeptisch verhielt; also schwieg sie beharrlich.

Der riesige Saal war menschenleer.

Indes befanden sich ringsum auf den Wänden und am Boden Blutspritzer. Sie senkte den Kopf, tief betroffen, dass Soldaten gestorben waren. Fremde, die ihren Gehorsam einem anderen zollten, grausame Männer von hohem militärischen Rang in Zeiten des Krieges. Sie stiegen im Ansehen, wenn sie mit blinder Entschlossenheit töteten. Gleichwohl gab es in jeder Schlacht auch ehrbare Männer, die aus reiner Pflichterfüllung kämpften. Sie fühlte sich hundeelend.

Sie starben ebenso wie die anderen. Und Igrainia war tief erschüttert. Ihr war speiübel.

Aidan nahm Lord Danbys Platz am Kopf der Tafel ein.

»Und was jetzt?«, fragte er Jamie.

»Wir warten, Sir, Igrainia, bitte.« Er blieb stehen, bis sie sich hingesetzt hatte, dann ließ er sich am Ende der Tafel nieder, legte seine langen, in Stiefeln steckenden Beine auf die Tischplatte und beobachtete die beiden. Igrainia spähte zu ihm, bis ihr Augenmerk auf zwei Frauen gelenkt wurde, die aus der Küche kamen, einen riesigen Bierkrug und Becher in den Händen.

Zunächst erkannte Igrainia die beiden nicht. Dann betrachtete sie eine der beiden genauer und hätte beinahe laut aufgestöhnt. Es war Rowenna.

Das Mädchen stellte den Bierkrug vor Jamie ab und füllte seinen Becher, den er dankend annahm. Die andere junge Frau goss Bier für Aidan ein, derweil Rowenna Igrainia einen Becher brachte. Igrainia biss sich auf die Lippe, versucht, auszuholen und ihr den Becher aus der Hand zu schlagen. Um Haltung bemüht, lehnte sie das Getränk ab, das Rowenna vor sie stellte. Sie war sich sicher, dass Rowenna mit ihr reden wollte; doch was immer sie zu sagen hatte, Igrainia wollte es nicht hören.

Man hatte sie vor einem Leben mit Robert Neville bewahrt.

Sie glaubte nicht, dass sie überhaupt noch irgendeinen Mann mochte. Ihr Bruder schürte ihren plötzlichen Zorn umso mehr, da er mit der jungen Frau sprach und ihr Handgelenk umfasste. »Ihr seid die Sängerin, nicht wahr? Von der Gauklertruppe, die Lord Danby mit offenen Armen empfangen hat.«

Errötend zog sie ihre Hand fort. »Ich bin die Sängerin, gewiss, aber ich bin Schottin«, verkündete sie stolz und entfernte sich flink. Rowenna verharrte, plauderte kurz mit Jamie, darauf verschwanden beide Frauen in der Küche.

Sie, Jamie und Aidan saßen bei Tisch. Jamie schien mit sich zufrieden. Igrainia spürte die zunehmende Spannung. Nach einer Zeit schritt Eric in den Saal. Er roch nach Rauch, als hätte er bei den Löscharbeiten geholfen. Rüstung und Helm hatte er abgelegt, doch sein Schwert steckte in der Scheide an seinem Gürtel.

»Lord Abelard«, wandte er sich an Aidan, »Ihr seid ein Gefangener von Robert Bruce, König von Schottland. Bald werdet Ihr nach Norden gebracht, bis über Euren Austausch oder über Euer weiteres Schicksal entschieden ist. So lange seid Ihr uns hier willkommen, und jede nur mögliche Annehmlichkeit sei Euch gewährt.«

Für Augenblicke schwieg Aidan. »Würdet Ihr dann vielleicht die Güte besitzen, mir zu erklären, warum Ihr diese Burg belagern wollt?«

Eric zuckte die Schultern. »Ich bin nicht sicher, ob ich diese Burg belagern will. Eine heikle Frage ... ich kann nur wieder und wieder auf das wesentliche Element in diesem Krieg hinweisen: dass nämlich die Engländer unablässig verdrängen, dass das von ihnen eingenommene Land, die Burgen und Städte schottisch sind. Unser Krieg wird nicht nur von Soldaten geführt, sondern von jeder Frau und jedem Mann, die nach Freiheit lechzen. Wir sind in die Burg eingedrungen, weil die Leute es so wollten. Wir haben die Tore nicht gesprengt – sie standen uns offen. Wir haben uns seit Tagen im Innern der Burg aufgehalten ... und darauf gewartet, dass die Hälfte der Streitkräfte hinausreitet, um uns zu finden und zu meucheln.«

Igrainia lauschte ihm ungläubig. Jetzt wusste sie, warum er in der vorangegangenen Nacht so viel riskiert hatte. Seine Männer waren über Tage hinweg in Cheffington gewesen – wie viele, konnte sie nicht ahnen. Sie waren der Grund für das Verschwinden so vieler Männer. Sie hatten sich mit den Menschen angefreundet, die in dem befestigten Dorf lebten und arbeiteten.

Eine heiße Röte stieg in ihre Wangen, als sie sich heimlich fragte, ob Eric sich letzte Nacht einzig mit der Gefahr konfrontiert gesehen hatte, dass ihr Bruder im Nebenraum schlief. Es hatte ihn nicht gekümmert, dass die englischen Streiter ihn verfolgt hatten – er hatte nur darauf geharrt, dass möglichst viele aufbrachen, damit das Zahlenverhältnis auch zu seinen Gunsten war.

»So«, murmelte Aidan. »Ich bin gnädigerweise an mein Quartier gefesselt. Was geschieht aber mit meiner Schwester?«

»Eure Schwester, *meine* Gemahlin, weilt bei mir.«

»Ihr wisst, dass ich der Graf bin und somit das Oberhaupt von Igrainias Familie, und da sie nach Lord Aftons Tod Witwe geworden ist, kann sie ohne meinen Segen rechtmäßig niemanden heiraten«, entgegnete Aidan kühl. »Der König von England hat andere Pläne mit ihr.«

Verblüfft spähte Igrainia zu ihrem Bruder. »Aidan!« Nervös blickte sie zu Eric, der erschöpft und erzürnt schien. Trotz ihres schwelenden Zorns auf ihn erhob sie sich und schritt zu Aidans Stuhl. »Du weißt, dass ich Robert Neville verabscheue.«

»Vielleicht gibt es Besseres, als zwischen einem schottischen Wolf und einer englischen Viper zu wählen«, stellte ihr Bruder in Aussicht.

»Aber vielleicht sind keine weiteren Möglichkeiten vorgesehen, und deshalb ziehe ich den Wolf der Schlange vor!«

Aidan stand abrupt auf und musterte Eric. »Nun denn. Sie hat sich für den Wolf entschieden. Meinen Segen habt Ihr.«

»Habt Dank«, sagte Eric höflich und spähte zu Jamie. »Ich muss mich noch um einiges kümmern. Wenn du Lord Abelard – und seine Schwester – begleiten würdest, wir treffen uns dann wieder hier.«

Jamie folgte den beiden über die Treppe und verbeugte sich, als Aidan seine Kammer betrat.

»Igrainia kann ebenfalls durch diese Tür eintreten«, schlug Aidan vor.

»Igrainia wird anderswo untergebracht.«

Aidan sah aus, als wollte er widersprechen.

»Aidan, mir wird nichts geschehen«, beteuerte sie.

»Ja, gewiss. Du hast schließlich selbst den Wolf gewählt«, sagte er und sah sie so merkwürdig an, dass sie fahrig an ihrer Unterlippe nagte. Seine Tür schloss sich geräuschvoll.

»Ihr seid am Ende des Ganges«, meinte Jamie.

»Warum? Warum werde ich denn überhaupt nach oben geschickt? Warum trennt man mich wieder von meinem Bruder?«

»Nur vorübergehend«, erwiderte Jamie höflich. Kurz darauf erreichte er die Tür und öffnete diese für Igrainia. Sie funkelte ihn weiterhin vorwurfsvoll an. »Igrainia, Aidan ist ein englischer Adliger. Und er ist Euer Bruder. Eric wird in Bälde hier sein. Vieles will erwogen und geplant sein. Habt Geduld, Igrainia.«

Wie gern hätte sie sich in Geduld geübt, aber dafür war sie viel zu verzweifelt. Wieder einmal hatte man sie gerettet …

Und wieder war sie eine Gefangene, eine Geisel.

Als er sie schließlich aufsuchte, hatte sie sich in glühenden Zorn hineingesteigert.

Rowenna war bei ihr gewesen, hatte ihr das Essen gebracht und aufgeregt von dem Ritt durch die Wälder berichtet, von den Verwundeten, auf die sie gestoßen waren, und wie sie Cheffington Tag für Tag heimlich beobachtet hatten. Als sie Igrainia wieder verließ, ahnte sie nicht, in welch aufgewühltem Zustand sich die junge Frau im Moment befand.

Er war weite Strecken geritten, Tage und Nächte, mit seinen Männern, gewiss. Und mit Rowenna.

Angespannt saß sie in dem Sessel in der ihr fremden Kammer, obschon alles an seinem angestammten Platz schien. Als er schließlich eintrat und die Tür hinter sich schloss, rührte sie sich nicht. Mit Bedacht schlenderte er zu dem Sessel, suchte ihren Blick und verschränkte die Arme vor der Brust.

»Was ist mit dir, Igrainia?«, erkundigte er sich.

»Was soll mit mir sein? Nun, nichts. Ich bin erneut eine Gefangene. Nur die Häscher sind diesmal andere.«

»Du bist keine Gefangene. Du weilst zu deiner eigenen Sicherheit, zu deinem eigenen Schutz hier. Und weil du meine Gemahlin bist und es die Kammer ist, die ich für dich ausgewählt habe.«

»Du wirst gewiss verstehen, dass ich nicht in Freudentränen ausbreche.« Sie konnte nicht länger sitzen. Sie erhob sich, schob den Sessel zwischen sich und ihn. »Du hast mich lächerlich gemacht«, erklärte sie ihm. »Gestern Nacht … ich bin beinahe gestorben vor Angst, dass sie dich entdecken könnten. Wenn man dich hier gefasst hätte, hättest du vermutlich nur zu rufen brauchen, und die Männer wären aus ihren Verstecken geströmt und die Küchenhilfen hätten sich bewaffnet.«

»Ja, wir hatten Leute in der Burg. Aber wenn man mich letzte Nacht gefasst hätte, hätten viele ihr Leben verloren. Das Blutvergießen wäre entsetzlich gewesen bei der Anzahl der englischen Truppen, die hier residieren.«

»Aber du hättest mir sagen können …«

»Ich durfte dir gar nichts sagen. Du hättest uns unweigerlich an Lord Danby oder deinen Bruder verraten können.«

»Ich war der Verzweiflung nahe, weil ich dich warnen wollte, du hingegen warst erpicht darauf, dass sie endlich aufbrechen!«, entfuhr es ihr.

»Ich habe getan, was ich tun musste«, meinte er tonlos.

»Ja, wie stets, nicht wahr? Die Burg einnehmen, für deinen König. Die Burgherrin gefangen nehmen, für deinen König. Sie heiraten, sie verführen – für deinen König. Und jetzt ... lass sie doch ruhig die ganze Nacht zittern und bangen. Du vertraust ihr nicht. Sie ist Engländerin. Sie könnte irgendetwas tun – und das wäre am Ende gegen den Ruhm und die Ehre Schottlands!«

»Der Ruhm und die Ehre Schottlands!«, wiederholte er leicht verärgert. »Ganz recht, dafür riskiert ein Mann wieder und wieder sein Leben. Weißt du eigentlich, wie viele Männer bereitwillig ihr Leben aufs Spiel gesetzt haben, um herzukommen?«

»O ja! Sie sind dir einmal gefolgt – und Langley fiel an sie. Sie sind dir wieder gefolgt – und sie haben Cheffington eingenommen. Die Männer – und Frauen –, die dir gefolgt sind. Es ist verblüffend, Eric. Du hast die Gabe, alles für dich einzunehmen. Sogar Menschen. Die, die mit dir geritten sind und verwundet wurden ... Jetzt sind sie deine treuesten Anhänger. Und selbst ein bedauernswertes Mädchen und ein taubstummer Junge, mit denen ich mich angefreundet hatte ... jetzt sind sie auf deiner Seite.« Sie schnappte nach Luft.

»Ah, du meinst Gregory und Rowenna? Wie seltsam. Und doch zutreffend. Durch dich haben wir viel gewonnen. Ich war fest entschlossen, nicht ohne Gregory – und natürlich Rowenna – herzukommen.«

»Ah, Gregory! Du – der berühmte Krieger! Stets bereit, auf seine hellseherischen Fähigkeiten zu vertrauen! Hast du nicht ein wenig Skrupel, dass seine Visionen zu verschleiert sein könnten?«

»Offen gestanden, Igrainia, ich glaube an Gott. Und es scheint, dass der Junge eine enge Verbindung zu seinem Schöpfer hat. Ich habe noch nicht erlebt, dass er sich geirrt hätte. Deshalb lausche ich seinen Prophezeiungen und befolge, was er mir für eine Situation rät. Und er ist ein feiner junger Kerl. Ich bin immer froh, ihn bei mir zu haben.«

»Ihn – und Rowenna. Nun, dann dürfen sie gewiss diesen jüngsten Sieg mit dir feiern. Du solltest sie nicht zu lange warten lassen.«

»Ich kann es einfach nicht glauben«, murmelte er.

»Was kannst du nicht glauben?«

»Dass du, die schöne Adlige, geliebt und bewundert von allen, eifersüchtig auf ein armes, narbenentstelltes Mädchen sein kannst.«

Sie schlang die Arme um ihren Körper und antwortete so frostig wie eben möglich: »Ich bin nicht eifersüchtig. Wie sollte ich auch? Ich bin lediglich die Trophäe, die du laut Befehl erobern solltest. Ein Pfand, von einem Mitspieler an den anderen in diesem Kriegsspektakel weitergereicht.«

»Aha.« Er widersprach ihr nicht. »Nun, sie wird dich auf deiner Reise nach Norden begleiten.«

Sie stutzte. »Sie wird mich … begleiten?«

»Mein König – und der Ruhm und die Ehre Schottlands – rufen mich. Wir müssen uns Robert Bruce anschließen und uns gegen Edwards Vorstoß wappnen. Die Herren Neville und Mason reiten sicherlich zornentbrannt durch die Wälder, und sie sind und bleiben eine Bedrohung. Ich schicke dich nach Norden, in den sicheren Schoß meiner Familie in den Highlands.«

Ihr war übel. Unvermittelt verspürte sie wieder Furcht. Er würde bald aufbrechen. Um sich dem König anzuschließen. Und er erweckte den Anschein eines Magiers; seine Strategien gegen die Unwägbarkeiten des Lebens waren voller Berechnung und List.

Gleichwohl ritt König Edward derzeit gegen Bruce.

Und wenn Edward das gewaltige englische Heer anführte, war der Sieg so gut wie sicher.

Nur mit Mühe konnte sie sich auf den Beinen halten, indes versagte ihr die Stimme.

Er trat zu ihr. Sie verzehrte sich nach seiner Umarmung. Sie wollte von ihm hören, dass sie sich täuschte, dass sie nicht nur eine strategisch bedeutsame Figur in den Wirren eines Machtkampfes war. Dass er nur sie und keine andere wollte. Dass er zu ihrer Rettung geeilt war, weil sie ihm so wichtig war wie seine geliebte Margot, dass …

… er sie liebte.

Doch er zog sie nicht in die Arme. Stattdessen zupfte er etwas aus ihrem Haar.

»Heu«, murmelte er. Schon hatte er sich von ihr abgewendet. »Natürlich wird dir, genau wie deinem Bruder, der Respekt gezollt, der deiner Stellung gebührt. Ich weiß, wie du dein Bad liebst … es wird gleich gebracht werden, weil es bereits spät ist, und du wirst selbstverständlich an dem Festgelage teilnehmen, das für heute Abend geplant ist … Denn meine Männer freuen sich über diesen neuen Ruhmesbeweis, den wir im Zuge deiner Rettung erlangt haben.«

»Ich … ich werde kein weiteres Gemetzel mit euch feiern!«, entgegnete sie.

»Aber gewiss doch. Du wirst heute Abend in den Saal schreiten – an meiner Seite, und wenn ich dich an den Haaren hineinschleifen muss!«

Zu ihrem größten Verdruss drehte er sich um und ließ sie allein.

Es gab eine ganze Reihe dringlicher Angelegenheiten, die geklärt werden mussten.

Eric war froh, dass Jamie bei ihm war, denn sein Cousin verstand sich ebenso hervorragend auf Strategie und Taktik wie er.

Dennoch gab es gewisse Punkte, die Eric überlassen blieben.

Der erste war Lord Danby.

Er fand den würdevollen alten Lord in seinen Gemächern, wo er unter Arrest stand. Er straffte sich vor dem Kamin, als Eric eintrat, ein derart stolzer und edelmütiger Kämpfer, wie es sie nur selten je gab.

»So«, sagte er. »Cheffington ist gefallen. Und ich war in meinen eigenen Gemächern eingekerkert, als es geschah, ohne überhaupt mein Schwert zu heben.«

»Cheffington, Mylord, ist schottisch«, erwiderte Eric schlicht.

»Und Ihr glaubt, dass Ihr die Festung halten könnt?«

»Ich bin überzeugt, dass die Schotten sie halten werden und dass sie in Eurem Besitz verbleiben kann, sofern Ihr Robert Bruce den Treueid leistet.«

»Ich gehöre nicht zu den Männern, die einzig Größe, Reichtum und Bequemlichkeit anstreben, Sir Eric. Ich drehe meine Fahne nicht nach dem Wind, sondern erfülle meine Pflicht, was immer das bringen mag.«

»Verstehe. Nun, es hat Euch Robert Neville und Niles Mason eingebracht.«

Die schlohweißen Wimpern des Lords zuckten unmerklich, so als hätten Erics Worte ihn getroffen.

»Sir, Ihr hattet die Tochter eines englischen Earls in Eurem Gewahrsam. Es wäre nur richtig und ritterlich gewesen, sie zurückzubringen.«

»Und wäre es auch richtig und ritterlich gewesen, sie Neville zu überlassen?«

»Hätte der König den ausdrücklichen Befehl gegeben, dann sicherlich.«

Eric grinste. »Aber der ausdrückliche Befehl des Königs hat Euch nicht erreicht, also habt Ihr es gelassen.«

Danby nickte.

»Die Lady ist meine Gemahlin und wird es auch bleiben«, wandte Eric ein. »Und wenngleich Ihr es gewiss nicht mir zu Gefallen getan habt, bin ich Euch dankbar, dass Ihr sie beschützt habt. Ich schwöre bei Gott, sollte es je in meiner Macht stehen, so werden Neville und Mason sterben. Dennoch war es nie unsere Politik, brutal oder grausam mit Menschen zu verfahren, die ihrem König die Treue halten und nach bestem Wissen und Gewissen Gehorsam üben. Wir wollen Euch nichts Böses. Ihr werdet nach Norden gebracht, wo der schottische König über weitaus mehr Verbündete verfügt, und sobald eine Entscheidung gefallen ist, werdet Ihr zu Edward zurückkehren, bei bester körperlicher – und geistiger – Gesundheit.«

Danby senkte den Kopf. »Ich danke Euch für den Respekt und die Ritterlichkeit, die Ihr im Kampf bewiesen habt, Sir«, sagte er förmlich.

»Auch ich, Mylord, zolle Euch Dank«, entgegnete Eric.

Darauf verließ er Danbys Gemächer und wünschte, der Mann wäre auf ihrer Seite.

Vor Aidans Kammer machte er erneut Halt.

Er fand den jungen Lord Abelard an seinem Schreibtisch vor, wo er eifrig schrieb.

Aidan sah auf, als Eric eintrat, legte seinen Federkiel beiseite und erhob sich.

»Was ist mit meiner Schwester, Sir?«

»Ich versichere Euch, Eure Schwester ist wohlauf.«

Aidan nickte und ließ sein Gegenüber nicht aus den Augen. »An jenem Tag in den Wäldern … Ihr hättet mich gewiss getötet, wenn Ihr nicht erkannt hättet, wen Ihr vor Euch hattet.«

»Wenn ich einen Schwertkampf mit einem Mann ausfechte, der mich umzubringen trachtet, sehe ich mich für gewöhnlich genötigt, den Spieß umzudrehen«, sagte Eric trocken.

»Offen gestanden verstecke ich mich nicht hinter den Röcken meiner Schwester.«

»Um ehrlich zu sein – ich hatte auch nicht vor, Euch dessen zu bezichtigen.«

Aidan senkte den Kopf.

»Ich bin gekommen, um Euch zu danken.«

»Wofür?«

»Ihr wart hier, als Igrainia Euch brauchte.«

»Sie ist meine Schwester.«

»Ja, aber viele Männer hätten in diesem Krieg nur schwarz oder weiß, richtig oder falsch gesehen.«

»Ich versichere Euch, ich habe nichts zur Unterstützung der Abtrünnigen getan.«

»Gewiss. Dennoch … Ihr seid herzlich eingeladen, heute Abend mit uns zu feiern.«

Aidan straffte die Schultern. »Ich bin ein Gefangener und von daher auch nicht interessiert an einem Gespräch mit dem Feind. Sir, Ihr mögt so anständig sein, wie meine Schwester stets beteuert. Aber ich bin eben Engländer. Ich vermag gewisse Tugenden bei Euch zu erkennen, gleichwohl werde ich meinem Land aber niemals den Rücken kehren.«

»Das kann ich nachvollziehen«, räumte Eric ein. »Dennoch muss ich eines gestehen …«

»Ja?«

»Ich bin froh, dass ich Euch nicht getötet habe.«

Darauf verließ er Aidan. Er hatte sich für den Abend noch einiges vorgenommen.

Das Nächste war die Planung für den morgigen Tag.

22

Zunächst ignorierte Igrainia das für sie vorbereitete Bad. Sie fühlte sich hundeelend. Es war eine Sache, ihn zu beschuldigen, dass er sie als Kriegstrophäe betrachtete, eine Gemahlin auf Geheiß des Königs – eine andere indes, sich der Tatsache zu stellen, dass es voll und ganz stimmte.

Sicher, er genoss seine Zeit mit ihr, und doch war es nur ein angenehmes Zwischenspiel, nichts, was andere Begehrlichkeiten auszulöschen vermochte, die er auf einem langen Ritt ohne sie verspürte.

Vielleicht, wenn sie bei ihm weilte …

Jetzt wünschte er, dass sie an den Festlichkeiten teilnahm.

Sie beschloss, hinunter in den Saal zu gehen, ohne dass sie sich von ihm anrühren ließ.

Und so badete sie und war bereit, als er zurückkehrte, seine Miene entschlossen, ganz offensichtlich auf eine Auseinandersetzung eingestellt.

Sie schoss durch die Tür, noch ehe er ein Wort sagen oder sie fassen konnte.

Sobald sie sich dem Saal näherte, legte sich ihre Übellaunigkeit ein wenig. Noch während sie die letzten Stufen nahm, kamen Männer auf sie zu und begrüßten sie. Jamie war der Erste, er beugte sich über ihre Hand und küsste diese. Angus, Brandon, Thayer, Timothy, Allan … und zu guter Letzt Vater MacKinley, mit dem sie am allerwenigsten gerechnet hatte.

»Ihr greift zu den Waffen, Vater?«, wollte sie wissen.

»Viele Geistliche reisen als Truppenbegleitung mit, Igrainia. Und so mancher hat schon einmal das Schwert gezückt.«

»Also betet Ihr jetzt für diese Männer?«

»Gewiss. Aber natürlich habe ich auch andere Aufgaben«, sagte er mit einem Augenzwinkern. Diese Aufgaben erklärte er indes nicht näher. Er grinste Eric zu, der hinter Igrainia in den Saal trat und dann mit Angus plauderte.

»Euer Platz an der Tafel erwartet Euch, Mylady. Ah, in der Tat ist es Euer angestammter Platz, wie bei jedem Mahl.«

Sie vermochte ihn nicht abzuschütteln, als er sie entschlossen zur Tafel führte. Inzwischen hatten sich viele neue Gesichter unter die ihr bekannten gemischt. Sie erkannte die Gaukler, die im Hof spielten, die hübsche junge Sängerin und andere. Sie gewahrte die Schmiede, die die Pferdehufe mit Eisen beschlugen und Rüstungen ausbesserten, die Zimmerleute, die Tag für Tag in der Burg arbeiteten.

Der Saal war zum Bersten gefüllt.

Nicht Rowenna servierte das Bier, sondern ein anderes Mädchen, das zu Lord Danbys Küchengesinde zählte.

Eric saß zu ihrer Linken, auf Lord Danbys Stuhl, und Jamie zu ihrer Rechten. Neben ihm saß Gregory, gefällig gekleidet in eine saubere Tunika mit Erics Farben. Sein stummes Lächeln war so warmherzig, dass sie es einfach erwidern musste.

Dann bemerkte sie Rowenna, sie saß nicht, sondern stand am Ende der Tafel und unterhielt sich angeregt mit Vater MacKinley. Auch sie war anders gekleidet als sonst. Sie sah wahrhaft hübsch aus, und selbst die Narbe konnte dem zauberhaften Lächeln nichts anhaben, das ihre Züge erstrahlen ließ. Sie trug ein weich fließendes, weißes Leinengewand und einen Blütenkranz im Haar.

Sie drehte sich zu Igrainia, als fühlte sie, dass die junge Frau sie beobachtete. Igrainia erwiderte ihr strahlendes Lächeln.

»Sie ist von so anmutiger, natürlicher Schönheit, nicht wahr?«, flüsterte Eric Igrainia zu, sein Haupt gesenkt, dicht an dem ihren.

»Wahrhaftig«, räumte Igrainia zögernd ein.

Eric erhob sich unvermittelt, klopfte mit seinem Messer auf die Tischplatte, um die Aufmerksamkeit der Anwesenden auf ihn zu lenken. Als alle verstummten, hub er an zu reden.

»Wir haben heute viel zu feiern. Einen weiteren Sieg über unsere Unterdrücker und darüber hinaus die sichere Rückkehr meiner Gemahlin, Lady Igrainia. Mit jedem unserer Schritte kommen wir dem Ziel unseres Volkes näher: einem freien und unabhängigen Land.«

Seine Worte wurden mit Jubel aufgenommen.

»Wir haben einen Jahre währenden Krieg durchlitten; es ist nicht unwahrscheinlich, dass wir noch viele weitere harte Jahre vor uns haben, bis wir die fremden Mächte gänzlich aus unserem Land vertrieben haben. William Wallace hat sein Leben für eine Vision von seinem Vaterland geopfert und nicht für Macht, Ruhm oder Reichtum. Nur wenige Männer haben sich so entschieden wie er in den Dienst der Sache gestellt. Und jetzt ist ein Mann zum König von Schottland gekrönt worden, dessen Loyalität so oft hintergangen wurde. Er hat sein Heer ins Feld geführt, und nach dem brutalen Tod vieler seiner Angehörigen und der Geiselnahme der von ihm geliebten Frauen weiß er, wie schmerzhaft dieses Opfer ist, und doch stellt er sich mit seinem Leben und seiner Krone gegen ein mächtiges Heer. Dass Robert Bruce König ist und sich als solcher beweisen wird, ist ein Neubeginn für uns, der sich in diesem unserem heutigen Sieg niederschlägt. Wir feiern in der Hoffnung und in dem Wunsch auf ein neues, freies Schottland. Auf unser Land. Und was wäre da besser, als auf die Zukunftsträume eines Mannes und einer Frau anzustoßen, die mit Leib und Seele Schotten sind. Angus und Rowenna, möge Euer Hochzeitsfest, das wir heute Abend begehen, Euch in Liebe und Treue einen, auf dass Ihr stark seid, in guten wie in schlechten Tagen, mögen Eure Herzen im Gleichklang schlagen und Eure Kinder in einem Land aufwachsen und gedeihen, das wir unser eigenes nennen.«

Er hob seinen Becher. Die im Saal Anwesenden taten es ihm nach. Jubel und Glückwünsche wurden laut, und Igrainia gewahrte verblüfft, wie Angus zu Rowenna schritt und ihre Hände ergriff. Beide strahlten sich überglücklich an.

Darauf faltete Vater MacKinley seine Hände zum Gebet, und alle erhoben sich, worauf er Gott für das Leben, die Siege und das tägliche Brot dankte. Dann verkündete er, dass die Trauungszeremonie beginnen könne.

Diese war schlicht und schön, Vater MacKinleys Worte

getragen und ergreifend, der Eheschwur von Braut und Bräutigam aufrichtig und aus vollem Herzen. Als sie vor Gott zu Mann und Frau erklärt wurden, brach erneuter Jubel aus, und das glückliche Paar wurde hoch gehoben und geküsst und von allen überschwänglich beglückwünscht.

Unterdes wagte Igrainia nicht, Eric anzuschauen. Doch als sich lauter Jubel erhob und das Fest begann, fühlte sie seine Hand auf ihrem Arm. »Möchtest du dem glücklichen Paar nicht gratulieren, Mylady?«

»Gewiss doch«, murmelte sie versunken. Er zog sie hoch. Als sie näher kamen, musste sie sich zu einem Lächeln zwingen, so verwirrt war sie. Doch Angus umarmte sie mit seinen Bärenkräften, dankte ihr, dass sie sich als eine großartige Lady erwiesen habe, und schwor ihr und Eric seinen Gehorsam. Dann umarmte Rowenna sie und dankte ihr. »Mein Leben ... mein Leben war nichts, bis ich Euch traf. Ich hätte Angus nie kennen gelernt, einen Mann, so stark und doch so sanft und sich gar nicht bewusst, dass diese Narbe mein Gesicht entstellt.«

Igrainia war tief beschämt. Sie erwiderte Rowennas Umarmung. »Du schuldest mir nichts; es war Eric, der dich nach Langley gebracht hat. Du hast dich als liebenswerter, aufrichtiger Mensch erwiesen, und du bist schön, und nur ein wahrhaft Blinder sieht deine Narbe, und ... bitte verzeih mir, dass ich je an dir gezweifelt habe.«

Verwirrt entzog sich Rowenna ihrer Umarmung. »An mir gezweifelt?«

»Ach, vergiss es. Ich werde für dein Glück beten.«

»Wir werden zusammen sein, vergesst das nicht. Nach Norden reiten, in sichere Gefilde. Eric und Angus bestehen darauf.«

Igrainia nickte. »Es wird wundervoll sein, eine so gute Freundin als Reisebegleitung zu haben.«

Die Dudelsäcke spielten auf. Während Rowenna sie anlächelte, nicht ahnend, welch üblen Verdacht Igrainia gehegt hatte, forderte Angus seine Angetraute auf.

Igrainia wiegte sich im Takt zu den Schritten, die sie von Jamie auf Langley gelernt hatte. Dann tanzte sie mit Thayer

... Timothy ... Allan und Vater MacKinley. Riesige Platten mit köstlichen Speisen füllten die Tische, das Bier floss in Strömen, und der Abend verging wie im Fluge. Sie sah Eric bei den Musikanten, dann tanzte er mit dem Mädchen namens Sarah und sogar mit der verhutzelten alten Köchin.

Doch erst zu vorgerückter Stunde und nachdem die Frischvermählten den Saal verlassen hatten, nahm Eric Notiz von ihr. Seine Männer verließen bereits den Saal oder suchten sich einen Schlafplatz im Bodenreisig.

Erst da fasste er ihren Arm.

Und sie ertappte sich dabei, dass sie vor ihm die Stufen hinaufeilte, den Kopf gesenkt, als sie die von ihm gewählten Gemächer betrat. Sie hörte, wie er die Tür schloss, und wusste, er lehnte daran und beobachtete sie.

»Nun?«, fragte er leise.

So schnell fand sie keine Worte.

Er trat zu ihr, berührte sie indes nicht, einzig seine Stimme streifte ihr Ohr.

»Bist du nicht ein bisschen beschämt?«

»Doch«, sagte sie schlicht.

Darauf zog er sie in die Arme. Sie sah ihm in die Augen und gestand: »Überaus beschämt.« Nun war es an ihr, ihn zu umarmen. Ihre begehrlich feuchten Lippen auf die seinen zu pressen, infolge seiner lustvoll erkundenden Zunge, seiner liebkosenden Hände schwach zu werden. Sie fühlte, wie sie sich an ihn schmiegte, dahinschmolz wie der Schnee auf den Gipfeln oder das Eis auf einem Gebirgsbach, erwärmt vom Sonnenschein. Im Nu hatten sie sich ihrer Kleider entledigt, und sie liebten sich, lange, leidenschaftlich, mit der süßen, wilden Ekstase und in dem Wissen, dass sie zueinander gehörten. Und als sie schließlich ermattet in die Kissen sanken, befriedigt und erschöpft, wurde sie aufs Neue erregt, als er sich unversehens auf sie rollte, sie mit seinem ganzen Gewicht niederdrückte und murmelte: »Was bist du doch für eine Närrin! Wahrhaftig. Wegen dir haben wir eine als unbezwingbar geltende Burg erobert! Meinst du, dass ich das auf mich genommen hätte, wenn es so einfach für mich wäre, mich anderswo zu vergnügen?«

»Ich bin die Gemahlin, die du jetzt hast«, erinnerte sie ihn.

Für einen langen Augenblick betrachtete er sie. Blonde Strähnen fielen ihm in die Stirn, versperrten ihm die Sicht.

»Du bist die Gemahlin, der ich jetzt zugetan bin«, sagte er nur und schloss sie in die Arme.

Nach einer Weile murmelte sie: »Gregory hat Recht. Wir werden ein Kind haben.«

»Ich habe nie daran gezweifelt«, erwiderte er, seine Stimme leise und schleppend, als glitte er in tiefen Schlummer.

Gleichwohl sagte sie: »Es wird keine Tochter, Eric. Kein Mädchen mit Haaren, hell wie Weizen im Sommersonnenschein.«

»Du wirst meinen Sohn gebären«, murmelte er. Seine Stimme klang tonlos, doch er hielt sie weiterhin umschlungen, und sie entspannte sich in seiner Umarmung.

»Du musst schlafen«, erklärte er ihr. »Morgen haben wir einen anstrengenden Ritt vor uns, wenn auch in unterschiedliche Richtungen.«

»Morgen?«, wiederholte sie verdrießlich.

»Wir dürfen keine Zeit verlieren. Edwards Truppen haben sich bereits gesammelt. Meine Männer und ich müssen zu Robert Bruce stoßen, und du musst so bald wie möglich weit weg von hier sein.«

»Morgen«, maulte sie verdrossen und wand sich in seinen Armen.

»Igrainia!«, ächzte er scherzhaft, als sie sich auf ihn legte, ihre Augen tränenfeucht. Leise stöhnend nahm er sie in seine Arme, gab sich seiner neu erwachten Lust hin. »Wir können auch unterwegs schlafen«, entschied er.

Allan sollte Igrainia und ihre Gruppe nach Norden führen, hatte Eric entschieden. Er kannte die Wege im Hochland und Erics Familie, die dort lebte.

Vor ihrem Ritt galt es noch einige wenige Punkte zu klären. Doch während Allan und mehrere Männer bereits aufsaßen, unter ihnen auch Aidan Abelard, mussten die Frauen noch den Wohnturm verlassen und aufsitzen.

Von Loki aus spähte Eric auf die Leichen, die man in den

Hof getragen hatte. Er wollte vermeiden, dass sich aufgrund der Verwesung womöglich eine Krankheit in den Burgmauern ausbreitete.

Unter den Toten befand sich auch eine Frau. Aufgedunsen und entstellt, bot sie einen entsetzlichen Anblick. Aber sie war durchaus noch identifizierbar.

»Jennie«, sagte Vater MacKinley, der neben Eric aufgesessen hatte.

»Sie muss bald beerdigt werden. Ich möchte nicht, dass Igrainia sie so sieht.«

Es verblüffte ihn, dass der junge Aidan neben ihn ritt, um einen Blick auf die Toten zu werfen. Dann spähte er zu Eric. »Wer hat sie getötet?«

»Keine Ahnung«, sagte Eric gleichmütig. »Sie war diejenige, die Euch Informationen von Langley zuschanzte. Sie hatte die Burg verlassen, offenbar wollte sie hierher.«

Aidan spähte erneut zu Boden. »Man hat ihr die Kehle aufgeschlitzt.«

»Ja, das kommt vor.«

Aidans Blick schweifte wieder zu Eric. »Lord Danby würde niemals einen so hinterhältigen und grausamen Mord befehlen.«

»Ich bezweifle auch sehr stark, dass es Danbys Befehl war.« Eric rechnete im Stillen damit, dass Aidan die Schotten verdächtigte – schließlich waren sie diejenigen, die Jennie hintergangen hatte.

»Neville«, sagte er leise. »Oder Mason.«

»So muss es gewesen sein«, bekräftigte Eric.

Aidan bedachte ihn mit einem sonderbaren Blick. Nach einer Weile meinte er: »Ich bleibe Euer Gefangener – oder ein Gefangener Eures Königs. Aber seid versichert, dass ich meine Schwester genauso hartnäckig von gewissen Engländern fern halten werde wie von einigen Eurer Abtrünnigen.«

Eric grinste, runzelte dann die Stirn und nickte ernst. »Habt Dank, Lord Abelard.« Dann sah er abermals zu Vater MacKinley. »Seht zu, dass die Leichen bald bestattet werden. Ich werde hineingehen und die Frauen zur Eile gemahnen.«

Igrainia stand im Rittersaal, weitaus besser gerüstet für die Reise nach Norden als für ihren überraschenden Ritt hierher.

Gleichwohl hatte sie keine Lust aufzubrechen.

Waren sie erst einmal eine Weile unterwegs, würde Eric kehrtmachen und davon reiten, um zu seinem König zu gelangen. Eine Schlacht von gewaltigem Ausmaß wartete auf ihn.

Vielleicht würde sie ihn nie wieder sehen.

Er trat entschlossenen Schrittes ein, ganz gewiss hatte er sie gesucht. Und dann gewahrte er sie, reglos und blass vor dem riesigen Kamin.

»Was ist denn?«, erkundigte er sich.

Ihr Herz schlug plötzlich höher. Es war eigentümlich, so, als wäre dieser goldblonde Recke schon immer der Mittelpunkt ihres Lebens gewesen – der Bezwinger ihres Herzens.

Sie schlang die Arme um ihn. Am ganzen Körper zitternd, versuchte sie ihr Schluchzen zu unterdrücken.

Er hielt sie fest, strich ihr das Haar zurück. »Wir müssen jetzt aufbrechen.«

Einen Augenblick später nickte sie. Das Warten war stets das Schlimmste für Frauen. Allerdings … Nun, er hatte sie gesucht. Und er hatte sie gefunden, sie aus der Hand des Feindes befreit. Sie war seine Gemahlin. Sie wurde verehrt. Begehrt, wahrhaftig.

Und doch …

Er hatte ihr nie gesagt, dass er sie liebte.

Der Krieg harrte seiner. Er hatte getan, was er tun musste. Sie begab sich in Sicherheit, in den Schoß seiner Familie. Und da sie um das enge Clan-Band zwischen ihm und Jamie wusste, war ihr auch gewärtig, dass sie dort für den Rest ihres Lebens beschützt werden würde, ganz gleich, wie sein Schicksal in diesem Krieg für die Ehre seines König aussähe.

Er küsste sie innig, umschloss ihr Kinn mit seinen Händen und sah ihr tief in die Augen. Dann meinte er gedehnt: »Komm, wir müssen jetzt wirklich gehen.«

Eric fasste ihre Hand, führte sie ins Freie und half ihr aufsitzen. Er sprang auf Loki, und der gesamte Tross ritt durch die Burgtore von Cheffington.

Zwei Stunden lang ritten sie zusammen nach Norden. Dann kam der Augenblick der Trennung: Allan, der Igrainias Begleitertross befehligte, Rowenna, einige Gaukler und weitere Bewohner von Cheffington, Lord Danby und Aidan. Gregory würde mit den Männern in die Schlacht reiten.

Als der Abschied kam, blieb ihnen nur wenig Zeit und keine Gelegenheit zu Vertraulichkeiten. Eric ritt auf Loki dicht neben sie und umarmte sie auf die Entfernung hin. Seine Lippen berührten die ihren voll zärtlicher Leidenschaft. Und er murmelte: »Gib Acht auf unser Kind.«

Sie nickte.

Tränen verschleierten ihren Blick.

Dann war er verschwunden.

23

Es war Igrainias Liebe zum Wasser, die sie am nächsten Morgen vor den Reitern warnte, die ihrem nächtlichen Quartier bedrohlich nahe waren.

Als sie aufwachte, sah sie Allan, der am Rand des Pfades stand, welcher zu ihrem Lager führte. Rowenna, die neben ihr lag, schlief noch, genau wie ihr Bruder und Lord Danby, die von Brandon und Timothy bewacht wurden.

Sie hörte das leise Rauschen des Baches. Sie hatte auf dem weichen, grasbewachsenen Boden geschlafen und gedacht, sie werde fröstelnd und klamm aufwachen, da sie kein Lagerfeuer entzündet hatten. Allan hatte am vergangenen Abend erklärt, dass sie das nicht dürften. Da hatte ihr geschwant, dass Eric und seine Männer Neville und Mason verfolgten, bevor sie sich dem König anschlossen, und dass Allan zu äußerster Vorsicht angehalten war, bis sie den Norden erreicht hätten.

Sie hatte verstanden. Keiner aus ihrer Gruppe hatte sich über das fehlende Lagerfeuer beschwert.

Und sie war nicht steif und klamm aufgewacht. Der Boden war zwar kühl, aber nicht kalt; der Sommer hatte mit Sonnenschein nicht gegeizt, und der über den Baumwipfeln heraufdämmernde Tag versprach warm zu werden.

Sie setzte sich auf, reckte den Kopf, sodass sie über das Gebüsch zwischen ihr und dem Bach spähen konnte, und sah den leichten Nebelschleier über dem Wasser. Sie stand auf und streckte sich, sorgsam darauf bedacht, niemanden aufzuwecken.

Sie schlenderte durch Gras, Flechten und Wildblumen und ging ein Stück, entschlossen, die noch Schlafenden nicht zu stören. Sie zog Schuhe und Strümpfe aus und watete in den Bach. Das Wasser umspülte ihre Zehen, so angenehm wie in ihrer Vorstellung. Sie bückte sich und achtete nicht darauf, dass ihr Gewand nass wurde, da es in dem zu erwartenden Sonnenschein ohnehin trocknen würde. Dann spritzte sie sich Wasser ins Gesicht – ein herrliches Gefühl. Es schmeckte kühl und köstlich.

Doch als sie ihr feuchtes Haar zurückstrich, vernahm sie Geräusche, die gewiss nicht von den Waldbewohnern stammen konnten. Das Schnalzen einer Pferdepeitsche … Männerstimmen. Sie verharrte reglos, versuchte angespannt zu lauschen. Sie schnappte Gesprächsfetzen auf. Vereinzelte Sätze, Rufe, Wörter …

»… und die Spur nach Osten ist gut erkennbar.«

»Und … gewiss werden wir sie umzingeln.«

»Ja, wir werden die Fährte aufnehmen …«

»… nah, ich weiß, dass wir ihnen dicht auf den Fersen sind.«

»Ja, und wenn wir sie gestellt haben …«

»… werden die meisten das Massaker nicht überleben.«

»Jeder, der überlebt …«

»… wird bei lebendigem Leibe verbrannt.«

»… müssen nur folgen …«

Während sie bewegungslos und voller Entsetzen verharrte, erkannte sie die Stimmen der beiden Männer. Es waren Robert Neville und Niles Mason, der nur darauf wartete, die brennenden Eingeweide zu riechen.

Unendlich langsam erhob sie sich. Das Wasser, das ihre Füße so angenehm umspülte, schien plötzlich eiskalt. Sie schluckte, vermochte kaum zu atmen. Die Sekunden verstrichen, unterdes sann sie mit dem Mut der Verzweiflung darauf, wie man die Engländer überlisten könnte, denn sonst würden sie jeden Schotten gefangen nehmen und niedermetzeln.

Neville und Mason führten einen Trupp bewaffneter Männer an, die in den Wäldern ausschwärmten, um eine große Gruppe von Abtrünnigen zu überwältigen.

Allan führte eine Gruppe von Gefangenen und Flüchtlingen an, darunter vielleicht zehn Männer, die im Ernstfall hätten kämpfen können.

Sie wusste, dass die Schotten berühmt waren für ihre Blitzangriffe und dass ihre Verteidigungsmanöver darauf abzielten, gewaltige Heere zurückzuschlagen, die ihnen zahlenmäßig weit überlegen waren.

Aber diesmal war die Überlegenheit des Gegners zu groß.

Sie würden überwältigt werden, die Männer abgeschlachtet und sie erneut als Geisel genommen. Der kleine Vorgeschmack darauf, wie das Leben in Freiheit hätte sein können – selbst wenn sie bangend jede Kampfhandlung mit erleben müsste –, war so erhebend gewesen, aber jetzt litt sie erneut Todesängste.

»Igrainia!«

Sie drehte sich um. Rowenna kam voller Vorfreude zum Bach hinunter. Am Ufer streifte sie Schuhe und Strümpfe ab.

Igrainia verharrte noch Sekundenbruchteile, genoss die sanfte Brise, die wärmende Liebkosung der Sonnenstrahlen auf ihren Wangen.

Wie dem auch sei, sie würde erneut in den Schutz des Mannes gestellt werden, den sie zutiefst verabscheute.

Der Gedanke rüttelte sie auf; sie rannte zu der Stelle, wo Rowenna stand, und presste ihre Hand auf die Lippen des Mädchens. Für Augenblicke verwirrt, wehrte Rowenna sich, schien dann jedoch Igrainia zu verstehen: »Pst!«

Leise flüsternd zog sie Rowenna vom Ufer weg. »Sie sind da, Neville, Mason und ihre Soldaten. Sie haben es auf uns abgesehen. Ich werde mir ein Pferd nehmen und sie ablenken ...«

»Nein! Mein Gott, sie werden Euch überwältigen. Ihr könnt nicht ...«

»Rowenna! So versteh doch. Sie werden angreifen und die gesamte Gruppe töten. Mich werden sie so oder so bekommen.«

»Ich darf es nicht zulassen. Ich werde schreien, das schwöre ich! Allan wird Euch davon abhalten. Wir können fliehen.« Ihr versagte die Stimme. Sie wusste, dass sie nicht würden fliehen können.

»Rowenna, du weißt ebenso gut wie ich, dass es unmöglich ist! Du musst mir helfen, weil Allan sich einfangen und abschlachten lassen wird wie ein Frischling, nur um uns zu beschützen. Und Neville wird mich ohnehin bekommen. Verstehst du das denn nicht? Bitte, lieber Gott, lass mich nicht wieder zu ihnen zurückkehren und mit dem entsetzlichen Gedanken an die Toten leben müssen, Tag für Tag.«

Rowenna atmete tief ein.

»Ich kann gehen«, schlug sie vor. »Neville will mich nicht.«

»Niles Mason ist ein Mörder. Ich bin die Einzige, die eine Chance hat. Wenn ich gehe, Rowenna, weiß Allan vielleicht, wie er Erics Tross erreichen kann. Rowenna!« Sie schüttelte das Mädchen. »Neville will meinen Besitz in England, und er möchte der Lord von Langley werden. Ohne mich wird er nichts davon bekommen. Er will mich heiraten … um … mich zu besitzen. Bitte, du musst mir helfen. Du musst Allan ablenken, unterdes nehme ich mir ein Pferd … und entkomme. Rowenna, ich flehe dich an, wenn wir noch länger warten, werden sie uns hier finden, und alle werden sterben. Ich bin eine hervorragende Reiterin und kenne mich mit Pferden aus, und ich werde eine wohlgenährte Stute reiten, die einem reichen Mann gehört hat. Also. Ich muss jetzt los!«

Rowennas vor Entsetzen geweitete Augen vermittelten Igrainia, dass sie den Ernst der Lage begriffen hatte. Sie verstand, dass Neville ohne Igrainia weder Langley noch englischen Besitz bekommen würde.

»Geh zu Allan. Verwickle ihn in ein Gespräch, während ich mein Pferd losbinde. Er wird wissen wollen, wo ich bin. Sag ihm, dass ich im Bach bade und ein wenig Zeit und Muße brauche. Das wird er dir ohne weiteres glauben«, entschied Igrainia. Sie wartete Rowennas Antwort gar nicht erst ab, sondern zog Strümpfe und Schuhe so schnell und geräuschlos an wie eben möglich. Sie lief zurück, folgte dem Lauf des Wassers bis zu ihrem Lager, passierte schweigend die Schlafenden oder soeben Erwachenden. Sie fand die anmutige, edle Stute, auf der sie geritten war. Diese zu satteln blieb ihr nicht die Zeit. Sie band die Stute los, lenkte sie aus der Gruppe von Pferden und auf die Lichtung. Dann führte sie sie durch Unterholz und Gestrüpp, um jede Begegnung mit Allan zu vermeiden. Sobald Igrainia die Straße erreicht hatte, saß sie auf.

Sie entsann sich der Strecke, die sie am Vorabend geritten

waren, dann preschte sie über einen Weg, der sie mehr und mehr von der kleinen Gruppe im Wald entfernte. Als sie das Bachbett durchquerte, gewahrte sie die Stelle, wo Neville und Mason ihr Nachtlager aufgeschlagen hatten. So nah … und doch hatte keine Gruppe von der Anwesenheit der anderen gewusst.

Sie ritt schneller, vergewisserte sich, dass der sandige Pfad voller Hufabdrücke war und dass sie Äste von Bäumen und Gesträuch abgebrochen hatte. Selbst wenn Allan sie nach Rowennas Ausflüchten nicht gleich vermisste, würde er sich schon bald Sorgen um sie machen.

In der Nähe des feindlichen Lagers angelangt, maß sie die Entfernung. Sie musste nahe genug herankommen, damit jemand eine Bewegung auf dem Pfad wahrnahm.

Und sie musste weit genug fortbleiben, um sie zu zwingen, ihr zu folgen … Ihr so lange zu folgen, bis sie weit, weit weg von den anderen wären.

Sie hatten gerade ihr Lager abgebrochen und bereiteten sich auf den Tagesritt vor, als Eric gewahrte, wie Gregory, der soeben aufsitzen wollte, von eigenartigen Krämpfen geschüttelt wurde. Für Augenblicke zitterte er erbärmlich.

Er ließ die Zügel fallen, sackte in sich zusammen.

Eric war sogleich bei ihm, beunruhigt, dass der Junge einen Anfall haben könnte.

Doch Gregory erhob sich, und es erweckte den Anschein, als peinigten ihn unsägliche Schmerzen.

»Was ist denn? Vater MacKinley! Kommt, macht rasch!«, befahl Eric.

MacKinley rannte zu ihnen. Gregorys Lippen formten Worte.

»Er sagt, dass wir sofort zurückreiten müssen«, hub der Geistliche an.

»Das sehe ich … ich kann ihm recht gut von den Lippen lesen … aber wie lautet das letzte Wort, das er zu sagen versucht?«

MacKinley beobachtete den Jungen.

»Igrainia. Er hat Angst um Igrainia. Er nennt ihren Namen.«

Igrainia war klar, dass die Männer sie verfolgten.

Sie hatte gar nicht erst abgewartet, bis sie auf ihre Rösser gestiegen und in halsbrecherischem Tempo losgeprescht waren, sondern galoppierte selbst wie eine Besessene davon. Womöglich würden weder Niles noch Robert dies für notwendig erachten, schließlich glaubten sie, dass sie einer eher schwerfälligen Gruppe von Gefangenen und Frauen folgten.

Sobald sie sich entsprechend weit von ihrem Lager entfernt hatte, saß sie ab, kniete sich und hielt ihr Ohr an den Boden. Zunächst hörte sie nichts. Dann fühlte sie die Vibrationen, und sie wusste, dass sie auf ihrer Fährte waren. Als sie sich erhob und wieder aufsaß, war sie einmal mehr froh, dass sie Aftons Bücher über Kriegsführung gelesen hatte, während sie auf Langley in ihren eigenen Gemächern gefangen gehalten worden war.

Sie konnte nur beten, dass Allan so viel Vernunft besaß, Unterstützung zusammenzutrommeln, bevor er sich anschickte, ihr zu folgen.

Ihre Stute energisch anspornend, ritt sie weiter.

Eric und seine Männer preschten los, sie ritten über den Pfad zurück, den sie gekommen waren, bemüht, Neville, Mason und deren Gefolgsleute einzuholen. Während er ritt, war ihm bewusst, dass sie die Fährte gelegt hatten, weil er Igrainia in Sicherheit wissen wollte, ehe er sich Robert Bruce anschloss.

Er verwünschte sich für diese Torheit.

Sie fanden das Lager der Engländer nahe am Bach. Und sie sahen die abgebrochenen Zweige und Äste, die in Richtung Nordwesten deuteten. Der Pfad war mit unzähligen Hufabdrücken bedeckt.

Als er sich anschickte aufzusitzen und weiterzureiten, gemahnte Jamie ihn: »Hör doch!«

Das tat er. Und er hörte den Ruf der Nachteule, den eine sanfte Brise zu ihm trug.

Es war Tag. Jamie erwiderte den Ruf.

Augenblicke später preschte Allan zu Pferd durch die Bäume, sein Gesicht aschfahl und grimmig.

»Igrainia?«, fragte Eric.

»Sie hat mich überlistet«, gestand sein Gefolgsmann, und seine angespannte Miene zeugte von seinem Groll. »Sie hat mir ausrichten lassen, dass sie baden würde ... stattdessen hat sie eine Spur gelegt, der die Engländer folgen sollten.«

»Sie hat uns alle überlistet«, erwiderte Aidan, der hinter Allan auftauchte. »Sie wusste ... sie wusste, dass sie die gesamte Gruppe meucheln wollten. Vermutlich auch mich und Lord Danby. Schließlich stehen wir dem im Weg, was Neville erstrebt.«

Trotz Erics unsäglicher Erzürnung war ihm bewusst, dass er ihnen nichts vorwerfen durfte. Er kannte Igrainia.

Und im Grunde seines Herzens wusste er, dass sie gar nicht anders hätte reagieren können. Ihm schwindelte vor unbändigem Zorn, der indes gegen ihn selbst gerichtet war.

Er hatte den Feind unterschätzt.

»Wir reiten ihnen nach«, sagte er schlicht.

Und er spornte Loki an, ritt im Wettlauf gegen die Zeit.

Der Tag verstrich, und Igrainia geriet zunehmend in Bedrängnis. Schon seit Stunden war sie nicht mehr auf einen Flusslauf gestoßen. Sie war so lange und hart geritten, dass ihre Schenkel schmerzten. Sie hatte Hunger, ihr Magen rebellierte. Zu allem Überfluss wäre sie vor Erschöpfung beinahe vom Pferd gestürzt.

Sie musste anhalten und Wasser finden.

Für sich und ihr Pferd.

Igrainia saß ab. Für Augenblicke war ihr so schwindlig, dass sie sich hinhockte und wartete, bis das diffuse Flimmern vor ihren Augen nachließ. Sie straffte sich. Ihr Magen krampfte sich zusammen. Sie stolperte ins Gebüsch und tauchte kurz darauf wieder auf, durstiger noch als zuvor.

Abermals versuchte sie aufzusitzen und stellte fest, dass sie dazu nicht mehr die Kraft besaß. Sie führte die Stute zu einem umgestürzten Baumstamm, und es gelang ihr, sich mühsam wieder auf den Pferderücken zu hieven. Sie redete auf das Tier ein, dass es selbst Wasser finden möge. Schließlich vernahm sie ein leises Rauschen, dem sie im Schutz der Bäume entlang der Straße folgten, bis sie zu einem Bach gelangten. Igrainia trank zu hastig, und wieder war ihr übel. Sie trank etwas langsamer. Kühlte ihr Gesicht mit dem kostbaren Nass. Tränkte das Pferd. Darauf führte sie es von den Bäumen weg, bückte sich und presste ihr Ohr auf den Waldboden, ehe sie wieder aufsaß.

Diesmal vernahm sie die Vibrationen sogleich.

Sie waren in der Nähe.

Viel näher als vorher.

Sie rappelte sich auf und zog sich mit Mühe auf die Stute.

Um zu Eric zu gelangen, ritt Rowenna so schnell sie nur konnte. Tränen liefen ihr über die Wangen. »Es ist meine Schuld, gewiss, aber sie wusste … sie beteuerte, dass die Engländer sie ohnehin ergreifen würden und dass sie es nicht ertragen könnte, ihre Gefangene zu sein und stets daran denken zu müssen, wie viele ihretwegen gestorben wären.«

Er spähte zu Rowenna.

»Niemand trägt die Schuld – außer mir«, murmelte er.

Und er gab seinem Ross die Sporen und ritt voraus.

Sie musste nicht einmal am Boden horchen, um die Pferde zu hören.

Sie waren direkt hinter ihr. Sie schmiegte sich an den Hals der Stute, drängte, flehte, bettelte, sie möge schneller sein.

Indes wusste sie, dass sie so vielen Reitern nicht würde entkommen können.

Sie glitt von dem Pferderücken, gab der Stute einen kräftigen Klaps aufs Hinterteil, damit sie weiterliefe.

Dann lief sie selbst ins Gebüsch. Sie huschte durch die Bäume, versuchte Abstand zwischen sich und die Straße zu bringen. Mit etwas Glück kreuzte die Straße vielleicht einen Fluss. Könnte sie diesen erreichen und durch das Wasser waten, verlören sie unter Umständen ihre Spur.

Sie rannte so schnell, dass sie eine vorspringende Baumwurzel übersah. Sie griff nach einem Ast, bemüht, nicht zu stolpern.

Indes packte sie nur einen dürren Zweig. Dieser brach

vom Stamm, als sie sich daran festhalten wollte. Sie schlug auf den Boden auf, stieß sich den Kopf am Wurzelwerk. Für Augenblicke drehte sich alles vor ihren Augen. Sie lag benommen da, vor Schmerz gekrümmt. Die Welt um sie herum wurde schwarz. Sie hielt die Augen geschlossen, versuchte gegen eine Ohnmacht anzukämpfen. Dann blinzelte sie heftig, öffnete die Lider und sah Sterne. Sie blinzelte abermals, schlug die Augen auf und gewahrte Robert Neville.

Wieder blinzelte sie. Er verschwand nicht.

»Aber, aber, Mylady!«, sagte er.

Er griff nach ihr. Sie wollte schreien, indes fehlte ihr der Atem. Sie konnte weder schreien noch schimpfen oder schluchzen und den Himmel verfluchen.

Er zog sie hoch. Da schwankte sie.

Wieder wurde ihr schwarz vor Augen, und was dann mit ihr geschah, war ihr völlig gleichgültig.

»Holla, Eric! Halt an.«

Jamie rief nach ihm. Er straffte die Zügel. Loki stampfte widerstrebend mit den Hufen. Eric spürte, dass sie in der Nähe waren. Selbst das Tier schien es zu merken.

Eric stieß zu ihm.

»Es geht um Gregory. Er wäre fast vom Pferd gefallen.«

Eric saß ab, führte Loki zurück. Gregory saß am Boden. Sein Gesicht war mit Schweißperlen übersät. Seine Lippen bewegten sich. MacKinley kauerte neben ihm.

»Er sagt, dass …«

»Was?«

»Er sagt, dass sie sie haben.«

Eric stand wie gelähmt, ohnmächtiger Zorn und Schmerz drohten ihn zu überwältigen. Dann wollte er sich umdrehen, wieder lospreschen, sie mit dem Mut der Verzweiflung erreichen.

»Wartet!«, rief MacKinley.

Er zwang sich, stehen zu bleiben. MacKinley brauchte Gregorys weitere Worte nicht zu entziffern. Jamie sprach mit ihm – es drehte sich um eine vernünftige Lösung.

»Eric, wir brauchen eine Strategie. Wir können nicht wie

Verrückte dort einfallen. Sie werden uns alle töten, und damit wäre Igrainia weiß Gott nicht gedient. Das wusste sie bereits heute Morgen.«

In quälender Unentschlossenheit verharrte er, hin und her gerissen, ob er nicht losstürmen sollte, sich andererseits jedoch im Klaren, dass Jamie Recht hatte. Einmal hatte er Margot dargelegt, dass er der Burg Langley entfliehen und sie zurücklassen müsse, um dann mit seinen Männern zu ihrer aller Befreiung zurückzukehren. Damals hatte er nicht um die tödlichen Folgen gewusst, die sich in der Zwischenzeit ergeben hatten.

Dieses Mal musste er die richtigen Schritte einleiten.

»Sie haben sie«, führte Jamie aus. »Und sie werden uns eine Falle stellen, wohl wissend, dass du sie suchen wirst.«

Jamies Worte entsprachen der Wahrheit.

Dann vernahm er seine eigene Stimme, sein Ton unglaublich ruhig und sachlich. »Sie wollen auch mich«, sinnierte er. »Nun, sie können uns nicht beide haben.«

»Was hast du vor?«, erkundigte sich Jamie.

»Ihnen einen Handel vorschlagen.«

»Einen Handel?«

»Ich biete ihnen an, mich ihnen auszuliefern.«

»Herrgott, Eric! Du weißt, was sie dann tun werden …«

»Ich weiß, was sie dann *versuchen* werden.« Seine Mundwinkel verzogen sich zu einem schiefen Grinsen. »Ich reite mit einigen der besten Rebellen in ganz Schottland. Hervorragenden Schwertkämpfern, unfehlbaren Schützen.«

»Was immer du planst«, gab Jamie ihm leise zu verstehen, »es könnte schief gehen.«

»Dann werde ich die Folgen tragen müssen«, sagte er schlicht.

Sie vernahm die Stimmen, hielt indes die Augen geschlossen, um ihnen nicht zu erkennen zu geben, dass sie bei Bewusstsein war.

»Wir haben Igrainia. Das Vernünftigste wäre jetzt, in Windeseile aufzubrechen«, sagte Robert soeben.

»Igrainia … Ich will diesen Abtrünnigen!«, schnaubte Niles.

Sie öffnete ihre Augen einen Spalt, hielt die Lider indes gesenkt. Undeutlich gewahrte sie, dass die beiden Männer zwar abgesessen hatten, aber in voller Rüstung waren und ihre Waffen gezückt hatten. Robert Neville und Niles Mason standen unweit von ihr, am Fuße einer gewaltigen Ulme, unter die sie sie gebettet hatten.

»Wir sollten so schnell wie möglich weiterreiten und uns König Edward anschließen«, beharrte Robert. »Die Abtrünnigen werden mit Bruce zusammentreffen – ganz Schottland weiß, dass der englische König sein Heer selbst anführen will. Und wenn Edward in dieser Schlacht befehligt, werden die rebellischen Schotten umfallen wie die Fliegen. Vermutlich wird auch dieser Mann fallen – genau wie alle anderen.«

»So einfach ist das für Euch? Er ist der Mann, mit dem sie angeblich vermählt ist, und solange ihr Ehestatus ungeklärt ist, bekommt Ihr nichts von ihrem Vermögen. Und wenn er tot ist ...«

»Also, wie lautet Euer Plan? Ursprünglich wollten wir ihn und seine Abtrünnigen im Wald aus einem Hinterhalt angreifen. Sie im Schlaf überwältigen. Inzwischen sind sie gut bewaffnet und gefährlich.«

»Wenn wir damit drohen, Igrainia zu töten ...«, schlug Neville vor.

»Drohen, sie zu töten! Danby und der junge Lord Abelard sind vermutlich bei ihnen!«

»Und wenn wir damit drohen, sie als eine Verräterin der Krone zu töten?«

»Wenn der König das erfährt, und ganz bestimmt wird er das, mit Abelard und Danby in ihrem Tross, werde ich nichts als einen Misthaufen in irgendeinem gottverlassenen Loch bekommen!«, entrüstete sich Robert.

»Was, wenn Abelard und Danby in dem Handgemenge getötet werden?«

»Guter Gott, Niles, Ihr habt den Verstand verloren! Das würden die Soldaten niemals wagen.«

»Oh, ich denke doch. Die meisten dieser Burschen sind von mir handverlesen, hervorragend trainiert und sich durchaus im Klaren, was für einen Sieg getan werden muss.

Und natürlich habe ich nicht nur bestens geschulte Engländer in meiner Truppe, sondern auch Schotten. Jawohl, gute Schotten – Verwandte und Anhänger des ermordeten John Comyn, die es nicht im Geringsten kümmert, wenn sie ein paar Engländer töten, die der Rechtsprechung trotzen.«

»Aber der Mord an zwei Adligen!«

»Nicht Mord. Kampfverlust. Opfer. Die beiden werden als Helden sterben.«

Igrainia konnte es nicht mehr ertragen. Sie rappelte sich auf und herrschte die beiden an: »Bevor Ihr meinen Bruder umbringt, tötet Ihr besser mich.«

»Mylady, es gibt nichts, was ich lieber täte«, versetzte Niles.

Auch Robert musterte sie angewidert, dann schweifte sein Blick zu Niles. »Es muss einen anderen Weg geben. Ich würde Lady Igrainia natürlich alsbald für immer in einen Turm sperren, um diese Ehe zu ertragen. Aber zunächst muss ich rechtmäßig mit ihr vermählt sein, will ich Langley und ihren englischen Besitz je mein Eigentum nennen.«

»Grämt Euch nicht, meine Liebe«, beruhigte Niles sie hämisch grinsend. »Wir werden uns etwas anderes ausdenken, wie wir den Abtrünnigen töten können.«

»Es ist zu heikel für uns, einen unserer Männer dorthin zu schicken.« Eric stapfte unermüdlich durch den Hain, wo sie sich versammelt hatten. »Sie könnten ihn schlichtweg überwältigen, und wir verlieren einen Mann, ohne zu einer Einigung gefunden zu haben.«

»Ich werde gehen«, erbot sich Vater MacKinley.

Schweigend musterten ihn alle.

Er zuckte die Schultern. »Ich besitze Immunität. Die Hinrichtung eines geweihten Priesters muss von König Edward persönlich befohlen werden.«

»Diese Männer fürchten weder die mächtigen Regenten noch die Kirche«, erinnerte Eric ihn.

Aidan Abelard trat vor. »Ich werde ihn begleiten.«

Wieder verstummte die Gruppe.

»Wie können wir einem Engländer trauen?« Angus spie ins Gras.

»Sie halten meine Schwester gefangen«, erinnerte Aidan sie.

Eric musterte Aidan. »Vielleicht schrecken sie nicht einmal davor zurück, einen aus ihren eigenen Reihen zu töten, Aidan.«

»Sie können uns noch nicht umbringen, denn dann bekämen sie nicht, wonach sie streben. Wenn ich mit MacKinley reite, wird sie das vielleicht eher überzeugen, dass Ihr ihnen ein ehrliches Angebot machen wollt.«

Aidan hatte Recht. Wahrlich, wenn er zu den Engländern gehen wollte, dann jetzt.

Er und MacKinley brachen auf. Ihre Pferde waren ausgeruht, und sie galoppierten über den Pfad.

»Wir beide werden jetzt einen Spaziergang machen«, erklärte Robert Neville Igrainia und fasste ihren Arm.

Sie sträubte sich, sah von Niles Mason, der inmitten der riesigen Lichtung stand, auf den Pfad. Soeben gab er einem Kurier die letzten Anweisungen. Der Mann sollte zurückreiten und die Schotten warnen, dass Lady Igrainia im Falle eines Angriffs getötet werden könnte.

Ihre Männer hatten sich im Bogen formiert, bereit, den bewaffneten Reitern Paroli zu bieten, sollten sie denn kommen.

Die Dämmerung brach herein.

»Ich werde dich unter gar keinen Umständen begleiten.«

»Nein? Nun, du wirst mitkommen. In der Tat wirst du alles tun, was ich sage. Und ich warte nicht länger. Wir werden uns jetzt etwas näher kennen lernen.«

»Du stehst vor einer Schlacht! Dafür hast du jetzt keine Zeit.«

»Ich kann verblüffend schnell sein.«

»Ich komme nicht mit«, schnaubte sie, sich gegen seine Umklammerung wehrend.

»Nun, das ist mir auch Recht, Mylady. Mich stört es nicht sonderlich, wenn wir Publikum haben. Ich dachte, es wäre dir unangenehm, aber da du es ja gewöhnt bist, dich mit Tieren zu vereinigen, wirst du die neugierigen Blicke gewiss verschmerzen.«

Sie fürchtete, dass er Ernst machen könnte.

»Das hast du nicht wirklich vor.«

»O doch, das habe ich.«

Sie schüttelte den Kopf. »Das hast du nicht, weil du es dann nie erfahren wirst ... Wenn es dir gelingt, Eric zu töten, König Edward unsere Vermählung fordert und ich ein Kind gebäre, dann wirst du nie wissen, ob es deins ist – oder seins. Und willst du dein eigenes Kind töten? Oder dir dein ganzes Leben lang den Kopf zerbrechen, ob der von dir aufgezogene Sohn auch wirklich dein eigen Fleisch und Blut ist?«

Er maß sie, sein Gesicht zornesrot. »Ich glaube, du hast bereits angedeutet, dass du guter Hoffnung bist. Wenn dein Erstgeborener also stirbt, ist dies zwar tragisch, aber nicht zu ändern.«

»Bin ich wirklich schwanger? Oder habe ich das einzig als Argument gegen dich angeführt?«

Ehe er antworten konnte, brüllte Niles Mason ihm zu: »Reiter nahen!«

Robert hielt ihr Handgelenk umklammert und zerrte sie hinter sich her, um sich zu Niles auf die Landstraße zu gesellen. Igrainia gewahrte Vater MacKinley und ihren Bruder hoch zu Ross.

Aidans Blick fiel sogleich auf sie. »Igrainia!«, rief er. »Bist du unverletzt?«

»Aidan!« Robert lachte spöttisch. »Warum sollte ich der Frau etwas antun, die ich liebe und unbedingt heiraten will?«

MacKinley war vom Pferd gesprungen. »Sir Niles Mason, Sir Robert Neville, ich habe eine Botschaft für Euch von dem Schotten Sir Eric Graham.«

»Raus damit«, befahl Niles.

»Sir Eric ist willens, sich Euch zu ergeben, unter der Bedingung, dass Ihr seine Gemahlin umgehend mir und Lord Ewan Danby anvertraut. Sie soll unbehelligt nach Norden reiten dürfen, zu seinem Familienclan, bis ihr gemeinsames Kind geboren wird. Danach, so es weiterhin Befehl des englischen Königs sein sollte, wird sie nach Langley zurückkehren und ihrem Monarchen Gehorsam leisten.«

Fassungslos maß Igrainia den Geistlichen. Eric durfte sich nicht noch einmal überwältigen lassen. Er begriff einfach nicht, dass diese Männer ihn keinesfalls zu einer Hinrichtungsstätte führen würden. Sie würden ihren schändlichen Mord hier und jetzt begehen.

»Nein!«, erwiderte sie. »Das kann er nicht tun. Ohne mich! Ich werde nicht …«

»Du bist nicht betroffen, Igrainia«, sagte Aidan sanft.

»Nicht betroffen! Aber …«

»Sagt Sir Eric, dass sein Vorschlag erstaunlich großzügig ist«, warf Niles Mason ein. »Aber … er sollte eines bedenken: Seine Hinrichtung wird hier stattfinden – und zwar gleich. Aidan, Ihr und Lord Danby könnt Ihn meinethalben begleiten, aber nicht seine Männer. Wenn ich einen seiner schottischen Abtrünnigen sehe, wird Lady Igrainia ebenfalls ihr Leben aushauchen. Ist das klar?«

»Er wird allein reiten, mit Ausnahme der Lords Danby und Abelard«, betonte Vater MacKinley.

»Nein!«, protestierte Igrainia. »Nein, sagt ihm, dass er das nicht tun darf! Sie werden Euch alle töten, jeden Einzelnen von Euch …«

»Dies ist eine Übereinkunft zwischen Rittern, Igrainia«, unterbrach Aidan sie.

»Noch eine letzte Sache«, sagte Robert Neville brutal. »Lady Igrainia wird zuschauen.«

»Nein, das wird sie nicht!«, begehrte Igrainia zornig auf. »Aidan, ich sage dir, ich habe gehört, wie sie …«

»Wir müssen den Austausch erörtern«, entschied Vater MacKinley schroff.

»Sobald der Abtrünnige eingetroffen ist, kommt er mit mir, und wir übergeben Igrainia in Eure Obhut, Vater. Und Eure, versteht sich, Aidan und Lord Danby. Sie wohnt dem Schauspiel bei und dann ist sie frei – bis zur Geburt ihres Kindes.«

»Welche Garantie haben wir, dass sie wie versprochen zurückkehrt?«, wollte Robert wissen.

»Ich bin ihr Bruder und ein englischer Adliger«, erinnerte Aidan sie. »Sie wird tun, was ich sage und was ihr König befiehlt.«

Robert wollte abermals etwas einwenden, doch Niles legte ihm mahnend eine Hand auf den Arm. »Wir sind einverstanden. Bringt den Abtrünnigen her. Und wir werden Euch die Dame übergeben.«

»Nun, er wird Robert bestimmt zum Schweigen bringen!«, begehrte Igrainia auf, bemüht, sich dessen Griff zu entziehen. »Sie meinen kein Wort von dem, was sie sagen ...«

Robert zog sie unwirsch zurück. »Wir alle sind Ehrenmänner!«

»Ehre!«

»Noch ein Wort, und Ihr werdet geknebelt, Mylady!«, warnte Niles Mason.

»Lord Abelard, ich glaube, Ihr könnt mit diesen Bedingungen jetzt kehrtmachen«, meinte Vater MacKinley, an Aidan gewandt. Darauf trat dieser zu Igrainia und streckte seine Hand aus, um sie aus Roberts Umklammerung zu befreien.

»Was soll das?«, wollte Robert wissen. »Was tut Ihr da? Ihr müsst zurückreiten, um die ausgehandelten Bedingungen zu erfüllen.«

»Für den Augenblick, Robert Neville, werdet Ihr Eure Hände von meiner Schwester lassen«, sagte Aidan scharf vom Rücken seines Pferdes aus.

»Igrainia wird mit mir warten – vor den Augen Eurer bewaffneten Soldaten, versteht sich«, lenkte Vater MacKinley ein. »Das hat der Abtrünnige gefordert. Er möchte sicher sein, dass sie unverletzt ist, wenn er sich im Austausch hergibt.«

Nachdem Aidan gesehen hatte, dass MacKinley Igrainia bei der Hand gefasst hatte und nicht mehr Robert Neville, wendete er sein Pferd und machte sich auf den Weg. Unversehens zitterte Igrainia am ganzen Körper, konnte sie doch nicht glauben, was da vor sich ging.

Aidan kehrte zurück und lieferte ausführliche Informationen über das Lager der Engländer; er wiederholte wortwörtlich, was die Männer gesagt hatten.

»Es ist eindeutig eine Falle«, meinte Jamie. »Sie haben

nicht vor, Igrainia freizugeben; stattdessen wollen sie euch töten.«

»Ganz recht, es ist eine Falle«, bekräftigte Eric.

»Sie sind Lügner. Sie meinen kein Wort von ihrer Abmachung ernst.«

»Wir selbstverständlich auch nicht, bis auf den Umstand, dass ich mich ergeben muss.« Eric schwieg für Augenblicke. »Wir verlangen viel von Vater MacKinley. Er ist ein Gottesmann.«

Jamie erwiderte überaus ernst, und ungeachtet der Tatsache, dass Aidan bei ihnen war: »MacKinley wird seine Sache gut machen. Aber du musst eines bedenken. Sie ist eine Frau, Eric. Eine schöne Frau, und unsere Pläne können scheitern. Wird einer von uns wankelmütig, bist du ein toter Mann. Schlimmer noch, du wirst um deinen Tod betteln. Überlege es dir gut. *Ist sie das wert? Ist sie das wirklich wert?*«

Statt einer Antwort grinste Eric Jamie nur an. Er lieferte weder Erklärungen noch Ausflüchte.

»Ja«, sagte er schließlich.

»Also gut«, erwiderte Jamie. »Wenn du ein solches Risiko eingehen willst, ist es wenigstens gut zu wissen, warum.«

»Ja, sie ist es wert«, sagte Eric unwirsch.

»Nun, wenn du bereit bist, es wird Zeit.«

»Wir haben keine Wahl«, meinte Eric. Dann zögerte er, drehte sich um und maß die grimmig entschlossenen Gesichter derjenigen, die mit ihm geritten waren, so lange und treu ergeben.

»Vergesst nicht, man darf Euch nicht sehen. Sie werden sie töten, ich kenne sie, mag Robert Neville auch nach ihrem Besitz trachten. Niles Mason geht es mehr um seine persönliche Rache. Und denkt daran, was immer geschieht, Ihr müsst dafür sorgen, dass sie entkommt«, beschwor er seine Leute. Er sprang auf Loki, und Lord Danby und Aidan schwangen sich ebenfalls auf ihre Rösser.

Eric blickte zu Aidan. »Ihr müsst zusehen, dass sie rasch fortgebracht wird.«

Aidan seufzte. »Ihr vergesst nur allzu oft, dass sie meine Schwester ist.«

Darauf wandte Eric sich an Lord Danby, der bei den hinteren Reihen verharrt und nicht den ganzen Plan erfahren hatte.

»Lord Danby, ich kann Euch nur warnen, dass sie keine Ehrenmänner sind.«

Danby erwiderte: »Ich verlange, dass Mylady Respekt gezollt wird.«

Eric wandte sich ein letztes Mal an seine Männer.

»Keiner, nicht einer, darf sich zeigen«, wiederholte er.

»Gewiss, Eric«, bekräftigte Jamie.

Es wurde Zeit. Höchste Zeit. Eric spornte Loki an, und das prachtvolle Tier verfiel in einen fliehenden Galopp. Eric schien es, als würde er zu seinem eigenen Rendezvous mit dem Tod eilen.

24

Während sie warteten, wurde Igrainia genötigt, ihre Vorbereitungen mit anzusehen.

Sie fragte sich, ob es nicht besser gewesen wäre, sich von Robert in den Wald zerren zu lassen.

Sie zimmerten einen behelfsmäßigen Galgen aus den Baumstämmen, die sie ringsherum fanden. Sie stützten diesen an einen Baum, über den sie das Seil warfen, an dem der Gefangene hängen würde, bis er dem Erstickungstod nahe wäre.

Kübel mit Wasser wurden gebracht, um es über seinen Kopf zu gießen, falls er während der Folter ohnmächtig würde.

Sinn und Zweck einer solchen Hinrichtung sei, so Niles Mason, dass ein Verurteilter für seine Missetaten sühnen sollte. Gewiss, ein Schwertstreich beendete das Leben eines Mannes, aber … dann wäre seine Buße zu kurz. Verräter konnten beten in ihrem Todeskampf, und vielleicht stimmten sie den Allmächtigen damit gnädig. Niles erzürnte sich darüber, dass ihm die entsprechenden Folterwerkzeuge fehlten. Er brauchte eine scharfe, gebogene Klinge, um den Körper aufzuschlitzen und die Organe fachmännisch herauszutrennen, derweil der Gefangene bei lebendigem Leibe in Stücke gerissen würde.

Vater MacKinley wurde kreidebleich, dennoch wies er Niles unbeirrt darauf hin, dass Gott der oberste Richter über die Menschheit sei und dass er das Strafmaß vermutlich selbst ermessen wolle, wenn ein Mann aus diesem Leben in ein anderes schied.

»Das kümmert mich nicht, Vater, denn dieser Abtrünnige wird von der Pein der Klinge in die Feuer der Hölle scheiden«, befand Niles.

Vater MacKinley blickte vorwurfsvoll zu Robert Neville. »Ich selbst habe über Euch gewacht, Sir Robert, als Ihr vor den Pforten des Todes standet. Ich habe Euch geholfen, von

Langley zu fliehen, um Euch vor Vergeltungsmaßnahmen zu schützen.«

»Ihr habt mir bei der Flucht von der Burg geholfen. Und es ist mir bislang nicht gelungen, dorthin zurückzukehren!«, erinnerte Robert ihn. »Spart Euch Eure Gebete auf, Vater. Wir werden Euch natürlich gestatten, sie für den Verurteilten zu sprechen. Und Igrainia! Ich hatte gedacht, dass du bereits auf den Knien für ihn flehtest!«

»Wenn ich in diesem Augenblick ein Gebet sprechen müsste, Robert, dann wäre es für deine Seele. Nun, da ich hoffe, dass du auf ewig in der Hölle schmoren wirst, erspare ich mir diese Mühe.«

Vermutlich hätte er sie geschlagen, wenn Vater MacKinley nicht so beharrlich an ihrer Seite verweilt hätte. Noch während sie sprach, vernahmen sie dröhnenden Hufschlag. Sie biss sich schmerzhaft auf die Lippe, als sie Eric gewahrte. Wie vereinbart ritt er zwischen ihrem Bruder und Lord Danby. Ihr Herz sank ins Bodenlose, als sie erkennen musste, dass er zu seinem Abkommen stand.

Er war ohne Unterstützung gekommen, ohne jeden Hoffnungsstrahl.

Aufgeräumt trat Niles vor. »Igrainia ist hier, mit Vater MacKinley. Aidan, Lord Danby, Ihr mögt Euch zu ihr gesellen. Igrainia steht dort, gleich neben dem Pfad, und kann Euer Pferd übernehmen und es reiten, sobald Euer Kopf vom Körper abgetrennt wird, *Sir* Eric«, verkündete er.

Eric nickte. Igrainia würdigte er keines Blickes. Sie wollte zu ihm eilen, doch MacKinley hielt sie zurück. Aidan und Lord Danby saßen ab und traten neben sie und den Geistlichen.

Niles warf das zu einer Schlinge geknotete Seil zielsicher über Erics Kopf. Die Schlinge straffte sich um seinen Hals, und er wurde vom Pferd gerissen. Instinktiv umklammerte er den Strick, der ihm die Luft abschnürte. Niles rief einen seiner berittenen Soldaten, und der Bursche preschte heran, spornte sein Pferd an und galoppierte über die Lichtung, Eric über den Boden zerrend.

Igrainia schrie. Sie versuchte vorzustürmen, zu unterbinden, was vor ihren Augen geschah. Entrüstet blickte sie zu

Aidan und Lord Danby, die das Schauspiel ohne jede Regung beobachteten.

»Mein Gott, nein!«, hauchte sie, sich gegen MacKinley zur Wehr setzend.

Seine Hände gruben sich in ihre Schultern. »Bleibt hier, Ihr müsst hier bleiben!«, beschwor er sie.

»Das kann ich nicht!«, jammerte sie. »Mein Gott, ich dachte, dies wäre ein Trick, dass Eric mit seinen Männern herkommen würde, dass ...«

»Das konnte er nicht. Begreift Ihr nicht? Er durfte nicht zulassen ... was sie Euch sonst angetan hätten.«

»Es hätte nicht schlimmer sein können!«

Als sie gewahrte, wie Erics Körper über das Erdreich und Gestein geschleift wurde, versuchte sie, ihren Kopf an MacKinleys Schulter zu verbergen. Robert trat zu ihnen und riss sie herum.

»Du sollst das Schauspiel mit ansehen, Igrainia.«

Der Reiter verharrte. Eric lag reglos am Boden. Sie fürchtete, dass er bereits tot sei.

Niles trat hinzu. Als er sich bücken wollte, richtete Eric sich auf. Blut tropfte von seiner Schläfe, seinen Lippen. Sein Gesicht war schmutzverkrustet und von roten Striemen gezeichnet. Sein volles Blondhaar war verfilzt und dunkel vom Staub, die Kleidung zerrissen.

Sobald er stand, trat einer von Niles Masons Männern geschwind hinter ihn, packte Erics Handgelenke und band sie auf seinem Rücken fest zusammen. Eric setzte sich nicht zur Wehr, den Blick unablässig auf Niles gerichtet.

Niles packte das Seilende und warf es dem Soldaten zu. Der Strick straffte sich, worauf Eric jählings strauchelte. Er fand zu seinem Gleichgewicht zurück und marschierte, die Schultern gestrafft, aufrecht, hoch erhobenen Hauptes.

Sie konnte es nicht ertragen und schickte sich an, zu ihm zu laufen.

Sie entwischte MacKinley, nicht jedoch Robert Neville, der vortrat, sie bei den Schultern packte und herumriss, sodass sie erneut zusehen musste. »Dort ist dein dir angetrauter Krieger, Igrainia. Ein gestelltes Tier, bereit für die Schlachtbank.«

Aidan trat vor. »Robert, Ihr überlasst meine Schwester mir. Das ist Teil unserer Vereinbarung.«

Robert ließ sie sogleich los, sein Grinsen überfreundlich.

Immerhin war es tröstlich, Aidan in ihrer Nähe zu wissen, denn Niles rief, dass MacKinley vortreten und sein Gebetbuch öffnen solle. Der Geistliche tat, wie ihm geheißen, strebte zu dem hölzernen Galgen und nahm sein Gebetbuch aus der Kutte.

Das Seil um Erics Hals wurde über den Baum geworfen. Ein weiterer Mann gesellte sich zu dem Ersten, um sich ebenfalls an den Strick zu hängen, sodass sie Eric vom Boden hoch ziehen konnten.

Igrainia gewahrte Erics hochrotes Gesicht, als er krampfhaft nach Atem rang.

Sie fing an zu schreien.

Er fiel, stürzte auf das Holzgerüst seiner Schergen.

Niles trat hinter die Vorrichtung und befahl, man solle Eric der Länge nach darauf legen. Dann nahm er sein Messer und schlitzte Eric Tunika und Hemd auf.

»Und der Herr möge Euch beschützen und vergeben und Euch in sein ewiges Reich aufnehmen!«, betete MacKinley und beugte sich über Eric, um das Symbol des Kreuzes auf dessen Stirn anzudeuten.

Igrainia konnte es nicht mehr ertragen. Ihre gellenden Schreie durchtrennten die Luft; schließlich gelang es ihr, sich dem Klammergriff ihres Bruders zu entziehen.

»Igrainia!«, entrüstete sich Aidan.

Sie schoss vor. Noch ehe sie das Schafott erreichte und Niles Mason die Klinge in Erics Leib bohren konnte, reagierte MacKinley erstaunlich flink. Er ließ sein Gebetbuch sinken.

Darunter hatte er ein Messer gezückt. Es war eine kleine Waffe, aber immerhin eine Waffe.

Und mit verblüffender Geschmeidigkeit stieß er diese in Niles Masons Gedärm.

Er tötete Mason nicht, verletzte ihn indes so empfindlich, dass der Mann nach hinten taumelte.

Währenddessen war Eric von den Holzpfosten gerollt und hochgeschnellt.

»Es ist ein Trick, eine Falle! Tötet sie! Tötet sie alle, diese Verräter!«, gellte Robert Neville. Er selbst preschte vor, das Schwert gezückt, erpicht darauf, zu Eric zu gelangen, solange dessen Hände noch auf dem Rücken gefesselt waren. Dabei drängte er sich blindlings an Igrainia vorbei.

»Nein!«, erzürnte sie sich, ihr Schrei genährt von Wut und Hass. »Nein!«

Igrainia stürzte sich auf seinen Rücken und schlug wie von Sinnen auf ihn ein, als er sie abzuschütteln suchte.

Sie vernahm ein surrendes Geräusch. Pfeile schossen durch die Luft. Die beiden Männer, die Erics Seil hoch gezogen hatten, brachen tot zusammen.

Masons und Nevilles Gefolgsleute, die das Schauspiel der Hinrichtung fasziniert verfolgt hatten, waren völlig verblüfft von der plötzlichen Wendung der Ereignisse. Unversehens aus ihrer Lethargie aufgerüttelt, schickten sie sich an, die Stätte der Hinrichtung zu verlassen, doch waren sie nicht auf die Schotten vorbereitet. Ein Pfeilregen schien plötzlich auf sie hernieder zu gehen, und in ihrer Hektik fielen die Männer wie die Fliegen. Die Geschosse brachten viele Soldaten zu Fall, doch andere stürzten vor. Das Rasseln ihrer Schwerter schloss sich an, und wohin Igrainia auch blickte – was heikel war, da Robert sich wie ein Irrer gegen sie zur Wehr setzte –, gewahrte sie kämpfende Krieger.

Schließlich gelang es Robert, sie abzuschütteln. Einerlei, als sie von seinem Rücken rutschte, sah sie, dass Vater MacKinley Erics Handfesseln gelöst hatte. Jamie, der inmitten eines bedrohlich anmutenden Handgemenges steckte, warf Eric das Schwert zu, das er mit seiner Linken umklammert hatte.

Verdreckt, blutend und voller Blessuren stürzte sich Eric auf den Ersten, der ihn angriff

Das war das Letzte, was Igrainia von ihm mitbekam. Sie landete mit dem Rücken an einem Baumstamm und sank völlig verblüfft in sich zusammen. Sie blinzelte, wollte sich aufrappeln. Während sie sich schwankend aufrichtete, stellte sie fest, dass Robert Nevilles ungeteilte Aufmerksamkeit inzwischen ihr galt. Er näherte sich ihr entschlossen. Doch offenbar hatte er vergessen, dass ihr Leben der Schlüssel zu dem von ihm sehnlichst erstrebten Reichtum war: Sein Schwert war gezückt.

Sie klammerte sich an den Stamm des Baumes. Sie hatte keine Waffe. Und sie sah keine Möglichkeit zu fliehen.

Doch als er näher kam, trat ein seltsamer Ausdruck in seinen Blick. Er öffnete die Lippen, als wollte er etwas sagen.

Dann brach er vor ihren Augen zusammen. Hinter ihm stand Aidan. Robert Nevilles Blut tropfte von seinem Schwert.

»Igrainia, mein Auftrag lautete, dich auf ein Pferd zu heben und fortzubringen!«, erzürnte er sich. »Aber du hast mich an dieser wichtigen Aufgabe scheitern lassen.«

»Aidan! Hinter dir!«, gellte sie, und er schnellte herum, wirbelte sein Schwert durch die Luft, gerade noch rechtzeitig, um seinen Angreifer zu Fall zu bringen.

Sogleich befand sich Aidan wieder mitten im Gefecht. Igrainia sah einen Mann, der über den Leichnam seines gefallenen Gefährten stolperte und, eine vernichtende Wut in den Augen, auf sie zustrebte. Sie fiel auf die Knie, in dem krampfhaften Versuch, Robert Nevilles Schwert an sich zu bringen. Doch dieser lag mit seinem ganzen Gewicht darauf.

Jemand trat hinter Igrainia und lenkte den Widersacher von ihr ab. Sie zog das Schwert unter Neville fort und schwang es bedrohlich. Da gewahrte sie Lord Danby, der ihren Häscher niedergestreckt hatte.

»Lord Danby!«, hauchte sie. »Ihr habt gegen ... einen Engländer gekämpft!«

»Nein«, erwiderte er. »Ich habe für die Ehre der Engländer gekämpft – die ganz gewiss existiert«, sagte er entschieden.

Sie lächelte. »Ich weiß.«

Sie war froh, dass sie eine Waffe hatte, denn der Kampf war verheerend, gnadenlos und ohne Rücksicht auf eine Frau. Sie hatte nicht die Kraft oder die Erfahrung der Männer. Indes gelang es ihr, sich zu verteidigen, bis einer der Soldaten ihr zu Hilfe eilte. Sie kämpfte wie eine Löwin, wirbelte herum, schwang das Schwert in einem riesigen Bogen, um den Feind auf Abstand zu halten. Die Männer in ihrer Umgebung waren allesamt in Kampfhandlungen verstrickt, als ein klirrendes Rasseln Igrainias Klinge erzittern ließ.

Sie sah auf. Niles Mason grinste von einem Ohr zum anderen, hatte er doch soeben ihre Waffe zu Boden gezwungen.

Sie bemühte sich, diese zu befreien. Feixend schwang er seine Klinge. Sie hob die eigene und begegnete ihm mit unerschütterlichem Mut. Wieder und wieder schwang er sein Schwert, bedrängte sie. Sie fürchtete schon, ihre Waffe nicht länger halten zu können.

Jemand sprang zu ihr, schob sie beiseite.

Eric. Er und Niles trafen aufeinander. Sie rang nach Atem, wirbelte herum, verdutzt, dass ein weiterer Mann sie anzugreifen trachtete. Ihre Klinge beschrieb einen weiten Bogen, touchierte den Leib des Mannes. Er taumelte zurück, verwundet und somit noch erzürnter.

Jamie mischte sich ein.

Sie schwang ihr Schwert, als sie jemanden hinter sich hörte.

»Igrainia!«

Es war die Stimme ihres Bruders. Sie stockte.

Er kam zu ihr, entwand ihr die Waffe. Da gewahrte sie, dass es auf der Lichtung plötzlich ganz still geworden war.

Einzig Eric kämpfte von Angesicht zu Angesicht mit Sir Niles Mason. Ihr Zweikampf schien nicht enden zu wollen.

Eric war verwundet und zerlumpt, von Schmutz verkrustet und mehr tot als lebendig. Blut bedeckte Masons Tunika.

Und er musste bemerkt haben, dass seine Männer gefallen waren wie die Zinnsoldaten.

Erics Männer blieben zurück, bildeten einen Kreis um die beiden. Noch während Igrainia zusah, machte Eric einen Schritt und stolperte. Ein gepresster Laut entwich ihrer Kehle. Sie wollte sich ins Gewühl stürzen.

Jamie umspannte ihre Taille, hielt sie fest.

»Helft ihm! Er ist ja mehr … mehr tot als lebendig!«, begehrte sie auf. »Niles hat eine Fleischwunde davongetragen, MacKinley ist kein Krieger. Niles ahnt vielleicht, dass er sterben wird, aber er ist so versessen auf ein Blutvergießen, dass er mit Freuden in den Tod geht, solange Eric ihn begleitet. Jamie, Ihr müsst Euch einmischen, ihn töten, ihn von Eric ablenken!«

»Nein«, sagte Jamie sanft, aber bestimmt.

»Aber ...«

»Diesen Kampf muss Eric allein ausfechten.«

Sie öffnete die Lippen zu einem erneuten Protest, um ihren Mund dann schnell mit ihrer Hand zu bedecken und den Entsetzensschrei zu dämpfen, da Niles mit seinem Schwert ausholte. Das Klirren, als es auf Erics Waffe niedersauste, machte die Luft erzittern. Wieder wollte sie losstürmen, fest entschlossen, sich selbst auf Niles zu stürzen.

Doch Jamie hielt sie entschlossen zurück.

Eric fand die Kraft, seine Klinge zu schwingen. Einmal und wieder und wieder. Niles tänzelte eilenden Schrittes über die Lichtung. Gleichwohl nahte sein erneuter Angriff so heftig und heimtückisch, dass sie schon meinte, er werde Erics Knie durchtrennen. Doch Eric gelang es, im Sprung über die Klinge zu setzen und auf den Holzbalken zu landen, wo er ursprünglich hatte sterben sollen. Er sprang wieder hinunter und griff abermals an, ließ die Luft unter seinen Schwertstreichen erbeben.

Niles gelang ein Treffer, der Erics Unterarm streifte. Igrainia unterdrückte ein Schluchzen, als sie das hervorquellende Blut sah. Während Eric die neue Wunde umklammert hielt, schnellte Niles vor; blitzartig und brutal drängte er Eric zurück. Eric stolperte und ging zu Boden. Niles umklammerte mit beiden Händen sein Schwert, bereit, es schonungslos in Erics Herz zu bohren.

Noch während sie schrie, robbte Eric beiseite. Mit unbändiger Willenskraft richtete er sich auf und schnellte todesmutig und zornerfüllt herum.

Igrainia beobachtete, wie sein Schwert Niles Masons Magengrube zerfetzte.

Für Augenblicke blieb der Mann reglos stehen, wie festgewurzelt, als verharrte er mitten in einem Tanz.

Dann fiel er vornüber.

Zunächst zeigte Eric keine Regung. Dann verfinsterte

sich seine Miene, er umspannte sein Schwert und hieb wie von Sinnen wieder und wieder zu.

»Jamie, bitte, lasst mich los!«, flehte Igrainia und versuchte sich loszureißen.

Er gab sie frei.

»Eric!«, rief sie seinen Namen, und sein Schwert verharrte. Sie eilte hinter ihn, schloss die Augen vor Niles Masons Anblick.

Von hinten legte sie ihre Arme um Eric, schmiegte ihr Gesicht an ihn.

»Es ist vorbei!«, hauchte sie. »Es ist vorbei.«

Sein Körper blieb verkrampft. »Anfangs«, sagte er ruhig, »war es für Margot. Für mein Kind ...« Ihm versagte die Stimme. Dann drehte er sich um, und ihre Blicke trafen sich. »Und dann war es ... für dich.«

»Es ist vorbei«, flüsterte sie wieder. Und sie dachte, dass etwas in ihm zerbrochen sei, dass er tiefere Wunden davongetragen habe, als für das Auge sichtbar war. Darauf versteifte er sich, und seine Umarmung wurde inniger.

»Was, in aller Welt, tust du hier? Aidan sollte dich fortbringen, noch bevor der Kampf begann.«

»Aidan hat es versucht, aber ... wie konnte ich denn ahnen, dass ihr einen Plan hattet?«, erwiderte sie.

Mit blutbespritzten Fingern umschloss er ihr Kinn. »Man sollte dich verprügeln, ist dir das klar? Fortsperren, um dich in Sicherheit zu wissen. Du ...«

Seine Finger glitten von ihrem Kinn. Er sank auf sie. Und sie hatte nicht die Kraft, ihn zu stützen.

Gemeinsam stürzten sie zu Boden.

Die Flussufer eigneten sich hervorragend für den Genesungsprozess. Sie waren nahe dem kristallklaren, leise murmelnden Wasser gelegen, dessen heilende Moose und Schlingpflanzen auch für Tinkturen und Salben verwendet werden konnten.

Eric war empfindlich verwundet, ein Großteil seiner Verletzungen jedoch nur oberflächlich. Einige Schwerthiebe verliefen tiefer und würden weitere Narben auf seiner Haut hinterlassen. Seine Kehle war wund gescheuert und angeschwollen infolge des Galgenstricks. Sein Arm musste genäht werden, genau wie die klaffende Wunde an seinem Schenkel.

In den ersten Tagen war er matt und schwach und ein braver Patient. Er lag auf der von ihr hergerichteten Schlafstatt, sich ihrer fürsorglichen Pflege kaum bewusst.

Viele waren verwundet. Thayer hatte abermals ernste Verletzungen erlitten, was ihn indes nicht zu stören schien. Jede Einzelne, so versicherte er Igrainia, lehre ihn neue Taktiken der Selbstverteidigung.

Am Nachmittag des zweiten Tages saß Igrainia auf der Uferböschung, die Zehen im Wasser. Jamie war neben ihr.

Er kaute auf einem Grashalm. »Ihr seid jetzt viel sicherer, wisst Ihr«, bemerkte er, an sie gewandt. »Indes, wenn Eric vom Krankenbett aufsteht, wird er sich Robert Bruce anschließen.«

»Wird Edward sein riesiges Heer höchstpersönlich in die Schlacht führen?«

»Ich weiß es nicht. Allan und einige von den anderen sind ausgeschwärmt, um nähere Aufschlüsse zu gewinnen«, führte Jamie aus. »Ihr habt Euch tapfer geschlagen, Lady Igrainia.«

Sie errötete. »Es war der schlimmste Augenblick in meinem ganzen Leben. Doch davon gab es in letzter Zeit viele. Ich hatte ja keine Ahnung, dass Ihr alle kommen würdet ... ich konnte es nicht fassen, als Eric sich einverstanden erklärte, dass sie ... dass sie ...«

»Es ist vorbei«, sagte Jamie sanft.

»Aber das ist es nicht. Ihr alle werdet wieder in die Schlacht reiten, und das schon bald.«

Jamie widersprach ihr nicht. Schulterzuckend meinte er: »Mittlerweile sind wir recht viele, der Clan ist gewachsen und deckt viele Gebiete des Landes ab. Sicher, wir haben auch einige schwarze Schafe großgezogen, aber die meisten ... die meisten Clanmitglieder sind Wallace jeden Schritt des Weges gefolgt, und sie werden bei Robert Bruce sein, wenn Schottland endlich frei und er der rechtmäßige König einer unabhängigen Nation ist. Erics Loyalität wird nie angezweifelt werden. Und, ja, wir werden wieder in die

Schlacht reiten. Eric will es so. Ihr könnt einen Mann nicht davon abhalten, für eine Sache zu kämpfen, die mehr ist als ein Traum. Aber …«

»Aber?«

»Ihr könnt Euch glücklich schätzen in dem Wissen, dass Ihr ihn von einem Albtraum erlöst habt, von Höllenqualen, schlimmer als der Tod.« Seine grauen Augen fixierten sie, ernst und doch lebhaft. »Er liebt Euch, wisst Ihr.«

Sie zögerte, nagte an ihrer Unterlippe. »Ich bin seine Gemahlin. Und … ich werde sein Kind gebären. Ich bin … seine Geisel.«

Jamie lachte, worauf sie ihn scharf ansah.

Er schüttelte den Kopf. »Igrainia, als er sich dem Gegner ausliefern wollte, wussten wir, dass wir ein sehr großes Wagnis eingingen. Er nicht minder. Und ich habe ihn gefragt: *Ist sie es wert?* Er sagte ja, Igrainia. Kein Mann würde sich opfern für eine Frau, die er nicht liebt. Er war nicht nur willens, sein Leben herzugeben. Es war mehr, viel mehr.«

»Ich habe seinen Edelmut gegenüber anderen schon des Öfteren bewundert. Aber er hat mir nie gesagt, dass er mich liebt.«

Jamie grinste. »Angesichts drohender Vierteilung, Kastration und Köpfung wäre der Edelmut ein bisschen zu weit gegangen.«

»Ja, Ihr habt Recht.«

»Lasst den Geist von Margot nicht zwischen Euch stehen und Euer Glück trüben«, riet er. »Vergesst nicht, sie waren viele Jahre lang zusammen. Vor Margot … nun ja, er war ein Seefahrer. Ein Draufgänger. Doch nachdem er sie kennen gelernt hatte, gab es nur noch sie in seinem Leben. Eric ist ein Mann, der eine Frau mit tiefer Hingabe und von ganzem Herzen liebt. Grämt Euch nicht des fehlenden Eingeständnisses willen. Bedenkt, was er getan und dass er es für Euch getan hat, und lasst es damit genug sein.«

Impulsiv küsste sie ihn auf die Wange. »Er will so schnell wie möglich zu Robert Bruce gelangen«, räumte sie ein. »Genau wie Ihr, da bin ich gewiss. Aber … er sollte nicht zu schnell reiten, Jamie. Seine Genesung braucht Zeit.«

»Wenn die große Schlacht beginnt, wird ihn keine Macht auf Erden aufhalten können.«

In jener Nacht schlief sie neben Eric, lauschte auf seine gleichmäßigen Atemzüge, erleichtert, dass seine Genesung fortschritt. Am nächsten Morgen ging sie hinunter zum Fluss. Sie watete in ihrem Unterkleid hinein, begierig auf das kühle Nass. Allmählich beschlich sie das Gefühl, dass sie sich nie wieder würde reinwaschen können von all dem Blut, das vergossen worden war.

Sie tauchte den Kopf ins Wasser, ließ es durch ihr Haar fluten. Dann strich sie es mit den Händen zurück und sah auf.

Eric stand am Ufer, verletzt und geschunden, aber offenbar voller Willens- und Muskelkraft. Sie eilte zu ihm, besorgt, dass er straucheln und stürzen könnte. Doch als sie näher kam, zog er sie in seine Arme und an seine Brust. Er küsste sie nicht, sondern hielt sie unendlich lange schweigend fest. Und sie spürte seinen kraftvollen, gleichmäßigen Herzschlag, und das machte sie froh.

Er kauerte sich auf die Uferböschung, und sie setzte sich neben ihn, suchte in seinem Blick zu ergründen, ob er so weit genesen sei, um aufstehen und sich bewegen zu können. »Was soll ich nur mit dir machen?«, fragte er zärtlich. Sie lag auf dem Rücken, ihr Kopf in seinen Schoß gebettet. »Du bist immer mitten im Geschehen, wenn du eigentlich weit fort und in Sicherheit sein solltest.« Im Grunde seines Herzens erwartete er keine Antwort; er hatte die, die er wollte. »Du musst weiter nach Norden reiten, und das weißt du auch.«

»Ich weiß.«

»Was, kein Widerspruch? Bist du ganz sicher? Niles und Robert mögen beide tot sein, dennoch ist der Süden nicht sicher genug. Auch wenn Langley bisher allen Angriffen getrotzt hat. Aber ... wenigstens gibt es wahrhaft schöne Seen in den Highlands.«

»Das wird wundervoll sein.«

»Du bist mir zu einlenkend. Bin ich ernsthafter verletzt, als ich dachte?«

Sie schüttelte den Kopf. »Ich vermag ohnehin nicht zu

ändern, was ist. Und ich weiß, dass du dich Robert Bruce anschließen wirst. Und dass ich jedes Mal sterbe, wenn du fort bist, und … für den Augenblick lebe, da du zurückkehrst.«

Seine Hand, die die ihre sanft gestreichelt hatte, verharrte. »Ist dem so?« Und wieder erwartete er keine Antwort. »Ich habe deinem Bruder und auch Lord Danby die Freiheit geschenkt. Sie können sich Edwards Heer anschließen oder nach Gutdünken ihre Entscheidung treffen. In den vergangenen Tagen haben sie sich als wahrhaft höfliche und ehrenwerte Männer bewiesen, und ich kann ihnen genauso wenig vorwerfen, dass sie Engländer sind, wie in meiner Brust das Herz eines Schotten schlägt. Da Aidan dein Bruder ist, hast du vermutlich damit gerechnet, dass ich ihn einsperren werde, um ihn in Sicherheit zu wissen. Aber das kann ich nicht. Er ist ein junger, aufstrebender Mann, der es verdient hat, den Titel Lord Abelard zu tragen.«

»Ich bin froh, dass du die Entscheidung ihnen überlässt.«

Er nickte. »Und was ist mit dir, Igrainia? Auch du bist Engländerin. Wenn du bei mir bleibst, bist du die Gemahlin eines Abtrünnigen. Und für die Zukunft kann ich dir weder prächtige Burgen noch feine Roben versprechen … und wie es derzeit aussieht, kann ich dir nicht einmal eine angemessene Schlafstatt bieten.«

Sie schmunzelte. »Ich war eine Trophäe wegen meiner Güter und meines Titels. Aber jetzt bekommst du nichts davon. Mein Besitz in England wird gewiss konfisziert, und Langley … Langley gehört demjenigen, der es besetzt hält.«

Für Augenblicke schwieg er, dann sagte er rau: »Weder Ländereien noch Reichtum sind mir wichtig, Igrainia. Du allein bist mir wichtig.«

Sie erbebte, dort unten an den Flussgestaden. »Ich allein? König Edward würde das niemals glauben. Und Robert Bruce vermutlich auch nicht.«

»Robert Bruce hat erkannt, wie wunderschön du doch bist.«

Sie krauste die Stirn. »Hat er dir das gesagt? Als er dir befohlen hat, mich zu verführen, denke ich.«

Er lächelte viel sagend und schwieg. »Um ehrlich zu sein,

war es ein Tag an einem Fluss, beinahe wie heute, als ich deine Schönheit gewahrte.« Sein Lächeln verschwand, und er wurde schlagartig ernst, sein Blick schwermütig. »Igrainia, verzeih mir, wenn ich damals grausam zu dir war. Ich war zutiefst verbittert. Ich weiß, auch du hast gelitten. Mein Zorn galt nicht dir, sondern dem Tod, und jedes Mal, wenn ich dich ansah und im Stillen dachte, wie schön du doch bist, war ich wütend auf mich selbst. Dass du wahrhaft bewundernswert bist, wollte ich nicht einsehen. Und als ich die Erkenntnis gewann, dass du überaus begehrenswert bist, war es umso qualvoller. Aber dann … als es so aussah, dass ich dich für alle Zeit verlieren würde, trotz meiner Bemühungen und meines militärischen Geschicks, musste ich erkennen, dass …«

»Dass …«, wiederholte sie erwartungsvoll.

Indes hatte er keine Gelegenheit mehr, ihr zu antworten. Am Flussufer erhob sich unvermittelt lautes Jubelgeschrei. Igrainia setzte sich erstaunt auf. Eric erhob sich und half ihr hoch. Zögernd machten sie sich zuerst auf den Weg, doch schon nach wenigen Schritten fingen sie an zu laufen.

Die Verletzten, die Pfleger und die am Fluss weilenden Soldaten waren aufgesprungen und hatten sich um Allan geschart, der auf einem schweißüberströmten Ross zurückgekehrt war; er verharrte auf dem Pferderücken, windzerzaust, sein Gesicht gerötet von der Anstrengung. Und er grinste von einem Ohr zum anderen.

»Was ist geschehen?«, wollte Eric wissen.

»Er ist tot! Edward I. von England ist tot!«, brüllte Allan. »Er hat sich vom Krankenbett erhoben, ist auf sein Pferd gestiegen und nur sechs Meilen in vier Tagen geritten, dann musste er anhalten – und starb! Großer Gott, der König ist tot, lang lebe der König!«

»Allan, Einzelheiten, heraus damit! Und was geschieht jetzt?«, drängte Eric. Schließlich saß Allan ab und gesellte sich zu Eric und den Umstehenden. »Noch im Todeskampf hat er seinen Sohn angewiesen, dass sein Herz nach Jerusalem gebracht werden soll und seine Gebeine mit in die Schlacht gegen die Schotten – und dass sie erst bestattet werden dürfen, wenn die Schotten endgültig unterdrückt und unterworfen sind.«

»Dann werden seine Gebeine vermutlich nie unter die Erde kommen!«, ereiferte sich Angus.

»Ganz recht, denn es scheint, dass Edward II. sämtliche Feldzüge abgeblasen hat. Er verfährt beileibe nicht nach den Wünschen seines Vaters, sondern hat Vorkehrungen treffen lassen, dass dessen Leichnam in Waltham Abbey bestattet wird. Überdies hat er Günstlinge zurückgerufen, die sein Vater vom Hof verbannt hatte … kurz gesagt, er bleibt auf seinem versammelten Heer sitzen.«

Allan gewahrte, dass Igrainia ihn fassungslos musterte. Begütigend redete er auf sie ein. »Edward kannte hier in Schottland keine Gnade. Er war ein Soldatenkönig. Ein wahrer Plantagenet. Wohingegen sein Sohn … Igrainia, die große Schlacht wird nicht stattfinden. Robert Bruce hat wertvolle Zeit gewonnen. Er kann den Norden bereisen, seine Feinde innerhalb des Landes unterwerfen, in Schottland Fuß fassen und dann … dann seinen Standpunkt gegenüber den Engländern vertreten.«

Sie schenkte Allan ein zaghaftes Lächeln. Wieder erhob sich lauter Jubel.

Bedauerlich, dass so viele den Tod eines Menschen, eines Königs, zu feiern gedachten.

Und sie hatte ihn gekannt. In seinen besseren Tagen, als er seinem eigenen Volk ein großartiger Monarch gewesen war. Gewinnend, galant, energisch, ein Garant für ein starkes England.

Und dennoch …

Sie konnte nur froh sein.

Eric fasste ihre Hand. Während die um Allan versammelte Meute in einem fort brüllte und jubelte, führte er sie entlang des Ufers zum Wasser. Er ließ sie los und watete hinein. Dann wandte er sich zu ihr, sein Blick erwartungsvoll. Sie lief zu ihm.

»Er war dein König. Es tut mir aufrichtig Leid.«

»Mir auch. Nun, auf seine Weise war er ein großartiger König. Aber …«

»Hmmm?«

»Wenn sein Tod bedeutet, dass du nicht so bald wieder in die Schlacht reiten musst, dann …«

»Hmmm?«

»Dann stimmt mich das irgendwie froh.«

Lächelnd streichelte er ihr Gesicht. »Erinnerst du dich noch, wie ich dir erzählt habe, dass mir schon vor langer Zeit klar geworden ist, wie wunderschön du doch bist? Es war an einem anderen Fluss.«

Sie nickte. »Das hast du mir erzählt.«

»Ich war wahrhaft wütend auf mich selbst … wegen dem, was ich mir heimlich wünschte.«

»Und das war …«

»Nun, jetzt sind wir wieder im Wasser.« Er zog sie in seine Arme. Seine Hände lagen auf ihren Schultern. Das nasse Hemd glitt hinunter. »Da wir einmal hier sind, kann ich es dir auch zeigen.«

»Du bist verletzt!«, gemahnte sie ihn.

»Aber nein. Ich denke, ich bin wieder genesen. Ich glaube, ich kann es beweisen. Und da du das Wasser doch so sehr liebst … wirst du es nachher vermutlich noch mehr lieben.«

Später, als sie am Ufer lagen, hub er an: »Du hast gesagt, dass dir keine Reichtümer mehr geblieben sind, Igrainia. Weißt du eigentlich, dass du immer noch den kostbarsten Schatz auf Erden besitzt?«

»Und was sollte das sein?«

»Meinen Sohn«, sagte er. Er drehte sich zu ihr und küsste zärtlich ihre Lippen. »Mein Gott. Er wird zur Hälfte Engländer sein!«, schmunzelte er.

»Es gibt viele, *viele* gute Engländer, weißt du.«

»Wie wahr, Igrainia. Ich habe es immer gewusst. Und wenn nicht, hätte ich es spätestens bemerkt, als ich deinen Bruder und Lord Danby kennen lernte. Sie haben nie Verrat geübt an ihrer Einstellung, sondern sich als willensstarke Männer mit einem ausgeprägten Sinn für Gerechtigkeit bewiesen. Und natürlich ist Bruces Gemahlin Engländerin … genau wie du.« Letzteres sagte er überaus zärtlich. Noch bevor sie Zeit fand, über seine Worte nachzusinnen, erhob er sich und half ihr auf. »Komm, mein Schatz. Es ist schon spät. Wir müssen umkehren. Die Zukunft liegt vor uns; wir müssen neue Pläne schmieden.«

Igrainia stand auf, rührte sich indes nicht vom Fleck. Einzig die Worte *mein Schatz* schwirrten ihr durch den Kopf.

Ihr fiel ein, was Jamie ihr dargelegt hatte. Sie hatte so viel. Sein Handeln, das mehr besagte als tausend Worte …

Und doch verzehrte sie sich danach.

»Igrainia.«

»Was? Verzeih.«

»Ich sagte, komm, mein Schatz, wir müssen unsere Zukunft planen.«

»Du wirst weiterhin in die Schlacht reiten«, murmelte sie.

»Aber gewiss doch.«

»Für Schottlands Ruhm und Ehre!«

»Ist das so verwerflich?«

Sie schüttelte den Kopf. »Nein. Ich möchte, dass unser Sohn in diesem Land geboren wird, wo man die Freiheit hoch schätzt und diese letztlich auch gewinnen wird.«

»Dieser Tag wird kommen. Doch bis ich wieder in die Schlacht reite … Edwards Tod tut mir Leid, sofern dich das tröstet. Indes tut es mir nicht Leid, dass uns das einen entscheidenden Vorteil beschert: nämlich Zeit.«

Sie sah ihm in die Augen und nickte. »Gewiss«, murmelte sie, bedachtsam ihre Worte wählend: »Gewiss, mein Schatz.«

»Der Kampf kann lange währen. Wir werden ihn auf uns nehmen müssen.«

»Es kümmert mich nicht, wie lange der Kampf dauert. Ich bin immer für dich da – wo immer du mich haben willst. Und ich werde warten, wenn es sein muss, mein Leben lang.«

Er lachte. »Für Schottlands Ruhm und Ehre?«

»Darauf wird es letztlich hinauslaufen.«

Er lachte, befreit. Stürmisch riss er sie in seine Arme, hielt sie für Augenblicke fest. Dann küsste er zärtlich ihre Stirn.

»Mein Schatz«, murmelte er.

Darauf nahm er ihre Hand, und gemeinsam eilten sie zu den anderen zurück.

Um die Tage und Jahre zu planen, die vor ihnen lagen.

Zeittafel

Um 6000 v. Chr.:

Frühe Völkerstämme kommen aus Europa (Steinzeit): Einige gebrauchen Steinäxte zur Urbarmachung des Bodens.

Um 4500 v. Chr.:

Zweite Einwanderungswelle (Jungsteinzeit oder Neolithikum): ›Schnurkeramik-Kultur‹, Funde einfacher Töpferwaren. Besonders hervorzuheben sind Hügelgräber und Rundanlagen.

Um 3500 v. Chr.:

Entstehung der bemerkenswerten Grabanlagen von Maes Howe, Orkney.

Um 3000 v. Chr.:

Karbondatierung des Dorfes bei Skara Brae, Orkney: Häuser aus Steinen, mit Betten, Strohmatratzen, Fellüberwürfen, Küchenutensilien aus Bein und Holz und andere bereits hoch entwickelte Werkzeuge.

Um 2500 v. Chr.:

Trichterbecherkultur; Herkunft der Trichterbecher-Leute ist ungewiss; letztlich Übergang in die Bronzezeit (bis etwa 700 v. Chr.).

Um 700 v. Chr.:

Beginn der Eisenzeit – auch Hallstattzeit nach den zahlreichen Eisenvorkommen im Salzkammergut. Die ›Kelten‹ (nach dem griechischen *keltoi*) treten auf; diese werden von den Griechen und Römern als Barbaren angesehen. Zwei unterschiedliche Sprachformen existieren: P-Keltisch und Q-Keltisch.

Um 600-100 v. Chr.:

Frühe keltische Festungen; charakteristisch ist der Broch, ein hoher, runder Felsturm. Einige verfügen über Feuerstellen und Brunnen. Inselfestungen in Pfahlbauweise; dabei befinden sich die in Stein gemauerten Wohnbereiche unter Erdniveau. Die Kelten sind ebenso berühmt für ihre Kriegsführung wie für hoch entwickelte Kunstgegenstände (Schmuck) und farbenfrohe Tuche; auch ›Beinkleider‹ werden von den Kelten eingeführt, vielleicht unter Einfluss der östlichen Zivilisationen. Eine breite Vielfalt von Farben findet Anwendung (möglicherweise die Vorläufer zu den Tartan-Mustern); lange Tuniken, Röcke und Umhänge, befestigt mit kunstvoll geschmiedeten Broschen (Fibeln).

58-51 v. Chr.:

Unterwerfung der Gallier. Julius Cäsar landet in Südbritannien. Auch bei seiner zweiten Überfahrt wird Schottland nicht erreicht.

43 n. Chr.:

Eroberung Südbritanniens. Gegen 70 n. Chr. dringen die Römer bis Schottland vor.

78-84 n. Chr.:

Der römische Feldherr Agricola, ein geborener Gallier, plant einen Angriff auf die Kelten. Sein Feldzug findet im Jahre 80 n. Chr. statt. Es gibt keine Straßen, und ihm bleibt nicht die Zeit für den Bau, wie von den Römer anderswo in Britannien durchgeführt. 30 000 Römer marschieren; sie treffen auf eine gleiche Anzahl von Kaledoniern (später aufgrund ihrer Sitte, Gesichter und Körper zu bemalen, als Pikten bezeichnet). Nach der Schlacht am Mons Graupius berichtet der römische Historiker Tacitus (Schwiegersohn von Agricola), dass 10 000 Kaledonier getötet und unterworfen worden seien. Dennoch drehen die Römer nach Rückzugsbefehl nach Süden ab.

122 n. Chr.:

Hadrian trifft in Britannien ein und befiehlt den Bau seines berühmten Befestigungswalls.

142 n. Chr.:

Antonius Pius trifft nach ständigen Unruhen in Schottland mit neuen Truppen ein. Der Antoniuswall wird gebaut und ist die nächsten 20 Jahre Garnison.

150-200 n. Chr.:

Die Römer erleiden Niederlagen. Eine Epidemie rafft große Teile der Bevölkerung dahin; auf den Tod von Mark Aurel folgt eine Reihe schwacher Herrscher.

208-211 n. Chr.:

Septimus Severus kommt nach Britannien und greift Schottland an; ihm gelingen brutale Vorstöße, dennoch ist dies seine letzte bedeutete Mission. Er stirbt im Jahre 211 in York (Eburacum); die Kaledonier sind von römischer Intervention befreit und wagen sich indes selbst nach Süden vor, um römische Belagerungen zu plündern.

350-400 n. Chr.:

Sächsische Freibeuter dringen von Nordwesteuropa ein, zwingen die Pikten nach Süden. Brutale Invasoren kommen aus Irland: die *Skoten*, von denen Schottland letztlich seinen Namen herleiten wird.

Um 400 n. Chr.:

St. Ninian, ein britisch-keltischer Bischof, errichtet eine Abtei bei Whithorn, die Candida Casa. Seine Missionsreisen führen ihn bis hinauf zu den Orkney-Inseln und sind sicherlich maßgebend für die Christianisierung weiter Teile des Landes.

Um 450 n. Chr.:

Die Römer verlassen England. Mächtige Piktenstämme dringen nach Süden vor, und die romanisierten Völker ersuchen Jüten, Angeln und Sachsen um Hilfe. Schottland unterteilt sich grundsätzlich in vier Völkerstämme: Pikten, Briten, Angeln und die Skoten. Die Struktur der Clane nimmt ihren Anfang; der Begriff *clann* bedeutet im Gälischen ›Kinder‹. Der einflussreichste, möglicherweise auch stärkste Mann innerhalb einer Familie wird zum Oberhaupt ernannt. Mit den Generationen werden die Clane größer und mächtiger.

500-700 n. Chr.:

Die Angeln gründen die Königreiche Northumbria, Mercia, Ost-Anglia. Aethelfrith, König von 593-617, erringt bei Degsastan einen Sieg über die Schotten und schlägt die Briten empfindlich zurück, die sich darauf in gespannter Lage zwischen Pikten und Angeln befinden. Er ergreift den Thron von König Edwin of Deira, was zu weiteren 50 Jahren Blutvergießen zwischen den beiden Königreichen führt und verhindert, dass die Angeln ihre piktischen und schottischen Nachbarn angreifen. Um 500 wandert Fergus MacErc mit seinen Brüdern Angus und Lorne von Irland nach Schottland ein, und obschon die Beziehungen (zwischen Irland und Schottland) eng waren, brechen sie schon sehr bald ab. St. Columban verbreitet das Christentum noch weiter als St. Ninian. In 685 werden die Angeln bei Nechtansmere empfindlich von den Pikten geschlagen; ihr König Ecgfrith wird getötet, die Hälfte des Heeres niedergemetzelt. Dies verhindert, dass Schottland in der Frühzeit ein Teil von England wird.

787 n. Chr.:

Vermutlich erster Plünderungszug der Wikinger. Im Jahr 797 wird Lindisfarne brutal angegriffen, die Abtei zerstört. »Erlöse uns von der Rache der Nordmannen, o Herr!«, wird zum berühmten Ausruf.

843 n. Chr.:

Der Skotenkönig Kenneth I. MacAlpin unterwirft das Piktenreich und errichtet das Königreich von Alban. Es ist keine leichte Aufgabe, zwei Völker, Pikten und Skoten, in Schottland zu regieren. Er verlegt die Hauptstadt Dunadd nach Scone und lässt den ›Stone of Destiny‹ dorthin bringen, heute bekannt als Stone of Scone. (Und seit kurzem wieder in Schottland.)

Wiederholte Plünderungszüge der Wikinger untermauern die Einheit von Pikten und Skoten. Trotz der Raubzüge und Scharmützel lassen sich bis zum 10. Jahrhundert viele Wikinger in Schottland nieder. Nordische Könige regieren die Orkneys und errichten weitere Stützpunkte, viele auf den Hebriden. Die Wikinger werden zur fünften bedeutenden Bevölkerungsgruppe in Schottland.

878 n. Chr.:

Alfred (der Große) von Wessex siegt nach schweren Kämpfen über die Dänen. (Diese werden sich in Ost-Anglia niederlassen und zeitweise Teile von England regieren.)

1018 n. Chr.:

Ein Nachfahre von Kenneth I., Malcolm II., besiegt die Angeln schließlich bei Carham und bringt Lothian unter schottische Herrschaft. Im selben Jahr stirbt der englische König ohne einen Erben. Duncan, Malcolms Nachkomme, hat mütterlicherseits ein Anrecht auf den Thron.

1034 n. Chr.:

Malcolm stirbt, und Duncan, sein Enkel, folgt ihm als König auf den schottischen Thron und dringt in England ein.

1040 n. Chr.:

Ermordung Duncans durch Macbeth, der den Thron wegen seiner Vorfahren und der seiner Frau beansprucht. Trotz der Shakespeare-Version soll er ein guter Regent und ein guter Christ gewesen sein (Pilgerfahrt nach Rom im Jahr 1050).

1057 n. Chr.:

Ermordung von Macbeth durch Malcolm III., Duncans Sohn. (Malcolm wuchs in England auf.) Malcolm ist auch bekannt als Malcolm Canmore, Ceann Mor oder Big Head.

1059 n. Chr.:

Malcolm heiratet Ingibjorg, eine norwegische Adlige, vermutlich die Tochter von Thorfinn dem Mächtigen.

1066 n. Chr.:

Harold, König von England, besiegt die Norweger bei Stamfordshire, wird aber von dem mit einem Heer in England gelandeten Wilhelm von der Normandie (Wilhelm der Eroberer) in der Schlacht von Hastings besiegt (Tod Haralds).

1069 n. Chr.:

Malcolm III. heiratet (in zweiter Ehe) Prinzessin Margaret, die Schwester des abgesetzten Edgar Atheling, sächsischer Erbanwärter auf den englischen Thron. Bald darauf folgen Angriffe auf England, da er die Thronansprüche seines Schwagers für berechtigt hält. England schlägt zurück.

1071 n. Chr.:

Malcolm wird gezwungen, Wilhelm dem Eroberer zu huldigen. Trotz der Schlachten zwischen ihnen ist Malcolm bei den Engländern beliebt.

1093 n. Chr.:

Während des Angriffs auf Northumbria (es wird auch behauptet, um eine normannische Invasion zu umgehen) wird Malcolm in einem Hinterhalt ermordet. Königin Margaret stirbt drei Tage später. Schottland versinkt im Chaos. Malcolms Bruder, Donald Ban, auf den Hebriden unter norwegischem Einfluss aufgewachsen, ergreift den Thron und verwirft die normannische Politik zugunsten der der Wikinger.

1094 n. Chr.:

William Rufus, Sohn Wilhelms des Eroberers, entsendet Malcolms ältesten Sohn Duncan, der als Geisel in England gehalten wurde, seinen Onkel Donald zu stürzen. Duncan stürzt Donald, findet jedoch selbst den Tod, und Donald kehrt auf den Thron zurück.

1097 n. Chr.:

Edgar, Duncans Halbbruder, wird mit einem anglo-normannischen Heer nach Schottland geschickt, und Donald wird abermals vertrieben. Er bringt viele normannische Ritter und Familien ins Land und schließt Frieden mit König Magnus von Norwegen, indem er ihm formal die Hebriden abtritt.

1107 n. Chr.:

Edgar stirbt; sein Bruder Alexander folgt ihm auf den Thron, regiert indes nur das Land zwischen Forth und Spey; sein jüngerer Bruder David regiert südlich des Forth. Alexanders Schwester, Maud, war mit Heinrich I. von England vermählt, und Alexander heiratet Heinrichs Tochter Sibylla. Diese Allianzen sorgen für eine überaus starke Bindung zwischen dem schottischen und dem englischen Königshaus.

1124 n. Chr.:

Tod Alexanders. David (ebenfalls in England aufgewachsen) tritt die Regentschaft über ganz Schottland an. Er soll fast 30 Jahre regieren, ein einflussreicher Monarch, der sich für die Erstarkung der Kirche, den Burgen- und Städtebau sowie eine Gesetzgebung einsetzt. Er wird ein Förderer der Künste und des Lernens. Aufgrund seiner Eheschließung ist er auch ein englischer Adliger, Earl of Northampton und Huntington und Prince of Cumbria. Er bringt den Feudalismus nach Schottland und viele Freunde, darunter auch de Brus, zu dessen Nachfahren Robert Bruce, fitzAllen, zählt, der oberster Befehlshaber werden wird – und natürlich einen Mann namens Sir William Graham.

1153 n. Chr.:

Tod von David I. Malcolm IV., bekannt als Malcolm the Maiden, wird König. Er ist gerade einmal elf Jahre alt.

1154 n. Chr.:

Henry Plantagenet (Heinrich II.) wird König von England und zwingt Malcolm, Northumbria an England zurückzugeben.

1165 n. Chr.:

Malcolm stirbt, sein Bruder, Wilhelm der Löwe, folgt ihm auf den Thron. Er bildet die Auld Alliance mit Frankreich.

1174 n. Chr.:

Wilhelm dringt in England ein. Die Schotten erleiden empfindliche Niederlagen; Wilhelm wird gefangen genommen und muss die Lehnsoberhoheit Heinrichs II. von England anerkennen.

1189 n. Chr.:

Richard Löwenherz (ein Plantagenet, Sohn Heinrichs) inzwischen König von England, gibt seine Feudalherrschaft über Schottland gegen Zahlung von 10 000 Silbermark auf.

1192 n. Chr.:

Die schottische Kirche wird von Papst Cölestin III. von englischer Oberhoheit befreit. Mehr als 100 Jahre Frieden zwischen England und Schottland schließen sich an.

1214 n. Chr.:

Wilhelm der Löwe stirbt. Sein Sohn Alexander II. folgt ihm auf den Thron.

1238 n. Chr.:

Da Alexander noch immer keinen Erben hat, erklärt das Parlament Robert Bruce (Großvater des zukünftigen Königs), den nächsten männlichen Verwandten, zum Thronanwärter. Der König wird schließlich Vater eines Sohnes. (Dies schafft einen Präzedenzfall für die Bruces, die nach dem Tod der Maid von Norwegen den Thron für sich beanspruchen.)

1249 n. Chr.:

Alexander II. stirbt, Alexander III. besteigt im Alter von sieben Jahren den Thron. (Er wird Margaret, die Schwester des englischen Königs heiraten, und zeit seines Lebens herrscht Frieden mit England.)

1263 n. Chr.:

Alexander III. setzt die Vorstöße seines Vaters auf den nördlichen Inseln fort, deren Herrscher Norwegen loyal ergeben sind. Haakon Haakonsson fällt im Kampf um die Hebriden auf der Insel Man. Haakons Nachfolger, Magnus Lagaboetir, verkauft die Hebriden an Schottland. Die Orkney-Inseln und die Shetlands verbleiben unter norwegischer Herrschaft.

1270 n. Chr.:

Geburt von William Wallace.

1272 n. Chr.:

Edward I. (Plantagenet) wird König von England.

1277-1284 n. Chr.:

Edward dringt in Wales ein. Prinz Llywelyn wird getötet; sein Bruder Davyd wird gefangen genommen und erleidet das Los der Verräter. 1284 wird Wales annektiert und vertraglich zum Fürstentum des Kronprinzen erklärt.

1283 n. Chr.:

Alexanders Tochter Margaret heiratet den König von Norwegen.

1284 n. Chr.:

Alexander wird von seinen Adelsmitgliedern ersucht, seine Enkelin, Margaret, die Maid von Norwegen, als seine Erbin anzuerkennen.

1286 n. Chr.:

Tod Alexanders III. Die Maid von Norwegen, ein kleines Mädchen, wird als Erbin anerkannt. Schon bald nach dem Tod des Königs schlägt Edward von England einen Ehevertrag zwischen der kleinen Margaret und seinem Sohn Edward vor.

1290 n. Chr.:

Margaret von Norwegen stirbt. Wegen der Thronwirren in Schottland schreibt der Bischof von St. Andrews an Edward und bittet diesen um Hilfe in den Verhandlungen.

1291 n. Chr.:

Edward erklärt seinen Beratern, dass er den Regenten und das Königreich Schottland unter seiner Oberhoheit wissen will.

1292 n. Chr.:

November. Im Rittersaal von Berwick ernennt Edward John Balliol zum König von Schottland. Edward verliert keine Zeit, sondern macht Schottland zum englischen Vasallen; König John, so beteuert er, schulde ihm Lehenstreue.

1294 n. Chr.:

Die Waliser, angeführt von Madog ap Llywelyn, lehnen sich ein letztes Mal gegen Edward auf.

1295 n. Chr.:

Edward unterwirft die Waliser und erlangt die Oberhoheit.

1296 n. Chr.:

König John weigert sich, den Forderungen des englischen Königs nachzukommen, dass Schottland im Krieg gegen Frankreich finanzielle Unterstützung leistet (früherer Verbündeter Schottlands). John erhebt sich gegen Nordengland; Edward rächt sich mit einem blutigen Gemetzel bei Berwick. König John wird zur Abdankung gezwungen und gefangen genommen. Der König von England fordert, dass der schottische Adel ihm einen schriftlich niedergelegten Treueid unterzeichnet (Ragman Roll). Unter den Unterzeichnern befinden sich auch die Bruces, die dem englischen König gegenüber zu diesem Zeitpunkt loyal sind.

1297-1298 n. Chr.:

Volksaufstand: Der Nationalheld William Wallace siegt bei Stirling. Vorübergehend ist Schottland unabhängig und Wallace dessen Führer.

Wallace wird zum Ritter geschlagen. England wird besetzt, Northumbria geplündert, um Nachschub und Vorräte für die schottische Bevölkerung zu sichern. Zehn Monate lang regiert Wallace sein Land. Seine Spione informieren ihn über das riesige englische Heer, das König Edward zusammenzieht.

In der Schlacht von Falkirk erleiden die Schotten herbe Verluste. Sir John Graham, langjähriger enger Freund und Anhänger von Wallace, findet den Tod. Die acht Lebensjahre, die William Wallace noch bleiben sollen, sind von Legenden und Mythen verklärt. Sich gewärtig, dass er nicht über die Truppenstärke verfügt, um die Engländer niederzuschlagen, verwendet Wallace seine Talente auf anderes und bemüht sich um Anerkennung und Unterstützung im Ausland. In dieser Phase reist er nach Frankreich (vermutlich zwei Mal) und erneuert seine Freundschaft mit dem Regenten. Die Gunst des französischen Königs ist in Briefen dokumentiert, in denen er anordnet, dass Wallace freies Geleit nach Italien erhalten soll, wo er seinen Fall vor den Papst zu bringen beabsichtigt. Mehr als ein Historiker verweist auf das Gerücht, dass Wallace auf den Piraten Thomas de Longueville getroffen sein soll, der ihn verschonte. Während sich die Unterjochung Schottlands fortsetzt, beugen sich einige Adlige Edward, andere dagegen verfolgen vehement ihren Traum von der Unabhängigkeit. Die Gewalt nimmt kein Ende. Im Winter 1303/04 fällt Edward ein weiteres Mal in Schottland ein und trifft auf wenig Widerstand. Zu diesem Zeitpunkt hält Wallace sich im Land auf, man drängt ihn zur Aufgabe, doch er lehnt ab. König Edward gibt indes nicht nach. Robert Bruce soll Wallace stellen, allerdings wird vermutet, dass Robert Bruce ihm die Warnung zukommen ließ zu fliehen. Robert Bruce hat etwas Wesentliches von Wallace gelernt: Die Loyalität des Volkes ist eine der tragenden Säulen des Landes.

1304 n. Chr.:

Viele Männer, darunter auch Comyn und Lamberton, wohnen dem Friedensschluss des Königs in Stratford bei. Die Bedingungen sind vertretbar, vermutlich weil er eine Belagerung von Stirling Castle plant. Der König unternimmt Bestechungsversuche, um Wallaces Kapitulation zu erzwingen; Comyn, gelegentlich als Verräter von Falkirk beschuldigt, widersetzt sich einer solchen Forderung.

1305 n. Chr.:

März. König Edward erleidet eine Niederlage. Weitere Männer schließen sich Wallace an, aber Robert Bruce, der sich am Abend des 1. Juli mit Wallace treffen soll, erscheint nicht. Am Abend des achten Tages wird Wallace von Sir John de Menteith und seinem Neffen, Jack Short, verraten. Sein getreuer Freund Kerby wird noch am selben Abend getötet. Wallace kämpft mit bloßen Händen, bis er erfährt, dass sie von englischen Truppen umzingelt sind. Er wird überwältigt und an König Edwards Gefolgsleute ausgeliefert. Für den langen Ritt nach London wird er an sein Pferd gefesselt, und gewiss weiß er, was ihm droht.

22. August. Wallace trifft in London ein.

23. August. In Westminster wird Wallace der Prozess gemacht. Bis zu seinem Tod leugnet er, ein Verräter zu sein, da er dem englischen König nie den Treueid geleistet hat. In Smithfield wird er brutal hingerichtet: gehängt, gestreckt, ausgeweidet, kastriert, geköpft und gevierteilt. Sein Haupt wird – aufgespießt auf einer Pike – zur London Bridge getragen. Der Tod des berühmtesten Patrioten sorgt für Legenden, und in den folgenden Jahren werden viele tapfere Männer auf dem Weg in die Schlacht seinen Namen rufen.

1306 n. Chr.:

10. Februar. Robert Bruce und John Comyn treffen in der Greyfriars Church zusammen. Comyn wird ermordet. Es bleibt strittig, ob Bruce die Tat beging oder ob er Comyn lediglich verwundete und seine Männer alles Weitere erledigten. Neben den Engländern wird Bruce nun auch den Clan Comyns als Gegner haben.

25. März. Bruce wird in der Abtei von Scone zum König der Schotten gekrönt. Am Palmsonntag, 48 Stunden nach der ersten Inthronisierung, wird er erneut gekrönt, wie es die überlieferten Traditionen vorsehen. Isabella, die Schwester des Earl of Fife, vermählt mit dem Earl of Buchan, einem Verbündeten Edwards, trifft eigens dazu ein und setzt Bruce das goldene Diadem ein weiteres Mal auf.

22. Mai. König Edward schlägt seinen Sohn zum Ritter, der infolge dieser Ehre wiederum 300 junge Männer in den Ritterstand erhebt.

18. Juni. Bruce steht mit seinen Gefolgsleuten vor Perth, wohin der Earl of Pembroke seine Truppen gebracht hat. Unfähig, die Burg auf traditionelle Weise einzunehmen, schlägt Bruce Pembroke einen ritterlichen Zweikampf vor, und der Earl sagt für den folgenden Tag zu. Stattdessen jedoch findet in der Nacht ein Angriff der Engländer auf das schottische Lager statt. Bruces Truppen werden im Schlaf überrascht, zerstreut, und Bruce selbst entgeht nur knapp einer Gefangennahme. Die Schlacht von Methven ist eine tragische Niederlage. Bruce verliert viele loyale Gefolgsleute.

August. Die Legende besagt, dass Bruce den Schrein von St. Fillan of Glenlochart besuchte, um dort zu beichten und Vergebung für sein Mitwirken an dem Tod von John Comyn zu finden.

August bis September. Aus Sicherheitserwägungen schickt Robert Bruce seine Gemahlin und seine Schwestern mit seinem Bruder Nigel fort. In Kildrummy Castle erfahren sie, dass der Earl of Pembroke in Aberdeen ist und auf einen Angriff des Prince of Wales wartet. Die Frauen reisen nach Norden, werden aber von Verbündeten Comyns aufgegriffen. Nigel verteidigt Kildrummy tapfer, wird jedoch durch einen Verrat vom Burginnern aus überlistet: Ein Schmied setzt die Munitionslager in Brand. Nigel wird hingerichtet; dem Schmied wird zur ›Belohnung‹ eingeschmolzenes englisches Gold in die Kehle geflößt. Die weiblichen Familienmitglieder von Bruce werden Jahre der Gefangenschaft und Demütigung durch ihre Häscher erdulden müssen.

Herbst. Robert Bruce reist nach Norden und erhält Hilfe von Christiana, der Witwe von Duncan of Mar, Herrin über das Land von Arisaig, Moidart und Knoydart und viele der Inseln. Im westschottischen Hochland findet er weitere Unterstützung.

1307 n. Chr.:

Januar. Bruce verfügt über genügend Männer und Nachschub, um nach Rathlin zurückzukehren.

29. Januar. Edward erteilt einen Flottenbefehl, Bruce auf den Inseln aufzuspüren.

Januar/Februar. Douglas, der vorausgeschickt wird, greift englische Soldaten und Nachschublinien aus einem Hinterhalt an (Burg Arran). Sein erster Angriff ist brutal und für ihn ein Sieg. Gleichwohl, am 7. Februar werden Robert Bruces Brüder, Thomas und Alexander, die in Irland Truppen anwerben sollten, von Verbündeten Edwards, den MacDowalls of Galloway, auf heimtückische Weise am Loch Ryan überwältigt. Sie werden gehängt, gestreckt und gevierteilt. Bruce selbst hat in Arran auf Nachricht gewartet, und als seine Schiffe eintreffen, warnt man ihn, dass die Feuer in Turnberry Castle von Henry Percy gelegt worden seien, denn dieser hält die Burg. Bruce, geschult auf den ritterlichen Kampf, weiß, dass er eigentlich nicht über die militärische Stärke verfügt, die Burg einzunehmen. Er und seine Männer spähen heimlich die Truppen aus, die vor den Burgmauern lagern. Henry Percy, der sich hinter den Mauern aufhält, ist sich des Übergriffs bewusst, leistet seinen Männern indes keine Hilfe. Fast alle werden getötet, und die Schotten marschieren ins Gebirge von Carrick, gut bestückt mit Waffen und Nachschub. Bald darauf zerstört Douglas sein Erbschloss, das die Engländer besetzt hielten; Bruce siegt mit seinem kleinen Heer von Gefolgsleuten in der Schlacht von Glen Trool und Loudoun Hill.

11. Juli. König Edward, dermaßen erzürnt über seine gescheiterten Befehlshaber, dass er sein Heer selbst führen will, stirbt in dem kleinen Ort Burghon-Sands, nördlich von Carlisle. Er befiehlt, dass sein Sohn seine Gebeine an

der Truppenspitze mitführen soll, bis Schottland unterworfen ist.

Edward II. fügte sich diesem letzten Willen seines Vaters jedoch nicht. Der Leichnam von Edward I. wird in Waltham Abbey bestattet; unterdessen marschiert Edward II. weiter nach Cumnock, nachdem er das Eintreffen seines verbannten Günstlings, Piers Gaveston, abgewartet hat.